大明征程

著 千慧 1592/1600

浙江文艺出版社
Zhejiang Literature & Art Publishing House

图书在版编目(CIP)数据

大明征程1592—1600 / 千慧著 . —杭州：
浙江文艺出版社，2023.1（2024.1重印）
ISBN 978-7-5339-6971-4

Ⅰ.①大… Ⅱ.①千… Ⅲ.①长篇历史小说—中国—当代 Ⅳ.①I247.5

中国版本图书馆CIP数据核字（2022）第164583号

策划统筹　柳明晔
责任编辑　张　可
营销编辑　宋佳音
折页绘图　王晓丽
版式设计　吕翡翠
责任印制　张丽敏
数字编辑　姜梦冉　诸婧琦

大明征程1592—1600
千慧　著

出版　浙江文艺出版社
地址　杭州市体育场路347号
邮编　310006
电话　0571-85176953（总编办）
　　　0571-85152727（市场部）
制版　浙江新华图文制作有限公司
印刷　浙江新华印刷技术有限公司
开本　710毫米×1000毫米　1/16
字数　302千字
印张　19.25
插页　3
版次　2023年1月第1版
印次　2024年1月第2次印刷
书号　ISBN 978-7-5339-6971-4
定价　78.00元

版权所有　侵权必究

楔 子 - 001

第一章
日月之力

秀吉的野心 - 007　　无法言说的秘密 - 036

踏上忍者之路 - 012　　石星的抉择 - 041

关西无敌手 - 016　　借道朝鲜 - 045

剑藏的担忧 - 023　　脾气暴、不好惹的将才 - 050

再见了，大师 - 029　　最后的天才 - 053

第二章
混世魔王

血色平壤 - 063　　寻父从军 - 088

奇怪的江湖郎中 - 068　　阴谋阳谋 - 092

小试牛刀 - 073　　错失良机 - 096

深入虎穴 - 078　　九字真言 - 100

未完成的事业 - 083　　生死攸关的对赌 - 104

第三章
燃烧的心

五千两的诱惑 - 113
愤怒的挣扎 - 117
命运的转折 - 122
忘忧谷之遇 - 127
忍者之忍 - 131

碧玉凝霜 - 136
密谋汉城 - 143
血战碧蹄馆 - 148
绝地求生 - 155
火烧粮仓 - 162

第四章
瞒天过海

看不见的魔鬼 - 171
雪山之王 - 177
阴谋家的小算盘 - 182
欺骗的开始 - 186
出尔反尔 - 191

晋州之变 - 199
一生的痛 - 204
"秀七条" - 212
童子切安纲 - 217
多情自古伤离别 - 222

第五章
止战之殇

- 假戏真做 - 231
- 节外生枝 - 235
- 欲王则王 - 239
- 残忍的真相 - 244
- 水落石出 - 253
- 尘归尘，土归土 - 258
- 酒在，人不在 - 266
- 阴阳师的奥义 - 272
- 海上的疯狂 - 278
- 永恒的纪念 - 285

尾声 - 290 后记 - 299

楔　子

1945年8月16日，北平报馆里人声鼎沸，电话声此起彼伏。办公桌上堆满了连夜印好的报纸，头版赫然印着"日本天皇昨日于日本宣布无条件投降"几个大字。报社的记者张志国坐在桌案边，抽了几口烟，然后用力地捻了捻烟头，他很想写下些什么，却因为一宿未眠和此刻过于复杂、激动的心情，竟写了一句话便卡住了。他望向窗外，只见大街上已经被围堵得水泄不通，市民们都在哄抢报童手中的报纸。这一幕他曾想象了无数遍，却都是在梦中，而当它真的发生时，竟不敢相信。

"志国，有个穿蓝色西装的人在外面找你。"张志国的思绪被打断了，他站起身，朝门外望去，看见有人正朝自己挥手。他有些茫然，此人感觉似曾相识，便快步向那人走去。

"志国，好久不见！"一个身着蓝色西装、戴着黑框圆眼镜、留着小胡子的男人热情地伸出手来。

"小……小圆子?！好久不见，你都长这么大了！"张志国不禁脱口而出，害得那人腼腆地笑了起来。小圆子是他绍兴老家的邻居，本名叫陈立，因为小时候长得圆乎乎的，所以周围人都一口一个"小圆子"。"你怎么会突然来这里找我？"他问。

陈立扶了扶眼镜，看了眼四周，低声说道："这里太吵了，要不找个清静的地方说？"

"行，我带你去这附近的咖啡馆。"说完，二人就离开了报馆。

"你现在在做什么？怎么也来了北平？"张志国一边走一边问他。

"你去日本留学后不久，我也去念大学了，在上海复旦①读的人类学和考古学，毕业后就一直在从事考古研究。我刚去了一趟朝鲜，回来后就来北平找你了。"陈立用三言两语就把他这十多年来的经历给交代了。

听到陈立在从事考古研究，张志国还是挺吃惊的，因为在他的印象里，陈立一直是那个蹦蹦跳跳的小圆子，怎么都和考古学家沾不上边。"这么一个兵荒马乱的时代，你还到处跑，从事考古，真有你的！你就不怕你父母担心你？"

"他们都已经走了……"

"走了？"张志国看向陈立欲言又止的脸，便猜到发生了什么事。"什么时候的事情？我怎么不知道？"他猛然停住脚步，拉住陈立的袖子道。

"你去日本留学后不久的事……日本鬼子在浙江许多地方喷洒细菌药水，凡是不小心沾染到，不及时医治，身体许多部位都会溃烂，如果不截肢就会感染而死。好多人都是这样走的……不过幸好这一切不会再发生了。"陈立的声音越来越小。

两个人都不再说话，沉默不语地来到咖啡馆，落座后点了两杯美式咖啡。这个咖啡馆是个洋人开的，已经有些年头了，老板非常喜欢中国传统文化，他说："欧洲的贵族自16世纪就喜欢用中国的瓷器来喝咖啡，到了17世纪更是蔚然成风，因为只有瓷器才能衬托咖啡和贵族的身份。而当下的中国人则是用瓷器里的咖啡来衬托自己的社会地位。"张志国觉得这番话有几分哲理，有道是"外来的和尚会念经"，经过这些舶来品的粉饰，面子工程被提了上来，这个道理在海内外通用。他觉得这洋老板很有意思，便时常来喝一杯。

今天咖啡馆里的人无一例外都在读"日本宣布无条件投降"的新闻，相信不仅北平的咖啡馆如此，全国甚至全世界的都是如此。此时，唯一没有读报而是小声说话的只有张志国和陈立这一桌了。

"今天来找我主要是因为何事？"

还没等张志国说完，陈立就从西装口袋里掏出一个信封。"是因为这个。"他说。

---

①复旦大学的前身是复旦公学，创建于1905年。

"这是什么?"张志国正想伸手去拿信封,却被陈立阻止了。

"这里面是一封遗书,来自三百多年前。你猜我是怎么发现它的?"陈立抿了一口咖啡,得意地说道。

"什么?遗书?三百多年前?"张志国更为疑惑不解了,陈立到底在卖什么关子?"你能不能说清楚些?我不太明白。"他有些急躁地说。

"这是我在朝鲜考古的时候发现的。当时日军在撤离前还在作困兽之斗,我为了躲避他们,就逃到一处荒凉的山坡上,竟一不小心掉进了一个洞里。那洞里有很多白骨,却也不像新挖的万人坑。我虽然是学考古的,见过许多,但还是会害怕。而就在那时,一张纸从里面飘了出来。志国,你能想象吗?那情景就像是黑暗中飘下……飘下一片洁白的羽毛?啊,我的文采远不如你,真不知该如何形容……总之,我小心翼翼地打开了它,却看见那上面写的竟是日文。"

"日文?是日本人死在那儿留下的?"

陈立点了点头,继续说:"可奇怪的是,我后来用仪器检测了它的年份,却发现它来自16世纪,也就是三百多年前。可惜我看不懂日文,所以一直小心保存,因为怕事情暴露,就想请一位精通日语的朋友帮忙看一下,这上面到底写了什么。"

"原来如此……听你这么说,我也似乎有了些兴趣……"

"那就拜托你了,麻烦帮我按原文翻译一遍吧。有些模糊不清的地方我已经进行了补救,不过你要小心打开。"

"好,我明白你的意思了。说实话,这些年来,我总有一种迷幻的感觉。记得去日本留学的时候,大学的教授对我们这些留学生很好。想必你也一定读过鲁迅的《藤野先生》吧,我的老师也和那位藤野先生一样,毫无保留地教授,希望我能把这些学术知识带回中国。可我回来,看到日军的种种暴行,总是让我产生疑惑……"张志国说出这番话的时候,有几个人朝他投来了异样的眼神。

陈立立刻示意他别再说下去,小声对张志国嘟囔道:"鲁迅先生走的时候是1936年,如果知道后来的事,我相信他一定会坚决抗日的。"

"是的,我也这么认为,好就是好,坏就是坏,他就是这样一个公正无私的人。"张志国忽然想起陈立父母的事,又话锋一转,说,"嗯,我看完后,再告诉你这封遗书上写的是什么,麻烦你留个电话号码。"

"好,拜托了。不知道为什么,这张纸和它的主人总是吊着我的心……"说完,二人在咖啡馆门口拥抱了一下,然后朝相反的方向走去。

万籁俱寂,张志国伏在桌案边,小心翼翼地拿出那封尘封已久的书信。他抖了抖灰,在昏暗的灯光下一字一句地认真读起来,碰到一些古代的用语还不得不翻查起长久不用的日汉字典。

"丁零零,丁零零……"第二天,陈立的办公室发出尖厉刺耳的声音。有位同事正要接听,陈立见状立刻冲过去,抢过话筒问:"喂,您好,请问是哪位?"

"喂,是陈立吗?我是志国。"电话那头的张志国显得无比兴奋。

"哦,我是……我是……你说……"陈立的心也突突直跳。

"你让我翻译的,我已经翻译好了,这真是一个古代日本人的遗书,他还是位忍者①,叫伊藤苍健!"

"忍者?"陈立的脑袋不免有些晕乎乎的,这是他怎么也想不到的,不禁又确认了一遍,"你是说古代日本的忍者吗?"

"是的,没错。如果今天有空,我们再见一面吧,我想告诉你这上面的故事!"

"好,太好了。我这就来你们报馆,再见!"说完,陈立挂断电话,利索地穿起外套。

张志国手握着笔,昨天卡在那儿的文案已不再是阻碍,它仿佛蒲公英,纷纷扬扬地向他迎面飞来。他快速地将其写了下来:"那一株樱花树下,是血的记忆。往事早已随风而去,只有后人在浅浅地吟唱……"一时间,他好像回到了三百多年前。因为那封遗书上写的不仅仅是一个人,更记叙了一个传奇的时代和那个时代里中国、日本与朝鲜的传奇英雄。

张志国点了根烟,望向窗外天空的一角——太阳隐藏在云朵里,天上仿佛也有一双眼睛正在望着人间的他。他有些发愣,不禁喃喃自语:"自由……究竟什么才是自由呢……"

---

①忍者,通过特殊"忍术训练"而产生出来的特战杀手、间谍。

秀吉的野心

  金碧辉煌的居室之中,一个身形矮小却身穿华服的男人盘腿坐在榻榻米上,他正聚精会神地听着来自大明的一本流行小说里的一段节选——孙悟空大闹天宫。这个片段他已经听了好几遍,还是意犹未尽。正当说书人讲到齐天大圣与天兵天将决战的时候,他掏出袖中的扇柄当作金箍棒在空中比画着,一边比画一边念出下一句:"量你这些毛神有何法力,敢出浪言!不要走,吃俺老孙一棒!"

  此人不是别人,正是日本赫赫有名的豪强、当今的太阁①——丰臣秀吉。后世有学者将其与美国的华盛顿、法国的拿破仑并称为"世界三大豪杰"。他之所以喜欢听这个故事,则是因为"猴子"这个绰号已经伴随了他的前半生,而显然他和孙悟空都是非同寻常的"猴子"。

  丰臣秀吉原名叫木下藤吉郎,乡村贫苦农民家庭出身,与大明的开国皇帝朱元璋有着极为相似的经历。他的父亲在他七岁时便去世了,失去生活依靠的母亲不得不带着他再嫁给同村的另一个男人。因为秀吉从小营养不良,体形比同龄人瘦小,所以常被人调侃为"猴子"。这让继父备感羞辱,以至于非常讨厌他,还常常趁

---

  ①太阁,是摄政关白让渡职位之后的专有名称。天正十九年(1591),丰臣秀吉将关白之位让给养子丰臣秀次,自称"太阁"。

着母亲不在的时候对他拳打脚踢。秀吉实在忍受不了,一气之下离家出走,开始了他的闯荡生涯。事实证明,"天将降大任于是人也,必先苦其心志,劳其筋骨,饿其体肤"这句话适用于任何成大事者。在投靠了当时最有实力的织田信长之后,依靠赫赫战功和尽心尽力的侍奉,原先那个被人嘲笑为"猴子"的瘦弱男孩一步一步地统一了日本,结束了近百年的战国割据时代,成为架空天皇的实际掌权者。

故事听完后,丰臣秀吉迫不及待地询问身边一位来自大明的医者:"写这个故事的作者叫什么名字?你能帮我请来吗?我想见他!"

此人名叫许仪后,原江西吉安人。他在一次乘船去给病人看病的路上,被过路的海盗挟持而绑到了这东瀛岛国上,从此生活在了这里。因为医术高超,他被人举荐给达官贵人们诊脉。也是他把大明的一些文化带到了日本。"回殿下,这位作者叫吴承恩。可惜他已经去世了。"许仪后回禀道。

"啊……这样……"丰臣秀吉不免有些失落。他转身望向身后的四海神州图,内心蹿起一股熊熊燃烧的烈火。现在的日本已经牢牢地掌握在他的手中,所谓的天皇陛下只是一尊不问世事、供人朝拜的神像,唯一的威胁——德川家康也如一只温顺的野猫乖乖地屈服在他的脚下。这世上,还有谁是他丰臣秀吉的对手?他的目光徐徐瞄向图上一块巨大的版图——大明。没错,只有征服大明,才能向世人证明自己是真正的战无不胜!

正在这时,茶人千利休①端着茶盏走了进来。虽然他的声望在日本茶道界已无人可及,但仍秉承几十年来的简朴,不管何时都穿着最简单的粗布麻衣。"殿下,这是您要的茶。"他将茶盏递至秀吉跟前,然后低下了头。

绿莹莹的茶水清香四溢,在这黄金居室之中犹如一缕清泉涤荡人心。"利休,未来你去明国传播茶道,做那里的茶圣怎么样?"丰臣秀吉抿了一口茶后,漫不经心地说道。

"日本的茶道源于唐②,利休只是将其发扬光大罢了。"千利休仍然低着头,一脸

---

①千利休,日本茶道鼻祖和集大成者,在北野大茶会后,成为天下第一茶匠。
②清朝之前,日本人习惯称呼中国为"唐",并不是指"唐朝"。

淡漠。

"哼,谁说学生就不能向老师布道了?在我看来,强者就代表真理!在我有生之年,誓将唐之领土纳入我之版图!"丰臣秀吉对千利休淡泊名利的作风一向看不顺眼,认为其故作姿态是因为打心眼里瞧不起自己下等人的出身。"现在已经不是只论出身的年代了,你也该擦亮双眼,好好地看看这世界了。我——丰臣秀吉——就是最好的证明。"

正说到这里,一位下人走进来报:"小西行长已经从国外购置完军火回来了,此刻正在门外候着。"

这位小西行长是秀吉的心腹,因为从小就看着家里人做生意,所以很有商业头脑。后来又因为朋友的劝说,他竟然信奉了当时在日本并非主流的天主教,成为一名虔诚的基督徒。这层特殊的关系使得他与那些蓝眼睛、金头发的欧洲人更说得上话。因此,每次购置军火,丰臣秀吉都派他前去商谈。

"拜见太阁殿下!"小西行长一走进来就恭敬地行礼。许仪后知道这些日本人不想让他一个外人听见他们的谈话,便知趣地退了出去。

"行长,你这次去可有什么收获?"丰臣秀吉的眼里充满了期待。

"回殿下,卑职这次从南蛮①那里买到了最先进的鸟铳②。这种鸟铳能够在扣动扳机的同时引爆火药,可以射杀任何移动的物体。不像明国的火铳,只能先引燃外面的火药引线,等引线烧完后才能引爆火药。"说完,小西行长便让人从外面端进来一把样品供丰臣秀吉过目。

这把鸟铳比起以前的,身型更为小巧轻便,而且便于士兵补充弹药,的确是少见的优质武器。"太好了!有了它,我们在未来的战场上就更有胜算了!传我的命令,全军照着它打造一模一样的出来。行长,这件事就交由你负责。"

"殿下,卑职以为此刻不宜发动战争。日本因为您,才得以平息百年的战乱,百

---

①南蛮,日本战国时代对葡萄牙、西班牙的称呼。葡萄牙的贸易船只从南方的海上开过来,日本人从未见过黄毛碧眼的白人,因此用"南蛮"来称呼他们。

②鸟铳,明清时期对火绳枪的称呼,它是近代步枪的雏形。

姓们也想享受和平之乐。奈良时代的天武天皇之孙长屋王就曾写过'山川异域,风月同天;寄诸佛子,共结来缘'的名句,说的正是我们与唐啊。"千利休一改往日从不干政的作风,竟然主动劝说太阁殿下,此举令站在一旁的小西行长大为惊讶。

"千利休,你胆敢恃才傲物管教我!如果不是我举办北野大茶会①,也就没有你千利休的今天!说白了,你只是一个附庸权势才得以名满天下的茶人,还真把自己当成圣人了?不喝你千利休的茶,也死不了!"从没有人见过丰臣秀吉发这么大的火,除了千利休,所有人都纷纷跪了下去,低着头不敢作声。

千利休一脸平静,似一汪深深的水池,激不起丝毫涟漪。自他被织田信长聘为茶头②,就认识了当时崭露头角的秀吉。信长死后,秀吉成为接班人,继续聘用他,如今已有十年。可是这十年来,千利休悲哀地发现,当初那个令人敬重的朋友越走越远,越来越陌生……他的学生告诉他,是因为自己的名望在民间盖过了太阁殿下而招来嫉妒。欲加之罪,何患无辞?

见千利休不动声色,跟一根木头似的立在那儿,丰臣秀吉更是恼羞成怒,大吼道:"来人,将利休关进密室!没有我的准许,不得出来!"

"殿下,请三思!利休居士……他只是……一时失言罢了!"小西行长见状,立即替他求情。

可没想到千利休两手挥挥,坦然一笑道:"不必兴师动众,我自己去便是。"说完,他就退了出去。

丰臣秀吉愠怒的脸突然暗沉下来,他憋着气怒视前方。侍者们更是哆哆嗦嗦,不敢多言。

为了缓解尴尬的气氛,小西行长立即转移话题道:"殿下,除了鸟铳,这次我还带来一件更为厉害的秘密'武器'。有了他,我们更不用惧怕明国!"

"哦?是什么?!"

---

①北野大茶会,丰臣秀吉与千利休合作的最高峰,也是茶道史上仅见的大场面。北野大茶会是茶道空前的盛典,可以看出当时茶风的昌盛,而这次盛会对茶道普及的推动作用也是毋庸置疑的。

②茶头,茶道示范的老师。

"伊藤苍健,你进来吧。"

小西行长的脸上突然露出一丝令人恐惧又扬扬自得的笑容。

踏上忍者之路

伊藤苍健原名叫伊藤太郎,他八岁那年,日本发生了震惊全国的"本能寺之变"①。天正十年(1582),织田信长最信任的手下明智光秀突然谋反,以"接受信长的检阅"为幌子,带兵上万人从丹波龟山城一路向信长所在的京都本能寺进发。而当时信长的身边只有百来名亲兵,他的得力干将羽柴秀吉(即后来的丰臣秀吉)正远在高松城与毛利大军展开大战。秀吉此前曾多次捎信请信长派兵支援自己,所以他根本不可能及时赶回京都。算准了最好出兵时机的明智光秀向身后的军队高喊:"士兵们,我们的敌人就藏在那里面,一个活口都不要留下!"说完,大军就向本能寺发起了进攻。起初听到骚乱之声时,信长竟然以为是侍卫们在吵架,他正准备起身去看看,忽然听到铁炮发射和枪鸣之声。一个亲兵跑来哭喊道:"光秀大人……他反叛了!"紧接着,排山倒海的厮杀之声向信长袭来。百名亲兵根本无力招架上万士兵,很快节节败退。陷入绝境的信长不顾他人的阻拦,毅然决然地走向地下室,引燃了藏在那里的大量火药。轰的一声巨响,一团火球如同被点燃的"窜天

---

①本能寺之变,发生在日本天正十年六月二日(公元1582年6月21日)凌晨,织田信长的得力部下明智光秀在京都的本能寺中起兵谋反,主君信长自知不敌而自尽。日本历史也由此被改写。"本能寺之变"是日本史上最大、最有名的政变。

猴"腾空而起,热浪震得寺外的守军纷纷倒下。一代枭雄织田信长就这样死于自己亲信的逼迫,在大火中化为灰烬。

太郎的父亲就是当时信长身边一百多名亲兵中的一员,一同死在了这次叛乱之中。为了斩草除根,明智光秀下令不得放过与亲兵有关系的任何人,凡抓获者格杀勿论。一场腥风血雨就这样不期而至,席卷了太郎的村落。

那一天日落时分,他拾完柴火回家,却没有看见如往常一样守在门口等候的母亲。"我回来啦!"他的心中虽然升起一丝疑惑,但仍然哼着小曲推开了门。然而眼前的景象瞬间将他打入地狱:母亲和五岁的弟弟都倒在了血泊之中!"娘——次郎——"太郎惊呼着跑过去,从伤势看是被人一刀毙命的。就在这时,一个巨大的身影正从他的后方悄无声息地靠上来。还没等他反应过来,一枚手里剑①挟着旋风从窗口飞进来,擦过他的头顶,然后准确无误地击中了那个目标的要害。嘭的一声响,站在他身后的男人,握着正要举起的刀,直直地向后倒去。

"快走!"一个戴着斗笠的黑衣男人从窗口跃入,抓起太郎的手就从窗口翻了出去。

"你是谁?快放开我!"太郎使出全身的蛮力想挣脱黑衣人,可无济于事。

"臭小子,别废话,我是在救你!想活命就给我安静点!"那黑衣人从口袋里掏出一块布,不由分说地塞进他的嘴里,然后连拖带拽地将其"挟持"进一片丛林里。

天色已暗,布谷鸟在寂静的树林中低吟,微凉的夜风让人觉得有一丝丝的寒意。黑衣人终于放慢了脚步,最后倒在一片柔软的草地上,呼呼地喘着粗气。他打开水壶,咕噜咕噜地猛喝了几口,擦擦嘴,而后递给太郎,并把太郎嘴里的布拿了出来,却没想到这孩子丝毫不领情。"喂,不喝水,渴死的话,我可不管。"

"你是谁?为什么救我?还不如让我陪着妈妈和次郎一起走了算了!"太郎翻了个身,背朝着黑衣人。他舔了舔干巴巴的嘴唇,强咽着口水,以此来缓解想喝水的冲动。

黑衣人慢慢地摘下斗笠,露出一张饱经风霜的脸。他的左脸上有一条约莫一

---

①手里剑,日本对脱手暗器的统称,类似于飞镖。

寸长的刀疤,脸又长又窄,灰黑色的胡须越过下颌,一双眼睛如夜间追寻猎物的狼,散发出幽冷的光。"伊藤,你的父亲若是听到你这番话,定会失望的。"

听到这句话,太郎噌地从草地上翻身而起,眨巴着眼睛问:"你怎么认识我的父亲?他现在在哪里?我已许久没有见到他了!"

黑衣人轻轻地叹了口气,思忖着该如何向这个刚刚失去了母亲和弟弟的孩子解释。"你的父亲伊藤是我最好的朋友,我们曾一同为了做一名忍者而奋斗。可惜的是,伊藤并没有通过成为忍者的最终考核。因为我成为效忠信长大人的忍者,所以你的父亲后来加入了信长大人的亲兵护卫队。可没想到……"那黑衣人忽然攥紧拳头,忍住泪水道,"没想到明智光秀居然做了叛徒!都怪我……都怪我没有及时发现禀告信长大人……否则……伊藤君和信长大人也不会死……"

"你是说……我的父亲……他死了?"太郎愣愣地坐在地上,回想起父亲回家时带回来的京都糕点以及信长大人授予他的奖章,他抱起弟弟开心地用胡子蹭着弟弟的小脸蛋,惹得弟弟哇哇大叫,而母亲则站在一边笑眯眯地看着他们,那不过是两个月前的事情。"所以杀害我全家的是同一个人?!就是那个叫明智光秀的混蛋?我要杀了他——"太郎憋红了脸,抑制住哭腔,恨不能将那个背叛织田信长的叛徒碎尸万段。

"明智光秀岂是你一个小毛孩所能对付的?就连我也奈何不了他。眼下,我们只有寄托于秀吉大人了。"黑衣人蹲下身,双手搭在太郎的肩上,一字一顿道,"伊藤,从此以后,你就只有一件事要做,就是完成你父亲的心愿,成为一名优秀的忍者!"

"不!我不要成为一名优秀的忍者,我要成为日本第一忍者!"

"哼,臭小子年纪小,口气倒是不小。你可知道,修习忍术有多难?"

没想到太郎握起小拳头发誓说:"不要紧,再苦再累我都愿意。我一定要替我父母和次郎报仇,并完成我父亲的遗愿。"

黑衣人心中一惊,凝视着这孩子的双眼,他的眼睛如火炬般炽烈,如东升西落的太阳般坚定,如蓄势待发的火山般蕴藏着能量。"好,从此你就是我的弟子了!按忍者的规矩,我得给你取个新名字。"他望向眼前那棵苍劲有力的松柏,心中便有了答案:"苍健……从今往后,你就叫伊藤苍健吧!"

"是,师父。可我该怎么称呼您?"

"我叫中川剑藏。"黑衣人终于稍稍松懈了紧绷的神经,露出一丝浅浅的笑容。太郎不知道的是,他的这位师父是忍者中剑术最高超者,曾得到过两大剑圣——冢原卜传①和上泉信纲②的指点,并习得一套绝技秘剑,与当今的剑豪伊藤一刀斋③不相上下。

"我叫伊藤苍健,以后请多多关照!"苍健端端正正地行了个礼,抬起头与师父剑藏相视而笑。

---

①冢原卜传,日本战国时代剑圣。其流派为天真正传香取神道流,并同时被尊奉为新当流(鹿岛新当流)的开山祖师。

②上泉信纲,开创日本剑术知名流派新阴流,与冢原卜传一起被后人尊称为"剑圣"。

③伊藤一刀斋,日本战国时代一位强大的剑豪。一生中游历诸国,和各地武术家切磋技艺,并确立了对之后的日本剑道影响极大的一刀流。

关西无敌手

在得知织田信长被明智光秀害死后,羽柴秀吉立刻与正处于胶着状态的毛利大军讲和,而后踏上返程,于山崎之战中大败光秀。剑藏闻之,立刻带领徒弟苍健埋伏在光秀撤军的路上,待其在路边休息时,吹一毒针刺中其颈部,将其杀死。而后,几个村民路过,看到倒在地上的明智光秀,想必此前也曾受过他的迫害,恨得牙痒痒的,又用锄头补了几下。

那是苍健第一次目睹一个人被杀的经过,他还没有来得及体会报仇雪恨的快感,就见一个生命从眼前消逝了,这让他既不解恨,又对生命的脆弱感到惊恐。在回去的路上,他一直默默不语。

"臭小子,怎么了?怎么看你不高兴呢?"剑藏有些疑惑,在他看来,大仇已报,应该庆贺一番才是。

"明智光秀这么厉害……就这么死了?那忍者是不是也会这样……轻易地死掉呢?"苍健支支吾吾地问道。

剑藏这才明白这孩子是被方才的景象吓到了,他蹲下身认真地说:"你是不是没想到这么快就报仇了?以为至少要等个三年五载才能报仇雪恨?"

苍健连连点头。

"唉,我早说过,现在流行的这些江湖小说误人子弟!臭小子,你听好了,现实不是小说,想要打败明智光秀那样的人,单凭我们自己完全不可能,真正帮我们报仇的是秀吉大人。很多事情不能只看表面,得看其本质。再厉害的人都有一死,但我们无须害怕死亡,尤其是对忍者来说,任何时刻都要做好赴死的准备!"

"那我们该怎么感谢秀吉大人?我一定要谢谢他!"

剑藏摸了摸苍健的脑袋,笑道:"你要勤加练习,以后效忠于他。"

苍健似懂非懂地点了点头,脑海中开始想象,如果见到传说中的秀吉大人,该说些什么来表达自己的感激之情。但不管怎么说,他得先修炼成为一名顶尖忍者。

令剑藏惊讶的是,虽然伊藤没有做忍者的天赋和运气,但他的儿子好像是老天爷给他的补偿。苍健的听力极好,而且警惕性很高,他就像树林中的鹿,一有风吹草动就能感知到。在一次刺探情报的训练中,他仅凭听枪声的强弱,就准确地判断出目标的位置,而后趁其不备将其击倒。而且这孩子尤为勤奋刻苦,对自己教他的剑法熟记于心。有好几次起夜的时候,剑藏都看见他仍站在庭院中练习,想叫他回去休息,又咬咬牙装作没看见。

只是,他渐渐地发现苍健有一个致命的弱点:心肠软。这对忍者来说是致命的。每一次练习任务失败的原因都在于,即将胜利时他犹疑了片刻,而丝毫的差池放到实战中就会造成不堪设想的后果。苍健自己也渐渐意识到了问题的严重性,他甚至怀疑自己能否胜任忍者一职,但随后又立刻打消了这个消极的念头,并强迫自己变得心狠手辣。久而久之,他变得越来越沉默寡言,失败的次数也越来越少,最后趋近于零。

而让苍健真正名扬关西的则是"忍者之会"的一次意外事件。"忍者之会",顾名思义是只有忍者才能参加的盛会(因为干这一行的最害怕暴露身份),它在每年樱花初放的日子里召开。届时,凡是自命不凡的忍者都会去约定的地点一较高下,而胜利者会顺理成章地成为上忍,来年被雇用的赏金自然也能翻一番。在苍健三番五次的央求下,剑藏终于答应带他去观摩,顺便也让他在同行中切磋一下技艺。

"去了那儿,可千万不要盲目地下场比试,那都是些亡命之徒。"剑藏一再嘱咐道。

"是,师父。"

相比其他忍者的师父,剑藏完全属于慈父型。普通的上忍,往往收一群徒弟,一边教授技艺,一边让徒弟给自己卖命。像剑藏这样,只收一名弟子,还包吃包住、护犊子的,怕也只有他一人。

今年的"忍者之会"选择在富士山山脚举行,虽然大会还没有正式开始,但较量早已暗流涌动。两人正走近盛会地点,竟见眼前的土壤裂成了两半,一个不明物体嗖地从地下穿了过去。剑藏一把将苍健护在身后,大喝一声道:"定是土遁上忍伊东山木吧。"果然,不一会儿,从土壤里钻出一个矮小的男人。他拍了拍身上的土,行了一个礼道:"剑藏兄,失敬失敬。"

剑藏转过身,向苍健介绍道:"这位是有'地龙'之号、擅长使用土遁术在地底下行走的忍者——伊东山木。"

苍健立即向山木行礼道:"初次见面,请多多关照。我叫伊藤苍健。"

伊东山木好奇地看向剑藏,捶了一下他的胸口道:"好小子,你什么时候收了徒弟?我都不知道。"

剑藏不好意思地笑了笑,说:"有些年头了,今天带他出来献丑了。"

说完,三个人一齐走向富士山,此时那里已经聚集了近百位忍者。日本的忍者以关西伊贺的忍者最为出名,那儿甚至已经形成一条成熟的产业链,业务包括秘策、破坏、暗杀、收集情报等,且根据任务的难易有着严格的收费标准。而伊贺以忍成家族的势力最大,这一次,忍成就来了几十个,他们的头上都绑着白色的绷带,一眼望去格外醒目。

"看来这次忍成势在必得啊。"剑藏道。

"那可不,上一次酒井的人在执行任务时把忍成的一名忍者给杀了,他们这回是来报仇的。"山木解释道。酒井是伊贺地区的第二大忍者家族,跟忍成不仅是竞争对手,还是死对头。两家为不同的主人效力,因此在执行任务中看到对方的人都不会手下留情。

"嗯,真是火药味十足。"剑藏饶有兴致地看着。

等大家都站定后,主持盛会的裁判走了出来。这是一位年过百岁的老人,年轻的时候曾蝉联过五届第一名,至今无人打破这项纪录。"今年的盛会,照常是点到即止,以切磋技艺为主,大家都明白了吗?"老人话音刚落,就见忍成一方有人站了出来,道:"我要挑战酒井的人,不知道是否有人敢出来应战?"说话的是忍成家族的大儿子忍成一纲。

"哼,上次是我杀了你们的人,这回仍旧我来,让你们输得心服口服。"酒井家族最厉害的忍者——酒井秀中走出来应战道。

两个人走到对垒场地,不约而同地拔出了武士刀。还没等裁判发出指令,忍成一纲就先往前冲,挥刀砍去。霎时间,刀光连闪,怎么看这两人都不像只是切磋技艺而已。

"这酒井秀中的剑术的确不错,在忍成一纲之上。"剑藏点着头道。

"不过,他有点破绽。"苍健盯着他们的动作,漠然道。

剑藏和山木都好奇地看向他,等着他继续说。"酒井只是胜在剑术快,但并没有达到行云流水的境界,如果他这时背后受敌就难逃一劫了。"

苍健的这句话不幸被言中了。当他们二人打得难舍难分之时,不知从哪里飞出几根毒针,以迅雷不及掩耳之势飞向酒井秀中,刺瞎了他的双眼。"啊……"他猛地扔掉武士刀,跪在地上捂住眼睛。"你们暗算我!"他痛苦地叫道。

"哼,你自己技艺不精,凭什么说我暗算你?"

"那根毒矢不是你吹出的,是其他人吹的。"苍健走出来指着忍成的人说。

忍成家族的人立刻看向苍健,大声质问道:"你是什么人,敢随便泼脏水?你哪只眼睛看到了?"

剑藏倒吸一口凉气,走上前赔笑着说:"这是我的小徒,他初来乍到,不懂规矩,大家不要跟小孩子一般计较。"

"师父……我明明……"苍健扭过脸去,有点不甘地说。剑藏立即用一个眼神制止了他。

"哼,我还以为是哪个不知天高地厚的小子,没想到是中川兄的徒弟。"忍成一纲冷笑道,"我们忍成的人可不能被这么羞辱了,今天大家都在,这要是传出去,往后我们的脸还往哪儿搁?"

"那你想怎么样?"剑藏的脸沉了下来。

"除非你能打赢我,否则这小子就得跪下来给我们磕几个响头!"

剑藏不禁握紧了剑柄,道:"好,正想领教一下,我奉陪到底!"说完,他就走向比试场。

"剑藏兄,加油!"山木挥舞着手喊道。苍健却有点隐隐约约的担心。

裁判一声令下,忍成一纲依然先发制人,他一边嘶吼,一边提刀冲了上去。剑藏站在原地一动不动,眼见刀尖已近在咫尺,他单手提刀挡住了袭击。一纲吃了一惊,因为这还是第一次有人用单手就抵挡住自己的一击。

"这个剑藏的剑术果然了得,我听说他曾得到过上泉信纲的指点。""看来这次大哥有麻烦了。"忍成的人交头接耳道。

在过了三个回合后,忍成一纲已经显露出疲态,而中川剑藏连气也不带喘的。"这么打下去,我肯定不是他的对手……但我不能输……"他一边想,一边暗地里使出金遁术——拿出一枚金属物件对准阳光然后照向对方的眼睛。

剑藏突然被一束强烈、刺眼的光芒照射得睁不开眼睛,眼前出现了无数个光斑,使得他的眼睛不停地流泪。趁着他眨眼睛的时候,忍成一纲已飞至眼前,从他的头顶劈了下去。看到这里,众人的心不禁都提了起来。就在这时,另一把刀飞了过来,咣的一声击中忍成的刀背,把它击飞了出去。

"裁判大人,这位忍成一纲方才又作弊,根据比试的规则,他应当被永远取消资格。"苍健走了出来,大声地对裁判说,然后走上对垒场,拾起了刚才飞出的刀。所有人都吃惊地看向这个少年,可他好像完全不在乎似的。

裁判老头捋着胡子说:"没错,我也发现忍成一纲方才暗地里使出了金遁术,虽然这在实战中可取,可今天是比试。正如这个年轻人所说,忍成一纲将被永远取消比试资格,夺去其上忍的身份!这一局判中川剑藏获胜!"

忍成一纲气得七窍生烟,咬着牙道:"好小子,你给我等着瞧!"说完,他头也不回地走出了比试场。

剑藏虽然赢了这局,但他也高兴不起来,指着苍健说:"你呀你,忍成的人以后一定不会放过你。"

果然,麻烦在"忍者之会"结束后的第二周找上了门。那日,苍健奉师父之命去京都送一封信,正走在半道上,就被一个熟悉的身影挡住了去路。他正眼一瞧,来者正是忍成一纲。"我还以为是谁呢,原来是作弊者。"他笑道。

"哼,臭小子,今天可没有你的师父替你解围了。"

"不用我师父,打败你,绰绰有余。"

"哇,口气不小!我们忍成也算是忍者里的头把交椅,你要是能打败我和我身后的人,我就放话出去:关西无人是你的对手,之前的那笔账也就此算清。可如果你没能打败我们,中川剑藏就等着收你的尸体吧。"话毕,苍健就被十几名忍成家族里的忍者给包围了。他没想到对方会来这么多人,而且都是一等一的高手,手心不禁泛出细细的冷汗。

"上!"忍成一纲一声令下,所有人一齐冲了上去。苍健一边挥剑,一边从袖中甩出手里剑,他不停地上下纵跃,依靠大树来躲避袭击。但忍成的人个个身怀绝技,他们有的飞出毒矢,有的使出火遁爆炸术,有的用忍刀与他近距离作战。

苍健打得越来越力不从心,就连随身携带的手里剑也快用完了。他正想着脱身之计,竟见眼前的土壤突然裂了开来,紧接着从土壤里蹿出一根长戟,把忍成的一半忍者直接给捅开了花。

"这是……土遁术?"忍成一纲慌了,他慌忙飞至一棵树上才躲过一劫。

苍健这才松了口气,对着土地喊道:"山木叔叔,您快现身吧。"

不一会儿,伊东山木就从土壤里钻了出来,他拍了拍身上的土说:"这年头,还真有人敢在太岁爷头上动土,真是不想活命了。"原来剑藏早料到忍成的人会设下埋伏,便让山木暗中跟着苍健。

"我说作弊的,你十几个挑我一个实在有点不公平,我们两个打你们总可以吧?"说完,苍健犹如一股疾风冲了出去。

忍成一纲方才的嚣张气焰顿时没了一半,他慌忙接招,但每一招都比苍健慢了半拍,打得越来越被动。就在他准备故技重施使出金遁术时,苍健读出了他的心思,他迅即用脚尖挑起几粒小石子,然后飞起一脚,把石子踢向一纲的脸。

"啊……"忍成一纲的脸顿时血流如注,他跪倒在地,痛苦地尖叫起来。

"大哥……"忍成残余的几人急忙跑了过去,把他扶了起来。

"怎么,还打不打了?"山木问道。

忍成一纲放下刀,磕了一记响头道:"这回是我输了,我认!希望二位不要把今天的事说出去,让我的师父为难。拜托了!"

苍健认真地看着他的脸,想了想,说:"好,我们两家的仇怨就到此为止。"说完,他转过身准备继续上路。

然而,他们没走出几步远,一枚手里剑从背后飞了过来。苍健早有防备,他一把抽出刀,往上一挥,刀尖正好钩住手里剑,随即又把它甩了回去。"啊——"忍成一纲被自己飞出的手里剑击中,倒在了血泊中。忍成的其他人见状,纷纷跪地求饶。

"哇,苍健,你怎么知道这家伙要暗算我们?"山木吃惊地问。

"师父教我的一点读心术。我本以为是自己想错了,想他真能放下屠刀、改过自新,没想到还是狗改不了吃屎,果然,像他这样无视规则的卑鄙小人是不太可能忽然悔改的。"

"嗯……有道理……那你给我讲讲这读心术呗,以报答我的救命之恩。"山木将着胡须,笑呵呵道。

"这,我也不知道该怎么说,你去问我师父。"

"剑藏那臭小子哪肯教我!准反过来让我教他土遁术!"两个人行走在夕阳下,你一言我一语,向着京都而去。从此,伊藤苍健挑战忍成家族获胜的消息一传十、十传百,坊间都说:关西无人是他的对手。

剑藏的担忧

虽然苍健在关西出了名,但他本人并不在意此事,令他真正难忘的是第一次见到丰臣秀吉。那是剑藏带他去参加北野大茶会并担任便衣护卫,他的主要任务是帮助师父盯梢,留意那些看上去像刺客的人,顺道见识一下日本有史以来空前绝后的茶道盛会。

彼时,秀吉已继承信长的家业,被天皇陛下封为关白①并赐"丰臣"姓氏。热衷茶道的他,在千利休的提议下,向九州宣布:无论武士、商人还是贫民,无论是日本人、明国人还是朝鲜人,只要热爱茶道,就可以来参加盛会。起初,大多数人对这种跨越民族和阶级的活动抱怀疑的态度,但在得到官方的确认后,无人不响应、不欢呼。一时间,来自五湖四海的人放下仇恨和偏见,只因三杯两盏清茶远道而来。所有人自带茶釜②、水瓶和茶叶,如果买不起茶叶,即使用米粉糊替代也不会被人嘲笑。大家在柔软的草坪上铺一张草席,三五成群,席地而坐,侃侃而谈。远远望去,宽旷的草地上已有八百多张大大小小的茶席,而最为瞩目的非千利休和丰臣秀吉

---

①关白,日本天皇成年后,辅助天皇总理万机的重要职位,相当于中国古代的丞相。关白退位后称"太阁"。

②茶釜,茶事中烧水用的锅、壶,区别于普通的锅,是一种手工艺品。

所在的茶席莫属。

对于千利休来说,茶道的真正意义是连接人与人心中的道。茶道,它无须炫技,无须追求刻意的美,品者只需用最真诚的心去感受最朴实的美即可。现在,他终于做到了!这比那些达官贵人的称赞更让他骄傲。而对于丰臣秀吉来说,这一次盛会正是他展现自己声望的最佳时机。他坐在最中心的位置上,望着四周的芸芸众生,一种巨大的主宰感从心底冉冉升起。盛会在他展示自己的黄金茶室时达到了高潮。这是一座用纯黄金打造的茶室,茶室通体金光闪闪,气势恢宏,除了基础结构是黄金,就连内置的榻榻米、茶器与茶具,无不用黄金打造。所有人踮起脚尖围观,对这奢华的茶室啧啧赞叹,眼神中流露出向往之情。

"唉,真希望伊藤也能看到这一幕,日本的战乱终于在秀吉大人的手上终结了,也只有在太平之世,大家才能共赏茶道之雅。他要是来参加盛会,准会高兴得要死。"剑藏想起曾经喜欢喝茶的伊藤,内心泛起一阵涟漪。

苍健也是头一回听师父谈起父亲的喜好,在家的时候,父亲只是隔三岔五地回来,每次又匆匆离去,所以并不知道他喜欢茶道的事。"如果和平能早点到来就好了……家父家母也就不会……"他低下了脑袋,眼里噙着泪。

剑藏摸了摸他的脑袋,说:"苍健,你要记住,和平的代价必然是鲜血和付出,你将来要替秀吉大人守护好这一切。"

"嗯,师父放心,我一定做到。"苍健点了点头,看向远处坐在黄金茶室里的两个人,由衷地赞叹道:"秀吉大人应该是这个世界上最厉害的人吧。"

剑藏点了点头,又摇了摇头道:"秀吉大人的确厉害,但不是最厉害的。"

苍健惊讶地看向师父。"那还有谁?"

"你看见坐在他身边的老者了吗?那个慈眉善目的老人,看似手无寸铁,却能在无形中'杀人'。"

"无形中杀人?难道……他会忍术?"

"不会。无形中杀人并不是指把人真的杀了,而是能让人心悦诚服地放下一切,它比剑道和忍术都要难,是一种最高的境界,或许有一天你会明白的。"

苍健循着师父的目光徐徐望去,那个衣着朴素的老者让他想起了小时候经常给自己糖吃的邻居爷爷。此时的他万万没想到,将来的某一天自己要去亲手解决这个最厉害的人。

这一天在天正十九年(1591)樱花初放的时候到来。那是一个闷热的午后,一切都好像憋着气一般,就在剑藏小憩的时候,庭院里突然来了一位不速之客。这位客人与普通的日本人不太一样,他衣领的样式是欧洲贵族男人才会穿戴的层层叠叠的花边领口,复杂的衣领下还挂着一枚像汉字"十"一样的配饰,此人自称"小西行长"。

"行长大人来我这小小的寒舍做什么?"剑藏有些疑惑,他知道小西行长是太阁殿下身边的大红人,突然造访定有蹊跷。

"是上帝把我指引到这儿的。多有打搅,失礼了。"行长恭敬地行了一个礼。

剑藏歪了歪眉毛道:"有什么事,行长大人直说便好。"

"是。我听说您是伊藤苍健的师父,他现在作为日本炙手可热的忍者,未来不可限量。我此来正是为了寻他去执行更为宏大的任务。"

"这孩子的武艺的确高于他人,甚至已经超越了我。可是我作为教导了他十年的老师,明白他还需要磨一磨心气。恕我直言,现在不是他出关的最好时机。"

"可是太阁殿下现在正需要他!"小西行长忽然摆出一副不达目的就不走的架势。作为一名精打细算的商人,在他的眼里,伊藤苍健是一件价值不菲的宝贝,只不过卖方中川剑藏收藏多年,一时没有得到满意的价格罢了。"您看这样行吗?您说个数,只要我给得起。这笔钱足够您后半辈子吃喝,以后再也不用去干那些危险的工作了。"

"行长大人这么说也太瞧不起我们忍者了吧!秀吉殿下是我和苍健的恩人,只要他需要,我们自然鼎力相助。恕我冒昧地问一个问题,执行这项任务需要多久呢?"

"快的话,一两年;如果不顺利,七八年也是有可能的。"

剑藏沉重地点了点头,他望向正在屋里阅读兵书的苍健,明白离别的日子终归来了。当年的小男孩已经成长为一个出类拔萃、身姿挺拔的十八岁少年,但在他的心中苍健依然是十年前的模样。他蹑步进屋,装作若无其事的样子道:"苍健,你听我说件事。"

"是,师父。"苍健放下兵书,抬起头。他继承了母亲白皙的脸庞,一双狭长的眼睛则来自父亲,高耸的鼻梁使得他的脸尤为立体,薄薄的嘴唇如锋利的刀片。

"你还记得十年前你立下的志向吗?"剑藏问。

"徒儿从来没有忘记过。我要成为日本第一忍者。"

"很好,实现你梦想的时候来了。从今日起,你可以出关了。"

"真的……吗?!"苍健既兴奋又疑惑地站了起来。这个消息来得太突然,让他一时很难相信。

"这臭小子……离开我就那么高兴吗?"剑藏不禁在心里暗骂,但他仍然装作面无表情的样子,点了点头。"只不过,你得通过最后一项考核,才能成为一名自由的忍者。"他清了清嗓子道。这时,一束逆光打在他的脸上,使得他的脸一半隐匿在黑暗中,一半又亮得发白。

"师父请说!徒儿一定做到!"

中川剑藏忽然向伊藤苍健扔去一把剑。一句简短而低沉的话像是从狭长的山洞里幽幽地传来:"杀了我。"

"师父,您……说……什么?"苍健愣愣地立在那儿,脑子一片空白。

"笨蛋!师父我下达任务从不说第二遍,你不是不知道!"剑藏恼火地吼道,"伊藤苍健,你最后的考核就是杀了我!只有这样,你才有可能成为日本第一忍者!"

"为……什……么……为什么?!为什么只有杀了您,我才可能成为第一?!"苍健不理解地摇着头,一步步地往后退去。

剑藏一把捡起地上的剑,大步走到他的跟前,强行把剑塞入他的手中。"如果有一天,你我效忠不同的主人,成为敌人,难道你也会手下留情吗?!我跟你说过多少遍,身为忍者,是不能讲感情的!我们要做的就是无条件地服从上级的命令!如果连这一点都做不到,你就跟你的父亲一样,连成为一名合格的忍者都不配!"

"不许您这么说我的父亲!我……我们不是说好要一起效忠太阁殿下的吗?怎么可能会有成为敌人的那一天?让我……让我杀了师父您……我实在做不到……"苍健捂住脸,跪了下去,泪如泉涌。

"既然如此,那你就不再是我中川剑藏的徒弟!你也不配做我的徒弟!"剑藏一把将佩剑拔了出来,举起来忍住泪道,"那就让我亲手解决了你这个让人蒙羞的弟子!"说完,他就挥剑而下。

苍健这才觉悟到师父的决心,他无奈地捡起地上的剑,无力又及时地挡住了攻击。站在庭院里的小西行长听到屋里的动静,慌忙走近前去观战。他不知道发生了什么事情,本想上前劝阻,但转念一想,还是少插手为好。只见师徒二人所到之处无不一片狼藉,两剑相撞之声摄人心魄,他们从书房一直打到走廊,再从走廊打到庭院。樱花花瓣随着剑气所带起的旋风围绕着他们旋转、飞舞,洒满了一地。

"笨蛋,你的剑法什么时候这么不流畅了?拿出你之前单挑忍成家族的架势啊!"剑藏一边挥剑一边吼道。

"啊——"苍健大吼一声,脸色已涨得绯红,终于拿出了决战的气势。

"哼,这才像话,是我中川剑藏的徒弟!"剑藏突然一个回转,干脆利落地使出了一刀流的独门绝招——切落技。

但令人震惊的一幕发生了:苍健竟然从容不迫地接住了招式,两剑相撞,只听得铮的一声脆响,剑藏的剑被砍成了两截,剑头飞出一丈远,掉到了地上。观战的小西行长忍不住想拍手叫好,又忍住了。

苍健呼呼地喘着粗气,不敢相信地盯着自己的剑,他想道歉但被剑藏制止了。"我输了,你杀了我吧。"

"师父,我不是有意的……"

剑藏见苍健又软了心肠,唉声叹气,最担心的事情果然再次发生了。"笨蛋!"他大吼道,然后一把握住苍健的剑,奋力一拉,刺中了自己的胸腔。

"师父——为什么?呜呜呜呜……"苍健惊慌失措地抱住他,慢慢跪倒在地上。

"你一定要记住我的话,忍者是不能讲感情的。人终归有一死,与其死在别人的手里,还不如死在你的手里。"剑藏抬起已布满鲜血的手,擦去爱徒的眼泪,用尽最后一丝力气道,"去吧……跟随行长大人去开始新的人生吧,忘了我这个糟老头子……待你成为真正的天下第一,我和你的父亲也会含笑九泉。"说完,他呜咽了几声,便不再挣扎。

"师父！师父！"苍健紧紧抱住这位最后的亲人，对着苍天哭喊道。此时此刻，他还不明白为什么师父一定要如此逼死自己。直到若干年后的某一天，当他在异国他乡再一次感受到这种撕心裂肺的疼痛时，他才明白师父的良苦用心。

"你就是伊藤苍健吧，请节哀。"等苍健渐渐平复了心绪，小西行长才慢慢地走了过来，小心翼翼地说道，"中川剑藏先生一定能去往天堂，我方才已经为他祈祷过了，上帝耶稣会保佑他的。"

"我听不懂你在说些什么，什么酥不酥的。"苍健不禁皱起了眉头，心里想着，要不是这个人出现，又怎么会发生这样的事？

小西行长并不生气，而是语重心长地说道："你不是一直想成为日本第一忍者吗？现在太阁殿下想带领我们去征服明国，正是需要人才的时候。我听闻在关西无人是你的对手，除了剑道，你还擅长各种暗器，若能帮助我们打败明军，立下头功，成为日本公认的第一忍者还不是太阁殿下一句话的事情吗？"他一只手搭在了苍健的肩上，抛下最后一句话："想想你的师父，还有他对你说的话，你总不希望他白白死去吧。"

苍健一把推开行长的手，转过身道："我不想把它看成交易。我们忍者虽然地位卑贱，在外人看来好像只要给钱就行，但我们也是重感情的。太阁殿下是我和师父共同的恩人，无须您多言，我也会无条件地服从他。"

"咳咳，那就好。"小西行长不满地撇撇嘴，又见这个年轻人自顾自地转身离去，便问道，"你现在要去哪里？"

"待我把师父埋葬在那棵樱花树下，就跟你走。"苍健冷冷地回道。寂静的庭院中，樱花花瓣漫天飘散，一抹血色格外刺眼，它像一条猩红色的毒蛇匍匐于地，仿佛为少年的未来埋下了一道深不可测的预言。

再见了,大师

位于京都的伏见城乃丰臣秀吉的大本营,它由近千座日式阁楼聚集而成,堪比天皇陛下的宫殿群。秀吉所在的主楼最为瞩目,它被坚固的石墙围绕,并用宽阔的城壕保护,周围是近两千名防卫武士的住所、办公场所、粮库和武器库。伊藤苍健随小西行长一路穿过层层关卡,还得时不时应付陌生人的问候,大约走了近一千步的距离后,他们终于站定了。

"你先在此等候,我让人叫你,你再进来。"行长嘱咐了一声,然后整了整衣衫,在门卫的带领下走了进去。

过了约半个时辰,一个老者走了出来,他绷着脸,急速地与苍健擦肩而过。"这是……"苍健忍不住回头望了一下,顿时想起那是在北野大茶会上见过的千利休大人。

"伊藤苍健,你进来吧。"过了不多久,突然有人唤他。

"是。"苍健毕恭毕敬地行了一个礼,轻轻呼了一口气,然后穿过一道道精致的移门。每道移门的两侧都有一位侍女专门守候,不用自己打开,两扇门便自动开了。他不敢东张西望,只是专注地盯着正前方,整理着自己紧张的心情。

终于,他来到一座金碧辉煌的居室,小西行长站在他的前面,转过头给了他一个鼓励的眼神。而坐在正前方榻榻米上的身形瘦小的老人,正是当今日本的实际掌权者——丰臣秀吉。

"行长,这就是你说的那个忍者?"秀吉打量着眼前这个穿着一袭黑色麻衣、剑客装束的年轻人,语气里带点疑惑。

"是的,殿下。这孩子多次以少胜多,剑法高超,在关西无人是他的对手。"

"我没有问你,小西行长。我是在问这孩子!"

"是。"行长立刻吓得低下头,不再吱声。

这时,一个镇定的声音从他的身后传来:"我只知道见招拆招,敌人生什么心,我就用什么法。"

"嗯……"丰臣秀吉摇着金光闪闪的黄金扇子,意味深长地点了点头。他的身边不缺剑术高超者,缺的是懂得随机应变的有心之人。丰臣秀吉很是赞许,但他并没有表露出来。"你们先退下吧,今天就到这里。"他合上扇子说道。

"是,殿下。"行长和苍健行完礼后,便退了出去。两个人没有再多交谈,心中都有些七上八下。

不久之后,丰臣秀吉便正式对外宣布他想要征服明国的计划。此消息并没有震惊到许多人,因为这位把自己看作天下第一战神的小老头已经多次发表过"吾欲征服明国"的演说。除以千利休为首的一群反战派外,其余的人皆没有站出来反对。千利休虽然不直接参与军国大事,但他的地位和声望在民间都很高,所以得到他的支持对秀吉而言是当下最紧要的事情。可是无论谁去劝说都无功而返,没有办法,只能以死相逼了。而这个不讨好的任务最终落在了伊藤苍健的头上。

"如果千利休再不肯低头,就杀了他吧。"丰臣秀吉的这道命令像一只苍蝇,一直萦绕在苍健的脑海里嗡嗡作响,他迈着沉重的步伐向千利休的茶室走去。既然已经成为誓死服从秀吉大人的忍者,他别无选择。

千利休的茶室与丰臣秀吉的茶室在日本一样出名,只不过是出了名的小。人们很诧异,作为茶道的发扬光大者,他的茶室却朴素得让人生出怜悯之心。茶室的入口不是门,而是一个比狗洞略大的口子,访客不能走进去,只能蜷缩着身子钻进去。当年,就连天皇陛下大驾光临都没有例外,更别提丰臣秀吉了。待人好不容易爬进去,抬头一看,空荡荡的密室里只有一张小桌子和一处榻榻米。桌上有一朵绽放的小花,一缕阳光从一个小小的窗口斜射进来,均匀地洒在花瓣上。移动视线,墙上挂着一幅写有禅语的毛笔字。此时,千利休正安静地坐在小小的榻榻米上,闭着眼睛打坐。

"打搅了。"苍健行了一个礼,然后盘腿坐了下来,"不知大人是否……"

"不用问了。这世上,只有美才能让我屈服。"千利休睁开眼睛,平缓地说道,"年轻人,你一路走来,一定也渴了,也许你是最后一位品我茶的客人了。"

"真的吗?我……实在……诚惶诚恐。真是太感谢了!"

千利休拿出茶具,他先用手焙热茶碗,然后用茶勺①从陶瓷做的茶入②中取出碾磨好的茶粉倒入茶碗中,再用柄杓③舀出茶釜中刚煮好的晨露之水,也倒入茶碗中,接着用茶筅④均匀有力地研磨茶粉,发出悦耳动听的簌簌之声。不一会儿,一碗碧绿清澈的茶就端到了苍健的面前。"请品味这质朴的茶,感受生命的喜悦吧。"他和颜悦色地说。

"谢谢。"苍健端起碗,抿了一口,顿时感到被长期压抑的甜美回忆正在复苏。"这是……"他不禁回忆起小时候母亲做的寿司,寿司里放了特别给他准备的糖块,每次弟弟吃不到,都会大哭大闹,可已经有很多年没有再吃到母亲卷的寿司了……他的眼泪忍不住掉了下来,原来当年师父所说的"最高的境界"就是这层意思。

"对不起,对不起,不知为何,我想到了自己的母亲。"苍健擦了擦脸,吸了吸鼻子,恢复镇定道。

"年轻人,恕我直言,你天性善良,不适合做一名忍者。"

"可是……我……别无选择。"

"人生的路都是自己选择的,没有人能替你做主。"

"我已经决心成为日本第一忍者了,往后再难,都不能辜负师父对我十年的栽培!"苍健记起自己这次来的任务,便道,"我奉太阁殿下之命,如果您不肯答应主

---

① 茶勺,从茶罐(或茶入)中取茶的用具,竹制。
② 茶入,用陶瓷、金属、漆器等制作而成的盛抹茶的小罐。
③ 柄杓,竹制的取水用具,在中间段多有竹节,用来取出釜中的热水。
④ 茶筅,圆筒形竹制的点茶用具,形状如喇叭,约高11厘米,直径6厘米。

战，就只能对不起了。"

"不用你费力，我早就做好准备了。我之所以不支持这场战争，不是因为懦弱，而是因为它注定会失败。明国和朝鲜没有你们想的那么不堪一击！请转告太阁殿下，千利休永远不会向权力低头。"说完，他整了整衣衫，把自己倾注一生的茶具统统擦拭干净，然后逐一摆放整齐，又在心中默念了一段禅语。良久，他才睁开双眼，从容淡定地拔出一把短刀，决绝地刺向自己的腹部，然后从左至右地切割，身体也随之慢慢地倒了下去。为了使他少承受一些痛苦，苍健挥刀向他的脖子斩去，但并不完全斩断，以此保全他的尊严。猩红的鲜血喷涌了出来，浸染了那方小小的榻榻米。一束柔和的阳光从小窗户里洒了进来，洒在了千利休安详的脸上，驱散了死亡的阴冷和血腥。

伊藤苍健不由得闭上眼睛，他感到一个时代正在他的眼皮子底下结束。1591年4月21日，日本茶道鼻祖千利休以死明志，享年六十九岁。消息传出，日本上下一片哀声。

现在，再没有反对的声音可以阻挡丰臣秀吉了，最新的情报告诉他：明国的当朝皇帝惰于朝政，内忧外患，帝国看似庞大，实则不堪一击；朝鲜二百年未有战事，民不知兵，士不知战，打败它如同碾死一只蚂蚁那么简单。如此看来，征服朝鲜和明国，进而统一东亚似乎指日可待，他丰臣秀吉即将成为前无古人、后无来者的东亚主宰。作为战略的第一步，他首先将目光投向朝鲜，然后计划一路打至明国。局势不可谓不紧张，然而此时的明国和朝鲜对此还一无所知。

眼看故国即将遭难，医者许仪后决定冒死把此消息传回去。他已经被劫持到日本整整二十年。这二十年来，他在这里娶妻生子，凭借高超的医术成为御用医师，日子也算过得滋润，但他从未忘记过自己是大明的人。于是，他悄悄地将自己知道的情报详细地写下来，并在信中附上日本将挟持朝鲜王的计划。可是该怎么将这封密函安全地送回大明呢？思来想去，他决定采用一个古老又安全的方法——把密函塞入一条死鱼的嘴里，然后带上它去见一个经常来日本做生意的老乡，此人名叫朱均旺。

然而，当许仪后来到港口时，那里已经布满了检查出行的哨兵，这些人正是丰臣秀吉害怕有间谍出没而特意安排的。他正欲往一艘停靠的船只走去,就被一个哨兵挡住了去路。

"你是什么人?来这里做什么?"

许仪后的心简直要跳出喉咙了,但他强装镇定,掏出一块牌子道:"哈,我是岛津大人的御用医师,这是我的身份证明。来这里是给我一个认识的朋友送晕船药的。"那哨兵接过牌子,又翻开他随身的篮子瞅了一眼,发现里面是一条鱼和一包药,才挥了挥手示意他过去。"谢谢,谢谢大人!"他鞠了一躬,立刻转身跑向一艘小船。

"许大夫,这么晚了来找我做什么?"老乡朱均旺正准备返航,见一穿着斗笠的人走上他的船,定睛一看是经常给自己晕船药的许医师。

"朱兄,你这才来几天,怎么这么快就走了?"

"唉,也不知咋搞的,这倭寇突然不让我们下船了,一夜之间还布满了士兵,怪吓人的。您知不知道是咋回事儿?"

许仪后见四下无人,便凑近身子悄声说道:"不瞒你说,是要打仗了……"

"打仗?打仗有什么稀奇的?这倭寇自己打自己都打了一百年了,不妨碍我们做生意就好了!"

"不是!是打我——们——"许仪后指了指自己,不免有些焦急。

"我……们?"

"大明啊!"许仪后凑近他的耳根子道。

"唉,就倭寇那些兵力,不早就被戚继光收拾得差不多了吗?有什么好怕的?"

"不是,不是,这回不一样。这回是丰臣秀吉举全国的兵力,想要吞灭大明!"

"你说什么?此话当真?!这倭寇是吃了熊心豹子胆了吧!"朱均旺一听,差点嚷嚷出来。许仪后见状,立即捂住他的嘴巴,然后从篮子里拿出那条鱼说:"我已经把情报塞入这条鱼里了,请务必把它带回大明,交给任何一个官老爷都可以!"

朱均旺接过鱼,心顿时怦怦直跳,他咽了口唾沫,抬起头道:"好,我明白了,我一定将它带到!只是您为什么不跟我一起回去呢?留在这里多危险,万一哪天那些倭寇把您……"

"我以前也想回国,可是一来我在这里已有妻儿,二来我突然消失定会让倭寇生疑啊……"他拍了拍朱均旺的肩膀安慰道,"放心,我在这里已经二十年了,倭寇能拿我咋的?大明的安危就拜托你了……"话音刚落,一个日本哨兵突然走上船,幸好此人听不懂他们的交谈。

"我们奉公行事,所有的船只离港前都必须彻底检查!"哨兵说完,一队日本兵就从身后跑了上来,开始在船上翻箱倒柜地搜查。许仪后和朱均旺互相对视了一眼,然后悄悄地用身子挡住了那条鱼。

"报告长官,没有发现什么异样!"

"嗯,很好。"那哨兵正准备放行,突然留意到许仪后和朱均旺两个人都神色紧张地紧挨在一起,便疾步走上前道,"你们两个,身后的是什么?!"

"啊,没什么,就是一条鱼。我刚打上来准备拿回去给我家娘子补身子的。"朱均旺立刻闪开,指了指那条死鱼。那哨兵定睛一看,果然是条鱼,又满脸狐疑地抬头看向二人。就在这时,朱均旺突然躺倒在甲板上,用汉语痛苦地大喊大叫:"哎哟,许大夫,我的肚子好痛,您赶紧给我看看。"

"哎呀,你昨晚上吃什么了?"许仪后立即配合地开始脱他的衣服,然后装模作样地按着脉搏,又转过头对那哨兵用日语道,"这位大人,我是来给病人看病的,如果你们都已经检查完了,就不要耽误我诊治。"

"啊,原来如此。"那日本兵信以为真,便挥了挥手,让所有人撤离。待其走远,许和朱才松了一口气,不由得擦了擦额头上细密的汗珠。

朱均旺捡起死鱼,把它扔进桶里,然后握了握许仪后的手道:"许大夫,此地危险,不宜久留。您还是快点回家,别让嫂子担心了。我会把鱼里的密函带到的,不过……恕我直言,他们信不信,我可保证不了……那些官老爷的作风,您不是不知道……"

"嗯,我明白。只要我们尽了一个子民的责任,问心无愧就够了。还有……"许仪后突然想起二十年未见的父母,又想到这辈子恐怕都无法再回去看一眼,便紧紧握住朱均旺的手道,"我是回不去了……我在这里伺候过倭寇,一回去,定会被人指控为通倭……回去告诉我的老父老母,我在这里很好,叫他们放心……儿子不孝,就当我已不在这人世了吧!"说完,他一度哽咽。

"许大夫,您这说的什么话!"

"你一定要小心,一路平安!"说完,他便扭头离去,跳到岸上,向船挥了挥手。朱均旺也向他挥了挥手,然后扬帆起航。夜幕中,厚重的水汽像一层薄薄的纱,使得一切看起来朦朦胧胧的;渔船一动,将水中的月亮割裂成碎片,四散开去。低吟的浪涛将今夜的秘密藏于海底,等待着某天讲述给后人听。

许仪后踮起脚尖,一直目送着那张白帆消失在天际的尽头,可他的心头仍难以平静。"远方的故国,真不知何时能再回到你的怀抱!故乡的父母啊,能不能再让儿子尽一回孝?只可惜,这一切不过是自己的一厢情愿罢了……只要倭寇不会真的打到故土,自己死在这里又何妨呢!"想到这里,他潸然泪下,面朝黑沉沉的大海吟诵了一首杜甫的《春望》:

> 国破山河在,城春草木深。
> 感时花溅泪,恨别鸟惊心。
> 烽火连三月,家书抵万金。
> 白头搔更短,浑欲不胜簪。

只是真的会有人相信他写的一切吗?会有人化解这场危机吗?这世上真的有牵制太阳引力的力量吗?现在,一切都是未知数。

无法言说的秘密

骆尚志自大同一路策马奔回老家浙江余姚,家里传书给他说母亲病危,临死前想见他最后一面。他马不停蹄,也顾不上吃一顿好饭,等实在饿得不行时,才在一个热闹的集市里停了下来。正扒了几口饭,他抬头一瞧,发觉正对面有个小贩在卖拨浪鼓。那担子上的拨浪鼓有各色花样,或是描绘了孩童放鞭炮,或是福禄寿,又或是花鸟图……这让他想起了一个人。"嗯,这次回家万一碰到那丫头,肯定又得被要礼物,不带点什么总不好,买了也好歹有个交代。"这么想着,他竟鬼使神差地走到那小贩面前,选了半天,最后挑中一个绘有粉色玉兰花的六角形拨浪鼓。

然而,待他回到家后才发现母亲病危的消息竟然是一场骗局,把他骗回来的唯一目的是给他续个媳妇儿。"娘……您说您……有这必要吗?!"骆尚志不免有些生气,他前脚迈进家门,后脚就想着出逃。

"有这必要吗?!你说有没有必要?你都多大了?到现在连个孩子都没有!不孝有三,无后为大!"骆老太拄着拐杖喝道,就差口水喷到儿子的脸上。

"我说过了……永莲走后,我不想再娶!除非……除非遇到我真心喜欢的人!"一提起英年早逝的妻子,骆尚志的脸上就流露出一股难以言说的神伤。

"你总不能因为死了一个女人就断了骆家的香火吧!永莲的离世怪不得任何人,你也不能总是把这件事当成挡箭牌。这次不管你答不答应,我都安排了余姚最好的媒婆给你说这门亲事。"

骆尚志一脸无奈,他一个七尺男儿,在外是显赫的神机营参将,到了家里也只能对自己的老母亲俯首称臣。说起这骆家,虽不是什么名门大户,但他家的族谱上有一个颇为有名的先辈,其著名诗句"鹅,鹅,鹅,曲项向天歌。白毛浮绿水,红掌拨清波"虽已过了近千年,仍然脍炙人口。没错,这位荣耀族谱的先人正是那"初唐四杰"之一的骆宾王,要知道人家写这首诗的时候才七岁。可是到了骆尚志这一代,文采就远不如这位先辈。

而骆尚志的天赋与骆宾王绝对是反着来的,先别提写诗了,就是拿起《三字经》都会立即犯困。打小他的独特天赋就已经远近闻名,虽说私塾里经常挨先生的数落,可一出了学堂,嘿,所有同龄人看见他都要绕道走。为啥?因为力气实在太大,稍稍一个不小心,他就把一起玩的小伙伴给弄伤了。为此他没少挨父亲的板子。"你们家尚志也忒不小心了,怎么就把我家的孩子给弄伤了?你看看,都红肿了!""对不起,对不起,是我家犬子的过失……"这种对话几乎隔三岔五轮番上演,以至于后来骆尚志自己都不敢再和别人玩耍。那时的他很郁闷,自己明明没有使劲儿,怎么就把别人弄伤了呢?难道自己真的如其他小伙伴所说,是个"怪胎"吗?长大后,父母或许看出这儿子的确不是读书的料,便不再要他考科举,而是让他选择了另一条路——从军。在这个年代,如果不是家里穷得揭不开锅,大部分家庭都不愿把孩子送去军队。要知道这可是一条容易掉脑袋的路,虽然也是一条升官之路,可与科举比起来,风险实在太高。

到了军营里的骆尚志可谓如鱼得水,其天赋也得到了用武之地,还被人冠上了一个"骆千斤"的外号。除了力大无穷,他还善于使用火器,懂兵法,从一个小兵经过千锤百炼,完全靠自身的战功脱颖而出,一步步成为神机营最年轻的参将,因而让大部分人打心眼里佩服。虽然他在事业上找到了人生的方向,但在爱情里并不如意。家里人在他某次回乡的时候给他说了一门亲事,门当户对,而且那女子知书达理,长得还温婉可爱。可没想到,小两口还没温存几年,妻子就难产而死,这在他的心上添了一层阴影,觉得自己是个不祥之人……

骆尚志正郁闷地坐在河岸边想心事,一双纤纤玉手突然蒙住了他的眼睛。"猜猜我是谁……"一个故意装作浑厚的声音道。

"咳咳,如果不是岳家的大小姐,我就跳河里去。"

"哼,怎么一猜就猜出来了!一点都不好玩……"岳千辰一把松开手,拔了一根小草以示泄愤,噘起小嘴懊恼地说道。

骆尚志咯咯地笑了起来,转过身看向身后的姑娘,却突然笑不出来了。没想到几年未见,从前印象里的小丫头竟然已经长成一个亭亭玉立的大姑娘了!午后的阳光正好映衬着她饱满、雪白的肌肤,使得她的侧脸看上去就像刚成熟的蜜桃。纤长的睫毛仿佛牵引着人们的视线,让人羞于但又不自觉地看向那双闪闪发亮的眸子。再往下看,隆起的胸部像两座小山包,随着呼吸一起一伏……骆尚志竟觉得自己红了脸。天哪,自己一定是在军营里待得太久,成天跟一群大老粗混在一块儿……一定是自己产生了错觉!一定是!

"你怎么了?几年未见,不认识我了?"岳千辰诧异地问道,对着出了神的骆尚志挥了挥手。

"哈哈……我怎么敢!"

"哼,谅你也不敢!"说完,她突然一摊手道,"这次有带给我的礼物吗?"

"啧啧,怎么还有自己要礼物的?至少得有点大小姐的风度,这样才能让未来的夫君尊重嘛。"骆尚志一边嘀咕,一边庆幸自己有先见之明,赶紧从衣袖里掏出路上买的拨浪鼓。他的心中不免有一丝忐忑,毕竟拨浪鼓一般是给孩子买的,不知道这丫头还喜不喜欢……

好在岳千辰的反应还是很惊喜的,她立刻接过那六角形的拨浪鼓把玩了起来。"我还以为你不喜欢了呢……"他不好意思地说。

"这至少证明尚志哥哥还记得我小时候最喜欢玩拨浪鼓了!只要是你买的东西,我都喜欢!"

"咳咳,我不是告诉你要矜持吗?要是把我换成别的男人,成何体统?"骆尚志又开始像兄长似的教育起来。他不知道自己今天怎么了,只要一想到岳千辰以后也会像对自己这般对其他男人,心里就很不舒服。唉,一定是因为长久以来把她看作自己的妹妹,才会有如此多的顾虑……

岳千辰是江南富户岳德昌的独女,所以备受娇宠。嘉靖一朝倭乱严重,明令海禁,但到了隆庆一朝后,海禁得以被废除,史称"隆庆开关",这使得民间私人的海外贸易获得了合法地位,一时造就了许多富商,朝廷的税收也大幅增长。岳家就是江浙一带靠海外贸易发财致富的典型代表。

岳家不仅懂得做生意,还和当年的抗倭名将戚继光多有交往,长期为浙军提供物资。面对这样一位出手大方的财神爷,现今的浙军统帅们都想和岳家打好交道。而对岳家来说,给军队提供物资也算是为自己的海外出口交了一笔保护费,所以这买卖并不亏。骆尚志正是在浙军里服役时认识这个嚣张跋扈的丫头的,他还多次奉上级之命做她的保镖,虽说只是盯着她不让她出事。他堂堂一个大男人,却常常被一个小女孩耍得团团转,幸好岳千辰的本心不坏,只是喜欢捉弄人罢了。调到大同之后,两人便失去了联系,但每次他回到余姚老家,岳千辰都会神不知鬼不觉地出现在他面前。

"对了,刚才看你闷闷不乐的样子,是为什么呀?"

骆尚志一惊,竟不知该如何解释。"唉……我娘骗我说得了重病,没想到是逼我回来成亲。"他支支吾吾地说。

"成亲?和谁啊?"岳千辰几乎要跳起来。

"不知道。只是说请了最好的媒婆替我说一门亲事……你也知道,我的前妻永莲前几年走了……"说到这里,骆尚志的声音又低了下去。

"你还在为那件事难过吗?我还以为你已经放下了……"

"唉,我真是哪壶不开提哪壶。不说我了,倒是你,你也不小了,令尊总不会在这件事上任由你的性子吧?"

"哼,我才不管呢。如果他非得逼着我和一个不喜欢的人成亲,我就在大婚之日死给他看!"岳千辰一边说着,一边奋力地摇着手里的拨浪鼓,好像那只拨浪鼓就是那个即将和她成亲的倒霉蛋儿。

骆尚志的心里既为那条可怜虫叹息,又为岳千辰的这份勇敢而开心,他突然觉得任何人都不应该娶她,或者说配不上她,然后又开始为自己的自私自责起来。唉,今天自己到底是怎么了?

"那你会接受那门亲事,和不喜欢的人过一辈子吗?"岳千辰小心翼翼地问。

"不接受又能怎样?家母说得对,不孝有三,无后为大。"

"胆小鬼!"岳千辰突然鄙夷地说道,眼里闪过一丝不易察觉的伤心,"如果是我,我会坚定地和自己喜欢的人在一起!"

"和自己喜欢的人在一起,怕是这个世界上最奢侈的事情……就连皇上都不一定能拥有,我们这些普通人又怎么能奢望呢?你还是太小了,什么都不懂。"

"那是因为你还没有遇到自己足够喜欢的人,没有这份勇气罢了。"

"那你有了吗?你有喜欢的人了吗?"

"我?……"岳千辰突然被骆尚志的这一句反问给怔住了,脸不自觉地唰一下红了。两人对视着,似乎都在反问对方同一个问题。空气在这一刻凝滞。他们像是被人推入水底无法呼吸,稍稍一动弹就会被呛住。

良久,凝滞才被打破……"少爷,家里来了几位锦衣卫,有急事找您!请速速回去!"管家徐老头气喘吁吁地跑来对骆尚志道。

"锦衣卫?他们来找我做什么?"骆尚志一惊。

"不知道。他们没说,此刻正在家里的大堂里坐着。少爷还是赶紧回家看看吧。"

石星的抉择

骆尚志的心跳突然加速,他跟岳千辰道别后,一边随着管家急急地跑回去,一边在大脑里搜寻自己做过的事,可任凭怎么想都想不起一个让锦衣卫找上门的理由。

他一跨进大堂,就瞅见几个坐在八仙椅上的人站了起来。其中一个作揖道:"您就是神机营参将骆尚志大人吧?"

"是,正是在下。请问几位大人找我有何贵干?"

"您认识这个人吗?"另外一个锦衣卫拿出一幅画像来。

骆尚志走上前,仔细地瞅了瞅,心里顿时冒出几个问号。"认识啊……他叫朱均旺,是个商人。之前我在浙军的时候救过他。请问出什么事了?"

那几个锦衣卫彼此看了一眼,像是印证了自己的猜想。"此人涉嫌通倭,拿了一封密函试图来扰乱军心,现在已经被我们抓起来了。可是他打死不承认,说认识大人您,还说您能替他的人品做担保。因为信中的内容过于危言耸听,所以我们就专程来找您。"

"通倭?朱均旺确实一直和东瀛有生意上的往来,却不至于会通倭卖国。到底是一封什么样的密函会如此严重?"

"此事涉及国家机密,不便在这里说。总之,还请您跟我们走一趟。现在兵部尚书石大人正在审理此事。"说完,那个锦衣卫就做了一个"请"的手势。

骆尚志心中倒是有些高兴,既然是锦衣卫带他走,母亲便不能不让他去,这样不正好躲过了成亲之事?他与锦衣卫正走到大门口,岳千辰就跑来了。"尚志哥,你什么时候会回来?"她焦急地问道。

"我也不知道。放心,我没什么事,只是去帮助一个朋友罢了。你赶紧回家吧,别又让府里的人担心了。"

"尚志哥……我不想让你走……"岳千辰突然抱住他,这让周围的人都尴尬地咳嗽起来。

"骆大人真是艳福不浅哪……"有人趁机调侃道。

"……你这孩子……真是的……"骆尚志只觉得自己的脸火烧火燎的,又不知道该说什么。他笨拙地摸了摸她的头,心中虽然也有些不舍,但只能松开她的手。此时的他还不知道,朱均旺的那封密函即将把他和岳千辰的命运推向一个深不可测的旋涡。

朱均旺从日本返回大明的时候就已经想到,很难会有人相信那封密函上所说的一切,而他则会被指认为"通倭"给抓了起来。原来当时的明朝虽然已经开放海外贸易,但是朝廷不许出海的船只前往日本,若被发现私自前往,则会处以"通倭"之罪。现在朱均旺带着日本即将开战的情报回来,相当于不打自招,他虽然知道自己会被处罚,但一想到许仪后的嘱咐,便决心冒死赌一把。当他把这封密函上交给朝廷后,果不其然,自己被逮捕了。他思来想去,自己只认识一个做官的,那就是骆尚志,不管怎么样,死到临头都要试一试,万一骆尚志能保全自己呢?

骆尚志随锦衣卫一路来到北京的诏狱,心中仍充满了疑问:到底是一封怎样的信让朱均旺把自己打入大牢?审判室里,兵部尚书石星正神色凝重地坐在那里,他的面前放着许仪后写的那封密函。

"小的神机营参将——骆尚志,参见石大人!"骆尚志单膝跪地抱拳道。

"起来。"石星抬了抬手,然后示意锦衣卫把朱均旺给带进来。

朱均旺戴着镣铐,被两人挟持着进来,他蓬头垢面,身形萧索,看样子已经几日没有进食了。他一看见骆尚志,就激动地嚷嚷道:"骆大人,您一定要替小的做主啊！小的冤枉啊！小的真的冤枉啊！"

"安静！再吵就用刑了！"石星拍了拍桌子，然后看向骆尚志，问道，"你认识这个朱均旺吧。他之前有过通倭的行为吗？"

"回禀大人，朱均旺并没有通倭的前科。请问这次是犯了何事？"

"哼……你看看这封信，或许就明白了。"石星把那封密函扔了下去。

骆尚志拾起信，速速读了一遍，不由得惊出一身冷汗，读完一遍又读一遍，这才明白石星为何如此大动干戈。

"你看完有什么想法？"石星问他。

"这……信中所写非常具体，此人将倭寇的作战部署以及可能攻打的时间都加以详述，不像是臆想的。而且据我所知，最近朝鲜和辽东一带的确不太平，以往倭寇都是出现在江浙沿海地区，可是现在突然转移了目标，不能不重视啊！朱均旺，这封信是何人让你带来的？"

"小的已经说了很多遍了，是一个叫许仪后的，他在倭寇那里已经做了很多年的大夫了。我们冒死把情报带出来，你们却不相信我们！大明将亡啊！"

"大胆！竟敢出言不逊！来人，把他扔回大牢里！"石星拍了拍惊堂木，然后又招了招手，对身边的锦衣卫耳语道，"注意别让他自缢，也别让他饿死。出了事，你们担着！"

"大人，兹事体大，我看还是立即上报朝廷为好。"骆尚志走上一步道。

石星又看了看那封密函，来回踱了几步，紧锁双眉。其实在他的心中，此信所言非假，但若报上去，很有可能引发新一轮的党争，何况皇上如今不怎么上朝，若是被奸人利用弹劾，自己的乌纱帽能不能保住就是另一回事了。要知道他年轻的时候就曾因直言相谏隆庆帝，惹圣上动怒而获"讪上罪"，被打六十大板且被贬为庶民，若不是有好友暗中帮助，怕是早就被活活打死了。一直到隆庆皇帝去世，万历皇帝登基，他才重新被起用，而后一路步步高升，经多年的官场浮沉，才做到如今的兵部尚书。现在只差一步，他就可以进入内阁，成为大明一人之下万人之上的人物了！而今，怎能因为一封来自素不相识之人的信而断送了自己的大好前程？这么多年的努力不能就这么付诸东流啊！"石星啊石星，想想你年轻时，因为逞一时之勇,吃了多大的苦头!你如今已经不再年轻,上天不会再给你第二次东山再起的机会了。所以你完全可以装作不知道这事,就算倭寇真的打进来,也不会有人怪罪到你的头上。"石星这么想着,好像又释然了些。但他并非一个利欲熏心的人,曾经的教训固然深刻且沉痛,可若让他重新选择,他依然会坚持说出那些逆耳的忠言,就算真的被廷杖打死亦不后悔。

现在,到底是自己的仕途重要,还是大明的安危重要,石星不得不立即做出一个抉择。"唉……"他突然站定,抬起头长叹一口气,像是下了巨大的决心,握紧拳头道,"明天我就上折子禀报皇上。不管怎样,都要试一试!我相信那个许仪后当时也是抱着巨大的勇气写下这封信的。"他如释重负地说道。

"那朱均旺是不是可以放了?"骆尚志问。

"暂时还不能。但我也不会让他死,此人后面还有很大的用途。万一皇上不信我们……不仅是他,就连你我,也脱不了干系……"

骆尚志这才意识到自己已经被卷入一场复杂的案子里,逃也逃不掉了。万历皇帝到底会不会相信呢?此时,他已经不上朝接近五年了,能不能看到这封密函都是一个问题。就算看到了,会支持出兵作战吗?还有那些不安分的言官,若是拿此事做文章,还不知道会闹出多大的幺蛾子……

然而,无论石星还是骆尚志都没有料到,自己的这份担忧竟然是多余的,因为朝鲜那边已经炸了锅!

借道朝鲜

详细说来,这枚定时炸弹是朝鲜国王本人亲手埋下的。当年丰臣秀吉刚刚统一日本的时候,他曾派人把自己成为关白的喜讯带到朝鲜,让国王李昖派遣使者前往日本祝贺。不料朝鲜不喜与日本往来,再加上那时倭寇在大明格外猖狂,身为明国的番邦,就更没有理由示好了,于是朝鲜这边找了个理由委婉地推却了。其实丰臣秀吉也是醉翁之意不在酒,他之所以想拉拢朝鲜,其目的是想通过朝鲜了解大明。但有一点他至死都没有弄明白,靠武力征服的天下终是不牢靠的。大明之所以能让四海臣服,靠的是孔孟儒家之道。

被拒绝之后,丰臣秀吉就派人送去了战书,然而这封令他引以为豪的文书在朝鲜的朝堂上一读,竟当即引来了哄堂大笑。使者读道:

> 本朝虽有六十余州,然各州诸侯各自为政,连年征战,国家纷乱,纲常废,法纪乱,王命衰落。秀吉不忍,于三四年间,讨叛臣,伐暴徒,直至边陲远岛,悉数重归掌中。秀吉原为村鄙小臣,秀吉之母,梦红日入腹而有孕,相士曰:日光普照大地,无所不至,及至壮年,必耀武八方,威震四海。因此奇异,故秀吉战必胜,攻必取。今海内既治,民富财足,帝京之盛,前古无比。夫人生于世,自古不满百岁,安能郁郁久居此乎?吾欲假道贵国,超越山海,直入于明,

使其四百州尽化我俗,以施王政于亿万斯年,是丰臣秀吉宿志也。贵国先驱而入明,不可后退。秀吉入明之日,必与将士共临军营,以修邻盟之好。予愿无他,只显佳名于三国而已。方物如目录,望领纳,珍重保啬!

国王李昖听后不禁大笑道:"哈哈,这个叫丰臣秀吉的口气当真不小啊!"

"殿下,这个丰臣秀吉不过是夜郎自大,我们不去理会便是。"一个大臣站出来道。

朝鲜的丞相柳成龙却不这么认为,他方才一直在聚精会神地听文书,并没有立即表态,现在才站出来反对道:"殿下,这个丰臣秀吉结束了东瀛百年的战乱,非常人也,还是勿要掉以轻心。万一他真的引兵来犯,可就不妙了。"

"哼,柳大人,你何必长他人的志气?区区小国,还想叫板天朝和我们?我看不过是蚍蜉撼树罢了!"

眼看底下的大臣你一言我一语又要吵起来,国王李昖当即打断了。他看向柳成龙,问道:"丞相,《论语》中孔子曾问曾子:'参乎,吾道一以贯之。①'你现在能告诉寡人,孔子说的中心思想是什么吗?"

柳成龙立刻明白了国王问话的意思,他恭敬地回答道:"回殿下,曾子当时回答:'夫子之道,忠恕而已矣。'"

"那我问你,忠又是什么?"

"忠乃一个君子做事的底线。明国是我们的父母之国,自太祖起就一直受恩惠得照顾,自然不能背信弃义。现在日本想要借道入明,必然不能答应它。"

李昖听后频频点头,向使者道:"丞相方才说的也正是寡人的意思,回去告诉你们的关白,让他早日打消借道的念头。"

丰臣秀吉听说此事后,气得脸都青了,他怒吼道:"好一个朝鲜国,真是无礼至极!是可忍,孰不可忍!"他也不再多费口舌,立即撸起袖子,抄起了家伙。1592年5月21日,他号令全国,召集了十五万名壮年男子入伍,分成七路大军,分别从福

---

① 参啊,我所讲的"道",以一个根本的宗旨贯通。

冈、名古屋、对马海峡出发。数千艘大大小小的船只停满海港，准备就绪，只等一声令下，就向朝鲜挺进！出发之前，丰臣秀吉向大军发表了他生前最为得意也最为狂妄的演说：

"如今我是日本唯一的君主，除了征服明国，没有什么事情值得我去做！即便在此过程中我离开了人世，我也绝对不会放弃这个计划。因为我希望将日本推向前无古人、后无来者的顶峰，让我们的后人共享此荣，这对你们武士来说也是最高的荣誉！用你们的力量去征服最有姿色的美女、最有滋味的山珍海味、最富饶的土地吧！即便是我丰臣秀吉，也决不能抢夺你们在战场上赢来的物品和俘虏。那些被迫参战而心有不满的士兵只需记住我的这句话：战争就是机会！"

他一说完，底下就发出雷鸣般的欢呼，士兵们一个个仰着脖子高喊道："必胜！必胜！"

5月22日，由小西行长率领的第一军率先抵达釜山港。这支军队合计一万八千人，虽然比人数最多的毛利辉元指挥的第七军少了一万二千人，但是它集结了日军的精锐，其中就包括伊藤苍健。身为忍者，苍健的首要职责就是搜集情报。但当他悄悄潜入朝鲜营区后就意识到，第一场较量即将结束。很明显，朝方并没有把丰臣秀吉的战书当回事，沿海的守军依然松散，毕竟他们已经近两百年没怎么打仗了，平时想找个练手的敌人都没有，与日军最先进的鸟铳比起来，他们还拿着最原始的砍刀。

不出苍健所料，小西行长的第一梯队只花了一个时辰就攻破了釜山，连使用了何等战术都谈不上，如入无人之境。没有防备的釜山城一日之内沦为人间地狱：民宅被大火点燃，男人们刚举起刀就被鸟铳打中，到处都是女人、小孩的哭喊……两百多年的太平盛世在这一刻被打破了。

当消息传至李昖耳朵里时，日军几乎已经打到汉城①门口。震惊也好，懊悔也罢，已经没有多余的时间留给这位国王了，他就像一名濒临崩溃的船长，眼看着自

---

① 汉城，1394年，李成桂将京城从开城迁移到汉阳，并将汉阳改名为汉城。直到2005年，汉城才改叫"首尔"，现在是韩国的首都。

己掌舵的巨轮即将沉入大海,面对滔天巨浪却束手无策,除了等死,还能有什么办法?!不过,眼下或许还有一线生机,那便是:逃到大明,求助天兵天将!

这一决定毫无疑问遭到全体朝臣的反对,哪有君王抛弃自己的国家,先躲到其他国家以求安身的?"殿下,您不能这么做!请您收回成命!"柳成龙代表群臣站出来,声泪俱下地劝诫道。

"寡人去意已决,我宁可死于父母之国,也不想落入倭寇之手!寡人会将世子留在这里,你们如果不想跟着寡人一起去,也可以留下。"李昖坚决道。这么看,这位朝鲜王简直是一个不负责任、胆小如鼠的昏君。但事实上只有他自个儿明白,不是因为自己懦弱,而是如果他真的寄希望于这一群老家伙,那朝鲜才会真的完蛋。自他十五岁登基,就面临一个严峻的问题:党争。朝鲜的党争与大明相比,可谓有过之而无不及。而党争最为可怕的一点,便是常常以"爱国之名"行道德绑架,实则是为了维护个人利益。从十五岁到四十岁,李昖早已看透并厌倦这些家伙的伎俩,这些人除了吃饱了在那儿掐架,还能做些什么?倘若真能做出些什么贡献,而今又怎会落到如此田地?可如果当时接受了日方的要求,真的借道给丰臣秀吉,一旦父母之国落入敌手,朝鲜便不再有任何帮衬,又能好过到哪里去?还不是一亡皆亡、满盘皆输,自己还落个千古骂名!所以无论借道与否,如今的局面都不会有任何改变。

于是,趁着日军还没有攻进汉城,李昖便连夜逃至鸭绿江边,并命使者八百里加急,向大明送去一封亲笔信。信的意思很直白:寡人想要去你们那里避避难,并请大明派兵驰援朝鲜。

辽东巡抚接到此信并确认的确出自朝鲜国王之手后,不禁嘬起了牙花子。要知道对方可是一个国家的君主,虽说是避难吧,但怎么着也得好生伺候,而且还不知啥时候能送走这位主子。如果战争一时半会儿结束不了,岂不是要一直留在这里了……事关两国交好,还是呈请皇上定夺吧。

李昖的求救信和石星的密函几乎是同一时间送到了北京的紫禁城。所以无须万历皇帝去辨别密函的可信度,事情的真相都已经摆在那儿了。很快,紫禁城内就是否出兵救援以及接待朝鲜王的问题掀起了一场新的争论。

"皇上,之前在浙江骚扰的倭寇不过是一些小打小闹的流寇,就已经令人头痛不已。而今东瀛举全国之力进犯他国,亘古未有啊!短短数日,朝鲜八道已然沦陷,可见其准备充足。臣恳请立即率援军赶赴朝鲜,否则就来不及了!"兵部尚书石星作为主战派,上书请命道。

而朝中以另一位重臣许弘纲为代表的反战派则认为:朝鲜向来喜欢夸大其词,自己不想出力打退倭寇,就要求别人出兵相助,岂有此理……

石星一听,便面红耳赤道:"倭寇的最终目标并非朝鲜而是我大明!难道你们连唇亡齿寒的道理都不懂吗?如果戚继光将军还在世,定会支持我出兵!"那些文臣一听,内心受了刺激,于是更加团结一致地反战。双方就这样你一言,我一语,把陈年烂谷子的事儿都翻了出来,还没上战场就已经火力全开。

坐在幕后的万历皇帝一言不发,冷冷一笑,心想:"哼,这帮龟孙也只有在针对朕的问题上,意见才会达到统一。朕想封郑贵妃之子为太子,你们就百般阻挠。而其他的事情却能争论不休,想来朕才是你们共同的敌人哪……"

与李昖一样,万历皇帝也早已看透并厌倦了党争,但他以一种消极的方式——"不上朝"来无声地对抗一切。谁也搞不明白为什么从前勤于朝政的好皇帝会突然从朝堂消失,从此以后成为历代帝王的"反面教材"。但万历并非真的不理朝政、昏庸无道,相反,在很多事情上,他看得比谁都清楚,他只是更喜欢穿着睡衣在幕后指挥罢了。他厌恶那些繁文缛节,也痛恨禁锢自己人生自由的紫禁城,但出身于帝王家,又怎能逃离这个怪圈?所以他就像一个处于叛逆期的孩子,用并不成熟的方式去处理他和朝堂的关系。

就在石星仍奋战在唇枪舌剑的第一线时,一道谕旨宣布了他的最终胜利。万历皇帝下旨:朝鲜自我大明开国之时起,就尊我们为父母之国,如今有难,吾等应鼎力相助,出兵救援。但朝鲜王还是留在故土稳定人心为好。

圣旨已下,那些反战的文臣也只能作罢。但令石星失望的是,他一再请战,皇帝都没有应允,而只是口头表扬了几句罢了。谁都知道皇帝陛下想要谁挑起此重任,而那个令石星羡慕嫉妒恨的人此时正远在天边打另一场仗。

脾气暴、不好惹的将才

宁夏一带自古就是中华战事纷乱之地,自汉武帝时期就因匈奴而多次派兵出征。到了大明,朱元璋用"各领所部,以安畜牧"的政策也算平息了不少问题,可到了万历这一朝,边境又多事起来。就在丰臣秀吉准备进攻朝鲜之前,宁夏镇原副总兵哱拜父子与蒙古河套部落勾结发动叛乱。朝廷一开始以为这只是一次不起眼的闹事,派几个人去镇压一下就能完事,没想到均铩羽而归,这才引起了重视。万历皇帝知道后震怒,吼道:"蠢货!叫李如松去收拾他们不早就摆平了吗?!还由得他们胡闹?!"

接到圣旨后,李如松就率大军连夜奔赴宁夏,在仔细观察了当地的地形和城防之后,他下令掘开黄河,水淹城池。不出几日,城内弹尽粮绝,又因外援被明军切断,里面的人只能活活等死。等到对方斗志全无、军心涣散的最佳时机,李如松便率全军一举攻城,轻轻松松平复了宁夏叛乱。

"大都督,您实在太高明了!小的佩服,佩服!怪不得皇上这么器重您。"他身边的一名卒役半献殷勤、半由衷佩服地说道。

"哼,老子是谁?这帮小兔崽子,想在老子的眼皮子底下胡闹,还少吃了几年盐!"

"哎哟,大都督,您瞎说,您可不老!"

"你这兔崽子,嘴巴倒是甜,要是这点心思都能花在学习兵法上,以后也能跟我一样有出息。明白吗?!"李如松回到营帐,坐到大帅椅上,一伸腿示意那人给自己脱鞋。

"都督教育得是!不过就我这笨脑筋,恐怕学到老都及不上您哪。"

"哼,这倒是……你能意识到这一点,说明你还不蠢。"

正说到这里,一名驿使和宣读圣旨的钦差急匆匆地走了进来。李如松见状,立马把刚脱下的鞋又穿上,一边穿一边想:"老子屁股还没坐热,热水还没喝上一口,不会这就让我去别的地方继续打吧!"然而,不好的预感往往都是准确的。在圣旨面前,就算你有一千个不情愿,也得乖乖跪下听旨。

那名钦差举起圣旨道:"陕西提督李如松接旨——奉天承运皇帝诏曰:而今倭寇侵犯我属国朝鲜,数城沦陷,吾等应急速救援,众志成城,抵抗倭寇。今命李如松为辽东提督,率大明精锐前往朝鲜。钦此。"

"臣遵旨。"李如松磕了一个头,郑重地接过了圣旨。圣旨被下人保存好后,他狠狠地踢了那驿使一脚,骂道:"你不知道马骑得慢点吗?啊?你不知道中途多休息一会儿,多喝口水吗?至少还能让老子喘口气啊!"

那驿使抱着头,委屈地哀号道:"哎哟,大都督,这是八百里加急的圣旨,小的可不敢耽搁呀。您大人不记小人过……"站在一旁的钦差不禁干咳了一声,这要是换作别人这般无礼,他早就发怒了,可眼前是李如松,他只能暂时收起不满,和颜悦色道:"唉,大都督,这次可真是辛苦您了。可大明就属您最厉害,这也没办法呀……谁让您是皇上跟前的大红人呢,您说是不?"

"唉,最近为战事所烦,性情不免有些暴躁,望大人多担待。我让军营为您备下晚宴如何?"

"不劳打搅,我还有公务在身,告辞。"说完,那人就赶紧拽着驿使走了,心里一刻也不想在此地多留。

凡是跟李如松打过交道的人都知道他脾气暴、不好惹,但是谁都不敢吭声,谁让他是名将李成梁的长子还深受皇帝器重呢。李成梁是大明最能征善战的骑兵——辽东铁骑的统帅,而且他并非单纯的统帅,因为这支骑兵部队甚至可以视为他的家兵。几百年后,同样在东北,有一个叫张作霖的人做了类似的事情,人们称之为"军阀"。按理说,这样的做法与造反没什么两样,可是这李成梁颇会搞关系,张居正是朝中头把交椅的时候,他跟张首辅攀上了交情。张居正倒台后,他居然没有跟大多数人一样被抄家,而是立即成为下一任首辅——申时行的亲信。总之,他李家跺跺脚,朝中就能震一震,就连如今一个名叫"努尔哈赤"的草原部落首领都要跟他频繁地献殷勤,一口一个"干爹"喊得贼热乎。李如松从小就见惯了别人对自己家的阿谀奉承,你说他能不嚣张跋扈吗?可好在他不像朱棣时期的李景隆,虽然都是名将之子,但他继承了父亲的军事天赋,甚至青出于蓝而胜于蓝。在他的将领生涯中,更深得一位天才的亲自指导,使得他把兵法熟记于心,从此百战百胜。如此一来,他就更加不把同行放在眼里,就差走路横着走、跟皇帝称兄道弟了。这样年轻有为的将才,除了让人既羡慕又嫉妒,还能拿他怎么办呢?

李如松方才是气恼了,并没有仔细琢磨圣旨的内容,现在又细细回味了一遍才意识到此战非同小可。"以往骚扰我大明的无非是一些海盗和杂牌兵,可今时今日却是大规模的正规军,到底是什么人有这么大的胆子?"他向身边的军师问道。

"大都督,您听说过丰臣秀吉这个人吗?"

"好像听说过……此人如今是东瀛的太阁吧?他……有这胆量?"

"呵,据卑职所知,此人出身贫贱,却结束了日本百年的战争,时常把自己比作孙悟空,所以才有勇气大闹天宫,欲打败天兵天将,自立为王!"

"哈哈哈哈,孙悟空?他要是孙大圣,那我就是如来佛祖,势必要把他压在五指山下,五百年不得翻身!"李如松强烈地感觉到一股热血正涌上心头,催促着他立即去会一会那个真正的对手。就在那儿,只要跨过鸭绿江,就能迎接他生命中最大的挑战!"告诉全军,现在收拾东西,今晚好好休息,明天一早,我们即可启程返回辽东!还有,传令:蓟州、保定、山东、浙江、山西、南直隶的精锐也即刻前往辽东,与吾等会师!"

"是,大都督。"侍卫们叩首道。

"哦,对了,"李如松突然想起一个重要的人,转过身急促地说道,"神机营参将骆尚志,这个人别给我漏了!此战非有他不可!"他隐隐地意识到,曾经服役于浙军、深谙戚继光战法的骆尚志将会成为此战的关键。

最后的天才

　　李如松的军令又将骆尚志从大同调回了浙江,并命令第二代"戚家军"集结完毕后,就启程前往辽东。"唉,看来一场大战在所难免啊……我一定要去绍兴见那个人,请他赐教一番再说……"回浙江的路上,骆尚志暗暗地想。他虽然曾经长期服役于浙军,并受过戚继光战法的系统训练,可他明白这些对付三教九流轻而易举,但若真的对上了有备而来的正规军,能打多少回合,他的心中也着实没底。当今天下,还有谁能比此人更了解倭寇的战术呢?

　　如果说这个人没有出生,那么唐寅便应与解缙①、杨慎②并称为"明朝三大才子",不过很可惜,唐伯虎老兄没能如愿。此人曾是直浙总督胡宗宪③的幕后军师,为打退倭寇出谋划策,立下汗马功劳。除此之外,他的书法、诗词、戏曲都令人望尘莫及。汤显祖④曾评价说:"此牛有千人之力。"按理说,这样一个牛人应该风光无限,至少衣食无忧才对,可不承想,他考科举功名屡屡不中,又因不喜攀附权贵、生

---

　　①解缙,明代大臣,文学家,主持编纂了《永乐大典》。
　　②杨慎,明代大臣,文学家,"明朝三大才子"之首,内阁首辅杨廷和之子。
　　③胡宗宪,家族世代锦衣卫出身,在东南倭乱时期任浙直总督,在戚继光和徐渭等人的助力下,剿灭倭寇。
　　④汤显祖,中国明代戏曲家、文学家,代表作《牡丹亭》。

性傲慢、放荡不羁而命途多舛。后因恩人胡宗宪冤死狱中,他看透世态炎凉,精神受到重创,多次自杀未遂,最后竟因误杀其妻而被打入大牢,直到万历皇帝登基大赦天下,他才被放了出来,回到老家绍兴。其一生才华横溢,其一生亦颠沛流离,他就是徐渭,字文长。

徐渭还曾与青年将才李如松一见如故,两人虽相差近三十岁,但在文韬武略尤其是兵法上都有所共鸣,成为忘年交。因此,骆尚志一直以来也非常渴望能得到徐渭的指点,哪怕是几句话也好。但是,这位老先生如今已经闭门不出,甚至有传言说他已经彻底疯了。不管怎样,骆尚志都想搏一搏这最后的机会,于是他怀着既激动又紧张的心情来到了绍兴。

正当他经过一座酒馆时,忽见门口挤满了熙熙攘攘的人,大家仰着脖子在围观着什么。他坐在马背上,能从高处清楚地看见一个穿着锦缎的男子正把一个乞丐模样的老者推倒在大街上并破口大骂。"你个老不死的东西,我警告你多少回了,不要来我的店里捡剩饭剩菜,我的客人都快被你给吓跑了!"那酒馆店主一只脚踩在老者的背上,一只手指着他的鼻子。

"你说谁是老不死的东西?"老者抬起头,双手拂了下乱七八糟的银发。

"不是你,还有谁?你个穷酸模样,让人看了就倒胃口的老不死的东西,连桌底下的米粒都要捡,真是活该穷八辈子。"那店主说着又加踹了一脚。四周围观的人顿时喧腾起来,纷纷举起手叫着:"打他!踢他!"

"哼,掉在桌下的饭菜本就是无用了,我拾起来给我的鸡吃怎么了?"

那男子被四周的人"鼓舞",正想要再踩上一脚的时候,忽然被一记突如其来的重拳打翻在地。他疼得直不起身,狼狈不堪又死不甘心地骂道:"谁他娘敢打老子?吃了熊心豹子胆了!"

"打的就是你。不是你,还有谁?"

那店主慢慢地仰起头,只见一个身穿戎装、身形魁梧、腰束佩剑的男子走到跟前,心里顿时有些发怵,支支吾吾道:"你你你……你……你知道我是谁吗?我我我……我……我是会稽县知县的侄儿!"

"哦,原来是知县的侄儿……那太好了,我正好可以上道折子给朝廷,好好说说你的叔叔是如何放纵家人、欺压百姓的。"

"你！你是谁？"

"在下神机营参将骆尚志，不巧路过此地，也只能说是你倒霉了。"骆尚志蹲下身，望着对方脸色骤变的模样，不禁莞尔一笑。

那店主再也不敢嚣张，立即连连磕头、大呼饶命。"大人，小的有眼不识泰山。您大人不记小人过，就原谅小的吧。我也是被逼急了，怕没生意，才……"

"哼，你跟我说没用。你得跟这位老者道歉。他要是不想原谅你，那我也没办法咯。"骆尚志摊摊手道。

那店主立即掉了个方向，然后抽了自己一个大嘴巴子道："我该死，刚才真不应该那样对您。以后，我一定把剩饭剩菜给您老备着，您看怎么样？啊，呸呸，什么剩饭剩菜，我让厨子专门给您做。我……我给您磕头了！"

老者整了整破烂的衣衫，挂起拐杖，敲打了几下那店主的背，而后松了口气道："你方才踢了我几脚，我就敲了你几回。现在我们扯平了。往后我再不会来了。只是我要告诫你，年轻人，千万不能以貌取人。"

围观的人们见此事平息，竟为骆尚志的打抱不平叫好，好像忽然之间都忘了方才是谁在鼓动店主动粗。老者叹了口气，深感无力，一瘸一拐地走出了人群。骆尚志见状，慌忙牵着马追了上去，问道："老人家，您还好吧？您住哪里？我送您回去。"

"不用，不用，我自己能行。方才谢谢你了，年轻人。"

"没事，我看您被踢了几脚，挺严重的。我是武将，所以身上总会带些跌打损伤的药，挺管用的。"

"谢谢你了。既然你救了我，那我便不能再接受你的好意，我这人不喜欢欠别人的人情。"老者推却着，只顾着自己往前走。

"既然如此，那如果您能帮上我一个忙，再接受我的好意，可行？"骆尚志听这老者说话的口音像是本地人，又觉得此人的年纪与他想要寻的徐渭年龄相仿，便道，"请问您认识徐文长老先生吗？我找他有要事请教，若认识的话，还烦请带我去见他。我真的有很重要的事情想请教他。"

老者突然站定，转身看向骆尚志，目不转睛道："你找徐文长有什么事？"

"呃……这个……此事牵涉大明的安危，不方便与他人说……"

老者捋了捋胡须，似乎在想是否要帮骆尚志这个忙。他又仔细观察了一下眼前的年轻人，像是下了决心："既然如此，那你跟我来吧。"

"真的啊！太好了！我就知道老人家您不是一般人！"骆尚志欣喜若狂地说道。

但没想到两人越走越偏僻，热闹的集市渐渐消失，路变得越来越窄而且泥泞，途中除了看见土狗和野鸡，便不见其他人了。这老者不会是个骗子吧……可他手无缚鸡之力，怎么看也不像一个坏人啊……正当骆尚志胡思乱想时，那老者突然转过身道："到了。"骆尚志定睛一看，一栋破败的茅草屋建于一座小土坡上，看着好像随时就能被一阵大风刮倒。

老者推开柴门，骆尚志将马安置于门外的树下后也跟着走了进去。刚一走进门，一条黄狗就冲了过来，一见到外人就装成凶狠的模样，不停地狂吠着。老者走过去，捋着它油光发亮的黄毛，像是在教育儿子似的说道："阿黄，乖，这可是救了我的人哪，莫要无礼。你看，我给你带了一根好吃的肉骨头回来，虽说没什么肉了吧……"那黄狗便渐渐地不再叫唤，趴到地上，委屈地看着眼前的陌生人。

骆尚志东张西望，心中充满了疑问，这真的是大名鼎鼎的徐渭先生的家吗？他又朝里头望了望，空空荡荡……难道说……

"说吧，你找我有什么事？"老者突然转过身问道。

骆尚志愣了愣，大脑一片空白，竟不知该如何回答。"我……我……"他不敢相信眼前这位衣着破烂、蓬头垢面的老者就是受人膜拜的画家、诗人、戏曲家、幕后军师……总之，跟自己心中所想的完全对不上号。

"怎么？你是不是不敢相信徐文长是这番潦倒模样？"

"呃，不不不！"骆尚志连连摆手，慌里慌张地辩解着，"晚辈怎么敢？"

"哈哈，你有那种想法也很正常啊。不必在我跟前掩饰，我喜欢光明磊落的人。当年杜甫不也曾著《茅屋为秋风所破歌》吗？说吧，你找我究竟有何事？"于是，两人来到茅草屋内，坐于一张破草席上，席地而谈。骆尚志把朱均旺带回来的密函以及朝鲜沦陷之事一五一十地说了一遍，又袒露了自己的担忧以及来的目的。

徐渭认真地听完后,并没有立即发表意见,而是问了一个看似不相干的问题。"别人都传我疯了,你为什么还要来找我呢?就不怕我这疯老头子给你出什么歪主意?"

骆尚志一下子被问住了,他之前从没有思考过这个问题。"我……晚辈没有想过。在我的心中,只要是先生您说的,就是至理箴言。"

"那你还是因为我是徐文长而来,而不是因为我的计谋真的能帮到你。"

"晚辈愚昧,还请先生原谅!"骆尚志急忙磕了一个头。

"哎,你不必如此。"徐渭急忙扶起他,然后站起身道,"稍等,我去去就来。"于是,他走向床板,从床下拿出一只锦囊,又将桌上的一张纸裁成一小条,提起毛笔在上面写了一句话,最后把它卷起来,塞入锦囊中。"你拿好,切记,等到万不得已的时候再打开它。它只能救你一次!"

骆尚志激动地接过锦囊,连连磕头,感恩之情难以言表。

"我看到你,就想到我年轻的时候。那时我一心想着投笔从戎,可惜我没有你这般强壮,就算上了战场也只能拖后腿。"徐渭说到这里,眼神突然暗淡了下来。只要一想起往事,脑袋就开始隐隐作痛,他捂着头,身体痛苦地蜷缩起来,好似羊癫风发作一般。

"先生,您怎么了?哪里不舒服吗?我扶您去床上躺着。"骆尚志惊慌失措地搀扶起他,心里想着是不是自己做错了什么。

"你别管我!快走!一会儿我发病了,都不知道自己会做出什么荒唐事!"徐渭试图推开他,但骆尚志仍死死地抓住他的衣服。这时,天际一声雷鸣,紧接着,一道闪电将天空劈成了两半。绑在屋外的马惊得前蹄离地,嘶鸣起来。

"先生,您到底怎么了?快告诉我呀!我好帮您!"

又是一道闪电划过,顿时将徐渭苍老的脸照得惨白恐怖。"你记住我的话,倭寇师出无名,大明师出有名!凡是找不到正当理由的人,他们的心中都发怵!利用他们内心的恐惧,把它化为你的武器!这是我最后能帮你的了……"徐渭的手渐渐滑落,慢慢倒了下去。骆尚志急忙接住他,确认只是昏迷以后,把他扶到了床上,然后把散发着霉味的床褥盖在他的身上。黄狗从院子里跑了进来,抖了抖身上的水,安静地趴到主人的身边。

骆尚志留下一包跌打损伤的药后，望了徐渭最后一眼，便关上柴门而去。"谢谢您了，先生……"他紧握那只锦囊，又朝着破败的茅草屋望去最后一眼，心生凄凉。他不知道的是，几个月后，徐渭便在穷困潦倒中去世，他死的时候只有那条黄狗陪伴在他的身边。

离开绍兴之后，骆尚志又返回余姚老家，与家里人告别。他说若是此次能活着回来，就一定娶一个漂亮媳妇儿，再生一个大胖小子。骆家老母老泪纵横，就是有千万个不情愿，也挡不住上头的命令。

现在，他还想见一个人。"等我回来，怕她早已嫁为人妇、生孩子了吧，她一定能过上幸福的日子……"他心想着，最终还是鬼使神差地来到了岳府。

"我是参将骆尚志，请问能否见一下岳小姐？一面就好……"骆尚志对门卫说。

"哦，是骆参将。请稍等，我去通报一声。"

不一会儿，岳千辰就蹦蹦跳跳地跑了出来。"是什么风儿把骆大人吹来了呀？真是难得啊！"她挑起眉毛，既欢喜又好奇的样子。

"咳咳。"我为什么要跑来找她呢，骆尚志立即后悔起来，"我……我要走了。是来跟你告别的。"

岳千辰渐渐收起了笑容，半开玩笑道："回大同啊……我又不是不知道。"

"不是。我要去朝鲜打仗了，恐怕会有很长一段时间见不到我了……"

"哦……"

"嗯……"两个人又陷入尴尬的沉默。可骆尚志内心焦急得不行，在心里抓狂地说："'哦'是什么意思？为什么她不问问我要去多久？唉，她为什么要问我呢？可我大老远地跑过来，难道就是为了一个'哦'字吗？哎，我跑过来究竟是为了什么……骆尚志，你到底在做什么？"

终于，岳千辰先打破了沉默："你要去那里多久？"

"我不知道。快的话一年内也说不定，慢则三四年也有可能……"而接下来的一幕让骆尚志震惊得汗毛都直立了起来：岳千辰拿出随身携带的牛皮小刀——那是父亲出海到波斯买回来送她的——倏地割断了一簇头发，塞入他的手中。

"你……你……做什么?!"骆尚志像是在看着一个疯子。

"你连命都可以不要,我赠你一簇头发让你记我一辈子又何妨?"

"你……你……就是……一个疯子!"

"尚志哥,我要嫁人了……我爹给我许了一门亲事。"岳千辰突然一改往日古灵精怪的模样,一本正经地说道。

"哦……这样啊……"骆尚志垂下眼来,挤出一丝欢喜道,"恭喜你啊!终于有人收了你,这样我也可以放心了。"

"你真的替我高兴吗?"

"是啊,要不然呢……"骆尚志摸了摸她的头,却不知该说些什么。"那……我走了……祝你幸福……"良久,他才想出这么一句干瘪瘪的话来。还没等岳千辰送别,他就跨上马消失在血色的夕阳下,向着会师的集合点疾驰而去。

"如果你真的找到了一个好人家,而我握着你的头发战死沙场,便也好了。"很多年后,他这么想着想着,眼泪就不自觉地在眼眶中打转……

血色平壤

当李如松的队伍正在集结时,朝鲜则在步步沦陷,此时的日军已经占据了朝鲜八道。李昖望眼欲穿,一封封寄过来的信在兵部右侍郎、平倭总指挥宋应昌那里堆成了一座小山。"唉,这可怎么办……李都督现在出不了兵,朝鲜国王又催得紧,到底该怎么办?"宋应昌来回踱步道。

"大人,要不就去催催李都督,让他先派一队兵马过去如何?"身边的幕僚站出来提议道。

宋应昌摆了摆手,摇了摇头道:"呵,李如松要是能听我的话就怪了。他是什么人?在他眼里,从来都是自己指挥别人,还有人想指挥他?"

"这天下自然是有三个人能治得了他的,要不然他还不造反?"幕僚露出一丝窃笑。

"哪三个人?"

"第一个人自然是皇上,可皇上眼下偏袒李如松;第二个人是徐渭,可惜此人已经销声匿迹;第三个人就是他的老子李成梁了。所以,大人您何不给李将军写封信说明实情呢?"

宋应昌想了想,觉得是个可行的方法,便立即写了一封信,命人快马加鞭地送去。他虽然出生于"上有天堂,下有苏杭"之美称的杭州,但不似别的文人墨客满腹牢骚，又只会纵横于山水间，而是天生就有一股豪杰侠士之气，令当年李成梁与他一见如故，从而成为好友。

不过令宋应昌没想到的是，这次就连李成梁都没能成功劝说他的儿子，李如松一口咬定说现在不是出兵的好时机。就在这当口，李家的家兵——辽东铁骑副总兵祖承训自告奋勇地站了出来，拍着胸脯说自己定在十日内扫平倭寇。

"祖将军，这些兵可非流寇，你可千万不能大意了。"李如松告诫他。

"哎，怕什么？想当年我带三千骑兵击败过十万蒙古大军，难道这些倭寇还有蒙古铁骑厉害吗？"祖承训一脸不屑地说道。李如松勉强忍住笑，暗想自己都不敢吹这么大的牛，便道："那太好了！若是祖将军真的能在十日内扫平倭乱，岂不是用不着我千里迢迢赶去了？我李如松在这里等你的好消息，你可千万不能让我失望啊！"

李成梁虽然知道祖承训吹了牛，但也觉得不失为一个好方法，好歹算是给朝廷一个交代了。"那就这么决定了，祖承训，你先带三千铁骑去支援朝鲜。我即刻就向宋大人请示，待他同意后，你便出发。"

"哎，爹，要我说，祖将军现在就可以走了，我是这次的主帅，听我的就够了，还听什么宋应昌啊。等他批示岂不是耽误事儿？"

李成梁戳了戳拐杖，满脸愠怒，大喝道："放肆！你不要以为自己取得了一点成绩、当了个主帅，就可以无法无天！宋应昌是这次战役的总指挥，怎么能不经过他的批示就擅自行动？虽然宋应昌与我关系不错，但也难免落下话柄。我们李家之所以能在朝中立于不败之地，不只是因为能力。若是比战绩，人家戚继光不比咱们差，可到头来怎么样呢？还不是被人弹劾罢免，最后郁郁而终？你要是再这样放肆下去，我们李家早晚被你拖累！李如松，你听明白了吗？！还有你们，李如梅、李如柏都给我记住咯！"

三个儿子虽然在外头个个风光无限，但到了他们老子面前，还是成了瘪掉的气球，低着头不敢吭声，只得齐声答应："爹，我们知道了。"

不久，祖承训便率领三千铁骑跨过鸭绿江奔赴朝鲜，并在那里受到了热情的接待。朝鲜丞相柳成龙一路相随，将现在的局势一五一十地介绍了一遍，最后满怀期待地问道:"不知天将①这次带来多少兵马?"

祖承训并不回答,而是煞有气势地伸出三根手指。柳成龙略微思索了一下道:"三万天兵?"

祖承训哈哈大笑,摇了摇头说:"老夫这次只带了三千!"

听到这句话,跟在后头的朝鲜群臣议论纷纷:"三千能抵什么用,人家倭寇在平壤好歹有近三万哪,足足是你们的十倍!""天将,虽然我不敢怀疑天兵的能力,可是不是少了点?"柳成龙小心翼翼地说道。

"哼,对付倭寇,三千足矣!老夫今晚要好好睡上一觉,明天一早即可进攻。"说完,他就径直走进了大营。

所有人不知道的是,此刻的风吹草动都被一双眼睛尽收眼底。

第二天,阴雨连绵,对于出战来说并不有利。柳成龙有些担心,便建议稍晚几日等天气好了再出兵。但祖承训断然拒绝,他振振有词地说:"倭寇就像地上的蝼蚁,一遇到下雨天就忙着寻庇护之处。所以现在正是直捣他们老巢的好时机。"柳成龙听了也觉得有几分道理,或许日本人也觉得这时不便出兵,不正好打他个措手不及吗?他便欣欣然说道:"天将说得有理。那微臣就在这里等候捷报!"

于是,祖承训一行人马踩着泥泞的地,忍受着雨水拍打在身上的刺骨寒意,连夜急行数十里杀至平壤城下。"你们先去查看,而后派一人回来禀报我情况。"他让副将先带领若干人作为先锋入城,自己则带着剩余的人在城门外守候。

不多久,就见其中一人回来禀报说:"报大将军,城中并无防守。我军顺利进城,竟没有遭遇任何抵抗。"

这若是换作别的将领,恐怕早已起了疑心。可祖承训听后,反倒仰天大笑说:"哦?难道倭寇听闻我大明将士前来,就闻风丧胆,连夜跑了?"

随行的军师走上前,有所顾虑地说道:"将军,倭寇断不会轻易舍弃平壤,其中必定有诈。"

"哼,老夫久经沙场,自然明白。但不入虎穴,焉得虎子?我们先进去再说。"说

---

① 天将:大明称为"天朝",所以将军称为"天将",士兵称为"天兵"。

完,他就率军从七星门入城。

此时的平壤城竟犹如一座鬼城,安静得令人毛骨悚然,除了马蹄声和雨水声,就听不见其他声音了。空无人烟的巷子弯弯曲曲、纵横交错,又极其狭窄,只能供两列兵马并排前行。士兵们环顾四周,只见城中被倭寇屠戮的情景:几乎每处巷角都叠堆着平民的尸体,腥臭的气味引来一群群苍蝇和老鼠,墙上挂着残破的战旗、酒旗,从并排的商铺中还能依稀寻见往日的繁华。正如柳成龙之前所说,所有人不是已经被引出城外,就是死在城中了。

走了半天也没见到一个倭寇的身影,祖承训不禁有些怒了,他对着阴霾的天空大喝道:"有种的就出来与老夫战上三百回合,躲在暗处算什么英雄好汉!"

话音刚落,忽见一个黑衣人手持武士刀从屋梁上腾空跃起,只一眨眼的工夫,他就已飞至眼前,一道寒光闪过,几个士兵的动脉皆被割断,从马上翻落在地。祖承训大惊失色,正欲拔剑相刺,就被那黑衣人一脚踹到马下。他不知道这一脚反而是救了他的性命,他捂着胸口艰难地从地上站起,忽听一声枪响,才知已中了埋伏。

"伊藤苍健,吓唬吓唬他们就得了。现在才是好戏上演的时候,哈哈哈哈!"小西行长摇着扇子,从幽闭处走了出来。他一声令下,四周的巷壁上就堵满了一个个枪口,原来日军早已在墙壁上凿了一个个小口,就等着明军不请自来了。士兵和战马被围困在窄巷中,活活成了枪靶子!一声声枪响犹如悲壮的交响曲的音符,夹杂着烈马嘶鸣之声和士兵们的哀号声,在平壤城的上空汇成了一曲摄人心魄的挽歌;每一声枪响就代表一个生命的结束,声震天地,如泣如诉!

祖承训本想闭上双眼就此了断,却不料副将在混乱之中奔过来对他说:"将军,你不能死。你必须把情况带回去告诉李都督。"这时,几枚枪弹飞了过来,那副将立刻替他挡住,中弹身亡。

祖承训的斗志这才被燃起,他挥舞着刀在枪林弹雨中跨上战马,率领一小队残余人马冲出重围,一路快马加鞭,逃出平壤。原本总计三千的人马几乎全军覆没,明军在朝鲜的第一仗就以这样的结局尴尬地收尾,不可谓不丢脸。

"苍健,没想到你能想出这等诱敌之计,做一名忍者着实可惜了。"小西行长钦佩地说道。

苍健摘下黑色的面罩，行礼道："从前师父就教导我熟读兵法，只不过耍了个小聪明罢了，不足挂齿。只是我方才想要追击残兵，不知大人您为何阻止了？"

"哼，让他们落魄地逃回去，才能让大明对我们心生畏惧啊！哈哈哈哈。"

这时，原本阴云密布的天空忽然间拨云见日，一缕阳光洒向大地，铺洒在血流成河的平壤城中……

奇怪的江湖郎中

"你说什么?全军覆没?!"宋应昌一听战败的消息,倏地站了起来,差点打翻放在桌上的茶盏。

"是啊……大人……千真万确!"驿使满头冷汗,上气不接下气地说着,"那个叫小西行长的还格外嚣张,写了一封信给朝鲜王,说大明的军队就像一群绵羊,而日本是老虎,我们分明是羊入虎口,送死去的。又说他们另有十万人即将舟师海上,不知朝鲜王还能逃到哪里去……"

"唉,祖将军这次的确太轻敌了!"宋应昌重重一拳砸在桌上,思虑了好一番才说,"这件事千万不要急着声张出去,先让我好好想想……"

可纸是包不住火的,战败的消息很快传到了朝廷,顿时朝野震动。原本压抑的反战派又蹿了上来,他们先前的理由是倭寇不值得去打,现在则变成了打不过又何必去浪费金钱和生命。坐于幕后的万历皇帝动怒了,不仅仅是因为丢脸丢到了国外,还因为他最讨厌长他人志气,于是立刻把几个叫得最响的反战者拖出午门廷杖,而后又连夜传唤了石星和宋应昌商讨对策。

"两位爱卿有什么良策吗?李如松那边怎么样了?"

"回皇上,李提督说他还需要两个月,而后即可出发。"宋应昌如实回答道。

"两个月?两个月倭寇早就吞并朝鲜,打到家门口了!我看这李如松就是不想去,一直在拖延时间罢了!"石星颇有不满地说道。在他看来,叫李如松做主帅本身就是一个错误的决定。

万历微微一笑,挑起眉毛道:"看来石大人颇有主意。那朕就命你这个兵部尚书即刻前往朝鲜与倭寇和谈,为李如松拖延时间。"

石星一听大惊失色,情急之下竟有些词穷:"这……皇上,微臣只是一介莽夫,哪懂什么外交谈判? 不得体,不得体啊! 再说,我大明自开国以来,从未与他人和谈过,就连当年英宗被瓦剌人挟持[①]都未曾有过啊!"他看向身边的宋应昌,指着他道:"论口才,宋大人在我之上,派他去也比我去合适。"

宋应昌立刻摆摆手,推却道:"石大人,您有所不知,最近我一直忙着帮李提督调兵遣将、研究作战计划,若是让我去,岂不是更加耽误了战机? 非要我去也可以,就是得委屈您留在这里跟李提督周旋了……再说,皇上的意思是假装去和谈,又不是真的和谈,这仗肯定是要打的。"

"这件事就这么决定了,石爱卿,你自己去或者找别人去都可以,只要牵制住倭寇,为李如松争取到时间,朕自然重重有赏! 都退下吧,朕累了……" 说完,万历皇帝就在太监的搀扶下走了。石星愣在原处,心想自己怎么就莫名其妙地变成了为李如松挡刀的人,现在真是"哑巴吃黄连,有苦说不出"。

宋应昌捂着嘴,本想憋住笑,但是没成功,最后干脆放声大笑起来。"石大人……你啊……分明知道李如松是皇上的爱将,怎么能在皇上面前说他的不是? 到头来还得给李如松擦屁股,哈哈,笑死老夫了!"宋应昌拍了拍他的肩,转身离去时又不忘加一句,"宋某只能祝您马到成功!"

石星回到府里气得睡不着觉,左思右想,忽然想起一个人,便立即起身,急急地来到诏狱。原本在打瞌睡的看守忽然被惊醒,刚想开口骂人,忽见是兵部尚书,立即跪拜问:"不知石大人深夜造访诏狱,有何要事?"

"你马上把朱均旺给我带过来! 我有要事找他!"

不一会儿,朱均旺就戴着脚镣,步履蹒跚地被押了上来,却硬是不肯跪下。"大

[①]这里指明英宗朱祁镇时期发生的土木之变。

胆逆贼,见了大人居然不下跪!"看守硬是按着他的头把他按到了地上。

"哎,不跪就不跪吧。去拿一张凳子来给朱均旺。"石星并不气恼,而是表示同情与理解。"朱均旺,现在有一个机会能让你重获新生。你只要办成了这件事,本大人就立即还你自由,而且重赏你十万银两!"

"哼,石大人,您实在太看得起朱某了,朱某只是一个阶下囚,您还是另请高明吧!"说完,朱均旺就准备起身离去,他刚转身就被几个看守横刀拦住了。

"石大人,少跟他废话,好好教训他一顿,他就老实了!"其中一个看守对石星说道。

石星摆摆手,示意他们放下刀,走到朱均旺的身边,然后竟然跪了下去。这一举动着实把所有人震惊得目瞪口呆、面面相觑,究竟是什么事能让堂堂兵部尚书放下身份对一个阶下囚下跪?"石某不分青红皂白把你打入大牢是我的不是,但也属无奈之举。而今倭寇猖狂,我们必须找到一个会倭语的人前去朝鲜与倭寇谈判,牵制住他们,帮李提督争取时间,所以石某想请你帮忙。"

朱均旺还是心软了,他立即扶起石星,叹了口气道:"我朱均旺虽然会倭语,但也担当不起此重任。不过……"

"不过什么?"

"若是大人肯给我一些时间,并下令在全国各地贴上告示招贤纳士,朱某有希望找到那个人。"

石星也觉得没有更好的方法了,便答应了他:"好,那就这么定了,但是老夫也等不了太久。若是半月以后依然杳无音信,那还得请你回这里了。"

朱均旺只得无奈地点头答应,毕竟这是他现在唯一的脱身办法,但他怎么也没想到遇见那个人竟会是机缘巧合。

"不夜宫"是京城尽人皆知的风流之地,其名字取自苏东坡的诗:"风花误入长春苑,云月长临不夜城。"①每当日月交辉之时,其他的商铺都关上了门,这里却热闹了起来:红纱罩的灯笼挂满楼阁,随风摇曳;古琴之声与杯觥交错之声重重叠叠,如

---

① 摘自苏轼《雪后到乾明寺遂宿》。

高山流水汇入琼浆玉液;裙衫旖旎,香粉扑面,令人恨不能长眠于这温柔乡中……一切都是那样美好。然而,一声巨响顿时让一切戛然而止。

"沈惟敬,你给老子出来!再不出来,就别怪老子不客气!"一个粗壮汉子提着刀闯了进来,猛地将眼前的桌子掀翻,酒水洒满了一地。坐在边上的几个女人抱着琵琶缩成一团,动也不敢动。

不多久,就见一个白须飘飘的老者走了出来,此人约莫五六十,却依然精神抖擞、红光满面,走起路来也步履稳健。他提着酒壶,笑眯眯地望着那汉子道:"不知尊驾是何方神圣,竟跑到这'不夜宫'来找沈某,看来不是有要事相求,就是想与沈某共享风流呀,哈哈哈哈……"他的这番话让周遭的其他人也跟着笑了起来。

那汉子却不依不饶道:"哼,你不要跟我耍嘴皮子。你说,你究竟给我大哥吃了什么药?竟让他精尽而亡!"

"哎呀呀,我还以为是谁呢,原来是包家的小弟。你大哥见我这把年纪还能风流快活,好不羡慕,就求我给他一服灵丹妙药,能让他金枪不倒。可是,谁想到他贪恋美色,竟不听我的嘱咐,一口气服下十粒。你说他精尽而亡又该怪谁呢?"

"哼,都说你沈惟敬舌灿莲花,能把活的说成死的,把死的说成活的,果然不假!今天我就要你一命抵一命,为我大哥报仇!"话毕,那汉子就提着刀冲了上去,吓得女人们尖叫着四处逃窜。沈惟敬见状,一把推倒了眼前的桌子,然后拔腿跑向门外,一边跑一边大喊大叫:"救命啊!有人要杀人了!救命啊!杀人啦!"

砰的一下,他猛地撞在一个人身上,抬头一瞧,不禁喜上眉梢。"哎,大人,您可要为草民做主,有人闯入'不夜宫'要杀人哪!"

原来是朱均旺正带着一群官兵在京城的大街小巷里张贴告示。"我不是什么官,你弄错了。"他正欲走,却被沈惟敬死死地拉住。

"就一会儿,就耽误您一小会儿。"沈惟敬装出一副可怜巴巴的模样。

不一会儿,那包家的小弟就赶到了,见一列官兵站在眼前,便不敢像方才那样嚣张。"各位大人,这个死老头害死了我大哥,请允许我为民除害!"

沈惟敬不禁翻了一个白眼,捻着长长的胡须道:"你有证据证明是我害死了你大哥吗?我给你大哥的药可是翻遍了东瀛岛国的古籍秘术才炼成的,此药能暖肾壮阳、益精补髓,服我这服药的人不计其数,许多人求之不得,为何就你大哥出了问题?"

"你说你翻阅了东瀛岛国的古籍秘术?你懂他们的文字?"

朱均旺的这个问题让沈惟敬很诧异,因为别人听了往往对他的药感兴趣,怎么会有人对他懂不懂日文感兴趣。"是啊……怎么了?"他有些丈二和尚摸不着头脑。

"大人,你别被这老头忽悠了。这老头是出了名的能说会道,一准把人说得晕头转向。跟他讲道理不切实际,还是得来硬的!"

朱均旺眼前一亮,忽然放声大笑起来,让包二弟和沈惟敬都以为遇见了一个疯子。"哈哈哈哈,真是天助我也,天助我也!就是你了,快走,我带你去个好地方!"他说着,就一把揽住沈惟敬的肩转身离去,其余官兵则把包二弟拦在后头。

"什么好地方?难道比'不夜宫'还好玩?"

"'不夜宫'算什么,我带你去的地方才是见大世面的。办成了事,让花魁来陪你还不是一句话的事儿嘛!"

石星和沈惟敬,两个命中注定必相见的人,很快就将迎来他们一生中最重要的一次见面。

小试牛刀

听完朱均旺的一番解释后,石星仍然满腹狐疑,望着眼前的这个老头儿,沉默不语。此人虽然神采奕奕,可是其貌不扬、瘦骨嶙峋,哪里和"外交官"有半分联系?朱均旺似乎看出了他的心思,便上前一步耳语道:"大人,您可千万不能以貌取人。如若是您这样的正人君子前去谈判,又怎能瞒天过海、骗得了倭寇呢?"

石星听后也觉得有几分道理,便清了清嗓子道:"听说阁下有一味神丹妙药,若是你能劝服老夫买下你的药,老夫不仅替你摆平追杀你的人,还要委你重任。你看如何?"

不料,沈惟敬摆了摆手道:"大人,您有所不知,我那药都是卖给市井草民的,您非好色之徒,买了那药能做甚?我沈惟敬的确喜欢钱,可是从来不做亏心的买卖。这药我不想卖您,还恕草民告辞。"说完,他就准备转身离去。

"站住!"石星倏地站起,把沈惟敬给叫住了,"老夫买你的药是赏你脸,你不要给脸不要脸!这药老夫一定要买,你必须说服我!"

沈惟敬一听,立即转过身哈哈大笑道:"谢大人!既然大人已经说了要买这药,是不是就算草民赢了这局呢?我虽然平时不要脸惯了,但是既然大人肯赏脸,我也决不能推辞。"

石星一怔,这才恍然大悟,原来这老头儿是用了激将法。他虽然有些懊恼自己方才大意，却也意识到眼前这个人的确是不可多得的人才。他心里清楚，此次前去朝鲜与倭寇谈判，可谓人心叵测、机关重重，靠那些只知道四书五经、满口仁义道德的书呆子根本不顶用，必须找一个常年混迹于江湖、"道行"颇高的人才可能成事。而现在，这个人就站在自己面前。

就这样，沈惟敬做梦也没想到，他一个原本靠卖壮阳药为生的三流郎中，竟然一夜之间变成了大明帝国的外交官！这件事倘若不是发生在自己身上，他定会当一个笑话一笑了之，并不会当真。可是，命运就是如此神奇，一次偶遇就将两个本不可能相识的人，从此紧紧地捆绑在了一起。

当沈惟敬知晓自己即将要完成的使命时，他激动得颤抖了起来，眼中闪烁着年轻时才有的光芒。"草民定不会辜负大人的期望！"

"哎，怎么还称自己是草民呢？我已经授予你'游击将军'一职，记住，到了朝鲜以后，要时刻谨记自己的身份，可千万别露了馅！"石星再三提醒他道。

"是！卑职铭记在心！"沈惟敬又重重地磕了一个响头。

在学习了必要的外交礼仪和了解了朝、日的情况以后，他终于踏上了去往朝鲜的路。"沈惟敬，你一定要记住，你已经不再是什么江湖郎中，而是大明的外交官，你一定要记清楚了！"他每日每夜地对自己说道。

听闻大明使者前来，以柳成龙为首的朝鲜官员早早地候在靠近辽东半岛的义州郊外，因为那里还未被日军侵占。而今，整个国家都在避难，自然不能像以往那样大张旗鼓地夹道欢迎。一小撮人顶着太阳，口干舌燥地等候着，过了晌午，终于见前方出现了一列人马，定睛一看，旗帜上果真有一个"明"字，官员们不禁欢呼起来。

沈惟敬由侍卫搀扶着下了马，大摇大摆地走上前去，颇有一副正一品官员的架势。他虽然懂日语，却不懂朝鲜语，于是对身边的通事[①]道："代我向他们问好。"

通事点了点头，一边行礼一边说："这是我们大明新上任的沈大人，专程为和谈之事前来，特嘱我向各位问好。"

[①]通事，指翻译人员。

柳成龙上上下下打量了这位新来的大使一番,只觉得此人有些说不清的怪异,总之,气质与以往接触的人很不一样。"既然大人第一次来朝鲜,不如先允许我给您介绍一下基本情况……"他正要往下说,就被沈惟敬打断了。

"唉,不必了。老夫来时早已了解情况。"

柳成龙一听,心想:"唉,又来了第二个祖承训,这可如何是好?"他正想插几句嘴,却没想到沈惟敬根本不给他机会,一个劲儿地在众人面前滔滔不绝地描绘着和平的宏伟蓝图,害得那位通事说得唾沫星子横飞,舌头都绕不过弯来。说到动情之处,他竟然哼唱起了朝鲜著名歌谣《赏春曲》,其歌词描绘了太平时的秀丽山水,让一众官员听得热泪盈眶,也不自觉地跟唱了起来。最后,他拍拍胸脯道:"大家放心,朝鲜和大明一直以来就亲如手足,现在弟弟有难,我们做大哥的又怎能不管不顾?我沈惟敬此次若不能与倭寇达成和议,就决不回去!"

众人一听,纷纷拍手叫好,示意丞相赶紧带使者去见国王。柳成龙也没有理由反对,便带着沈惟敬和通事向李昖的行宫走去。

朝鲜王李昖其实早已等得心急如焚,听闻使者已经到达前殿,立即整了整已经换好的正装,疾步而来。但是,当他第一眼看见沈惟敬的时候,内心不免有些失望:"大明怎么派了个其貌不扬的老头儿来?"

"殿下,这位是大明新上任的沈大人,特为与倭寇的和谈之事而来。"柳成龙上前介绍道。

"嗯,寡人已听说……果然是一表……果然是气度不凡啊!"

沈惟敬看出这位国王有些轻视他,便捋了捋胡须,笑笑道:"我特奉大明皇帝之旨,跋山涉水、不远千里来到此地,为的不是自己的利益,而是尔等的安危。"他又从袖口中拿出一道假圣旨,递给身边的通事。通事展开道:"这是大明皇帝的圣旨,见到它就如同见到圣上!奉天承运皇帝诏曰:'今特命沈惟敬任大明使臣、游击将军,赴朝鲜与日本和谈,务必完成和谈大计,钦此。'"

李昖和其他人不禁吓了一跳,立即叩首道:"皇上万岁万岁万万岁,大明万岁万岁万万岁。"

沈惟敬的内心别说有多得意了,他极力按捺住自己的狂喜,和颜悦色地说:

"哎,大家不必拘礼,都快快起来吧!"给了他们一个下马威后,他清了清嗓子,意识到是时候开始正戏了。"不瞒各位,老夫这次前来,是临危受命。我从小出身于将门,想当年祖父立下汗马功劳之时,辽东的李成梁都还没有出生。我自幼学习兵法,七岁时就已熟记《孙子兵法》,本想继承我父亲的遗志,上阵杀敌,重返我沈家的荣耀,却不料十岁那年,一场大病使得我再没力气舞刀弄枪……"说到这里,他不禁呜咽起来,仿佛真的经历过似的。

李昖被沈惟敬的经历感动,不禁好心劝道:"沈大人,既然这是天意,你就不必太过自责。除了上阵杀敌,必有其他方式完成你父亲的遗志。"

"是啊……殿下说得没错!所以我后来一门心思钻研兵法,当初倭寇来犯我大明浙江时,我就曾与戚继光将军联手,一同成功抵御倭寇。这正是陛下派我来和谈的原因之一。"

"哦,这是原因之一,那请问另一个原因是?"

"哼哼,说出来您恐怕不信。"沈惟敬捋着飘飘然的胡须,抿嘴一笑,故作神秘地说道,"我年轻时为了找到治愈自己病根的方法,曾经漂洋过海去往东瀛,因为听说那里有一种秘术可以炼得强生健体的丹药。没想到最后丹药没炼成,却有了意外的收获。"

"什么收获?"李昖和柳成龙异口同声地问道。

"那一年,东瀛正在经历旷世大战,我为了躲避战火,居住在一座寺庙里。一天夜里,来了一个跟我年龄相仿的年轻人,他说他被仇人追杀,想要我帮他做掩护。我那时竟然鬼使神差地答应了。可没想到,那些追杀他的人狠毒至极,竟然放火烧了寺庙。我在那场大火中为了救那个年轻人被烫伤了,直到现在,手臂上还留有一道疤痕。你们看。"说完,沈惟敬卷起袖子,露出一道疤痕给众人看。其实这道疤痕压根不是什么救人时留下的,而是他以前在炼制丹药的时候不小心被烫伤的。他又放下袖子,继续他的故事:"那个年轻人对我感激涕零,说若是有缘再相见,必定报答我。我问他叫什么名字,他只跟我说他叫'秀吉'。我还清楚地记得,他跟我一样瘦弱,所以他还有个绰号叫'猴子'。直到最近,我才知道:原来当初的那个年轻人就是现在的太阁——丰臣秀吉。"

这信息量对于李昖和柳成龙来说简直太大了,敢情眼前的这位使者还是丰臣秀吉的救命恩人?! 如此看来,和谈的成功率没有十成,也有七八成了!

"咳咳,不过当年的事情距今快有四十年了。我也不能保证日本太阁能否记起我了,说不定他知道后还会一口否认。殿下,您也不要太寄希望于此。"沈惟敬又忙给自己留了一条后路,"不过,我还有一个好消息要告诉您,我大明已经调兵遣将,正集结七十万大军而来,准备一举打退倭寇,收复朝鲜八道!从此,您就可以高枕无忧了。"

"话虽如此,可是沈先生又有什么良策能暂时牵制住他们呢?"李昖既忧虑又疑惑地问道。

"沈某早已有了一副如意算盘,殿下就等着看好戏吧! 我一定让倭寇乖乖听话!"

深入虎穴

虽然朝鲜在陆战上一再失利，但是在海战上屡挫日军，这是连李昖和柳成龙，甚至丰臣秀吉都始料未及的。而创造这个奇迹的是经柳成龙举荐并被破格提升为全罗左道水军节度使①的李舜臣。

所谓靠山吃山，靠水吃水，日本身为岛国，海战经验自然丰富。战争一打响，丰臣秀吉就命令由水军第一名将——九鬼嘉隆（曾是称霸海上的海盗，后来被招安）率领两万余人，七百余艘战船向朝鲜发起声势浩大的进攻。但这七百余艘战船竟全都在一个"怪物"下灰飞烟灭。它如一只铁甲刺猬，周身布满了尖锐的刀子，一旦有敌人想跳上来，就立刻会被戳死。它的船头又如乌龟，因而被人取名为"龟船"。乌龟嘴一张开，就能从口中喷出硫黄的烟雾毒气，不仅能做掩护，还能呛死对方。除此之外，船周一圈有七十多个空洞用于放置炮口，船员们则躲在船舱里操控船只和运输弹药。这只"超级乌龟"就是由李舜臣和他的属下为抗击日本水军打造的，让原本自以为是鲨鱼的日本战船霎时变成了小丑鱼。"一遇乌龟，逢战必输；瞥见船头，掉头就跑"在日军的心中形成了不小的阴影。毫无疑问，海上的失利给日本在运输物资上造成极大的麻烦，同时也给沈惟敬增加了谈判的筹码。

---

①全罗左道水军节度使，全罗道位于朝鲜半岛西南部，节度使相当于现在的军区司令。

自从在李昖面前夸下海口之后,沈惟敬好像忘了自己吹的牛皮,每天优哉游哉,仿佛他是大明派来慰问"难民营"的。柳成龙看在眼里,急在心里,几次话到了嘴边,又不得不咽回去。这一天,他实在忍不住了,便小心翼翼地问道:"请问沈大人,谈判的事情您安排得怎样了?请问该如何进行呢?"

"丞相您放心,我已经写好一封给小西行长的信了,他看完以后会乖乖跟我和谈的。"沈惟敬擦了擦刚啃完鸡腿的嘴,嘟嘟囔囔地说道。

"那这封信该怎么交给倭军总帅呢?"

"我们大人说……他……明天就派人将信送去。"那位通事有些尴尬地说。

"什么?!"柳成龙吓了一跳,因为之前他也不是没想过和谈,结果自己派去的人还没见到小西行长就已经倒在城门口了。看来这次也是凶多吉少。

"哎,柳大人,您这么慌张干什么?老夫自然有办法。"沈惟敬翻了个白眼道。

第二天,他果真派了一个家丁,并让那人背着一个黄色的包袱,还在马上插了一面明朝的旗帜,向着平壤城驰骋而去。过了一天后,那个家丁毫发无伤地回来了,并且带来了一个好消息:小西行长愿意与沈惟敬谈谈。

在柳成龙看来,不是倭寇脑子进水了,就是他们设下了圈套,总之怎么会轻易答应和谈。他百思不得其解,便问沈惟敬到底是怎么回事。

"唉,告诉您可以,但是您千万不能说出去。否则老夫就有麻烦了,和谈之事更别想成功……"

见柳成龙满口答应,沈惟敬才鬼鬼祟祟地说其实自己是假传圣意,以万历的口吻指责倭寇"朝鲜怎么得罪你们日本了,你们要擅自发兵攻打朝鲜",又说"凡事好商量,莫要因一时的糊涂伤了大家的和气"云云。

"原来如此……"柳成龙这才有些想明白,毕竟小西行长现在也拿不准是否需要立即和大明撕破脸,万历皇帝的面子他还是要给的,"那沈大人决定如何去谈判?最好还是派一支军队跟您一块儿去,这样稳妥些……"

"谢柳丞相的好意,派兵保护就不必了。我一个人去,顶多带个随从陪我即可。"

柳成龙劝说未果,于是他将此事告诉了李昖。

李昖听后,也觉得此事极为不靠谱,毕竟大明的使者要是死在自己的国土上,到时候万一大明怪罪下来,也不能说是他自己作死啊,这可如何是好……于是,在众人苦口婆心的劝说下,沈惟敬终于答应多带几个人去——多了三个人……

"好吧,事到如今也只能如此了,至少还有几个人能把尸体运回来……"柳成龙近乎绝望地想。

第二天,沈惟敬就带领四个人向平壤出发了,说不紧张那是假的,什么"世代为将,与丰臣秀吉有过交情"都是糊弄人的鬼话,能不能过这一关他自己也没底。但是,"仅带几名随从"是有用意的,他认为如此才能显示出自己的"诚意"。而此时,柳成龙攀上了一座小山,在那里他可以将平壤城外的一切尽收眼底。

正值金秋,平壤郊外已有连绵的麦浪。不过因为农民们都逃光了,麦秆无人打理,又粗又高,在微风的吹拂下,发出沙沙的响声。宽阔的大道上渺无人烟,偶尔有几只小鸟飞下来觅食。

约莫过了一个时辰,忽见几个形单影只的小点出现在卷起的黄尘中,从他们的打扮上可以判定乃"沈惟敬敢死队"。然而,接下来发生了令众人瑟瑟发抖的一幕。就在沈惟敬一行人继续前行,在距离平壤城十里的地方,忽然从道路两边的麦浪里飞出数十名手持白刃、身穿黄色衣服的日本兵,将他们里三层、外三层地团团围住。"误会,误会!我们是大明皇帝派来的使者,两国交战,不斩来使哪!"沈惟敬虽然头皮发麻、背脊发凉,但还是极力控制住所有人的情绪。

"完了,完了,看来沈大人这回真的在劫难逃了……"柳成龙看着眼前的一切,即使自己很想帮他脱困,也爱莫能助。

正在这时,从城门口走来一支整齐的队伍,领头的正是日军总帅——小西行长。"阁下就是大明皇帝派来的使者?"他高声问道。

"这些日本人无非是想给我一点颜色看,并不敢拿我怎么样……"沈惟敬暗暗想,便强装镇定道:"没错!"

"死到临头,阁下也能面不改色心不跳,果真不凡。既然如此,就请来我营中相谈。"小西行长本就是想给他个下马威,顺便试探一下对方的勇气。现在看来,这位大明的使者并不是一个软柿子,他便不敢再戏弄了。于是,那些士兵把沈惟敬一行人的眼睛都蒙了起来,然后挟持着他们走向日军在平壤的大本营。

这或许是沈惟敬从出生以来走过的最漫长的路。他跌跌撞撞地走着,不敢吱声,因为稍有不慎就可能招来杀身之祸。不知走了多久,那些日本士兵才慢慢停下来,然后摘去他们的眼罩。陡然间的亮光让人睁不开眼睛,沈惟敬不得不眯起眼,只见眼前站着一位又高又瘦的中年人,他梳着干净的发髻,并留着整整齐齐的小胡子,就连衣服也比其他人华丽得多,看得出这是一个极为讲究的人。而他的身边则站着一位全身黑色装束、脸色白皙又神情漠然的年轻人。

小西行长使了个眼色,让侍卫给沈惟敬松绑。"想必阁下一定受惊了吧,方才您在白刃之中也能处变不惊,这在我们日本武士中也是鲜有,如此胆色,我好生佩服。"

"如此看来,行长大人还是对我们大明知之甚少啊。老夫这种胆子,在国内也顶多算普通人。"

"阁下说得没错,否则也不会有人敢率领三千兵马冒冒失失地攻打平壤。如果不是胆子太大,那就是脑子有病。有病就得治!"小西行长的话立即让屋内的日本兵们哈哈大笑起来。

沈惟敬知道他们在嘲笑祖承训败北一事,显然人家说得没错,所以他也无力反驳,只得岔开话题道:"我听闻行长大人您信奉基督教,难道上帝耶和华鼓励教徒无故抢掠他人的土地、夺取他人的生命吗?您身为一名虔诚的基督徒,竟然也默许这种行为?"

这番话顿时让小西行长哑口无言,他没想到这位大明的使臣竟然还对基督教有所了解。他身边的另一名大将见状,立刻站出来吼道:"我们是奉太阁殿下之命,在我们心目中,太阁殿下就是老天爷,他老人家说什么就是什么。行长君,你别跟这个人废话,老子让他吃吃苦头,他就不敢造次了!"

可是沈惟敬依然面不改色地说道:"老夫要是怕,方才不早就死在各位英雄好汉的刀刃下了?"而后,他又看向小西行长,继续道:"行长大人,您有所不知,其实我与您颇有渊源……"

"什么渊源?"

"我知道您在效忠丰臣秀吉之前,曾是一名商人,而我早年也是一名商人。您说凑不凑巧?我们做生意的,不是最看中'性价比'吗?我想您应该知道:打仗是最不划算的买卖,风险和成本都极高。而这仗打起来,不就是因为价钱没谈拢吗?别看你们已经取得了朝鲜八道,但是我听闻你们在海上也吃了不少苦头,若是真的等我大明的天兵天将前来,尔等还能继续享用胜利果实吗?若是我们现在就能达成共识,既能让所有人都满意,又能让黎民百姓免于灾祸,还能让您免于去上帝面前忏悔,岂不是三全其美?"

这番话的功效犹如拔掉了卡在小西行长喉咙里的鱼刺,但他还是有一丝疑虑:"阁下说得不错,但是我需要知道这是阁下的意思,还是贵国皇帝的意思?"

沈惟敬早就料到对方会问这个问题,便拿出事先准备好的"圣旨"作为证物。"这是我们大明皇帝的旨意,但圣旨不能给他人传阅,否则就是亵渎圣上。"这些日本人从没见过真正的圣旨,便都信以为真。

"既然如此,还允我传信给太阁殿下,必须有了他的旨意,我才能再与阁下协商,您看如何?"小西行长和颜悦色道,"总之,就请等我的好消息吧!"

"那您也必须答应我,在等候佳音的这段时间为两国的休战期。日军不得去平壤城十里之外的地方,同样,我们也不会进入平壤城内十里!"

"这是一定。我定会下令全军,请阁下放心。"

"好,那就这么定了,君子无戏言。"沈惟敬不禁抿嘴一笑。

待到日暮时分,望眼欲穿的柳成龙见他们五个人依然没有出城,便开始筹划丧事的安排。"唉……看来沈大人真的凶多吉少了。"他长叹一声,刚掉头离去,忽听身后的随从发出一声惊叫:"大人!您——快——看——"

柳成龙转身一看,也惊讶得合不拢嘴。那是他此后一生都难以忘记的画面:夕阳西下,小西行长与若干随从将沈惟敬一行人送至城门口,并亲切地与之握手交谈,寒暄许久之后,随从又送上不少日本土特产,最后双方才挥手告别,像极了在送别即将远游的亲人。

"这沈惟敬究竟是何方神圣?!"众人惊呼道。

未完成的事业

送走沈惟敬之后,小西行长就信守承诺,在双方协议的十里之地树立地标,并下令全军不得跨过此界,然后他又很快书信一封传回京都。不久,他就收到了丰臣秀吉的旨意,令他意外的是,太阁殿下竟也同意和谈,要求是:以朝鲜大同江为界,平壤城以西包括平壤在内的地方归还朝鲜,而东边则划给日本所有,如若同意,日军将立即从朝鲜撤兵。如此条件在小西行长看来简直是优惠得不能再优惠了,他甚至怀疑这道旨意是否真的是丰臣秀吉本人的意思。

这的确是丰臣秀吉的意思,不过倒不是因为他突然良心发现不想打了,也不是因为他觉得打不过大明,而是因为他算了一笔账。发动这场战争的真正原因除了他的私心,其实也是日本国内的大势所趋。彼时,日本各路大名都已在表面上臣服于他,但想让别人真的听话,不得拿出点干货?可日本就这么点大,还没算上新封的几个大名,像小西行长这种从商人转行过来的,土地和物资根本不够分,怎么办呢?那就只能打邻居的主意了……所以,只要朝鲜能割让土地和资源,对于丰臣秀吉来说,也是解了燃眉之急。至于大明,一口吃不成胖子,可以从长计议……

小西行长也想速战速决,便着手开始给沈惟敬写信,要求再次和谈。这时,伊藤苍健走过来提醒他道:"大人,我见那老头儿巧言令色、心怀鬼胎,还须多留个心眼哪。"

行长放下笔,仔细回想了一下当日的情景,也觉得有些蹊跷,但又说不出是哪里不对劲。"唔……总之,先提出我们的条件,再看明国的诚意吧。你这几日也多留意他们的动向,一有风吹草动就马上告诉我。"

"是,请大人放心。"

而自打沈惟敬回营之后就别提有多风光了,他本人也丝毫不谦虚地说:"你们没听说过唐朝的郭子仪①将军吗? 当年回纥数万大军进犯,他单枪匹马闯入敌阵,无所畏惧。我就是郭将军转世,又怎会怕了倭寇他们?!"跟他一起去的随从也连连附和道:"是啊,是啊,沈大人一番唇枪舌剑,这倭寇立马就怂了。"朝鲜官员仿佛在听故事似的听得津津有味,频频点头。

不过,沈惟敬没想到他在朝鲜的好时光即将结束,因为两个月的期限到了。

在这短短两个月的时间里,沈惟敬从一介匹夫变身为国际舞台上叱咤风云的角儿,这要放在从前,他都不敢这么吹牛。而如今,他不仅受到了他国领导人的尊重,还发自内心地爱上了这份"谈判事业"。"我沈惟敬真是浪费了人生诸多光景,在即将入土时才找到了正道。"这些日子以来,他不止一次这么感慨。

沈惟敬拿着日本的和谈文书回到了大明,临别之际还与柳成龙依依不舍道:"柳丞相,您放心,我回去以后一定会劝服陛下,给朝鲜一个满意的答复。"现在的他已经完全忘记了"表演"这回事,而是全身心地投入进去。可是一回去,他就被打回原形……

李如松差点没能按时完成任务,因为他苦等的浙军迟迟未现身。好在老天爷对他还是很仁慈的,在一个阴雨连绵的清晨,他朝思暮想的队伍终于到了。那是一支穿着猩红色戎装的精锐部队,总计三千余人,每个人的身上都带着各种奇形怪状的兵器。他们一路从浙江赶至辽东,虽然千里迢迢,但未现一丝疲态。

"末将骆尚志,未能及时赶到,甘愿受罚。"骆尚志上前行礼道。

李如松干咳了一声,勉强挤出一丝笑容道:"你们路途遥远,可以体谅。本都督还没有那么不近人情。"此话一出,几乎所有人都惊讶得睁大了双眼。今天是太阳

---

①郭子仪,唐代名将,政治家、军事家。

打西边出来了？这还是大家熟悉的李如松吗？这要是搁平常，他不早就暴跳如雷，把骆尚志骂个狗血淋头，再拖出去暴打一顿吗？如果对方不是戚家军的话，他毫无疑问会这么做。可现在，他必须忍了，因为他明白这支精锐的重要性，何况人家确实是因为离得太远。

凡是了解李如松脾气的人，都知道他如果没有撒成气，就会找另一个对象发泄，所以此刻大家都很好奇那个冤大头会是谁……

这是出发前最后一次也是最重要的会谈，所以除李如松和他的弟弟李如柏、李如梅以外，宋应昌、石星，以及打了败仗的祖承训悉数到场。

"宋大人好，石大人好。"还没等二位前辈接话，李如松就二话不说地坐到了最中间的位置。石星不禁暗自哼了一声，宋应昌则很无奈地坐到了他的右手边。"不是我不知礼数，只是在军营之中一切都应以最高统帅为准，请二位前辈见谅。从前汉景帝视察周亚夫的军营，也是一丝优待也没有，就连皇帝的轿辇都被迫停在门口。"李如松解释了一番。

宋应昌笑了笑，缓和地说："果然后生可畏，往后的日子里，我们都指望都督您收复朝鲜国土，这点小事算什么。"

"既然如此，那我们就开始今天的正题吧。我已详细地研究过地图，依照目前的形势，我们应该……"刚说到这里，突然跑进来一人打断了李如松的话，此人不是别人，正是刚从朝鲜回来的沈惟敬。"都督，切勿开战，切勿开战哪！倭寇已经决定与我们和谈了！"他上气不接下气地说道。

"你是什么人?!"李如松挑起眉毛，一股怒火噌地蹿上心头。

"我……我是陛下新派去朝鲜的谈判使者，名叫沈惟敬。这是倭军总帅小西行长写给我的文书，我已翻译，请各位大人过目。"说完，他就把文书交给了石星，让所有人依次读了一遍。接着，他气定神闲地继续道："既然倭寇已经表示愿意让步，我们何不将计就计？我愿意再次前往朝鲜，与他们交涉，争取夺回更多的权益！都督有所不知，倭寇的实力不容小觑，如果不信的话，就请问问祖承训大人，我想他比谁都清楚。"

祖承训用力地点点头，应和着说："千真万确！老夫亲眼所见，有个黑衣人一眨眼的工夫就飞到了我面前,然后唰唰两下,弟兄们的命就都没了!简直不是人能做到的啊!这样的功夫,我在大明都没见到过……"

"是啊,是啊。"沈惟敬也频频点头道,"何况现在朝鲜的环境非常糟糕,经常断粮缺水,我大明将士过去,他们也难以提供支持。既然能用外交手段实现和平,又有何不可呢?"

"你说完了吗?"李如松面无表情地问。

"呃……微臣说完了……"

"说完了是吧?来人哪,把这个通倭逆贼给我抓起来!"李如松大喝一声,着实把所有人惊出一身冷汗。

沈惟敬大惊失色,语无伦次地喊着:"都督,我……我何罪之有?我怎么……怎么会……通倭?!都督,卑职无辜啊!"

"我大明与朝鲜同气连枝,而你与倭寇谈判,不惜出卖朝鲜国的利益,欲签订丧权辱国的条约,有损大明颜面,这不是通倭,是什么?!"

话音刚落,两个士兵便冲进来,立即把沈惟敬绑了起来。就在这时,石星突然站起身,他已经忍无可忍。"慢着!李都督,你也欺人太甚了吧!"

"石大人,这不关你的事!"

"哼,怎么不关老夫的事?你知道这两个月来,你之所以能安然无恙地度过,都是因为谁?就是他——老夫帮你找的这个沈惟敬,如果不是他前往朝鲜各方游说,替你拖延时间,你能活到今日?要我说,沈惟敬不仅不应该受罚,还应当领赏。你说呢,宋大人?"

这皮球又踢到了宋应昌这里,他自然不敢不接,便和稀泥道:"石大人说得没错,李都督,请您收回成命吧。我不久前收到一封朝鲜丞相柳成龙写来的信,他在信中高度赞扬了这位沈先生的足智多谋,还说他是一个不可多得的奇才。想必未来还能有所重用。沈惟敬,老夫也不得不说你一句,你虽然一片好心,但是在大是大非面前,必须明白什么事情是可以谈的,什么事情是不容谈的,比如领土和主权。你若现在答应倭寇半分,他们日后就会故技重施、得寸进尺,将来垂涎的可不就是朝鲜了,而是我大明。你明白了吗?"

别看沈惟敬平日对待一切都游刃有余的样子,到真要被斩首时也吓得丢了半个魂。"是,是,卑职知错了!卑职以后再也不敢了!"他连连磕头道。

李如松的气消了,他也觉得二位大人说得在理,说不定这沈惟敬日后还有用,便摆摆手表示作罢。然后,他拔出身上的佩剑,举过头顶道:"日后,若有人再说倭寇难以战胜这类妖言惑众的话,如同此案!"话毕,他就挥剑而下,桌案霎时被劈成了两半。

1592年12月25日,就在小西行长在军营中庆祝圣诞节的时候,李如松率领近五万大军誓师东渡,直奔朝鲜。一场旷日持久的国际大战,即将拉开序幕。

寻父从军

　　李如松大军抵达朝鲜义州后,每位将领都被分配到一位朝鲜语翻译,但只有骆尚志这边的通事迟迟未现身。他正纳闷,忽听一声清脆明亮的声音从营帐外传来:"卑职姗姗来迟,还请骆大将军恕罪!"这声音怎么听得格外耳熟?他忙不迭地跑出去,紧接着传来一声惊叫。"你……怎么会……是你?"他连连后退,像是大白天见了鬼一样。不承想来的人竟然是岳千辰。"她此时不应该在江南和她的夫君共度新婚吗?她什么时候来到这儿的?她怎么混到了军营?"此刻,一连串的问题在骆尚志的脑海里跳跃。

　　"怎么样?是不是很惊喜?很意外?没想到我会来这儿吧?"岳千辰露出她的招牌笑容,一脸扬扬自得。她穿着一身银色的戎装,红色的披风在风中翻舞,头发被箍得紧紧的,没有了刘海的遮挡,更显出她俏丽的五官。若不是她说话的腔调,骆尚志一时半会儿也未必认得出。

　　"我不管你是怎么来到这儿的,你现在——马上——给我回家去!立刻!"

　　岳千辰一怔,她虽然早已料到骆尚志会生气,但没想到他会发那么大的火。"我……我回不去了……"半晌,她支支吾吾道。

　　"为什么?"

　　"因为……因为……"她脸色绯红,低下头,似乎在思索合适的词语。

骆尚志一听，无奈地叹了口气，心想这位大小姐又不知在哪里犯了事，被父亲管教后赌气跑了出来，这种事情已不是一次两次了。"你回去好生给令尊赔礼道歉，你是他的掌上明珠，他怎会不原谅你？又怎会舍得让你在这里受苦？"

岳千辰的头摇得跟拨浪鼓似的，豆大的泪珠啪嗒啪嗒地掉了下来，立刻让骆尚志心软了半截。"这回跟以前不一样……我父亲他，他不在了！"她呜咽道。

"究竟发生了什么事？！"

"此事说来话长……我们进去说，外面实在太冷了。"岳千辰打了个寒战，搓了搓被冻得僵硬的手。骆尚志便立即带她走进营帐，并吩咐侍卫倒来两杯热水。

"你先喝点水，慢慢说。"他认真地看向她，虽然只有短短几个月的光景，但与最后一次见她时相比的确消瘦了许多，原本天真烂漫的脸蛋上也有了以往不曾有过的风霜和憔悴。她究竟经历了什么？他的心沉重起来。

岳千辰也看向他，一时间思绪万千，竟不知从何说起。从小到大，她看上去永远都是大大咧咧、开开心心的样子，是岳府的掌上明珠，但只有她自己知道为了眼前这个男人掉了多少眼泪。他每次回余姚的时候，她都会跑过去看他，美其名曰要礼物。他成亲的时候，她独坐闺中掉了一晚上的眼泪，发誓再也不出现在他的面前。当得知他的妻子难产而死时，她又偷偷地抹眼泪，想跑去安慰他但又只能忍住。"在尚志哥的眼里，我永远都只是一个长不大的孩子。他只是把我当妹妹看罢了……"她总是这么想，于是一直以来都把这份感情深埋于心。

"怎么样？好点了吗？"骆尚志关切地问道。

"嗯……"她微微点了点头，眼神避开了他，这才开始叙说那段她并不愿回忆起的往事。原来她的父亲早年时常去朝鲜做生意，闲暇之余便去光顾汉城的妓生院，并在那里结识了一名妓生[①]，名曰"珍伊"。珍伊姿色清丽绝人，从小在教坊接受各种艺术训练，琴棋书画无不精通。当得知岳德昌从大明而来，她欣喜地说："此生的心愿就是能去大明看一看。"岳德昌对这位佳人一见倾心，此后，他每次去朝鲜，都会去找她。

[①] 妓生，古代朝鲜半岛的艺妓，为达官贵人提供歌舞表演。

战争爆发以后,岳德昌百感交集,他一心想着去汉城把珍伊救回来,这自然招来夫人的强烈反对。"她不过是一个妓生,这样的姑娘大明有的是!你要敢去救她,我便死给你看!"岳夫人这话并非气话,她以为岳德昌不过是逢场作戏,哪知他竟动了真情。在她眼里,无论是朝鲜的妓生还是大明的青楼女子,都是下贱之人,丈夫爱上这样的女人,让她更为悲愤。

可岳德昌还是不顾夫人的反对走了,那时李如松的军队还没有出发,仍在辽东整装待命。他一走,便再没有消息。"我便当他死了吧……他竟然能做出如此疯狂的事,真不知道那狐狸精施了什么法术,能把男人弄得五迷三道、走火入魔!"岳夫人真真觉得心凉透了。岳千辰知道,母亲虽然嘴上这么说,可她每天依然会去询问管家是否有从朝鲜归来的船只。每次得到失望的答案后,她便整晚独坐房中,暗自抽泣。富商岳德昌失踪的消息一时之间传遍整个杭城,就连原本说好的亲家也与岳家取消了婚约,这对岳千辰来说可谓雪上加霜。

直到一个月后,与岳德昌一起去朝鲜的随从竟只身孤影地跑回来了。这位随从已经跟随岳家好些年了,因为说话大舌头,大家都唤他"张大舌"。"夫……夫人,夫人,我……我回,回来了。"

"老爷呢?怎么只有你一个人?"岳夫人焦急地问。

张大舌拿出一个别致的荷包,那正是岳德昌平时随身携带的。荷包上还用精细的丝线织了一个弹琴的女子,一看就是出自某个心灵手巧的姑娘之手。"老,老爷他……他在汉,汉城被倭,倭寇杀了……只,只有我逃,逃回来了……"

这个噩耗让岳夫人差点当场晕厥过去,幸好岳千辰及时扶住她,母女二人霎时抱头痛哭起来。"老爷临死前有说什么吗?"岳千辰哭着问。哪知张大舌又说:"其,其实我并,并未看见老,老爷是怎么死的,也没,没有看见他,他的尸体。只是当时的情,情况太乱了,人群把,把我们冲,冲散了……"

"也就是说老爷他也有可能没死?"岳千辰眼睛一亮。张大舌点了点头。

"那你又是怎么拿到这个荷包的?"岳千辰又问他。

张大舌这才断断续续地说了当时的来龙去脉。原来岳德昌到朝鲜后,就直奔汉城的妓生院,不料汉城刚被倭寇侵占,国王早已带着他的臣子逃走了。城中遍地哀号,哪还有寻欢作乐的妓生院?经人打听,岳德昌才知道妓生们都被抓去伺候倭寇了,所以他决定去倭寇的大本营救人,临走前他把自己的重要物品都交给了张大舌,让他带回大明。"你说老,老爷他,他哪里会是倭,倭寇的对手,自,自然是被他,他们杀,杀死了呀!"虽然大家都默认岳德昌已死,但只有岳千辰不这么认为。

"我见母亲每天以泪洗面,所以才决定跑来这里寻找父亲的下落。可来到这里后才得知,除了女人小孩和老弱病残,大部分男子都已被招入军队,我父亲他虽然不是朝鲜人,倘若无法逃出这里,是不是也有可能在军营呢?于是我就女扮男装来到军营当起了通事。听闻你们要来这里,我便主动请求来给你做朝鲜语翻译。尚志哥,不要赶我走。我刚才与你说的,绝没有半句戏言!"说着,岳千辰突然紧紧地握住骆尚志的手,一脸哀求地看着他。

"我知道……可我……我怎么能放心你待在军中?这里是战场,不是你家的后院,时刻都有生命危险。我若出去作战,就无法顾及你的生命安全了。再说,你一旦被发现是女儿身,是要被杀头的。"

"我发誓绝对不会让人发现的!我已经不是岳府的千金小姐,而是你的通事、你的下属。"岳千辰松开手,看向前方,眼神中露出坚毅的光芒,"你放心,我若找到父亲,就一定会与他一同回去。倘若他真的死了,我便留在这里帮你。千辰虽然是女流之辈,无法上阵杀敌,但也有一颗拳拳报国之心,唯一能做的就是在你的身边做好翻译和一些后勤的事。"

"可我……还是……担心……"骆尚志担心的是岳千辰会在军营中受欺负,毕竟他不可能时时刻刻陪在她的身边。要是那些兵油子发现了她的女儿身,还不知道会做出什么样的事情。

"放心,我会保护好自己的,绝对不会被人发现。"说完,她又露出了以往自信的笑容。

阴谋阳谋

听闻李如松大军抵达义州,小西行长立刻提高了警惕,但他还是派人去询问和谈之事的进展。见倭寇"真心实意",李如松便将计就计,毕竟"兵不厌诈"是他的拿手好戏。于是,他很快让人把沈惟敬叫来,授意他告诉小西行长大明已经同意和谈的条件,此次前来正是为了封赏日本。

在沈惟敬花里胡哨的解释下,小西行长最终答应派人代表他前去李如松的军营领赏,等和谈大计已定,他再在平壤门口亲自迎接各位的到来。说白了,小西行长这么做是为了更稳妥些,可他没想到,就算和谈已经落实,也是可以毁约的。他一个生意人,做过各种生意,所以格外自信,不过亏就亏在他从没和李如松这种熟读《孙子兵法》的人打过交道。

若论耍无赖,李如松一点也不逊色于沈惟敬。之前在平定宁夏之乱时,哱拜父子见大势已去,便跪在地上向他痛哭流涕地求饶,称自己"后悔莫及,以后再也不敢造反了,从此一定做一个遵纪守法的百姓……"李如松当即做出一副很开明的样子说:"只要二位能立即放下武器,我便网开一面。"接下来的事或许很多人已经猜到,就在哱拜父子准备重新做人的时候,他们没想到前面被加了一个定语——来生。在李如松的字典里,跟叛徒讲仁义,那就是跟自己过不去。

小西行长派去的使者是他的亲信,名叫内藤如安,也是一名基督徒,还会说汉语。说起来,这内藤如安的身份原本比小西行长高贵得多,他曾是一个大名,可惜他最终没有胜过织田信长,被当时还没有背叛信长的明智光秀打败。所以,他与伊藤苍健一样,都痛恨明智光秀。丰臣秀吉干掉明智光秀之后,他就投靠到了秀吉的重臣小西行长的手下。总之,这是一个亡了家业只求自保的"名二代"。

内藤如安一到李如松的军营就受到了"热情的接待",还没等他摸清是什么状况,就见李如柏带人挥剑砍来。"各位英雄好汉一定是有什么误会吧?两国交战不斩来使,还请手下留情!"他一边躲闪一边呼叫。

就在场面一发不可收拾的时候,李如松非常"及时"地赶到了。咣的一声响,李如柏的剑被打掉了,其他人也当即被抓了起来。

"李如柏,你竟敢违抗我的军令,刺杀日本使者!"李如松面红耳赤地喝道。

"哥哥,你难道忘了父亲教导我们的话了吗?任何时候都不能与敌人妥协!"

"敌人?日本使者是我们的敌人吗?我大明已经准备和谈,而你现在却要坏了两国的好事。来人,把李如柏军前正法!"仗还没打,就要先把自己的亲弟弟杀了,这李都督到底怎么回事?众人面面相觑,不知该如何收场。

"都怎么回事?没听到我的话吗?!"

这时,他的另一个弟弟李如梅站出来道:"大哥,二哥虽然违背了您的军令,但是罪不至死,再说日本使者也毫发未伤,您就给他一次将功补过的机会吧。"

内藤如安方才一直抱着头蹲在地上瑟瑟发抖,见场面已得到控制,才站起身强颜欢笑。他怕节外生枝,便表示这不过是一场误会,自己不会放在心上的。

"好吧,今天就饶了你,但这不是因为你是我的弟弟,而是看在使者大人替你说情的分上!明白了吗?以后谁要是再敢冒犯日本使者,我李如松绝不会善罢甘休!"李如松玩这出"苦肉计",一是因为听了沈惟敬的遭遇,想以其人之道还治其人之身,二是为了打消倭寇的疑心。他做了一个邀请的姿势,转身笑着对内藤如安说:"阁下,我已备下晚宴,请。"

晚宴准备得格外用心,除一些中式的菜肴以外,还制作了符合日本人口味的生鱼片、寿司卷等。席间,几名歌姬以琵琶、古筝弹奏了《春江花月夜》《高山流水》以及一些日本歌曲。"阁下,这杯酒我敬您,希望您不要将方才的事情放在心上。"李如松笑着说。

"哪里哪里,我们日本人哪有那么小气?那委屈您干了这杯,我随意了。"

"好,我干了这杯。"李如松喝完酒又道,"和谈的大计就全靠阁下了,两国交战对谁都没有好处,尤其是我大明。我们也不想大明的将士在他国白白流血牺牲,你说是不是?"

"这么听来,太阁殿下之前提出的条件,你们也都同意了?"

李如松看向身边的几个朝鲜人,使了个眼色道:"自然,要不然咱们也用不着去平壤了。"

"哈哈,那太好了。没想到阁下能这么深明大义,实在让人出乎意料。不瞒您说,我之前听闻您脾气不太好,可今日所见实在觉得荒唐。"

"嗯,不过有句话您说错了。和谈不是我的意思,而是我们圣上的意思。这种事情我又怎么做得了主呢?"

坐在一边的沈惟敬听后不觉笑了,心想这李如松倒是把他教的话术学得贼溜,说起谎来也是脸不红心不跳,果然有两下子。

几杯浑酒灌下肚,又吃了美味的生鱼片,内藤如安不免轻飘飘起来,拍着胸脯道:"这件事就包在我身上了。我等回去就向行长大人禀报……后天请都督亲自来平壤城完成交接仪式。"说完,他又打了个饱嗝。

"哈哈哈,太好了。那一言为定,后天我亲自去平壤会见小西大人。来人,把内藤阁下扶下去休息,你们好生服侍他。"于是,那几名弹琴的歌姬就走上来扶着醉醺醺的内藤如安走了。

内藤如安糊涂了点,可伊藤苍健并不糊涂。自李如松大军压境,他就一直密切注视着他们的行动,从粮草和火器的准备上来看,并不像是前来和谈的。"他们葫芦里到底卖的什么药……莫非……"

正当他准备离开时,几只乌鸦飞过屋梁,一个哨兵抬头瞧了一眼,忽瞥见一个黑影,大喝一声道:"是谁在上面?!"

苍健一惊,立即扔下一枚手里剑,击中了那哨兵的背,然后跃过屋脊而去。骆尚志和岳千辰听到异响,便闻声赶来,看见倒在地上的哨兵,背脊一阵冷汗。"这是……"他拔出手里剑,拿在手里端详着。

"这是日本忍者的独门暗器,叫手里剑……我以前听去过东瀛的人说过。忍者的暗器有很多,但是手里剑是最常用的。这个人出手之精准,可见其武艺高强。"

"原来这世上真的有忍者……之前听老兵们提过,可是他们也从未见过。大家一传十,十传百,就把忍者描述得特别玄乎,我便以为那只是一个传说。"

"那我们要不要立即告诉都督?"岳千辰问道。

"暂时先别提,我们先把这具尸体安葬好吧。这件事等日本的使者走了以后再说,现在说出去,若破坏了都督的大计,才要了命。"

小西行长得到伊藤苍健的消息后,也开始怀疑李如松的动机。如果只是单纯地来封赏,又何必带那么多军火和人马呢?

"行长大人,其中必定有诈。"苍健若有所思地说。

"嗯……既然内藤已经答应后天在平壤接见李如松,我猜他们一定是把行动放在了那天。到时候你听我的命令,见机行事,务必一举拿下李如松!"

"要死的还是活的?"

"李如松要活的,其他人就随意吧……上帝保佑!"小西行长摸了摸胸前的十字架,虔诚地开始祷告。

月黑风高夜,除了喝醉的内藤如安,其他人几乎都睡不着觉,躺在床上辗转反侧,他们都在等待后天的到来……苍健坐在屋梁上,抬头望着满天的繁星,喃喃道:"爸爸、妈妈、次郎、师父,你们在那里还好吗?"一颗流星划过天空,像是在回应他的悲伤……

错失良机

  大年初六,按照中国人的传统习俗,这一天大家要送"穷鬼"。什么意思？就是从除夕到初五都不能打扫卫生,一直要等到初六这一天才能来一次大扫除,寓意着在这一天人们要把所有的污秽和不吉利通通扫光,大小商家也会选择在这一天开市,以迎来一个好兆头①。可李如松没有闲工夫在这一天送"穷鬼",因为这一天他要率领人马前去平壤与小西行长会面,他的心愿是送倭寇去见阎王。不过,他很快就会意识到,老底子的规矩是要守的,所谓"不听老人言,吃亏在眼前",说的正是这个理。

  他的队伍沿着当初沈惟敬走过的路,顺利抵达平壤城的风月楼门口。相比于上回迎接沈氏敢死队的刺客团,这次日本人显然有诚意得多,虽然城门紧闭,但是城门外锣鼓喧天、鞭炮齐鸣、红旗招展,就差拉一条写有"热烈欢迎李如松大都督前来我市莅临指导"的横幅了。"看样子,内藤如安那小子思想工作做得很到位嘛！"李如松暗自一笑。

  "前方可是大明派来的李如松大人？"有人探出头来喊话。

  "正是！"随行的通事喊道。

---

  ①送穷的习俗在唐朝相当盛行,宋朝以后,送穷风俗依然流行。

接着,令人惊诧的一幕发生了:风月楼的城门缓缓打开,迎面走来的是一支穿着五彩缤纷衣服的仪仗队,仪仗队的后面则是亲兵护卫队,再后面是穿着织有樱花、牡丹等花色衣服的小西行长和内藤如安等人。他们特意挑选了花里胡哨的衣服是因为过年的传统。自唐朝以来,日本就一直学习汉文化并与自身的大和文化相融合,久而久之便形成了过年穿花衣的习俗①。

相比日本这边浓郁的过年气氛,李如松这一阵营则看不出一丁点节日的迹象,仿佛一方正处于烈日炎炎的夏季,而另一方则处于冰天雪地的冬季,显然不在一个纬度上。见风月楼城门已开,李如松当即下达了攻城的命令。在他的心中,此时不攻更待何时?"老子才没闲工夫跟你们废唾沫星子和谈,更没有闲情雅致一起喜迎新春……"遗憾的是,这只是他一个人的想法。

虽然大部队知道今天的任务是来攻城的,但大明的将士显然没见过穿得这么好看的倭寇,更没见过如此友好的敌人。眼前的春节氛围顿时令士兵们怀念起远在故乡的亲人,想着自己过年也没能吃上一顿团圆饭,一个个都热泪盈眶,竟然把李如松的命令置若罔闻。幸亏还有脑子清醒的骆尚志,他随即带领戚家军向着倭寇的仪仗队冲去。但戚家军是手持重武器的步兵,想让他们以百米赛跑的速度冲刺实在太难为人了。

"好啊,李如松果然不是诚心来和谈的!"小西行长见状,立即带人掉转马头,奔回城门中。原本敞开的城门砰的一声被重重地关上了。

好不容易骗到嘴边的鸭子,结果眼睁睁地看着飞走了!李如松气得暴跳如雷,转过头撕破喉咙地喝道:"你们都给老子清醒点!你们是来打仗的,不是来玩的,更不是来过节的!"

就在这时,一个士兵在他的身后惊呼道:"都督,你……看……"

李如松猛一转身,竟见一黑衣男子已飞至眼前,并从口中的竹管内吹出一根根银针。绵绵银针犹如细雨携着呼啸的寒风向他袭来。"不好!"他立即拔出佩剑,拿起剑柄在手心三百六十度地旋转。卷起的旋风使得银针偏离了原本的轨道,擦过

---

① 明治维新以后,日本去汉化,才废除了他们一直过春节的习俗。

他的肩和头发,向别处飞去。可其他人就没那么好运了,凡是被银针刺中者,皆口吐白沫、摔下马背,在地上抽搐了一下后,就再也动弹不得了。

"啊!就是他!上次那个黑衣人!"祖承训尖叫道,之前在平壤巷战中的遭遇还历历在目。军中听闻,一片大乱。

伊藤苍健见毒针皆打偏了,便利索地收起吹矢①暗器,从背后拔出一把武士刀,径直向李如松砍去。说时迟,那时快,另一把飞刀嗖的一声飞了过来,将他的武士刀打落在地。"都督,你快走!这里由我来应付!"骆尚志及时赶到说。

伊藤苍健见李如松在掩护下疾驰而去,眼前又是三千戚家军与他一人对峙,便不再恋战,收起武士刀飞回城内。

"哼,看来这李如松也是个孬货,这么快就逃了。"小西行长站在城墙上观望着,冷笑一声道。然而,接下来的一幕狠狠地打了他的脸。

李如松并没有率军撤离,而是掉转了方向,向平壤的北城发起了进攻。平壤的北城处于牡丹峰高地,且有重兵守护,绝非攻陷城池的最佳突破口。"都督的脑子不会坏掉了吧?攻打这里怎么可能会有胜算?"虽然众人很不解,但依然一股脑地冲了上去。砰!砰!城墙上的日本兵立即端起鸟铳,向城墙下的人群开枪射击。

"盾牌兵防护!"李如松大声命令道。子弹打在青铜盾上,发出钟鸣般的浑厚之声,此起彼伏,抑扬顿挫。好不容易等日本人的子弹快打没了,李如松又下了另一道命令:"撤退!"

"大哥,为何又不攻城了?"副将李如梅问道。

"哼,方才让你们攻城怎么没攻?现在只是佯攻,一切都只是做个样子给小西行长看罢了。"

"给小西行长看?恕弟弟愚昧,并没有懂您的意思。"

李如松叹了口气道:"等回头你就明白是什么意思了。驾,现在回大营!"

回到军营后,所有人都有种不好的预感,一个个死气沉沉。不出所料,他们迎来了"如松火山"有史以来最大的一次喷发,除骆尚志在内的戚家军,其余人无一幸

---

①吹矢,忍者使用的利器,外形是一根竹管,内藏毒针。

免。"你们的耳朵是聋了吗？我叫你们攻城为何没攻?！你们的眼睛是瞎了吗？敌人把大门敞开,欢迎你们进去,可你们竟然驻足不前?！你们以为自己错失的仅仅是一次机会吗？不！你们错失的是倭寇对我们的信任！以后攻下平壤要比今天难一千倍、一万倍！我苦心算好的大计就这样被你们这群窝囊废给毁了！今天要不是骆尚志,说不定我的人头现在已经挂在城墙上示众了！"

李如松就这样唾沫横飞地骂了一个时辰,底下的人都缩着头不敢吱声,一是因为他骂得对,二是因为此刻站出来辩解与找死没啥分别。等口干舌燥、筋疲力尽,李如松才无奈地摆摆手道："你们都给我回去好好反省反省！下一次将功补过！"众人不禁舒了一口气,好像刚刚在鬼门关串了个门,正欲离去,又听见他说："慢着！"方才放下的心又提了上来。"骆尚志留下来,其余人该干吗干吗去。"大家不免同情地向骆尚志望去一眼,然后麻溜地逃离了"火山地带"。

"大都督,请问有什么事？"

"今晚有客人来。你现在去休息,晚上带兵夜巡,我们要好生迎接他！"

"客人？"骆尚志皱起眉头,然后恍然大悟道,"难道是他……"

"哼,没错。就是那个人。"李如松下意识地握紧了剑柄,双眼中闪过一道凌厉的光芒。

九字真言

清幽的竹林中,中川剑藏对着十五岁的伊藤苍健说:"苍健,最近你的进步很大。所以为师决定教你忍术中的最高技能——九字真言。"

"什么是九字真言?"苍健掩饰不住激动的心情。

"九字真言即临、兵、斗、者、皆、阵、列、在、前[①]。虽然只是区区九个字,但它包含了忍术的终极奥义,你若能参透它,便能达到天人合一的境界,从此完全除去心灵的迷惑和恐惧,将自己的潜能开发到极致,全身心地投入战斗中。"

苍健若有所思地点了点头,但还是无法理解师父所说的,又问:"那'临、兵、斗、者、皆、阵、列、在、前'是什么意思呢?"

"这九字真言源于明国道教的秘术,是道士根据北斗七星的排列所悟出的奇门阵法,后来传入我们这里。修验道[②]的隐者研究了以后,顿觉其精妙,便将其演变成为一种修炼身心的咒语。苍健,你看好了,接下来就是咒语的解析!"中川剑藏放下剑,忽将双手十指紧扣,两根食指伸出相接,念道:"'临'意为身心稳定之意。你做

[①]九字真言的正确说法是"临、兵、斗、者皆、阵、列、前、行",后来日本人学习的时候抄错了一个字,演变为"临、兵、斗、者、皆、阵、列、在、前"。

[②]修验道,日本的神秘宗教,主张禁欲,结合了佛教和日本神道教的特点。信奉者要隐居在山里,研修苦行。

这个动作时记得要吸入真气,从这一刻开始,你要抛开脑海中的一切杂念。"接着,他又将中指覆于食指之上道:"'兵'意为能量。此时你要吐出刚才吸入的真气。"而后,他收回食指,将两根中指伸展相接道:"'斗'乃与宇宙共鸣。你要集中所有的意念。"剑藏蹲着马步,皱起眉头,将拇指、食指和小指伸展相接,紧紧扣住。"'者'的意思是自由支配自己和对方身体中的力量。现在你要把集中的意念汇集到一个点上。'皆'是危机感应,即挖掘敌人的弱点。"

苍健一边盯着剑藏的双手,一边用手比画着,觉得没有丝毫头绪。中川剑藏双手紧扣,互相握成拳状道:"这是'阵',将你的意念对准对方的弱点。然后是'列',左手握紧你的食指。再次是'在',食指伸展,手心向外。这也是最重要的一步,你一定要记住把刚才集中的意念对准敌人的弱点,运用真气推出去。"还没等苍健反应过来,一股强大的气流就扑面而来,接着他身边的竹子一棵棵地倒了下去,只有他自己毫发未伤。"最后一步是'前',因为方才释放出强大的能量,所以此时人会感觉非常疲劳。这个动作是帮你固本培元。"中川剑藏把右手握成拳状,左手托住右手,吐了口气道。

忽然间天空阴雨密布、电闪雷鸣,画面闪回到那个可怖的出关之日。"伊藤苍健,你最后的考核就是杀了我!只有这样,你才有可能成为日本第一忍者!"中川剑藏的面孔几近扭曲,他强行把剑塞入苍健的手中。

"不——不——"苍健满头大汗地坐起,捂着胸口,发现自己身在军营中,这才舒了口气道,"是梦……是梦……"最近,他时常梦见往昔,每次又都以师父的死结束。这究竟意味着什么?

这时,小西行长从门外走了进来,对他说:"苍健,今晚就动手吧。事不宜迟。"

"遵命。"他整理了一下被汗水浸透的衣衫。

"你没事吧?怎么出了那么多汗?"行长关切地问。

"我没事。"苍健淡淡道,说完就走了出去。虽然他和小西行长已经相处了一年多,但除了公事,两人再没有过多的交谈。就算行长有意拉近跟他的距离,他也仅有只字片语,沉默寡言是军中所有人对他的印象。

要潜入李如松的军营再暗杀他谈何容易。经过前一阵子的夜巡后,苍健摸清了明军军营的分布并制订出一套详细的作案计划。

他先埋伏在一个隐蔽之处,趁人不注意时用迷药迷晕了一个守卫,再把他背到荒无人烟的地方,然后立即跟那个人互换了衣服。一番乔装打扮之后,苍健顺利地混入大明军营。凑巧的是,看守李如松营帐的守卫正好尿急,他便替代了那人把守大门。见另一个守卫打着瞌睡,他立即钻进大营,拔出刀径直向李如松的床铺刺去。一刀下去,却一点血也没有。"怎么回事?"他心头一惊,掀开被子,下面躺着的竟然是一个用棉花和布缝制的人偶。

"不好,中埋伏了!"苍健正欲夺门而出,一张大网却从天而降。他立即甩出四枚手里剑,把网割破。

"哈哈,东瀛的忍者果然了得。今天真是让李某大开眼界啊!"李如松拍着手走了进来。他望向苍健,渐渐收起笑容,一挥手道:"给我上!"

数十名士兵举着长矛冲了进去,把苍健团团围住。他们大喊着:"冲啊!"然后一齐向着目标冲了上去。苍健腾空跃起,双手十指紧扣,接着做出一系列剑藏教他的动作,紧闭双眼道:"临、兵、斗、者、皆、阵、列、在、前。"话音刚落,一股强大的气流迸发而出,那些举着长矛的人皆被震倒在地,摔得头破血流。他稳了一下气息,睁开眼,趁乱逃出了军营。

刚跑出几丈远,骆尚志就带领一路戚家军赶到,拔出佩剑,喝令一声:"鸳鸯阵!"

鸳鸯阵乃戚继光当年为了抵御倭寇所创,因阵型似鸳鸯结伴故得此名。十一人站成一个阵型,站在前方中央的是队长骆尚志,他的任务是发号施令。左右两侧皆是盾牌兵,一人执青铜盾牌,用来抵挡敌人的箭矢和长枪;另一人则拿着藤木做的轻盾牌,同时配有标枪和腰刀,用以与敌人近距离作战。盾牌兵的身后各配一名手执狼筅的士兵。狼筅乃一丈长的毛竹竿子,顶部被削成尖刀状,四周留有尖锐的枝杈,只要轻轻一触,就皮开肉绽。再后面是四名手执长枪的长枪手,左右两侧并排站立,主要任务是给敌人致命一击。长枪手的身后是两名手持短刀的短兵手,如遇敌人迂回攻击,这两人便手持短刀,协助长枪手劈杀。总之,这套阵法就是"兵来将挡,水来土掩",至今无人能破解。

伊藤苍健早些时候就听闻过鸳鸯阵的厉害,他使出的毒针、手里剑均被盾牌和狼筅破解,而方才使出"九字真言"的咒语已经损耗了他不少内力,不可能在短时间内再次发力。如果用剑术和十一个人硬拼,则一定会被李如松的人马包围,到时候想要突破重围就难了。情急之下,他使出了火遁之术。火遁是忍者随身携带的一种易燃易爆物质①,只要将其扔向攻击的目标即能爆炸。嘭一声巨响,暗夜里亮起一团火光,一个举着狼筅的士兵被炸得身首异处。

"这是……什么……法术?"骆尚志仿佛被人从头到脚浇了一盆冷水,但他立即恢复镇定道,"趴下!快趴下!"又是一声爆炸的巨响,伴随着烈马的嘶鸣声,把寂静的夜空撕得四分五裂。原来方才李如松正策马而来,却遭到了苍健的攻击,致使他从马背上重重地摔下。"都督,都督,您不要紧吧?"众人急忙上前扶起他。

"我……我不要紧……他大爷的……你们不要管我!"李如松捂着胸口,试图从地上站起来,但他的屁股墩子摔出了一个大乌青,疼得直不起身。

"你们还愣着干什么?快去追啊!别让那小子跑了!"

然而伊藤苍健早已逃得无影无踪。从那一刻起,无论是大明,还是日本,都明白一场苦战在所难免。

---

①类似今天的手榴弹。

生死攸关的对赌

伊藤苍健暗杀失败的第二晚,也就是正月初七的晚上,李如松召开了整个朝鲜战役中最重要也是唯一的军事会议。可喜可贺,这次大会的主旨终于不再是骂人。但大会开始,他照骂不误:"我知道是因为过年,所以你们一个个都魂不守舍!但请搞清楚,你们来的目的是什么?是打仗!堂堂一个日本刺客是怎么混进大明军营的?如果不是本都督神机妙算,十颗人头都不够送!"然后他顿了顿,看向下面的每一个人道:"所以接下来的这一仗,只许胜,不许败!"

"都督,那我们什么时候开打?"下面的一员大将问道。

"明天。"

"什么?明天?"众人顿时议论纷纷,交头接耳,"这也太突然了,完全没有做好心理准备……"

李如松早料到大家会是这个反应,冷静地坐在主帅的位置上说:"之所以今天才告知各位,是因为怕我们之中有奸细。不是我不相信你们,只是任何事情都有个万一,在我的决策里,不容许有这个万一存在,哪怕它发生的可能性极小。现在你们还有什么看法没有?"

底下鸦雀无声,没有人再敢质疑了。骆尚志不禁佩服地点点头,心想李如松这样的人天生就是当主帅的料,看似不拘小节,却心思缜密,而且用人不疑,对敌人绝不手下留情，该演戏的时候就演戏，该使用手段的时候就使用手段，难怪当年徐文长会和他成为忘年交！

接着，李如松命人在桌上摊开平壤城的地图，右手拿着一根小棍子在地图上比画，开始详细地讲述他的作战部署："平壤地势平坦，远临旷野，城外有牡丹峰高耸，据探子来报，峰顶上驻守的倭寇有两千余人。城池从里到外分内城、中城、外城和北城四个部分。这次，我军的主攻方向是西边。左军指挥李如柏听令，你带领一万人马攻打外城的普通门，参将李芳春协助你。"

"是，属下遵命。"李如柏和李芳春站起来道。

"中军指挥杨元和右军指挥张世爵听令，你二人各率一万人马攻打内城的七星门。以上三万人为我军攻击的主力。"

"是！大都督！"杨元和张世爵两名大将站起来领命道。

李如松正欲接着说下去，却被副总兵查大受打断了话。这查大受也是他们李家的得力干将，从小就跟着李成梁打仗，可谓身经百战，战斗经验不在李如松之下。又因为跟老爷子的关系好，他并不怎么怕这位大少爷，所以才敢有话直说。

"我认为都督把主力放在西边不太妥当。"他丝毫不留情面，开门见山道，"我军驻守在西边已有两日，日军很有可能已经判断出我军的主攻方向，并在西边加强了防守。如此一来，恐怕难以攻克。请大都督三思！"

看在查大受是父亲的心腹，李如松翻着白眼、耐着性子让他把话说完了，最后吐了口气道："查副总兵，我是全军的主帅，你只管听命就好，这些事用不着你费心！"接着，他拿着小棍子在东边画了个圈道："东边不必攻击。"

此话一出，在座的各位将领又不禁小声嘀咕起来。"为什么？！"这次站出来质疑的是李家的另一名家兵——上回吃了败仗的祖承训。"是啊，为什么东边不打？"另一人赶紧附和着问。

"你们都没读过兵法吗？不懂什么叫作'围师必阙'和'兽困则噬'？如果我们不给倭寇留有一点希望，他们就会拼死抵抗。可若是故意留下一个缺口，他们就会往那个方向溃散而逃。至于为什么是东边，到时候你们就知道了。"李如松卖了个关子，又在南边画了个圈，"神机营参将骆尚志听令，你率领戚家军精锐两千人攻打南边含毯门,辽东副总兵祖承训率领八千人协助你,你二人务必全力攻克!"

"是,大都督!"骆尚志和祖承训站起来道。

"最后是北边。刚才说了北城的牡丹峰上有两千余日军驻扎,这些倭寇就交由蓟州游击吴惟忠和辽东副总兵查大受率领三千人马去歼灭。整体的作战部署就是这样,各位还有不清楚的吗?如果有异议,也请给我憋回肚子里!"

底下的人连连点头,再不敢吱声。正当大家都以为快散会的时候,不料今晚会议的高潮才刚开始……李如松干咳一声说:"下面我宣布明天战役的两大要求。第一,请各位务必全力以赴,如有士兵还像上回那样,立斩不赦,上级连坐!第二,所有人都不许割取首级,违者严惩不贷!"第一条命令大家还能理解,可第二条实在太不近人情了!因为士兵领赏都是靠军功。军功看什么?就是看杀了几个人。现在不允许大家割取首级,虽然是为了预防忙着割人头而耽误进攻时机,却也会让士兵们消极怠工。

就在几位将领准备掀桌子的时候,李如松又说:"明日攻城,率先登城者,赏五千两白银!"好家伙,五千两白花花的银子啊!这是平时要割多少个人头才能换得的?!此时此刻,胜利的曙光仿佛就在眼前——那是一座由白银堆起的小山,它散发出一道道耀眼的、令人赏心悦目的白光。

而此时日本的军营内,小西行长也正在研究战事地图。这时,从门口传来一阵如绵绵细雨般温柔的男声:"大人,小人不请自来,是有重要的事情对您说。"行长抬起头,只见一个头戴乌帽、身穿白底暗花狩衣的年轻男子从大雪纷飞的门外走了进来。他轻轻地拍了拍身上的雪,行了个礼,苍白的脸在雪夜中反而被冻得有些白里透红。这名阴阳师[1]名叫安倍龙一,出身于世袭的"阴阳寮"[2]家族,他的祖辈是日本有史以来最负盛名的阴阳师——安倍晴明[3]。但到了这个年头,天皇的皇权没

---

[1]阴阳师,日本懂得观星宿、相人面、知灾异、画符念咒的巫师。其独特的法术为"阴阳道",主要是用于祭祀和占卜。阴阳师起源于中国,由阴阳家思想和五行学说逐渐形成的一种修行职派,唐朝时传入日本。

[2]阴阳寮,类似我国古代的钦天监,负责观天象、风水和祭祀的部门。

[3]安倍晴明,阴阳寮的土御门家的始祖,是当时精通天文和占卜的专家。

落,安倍家族便为最有权势的大名服务。这次,丰臣秀吉专派他来为日军主帅占卜算卦、祈福驱邪。

小西行长知道他有话要说,便支开了所有人。"龙一君,请说吧。"

安倍龙一若有所思,顿了顿道:"属下夜观天象,又占得一卦,明日将有血光之灾,大战之象,望大人早做准备。"说完,他从袖中拿出算得的卦象,但想了想又收回去道:"不过大人看后可不能怪罪我。"

"哎,我怎么敢怪罪你。"

"嗯,谋事在人,成事在天。"龙一递过卦象就先行告退了。

小西行长接来一看,不由得深吸一口气,又倒退几步,然后大声传唤各路将士听命,为明天的大战做准备。一时间,日军军营里骚动了起来。

根据明军的驻扎位置,行长认为西边会是正面战场,于是安排了一万两千余人驻守,并配备了大量火枪和弹药。而东边,他大胆地猜测明军会放弃攻击,这与李如松的安排不谋而合。"为什么明军不会攻击东部?"内藤如安问。

"现在正值冬季,东面是大同江,已经结了冰。而明军几乎都是骑兵,试问马怎么在冰面上走?"小西行长胸有成竹地说。接下来就是北面和南面的部署,明军究竟会把重心放在哪里呢?他看着地图,寻思良久,一会儿在北面的位置画了个圈圈,一会儿又在南面画了个圈圈。忽地,他想起昨日李如松带领人马攻打北城而未攻克的情景。"没错,李如松一定是想'声西击北'!虽然主战场是在西边,但其实他真正的突破口是在北面。南边广阔,不利于用兵,让朝鲜那帮人①驻守就行。剩余的主力都给我死守北面,不得让他们攻破!我会亲自督战。"

就在小西行长运筹帷幄的时候,明军的营帐中已经散会。不过,李如松又把骆尚志留了下来,说要请他喝一杯好酒以谢救命之恩,这在旁人看来简直是个奇迹。"大都督,喝酒就不必了。明天还有一场恶仗,我得早点回去歇息。"骆尚志婉拒道。

"哎,你不必这么客气。喝一杯又怎么会醉?你若不想喝,就是不领我这个情。"

---

①指朝奸,朝鲜投降日军的部队。

"那……好吧。"

两人便坐到营帐外,欣赏着夜空中纷飞的雪花。李如松命人拿来两只夜光杯,然后为各自的酒杯斟满酒,举起酒杯高声吟诵道:"葡萄美酒夜光杯,欲饮琵琶马上催。醉卧沙场君莫笑,古来征战几人回?"[①]说完,他就一饮而尽,脸上竟露出一丝心酸又疲惫的笑容,这是以往任何时候都不曾见过的。

"好酒好诗!真是应景啊!"骆尚志也一饮而尽道。

李如松看向他,笑着说:"我知道我脾气差又傲慢,所以没什么人愿意跟我做朋友。而我呢,也不轻易交朋友。我交朋友只有一个原则,就是令李某欣赏的、有能力的人。到现在为止,除了我父亲,就属徐文长先生最令我钦佩了。而今,你骆尚志救了我两回,你这个朋友我交定了。就是不知你愿不愿意与我做朋友呢?"

骆尚志一听,脸竟然有些火辣辣的,谦虚地摆了摆手说:"救都督是我一个下级应该做的,不足挂齿。大都督言重了。"

"哎,别成天都督、都督的,我都听烦了。看岁数,我比你大些。如果你不介意,我就是你大哥了。"

"啊……这……"骆尚志有些语塞道,"既然都督……哦,不,大哥不嫌弃我,可以称呼我为云谷,云朵的云,山谷的谷。"

"好,以后私底下你就叫我大哥,我就叫你云谷。我们以这杯酒为证,以后就以兄弟相称。"李如松重重地拍了拍他的肩,然后又为各自的酒杯斟满了酒,"只可惜现在没什么好酒,等我们打了胜仗,定要请你品一品我珍藏了三十年的醇酿!那才是人间极品啊!我们生逢乱世,每天都是以命在做赌注,若连这点盼头都没有,那活着还有什么意思呢?"

"大哥说得对,生而为人,就应该有这份真性情!上对得起大明,下对得起父母兄弟和爱的人,便足矣。"骆尚志喝完杯中的酒,却顿觉心中有几分苦涩,"但这世道不一定能容得下我们……不瞒大哥,小弟这次在出发前去拜见了您的一位故友……他过得并不好……"

[①]出自唐朝王翰的《凉州词》。

"云谷说的是……徐老先生吗?"

骆尚志沉重地点了点头,把他在绍兴目睹的都告诉了李如松。李如松听完后,半天说不出话,他想起早些年与徐文长叙别之后,徐赠予他的一首诗:"弯弯曲曲几山溪,眼眼腮腮泪落丝。立到马遥人影没,更谁知尔下山时。"两人依依不舍送别的情景仿佛就在眼前,而此后,因自己时常在外征战,便再未见面,竟不知他竟沦落至如此境地。"如若有来生,我希望能和他再做知己,但请让我多分担一些他的苦,老天爷待人着实不公了……"李如松垂下头来,仿佛生平第一次褪下往日的骄傲。

"唉,我真的不应该这时候说这些……"

"等这次回去,你定要带我去见他,我要把他带回家好生照料。对了,你刚才跟我说,他给了你一个锦囊妙计,里面写了什么?"

"我还没有打开看过。徐先生说,这个锦囊只能救我们一次。不到万不得已,就不要打开。"

"你知道我为什么命你率军攻打南边吗?因为我敢打赌,小西行长以为我会主攻北城。"李如松话锋一转道,"那日我故意率军先去攻打北城,就是障眼法。可是就算如此,明天也不一定能赢,你还记得昨天的忍者吗?我至今都没有想出对付他的办法……"

骆尚志想起昨晚的爆炸术,又不禁打了个寒战。他觉得李如松说得对,同时抑制不住自己的好奇心,便从袖口中掏出了那个锦囊,打开看了看,惊讶得不知道说什么好。

"上面说了什么?"李如松好奇地问道。

骆尚志把锦囊递给他,没有说话。李如松接过来一看,先是一惊,而后笑得前仰后合,喘不上气地说着:"不愧是怪才徐渭,也只有他才想得出这等妙计!我看我们就以这个办法对付那个忍者,如果不铲除这个心头之患,恐怕他日后还要再来刺杀我,那以后就无法再睡安生觉了。"

"好,小弟知道该怎么做了。"骆尚志若有所思地点了点头。

这时,岳千辰提着灯笼从远处走了过来,四下张望着喊道:"尚志哥——你在哪里?"她红色的披风在白色的雪花中翻飞,仿佛一簇与冰雪交融的火焰在他的眼中跳跃。骆尚志的心不禁揪了起来,担心她的女儿之身被人发现。幸运的是李如松并没有注意到她,而是拿起酒杯和酒壶站起身,打了个酒嗝道:"走咯!明日,大战!"

第三章

燃烧的心

五千两的诱惑

第二日寅时①,大地被一层密不透风的冰霜笼罩,暗沉且阴冷。当其他人还在享受温暖的被窝时,明军已经悄悄地起身。浙军军营里骆尚志等人正在穿衣服,竟见岳千辰和一队朝鲜人提着大包小包闯进大营,愣是让人摸不着头脑。

"你……你们干什么?非礼勿视……"骆尚志捂住上身道。

岳千辰不禁翻了个白眼,转身对身后的朝鲜人说:"把包袱都打开吧。"于是,几个人开始拆麻袋,从里面拿出一件件朝鲜军服,然后分发给每位士兵。

"给我们朝鲜军装干吗?"众人不解道。

岳千辰不慌不忙地掏出军牌解释说:"朝鲜柳丞相安插在日伪部队中的眼线昨日深夜来报,小西行长已命五千日伪军驻守南面。经商策,尔等须在军装外再穿一件日伪军服,佯装成朝鲜人,如此定能让敌军放松警惕。"

"这件事大都督是否知晓?"骆尚志问。

"柳丞相已向都督通报过了,还请将军放心。"

"那好。既然如此,吾等定当细心乔装打扮,反正外头也寒风刺骨。岳……通事,我们还要换衣服,麻烦你们……"

---

①寅时,旧式计时法指夜里三点钟到五点钟的时间。

"好,你们继续。大家都是爷们儿,我们才没兴趣观摩呢……"岳千辰做了个小小的鬼脸,向骆尚志投去意味深长的一眼后转身走出大营。但当看见一个个臃肿得如同笨熊一样的浙军士兵时,岳千辰以及一干朝鲜人都没能忍住笑。

"笑什么笑,等登上城墙,老子就给脱了。难受死了……"骆尚志嘀咕着。

"别啊……大将军这样一'打扮',看上去更加……魁梧了!"岳千辰笑道。她刚走上前,不料脚下一滑,失去了重心,仰着头向后倒去。

"小心!"骆尚志惊叫一声,一把扶住她的腰,往身上一揽,这才避免了一场意外。这是他和岳千辰第一次离得这么近,近到能感受到彼此的呼吸和心跳。岳千辰望向那对剑眉星目,一想到他孔武有力的手臂撑住自己的腰就觉得浑身发烫。"我要走了,还不知道什么时候能回来。你待在这里要小心,别忘记自己的身份。"他凑近她的耳畔叮嘱道。

"嗯。"她这才点点头,稍稍回过了神道,"你也一样,要小心。若是有半分闪失,我就……"说到这里,她低下了头。

"就什么?"

"就……"她张了张嘴,正要说出口,却不料后面有人叫唤:"骆将军,大都督有令,命你立刻整装出发!"

"好,我这就来!"骆尚志放开她,眼里带着笑道,"我走了,保重!等我的好消息!"说完,他就转身大步流星地走去。

岳千辰愣愣地站在原地,痴痴地望着那支渐渐远去的队伍,喃喃道:"我想说的是……待你回来,我就嫁给你,照顾你一辈子……"

朝阳悄悄地从云雾中探出了头,目送着浩浩荡荡的大军。天空已为这场旷世之战准备好了画纸和颜料,只等着画师浓墨重彩、画龙点睛的一笔。

此刻的平壤城内,小西行长正在营中来回踱步,表面上看他极为淡定,实则已是一手冷汗。他正盘算着明军攻城的时间,就听得一声震耳欲聋的炮声从远处传来,震得整个军营都跟着摇晃了一下。"怎么回事?!"他慌张地跑出去,见西边的天空已是浓烟滚滚。"叫西边的守军立刻加强防守,回击明军!"话音刚落,第二声炮声又传来了,接着是第三声、第四声……

"什么？为什么明国的炮能连发？不是说他们的武器都很落后吗?！"行长不敢置信地说道。

站在远处的李如松不禁冷笑一声，不准备点神秘礼物就敢来"赴宴"？原来就在两个月前，除了等待各路军队的集结，他还有一项重要任务：秘密研发一款新型武器——百出佛郎机。明朝人把来自欧洲的金头发、蓝眼睛的洋人统称为"佛郎机人"。在欧洲大大小小的国家里，明朝人对葡萄牙最为了解，所以大家就把从葡萄牙进口的大炮统称为"佛郎机"。虽然是进口货，但仍有明显的不足，那便是打完一发炮弹后，还有塞入铁砂、石块，压入铅子，点燃火药这些烦琐的步骤。在战场上，一分钟甚至一秒钟都有可能改变战局。等人按部就班地完成这些动作，很有可能已经被敌人一锅端了。为了解决这个问题，李如松一早命人做好了一个个装满石块、铅子、铁砂和火药的"炮弹"，一个炮筒里可以塞入十发炮弹，所以称为"百出佛郎机"。一尊大炮能一口气连发十次，十几尊一起发，那场面实在"太美"，简直不敢想象……

大炮轰完一轮，紧接着一声号角吹响，李如柏等人率领三万大军向西面发起了进攻。虽然遭受了连续的炮击，但日军也并非吃素的，他们很快稳住了阵脚，一字排开向城下的明军持枪射击，或倾倒煮沸的热水，或投掷巨石、滚木，无所不用其极。许多士兵攀附至城墙一半，眼看五千两白银近在咫尺，就被打死，重重地摔了下去。西边的战局渐渐地发生了变化，日军顽强的抵抗让许多明朝士兵萌生退意，毕竟跟银子比起来，还是命比较重要。

一个小兵刚想拔腿溜走，一匹战马就呼啸而来，只见一人手起刀落，就把他的人头割了下来。其他后撤的士兵见状，吓得浑身一哆嗦，因为来者不是别人，正是李如松。他举起血淋淋的人头，严肃地看向每个人，挑起横眉一字一顿道："后——退——者——格——杀——勿——论！"

那些原本要跑的人见状只能硬着头皮上。溃散的明军被重新组织起来，向着固若金汤的城池再次发起新一轮的猛攻。李如松向着硝烟弥漫的苍穹，把战刀高高举过头顶，纵使四周的喊杀之声足以掩盖他的声音，也无法掩盖他的决心：杀尽倭奴，只在今日！

就在两军陷入胶着状态时,骆尚志率领两千名浙军士兵向南面发起了进攻。守城的是小西行长之前安排的日伪部队,可笑的是当他们看到前来的是穿着朝鲜军服的"同胞"时,不禁抱着侥幸心理嘲笑道:"自己人的战斗力怎样还用得着说吗?要是强,我们还用得着投降倭寇?"

不像西面主战场又是扫射又是扔石块的那般热闹,南面的分战场则冷清许多。以骆尚志为首的"披着羊皮的狼",几乎没有遇到什么阻力,顺利地登上了城墙。不过令日伪部队意外的是,这些"同胞"爬上来以后做的第一件事,竟是对着他们齐刷刷地脱衣服……光天化日之下,这帮老爷们儿要对自己做什么?当他们还在犯迷糊的时候,那些"狼"已经卸下了伪装,原形毕露,向着"羊群"杀了过去。

"啊……不好!是明军!是明军!快去寻求支援!"日伪部队一片大呼小叫,一个个吓得屁滚尿流,四散奔逃。

小西行长事先安排的游击部队见此情形,立即跑来支援,正要开枪,就被十一人组成的鸳鸯阵打翻。骆尚志率领一队人马,抢先一步,攻破了城门。不料,由于五千两白银的赏赐太过诱人,祖承训带领的八千人也毫不犹豫地抓住机会,向着小小的门洞冲了上去。此时不捡漏,更待何时?就这样,一窝蜂地拥堵在城门口,谁也不让谁,一个个挤得头破血流,最后竟造成严重的踩踏事故。"你们都冷静,冷静点!"骆尚志在人群中高声喊叫,试图维持秩序,但哪里管用。他因为逆着人流,反而被人撞得受了伤。

"报——大人——明军已攻破南面!"一个士兵气喘吁吁地跑来向小西行长禀报。

"大人,派我去收拾他们吧。"伊藤苍健立即站出来道。

小西行长一摆手,咬了咬牙关,双眼眯成一条缝,看向远方道:"不必,你留在这里殿后。李如松现在人在哪里?"

"禀大人,在西面。"

"好,很好。"他握紧拳头,五指关节也发出咯咯的响声,"南面距离西面遥遥,这回没有人能够再救李如松了!我要亲自送他上天堂,阿门!"

愤怒的挣扎

正如小西行长所说,南面虽然被攻破,但由于平壤城太大,一时很难对西面和北城的战局造成影响。尤其是北城,不仅地势险要,而且有重兵把守,这让攻打北面的明军吃了不少苦头。对于他们而言,这是一场意志与体力的双重对决,敌人不仅仅是埋伏在山上拿枪持射、投掷石块的日军,还有来自大自然的考验——凛冽的寒风和肆虐的雪花。年轻的生命一个接一个地倒了下去,他们没有留下名字,好像从未参与过这场伟大的战役;他们的身体被风雪掩埋,从此告别远在故土翘首企盼的亲人;他们的灵魂却不甘于覆灭,一直围绕着牡丹峰哼唱着故乡的歌,念叨着心上人的名字……

相比北城,西面战场的惨烈也同样令人触目心惊。目之所及,无不是鲜血淋漓;耳之所闻,无不是哀鸿遍野。数万支带火的箭飞向天空,就连太阳也被夺去了光芒。日军把武士道精神发挥到极致,他们拼死抵抗,并把长矛布满城墙一周,使得平壤城看上去就像一只刺猬,让明军进退维谷。枪林弹雨间,中军指挥杨元被击伤,他的部将也相继阵亡。李如柏同样没能逃过厄运,一枚弹丸打中了他的头,幸亏戴的头盔够坚实,这才捡回一条命。

"哪个是李如松?"小西行长跑至城头,端起鸟铳问道。

"就是那个跑来跑去的!"士兵指向一个在战场上骑着白马肆意穿梭的身影

道。此时的李如松如同一名绿茵场上的裁判,在两军之间来回奔波,只可惜他没有黄牌警告和红牌罚下的权力。

"哼,他的心也是够大的。"小西行长冷笑一声,而后便端起一把改良了射程的鸟铳,对准李如松。嗖嗖嗖,数十发铅弹连着射了出去。

"大都督!小心!"有人惊呼道。

李如松一回头,正欲躲闪,但是已经来不及了,一枚弹丸直接打中了他的手臂,另外几发则击中了战马。白马仰天长啸,然后倒了下去。他也跟着摔了出去,趴在地上不能动弹。

"完蛋了……主帅死了……我们都死定了……"这几乎是在场所有士兵的第一反应。

的确,在那一刻,就连李如松自己也觉得必死无疑。恍惚间,他好像看到了年幼的自己,小小的他放下剑,气喘吁吁、憋红了脸地朝他的父亲怒吼道:"我还是不是你的儿子了?!你怎么能这么虐待我?!我不要再练剑了!"说完,他就趴在地上哇哇地哭了起来。李成梁一把把他从地上拽起,丝毫没有让儿子休息的意思。他怒目圆睁,盯着儿子道:"听着,李如松,在战场上,没有人会理会你是谁的儿子!战争就是把两个毫不相干的人拧到一起,决一生死。今日,你若偷懒半分,明日你就将在战场上丢掉一条命!"

"那我就不去打仗了!我不要再做你的儿子了!呜呜呜呜……"李如松蹬着小腿心不甘情不愿地哭叫着,"为什么别人家的孩子只要待在屋子里念念四书五经就好了?为什么我和弟弟们就要吃这么多苦?呜呜呜呜……"

"你这个不孝子!身为我李家的男儿,就算死也要死在战场上!这点苦算得了什么?今天不练好就不许吃饭!"

那时的李如松是满心怨气无处释放,直到后来他才明白,父亲所言没有半句戏言,现实甚至更为残酷。"父亲……对不起……"他趴在地上挣扎了一下,手臂依然在流血,浑身像散了架似的,毕竟这两天,他已经从马背上摔下来两次了。"如松,人在这个世界上最大的敌人就是自己。你不放弃自己,就谁也奈何不了你。"冥冥中,父亲的话犹然在耳。"我……我……决不能放弃!"他咬了咬牙,对自己说。

接着,令人诧异的一幕发生了,只见李如松灰头土脸、东摇西摆地站了起来,除了手臂,就连鼻孔也在滴血,他咬着牙,用尽全身力气喊道:"换马再战!"士兵们见此情形,发出排山倒海的呼声:"兄弟们,冲啊!冲啊!"人潮涌了上去,向着平壤城进攻,进攻,再进攻!现在的他们已经不是为了五千两白银而战,而是因为一种本能、一种发自内心的鼓舞。

"大人,我们该怎么办?前线濒临崩溃。李如松实在太勇猛了。"前方士兵来报。小西行长也慌了手脚,他佯装镇定地说:"后撤,准备打巷战!"

见日军有撤退的迹象,李如松敏锐地察觉到攻破城门的时机来了,只要抓住眼前的机会,胜利就将属于他!是时候让它出场了,他暗暗地想,便大喝一声:"把老子的大将军炮拿来!"

大将军炮——明军的撒手锏,因为它的威慑力最大,皇帝赐名"神威大将军"。该炮由生铁铸造,长三尺有余,重达两千斤,装药一斤以上,铅弹重三至五斤,射程可达二里之外。因为它实在太重,仅靠人力难以运作,于是有人把它安置在两个车轮上,改装成了车载炮。

引线被点燃了,许多人不自觉地捂住耳朵往后退去。小西行长正往城内逃,就在这时,从身后传来一声天崩地裂的巨响,他往后一瞧,那是他此后一生都不能忘记的画面:一道橘红色的火光冲上云霄,碎石如雪片般飞旋,平壤西面的七星门被轰开了!平壤城最后的防线被轰开了!

小西行长没有料到,退到城内才是劫难的开始。按理说,平壤并非日本所有,也不必像保卫家园一样誓死抵抗,但一考虑到丰臣秀吉的面子问题,他就直冒冷汗。毕竟,此刻身在京都的丰臣秀吉还在做着一统亚洲的美梦,若现在把他摇醒告诉他:"殿下,别做白日梦了。"还不被一巴掌扇死?

"立刻占据城内各处要塞和高地,等明军进来,就用鸟铳和箭射杀。"小西行长想的还是用上回打败祖承训的方法,故技重施。

但没想到李如松根本不按套路出牌,他并不安排大量人马蜂拥进城,而是直接用火箭和炮攻击。一时间,大火弥漫了整座城,活生生地把平壤变成了一个烤炉,而原本坚守在城内的日军则变成了烤乳猪。后来的史料记载道:"焦臭冲天,秽闻十里。"

这火葬场是待不下去了,怎么办?小西行长急中生智,想到了一个救命的地方——东边。没错,那里没有明军的袭击,眼下也只有往那里撤才最安全!于是,他二话不说就带领剩余的人马往东边跑。

"报——大都督,倭寇已往东撤,我们是否乘胜追击?"

李如松暗自一笑,摆了摆手道:"不必了。我已让柳成龙安排人在那里等候多时。这回有好戏看了,哈哈哈哈。"

日军见后无追兵,更加放心大胆地逃窜到东边,不由得大舒一口气。眼下这天,东边的大同江早已结成厚厚的冰,他们大可踏过冰面顺利逃脱。因为大同江有十里多宽,所以小西行长让先头部队先踏过去,以防中间有断裂的冰层。见那队人平安无事地到了江对岸,其他人才放心大胆地走了上去,一时间江面上布满了人。接着,精彩绝伦的一幕发生了!隐蔽待命的明军和朝鲜军突然从四周窜了出来,二话不说,直接对准江面开炮。雨点般的炮弹落到冰面上,顿时砸出无数个口子,冰层一个接一个地断裂开来。"救命啊!救命啊!"日军士兵呼救着,奋力地往前奔跑。然而冰面的裂口越来越大,最后干脆演变为大面积的崩塌。成群结队的人掉进冰冷刺骨的江水中,他们挣扎着、嘶喊着,本想游到对岸,却渐渐沉入江底,不是淹死,就是活活冻死。

"上帝,我错了!求求您救救我们吧!"望着人间地狱般的情景,小西行长流下了眼泪,他没有想到自己会输得这么惨。就在这时,一双手抓住他的肩膀,直接把他拎起,在冰面上飞身纵跃,一会儿就到达了对岸。

"大人,你先带尽可能多的人走。我去对付李如松他们。"伊藤苍健说。

"你千万要小心,李如松这个人十分狡猾。"

"属下明白。"说完,苍健就转身飞奔回城内。

夕阳西下,平壤大战终于落下帷幕,此战以明军的全面胜利告终,它完全挫败了日军吞并朝鲜乃至中国版图的野心。西边的城外尸横遍野,城内焦尸纵横,而城东大同江的江底尸体堆积成山。①《日本战史》后来记录：第一军小西行长部，原有人数一万八千七百人，存六千五百二十人，第二军共损失八千人。而明军这边共阵亡七百九十六人，伤者一千四百九十二人，伤亡仅为日军的十五分之一。

那些死在战场上的人，原本只是普普通通的百姓，却被强行牵扯进这场战争。他们有的才十五六岁，有的刚成家立业，还没来得及享受人生，就成为野心家手中一颗颗微不足道的棋子，就算牺牲也只能成为冷冰冰的数字，他们活过的证据，又有谁知道？

---

①据《朝鲜实录》记载，有万余人葬身江底。

命运的转折

苍健一路长驱直入被烧成焦黑色的平壤城。此时,除了火星子噼噼啪啪地作响,城内一片死寂。他转了一圈,不见李如松的踪影,便往南边的方向奔去,不料被一执扇的白衣男子挡住了去路,此人不是别人,正是阴阳师安倍龙一。"苍健君,神的旨意告诉我你莫要去,因为前方有一股神秘的力量正在等你。"

"走开,别多管闲事。"苍健连眼皮也不抬一下。

可龙一并不挪步,而是笑着道:"哎,我就知道你会这么说。命运之神早已把答案写在我们的星盘上,可有些人就是喜欢飞蛾扑火。"

苍健这才正视了他,心想:"我与这位阴阳师并不怎么熟,他怎么突然关心起我的死活来了。"便道:"我的职责就是效忠上级,就算是飞蛾扑火,也不会后悔。"

龙一用精致的扇子挡住了半张脸,眼中散发出神秘莫测的光芒,幽幽道:"我是见你天赋异禀,想为丰臣家留下一个依靠,才来告诉你。你若固执己见,我也不再阻拦。"

"反正我在这世上已无牵无挂,生与死早就没什么区别。"

"唉……既然如此,那请吧。"龙一长叹一声,让出一条道。然而,当苍健走远了以后,他还是不放心地跟了上去。不过没多久,苍健就停住了脚步,因为眼前又出现了另一个黑衣人。

"你是谁?"苍健三步并作两步追了上去。

那黑衣人并不回答,而是倏地飞上房梁,然后转过身向他挑衅地招了招手,接着就沿着屋顶一路向前奔去。"可恶!"苍健也随即跳上屋顶,紧紧地追了上去。月色下,两个黑衣人身轻如燕,你追我赶,在高高矮矮的房梁上纵跃。这可害惨了不会武功的龙一,他只能在屋檐底下一路小跑。"喂,我说你们又不是急着去投胎,能不能慢点……累死我了……"他气喘吁吁道,但距离还是与他们二人越拉越远。

苍健根本没有留意到后头的龙一,他全部的注意力都放在前面,一边追,一边甩出几枚手里剑,不料都被那人俯身躲过。"有这等武功者定非常人,可他要带我去哪里……"他不免心生怀疑,放慢了脚步,但巨大的好奇心使他想要会会眼前的这个对手。在穿过了城区后,他们来到了平壤郊外的一片树林里。只见那黑衣人嗖的一下就消失在了粗壮的杉树间。

树丛中漆黑一片,只有蛙鸣和蝉鸣之声此起彼伏,幸好这难不倒苍健,他的听力本就格外好,再加上长期的训练,耳朵已成了他的另一双眼睛。他站在原地,静静地聆听四周风速的变化。果然不出所料,头顶忽地刮起一阵诡异的旋风,四个黑衣人从杉树顶上飞降下来,挥刀向他砍来。说时迟,那时快,苍健一把抽出武士刀就横扫而去,那四个人还没来得及出手,就被刺瞎了双眼,躺在地上叫苦不迭。

"快出来吧,再不出来,我就走了。"他索然无味道,但无人回应。寒夜中,风在呜呜地低吟,像是死去战士的哭诉;武士刀上的血滴滴答答地滴落,在凝滞的空气中听得更令人发怵。

不一会儿,眼前的树林里亮起一盏油灯,方才的黑衣人从树林深处举着灯笼走了出来。树叶簌簌地落下,在空中回转,轻轻地落在那人身上。他慢慢摘下面罩,微微一笑。

苍健看向走来的男子,那人的年纪看着比自己大了一轮,身形魁梧高大,两块三角肌尤为壮硕,火光映衬着他坚毅的脸,目光如炬。他内心一颤,想起此人正是上回在明军大营中与他交手的将军。上一次他因急于脱离困境,没有仔细观察,今日竟在这个人的身上看到了一丝父亲的影子,虽然说不出是哪里,但给他一种敬畏的感觉。

那人走向前,自报姓名道:"我叫骆尚志,幸会。"

苍健听不懂中文,他大概猜到对方在跟他行礼,便鞠了一躬算是回应。习武之人,当遇到真正的对手时,总会在动手前表达一下英雄惜英雄之情。两人站定后,苍健率先拔刀冲了上去。"接招吧!"他大喝一声道。

说时迟,那时快,骆尚志的剑也噌的一声随之出鞘,只见宝剑被压成月牙的弧度,巧妙地接住了刚硬的武士刀。电光石火间,苍健向后飞去,以蜻蜓点水之势翻身回落,他双手向后一摆,从袖口中甩出四枚手里剑。

骆尚志已研究过如何对付这些暗器,他忙不迭地挥舞剑柄,有如天女散花,剑光连闪,纷纷击中手里剑,他又急速地旋转剑柄,从而形成一道旋风,把手里剑推了回去。苍健弯腰一屈,巧妙地躲过回击,而后又把武士刀甩了出去,而那四枚手里剑则分别扎入大树的躯干中。"不好。"骆尚志还没来得及思考应对之术,就见倭刀已飞至眼前,他踉跄地往后退了几步,刚以为躲过一险,不料苍健纵身接过刀,径直挥了下去。嚓的一声,骆尚志的右臂被割伤了,他捂住受伤的手臂,剑也掉到了地上。

苍健慢慢地转过身,轻描淡写道:"这只是一刀流中的第一招罢了。"

骆尚志的心咚咚咚地跳着,他没想到这个年轻人的剑术如此了得,看来之前祖承训所说并非夸大其词。他瞟向身边的一块巨石,突然心生一计。就在苍健又准备出击时,他立即趴倒在地打了一个滚,然后使出吃奶的劲儿把巨石举了起来,"啊——"他吸气吐气,将巨石举过头顶,然后重重地向前砸去。嘭的一声巨响,巨石砸到地上,激起一阵黄尘。

苍健不得不连连后退才避免被砸伤,他踉跄地坐到了地上,啧啧赞叹道:"好大的力气!"然而,就在他拍拍屁股站起来的时候,骆尚志竟不顾受伤的手臂,跃过巨石挥剑向他冲了过来。眼看剑尖就要刺中心脏,千钧一发之际,苍健及时用刀背抵住刺来的剑尖,他猛地向左侧一拉,只见两刃之间冒出一丝火星,紧接着,他干脆利落地挥刀而下,使出了绝招拔刀术。电光石火间,骆尚志的剑被锋利的武士刀砍成了两截,剑头飞了出去,扎进泥土里。这似曾相识的一幕令苍健晃了神,他的眼前突然浮现出砍断师父剑的一幕。骆尚志见状,立即抓住他走神的机会,拿着半截剑砍了过去。苍健顿时反应过来,飞身一跃,躲了过去,然后一个回旋踢,把骆尚志踢飞出去。这一踢不得了,骆尚志口吐鲜血,手撑着地,想站起来,但怎么都站不起来。

苍健明白这是绝好的机会,他立即提起刀冲了过去,挥刀而下。但听得当的一声响,骆尚志单手抬起剑挡住了袭击。他咬着牙,鲜血沿着嘴角流了下来,但由于太过使劲,双手也剧烈地颤抖起来。"哼,你以为这样就赢了吗?"他突然咯咯地笑道,望向苍健的眼睛。

苍健被他看得有点发怵,内心竟升起一股恐惧,把刀又向下压了一寸。

就在武士刀抵住骆尚志的脖颈时,只听一声枪响,一枚铅弹飞了过来,打中了苍健的后背。"啊——"他像是被人从后面猛推了一下,全身麻木,然后眼前一黑,扑通一声,向前倒了下去。

骆尚志往旁边一闪,放下剑,大口大口地喘着粗气,汗水已经浸湿了他布满血污的衣服。"大哥,你怎么才来?我……我差点以为自己……活不成了……"他闭上眼,长长地舒了口气,感觉自己刚刚在鬼门关走了一遭。

话音刚落,李如松就端着鸟铳从一棵树后走了出来,枪口上还冒着袅袅的白烟。"我不晚点出场,又怎么能让这忍者完全放下戒心?唉,就是对不起云谷你了。"他忙跑过去,扶起骆尚志道。

"没想到徐先生锦囊上写的妙计真的管用……"骆尚志一边笑一边吐血。原来当初徐文长在锦囊上写的是:"螳螂捕蝉,黄雀在后,与如松里应外合,定能战胜倭寇。"而之所以说"等万不得已的时候才打开它",是因为他太了解李如松的脾气。

"那个年轻人死了吗?"骆尚志看向苍健,"唉,他确实是个人才,可惜了……"

这时,从不远处的树丛里传来一阵奇怪的窸窸窣窣之声,李如松立刻示意他别说话,竖起耳朵静静地听着。

原来是龙一刚赶到,他本想上前去救苍健,却见大明将军就站在正前方,所以只能打消这个念头。"布谷——布谷——"他躲在树丛里模仿着布谷鸟的叫声以混淆视听。

"哎,看来是布谷鸟。不管怎样,我们还是先赶紧离开这个是非之地吧。"李如松转身对着那些受伤的士兵说,"你们也都快起来,大家互相搀扶着跟我走。"说完,一行人一瘸一拐地离开了树林。

清冷的月光洒在苍健的身上,犹如小夜曲悠扬的安抚声。不远处,龙一默默地注视着一切,正当他准备从树丛中钻出来时,却见一个女子走到了苍健的身边。"咦,这里怎么有一个人?啊,他受伤了……糟糕……"她蹲下身查看苍健的伤势,然后急忙从背着的箩筐里拿出一些草药敷在他的伤口上。

"唉……终是天命难违啊……"龙一清澈的瞳仁里第一次流露出哀伤,作为一名阴阳师,除了尽人事,他无法去改变命运的安排。

忘忧谷之遇

苍健不知道自己究竟昏睡了多久,他好像坠入一个无底洞,怎么挣扎都逃不出深不可测的黑暗,千利休的话却从洞外飘来:"人生的路都是自己选择的,没有人能替你做主。"可我又该怎么替自己的命运做主呢?他望向头顶上方小小的天空,一丝光亮照进心头,就在这时,一阵撕心裂肺的疼痛席卷全身,他不禁惊叫一声:"啊——"

"啊?你醒了?!"悦耳的女声悠悠地传来,却是朝鲜语。苍健捂着胸口,想要坐起身但又倒了下去,身体一半麻木,一半又火辣辣地疼,眼前是各种跳动的光影。"这是什么地方?我是不是已经死了?"他抬起头,心顿时空了一拍,晃了晃头,这才看清眼前有一名穿着朝鲜服装的女子。他又向四周看了看:这是一间小屋子,正中央有张破木板搭起来的桌子,桌子上堆满了乱七八糟的草药。屋子的角落里有一个炉灶,火苗正跳跃着,火炉边堆满了柴火。而自己正躺在一张柔软的草垫上,身上盖着毛毯,上身则被人细致地缠上了白色的布条。

"啊,你不要乱动!你伤得很重,弹丸差点触及你的心口。"那女子立即跑到他的身边道。

"你是谁?为什么救我?"

"你……果然是……"那女子一脸惊慌失措,而后恢复镇定,用娴熟的日语说,

"我是一名医者,在采药的路上发现了你,见你伤得很重,就把你带了回来。"

"医者？你怎么会说我们的语言？"

"我的父亲是东瀛人,母亲是朝鲜人。所以我既会说朝鲜语,又会说日语。你已经在这里昏睡了三天三夜,如果今天还不能醒,或许就真无药可治了……"说完,她端起桌上的一碗药走了过来。

可苍健挥手把药打翻在地,药汤溅到了那女子身上,她惊叫了一声。"你老实说,为什么救我?！你是不是奸细？"他咆哮着,强撑着坐了起来,猛地抓住女子的衣服,把她压到自己的身下。他喘着气,细细地看着她,又白又嫩的脸蛋像刚剥了壳的鸡蛋,一汪深潭般的双眼定定地看着自己,两道淡眉犹如水墨的晕染,一张红唇微微地张开。寂静间,两颗心脏贴在一起,怦怦怦地碰撞着。

女子受了惊吓,回过神后强装镇定道:"我说过了,我是医者。救死扶伤是我的天职,不管你是哪国人,我都不会见死不救的。"

苍健这才缓缓地放开手,眼神转向别处。倏地,疼痛席卷了全身,方才他用力,撕扯到了伤口。"你别动,我去给你拿药！"女子立即跑向桌子,从桌上拿来一包粉末。她小心翼翼地脱去缠在他身上的布条,在他后背的伤口处均匀地撒上白色粉末。"啊——"苍健痛苦地叫出了声。

"你忍着点,是会很痛,但也没办法。我切开你的皮肤才从里面取出了弹丸,现在伤口要愈合,必须每天定时敷一次药,否则会皮肤溃烂、经络阻滞。"等敷完药,她再用布条将伤口处一层层地缠上。苍健不禁红了脸,因为这还是他第一次被一个女人看见自己的裸体。"你叫什么名字？我叫伊藤苍健,请多多指教。"

"我叫金秀妍,父亲又唤我山本奈奈。"女子垂下眼道。

"刚才失礼了。我不是有意的,对不起！"苍健低下头说。

"哦……没关系……对了,你为什么会倒在那个地方？"

"我被明军打伤,他们暗箭伤人。"苍健有些尴尬,毕竟自己是她的敌人。

"那你这些日子就在这里好好养伤吧,这里既没有日军,也没有明军。"金秀妍站起来,走向桌边,背起一个竹筐。

"为什么？"

"因为这里是忘忧谷。"她淡淡一笑说,"你好好躺着,我去采些药回来。"说完,她就合上木门走了。

苍健愣愣地望着她的背影,喃喃道:"忘忧谷……"

而此刻在明军大营中,受了重伤的骆尚志也昏睡了三天三夜。他高烧不退,一直躺在床上说胡话。岳千辰则日夜守候在他的床边,给他喂药,擦拭身体,自己也累得头晕眼花。

"岳通事,你也好久没合眼了,你去休息一会儿,这里由我来照料。"有人走过来对她说。

"那好,谢谢。"她正要走,却被骆尚志牵住。"不要走……不要离开我……"他含含糊糊地说着,"我喜欢你……"这些话到底是对谁说的呢?是对她,还是对已故的亡妻?岳千辰望着他的脸,暗暗地想。就在这时,李如松走了进来。所有人立刻行礼道:"参见大都督!"

李如松走到床边,看了一眼骆尚志的伤势后,转过头看向岳千辰问:"你是什么人?"

"禀大都督,我是骆将军的朝鲜通事。"她装成男声道。

李如松细细地打量着这名异常俊秀的男子,没说话,过了良久道:"你跟我来。"说完,他就走了出去。

岳千辰的心不禁提到了嗓子眼,一路默不作声地跟在李如松的后头。但他们越走越远,直到走进一片小树林,她终于忍不住问道:"大都督,我们这是要去哪里?"

李如松站定,慢慢地走向她,忽然把手伸向她的胸口。岳千辰吃了一惊,急中生智地打掉他的手,从胸口掏出自己的任命书道:"不知都督是否在找这个?"李如松接过后看了看,笑着说:"大家都是男人,你那么慌张干什么?我只是方才看见你的胸口处有一只飞虫,想帮你打掉而已。"

"谢谢都督的好意。"岳千辰微微松了口气道。

"你来朝鲜做通事有多久了?和骆参将之前就很熟吗?"李如松继续追问。

"回禀都督,小的之前一直来往于朝鲜和大明之间做些小生意,我是杭州人,所以之前骆将军在浙军服役时就与之相熟了。后从他那里听闻战事，又想报效国家，便跟着浙军一起来了。小的所说都为实情，不敢有半分虚假！"

李如松这才满意地点点头，若有所思地说："骆将军身负重伤，辛苦你这些日子费心照料了。"

岳千辰不敢再看李如松，怕又被看出什么破绽，便跪下道："这些都是卑职的分内之事！"见对方转身离去，她才松了口气。

忍者之忍

　　接连几日,金秀妍都是早出晚归的。她总是中午时分回来,从竹筐里拿出不知道从哪里弄来的食物,放在桌上,帮苍健换好药,然后又匆匆离去,直到太阳下山时分才回来。见她每日都忙东忙西,苍健也不知道从何问起。他本就沉默寡言,加之几乎从没和女孩子接触过,所以组织语言就得想半天:"我该怎么称呼她比较好?唤她奈奈,这样会不会太亲切了?她每天都去忙什么了?这么问会不会引起她的反感?"但每次等话到了嘴边,她已经转身离去。

　　这一晚,金秀妍背了许多面粉回来,在桌上擀起了面。

　　"那个……你要做什么?"苍健终于鼓起勇气开口问道。

　　"做馒头。"她简单明了地回答道。

　　"哦……我来帮你吧……"说完,他按捺住紧张的心情走了过去,揉面团的动作显得极为僵硬和笨拙,"小时候,我帮我妈妈也做过。你要做几个?"

　　"一百个。"

　　"一百个?这么多?能吃完吗?"他惊讶得合不拢嘴。

　　金秀妍看向他说:"不是我们吃。是整个忘忧谷里的老人、小孩都要吃,一百个馒头很快就发完了。"

　　"我们"这两个字顿时让苍健的耳根红了起来。明明就只是简简单单的两个字,为什么会有如此大的魔力? 他没有继续追问下去,便一言不发地开始帮她发面和擀面。直至深夜,一百个馒头终于都做好了,密密麻麻地挨个摆在桌上。两个人都已筋疲力尽,瘫坐在墙角直喘气。

"啊——"金秀妍又拍了拍脑袋叫了一声。

"怎么了?"苍健惊讶地看向她。

"你的伤还没好,怎么能干这么累的体力活?!"

苍健不禁哈哈笑了起来:"这又不是我第一次受伤,再说我觉得我已经恢复得差不多了,没什么大碍。"

"唉,不行! 我检查过你以前的伤疤,都是皮肉之伤,跟这回不一样,让我看看。"说完,她就把手伸向他身上绑着的绷带。

"不用了!"苍健一把握住她的手,不免有些激动。刹那间,四目相视,一种从未有过的奇妙的感觉从他的心底生出。血液犹如炽热的岩浆从脚底漫延上来,使他整个身体火辣辣的;某种长期被压抑的机能如一只觉醒的怪兽在他的心中咆哮,苍健极力想把它关回牢笼,但又如此渴望被它支配。正值青春期的他,有着跟同龄男子一样的欲望。

"师父,你为什么没有妻子呢?"某一天,小小的他突然好奇地问剑藏。

"啊?"剑藏被他突如其来的问题弄得有些不知所措,支支吾吾地回答道,"忍者最好不要有家室,有了家室以后过于累赘。女人总是希望自家男人不要去从事危险的职业,陪伴在她们的身边就好。苍健,既然你的目标是成为日本第一忍者,那么就把心思都花在忍术的修行上,女人就别去想了,对你没有好处。"

"哦……我明白了,谨遵师父教诲!"说完,他就乖乖地去练剑了。剑藏不由得舒了口气。

长期的忍术修行和与女人隔绝的环境使得他的青春期尤为缓慢,虽然有时他也会觉得浑身燥热、难以入眠,但他都认为是练功所致。每当这个时候,他就起身打坐,不到半个时辰就恢复正常了。直到如今,他才意识到出现这种现象并不是因为走火入魔,而是出于一种本能。

"对……对不起……弄疼你了吧。"他慢慢松开金秀妍的手,指了指自己的鼻头道,"我想说,你的鼻子上有面粉……"他僵笑着,试图把气氛变得轻松些。

"哦……在哪里?是这里还是那里?"金秀妍慌乱地摸着自己的鼻子。

"不是,不是,是这里。"他突然凑近她,帮她抹去了鼻头上的面粉,迫近的距离就连彼此的呼吸声都能听见。她不禁往后缩了缩,脸色一片绯红。

"还,还有吗?"她摸着自己红通通的脸蛋问道。

"没有了……"苍健低下头,不敢再看她。方才,的确有那么一刻他能直接凑向她的唇,不管她愿意还是不愿意,他都能解放一下压抑的自己,可最后还是忍住了。虽然有些令人失落,不过他很庆幸自己没有那样做。

"以前常听父亲说东瀛的樱花非常美,可惜到现在都没见过。你一定见过吧?"秀妍一脸羡慕地望着苍健。

"那是自然,师父的庭院里就栽有一棵巨大的樱花树。"

"啊,真的吗?快说给我听听!"

"初春的夜樱最好看,那时候,大家会围坐在樱花树底下摆酒宴。花瓣飘落在酒杯中,是最美的景致。"苍健讲着讲着,思绪就飘远了,他想起师父就葬在那棵樱花树下,已经记不清有多久没有去探望了。等他回过神,秀妍竟已靠着他的肩睡着了,肩膀上还能感受到她均匀的呼吸。苍健端坐着,动也不敢动,生怕把她弄醒。等她往另一边倒去时,他才把她抱到草垫上,盖好毛毯,自己则靠着墙角睡着了。这是他来到朝鲜后度过的最为惬意和幸福的一晚,比起无止境的杀戮,被人需要更能给他带来满足感。

次日清晨,金秀妍正准备出门,苍健便抓住机会提议道:"我跟你一起去吧。这么多馒头你一个人分不过来。"

"嗯……那好吧……但你不要开口说话,以免吓着山民。"

"好,我知道了。"

他们走向一个小山坡,大约走了一个时辰的山路,终于来到一处空旷的山谷。苍健不禁驻足,深吸了一口气,出神地凝望着眼前的景致。山谷中的雪正在消融,雪水汇入一条溪涧,潺潺流动;野花野草争相探出头来,点缀出一丝生机。一群孩子正在溪水边洗脸,几个顽皮的则打起了水仗,欢笑声和惊叫声在山谷间回荡。

"这些孩子是?"苍健悄声问道。

"他们都是孤儿,父母都在战争中伤亡了。这一处小小的山谷成了他们最后的慰藉之地。你答应我,千万不要让其他人知道这里,就当作报答我的救命之恩吧。"

这时,一个瘸了腿的老人拄着拐杖走了过来,笑着对金秀妍说:"秀妍,来了啊。辛苦你了。"老人又警觉地看向苍健,问她道:"他是你朋友?"

"是的,这些馒头都是他跟我一起做的。"

苍健默默地向老人行了个礼,然后跟着他们向蒸房走去。说是蒸房,其实只是一个个临时搭起来的炉灶。看得出来,金秀妍平时带回来的干粮都是从这里拿的。在里面干活的多是一些原住的山民,大家相互取暖,过上了吃大锅饭的日子。

一百个馒头果然顷刻间就发完了,甚至还不够。苍健正欲往嘴里塞一个,突然看到一个瘦小的男孩儿可怜巴巴地看着他。那孩子因为太过瘦弱,两颊凹陷,颧骨凸出。他虽然也饿得肚子咕咕叫,但还是把馒头分了一半给那男孩儿。"谢谢。"孩子接过馒头,腼腆地笑了笑。

"所以,你平时每天都是来这里帮忙吗?"回去的路上,苍健问秀妍。

"是啊……你也看到了,这里有这么多的孤儿。许多老人、孩子身体虚弱,我得时常过来给他们诊脉、煮药。"

"那你的父母呢?"

金秀妍一愣,垂下眼睑道:"我的父亲曾在平壤开了一家医馆,战争爆发后,他就留在军中救治伤员,却被人说成是倭寇的间谍而被处死。我的母亲伤心欲绝,就跟着父亲一起去了……"说到这里,她抽泣了起来。

"对不起……我不是有意的。"

"没关系。那你呢?"金秀妍抬起泪眼婆娑的脸,看向苍健。

"我?我就如那株蒲公英,飘在哪里都无所谓。我也跟你一样,曾经有一个家,但被一场大火付之一炬,现在想来感觉是好几百年以前的事情了。我的师父是我的第二个亲人,可他最后却让我杀了他。直到现在,我依然经常回想起他倒在那棵樱花树下的样子……"

"你不要太过自责,我相信你的师父从未怪罪于你。"金秀妍不经意间转身回望忘忧谷,忽然,她猛地拉住苍健的手,尖叫道,"苍健君,你看,是彩虹!"

只见一道彩虹犹如一座七彩的天桥横跨在山谷之间,熠熠闪光。阳光洒下来,两只梅花鹿在山岭间自由地奔跑,给所到之处带去一片春晖。伊藤苍健看向身边欢笑的女孩儿,感受到许久不曾有过的暖意。

碧玉凝霜

自从苍健听闻秀妍失去双亲后,因为有着类似的遭遇,他对她更有了一份别样的感情。家破人亡,虽然只是短短的四个字,却隐含了太多不为人知的心酸,她究竟经历了什么?每次凝望着秀妍忙碌的身影,他都会出神地想。如果能一直保护她,不再让她遭受这个世界的恶意,就算不能成为第一忍者又怎样?难道修习忍术只是为了杀更多的人而不是为了保护更多的人吗?他惊讶地发现自己竟然有了这样的想法。

直到有一天,秀妍突然慌张地跑回家,在屋里四处翻找东西。她的手不停地颤抖,眼看就要急哭了。"你在找什么?"苍健忍不住问道。

"一块玉佩。你有没有看到一块玉佩?"她哭着问。

苍健努力地在脑中搜索,他想起秀妍之前的确常戴着一块观音玉佩,那块玉碧绿剔透,他还想着哪里得来如此之美玉。可两个人在屋中翻了个遍也没找到。

"定是我把它落在山谷里了,不行,我得赶紧回去找。"

而此刻天已黑,若现在返回山谷极不安全。"天黑了,恐怕很难找到,要不明天早上再去吧。"他建议道。

可秀妍说什么都不肯。"不行,若不去找,我这一整晚都不能心安。那是家父临死前给我的,我只有它了。"

这下苍健终于明白了，便道："走吧，我陪你去！有我在，还多双眼睛不是？"秀妍感激地看向他，点了点头。一路上，两个人都沉默不语，苍健几次话到嘴边，最后又生生地咽了回去。他多么想知道究竟发生了什么事，可又担心刺激到秀妍。直到她自己开口说："你一定想知道我为什么会来到这个忘忧谷吧。"他点了点头。

"我为什么会来到这里，我的父亲又为什么会被处死，这一切或许都得从我小时候说起……"暗夜中，蛙鸣四起，过往的一切在夜幕中翩然登场。

如果问小时候的味道是什么，或许有人会说是甜甜的糖味，又或许是咸咸的汗水味，但对于金秀妍来说，则是苦苦的中草药味。这倒不是因为她自小体弱多病，而是因为她从小就在父亲开的医馆里玩耍长大。她的父亲山本雄一，年轻的时候是日本大名的雇用医师，却因为诊治其夫人无效身亡而被打入大牢。幸好山本平日里救助过许多人，广结善缘，经众人请愿，他才逃过一死，被流放至朝鲜半岛，又几经周转，来到了平壤。

"爹爹，你是怎么认识我娘的？我又是怎么来的呀？"这是金秀妍小时候最喜欢问的问题。

每当这时，山本雄一都会抱起小小的秀妍，把她放在自己的大腿上，用胡子扎着她的小脸说："你娘那会儿得了一种奇怪的病，无人能医好，就在你外公外婆心灰意冷的时候，我自告奋勇地去了。结果把你娘医好了，我却生病了。"

"啊？爹爹你被传染啦？"

"不是，爹爹是得了相思病！"说完，山本哈哈大笑起来。正巧，金姝文走了进来，白他一眼道："你怎么跟小孩子说这些，真不害臊！"

"爹爹，相思病是什么病？得用哪一味药去治？"秀妍一边说一边拿起桌上的草药捣鼓了起来。她最喜欢做的游戏就是从密密麻麻的小抽屉里找到对的那一味药，虽然只有六七岁，但她已经能够准确地识别出不下二十种中草药了。

"相思病可不能用药治，得用心治啊，以后你就会明白的。"

"先别说这个了，你不能再让别人赊账看病了，我们自己都快支持不下去了。"妻子打断了山本雄一的话，拿出一个账本道，"你看看，仅仅这三天，就有两个看不起病的穷人来我们这儿了。我们是医馆，又不是寺庙，就算寺庙，也得上香火不是?"

山本挠了挠头,若无其事地说:"我是医者,不管有钱的还是没钱的,对我来说都是病人,我不能见死不救啊。钱的事,我再想想办法!"

金姝文无奈地摇摇头,觉得无话可说。她太了解自己丈夫的个性了,他一旦认准了某件事,就一定会坚持到底。"唉……真拿你没办法……但愿那些人有良心,会把钱还回来。"正是因为山本的这份慷慨,所以他们家虽不至饥寒交迫,但也并不富裕。

如此安稳的日子直到金秀妍十九岁那年被打破。随着一声尖厉的船炮声,整个朝鲜半岛都被拽入了噩梦里。

这一天清早,山本如往常一样来到医馆,他正擦拭完桌案,准备清点药材,一个老伯急匆匆地跑进来唤他:"山本,不好了!倭寇打进来了,马上就要打到平壤了,你快带着家人逃命吧!"

"既然要打仗,我就更不能走了。何况我也是日本人,他们不会对我怎么样的。"

那老伯继续劝道:"哎呀,你怎么不听劝呢!现在就连国王都抛弃了他的子民,你更没这个义务了。你听我的,赶紧跑,人心难测,到了乱世,什么都不好说……"

"谢谢你,阿伯,我知道你这么说都是为了我好。"

"唉,你呀你……那我走了……"老伯摇着头走了出去。

果然,五天后,日军就势如破竹地攻向了平壤,朝鲜民众自发组织起一众义军做殊死抵抗。然而,再锋利的刀枪又怎敌得过先进的鸟铳?平壤不久就被小西行长的军队攻陷,败退的义军只能退到城外安营扎寨。山本的医馆也在战争中被迫关门,他带着妻子和女儿逃出城,在军营里为受伤的士兵们救治。

"秀妍,这些士兵就交给你了,那里有个人快不行了,我得赶紧去看看。"

"好的,爹。你放心,这里就交给我了。"经过山本十多年的悉心教导,金秀妍已经成为一名出色的女医师,即使在当下兵荒马乱的情况下,她也能有条不紊地救治伤员。然而,她没有想到,这匆匆一别之后,父亲再没回来。

针对倭寇的突然袭击以及许多叛变投敌的朝奸,一场清算"内鬼"的暗战在朝鲜军营里悄然进行。上级命令只要抓住一个内鬼即可赏银一百两,这让许多人想借此发一笔横财。"你知道吗,咱们军营里有个东瀛人。"一个士兵小声地对他的同伴说。

"哦,你是说那个叫山本的?他都在平壤二十年了,救了我们好多人呢。"他的同伴不以为然道。

"哎,你说你,怎么这么死脑筋呢!他就算在这里待了二十年,说到底也是个倭寇,现在打仗了,他肯定是帮他们自己人哪。"

"不至于吧……他的老婆和孩子可都是我们的人哪……"

"怎么没有可能!"那个士兵不禁抬高了嗓门道,"你看他成天待在咱们军营,表面上看是救治伤员,其实说不定早就暗中偷听了不少情报。而且我听说,那个山本原来在日本就是某个大名的雇用医师,说不定还认识这个小西行长。"

"哎呀,听你这么一说,倒也的确有可能!倭寇就是倭寇,甭管他在我们这儿待了多久。可只是这样,似乎也证明不了他是内鬼,有没有别的什么证据?"

"我找你正是为了这件事。咱们给他弄一个,然后再举报他,到时候一百两银子咱们平分如何?"

"嗯,不管他是不是内鬼,把他铲除了,总是安全的。要不,你看这样……"说完,两个人就小声地密谋起来。

暮色中,忙了一天的山本雄一揉了揉酸涩的双眼,正要起身回家,不料被十几个士兵挡住了去路。"你就是山本吧?"一个男人走上前,用剑鞘顶了顶他的肚子道。山本看他们来者不善,尬笑道:"各位长官,请问找鄙人有什么事吗?"

"哼,你一个倭寇混在我们军营里做什么?!来人,把他抓起来!"话音刚落,几个魁梧的男人就跑上去用绳子把他缚住了。

山本挣扎着喊道:"大人,冤枉啊!你们不能这么不讲道理啊!"

然而那些人哪里管得了这么多,不由分说,拖着山本大步往前走,然后把他扔进临时搭起来的大牢里。此时,那里已经坐满了被指控为朝奸的犯人。

"啊,山本大夫,你怎么也被抓进来了?"一个认识他的犯人问。

"唉,我也不知道啊……"山本雄一欲哭无泪,此刻他只担心妻子和女儿的安全。

这时,一阵急促的脚步声传来。两个早上一起密谋的士兵走到山本面前道:"你就是那位来自东瀛的医者吧,你出来一下,我们有话对你说。"说完,他们就让狱卒把山本给绑了起来,然后带着他走向大牢外的一片空地。"听说你来平壤已有二十年了?"其中一个问他道。

"是。"山本雄一冷冷道。

"听说你还有一个漂亮的女儿?"另外一个坏笑地看着他。

山本徐徐地抬起头,盯着他们,眼里冒火道:"你们想干什么?"

"既然你是东瀛人,那你的女儿也逃脱不了干系,除非……"

"你——们——究——竟——要——干——什——么?!"山本一字一顿大声质问道。

"只要你配合我们,明天将军问什么,你都说'是',我们就不会动你女儿和妻子一分一毫。用你一条人命换她们两条人命,这笔交易不亏吧?"

山本听后,放声大笑起来。那两个人面面相觑,用力踢了他一脚,骂道:"你笑什么?你到底答不答应?"

"我终于知道自己错在哪儿了。我只知道一味地救人,却不知道最该治的是人心,是人心哪!"

"这么说,你是不肯答应了?"

"不!只要你们保证能够放过我的妻子和女儿,我就答应你们!"事到如今,山本雄一知道自己已经无路可走,只能答应这个条件。

"我们会把你的女儿和妻子送到一座隐蔽的深山里,那里没有什么人知道,她们会在那里安然地度过,直到战争结束。"

山本雄一痛哭流涕地点了点头,然后又被拖拽回了大牢里。没过多久,秀妍急急地找来了,她挨个搜寻着牢里的人,终于找到了父亲。"爹,你怎么会被抓进来的?我和娘看你一直没回去,都快急死了!"

"奈奈,你快回去,别管我,这不是你该来的地方。"山本抓住铁栏,伸手摸了一下女儿的脸庞。

"我不回去,不回去,我一定要救你出去!"秀妍摇着头道。

"爹被人诬陷为朝奸,明天就要被判决了……"说完,他的眼泪就泛了出来。

"怎么会?!你救了那么多人,他们都眼瞎了吗?这个世界还有天理吗?不行,我一定要救您出去!"

"奈奈,这或许是爹跟你说的最后一通话了。以爹的身份,在这个世道,早晚都是一死。但我从不后悔自己做过的事,就是这些年来苦了你和你娘。现在已经有人答应我会把你们送到一个安全的地方,你们会在那里安然地度过余生,千万不要卷入这场该死的战争!做你认为对的事,为父泉下有知,足矣……"他边说边从身上解下一块玉佩,塞到秀妍的手里,"爹身上没有什么值钱的东西了,只有这块玉佩,愿玉上的观音能一直保佑你。"

"爹,我哪里也不去,我哪里也不去……"两个狱卒走了过来,硬拽着金秀妍的胳膊把她拖了出去,牢狱里回荡着她的哭喊声,久久未能散去。

第二天正午,山本雄一和其他四人一同被押往刑场,他们依次排开,跪坐在地上,四周挤满了指指点点的民众。正上方坐着一名朝鲜官员,他命人把山本揪了出来,喝问道:"说,你是日本人还是朝鲜人?"

"我是日本人。"

"那我再问你一个问题,你认识日本的将领小西行长吗?"

"认识……"

"你传送过情报给他吗?"

山本雄一不说话了,四周静得可怕,除了自己的心跳声……就在这时,从远处传来一声呼喊打破了这层寂静。"爹——爹——"他转过头,泪水霎时模糊了视线,只见秀妍正与持刀的士兵对抗。终于,他痛下决心道:"是,我送过!"

话音刚落,群情激奋,许多人向他砸去烂菜叶,挥舞着拳头呐喊:"杀了倭贼!杀了倭贼!"

金秀妍不敢相信眼前的一切,她望着那些被父亲救过的人,此刻他们却要杀了他……父亲救了那么多人,为什么没有人能救他?为什么?救死扶伤的意义到底在哪里?人群的呐喊声湮没了答案。朝鲜将领挥了挥手,刽子手举起刀,眼前是一片血红……

"因为这件事,母亲一病不起,不久之后也走了。"金秀妍说完一切,不禁失声痛哭起来。苍健见状,却不知道该怎么安慰她,既心疼又焦急。直到她慢慢地靠向他的胸怀,在他的怀里号啕大哭。"我们什么都没有做错,可为什么老天爷如此不公?我爹娘究竟做错了什么?"

这时,一个孩子跑了上来,对他们说:"秀妍姐姐,你是不是来找这块玉佩的?今天我在小溪边发现了它,就替你藏好了。"只见那枚碧玉在月光下显得更为温润,宛如碧水凝结而成,只是上面敷了一层白霜。金秀妍颤抖地接过玉,破涕为笑,不由得紧紧抱住那孩子,断断续续地说:"谢谢你……谢谢你……"苍健揪着的心这才释然。

密谋汉城

自平壤一战溃败之后,日军就如丧家之犬,节节败退,最后他们干脆放弃了平壤至开城①一带,悉数汇集到汉城之内。汉城乃朝鲜之京师,原是朝鲜半岛最繁华之地。城内的宫殿虽不及北京紫禁城雄伟壮观,但也巧夺天工,尤以景福宫为最。然而战争爆发以后,李昖就带领嫔妃和王公大臣逃离了汉城。一时间,本是象征王权、庄严肃穆之地竟然被流民和暴徒占据,宫殿、珍宝、典籍悉数被毁,后来日军入城驻扎,更是嚣张地将其占为己有。而今,小西行长等被李如松完败,也不得不逃至汉城求助。此时,除海军之外,几乎所有的日军都集中到了汉城,汉城聚集了接近六万的兵力。

一早坐镇汉城的日军首领叫宇喜多秀家,一直被丰臣秀吉视为养子,别看他位高权重,可他是所有"大佬"里年纪最轻的,时年仅二十岁,这自然让很多人羡慕嫉妒恨。"行长君,你不是一直都说明军不堪一击吗,这次怎么会被打得如此狼狈?你要我等如何向太阁殿下解释?"他的口气里满是嘲讽和轻蔑。

小西行长自知理亏,再加上对方是太阁视若己出的养子,他也只好忍气吞声,低着头不说话。

---

①开城,高丽王朝的古都,历经500年繁荣,属京畿道,现在是朝鲜的城市。

内藤如安却看不下去了,站了出来道:"看样子,秀家大人已经有对付李如松的主意了?我们此来不正好助大人您一臂之力吗?"

"助我一臂之力?哈哈哈哈,别让我给你们擦屁股就好。到时候若是连汉城也丢了,谁去跟太阁殿下解释?我可没有这个胆子。"

丰臣秀吉的另外一名心腹——石田三成方才一言不发,现在终于忍不住开口道:"都别吵了!明军还没有打过来,我们自己先起内讧?有这个工夫,还不如商讨下一步该怎么办!若是汉城再失,我们在座的所有人都难辞其咎!"

一时间,大家都缄默了,谁都知道眼下的形势并不乐观。丰臣秀吉这一生几无败绩,若是让他知道自己的大军被明军碾压,可想而知他们回国后会有多惨。所以接下来的这一仗只能胜,不能败。半晌,宇喜多秀家先提议道:"据探子来报,李如松的军队现在也顶多五万,所以只要我们据守不出,我坚信汉城是不会被攻破的。"

"你不能以常人的思维来看李如松!"小西行长突然激动地说道,"当初,我坚守平壤的时候也是这么想的。可事实证明,我大错特错了!明军善用佛郎机等火器,如果我们都躲在城内,他们很有可能再次发动火攻,到时候我们必死无疑。"

这一番话让宇喜多秀家哑口无言,毕竟在这里和李如松真正打过交道的也只有小西行长,所以他最有发言权。"那其他人还有更好的办法吗?"他环顾四周道。

"我有一个想法。"说话的是小早川隆景,他是日本战国时期的名将,也是丰臣秀吉的左膀右臂,"我同意行长君的说法,如果我们据守不出,届时就会很被动。可如果我们能诱敌深入,主动出击,胜算则会大很多。"

"怎么诱敌深入呢?"石田三成问。

小早川隆景打开地图,在某个位置画了一个圈,露出一个诡谲的笑容道:"就是这里,它将成为李如松的坟场。"

一个巨大的阴谋慢慢浮出水面,它将在几日后被揭晓。日军首领们一个个摩拳擦掌,犹如垂涎三尺的豺狼,正饥饿地等待李如松的到来,然后一拥而上,把他撕成碎片。此刻,李如松还不知道,危险已经悄然而至。在前方等着他的将不再是小西行长一个敌人,而是日本战国的各路精英豪强。

望着已经布好的局,小西行长不禁攥紧了拳头,誓死要雪前耻。而另一个疑问也一直盘踞在他的心头——伊藤苍健去了哪里,他究竟是死是活?"苍健,你快回来吧,这里需要你!"他在心中喃喃道。

自苍健康复之后,他就一直处于纠结中,他既想隐居在忘忧谷中不再过问世事,又不敢忘记他要成为日本第一忍者的誓言。鱼和熊掌不可兼得,他明白自己必须放弃其中一个,而一位不速之客的到来,最终迫使他做出了抉择。

这一日,金秀妍刚出门不久,便传来了咚咚咚的敲门声,苍健以为是她忘记了什么东西,打开门便道:"你忘拿什么了?"不料抬头一看,怔住了,来者竟然是安倍龙一。

龙一虽然没有像往常那样穿着华丽的狩衣,但也丝毫不显战争中落魄、狼狈的模样,他摇着手中的扇子,露出招牌的神秘笑容道:"一定想不到会是我吧?"

"怎么是你?你怎么会出现在这里?"苍健一脸鄙夷地问道。

"你先让我进来,我再告诉你。"

"好吧……"苍健无奈地将门开得稍大了些。

龙一走进来环顾着四周,大发感慨:"所谓大难不死,必有后福,看来果然不假。"

"喂,能不能别转移话题,你是怎么……"

还没等苍健说完,龙一就打断了他,回答道:"那日,我目睹了你的战斗,本想来救你,却看到你被一女子救起,就悄悄地尾随她而来,之后我就离开了。"

"既然你看见我被打伤,为何不救我?"苍健不免激动起来。

"不是我不想救你,是你跑得太快!等我赶到的时候,你已经被打伤了,我又不敢被明军发现。况且那日我试图劝阻过你,可你偏不听,我便知道自己终是无法改变任何事情了。我这次是来带你走的,你应该没有忘记自己的使命吧?"

"我知道了。不过你得答应我,不要把这里的秘密说出去,否则就别怪我不客气!"

"啧啧啧,真是重色轻友,看来那个女子一定美艳动人。"

"谁和你是朋友了……"苍健白了他一眼。

"那就算我单方面认可你为我的朋友吧。收拾好东西,赶紧和我上路,其他人可都在汉城等着我们。现在动身,晚上就能到。"

"好,不过我还想和她道个别,毕竟我得感谢她的救命之恩。"

龙一微微叹了口气说:"好吧,那我就在前面的小树林里等你,先告辞了。"

待到中午,金秀妍如往常的时间回来了,她从忘忧谷里拿来一些烤番薯给苍健吃。"怎么样?是不是很香很好吃?冬天吃烤番薯最暖和了。我跟阿婆们烤了很久呢。"她一边吃一边嘟嘟囔囔地说着。

苍健却没什么胃口,他一直躲闪着金秀妍的目光,想着怎么开口。

"那个……有件事我想对你说……"

"什么?"

"我……我要走了……我的伤已经痊愈,也不能一直住在这里,打搅你的生活……你说是不是?"

"哦……"金秀妍沉默了一会儿道,"可我没觉得你打搅了我的生活,我一个人生活在这里也很寂寞……"她的声音越来越轻。

"即便如此,我也不能长住在这里。我有自己的职责,还有很多人都在等我。"

"难道你的职责就是去杀人吗?!"金秀妍突然抬起头,大声说道,一颗硕大的泪珠滑过她的脸庞,"难道你忘记忘忧谷里的那些孤儿了吗?我以为你跟我一样,能体会到失去亲人的痛苦。伊藤苍健,停止杀戮吧!"

"我的职责就是忠于太阁殿下!师父曾经告诉过我,换取和平的代价必然是鲜血!待日本统一朝鲜和明国,真正的和平就来临了,到那时,再不会有国界之分,你的父亲也一定期盼这一天的到来!"

"不!"金秀妍涨红了脸,哭道,"丰臣秀吉从来没有想过要给朝鲜和明国和平,他要的只是至高无上的权力和取之不尽的财富!苍健,快清醒吧,如果你还是执迷不悟,不如先把我杀了!"

苍健没有说话,他心如刀绞,不敢去看那张泪流满面的脸。良久,他才尽量克制住自己说道:"你分明知道……我不会杀你的……"

"我不知道!我怎么可能知道?我以为你只是一个冷血无情的杀手。"金秀妍冷笑道。不料,她刚说完就被苍健扼住了咽喉。

他的手颤抖着,理智告诉他,身为忍者,就应该杀了这个女人,可感情却告诉他不能那么做。到底该怎么办?他感觉自己的理智正在瓦解,但当他看见那张几近扭曲、涨红的脸时,最终还是松了手。

金秀妍喘着粗气,不停地咳嗽着,可还没等她反应过来,苍健的唇就贴上了她的唇。她下意识地往后缩了缩,仿佛才从鬼门关回来,立刻又升至天堂。她不再去想那些复杂的事,只想深深地记住这美好奇妙的感觉,永远不要忘记。苍健收了回来,他强装镇定地看了她最后一眼,轻声说了句:"珍重,我会再回来看你的。"说完,他就飞奔出去,只留下金秀妍愣愣地驻足在原地。

"你终于来了啊……我差点以为你不来了呢。"安倍龙一斜靠在树上,嘴里叼了一片树叶,坏笑着看他。

"干吗这样看我,我的头上又没长角。"苍健把眼神挪开,脸却唰地红了。

龙一清了清嗓子,拍了拍他的肩道:"看来我们的忍者高手遇到真对手了。"

"你在瞎说什么,快走吧。"苍健恢复往日一贯冷漠的口吻,嫌弃地把龙一的手从肩上推开了。

"嗯。走咯!"龙一憋着笑道,而后跨上了马。

血战碧蹄馆

汉城成了李如松最后一块心病,拿下它就意味着他圆满地完成了使命,而现在这个契机似乎就在眼前。正月二十四日,明军得到朝鲜探子的报告:"倭贼已退,王京①已空。"为了证实这个消息,李如松于二十五日,遣副总兵查大受率所部五百余骑南下一探虚实。但仅仅半天之后,他就收到了捷报:明军半路遇敌,查大受纵兵追击,斩获六百余首级。他并没有太喜出望外,因为这一路几乎都是这样的消息,他已经快麻木了。

出于职业习惯,一向谨慎的李如松这次也不敢马虎,他先派祖承训和另外两名将领率精兵三千作为前锋试探,自己则于第二日一早带兵跟进。临行前,他把刚养好伤的骆尚志叫来:"云谷,我要去收复汉城了。平壤就拜托给你了。"

"都督,小心有诈,我看事情没那么简单。"骆尚志若有所思地说。

李如松来回踱步,他虽然也有这种顾虑,但又不想放弃眼下这个机会。经平壤之战后,倭寇元气大伤,现在一鼓作气将他们一举歼灭似乎也不无可能。这么想着,他便释然地笑着说:"我是谁?我可是百战百胜的李如松啊!倭寇还想跟我耍滑头?那我就让他们再吃吃苦头。你放心,不会有事的。"

---

① 王京,当时朝鲜对京城的称呼。

"嗯,那这里就交给我了,你们放心去吧。"

李如松宽慰地拍了拍骆尚志的背,欲言又止,然后走出了大营。

灰色的苍穹下,北风呜呜地低鸣,萧索的平原上,一列人马已经整装待发。李如松跨上战马,向身后的平壤望去最后一眼,便掉转马头大喝一声:"出发!"他的弟弟李如柏、李如梅以及副将杨元、张世爵等带领两千骑兵紧随其后,向着汉城浩浩荡荡地出发了。

而此时的日本军营里是另一种气氛。"报——李如松已率领两千人马向汉城而来!"一个哨兵跑进来道。

"哈哈,他果然来了!"小西行长笑道,"隆景君,你这一招诱敌深入果然厉害!"原来之前日军是故意输给查大受,他们料定李如松不会放过这个夺取汉城的好机会,便在前往汉城的必经之路上设下了埋伏。

小早川隆景猛地站了起来,举起折扇,指向前方道:"各位大人,为了大日本帝国,为了太阁殿下,为了死去的兄弟们,誓死一战!"

"是!"所有人齐刷刷地低下了头。

李如松一行人毫无阻碍地来到距离汉城九十里路的马山馆,他渐渐放慢了脚步,放眼四周,鸦雀无声。怎么会如此安静和顺利,感觉有些不对劲,他暗想。此刻的宁静就像暴风雨来临的前奏,暗含杀机。他寻思了一会儿,为慎重起见,便下令道:"我先带一千人进发,副将杨元率另外一千,随后跟进。"

"是,大都督。"说完,他们就兵分两路,继续前进。

下一站是碧蹄馆——一个距离汉城十五公里的名不见经传的小小驿馆,大家都没有想到,就是这样一个不起眼的地方即将被载入史册。此时起了大雾,这对于作战来说极为不利。朦朦胧胧间,李如松听见了前方的厮杀声,他便立即快马加鞭地赶了过去,竟看到一具具尸体横七竖八地躺在地上。"糟糕!"一种不祥的预感油然而生。

查大受和祖承训一开始的确大败日军,他们越杀越猛,却不料日军犹如潮水,倒了一批又来一批,很快就把他们包围了。战局渐渐倾向日军,势单力薄的明军试图突围,却屡屡受挫。因为战况过于激烈,所以这两位将领都来不及把最新的情况报告给后面的李如松。

就在查大受和祖承训都无力招架准备撤退的时候,他们撞到了一队人,回头一看,内心顿感既幸运又不幸,因为来者正是李如松本人。此时的他就像一尊关公像立在他们身后,那样子仿佛在说:居然敢在老子面前临阵脱逃?

查大受焦急万分地说:"都督,您可千万别冲进去了,太危险了!您要是有个什么闪失,老夫回去何以向老爷和夫人交代?"

李如松听他这么说,冷冷一笑道:"哈,老子从小到大还没见过不危险的战场。"说罢,他就从腰间拔出佩剑,大喝一声:"全军进攻!如敢畏缩不前者,一律斩首!"

于是,此起彼伏的喊杀声犹如惊涛骇浪席卷而来,一场不可避免的恶仗开始了。明军在李如松的率领下冲进重围,但立时傻了眼,因为放眼望去,漫山遍野全是日本兵。原来他们早就在小早川隆景的安排下占据了较高的有利地势,就等着李如松的大军一到便持鸟铳扫射。突突突的弹丸犹如密集的雨点射向明军,冲锋的士兵纷纷倒在了血泊之中。李如松知道中了计,便想寻找突破口,不料日军已在两山夹空处从左右包围了他们。

"此地真是一个埋葬明军的好地方啊,哈哈。"日军首领感慨道。原来那一日,小早川隆景在地图上标记出来的地方正是这里。而之所以选择此处,是因为碧蹄馆一带皆为河流溪谷,稍稍平整处也是水田,这样的地势可以极大地限制明军骑兵的行动。再加上冰雪消融,道路泥泞不堪,马蹄容易打滑,使得战马举步维艰。如此一来,依赖战马的骑兵完全失去了优势。

虽说李如松已经身经百战,但这是他第一次感受到什么是"如临大敌"和"背水一战",就算上一次平壤之战时,他的心也是稳当的。而这一次,他不得不承认自己盲目自信了。见情势不利,他痛下决心,下达了一条命令——放弃战马。对于与战马朝夕相伴的骑兵而言,放弃战马就如同割舍自己的战友。"都督,真的要这么做吗?"一个士兵不甘心道。"你如果还想活命,就听我的。"他面无表情地说,但内心也是一样的痛。"啊——跟倭寇拼了——"一个个好男儿流下了炽热的眼泪,他们怀着满腔悲愤在枪林弹雨间奔向山坡与日军展开肉搏。

肉搏是最纯粹的作战,是一命抵一命式的残酷比拼。明军所持的武器叫三眼神铳①,远距离时可以用来发射炮弹,近距离则变成了铁锤。而日军也不是吃素的,他们纷纷放下鸟铳,拔出武士刀与之作战。两军已经杀红了眼,没有人再问东与西、是与非,因为只要有半分的犹豫,就可能血溅当场。

厮杀间,李如松忽然瞥到一个熟悉的黑色身影,不禁汗毛直立,喃喃道:"什么……他竟然没死……"伊藤苍健转过身,看向他。两个人的目光霎时交汇在一起。"是的……我没死……"苍健微微一笑道。

李如松只觉得背脊发凉,但他很快回过神,一剑刺死眼前的日本士兵,然后夺过那人手中的鸟铳,向着苍健连发几枪。苍健以树为掩护,飞快地躲闪,每一发子弹不是擦过他的肩,就是刚好打在他的脚边。剑藏的训言不断提醒着他:你要比铅弹更快,比它更快!

"今天真是倒霉。"李如松暗骂着,不料发现鸟铳里只剩下最后一发铅弹,"怎么办……"就在这时,他的一名副将突然从远处跑来,一边掩护他,一边大声叫道:"大都督,小心!有暗器!"刚说完,副将就被几根银针刺中,口吐白沫倒了下去。

"混账!"李如松拔出银针,竟见毒针的针头已变成黑色。

砰的一声,苍健猛地从一棵树上跳了下来,单手撑在地上。"暗箭伤人并不是你们明国人的专利……"他慢慢地抬起头道,然后拍了拍手上的土站了起来。

李如松听不懂日语,此刻他也顾不了许多,径直挥剑而下。地上的树叶因强大的剑气飞旋升天,如同一只只枯叶蝶在空中盘旋。苍健不慌不忙地拔出佩刀,用力往外一顶,把剑顶了回去。李如松跟跄地往后退了几步,就在这当口,他突然回想起苍健和骆尚志单打独斗的一幕,不由得心生一计:"若论剑法,我的确不如这小子。就算放眼整个大明,想要挑出能与之一战高下的都很困难。可如果用棍法,他倒不一定是我的对手。"原来早在李如松、李如柏开始习武那会儿,李成梁就特意从嵩山少林寺聘来一位德高望重的武僧,教他们棍棒拳法和七十二路绝技。那时

---

①三眼神铳,全长约120厘米,共有三个枪管,枪头突出,全枪由纯铁打造,射击时可以轮流发射,是辽东铁骑的标准装备。

正值倭寇在浙江沿海一带肆虐屠杀,少林寺便自行组织起200人的僧兵支援朝廷。那些武僧个个手持少林棍,逮住倭寇就一顿打,而且往往以一挑十,让嚣张的日本浪人从此一见和尚掉头就跑。

这么想着,李如松干脆收回了剑,捡起一根粗壮的树枝作为木棍与苍健决斗。他所使出的乃少林"六合棍",此招源于螳螂门前辈升霄道人游少林寺时,与僧人一同研习少林棍法,后结合螳螂拳的精髓集合而成。后来此招又经过历代高僧不断修正和完善,在明朝后期已达到炉火纯青的境界,因为它由六种棍法绝招组合而成,故称"六合棍"。其招式讲究短兵相接、简洁有力,在实战中往往能一招制胜。

"这是什么招数?"苍健一惊,他没有想到世上竟然还有如此精妙的棍法能快过他的一刀流剑招。只见李如松上下翻飞,木棍在他的手中犹如游龙,周身带起的旋风卷起落叶与他一同起舞。还没等苍健想出破解的招数,木棍就快顶到他的心脏处,他不得不向后飞去,而后倒立而行,把剑头直冲着李如松的头顶而去。

"蹲身一步纵一丈,若遇方外云游客,总是伸手难提防。"李如松一边念出一条心诀,一边从容不迫地飞燕翻身,躲过了刺来的剑,最后纵身跃起,跳至一棵树上。跳跃之际,木棍挑起地上的一块块石头。他顺势把木棍往前一杵,石头就如流星般飞了出去,砸向苍健。

"不行,如此打下去难分胜负,必须速战速决!"苍健想了想,便收回武士刀。他闭上双眼,伸出双手开始做一系列手势,并大声念道:"临、兵、斗、者、皆、阵、列、在……"然而,就在他准备说出最后的"前"时,一声熟悉的呼唤打断了他的思绪。

金秀妍一身农妇装扮,从山丘上跑了下来。她跌跌撞撞地跑到苍健跟前,气喘吁吁地唤道:"苍健君——不要打了——"

"她怎么会来这里?"苍健大惊失色,想收回运出的功,但已经来不及了。巨大的内力所释放出的能量把方圆一丈内的人和物都推了出去,使得他们重重地摔到地上。但是因为最后一步的失误,苍健没能做到固本培元,反而被内力反噬,加上之前内伤未愈,他口吐鲜血,倒在了地上。"不行……我得去找奈奈……"他捂着胸口想站起来,但浑身乏力。

"苍健君……我在这里……"秀妍趴在地上,颤抖地举起手,虚弱地说道。鲜血顺着她的下巴流淌了一地，浸染了片片枯黄的树叶。

苍健艰难地向她爬去，分明只有五丈远的距离，此刻却好像在千里之外。枪声和厮杀声渐渐远去，眼前的世界里就只剩下了她。不知过了多久，他终于握住了金秀妍的手，喃喃道："为什么你会来这里？你知道这里有多危险吗？"

"我……我实在……太担心你了……所以就一路跟着你们……"她流下眼泪，支支吾吾地说，"苍健……跟我回去吧……"话音刚落，她就昏了过去。

"奈奈……对不起……对不起……都是我害了你……"他抱住她，呜呜地哭了起来。

这时，一只手搭在了他的身上。"现在不是哭的时候。快跟我走，我能治她。"那人严肃道。

苍健回头一看，竟是龙一。"那就拜托你了。"他用尽全身力气搀起秀妍。

"哎，你快把眼泪擦了，看一个忍者哭，我还真是不习惯呢。"龙一白了他一眼，然后搀扶着他们逃离了战场。

李如松为九字真言所伤，倒在地上不能动弹，所有的声音渐渐远去，眼前只剩下混沌的黑暗。他太累了，好想就这样闭上双眼，什么都忘却，什么都不再过问，只剩自己在这片黑暗中孑然独行。曾经，他也只是一个孩子，只需要在李家这棵枝繁叶茂的大树下嬉戏玩耍便好，战争和诡计又与他何干？就在他和剩余的明军士兵几乎山穷水尽之时，忽然听到从不远处传来一声轰隆隆的炮响，紧接着是一声冲锋的号角声。

"大都督——老夫来晚了！"来者正是在马山馆与他兵分两路的杨元以及后到的明军炮队。

李如松终于又提起了精神，他又哭又笑，双手拍打着大地，仰天长啸："天助我也！天助我也！"他头发凌乱，满脸血污，看上去极为瘆人。

"不好！是明军的炮队……"小早川隆景见又一股明军杀了过来，顿觉不妙。

"报——大人，十时连久①大人被明军将领李如梅用箭射杀！与他一起战死的

---

① 十时连久，日本战国时代、安土桃山时代的武将。

还有其部下百人!"一名前哨跑来汇报战况。

"可恶!"隆景攥紧了拳头,恨恨道,"李如松他们肯定支撑不了多久。听我号令,现在慢慢向汉城撤退,勿被明军发现!"

"遵命!"

于是,在浓雾的掩护下,日军大部队顺利退回汉城,只留下小西行长率领的残余部队仍在战场上虚张声势。好不容易虎口脱险,李如松也无心再战,他立即整理好队伍,装模作样地追了几里路后便也撤退了。

此战可谓两败俱伤,日军没能达到剿灭李如松的目的,明军也没能顺利拿下汉城。但小早川隆景、小西行长等人为了一扫平壤之战的前耻,让丰臣秀吉好受些,便大书特书、夸大战绩,硬说成剿灭明军两万余人。

而明军这边,对于死里逃生的李如松来说,此刻心里并不好受。他没有像往常那样召集各路将领开会骂人,而是独坐于营帐中检讨反思。这不仅仅是因为他第一次尝到了失败的滋味,更重要的是他发现了一个不争的事实:强大且团结的敌人和近乎鸡肋的盟友。"倭贼已退,王京已空"这样虚假的消息究竟是怎么放出来的,他百思不得其解。

"父亲、文长先生,我该怎么办……"李如松望向窗外的明月,伤感和忧愁涌上心头,"如果是你们,又会怎么做呢?"他躺在床上,却不敢闭上眼睛,因为只要合上眼,眼前就是碧蹄馆血战的一幕幕。那倒下的都是他们李家的子弟兵,是大明最精锐的辽东铁骑,是他父亲一生的心血,回去之后,他该如何向父老乡亲交代?

此时的李如松还没有料到,今日的碧蹄馆之战仅仅是后面一系列事件的铺垫,比明枪暗箭的战场更为汹涌的朝堂之争和捉摸不透的恶劣天气还在后头等待着他。

绝地求生

碧蹄馆之战结束后已是正月二十七日,但令人意外的是,朝鲜半岛的气温不升反降,一度跌至零下十余摄氏度。一夜的大雪吞没了一切,那些还来不及掩埋的遗体和污秽像是被擦除一般,顷刻间消失在白皑皑的世界里。刺骨的寒风让人不想停留在室外一刻,似乎仅仅一小会儿的工夫就足以把人变成一座冰雕。如此寒冷的天气对于辽东的士兵来说还能承受,可对于来自南方的浙军来说则着实要了他们的命。

"该死的天,到底何时才能回暖呢?"骆尚志望着苍茫的雪原哀叹着。

他的军中因为过冬物资匮乏,士兵接二连三地病倒了。一些人先是因为感冒而开始剧烈地咳嗽,接着就是高烧不止,全身酸痛无力。本以为稍许休息加之多喝热水后便会好转,没想到,有的人开始口吐白沫、神志不清,第二天一早竟失去了知觉。

"大将军,这定是倭寇的巫蛊之术,快请示都督找人来驱邪吧!不然会有越来越多的人病死!"士兵们提议道。

"唉,好吧。事已至此,先试一试再说。"

由于时间紧迫,岳千辰找来一位朝鲜族的巫堂[1]。那老婆子头戴斗笠,身穿一身宽大的巫袍,左手持巫铃,右手擒着一把绘有众神明的折扇开始翩翩起舞。她一边随着鼓点和铃声转圈,一边念念有词,而后她突然停止,像是被神灵附体,转而走向一头事先已宰杀的猪,开始喝猪血。在萨满教中,巫堂喝下猪血可以震慑恶灵。紧接着,满嘴污秽和鲜血的巫堂又抄起两把锋利的钢刀,双手上下挥动劈砍,顿时在四周刮起一股诡异的旋风,令人不寒而栗。

这样的驱邪仪式大约进行了半个时辰才停下来,巫堂对着骆尚志鞠躬道:"请天将放心,神灵必定会保佑天兵天将的。"

骆尚志虽然满腹狐疑,但仍然堆起笑容道:"甚好,谢过大师了,请去那边领赏吧。"

"好,谢谢天将,老身先告辞了。"说完,这位巫堂就在岳千辰的带领下走了。

然而,所谓的驱邪法事并没有使情况有所好转。长期的战事使得当初带来的军粮消耗殆尽,而朝鲜那边却无法供给,这对大明将士来说无疑是雪上加霜。士兵们挨个儿蜷缩着坐在营帐里,像一个个木头人似的杵在那儿,一脸麻木。咕咕——咕咕——不知是谁肚子饿得咕咕叫,那人不好意思地摸了摸肚皮,咽了咽口水,但还是没能阻止肚子继续叫唤。

"开饭啦!开饭啦!"

一听到营帐外的叫唤,所有人几乎同时站了起来,拿起碗争先恐后地奔出去。

"让开!都给我让开!"个头较大的一把推开身边几个弱小的,站到了最前面。然而,掌勺舀起来的几乎都是水。"这是什么?!竟敢糊弄老子?!饭呢?我问你,饭呢?!"大块头一把拎起掌勺的领口,凶神恶煞地叫道。

"哎哟,这位爷,您消消气!实在是没米了……我们也是出于无奈啊……"

"吃不饱饭,我们怎么打仗?!谁去战场上拼命?我们不要水,要吃饭!"众人抗议道。

骆尚志见状,赶紧走到闹事的人中间,把自己的碗往地上一摔,道:"我愿意把

---

[1]巫堂,伪称沟通鬼神,占卜吉凶祸福,专门从事迷信活动的人,类似中国跳大神者。

自己的这一份让出来,直到来粮食的那一天!"

"大将军,不是我们不相信你。可是没有粮食,难道要我们在这里活活饿死吗?"一个士兵道。

"是啊,眼下已经有那么多人病倒了,现在吃不上饭岂不是更糟?"另一个人说。

"唉……大家能吃一点是一点。我再去问问……"骆尚志摇着头走了,几夜没睡好的他看上去分外憔悴。然而,还没有走到李如松的营帐,就远远地听见了他发脾气的声音:"告诉柳成龙和那些朝鲜人,眼下我们几近断粮,让他们赶紧补给,否则后面打仗的事免谈!"

"可……可是……大都督……"

"可什么可?!让你去就去,少废话!否则老子要了你的狗命!"

"好……好……我这就去……"那驿使立即从营帐里屁滚尿流地跑了出来。

骆尚志见状,知道李如松的心情极差,便犹疑着是否要进去。他刚准备掉头离去,就听见里面说:"是谁在门口?有事就进来说。"

"是我,都督。"骆尚志走进去行礼道。

"哦,是云谷啊……"见是骆尚志,李如松的心情稍稍缓和了些,"有什么事吗?"

"呃……呃……"骆尚志支支吾吾,竟不知该如何开口。"不知军粮何时会到?眼下军中已有不满,若长此下去,定会军心涣散,到时候不用倭寇攻击,我们自己便瓦解了。"他小心翼翼地说。

李如松没有立即回答,而是低下头,阴沉着脸,紧锁双眉。他不能告诉骆尚志眼下比断粮更为糟糕的状况。作为主帅,他必须稳定军心,这比任何事都重要。过了半晌,他才抬起头,正视着对他信任的兄弟,故作轻松道:"你放心,军粮已经从辽东运过来了,很快就会到。我也在催朝鲜那边供给一些,刚才你也听见了。先让大家度过这两天,实在不行,就杀几匹马吧。"

"好……卑职明白,我先告退了。"

李如松望着骆尚志离去的背影,内心更为惆怅,因为什么时候会有粮食他也没底。他已多次向朝廷反映军中缺粮的情况,等来的却一直是"再等等"的回复。他很清楚,若再等下去,只有死路一条。

而除了李如松,另一个几近崩溃的人是岳千辰。从小到大,她就如一只金丝笼里的金丝雀,从不知道什么是饥寒交迫和人心险恶。她喜欢耍小聪明、使小性子,就算犯了点小错误,也认为别人都该包容她。但自打父亲出走,她的世界便发生了天翻地覆的变化。直到那时,她才发现原来从前的自己不过是生活在一个封闭的、人为营造的极乐世界里。来到军营后,她每日胆战心惊,生怕被别人识破身份。她放下大小姐的架子,去做了许多曾经想都没想过的事情。每当她看见那些从战场上归来的士兵,她都忍住眼泪,告诉自己:男儿有泪不轻弹。还记得第一次看见被砍断了四肢的人,她吓得跑到角落里呕吐了一阵才缓过来。不知度过了多少个难熬的日夜,她才习惯了那些裸露在外的肠子、被抛弃在地上的手、满身是伤的躯体和撕心裂肺的叫喊……

岳千辰以为自己已经足够坚强和成熟,却发现这个世界的残酷还远远不止这些。几日的缺粮状态已经给军营蒙上一层灰色。有些人或许刚刚还走过你的身旁,不料等回头的时候已经无声地倒在雪地里,再也站不起来了。在这种情况下,军营下令射杀了几匹马,大家一边流着泪一边啃完了所有,连带着骨头也熬进了热汤中。但谁都明白,这样下去并不是个办法。她托人给家中捎去了数封信,说明了自己在朝鲜一切安好但急需粮食的现状,每天第一件事便是去询问是否有回信,可至今毫无音讯。思来想去,她又跑到朝鲜军营那边向管粮的官员要些粮食,哪怕这么做有违军令。

"大人,请问之前允诺的军粮到底何时才能运到?我们已经快支撑不住了。"

"唉,你看看,我们也缺粮啊。现在谁都不好过。"

"可是我们已经到了不得不靠杀马来充饥的地步了,给一些也是好的。要不然仗还没打赢,大家就先饿死了。出事了到时候谁来负责?"

"那好,我这边需要汇报上级,等他批示完以后才能发放出来。我一个小官也不敢擅作主张啊。"

"行……那请大人尽快批示……人命关天。"

"行,行。一定,一定。"

然而岳千辰并没有等来答复,别说别人,就连她自己也已饿得头晕眼花。这日,她正端着一碗热水走向骆尚志,却突然眼前一黑,倒了下去。骆尚志忙一个箭步冲上去,扶住她道:"你别再瞎忙了,快去好好休息吧。"

她流下一行热泪,忍不住哭道:"我只是不甘心自己就这么死了……我不想死在你的前头,让你为我难过。可如果老天爷非得让我先走,能死在你的怀里,我也知足了。"

"你不会死的,也不可能死在我的前面。你看这是什么?"骆尚志从袖中拿出一盘青丝道,"这是那日你割下来的头发,我一直带在身上。它保佑着我,让我大难不死,所以我相信它也一定能保佑你。"

岳千辰接过自己的青丝,回首往事,那时她还只是一个无忧无虑的少女。"你放心,我不会有事的。我刚才说那些话是故意吓你的,你怎么还那么笨……"她故作轻松地调侃道。

骆尚志却笑不出来,他抱起岳千辰,把她轻轻地放在休憩处,替她盖好被子然后说:"你好好地睡上一觉,睡着了就不觉得饿了。"

岳千辰微微地点点头,然后闭上了眼睛。她做了一个梦,梦中她和骆尚志来到了一处郁郁葱葱的山谷:瀑布飞流直下,野花野草依偎在潺潺溪水边,还有两只梅花鹿在山谷间欢快地跳跃。她在家中织布、擀面,等待着打猎回来的骆尚志……晚上,她靠在他的怀里问道:"你说,我们给这个地方取个什么名字好呢?""我的文采不如你,你还问我……""那我们就叫这里'忘忧谷'如何?""忘忧谷……不错啊,听着像是陶渊明的世外桃源。"

岳千辰醒来的时候已是四更天①,她迷迷糊糊地坐起身,走到营帐外。月光洒在白色的雪上,如慈母的手抚过大地,温柔祥和。忽然,有人从脚边拉住她的衣袍,她吓得尖叫了一声,回头一看,是一个年轻的士兵坐在雪地里。

"能帮我一个忙吗?"那个人有气无力地说道。

"嗯……"岳千辰走到他的身边,扶正他的身子问,"怎么了?"

那个年轻的士兵看着顶多十六七岁,他的脸被冻得通红,雪覆在他的头发、睫

---

①四更天,凌晨一点至三点。

毛和衣服上,远看就像一个会动的雪人。"我……我没名字,我们村……村里头……大家都叫我……小……小狗子……"他哆哆嗦嗦地打着寒战道,"我是替……替我哥来服役……他的腿……腿瘸了。我在这里……给……给将军放……放哨。"

"你慢慢说,我去给你倒杯热水来。"

"别,别走!"那小兵用尽力气拉住岳千辰,用近乎哀求的语气道,"我……我怕你走了,等你回来的时候……我……我就……死了。"

"好,我不走。我听你说。"岳千辰鼻子一酸,索性坐了下来。

小兵从身上掏出一个荷包道:"这是我娘……亲手……亲手给我做的……等打完仗了……麻烦你替我写一封信,连这个荷包一起捎回去……告诉她老人家,我……我一切都好……"

岳千辰接过荷包,那上面绣了一头小老虎,背后则歪歪扭扭地缝了两个字:平安。

"我属虎,所以我娘就……就给我绣……绣了一头老虎,她说出去打仗就应该虎……虎生威,我们大明的军队就是虎……虎狼之师。"

"好,你告诉我,你家在哪里,我一定替你捎回去。"

"我家……家在沈阳中卫①的彰驿站镇……朴坨子村……我爹姓杜……村里就我们这一户姓杜。"

"好,我记下了。还有别的吗?"

小兵垂下眼,用手轻轻地在雪地里画了一个圈道:"如果可以,请每年都替我捎一封信回去,就说……说我生活在这里了,每天有吃有喝。这样我娘就放心了……"

这句话让岳千辰感动不已,她的母亲是不是此时也在思念自己呢?想来自己已出来多时,在营中四处打探父亲的下落却依然未果,看来在这乱世真的是凶多吉少了……想到这里,她抹了把眼泪,转头看向身边跟自己一般大的男孩儿,竟发觉他已合上双眼,不再说话。她轻轻地摇了摇他,不料男孩儿径直倒了下去,松软的

---

①沈阳中卫,现在的沈阳。

雪飞溅开来。一个年轻的生命就这样在她的面前无声无息地消逝了，只留下一具还残有一丝余温的身躯和一个绣有老虎的荷包。

她猛地跪倒在那具尸体旁，望向满天星斗的苍穹和纷纷扬扬的雪花，泪流满面。"老天爷，求您开开眼吧！"她举起右手道，"我岳千辰，从小刁蛮、任性、狂妄、自大，我知道错了！只要您肯开眼，救尚志哥他们的命，让我做什么都可以！只要能结束这里的灾难，用我一个人的命去换大家的命又何妨？我求求您了……"她的头埋在雪中，恸哭不起，浑身不停地颤抖着。就在这时，从远方传来一阵欢欣雀跃的呐喊声："来粮食咯！来粮食咯！"岳千辰慢慢地抬起头，气喘吁吁地跑过去问："哪里来的粮食？"

"听说是江南一个姓岳的富户专程叫人千里迢迢送来的粮食，还说不要钱。没想到天下还有这等好人！"

岳千辰怔怔地站在那儿，豆大的泪珠滑进嘴里，带着一份咸涩。这说明母亲真的看到了自己的信，她从来没有哪一刻像现在这般想家。"母亲……母亲……"她喃喃自语，忽然整个人像是松了的皮筋，瘫软下去。

"岳通事，你没事吧？"众人忙把她扶进屋里。

骆尚志闻讯急忙赶至，把了把她的脉象，才安心道："定是通事太过伤神，让她多休息几日便好。对了，命人熬一碗粥来，她许久未进食了。"

火烧粮仓

碧蹄馆之战落幕后,明日两军都未再交战,朝鲜却等不及了。柳成龙多次上书要求李如松尽快收复汉城,因为此时朝鲜还有两位王子被扣押在日军手里作为人质。但李如松对此置若罔闻,因为他明白现在出去作战与送死并无二致。就因为按兵不动,他一个天不怕地不怕的男儿竟被人扣上了"胆小鬼""懦夫"的帽子,对他来说,这比打了败仗还要难受。不仅如此,北京那些原本就对他不顺眼的文官立即抓住机会,在碧蹄馆战败之后,一本又一本弹劾他的奏章被呈递上去,有说他骄兵必败的,有说他胆小怕事的,也有说他破坏了中朝两国关系的。若不是万历皇帝一直相信他,给他撑腰,恐怕他早就人头落地了。

此时的李如松只感觉身心疲惫,他几次差点命丧黄泉,最后还落得一个两边不讨好的结果,只能每日坐在营帐里借酒消愁。年少的时候,他觉得身为主帅的父亲特别牛气,除了皇帝,好像谁都不怕;而今,他才体会到坐在这个位置上所要承担的责任和压力。

这一日,柳成龙亲自登门造访,追问李如松道:"天将,现在倭寇已经元气大伤,我们为何不一鼓作气把他们赶尽杀绝呢?"

"赶尽杀绝?阁下说得容易,可你知道现在光在王京的倭寇就有多少吗?我们又有多少?"

"之前平壤之战,天将不就是以少胜多吗?为何这次偏偏不行了呢?"

李如松尽力克制住自己的情绪,要不是看对方是朝鲜的重臣,估计他早已暴跳如雷。"阁下是朝鲜的丞相,自然想早日收复失地,这点我当然理解。可我也是大明的主帅,需要对我的部下负责。我大明将士不惜千里迢迢前来拔刀相助,却在这儿忍饥挨饿,受寒冷和病痛之苦,我又该如何面对他们?眼下这样糟糕的状态,别说打仗,就是让大部队行军至汉城,恐怕就有一半的人死在路上。何况最近风雪交加,难以发挥火器的优势,还请阁下见谅。"

柳成龙哑口无言,但他依然有些不甘心,回去之后便将此事汇报给国王李昖。李昖一直心系儿子的安全,听后叹了口气道:"寡人看这位李都督素来雷厉风行,为何这次反而蹑手蹑脚了呢?这不像是他的作风啊……"

"殿下,臣敢断言,碧蹄馆一战定是把李如松打怕了。眼下我们必须赶紧想办法救出二位王子,臣听闻那些倭贼向来心狠手辣。"另一名朝鲜重臣站出来道。

"唉……看来只有寡人亲自出面去见天将了……"

见国王亲自来找自己,李如松更觉得陷入被动的境地。"卑职不知殿下前来,有失远迎,还请见谅。"他立即走上前行礼道。

"哎,天将客气了。寡人从柳丞相那里听闻了你们的难处,便想着过来看看有没有能帮上忙的。"

"把粮食送到就好了!"祖承训不懂礼数,站出来直截了当道。

李如松立即给他使了个眼色,让他到一边去,又赔笑道:"据卑职所知,朝鲜军营也有粮草欠缺的情况。大家既然同舟共济,就应该互相体谅。但卑职并不明白为何会供给不上,以往都没有囤粮吗?"

"天将你有所不知,我们的国仓在距离王京较近的龙山,那里囤积了朝鲜数十年的粮食。可是自从王京被倭寇占领后,龙山大仓也被他们占为己有,竟成了倭寇的军粮库!你说,寡人这十多年来的心血是不是为他人做了嫁衣?而其他地方的粮草并不足以负担我们和天兵天将所需,这就是难言之隐。"

"原来如此……也就是说,眼下倭寇都指望着龙山粮仓活命了?"

"是啊……龙山囤积的粮食足足有数十万石,都让倭寇白白享用了。就算他们在汉城内一年龟缩不出,我们也拿他们没办法。"柳成龙补充道。

"哼……倒不见得真没有办法对付他们。"李如松的脸上突然重新浮现出以往的自信,他立即转而问李昖,"殿下,请问眼下最重要的是不是收复王京?不管付出什么代价都可以?"

"呃……这个……自然,自然……但是请天将务必确保两位王子安然无恙!"

"好,那就等卑职的好消息吧。"

"敢问天将有何良策?"李昖和柳成龙面面相觑道。

"到时候二位就知道了!"李如松哈哈大笑起来。

是夜,查大受和李如梅就接到了李如松的命令:立刻选出七百名勇士并穿上黑衣,夜袭龙山粮仓。

"能抢的都给我抢回来分给弟兄。不能抢的就一把火烧了,莫要给倭寇留下半口粮。"李如松严肃道。

"这……如果朝鲜知道他们的粮食都被烧了,怪罪下来可如何是好?"查大受疑虑道,他身旁的李如梅也频频点头。

"管不了那么多了。眼下只有这一步棋能把倭寇逼上绝路,否则就是我们饿死在这里。"

"属下明白。"说完,二人便立即去着手准备。

《三国志》曾记载:曹操夜袭乌巢,焚毁袁绍军粮,致使袁绍大军无粮食而溃败,曹操则实力大增。乌巢之战也成为官渡之战中的转折,为曹操统一中国北方奠定了基础。万万没想到,相同的一幕竟在一千多年以后的朝鲜重演。

就在小早川隆景、宇喜多秀家、小西行长等一众人在营帐内呼呼大睡的时候,明军悄悄地展开了行动。查大受先派一小队人偷偷摸摸地来到看门的地方,把驻守在那里的士兵或刺死或用药迷倒,而后又派另一队人立刻跟上,潜入粮仓内开始搬运。对于饥肠辘辘的士兵们来说,此时的粮食简直比金银财宝还要宝贵,他们恨不能长出三头六臂,这样便能一口气提上七八袋口粮。

"怎么回事?感觉粮仓那边有动静……"苍健警觉地望向远处,忍者敏锐的直觉告诉他有事发生。他望了一眼仍处于昏迷中的金秀妍,转身对龙一说:"奈奈小姐就拜托你了。我去粮仓那边看一眼,若一会儿我发射了鸟铳,你便立即知会行长大人。"

"好,我明白。你小心行事。"

当苍健来到龙山时,明军仍然在偷运粮食。按照事先约定,他立即躲到一个隐蔽处,然后用鸟铳对着天空放了一铳。

龙一得到苍健的信号后,立即奔至小西行长的住处,告急道:"大人,不好了!龙山粮仓出事了!"

小西行长睡得正香,突然被摇醒,不免有些懊恼,睡眼惺忪道:"你刚才说什么?出了什么事情?"

"龙山粮仓出事了!明军正在偷袭,请大人尽快派兵支援!"

"什么?!"行长仿佛突然被人浇了一盆冷水,吓得哆嗦了一下。"快!命所有游击部队立即前往龙山,不得延误!"说完,所有人都行动起来。

"报——将军!有一支倭军正往我军方向而来!"放哨的士兵跑来向李如梅禀报。

李如梅心头一惊,往粮仓里头大声疾呼道:"快撤离!命所有人现在都出来!"

但许多人没能听见外面的命令,仍留在粮仓里搬运麻袋。眼见日军即将赶到,查大受纵马来到李如梅的身边道:"少爷,再不走就来不及了。我们放火烧粮仓吧。"

"不行……还有很多人在里头,若现在放火,他们就出不来了!"

"驾——驾——"只听得日军的马蹄声越来越近,形势万分危急。一些人听到动静后及时从粮仓里跑了出来,但依然有小部分人没那么幸运。"不行,不能再等了!"查大受焦急地向身后望了一眼道。

李如梅忍住眼泪,咬紧牙关,慢慢地举起手示意了一下。霎时,数万支带火的箭从他的身后腾空而起,点燃了夜空。十三座紧挨的大仓被点燃,浓烟滚滚,呛得人流泪。"救命啊——救命啊——"没能逃出来的人扑腾着身上的火焰,一边打滚,一边哭喊。粮仓内一片鬼哭狼嚎。

"走——"李如梅望去最后一眼,然后掉转马头带领大军奔回军营。

龙山粮仓被毁无疑切断了日军伙食的主要来源,战局再次发生扭转。望着眼前的废墟,日军首领们都说不出话来,这次谁也不敢责怪谁,毕竟如何养活六万人已经成为迫在眉睫的问题。

　　见日军士气日渐低迷,朝鲜群臣再次向李如松施压,他们认为现在痛打落水狗必定能收复朝鲜全境并且顺利营救出两位王子。李如松也认为有几分道理,只可惜他心有余而力不足。要知道此次明军虎口夺食已疲惫不堪,再加上手上可供调遣的兵力非常有限,只要稍有差池就可能满盘皆输。李如松一再向北京递折子要求增援,却迟迟没有等来答复。他并不知道,北京的朝堂此时正吵得不可开交。

　　现如今的大明王朝已大不如从前,各地爆发饥荒,小规模的农民起义可谓"野火烧不尽,春风吹又生",北方的女真族以及其他游牧部落又虎视眈眈。面对内忧外患的局面,朝廷的主和派再度重出江湖。这一次,他们只牢牢抓住一条命脉就占据了上风,那便是银子。继续打仗就意味着要砸更多的军粮和军饷下去,甚至还要输送更多的人马。明军在朝鲜短短几个月就已经花费了数百万银两,死伤虽不及日军多,但也有成百上千,再这样耗下去值得吗?

　　万历皇帝再次私底下招来石星和宋应昌商议此事。不过令人意外的是,原先主张打仗的石星这次竟站到了主和派这边。

　　"石爱卿,这次你怎么改变想法了呢?"万历皇帝不禁好奇道。

　　"不知圣上是否还记得臣之前向您提起过的沈惟敬?"

　　"沈……惟……敬? 就是上次去朝鲜游说的那个?"

　　"正是。此人已多次向臣毛遂自荐,说他有十足的把握说服倭寇退兵。"石星抬起头见万历一副饶有兴趣的模样,便小心翼翼道,"而今,倭寇已在朝鲜丧失主动权,臣以为正是谈判的好时机。我们何不试他一试?"

　　万历听后沉默不语,半晌又看向宋应昌,问道:"宋爱卿,你意下如何呢?"

　　"这……"宋应昌犹疑着,因为倭寇已经被沈惟敬骗过一回了,难道这次还能在同一条阴沟里翻船? 可是眼下除了沈惟敬,也找不到其他更合适的人选了。这么一想,他便附和道:"臣以为石大人说得对。现在谈判,我大明显然更占上风,想那倭寇也不敢提出什么非分无理的要求。若和谈不成功,等那时再开战也未尝不可。

只是有一点……臣仍有些疑虑……"

"爱卿就请直言吧。"

"我大明自建国以来从未与敌人和谈,若和谈自我朝开了先例,是否会有损陛下的颜面?所以此事在臣看来,还是等倭寇先提出来为好,然后我们再顺水推舟。"

万历皇帝若有所思地点点头,看向石星道:"石爱卿,你说呢?"

"臣十分赞同宋大人的看法。眼下谁先开口,谁就会处于谈判的下风。"

"好。你们不愧为我大明的子民,都是有骨气的。"万历满意地点点头道,"朕看李如松也累了,这阵子就让他在朝鲜好好休息,你们多为他分担点。等倭寇提出了和谈的想法,再派那沈惟敬去也不迟。今日就到这里,都退下吧。"

"皇上圣明!皇上万岁万岁万万岁!"

等皇帝走后,石星和宋应昌才舒了一口气。两人简单地道别后,便各自心怀鬼胎地朝不同的方向而去。石星想,若是沈惟敬这次还能像上回那样和谈成功,这头等功劳就没李如松什么事了,他进入内阁指日可待;如果没有成功,那就让李如松继续打下去,只要不回来跟他争兵部尚书就行。而宋应昌早就看穿了石星的这点小心思,所以看破不说破,而是顺着他的想法提了一个更好的建议。

眼下的形势就如一根紧绷的皮筋,大明和日本各攥一端,双方阵营都在苦苦煎熬,就看谁先松手。而奇迹往往就在这个时候发生……

第四章

瞒天过海

看不见的魔鬼

几日来,金秀妍一直处于昏睡状态,安倍龙一每日用阴阳道的道法给她传输功力,才使她的身体机能日渐康复。"她怎么会伤得这么重?"苍健沉着脸问他。

龙一擦了擦额头的汗道:"她当时离你最近,自然受的伤最重。不过你不要太担心,她不会有事了。"

"嗯。谢谢你……龙一君……"苍健含糊不清地说着,垂下了眼。

"怎么,现在认可我是你的朋友了?哎呀,看来我得感谢这位姑娘。不过话说回来,我们留一名朝鲜人在军营里真的合适吗?"

苍健凌厉地向他瞥去一眼,把龙一着实惊出一身冷汗。"你说谁是朝鲜人?她的父亲是日本人,只不过她出生在朝鲜罢了,你以后称呼她为山本奈奈就好。还有,不要和别人提起她的身世。"

"苍健,我之所以救这个女人是因为你。不过我劝你还是不要和她走得太近,你是丰臣家的忍者,要时刻谨记自己的职责。"说完,龙一甩袖走了出去。

苍健无言以对,他走向床边,望着熟睡中的秀妍,想到他们在忘忧谷里的一幕幕,内心就泛起涟漪。"你救我一回,这回我也一定要救你。"他情不自禁地在她的额头轻轻一吻。

待到次日夜晚,金秀妍终于醒了,她昏昏沉沉地坐起,见四下无人,便走出屋透透气。苍健端着药汤走来,突然看见正在赏月的秀妍,不禁手一抖,把药汤洒了一地。

"你醒了?什么时候醒的?谢天谢地!"他兴奋地跑过去道。

"刚醒。"金秀妍笑了笑。她的脸庞在皎洁的月光下显得格外苍白。

"快进去吧,屋外太冷,否则又要病了。"苍健推着她往里走。

"我病着的这段日子发生什么事了吗?"秀妍好奇地问他。

"唉……说来话长……"苍健支支吾吾道。他还在思忖着是否应该把龙山粮仓被明军烧毁的事告诉秀妍,毕竟碍于她目前的身份,这是一个敏感的话题。他害怕他们二人又因为这些事大吵起来。

"你的气色怎么这么差?人也瘦了好多。"秀妍心疼地看着他。

这些日子以来,苍健除了每日要侦察敌情,还要照顾她,再加之军营粮草不济,每个人分到的食物也少了许多,人自然瘦了一圈。正在这时,龙一突然气喘吁吁地跑进来叫道:"苍健君,不好了!军中暴发瘟疫,好多人都病倒了!"

还没等苍健说话,金秀妍就猛地站起来道:"你说什么?瘟疫?这么冷的天怎么会流行瘟疫?"

龙一方才没有注意秀妍已醒,不由得怔了一下。"哈,奈奈小姐,你醒了啊……"

"你是谁?你怎么会认识我?"

"你别理他……"苍健一把拦住龙一,对秀妍说。

不料龙一推开他的手,整理了一下自己的冠服,郑重介绍道:"我叫安倍龙一,是一名阴阳师。你没听过我,但一定听过我祖先安倍晴明的大名。哦,是苍健君告诉我你叫山本奈奈,虽然不是初次见你了,但还是请多多关照。"说完,他深深地鞠了一躬。

秀妍从没听父亲提过什么阴阳师,也不知道安倍晴明是何方神圣,所以愣了一愣,她的脑子里都是龙一说的瘟疫。"你好……很高兴认识你。对了,你刚才说的瘟疫是怎么回事?"

龙一恢复往日不紧不慢的样子,盘腿端坐道:"我们的粮仓被明军夜袭焚毁,现在许多人吃不上饭活活饿死了。太多尸体腐烂后因没有及时掩埋，就形成了瘟疫在军营内肆虐。"

"原来如此……可否带我前去查看那些患病的伤员？之前我随父亲救治过一些瘟疫病患，说不定能帮上忙。"

苍健和龙一互相对视了一眼，然后都低头不语。

"怎么？你们怎么都不说话了？"秀妍突然想到自己是朝鲜人，才明白他们的顾虑，"苍健君，我一早就对你说过：身为一名医者，救死扶伤是我的天职，不管哪国人，我都不会见死不救的。"

"你现在大病初愈，去凑什么热闹？到时候又累得病倒了，我可没精力再照顾你。这次只不过是报答你上次救我的恩情。"苍健一口回绝。

"瘟疫的传染速度极快，如果不能马上根治，到时候用不着明军，你们自己就先垮了。而且城内还有许多无辜的老百姓，你们不要殃及池鱼！"

"奈奈小姐说的也有几分道理。这样，你给我一簇毛发，让我来预测一下福祸。"龙一拿出一盏纸箔，然后咬破自己的手指滴入几滴血，再取秀妍的毛发，闭上双眼念出一段符咒。苍健和秀妍都出神地望着他，好奇他会说出什么样的预言。

过了半晌，龙一睁开眼睛，定神看看秀妍，又看看苍健，欲言又止。

"你看到什么了？"苍健催问他。

"让她去试一试吧，或许会有希望。"

"好吧，不过奈奈得先答应我一个条件，这也是为了以防万一。"

"请说。"金秀妍点点头。

"你必须跟小西行长大人说你是日本人，万万不要提你的身世。如此，他才会信你。你能做到吗？"

秀妍的手泛出细密的汗，她的眼前浮现出父亲临死前的一幕。山本雄一一生救助了许多人，却没料到最后因为一片诚心而被人谋害！当刽子手举起屠刀的那一刻，她看见父亲眼中的泪和熊熊燃烧的烈焰。"做你认为对的事，为父泉下有知，足矣……"她想起父亲对她说的这句话，眼泪不知不觉滑过脸庞，她擦了擦眼角，正色道："我答应你们。"

苍健和龙一带着秀妍来到小西行长的住处，吩咐她说："你在外头等一等，我们先去禀报。"说完，二人便走了进去。

"大人，属下命人从城中寻来一位医者，她是生活在这里的日本人。她说她有办法救治瘟疫。"苍健先开口道。

"生活在这里的日本医者？"

见行长半信半疑的样子，龙一又说："属下已看过此女子的星盘，的确能给我军带来福兆。还请大人见过此人再做定夺。"

龙一的这句话使小西行长的疑虑打消了一大半，因为在日本无人敢质疑安倍家族的阴阳道。"好，带她进来吧。"

金秀妍战战兢兢地走了进来，这还是她第一次面对日本的高级首领。她不由自主地看向苍健，见他投来一个鼓励的眼神，这才鼓起勇气。

"你叫什么名字？为什么生活在这里？"小西行长坐在正上方俯视道。

"回大人，小女名叫山本奈奈，九岁的时候随父亲来到汉城，以开医馆为生……"

"那你的父亲呢？他怎么没来？"

"他被朝鲜人害死了……"

"哦……愿上帝保佑你的父亲去往天堂，阿门。"行长一边说一边在胸前比画着十字，"听苍健说，你有办法对付瘟疫，请问眼下我们该怎么做？"

"还请大人准许我前去查看伤员和情势，如此我才能开方子。"

"好。那就让苍健带你去吧。你们要小心，千万别被传染了。"

"是！"苍健和秀妍行礼后便退了出去。

令秀妍没有想到的是，当下的病情比她想象的要糟糕十倍，瘟疫犹如一个看不见的魔鬼肆意横行。许多人一开始只是头痛身疼，没过几日便头痛欲裂，而且伴随腹痛、腹泻等症状，最后神志皆乱，口吐黄水而死。有一名日本大将面对着这片凄惨的景象痛哭流涕道："只要能活着回家，喝上一口来自故乡的水，当牛做马也心甘情愿。"

秀妍先嘱咐未被感染的人都蒙上面罩并撤离至另一片营区，然后将那些只有初期症状的人集中到一块儿,用基本的汤药缓解。"我只能暂时延缓这些人的病情,可用不了多久他们便会死去。"她检查完后对小西行长说。

"那怎么办?这可是我军的主力,不能丢下他们不管。"

"之前我的父亲研制出一种能祛除瘟疫的药,可是现在少了其中最重要的一味,我也无能为力……"

"那去哪里才能找到这味药?"众人问。

金秀妍蹙眉思索了一会儿道:"这味药叫雪莲,是百草之王,可它生长在雪山的悬崖峭壁上,极难采摘。江原道上有一座雪山,我的父亲就曾在那座山上采来雪莲救治了病患,可是后来因为……"说到这里,她戛然而止。

"因为什么?"

"因为……那里后来经常有雪狼出没,许多上山采摘的人都不幸遇难,所以再没有人敢靠近雪山。何况现在这个季节时常发生雪崩,更是难上加难。"

众人听后不禁沉默不语。这时,苍健自告奋勇站出来道:"如果确定雪莲能遏制住瘟疫,属下愿意一试。"

小西行长稍稍惊讶了一下,而后喜上眉梢道:"苍健君,若这次你能把雪莲带回来,本大人定会把你的功劳禀报给太阁殿下。你朝思暮想的日本第一忍者之位就属于你的了!"

"可是……苍健……"秀妍忙上前阻拦道,"雪狼绝不是那么容易对付的!它们生性狡诈,时常三五成群、神出鬼没。之前有五位壮士组成一队上山,无一人归,后来才发现被狼群啃得七零八落的尸体……而且我现在最多只能延缓五天时间。如果超过了五天,一旦病发,就算是神仙下凡也无计可施。"

"五天的时间足够了,日夜兼程一定来得及。我从小就接受各种残酷的忍者训练,为的就是今天能有所用。再说了,不试试怎么知道不会成功?"苍健斩钉截铁道。

"苍健君,这是我祖父给我的护身符,希望它能保佑你躲过雪狼的攻击,平安归来。"龙一走上前,取下胸前的护身符,把它戴到苍健的脖子上。

"那就这么决定了,请奈奈小姐将雪莲的样子画下来以供辨认。苍健,你现在去准备一下,今晚就动身吧,事不宜迟。我也会在这里替你向上帝祈祷的。"小西行长催促道。

"是,属下一定及时把雪莲采回来!"

众人欢呼雀跃,好像此刻已经战胜了病魔,只有秀妍一脸忧心忡忡,她甚至有些后悔方才说了那些话。

趁着大雪已停,万籁俱寂,苍健整理好行装,从马厩里挑选了一匹最健壮的马,朝军营的大门走去。

"苍健君——"一声呼唤从身后传来。

他回过头,看见秀妍急急地跑上来,一团团白气从她的口中呼出。"外面这么冷,你的身体还没痊愈,快回屋里去吧。在这里等我的好消息!"他有点心疼道。

"你还记得之前跟我说过的樱花吗?你说初春的夜樱最好看,花瓣飘落在酒杯里,是最美的景致。等一切都结束,带我去东瀛看看吧。"

"嗯,一定。"

秀妍突然紧紧地抱住他道:"不要觉得自己在这个世界上是孤单的,总会有一个人在身后等着你。"

这句话如同温暖的春风消融了他冰封已久的心。

"原来这就是活着的意义……"他在心底喃喃道。

雪山之王

　　位于江原道的雪山是朝鲜半岛东北部最高的山峰,因常年积雪,岩石也渐渐变成白色,所以又有人称它为雪岳。当苍健赶到那里时,恰逢前夜下了一场新雪,整座山通体洁白,远远望去就如一座高高耸立的白色城堡。由于日夜兼程,他已疲惫不堪,便将马拴在一棵粗壮的树下,然后躺倒在雪地中打了个盹。等醒来时,圆月已挂在树梢上,他慢慢地坐起,思忖着何时上山。此时,四周安静得可怕,除了风的呼啸声,再没有其他动静。

　　倘若现在上山,运气好则能顺利找到雪莲,然后尽快回到汉城;可如果运气不好,则很有可能遇到夜晚捕食的狼群。但是如果等到明天早上再上山,则会白白耽误一个晚上的时间,而且说不准还会遇到回窝的狼群。这么权衡之后,苍健决定争取尽可能多的时间,即刻动身。他先从树林中找来几根粗壮的木头,而后使出火遁术,制成一个火把,又把剩余的一根树枝作为攀登的拐杖。一切就绪后,他便背起行囊,一手举着火把,一手拄着拐杖,向山顶攀登而去。

　　由于大雪封山,原本通往山顶的小径也被雪覆盖住了。苍健只能小心翼翼地前行,一边走一边用拐杖试探前面的路,以防有滑坡的危险。两个时辰后,他终于来到了半山腰,见前方有一块巨大的岩石,便决定倚靠一会儿稍事休息。他吹灭火把,坐到地上,从行囊中取出酒来暖身。刚喝了几口,忽然听到暗夜中传来一阵窸窸窸窣窣的声音,他不禁坐直身板,屏息倾听了一会儿,却不见任何动静。

"奇怪……难道是错觉?"苍健摇摇头,自言自语。正琢磨时,那阵奇怪的窸窸窣窣的声音又回来了,而且比刚才更为清晰。他转过头,忽见一只野兔子从岩石上飞奔而过,悬着的心不由得放下大半。"哎,我还以为是……"他自我安慰着,刚转过头,突然被吓得一身冷汗!只见清幽的月光下,一双碧色的杏眼从前方的丛林里冒出来,正静静地瞪着他。从那双眼睛里散发出来的光是苍健从未见过的,它犹如忽明忽暗的萤火虫,在暗夜中释放着一股神秘莫测的能量,令人眩晕和沉迷。

雪狼慢慢地从灌木丛中走出来,时间仿佛在这一刻停止了。它一身银白色的毛在黑暗中显得格外耀眼分明。稳健的步伐似乎是在无声地宣示自己是雪山之王,无人能侵犯它的领地。它缓步走上前,探头嗅了嗅。苍健的心扑通扑通地跳着,毕竟这是他第一次面对野狼。但他仍极力保持镇定,一动不动地坐着,生怕轻微的响动招惹到这头畜生。见猎物毫无反应,雪狼便以为这是座石像,它呼哧呼哧地绕着巨石走了一圈,最后站定,抬起一只脚,撒了泡尿后扬长离去。

苍健仰头长舒一口气,他没多想就站起身准备逃离,不料这动静竟让那头雪狼又折了回来!"该死!"他一边懊悔地骂自己,一边拔出武士刀以做应对。

"嗷呜——"雪狼奔到岩石上,对着圆月叫唤了一声。不一会儿,四头雪狼闻声而来,两头个头较大的是母狼,另外体形稍小的是它们的孩子。五头狼霎时把苍健团团围住,个个凶神恶煞,流着哈喇子。在它们看来,晚餐就快到嘴边了。

公狼首先发起了攻击。它疾步奔至苍健的跟前,露出尖利的牙猛扑上去,想要撕咬住他的衣服。苍健敏捷地向后一跃,同时向那畜生甩出一枚手里剑,公狼被锋利的暗器划出一道伤口,向后摔去,痛苦地嗷叫了一声。其他两头母狼见状,几乎同时向前扑去。苍健又甩出两枚手里剑,不料母狼们已吸取教训,成功地躲开了。情急之下,他使出火遁术,点燃了方才的火把。突然蹿起的火焰使狼群陷入惊恐之中,它们连连后退。他本以为狼会就此放弃、另寻他食,没想到那头受了伤的公狼在休整之后重新发起了进攻,并从后面咬住他的衣角。另外两头母狼也像约好了似的同时扑了过来。

苍健知道如果这次被狼群一起抓住,他的身体必定会被撕扯得四分五裂。眼看自己即将被扑倒，他瞄准公狼，把武士刀投掷了出去。刀背闪过一道寒光，嗖的一声准确无误地扎进公狼的背脊中。鲜红色的血顿时喷涌而出，染红了它洁白的毛。公狼松开爪子，在雪地里挠出一条深深的爪印，轻声地呜咽了一会儿后闭上了眼睛。

母狼们纷纷停止攻击，带着两只小狼跑过去绕着公狼走了两圈，然后停下来一起向着夜空嗥叫着，像在哀悼尊敬的族长，又像在呼唤其他同伴。

"接下来该怎么办……它们必定要和我拼命了……"苍健喘着粗气，不敢放松片刻。果然不出所料，两头母狼在哀悼完后，不顾一切地向他奔去，誓要为公狼报仇。

苍健四下张望，此时除了身后的万丈悬崖，已无处可逃。"只有这个办法了！"他横下心，决定豪赌一把，便一不做二不休地向悬崖跑去，并从包里掏出一种叫"苦无"的工具。这种工具是忍者平时用来爬墙的，能够帮助他们固定在任何峭壁上。就在母狼要抓住他的时候，他奋不顾身地跳了下去，然后猛地把苦无扎进岩石缝隙中，两脚悬空地挂在那里。

领先的母狼本想咬住他，却来不及减速，顺势摔下了悬崖。另一头母狼则幸运地及时停住脚步，在悬崖边来回走了几步后，带着小狼们离开了。

听四下恢复宁静，苍健这才长长地舒了一口气。他欲要往上攀爬，突然瞥见眼前的岩石缝里长着一朵朵白花。这些白花形状酷似莲花，中间的花蕊呈紫黑色，绿叶肥厚，叶子边缘呈锯齿状。"这是……"他怔怔地望着，猛地意识到这些白花正是秀妍让他找的雪莲！他又向两侧看去，只见一朵朵雪莲并排挨着，在风中摇曳。真是踏破铁鞋无觅处，得来全不费工夫啊！他喜不自胜，但转念一想又觉得如此采摘太过危险，便决定先回山腰，用绳索固定好身体后再下来摘花。

等苍健采摘完所有雪莲，朝阳已经刺破东方的云霞，染红了半边天际。而月亮则悬挂在另一边，与之遥相呼应。他满头大汗地坐到地上，看向那头倒在血泊中的狼和插在它身上的武士刀。这把刀虽谈不上名贵，但自他开始学习忍术就带在身上了。想到这是师父送给自己的，纵使已经累得筋疲力尽，他还是站起身走过去，咬着牙使劲拔刀，却怎么都拔不出来。狼血凝固在刀刃上，因为天气太冷凝结成一层紫红色的冰霜,把狼和刀紧紧地连在一起。

"或许这是上天的意思吧……就当是我对狼族的歉意。"苍健终于放弃拔刀,摸了摸那身雪白的毛,然后用雪将其埋葬。他望向那座小小的坟冢,背起行囊往山下走去。

朦胧的月色下,秀妍一边呵气搓手,一边在军营的门口来回走着。自苍健走后,她每晚都来到大门口,一站就是一个时辰,为的就是能第一眼看到他回来的身影。

"菩萨,求求您保佑苍健君带着雪莲回来……"她双手合十祈祷着。

"放心,苍健那小子死不了。"一阵富有磁性又温柔的声音从秀妍身后传来,原来是龙一穿着一身藏青底纹的狩衣摇着扇子踱步而来。

"你为何会喜欢上苍健呢?"龙一问道。

秀妍吃惊地看向他,那样子好像在说有那么明显吗,耳根也不禁红了。

龙一笑着看向她说:"你不喜欢他,为什么还那么担心他?"

"虽然我认识苍健的时间不长,可我能感觉到他是一个孤独又善良的孩子。在他的身上,我好像看到了另一个自己,就不由自主地想靠近他、安慰他。"

"我明白了。不过说实话,我并不喜欢你的出现。"

"为什么?"

龙一想起那日他所看到的预言,皱起了眉头,若有所思道:"苍健是我见过天赋最高的忍者,可正如他师父所担心的,他在感情上有软肋。而你就是那个会让他万劫不复的人,你们的相爱,就是一个错误。"

秀妍的心一沉,她没有想到龙一对她有这么大的偏见。"你错了!"她掷地有声地说,"错的不是我,也不是苍健,而是这个世道、这场战争!"

话音刚落,从不远处传来一阵急速的马蹄声,两人循声望去,竟然是苍健挥舞着马鞭而来,他们便终止了这场不愉快的对话。

"是苍健回来了!苍健回来了!"日军大营顿时沸腾起来,就连小西行长和宇喜多秀家听闻后也急急地赶来。"瘟疫有治了!我们终于有救了!"人们互相拥抱着,喜极而泣。这场没有硝烟的战争的胜利似乎更令人振奋。苍健被兴奋的人群举了起来,抛掷高空,又被牢牢地接住。他看见熙熙攘攘的人群中,秀妍正欣慰地望着自己,脑海中回想起那句话:"不要觉得自己在这个世界上是孤单的,总会有一个人在身后等着你。"

阴谋家的小算盘

就在日军大营忙于治疗瘟疫的时候,远在京都的丰臣秀吉仍沉浸在他的美好幻想中。他刚收到来自汉城的"捷报",信中写道:"我军于碧蹄馆击溃明军,斩获两万余人……明国总帅李如松已如丧家之犬,不敢进取半步……我军虽然占据优势,可惜时下天寒地冻,难以取得更多进展。不如先退居釜山,与敌军和谈。等时机成熟,再打不迟……"这封信可谓是日军各方将领的智慧,集吹牛、瞎编乱造和委婉表达心愿于一体,既照顾了丰臣秀吉的颜面,又表明了"不想再战"的心思。但是,丰臣秀吉就是丰臣秀吉,他的脑回路谁都摸不透。

看完这封信后,他满是狂喜,但也十分不解日军为何会提出和谈的想法。在他看来,既然明军已经被打得落花流水,就应立即抓住眼前的机会把他们彻底打败才是。"哎,定是前线兵力不够。如果我现在亲自带兵增援,定能一举打垮朝鲜和明国!哪里还需要等那么长时间?!"他拍了拍脑袋,兴奋地手舞足蹈道,"快,快去把家康君叫来!我要和他共商讨伐明国的大计!"

德川家康一直以来都是丰臣秀吉的对手,在本能寺之变爆发之前,他根本不把秀吉放在眼里,而欲与织田信长一争高下。信长死于火海后,德川家康便与信长的长子联盟,誓要把丰臣秀吉的势力一举铲除,不料失败了。眼看天下大势所趋,又见秀吉把他的母亲献来给自己做人质,德川家康这才俯首称臣。

此时的家康正在名护屋城①做守备工作,他虽然表面上已归顺秀吉,但实则一直在暗中储备自己的力量。自打开战,他就一直抱着"坐山观虎斗"的心态,根本无意卷入这场是非,现在一听秀吉要召见他谈论出兵之事,顿觉不妙。

"不行,我一定要想到一个理由阻止他出兵。可丰臣秀吉这个人很是顽固,我到底该怎么办呢?"

"大人,有一个理由可以让太阁殿下打消出兵的念头。"他的一名幕后军师走出来道。

"是什么?快说!"

军师便对他耳语了一番,家康听后也不禁频频点头道:"好,就照你说的做!"

与德川家康一同前去会谈的还有日本另一位赫赫有名的大名——前田利家。此人与家康的精于算计截然相反,他为人正直忠义,与秀吉的关系也非常牢固,是除丰臣秀吉之外唯一能和德川家康相抗衡的人。把这两位都招来商议,由此也能看出秀吉想要打败大明的决心。

还没等二人发话,丰臣秀吉就开始了他滔滔不绝的演讲,描绘出他率领德川家康和前田利家一起带兵出征的宏伟蓝图。在他的计划里,等大明投降以后,他就把日本天皇接到北京的紫禁城里去住。而他自己呢,则坐镇浙江的宁波,这样不仅能督促以后对印度的作战,还能监管海上贸易,简直两全其美啊!此时的丰臣秀吉根本不知道,光一个李如松就让他引以为豪的将领们吃够了苦头,谈何统一整个东亚?近半个时辰以后,他终于刹住车,询问家康和利家有何见解。

见前田利家并未作答,德川家康便道:"殿下的这个方案果然妙哉!我等都未曾考虑得如此长远,相信天皇陛下知晓后也会很高兴。只不过……现在大举出兵会对殿下您不太有利……"

"哪里不利了?"秀吉问道。

家康心中暗笑,一本正经道:"听闻淀夫人②快生了,若是这个时候出兵,会给这

---

①名护屋城,丰臣秀吉为了攻打朝鲜而建造的前线基地城池,规模之大,仅次于当时最大的大阪城,为日本第二大城。现在已经被指定为日本的特别史迹。

②淀夫人,指浅井茶茶,丰臣秀吉的侧室。

个孩子的星命带来血光之灾。不如按前线将领的意思,先与明国和谈,等母子平安,再开战也不迟。"

果然,丰臣秀吉听完这番话后就打消了出兵的念头。他老来得子,谁都知道这小老头有多看重这个即将出生的孩子。他之前生有二子,但都不幸夭折,现在好不容易又有了一胎,所以在这个节骨眼儿上,他决不允许出任何岔子。哪怕是自己雄心勃勃的计划,那也暂且排到后面吧。"好,既然如此,就先让小西行长与他们和谈,如果能在谈判桌上让明国屈服再好不过。"

走出大门的时候,前田利家抛下一句意味深长的话。"家康君果然别出心裁啊,连这等理由都能想到。别以为我不知道,你不过是想借这场战争来削弱丰臣家的势力。"

"我如果是爱惜自己的羽毛,那利家前辈又算什么呢?难道现在扛着枪去朝鲜才算体现对太阁殿下的忠诚?请不要以小人之心度君子之腹。告辞!"德川家康说这番话的时候并没有想到,他今天所做的反倒帮了远在朝鲜的日本将领们一个大忙。

得知丰臣秀吉同意和谈后,小西行长等人都长舒一口气。于是,他们立即写了一封信给李如松,字面上言辞激烈,实则是要求和谈。李如松收到这封信后,一开始很不高兴,毕竟他这个人只允许自己对别人傲慢,但看着看着就笑了起来。看来倭寇是撑不住了啊……他刚要执笔回信,转念一想又作罢了。不行,先等等,看看他们的诚意再说……于是,他把那封信往边上一扔,当作从没见过似的。

过了半个多月,见明军这边毫无动静,小西行长不免着急起来。"奇怪……难道信被弄丢了?"保险起见,他又写了一封让人送去。

收到第二封信后,李如松大抵可以看出倭寇和谈心切了。于是,他立即将此信上报给宋应昌。宋应昌和石星得知后,心中的石头也落了地。"既然倭寇已经松口,那事情就好办多了……快去把沈惟敬给老夫找来!接下来就靠他的三寸不烂之舌了!"石星高兴得就差手舞足蹈了。

夕阳西下,好久不见的沈惟敬骑着他的小毛驴优哉游哉地上路了。阳光照得他的脸红彤彤的,犹如他此刻的内心蓬勃且昂扬。"老骥伏枥,志在千里。烈士暮年,壮心不已!"他一边捋着飘然的胡须,一边高声吟诵曹操的《龟虽寿》,以此表明自己老当益壮、力挽狂澜的决心。

中、日、朝三国的命运现在就掌握在这个名不见经传的贩夫走卒手里。也许,日后那场荒诞的闹剧亦是在今时今日就已注定!

欺骗的开始

1593年4月,沈惟敬抵达平壤,再次见到了当初要把他拖出去斩了的李如松。而这一次,李如松却对他格外礼待,还特意安排骆尚志等人给他接风洗尘。洗尘宴上,李如松拿起酒杯,挤出一丝笑容道:"这次请先生再度出山,实属无奈。这杯酒李某敬您,希望我们能冰释前嫌,通力合作……"

"哼,那还不是老夫福大命大。"沈惟敬没什么好气道。要是放在从前,他断不会这么趾高气扬,但现在整个大明都指望他能和谈成功,还不得把从前受的气给吐出来?

李如松见他嘚瑟起来,便收起笑容道:"我听闻先生出发之前,宋经略①给了您皇上的旨意。不知能否透露一些呢?"

不料,沈惟敬丝毫不给他面子:"圣上的旨意怎么能随便透露给别人呢……这要是走漏了风声,提前被倭寇知道,谁来承担?"

此话一出,在座的北方将领都怒火中烧起来。这话是什么意思?难道说我们是奸细不成?祖承训更是气得站起身骂道:"沈惟敬,我们都督向来不这么同人说话。你不要给脸不要脸!"

---

①宋经略,指宋应昌。

"当初我说要和谈,可某人不听,偏要打。老夫今夜就在这里放话,汉城几天之内就能收复!否则我就负荆请罪!"

"好!我就等先生这句话了!"李如松立即一拍桌子站起来,拿起酒杯一饮而尽。

沈惟敬反倒有种被骗的感觉,不禁有些后悔方才立下的豪言壮语。他在平壤稍稍休整了一两天后,就带着另外两名"助理"向汉城出发了。说是助理,其实是宋应昌派来监视他的,说到底,还是不放心这个大骗子。

日方很快也得到了消息,听闻此次前来的还是之前把他们忽悠得团团转的沈代表,便将计就计,派小西行长和加藤清正两位前去和谈。派行长去是因为觉得他比较熟悉沈惟敬的路数,以防这次又被骗了。派加藤清正去,就有些匪夷所思了……

加藤清正是日本战国时期赫赫有名的武将,还与丰臣秀吉有一定的血缘关系,他们同出生在尾张中村,母亲乃同族的姐妹。加藤清正在日本贱岳立下赫赫战功,以"贱岳七本枪"著称于世。虽然同为丰臣秀吉的心腹,可他与小西行长是老死不相往来。如果行长说东,那他肯定说西,可谓谁也不服谁,一见面没几句就要吵起来。何况加藤清正本身并不怎么支持和谈,在他眼里,若不是小西行长这些废物,凭他一个人的本事早就把大明军队收拾得服服帖帖,哪里还会有今天?

所以,当日本军营里的人听闻这对冤家要一起去谈判,都不敢相信,甚至还抱着看热闹的心态。

5月8日(农历四月八日),战后的第一次和谈在龙山正式开启,沈惟敬和小西行长这对"难兄难弟"终于又见面了。

"沈大人,别来无恙啊。"行长苦笑道。

"唉,多日不见,行长君瘦了许多啊。"沈惟敬使劲地握了握他的手道。

见他二人像失散多年的亲人重逢一般,加藤清正在一旁干咳起来,一脸的不高兴全写在脸上。沈惟敬和小西行长这才放开彼此紧握的手,坐到各自的位置上。谈判就此开始。

沈惟敬首先按照宋应昌和石星的指示,把大明的态度摆明:"若是日本现在能退出朝鲜,归还朝鲜八道,并放回扣押的两位王子以及陪臣等,再让你们的太阁殿下上一份谢罪表以表明日后不再侵略,那么这件事就一笔勾销。我天朝还将与尔重归于好,并且开放宁波港口,准许日本的商人来大明做生意。此外,我天朝皇帝还将封太阁殿下为日本国王。"其实这条件已经显示出大明的宽宏大量,死了这么多人,不仅不让日本赔偿,还准许通贡,封罪魁祸首丰臣秀吉为日本王。

小西行长和加藤清正虽然一直是宿敌,但在这件事上两个人竟然不约而同地达成了共识——让丰臣秀吉写谢罪书是绝对不可能的事!

"若是能恢复两国贸易自然再好不过,我相信太阁殿下知道后会很高兴。"小西行长先挑好话说,然后话锋一转,"不过,我军现在不能撤出汉城。等封贡的事情结束以后,我军再撤不迟。"他之前已经领教过沈惟敬和李如松说话不算话了,所以这次说什么都不肯先妥协。

见倭寇不肯让步,沈惟敬又开始忽悠:"不撤也没关系。反正我天朝的兵部尚书石大人已经调动四十万大军,随时准备踏过鸭绿江。另外,宋经略和李提督也已集结三十万人,这支队伍里还有琉球、天竺、暹罗人,很多武器见都没见过。哎呀,若是现在答应条件,我刚才说的都算数。可若是死到临头再来求和,过了这个村就没这个店了。"

小西行长不由得冷笑一声,这招数要是放在从前,他可能还会信以为真。何况以他对明军的了解,要是真有所谓的三十万大军,李如松又怎会答应和谈?他只说再次开战对谁都没好处,希望大明能够考虑清楚,总之就是不肯从汉城撤军。

沈惟敬见此情形,只能曲线救国:"若是暂时无法撤军,可否先归还朝鲜二位王子和相关人等?总之,贵方需要先表示出诚意,我才能向圣上通报封贡的事情。要不然,我也不好做人不是?"

"释放王子的事情倒是可以从长计议……"小西行长话还没有说完,就被加藤清正立刻打断。"不行!人是我抓的,我说不放就不放!你要打就打,老子怕你们不成?"他一口回绝,没有半分妥协的意思,让身边的行长脸都青了。既不撤兵,也不放人质,这是什么意思?!这是想和谈?!沈惟敬沉下脸来,便顾自站起身,装出要走的样子道:"既然如此,那看来是没法谈下去了,告辞!"

眼看和谈陷入僵局,小西行长立即拿出解决方案。他笑笑道:"沈大人,不要急嘛!我们也不是完全不配合。这样吧,我军可以在五月十九日从汉城撤兵,但是明军也要相同地撤走一部分。在此之前,明国须派正式的使者前往日本,面见我们的太阁殿下,其余条件等那时再协商,你们看如何?"这套方案其实是日方早就事先商议好的,刚才的态度只是为了给大明施压。

三个人小声商量了一番,都觉得眼下也没有更好的方案,便答应了。于是,双方就此签订条约,方才的尴尬气氛一扫无遗,可谓皆大欢喜。这时的沈惟敬和小西行长都没料到,就是这样一个方案导致他们日后走向万劫不复的深渊。

得知倭寇真的要在一个月以后撤兵,大明这边的大臣包括李如松在内都很高兴,纷纷表示果然没有看错沈惟敬。这老头儿也很是得意,到处炫耀说日本人一看到他就被他的威颜折服,想都没想就答应了他提出的方案,还说丰臣秀吉恨不能立即见到他以表当年的救命之恩……至于谈判中间被人屡次回绝的事情则只字未提。眼下只有一件麻烦事让他有些苦恼:条约上写着要求大明派朝廷钦差前去日本,可是钦差大臣只有经过皇上的批准才能上任、动身,其中还有一系列烦琐的步骤,所以等那钦差去日本不知是猴年马月的事情了。

但事实证明沈惟敬的这份担忧完全是多余的,因为宋应昌立即安排了两个所谓的钦差大臣。毕竟,日本人又分不清是真是假,既然沈惟敬这样的市井无赖都能当大明的谈判官,那找两个冒牌的钦差也是轻而易举。看来不仅仅是李如松和沈惟敬懂得忽悠大法,就连宋应昌也深谙其道。

这两个冒牌货中有一个是骆尚志的属下,名叫谢用梓,曾经在国子监①里读过书,算是军队里少有的文化人,但从来没有搞过外交。另一个叫徐一贯,是一名游击将军。偌大的明军里也只有这二位爷懂点日语了,不找他们还能找谁呢,看来"能者多劳"这个道理放在任何时代都管用。

沈惟敬这头大松一口气,可谢用梓和徐一贯都哭了。他们来朝鲜打仗本就一肚子苦水,现在却莫名其妙地成为假钦差,还要去日本见什么丰臣秀吉?!听人说

---

① 国子监,兼有国家教育机构和最高学府的双重性质。

那个小老头残暴至极,甚至还有谣传说他喝人血。所以,谢用梓和徐一贯并不认为这是一件能公费旅游、光耀门楣的大好事,反倒觉得自己倒了八辈子的霉。再说这世上没有不透风的墙,万一被皇上知道他们两个冒充钦差大臣,那可是要杀头的,到时候就算跳进黄河也洗不清了!

是夜,谢用梓找到骆尚志,哭天喊地:"将军,我求求您去向宋大人说说吧!这事儿我真做不了!我……我……我就是一个普通人,哪里能代表大明去会谈啊。这不是让我去丢人现眼吗?我……我……呜呜呜呜……"

骆尚志心疼地看了他一眼,沉重地拍了拍他的背,长叹一声,意思是:兄弟,这里就数你文化水平最高了,虽然我很同情你,但是我也无能为力啊……我官位低,哪里能改变宋应昌的意思?

朝鲜这边听说大明将有不太靠谱的代表团前去日本和谈,急得像热锅上的蚂蚁。万一他们见了丰臣秀吉以后,同意把朝鲜割让给日本怎么办?明明是在自己的国土上打仗,却没有经过自己的同意就去和谈,朝鲜群臣都觉得有苦说不出。眼看代表团就要出发,有个人想了个馊主意,专程跑去吓唬谢、徐二人。

"我听闻倭寇都特别凶残,之前我们的使者就差点被宰了。唉,你这次去那儿,恐怕真的有去无回了……不过,我已经安排好一艘小船,如果二位先生想活命,这艘船可以在半路上接应,把你们接到一个安全的小岛上躲避一阵子,等风头过去,再回大明也不迟。二位大人觉得如何?"

谢用梓和徐一贯听后,一边哭一边摇头道:"哎,多谢你的好意。我们已经写好遗书,交给骆将军了。一旦出事,他会替我们安排好后事的……呜呜呜呜……"这两个大男人抱在一块儿痛哭流涕,就连眼睛都已经哭得像水蜜桃。但到底是武将,一旦接受了命令,就算是一百个不情愿也会硬着头皮上。

而另一边,沈惟敬正在美滋滋地享用出发前的晚餐。他认为自己早已摸透倭寇,并且还特别期待见到传说中的丰臣秀吉。他到底是个怎样的人呢?他何德何能让那么多人为他赴汤蹈火?很快,答案就将揭晓……

出尔反尔

不久,日本果然遵循条约,全军退出汉城,退居到釜山安营扎寨。1593年5月中旬(农历四月中),汉城这座历史名城终于回到朝鲜的怀抱。然而,当明、朝两军走进城门的那一刻,大家看到的是一幅千疮百孔的画面。朝鲜群臣不敢相信,眼前的这座鬼城就是曾经歌舞升平的京城。横七竖八的尸体倒在路边,立夏刚过,死尸腐烂,臭气熏天;幸存的平民犹如孤魂野鬼,游荡在空落落的街头,一些人正在路边扒野草根吃,面色如鬼;宗庙、学堂、酒楼都只剩下断壁残垣,唯一幸存的建筑就只有日军原本的驻扎地……

"老天爷,老天爷啊!"面对此情此景,柳成龙和其他朝鲜大臣无不跪倒在地,恸哭不起。曾经呕心沥血创造的太平盛世毁于一旦,重文轻武和闭关锁国的治国方针带来的竟是如此惨痛的教训!

另一边,明朝代表团在小西行长的带领下顺利抵达名护屋,并在那里受到了丰臣秀吉的款待。这是自嘉靖朝以来,第一批大明官员来到日本,所以日方也格外重视这次会晤。海上一路,谢用梓和徐一贯都没少偷偷抹眼泪,他们本以为一踏上日本就要被囚禁起来,没想到等来的是夹道欢迎、美酒佳肴、艺伎歌舞……这俩大老粗立刻一扫先前的阴霾,仿佛从十八层地狱飞至云霄宝殿。

欢迎宴会进行到一半的时候,音乐戛然而止,人声也渐渐安静了下来。沈、谢、徐虽然有些不解,但也与别人一同低下了头,他们悄悄地抬起眼皮,只见一个身形瘦小的老头儿在侍卫的搀扶下走了出来,缓缓地坐到了最上方的金色垫子上。"太阁殿下!"众人齐声发出铿锵有力的呼喊。丰臣秀吉点点头示意,大家才纷纷抬起头正视前方。

"明朝使臣呢?"秀吉扫视了一眼道。

沈惟敬立刻带着谢用梓和徐一贯走了出来,行了一个礼说:"吾等见过殿下。"

"嗯,你们一路车马劳顿,也辛苦了。小西行长——"

"是,殿下。"行长走了出来。

"你要好好招待明国使者,这几天就费心了。"

"请殿下放心!"说完,行长又低下了头。

沈惟敬不禁有些激动起来,以前吹牛的时候不打草稿,把丰臣秀吉说得天花乱坠,让人误以为自己与他有多熟似的。现在看见了本尊,反而说不出话来,他联想到同是草莽出身的大明太祖——朱元璋,或许有些人与生俱来就该坐拥四海、叱咤天下,他在心中暗暗赞叹着。

连续几天的吃吃喝喝以后,双方终于进入正式谈判阶段。除了小西行长,日本还派出一位重量级选手——景辙玄苏。玄苏是此人的法号,他之前一直在京都的寺庙做住持。在这个年头,和尚在日本的地位普遍较高,至少他们都识字,不像很多武士是文盲。玄苏老和尚每日除了参禅念佛,还不忘关心国家大事,可谓既出世又入世。战争爆发后,他便被丰臣秀吉派去朝鲜与朝方多次交涉,因此对前线势态有着准确的把握。

谈判一开始,按照套路依然是说些场面话。玄苏笑眯眯地问:"不知几位这几天过得可好?若是有招待不周的地方,尽管说便是。"

谢用梓和徐一贯的头摇得跟拨浪鼓似的。

"那就好,殿下还担心怠慢了各位。其实太阁殿下向来慈悲为怀,从没想过要闹得这般天翻地覆,不过是朝鲜人固执己见,不肯借道于我们……"

"哦?那请问太阁殿下借道又是为了什么呢?"沈惟敬立刻反问道。

"咳咳,自然是想与大明通贡了。可惜你们明国屡屡不配合,我们只好出此下策。"玄苏虽然是个出家人,但颠倒黑白的本事一点也不差。

"我们不配合?如果不是你们管束不严,让海盗屡犯浙江沿海,肆意屠杀,我大明也不会和你们断绝关系。"谢用梓之前还缩手缩脚的,现在已经适应了新环境,天朝上国的优越感又找回来了。

小西行长见气氛不对,立即出来打圆场道:"唉,以前的账大家就一笔勾销了,我们还是着眼于现在吧……"

于是,沈惟敬再次提出之前的要求:"其实很简单,只要日本全军撤回,我天朝也一定立即撤军,这是其一。其二,归还朝鲜王子和其他人质。其三,你们派人去北京奉上谢罪书,发誓永不侵犯朝鲜和大明。封贡之事就成了。"

行长和玄苏对视了一眼后同时陷入沉默。前面两条其实都好办,但是第三条让丰臣秀吉写谢罪书是万万不可能的。良久,玄苏道:"太阁殿下这次是有意与明国和好,写谢罪书不就让人难堪了嘛……我听闻女真族一直骚扰明国,不如我们派兵支援,一扫女真,这才显示出我日本与明国同气连枝。"

徐一贯和谢用梓立即谢绝了这番好意。他们都觉得打不打女真是天朝内部自己的事情,需要你们倭寇插手做甚?不过,设想如果他们二人同意了,日后的中国或许又是另一番景象……总之,不管玄苏和行长如何软磨硬泡,沈、谢、徐三人都决不松口,坚持自己的原则。谈判只好中止,双方扫兴地回到各自的房间。

听闻和谈毫无进展,远在釜山的加藤清正心生一计。既然明国不肯退让,那就再给他们点颜色瞧瞧,谈判桌上不能解决的就用武力解决。而这个时候,最好挑个软柿子捏。他与宇喜多秀家一商议,两人立即把目光投向一个地方——晋州。

晋州位于朝鲜半岛庆尚道和全罗道的交接处,是阻止日军深入岭南的重要关口,如果攻下晋州,就能打开进入全罗道的通道。此前因为朝鲜义军的顽强抵抗而未能拿下,现在义军也已疲惫,如果把它打下来,定能动摇明、朝的军心,而且也可以向明军表达自己强硬的外交态度。从釜山到晋州都是大路,并没有崎岖的山路,行军非常方便。于是,他们很快把此计通报给丰臣秀吉。

丰臣秀吉也对和谈渐渐失去了耐心,他觉得加藤清正所说不无道理,就同意了。这件事被小西行长得知后,气得直跳脚。"唉,这个加藤清正,就是喜欢和我对着干!现在正处于和谈期间,贸然出兵定会落下不讲信用的把柄,这让我以后还怎么谈!"思来想去,他决定冒着切腹自尽的风险把这件事告诉沈惟敬。

沈惟敬听后,第一反应是震惊,随后流露出些许感动。"此事当真?"他不敢置信地问道。

"千真万确……唉,你有所不知,这加藤清正最喜欢和我对着干,现在他是想抢我的功劳。可是太阁殿下又尤为信任他,我也没办法啊。我可是真心诚意想与明国交好。"小西行长连连哀叹。

"那现在怎么办?你有办法阻止他们出兵吗?"

行长巡视四周,确定无人后凑近他的耳根道:"我如果能阻止他们就不会冒死来跟你说了。听说这次出兵有六万之多,声势浩大,我看晋州在劫难逃。这样,你不如写信回去,叫朝鲜人全部撤离,让加藤清正夺个空城算了。他捞不着啥好处,自然就会收兵回去。我们的和谈照样进行。"末了,他又补充一句:"这件事你可千万不能说是我告诉你的。"

沈惟敬频频点头,一脸"我明白"的样子。于是,他连夜写信给李如松。李如松收到八百里加急的密函,浏览了一遍后惊讶得合不拢嘴。怎么这倭寇跟小孩儿似的,说翻脸就翻脸?!骆尚志正好在他身边,见他异样的表情便问:"都督,怎么了?"

"你看看就知道了。"李如松把信扔给他,揉了揉眉心。

骆尚志拾起沈惟敬的信,读了一半就意识到事情的严重性。"从加藤清正欲出兵到沈先生得知这件事,再到我们收到这封信,已过去半个多月了。看来晋州危在旦夕!"

"是啊……可是两国现在正处于和谈,如果再交战,之前的努力就都白费了。"李如松的担忧也正是小西行长所焦虑的。

"可现在是倭寇出尔反尔,得先怪他们不讲信用。"

李如松没有说话,他陷入了沉思。这一招实在太狠,如果出兵,明军的兵力就会分散,先不论晋州是否能守住,就连平壤和汉城都可能丢掉;但如果不出兵,晋州十之八九会沦陷,到时候整个全罗道都会有危险,倭寇便能再次掌握战场的主动权。经过一番激烈的思想斗争后,他决定采用信中的提议,不派兵支援晋州,并告诉朝鲜人让他们尽快疏散城中的百姓。

"都督,真的不派兵支援吗?!如果加藤清正拿下晋州后不撤离怎么办?"骆尚志并不赞同李如松的想法。

"我们与倭寇正在和谈,现在出兵是他们不对,如果我们加入了,便会给对方落下口舌,对和谈极为不利。不过我倒是另有一计,听闻那加藤清正是个色鬼,是不是可以来个美人计?我们不如选一位漂亮的朝鲜妓生,前往晋州刺杀倭寇将领。"

岳千辰在一旁听到朝鲜妓生,想到如果找到了珍伊,说不定就能找到父亲,便自告奋勇道:"都督,属下知道汉城的一位名妓叫珍伊,此人姿色绝丽动人,我可以去找她,派她去晋州,如何?"

"好,时间紧迫,我只给你两天时间。"

"请大都督放心!"岳千辰欣喜地说。

其实汉城的妓生在朝鲜国王逃出城的时候也一同逃了出去,但因地位低下,她们无法跟随官僚大臣的家属同行,只能一路风餐露宿,或躲在山洞中,或将自己卖给平日根本看不上的商人,这无疑给岳千辰造成了不小的麻烦。不过幸好她已在朝鲜认识不少当地人,有人告诉她:在平壤的难民营里就住着几个妓生。得知此消息,她一路快马加鞭,赶至那里时已是傍晚时分。

朝鲜人得知岳千辰是奉李提督之命而来,不敢怠慢,便将她带到那几个妓生的住处。岳千辰一一望去,只见那几个女人都穿得破破烂烂,蓬头垢面,面黄肌瘦,她心想这副模样又如何去勾引日本将领。"你们认识珍伊吗?"她问。那几个人都摇了摇头。她有些失落,但仍然不甘心,又把父亲的荷包拿出来给她们看,问:"这个荷包你们见过吗?有没有人认识如此心灵手巧的女子?"

大家接过荷包看了一番,终于有人说:"我想起来了,你说的这个珍伊不在这里,她还在汉城,当时说什么都不肯离开妓生馆,现在恐怕已经凶多吉少。"

岳千辰的心一沉,她早就听闻汉城的恐怖景象,说不定那个女人真的……但不管怎样,她还是不肯放弃,便于第二日天蒙蒙亮的时候出发。幸好日本已将汉城交了出来,此时朝鲜人已在清扫街道,虽然萧条但不至于像座鬼城。她在当地人的指引下,来到了岳德昌曾经经常到访的妓生馆,一种说不出的滋味涌上心头。不知道为什么,她有一种感觉,好像父亲还在这里。

曾经热闹辉煌的妓生馆早已凋敝,只剩几间破破烂烂的小屋子,岳千辰一一查探,都没有人。忽然,一个女人警觉的声音在她身后响起:"你是什么人?"她慌忙转过身,望向那个女人,只见她穿着一身素白的朝鲜服,头发由一枚青色的簪子绾起,虽不施粉黛,可仍然清丽绝人,尤其是那双眼睛,清澈如水。"我……我……我来找珍伊。"岳千辰竟然有些紧张了。

那女子走上前一步道:"我便是。"

岳千辰的心咯噔一下,然后慌忙拿出荷包递给她说:"这是我父亲的荷包,想必出自你的手吧。我是他的女儿,女扮男装来朝鲜寻找他的下落。"

珍伊看见这个荷包,先露出一丝惊讶,然后泪水涌了上来。"原来是你……你父亲为了我身负重伤,我为了照料他,所以才没有跟别人逃出城外。"

"那他现在人怎么样了?"岳千辰一把握住她的手,不由得颤抖起来。

"他……"珍伊垂下了眼眸,好半响才说,"他走了……"原来因城内爆发饥荒,岳德昌和珍伊只能活一个,他便把自己的食物都留给了她。岳千辰奔进珍伊的屋内,见父亲的遗物整整齐齐地叠放着,这才相信她说的话。她慢慢拿起一件遗物,想起小时候不听话被父亲数落的场景,不禁放声大哭。岳德昌并不像别的父亲那般,要把女儿培养成一个闺中小姐,而是喜欢给她看各种新奇的玩意儿,教她读书写字和朝鲜语,还常骄傲地说他的女儿不比男儿差。

"家父走之前有没有留下什么话?"岳千辰泪眼婆娑地问。

"他说,他这辈子最大的骄傲不是富甲一方,而是有一个可爱、孝顺、聪明的女儿。"

一听这话,岳千辰的眼泪又涌了上来。不过李如松给她的两天期限就快到了,她必须尽快完成任务,便极力控制住自己的情绪说:"我这次来,除了寻父,还有一件特别重要的事。"她把李如松的美人计说与珍伊听。

珍伊听后,几乎不假思索地说:"我愿意效力。"

"这个任务很危险,很有可能会丧命的。"

"现在岳先生走了,我也没什么可挂念的了。我恨透了倭寇,如今有这个机会正好!"珍伊斩钉截铁的样子与温柔的外表大相径庭,更显示出她的决心。二人当天便动身回到明军大营。

然而就在岳千辰复命之后,李如松又交给她一项更为重要的任务。"这是沈惟敬的亲笔信,里面记叙了加藤清正的计划。另一封上面是我的帅印,拿给那里的朝鲜将领看,让他们尽快撤离。你和珍伊即刻出发,不得耽误!"

"遵命!"说完,岳千辰就回到住处收拾行装去了。

她正收拾着,忽然翻到了骆尚志之前送她的那个拨浪鼓。她捏住手柄摇了摇,拨浪鼓便发出一连串清脆的咚咚声。这声音仿佛把她带回到从前的时光,还是少年的骆尚志带着小小的她在河岸边放风筝、捉小鱼。那时,岳千辰就喜欢欺负这个大哥哥,有时她会故意把风筝放到树上去。"呜呜,我的风筝!我要我的风筝!"一看见她掉眼泪,骆尚志就很心疼,二话不说,爬上树去替她取风筝。后来这种把戏玩多了,他也渐渐识破,但依然没有多言。直到长大后,岳千辰才明白,原来缠着他买礼物也好,故意欺负他也好,都是出于爱慕。但她一直把这种感情埋藏于心底,直到……正想到这里,思绪被打断了,她回过头,看见骆尚志奔了进来。

"我实在不放心你去晋州,要不我去跟都督说说,让我陪你一起去。"他气喘吁吁地说。

"这怎么行?你走了,浙军的士兵怎么办?"岳千辰移开视线,转身继续收拾东西。

"你知道这次倭寇有多少人吗?六万!如果那些朝鲜义军不肯撤离怎么办?一旦打起来,你怎么办?"

"别说了!我早就不是原来的我了!尚志哥,你知道吗,我父亲他死了!所以从前的那个千金小姐也已经死了!一切都回不去了……"她一直压抑在心里的痛苦终于释放出来,一头扎进他宽大的怀抱里。骆尚志听到岳德昌的噩耗,一时之间也难以相信,但他也明白,任何一条生命在战争中都是脆弱的。

良久,岳千辰平复后,对他说:"如果我回不来了,就忘了我吧。等战争结束,你就回江南,听从令堂的安排,娶妻生子……哦,对了,这个拨浪鼓还给你,我又不是小孩子了,留着它也没用。说喜欢,那都是骗人的。"说完,她就背起行囊,头也不回地往外走去。

　　骆尚志拾起这个六角形的拨浪鼓，出神地望着上面那朵绽放的粉色玉兰。他买它，是因为岳千辰曾说自己最喜欢玉兰花。他拿在手心里轻轻地摇了摇，咚咚咚，咚咚咚，逐渐微弱的鼓声犹如他那仿佛就要停滞的心跳……

晋州之变

事实证明,骆尚志的担忧不是没有道理的。晋州守军将领金千镒得知消息后,无论岳千辰等人如何劝说,就是不肯撤离。他认为晋州一旦被倭寇所得,倭寇就会得寸进尺,和谈也将化为泡影。其他义军也纷纷赞同这种观点,加入守卫晋州的队列中,合计八千余人。

"倭寇有六万人,而且配有充足的弹药。你们与之对抗就是以卵击石,望各位将军三思!还请采纳都督的建议,尽快疏散百姓,否则就来不及了。"岳千辰仍坚持劝道。

"我知道天将是顾全大局,可他是否想过,晋州也是我们的家。你知道,家是什么吗?"金千镒认真地问她道。

家?岳千辰的心一颤,沉默不语。是啊,不管是她,还是李如松,都是异乡人罢了,他们谁也无法真正体会朝鲜人失去家园的痛。

"对我来说,家是我从小玩耍的地方,它的每一条河流、每一座山川都是那样的熟悉。它也是我寻求慰藉的地方,母亲蒸的糕点,父亲酿的酒,都是家的味道。它再穷,再破,都是我们自己的事!用不着他人来指手画脚。哪怕就像你说的,晋州终会像王京一样被夺去,但至少我们尽力了。可现在你让我直接把它送给别人,我一定会后悔终生。"金千镒的这番话让周围的人鼻子一酸,大家不禁齐声呐喊道:

"誓死保卫晋州！誓死保卫晋州！"

岳千辰听后也感动不已。她想，如果不是晋州，换作是杭州，她也一定会像他们一样做出相同的选择。等那个时候，管它什么兵法、什么计谋，都豁出去了，只是因为它是自己的家啊！

然而，日军的速度比众人想的都要快，阵容之强大可谓战国全明星——宇喜多秀家、加藤清正、小早川隆景、毛利秀元、岛津义弘……这一个个说出来都是日本响当当的人物，可见他们对这场战争的重视，毕竟如果输了还拿什么跟大明谈。霎时间，晋州被围得水泄不通，大战一触即发。

首领金千镒立即下令全城进入一级战备状态，所有人不得出入。这也就意味着，岳千辰回不去了，骆尚志最担心的事情果然还是发生了。除了八千义军，晋州城的老百姓也纷纷加入这场守城战中。男人们不管年迈的还是健壮的都磨刀霍霍，他们运来一车又一车的巨石，准备给攻城的日军来个从天而降的"惊喜"。妇女们则担当后勤，有的负责运输物资，有的煮饭熬汤。

第一仗在一个朦胧的清晨拉开序幕。日军首先派出一排火枪手向城墙上的士兵扫射。朝鲜士兵立即拿出盾牌挡住攻击，与此同时，第二排的弓箭手藏匿在城垛下，配合着向城下放箭，数名日本兵被击倒。加藤清正见状，也派出在后面的弓箭手，一阵箭雨过后，城墙上的个别士兵被射中倒地。攻城的士兵在鸟铳和弓箭的掩护下，架起了云梯。就在他们向上爬的时候，等待已久的老百姓冲出来，纷纷往下投掷巨石，浇泼滚烫的沸水。城下顿时一片鬼哭狼嚎。

见第一轮攻城失败，加藤清正下令鸣金收兵。他毫不在意地说："没关系，我只是先打探一下他们的虚实罢了。没想到他们这么快就露底了。慢慢来，这座城撑不了多久。"

打退了倭寇以后，晋州城内一片欢呼雀跃。但金千镒轻松不起来，他明白这不过是个开始。"倭寇这么快就退了，其中必定有诈……"

他的预感没错，除了普通的攻城器械，日军还带来了一种新研发的武器——龟甲车，其实这灵感完全拜朝鲜人所赐。在海上，加藤清正被李舜臣完败，这让他很不服气，于是好好研究了一下龟船，最后竟捣鼓出一只陆地版乌龟。这只乌龟周身铁甲,一头撞到城墙上能震塌一大块,像这种重量级的玩意儿怎么说也得放到最后出场。

今夜的天空并没有繁星,只有一团浓重的雾气笼罩大地,月亮隐没其中散发着光晕,那层光晕并不是明亮的,而是朦朦胧胧的,给人一种晦暗沉闷的味道。"积尸气……"安倍龙一望向夜空,皱起眉头道。

"什么是积尸气?"苍健走到他身边,也抬起头望向那团奇怪的星云。

"积尸气,如云非云,如星非星,犹如人的骨灰撒在空中聚集而成。这是大凶的征兆,预示着将有数万生灵灰飞烟灭……"

"这么严重……"苍健不寒而栗道,心头也掩上了一层阴霾。

之后的几天,日军除了上演第一天的戏码,还动用了铁炮和火箭,接连不断地拍打城墙,使整座晋州城陷入一片火海中。朝鲜义军咬着牙死扛着,硬生生地坚持了九天。到了第十天,天气骤变,大雨不止。日军的火器失去了优势,便停止了火攻。但由于城墙之前一直被火烤,已变得发脆,突然又被雨淋,竟然坍塌了一角。"快拿石头补救,快点!"金千镒在雨中指挥着众人搬运石头补墙。

加藤清正不愧是秀吉最看好的将领之一,他立即抓住这个机会,命令道:"夺取晋州,就在此时!"话毕,日军调动大军发起总攻。飞箭如雨点般射向城内,一个又一个守城的将士倒下,雨水混着血水冲刷了大地。守城的战士还没来得及挽回颓势,就听得一声声沉重的撞击声,接着是巨石滚落的声音。整座城都随之摇晃起来。

"发生了什么事情?是地动①了吗?!"岳千辰惊叫道。

"不知道啊……到底是怎么回事?"百姓们摇着头,哭成一片。大家都紧紧抱在一起,等待灾难的降临。

这时,一个士兵惊慌失措地跑来道:"是……龟……龟啊!"

"龟?什么龟?"大家都一脸茫然。

忽然间,发出轰隆一声天崩地裂的巨响,城墙被日军的龟甲车撞开了。日本士

---

①地动,古代称地震为地动。

兵犹如潮水般涌入城内,见人便砍。"跟倭寇拼啦!"金千镒拔出刀,和其他义军勇士们冲了上去。这些义军没有官职,他们自愿集结在一起,只是为了守卫自己的家园。可子弹是不长眼睛的,它们裹挟着硝烟射向一个个血肉之躯。雨声、枪声、刀剑声、惨叫声、哭喊声汇集在一起,犹如一首狂放的、悲壮的又杂乱无章的交响乐在晋州城的上方萦绕。

随着涌入的日军越来越多,八千义军很快寡不敌众,尸体已堆成小山高。望着沦陷的城池和一个个倒下的弟兄,金千镒痛哭流涕,他慢慢地走向奔流不息的南江,回头望向这座他曾誓死守护的城最后一眼,向北下拜,声泪俱下地说:"臣金千镒已尽全力,而今只能以死明志!苍天在上,有朝一日,还我故土,倭贼尽灭!"说完,他闭上眼睛,含泪跳入江中。"父亲!"他的儿子惊呼道,随后也跟着跳了下去。

十天,他们坚持战斗了十天,这本身已是一个奇迹。虽然结局早已注定,但他们问心无愧。而这座城也不会忘记这些勇士的名字:金千镒及其子象干、崔庆会、黄进、徐礼元、高从厚、李宗仁、金俊民……

然而悲剧并没有就此停止,占领晋州的日军实行了可怕的"三光"政策:杀光、烧光、抢光。更为可怕的是,这些士兵为了计军功,不仅连妇女儿童都不放过,还把死者的鼻子割下来作为证物,其行径已无法用"丧尽天良""惨无人道"来形容!望着身边杀红了眼的同胞,苍健的心第一次深深地动摇了。师父曾告诉他"和平的代价必然是鲜血和付出",他曾对此深信不疑,可现在看来,这真的对吗?"丰臣秀吉从来没有想过要给朝鲜和明国和平,他要的只是至高无上的权力和取之不尽的财富!"秀妍的话犹如一盆冷水浇了下来,使得他浑身打了个寒战。到底是应该相信师父还是相信秀妍?自己想要守护的和平和身为忍者的初心又到底在哪里?他举目望去,天地间,除了一汪猩红血色,并无答案。

占领晋州后,加藤清正在金千镒等人跳江的地方设立了石楼开庆功宴。岳千辰知道刺杀他们的好时机来了,便让珍伊故意出没在石楼的附近。果不其然,倭寇看见一名貌美的女子,立刻把她抓了起来,本想独占己有,却没想到对方主动说,如果把她献给他们的首领,他们还能得到更多的赏赐,之后她还可以来伺候他们。那几个人虽然心里痒得很,但也觉得珍伊说得对,便把她押上了石楼。

加藤清正看向珍伊,顿时被她的美貌吸引,按捺住激动的心说:"你是做什么的?"

珍伊虽然在内心恨透了这些人,但仍故意装出一副怯生生又娇滴滴的模样道:"小女是一名妓生,如今失去了安生的地方,不知道该怎么办,只求各位爷赏我一条活路和一口饭吃便好。"

"妓生?那你会些什么呢?"加藤清正一听,顿时眉飞色舞道,"今天若把我们都伺候好,就让你跟随我们生活。"

"我会跳舞。"说完,珍伊就开始翩翩起舞,乐师们也随之伴奏起来。江风吹拂着她春水般的面庞,白色的长袖迎风摇曳,纤细的腰肢一扭一摆,她一边跳一边向看台上的人抛媚眼。忽然,一阵风吹来,她稍稍耸了下玉肩,薄衫就飘落在地上,露出雪白的肩颈。这一动作让众人顿时热血沸腾,终于一名大将忍不住了,他摇晃着醉醺醺的身子走到珍伊边上,一把搂住她的腰,油腻腻的嘴往她的脸上凑。珍伊欲拒还迎,如她所料,那人把她搂得更紧了。她便顺势扑倒在他的怀里,羞怯地问:"大人您带我去东瀛可好?我已无处可去了呢……""好好好,你想去哪里,我都带你去!"那人已是五迷三道,恨不得当场与她行房。珍伊露出一丝鄙夷的笑容,悄悄地从衣袖中摸出一把匕首,说时迟,那时快,她趁对方不注意,猛地捅穿了他的腹部,然后又猛地拔出来。"啊——"那名大将发出一声惨叫,向后倒去,血溅四射。

加藤清正已被眼前的景象吓倒,酒杯从手中滑落。他倏地站起身,大喝一声:"抓住这个贱婢!"

珍伊冷笑一声,用鲜血淋漓的匕首扎进自己的腹中,喃喃自语道:"岳先生,我随你来了……"话落,她便倒在了血泊之中。

一生的痛

晋州沦陷的消息很快传至汉城,伴随而来的还有另一个噩耗:倭寇屠城,近六万平民死于他们的屠刀之下。这个消息对于骆尚志而言犹如晴天霹雳,这么长的时间他一直没有收到岳千辰的回音,难道说……

"不可能……不可能……这一定不是真的!她一定还活着!"他不停地摇着头道,说着就草草收拾了一下行装,拿起剑,跨上战马,奔出军营。

"将军,您要去哪里?!"士兵们追上去道。

"都给我让开!挡我去路的别怪我无情!"

"将军,都督说了,任何人在这个节骨眼上都不能轻举妄动,请以大局为重啊!"

"我去他娘的!老子已经为这大局忍很久了!"他压抑着满腔的怒火,挥鞭而下,向大门口冲了出去。在晋州开战的时候,他就多次请缨去支援,却都被李如松驳回。这十多天来,每一天他都在煎熬中度过,每一天都在希望与失望间徘徊,每一天都从噩梦中醒来……因此,他对李如松的积怨也越来越深。

当他日夜兼程赶至晋州时,日军大部队已经撤回釜山,只留下小部分人在那里把守。果然,当初小西行长和李如松的决策是正确的,他们深知加藤清正等人只是想杀鸡儆猴,就想着给他腾出个空城算了,不料朝鲜人并不配合。现在的晋州已经变成一座名副其实的鬼城。被割去了鼻子的尸体顺着南江漂流而下,堆积在礁石边,显得格外凄怆、恐怖。

骆尚志步入城内,望着满城的尸体,他感到深深的恐惧,又觉得彷徨无措。岳千辰会不会就在这些尸体中呢?这么多的尸体怎么找到她?何况还被割去了鼻子,脸部早已面目全非,难以辨认。一想到这些,他就恨不能把倭寇碎尸万段。他在心底咆哮道:"这帮无耻的畜生!"

接连几日,他一边帮着幸存者掩埋尸体,一边打探消息,但因为语言不通,一无所获。有时候,他突然感觉岳千辰就在身后,她又像从前那样,从身后拍拍自己的背,笑嘻嘻地问:"猜猜我是谁?"可转过头,什么人都没有,一切都是自己的想象罢了。到了第四天,发生了意想不到的转折,一人自称是晋州的朝鲜通事找到他道:"骆将军,小人是这里的通事,姓徐。您一定是来寻岳通事的吧?"

"啊,正是!你有她的消息吗?"骆尚志一把扔掉手中的锄头,迫不及待地问道。

那徐通事的脸上露出了一丝尴尬的神情,他哆嗦地从衣袖中掏出一张纸道:"这是岳通事'临死'前让我带给您的,她嘱咐我告诉你,她真的很喜欢你买给她的礼物。"

"你说她……"骆尚志慌忙打开那张纸,只见上面是一只用鲜血绘成的拨浪鼓,拨浪鼓上还歪歪扭扭地画了一朵玉兰花,他的眼泪一下子涌了上来。

徐通事见状,忙解释道:"大人,您可能误会我的意思了。岳通事她没死,她只是装死罢了。"

骆尚志一愕,眼里又泛出欣喜的泪光。"你说她没死?!太好了!谢天谢地!这到底是怎么回事?她现在人在哪里?"

徐通事忽然压低了声音,神秘兮兮地说:"大人,您可知,岳通事是女儿身?"

骆尚志惊愕了一下,然后急忙摇了摇头。

徐通事的眼神却有些躲闪,支支吾吾道:"唉……我们被倭寇给抓了起来,要不是因为倭寇发现她是女儿身,也不会……"

"她怎么了?她到底怎么了?!"骆尚志的心里又升起一种不好的预感。

"事情是这样的,刚开战的时候,我还跟她待在一块儿。但是后来打仗了,这一乱，人都冲散了。后来我们又相继被倭寇抓了起来，唉，这件事说来尤为复杂。要不这样，大人您先跟我走，现在救人要紧，路上我再解释给您听。"

"好，你说得对！"说完，二人就跨上马向日军大营奔去。

确切地说，岳千辰是在珍伊死后被抓的。那日她目睹了珍伊的死，本想趁倭寇离开石楼后为她收尸，却不料倭寇又折返，便把她抓了起来。幸好岳千辰临危不惧，及时拿出了李如松的帅印，这才让那些倭寇不敢轻易杀她。随后，倭寇在搜身的时候发现她女扮男装，又从她身上搜出了那封沈惟敬写给李如松的信，一问朝奸才明白，信上所写的竟然是他们的作战计划！这一下让所有倭寇慌乱了起来。

"你说，你们是怎么知道我们的作战计划的？是谁泄密的？！"加藤清正手里捏着那封信质问道，身边的朝奸又翻译了一遍。

"我不知道，我只是奉命来疏散百姓的。"岳千辰低着头冷冷道。

加藤清正一把抬起她的下巴，然后狠狠地甩了她一个耳光，在她白皙的脸上留下一道血痕。"说！到底是谁告诉你们的！"

"哈哈，你们倭寇莫非是聋子不成？"岳千辰冷笑一声，抬起脸啐了他一口道，"你就算问我一千遍一万遍，我的答案都是一样的！"

"没想到明国的女人还挺有能耐的，看你的脸和身段，做通事真是可惜了。兄弟们，你们不是一直想知道明国女人的滋味吗？今天就是一个好机会！哈哈哈哈！"

"你们要干什么？放开我！放开我！放开我！"岳千辰一步步向后退去，可她的双手被捆绑着，只能做徒劳的挣扎。

"那些畜生因为无处发泄兽欲，又因为被珍伊耍弄，就玷……玷污了她……"说到这里，徐通事呜呜地哭了起来。

骆尚志的身体不由得摇晃了一下，他的心仿佛停止了跳动，良久才有气无力地问道："然后呢？"

"岳通事在挣扎中昏厥了过去，倭寇生怕她死了，便派了一个医女去营中查看，没想到那个人竟然是朝鲜人！而恰巧我当时就和岳通事关在同一个大牢里，这才捡了一条命。"

"哦？那个医女也是朝奸吗？"

"应该不是。如果是朝奸，为什么还要冒险救我们呢？事情是这样的……"徐通事的思绪不禁又飘到了那个让他难以忘却的夜晚。

在服下了几碗汤药以后，岳千辰终于睁开了眼睛，眼前竟然是一个与她年纪相仿的女子。"你好点了吗？"那女子用朝鲜语轻声地问她道。

"你是谁？你和那些倭寇是一伙的？"

"嘘。"女人示意她小声点，然后说，"我是谁不重要，重要的是我能救你们出去。"

"不必了，我已经不想再活下去了，倒不如一刀杀了我吧。"

"那你可太难为我了，我从来只知道救人，却不知道该如何杀人。"那女子倒也回绝得干脆，她握住岳千辰的手，语重心长道，"难道在这个世上就没有你还想守护的人或物了吗？"

岳千辰鼻子一酸，流下一行泪来。"正是因为有这么一个人，我才更加无颜活下去……我本想用自己的坚韧，去换他的真情……可现在我已经无颜再面对他了……"

"正因为你这么爱他，才更要活下去！听着，留给我们的时间不多了，我这里有一个办法能让你们活下去。"说着，那女子从随身的竹筐里掏出两枚药丸，把它们分别塞入岳千辰和徐通事的手里，又紧张地四下张望，确保没有其他人看见，"这两枚药丸，你们在倭寇撤离的时候将其服下，它能使人出现短暂的休克症状，到时候我就会对倭寇说你们死了。等过了半日之后，药力渐退，你们就会重新苏醒过来，等那时就赶紧逃离这里。但是，是药三分毒，它有可能会让人意识混乱，有可能会让人行为迟缓，也有可能让人短暂失忆。能不能逃过这一关，就看二位的造化了，我能做的只有这么多。"

"姑娘，谢谢你的大恩大德！请问该怎么称呼你才好？"徐通事感激涕零地问道。

"我叫金秀妍。记得，一定要在他们撤离的时候服下！"说完，那女医者就在日军的看管下起身匆匆走了。

岳千辰捏着那枚小小的药丸，望着女子离去的背影，心中久久不能平静。忽然，她咬破自己的手指，在一张纸上用血画下了一只拨浪鼓，然后递给徐通事道："如果我没能醒来，或者真的失忆了，就请把它交给骆尚志将军，我相信他会来寻我的。如果你见到了他，请一定告诉他我非常喜欢他送给我的礼物。"

"当我接过这张纸的时候，我觉得她是用了毕生的勇气。她的眼里含着泪光，让我不能拒绝。后来，我们就照着金秀妍的说法，服下了药丸，果然很快失去了意识和知觉。当我醒来的时候，倭寇大部队已经相继撤离了，我就趁机逃了出来。"

"那岳通事呢？她醒过来了没有？"骆尚志焦急地问道。

"她醒了，不过她的精神状态很不好，像是真的什么都记不起来了。所以我先逃出来，想先找到您再想办法去救她。"

骆尚志已经什么都听不进去了，他重重地挥了一下马鞭，往战俘营奔去。"千辰，你一定要挺住，一定要挺住！我马上就到了！"他在心底暗暗地祈祷。

当他们到达时，营房门口还有少许士兵把守着。

"你们是什么人？"把守的士兵还没有说完，就被一剑封喉。其他士兵见状，提着刀冲了过来。骆尚志满腔怒火无处发泄，正好碰到这些撞上枪口的倭寇，便把悲愤一股脑地撒了出来。"啊，你们这些王八蛋，就该千刀万剐！你们这些畜生，都去死吧！全都去死吧！"他一边怒吼，一边挥剑，眼中布满了血丝。徐通事站在一旁战战兢兢道："将军，别杀了，别杀了……都督有令，和谈期间，不得杀倭啊……"

"哈哈……哈哈哈……什么和谈……什么大计……这些能换回死去的人吗？！"他望着最后一个倒在脚下的倭寇，仰天长啸，然后跨过那些尸体，朝营里走去。

门开了，阳光透进昏暗、潮湿的房间，里面一片狼藉，远远地能看见一个身影蜷缩在阴暗的角落里。明明就是几步远的距离，可现在好似千里之外。骆尚志甚至有些不敢跨进门，他突然有种想逃跑的冲动，他多么希望这是一个噩梦，多么期盼有人把自己摇醒，可他还是不得已慢慢地朝那个熟悉的身影走去。

岳千辰抱着头，身体缩成了一个球。她感到有人正朝自己走过来，就把自己抱得更紧了。突然，一双有力的臂膀环抱住了她。她立刻歇斯底里地尖叫起来。

"千辰，是我，是我……没事了，一切都过去了……"骆尚志在她的耳边啜泣道。

可岳千辰依然在他的怀里拳打脚踢、尖叫着。

骆尚志只能放开她,捋了捋她乱七八糟的头发道:"对不起,对不起……我来晚了……让你受了这么多苦……对不起……"

岳千辰却不敢看他,只是一个劲儿地摇头,使劲儿往墙角里缩。

"你不认识我了吗?我是你的尚志哥,我不会伤害你的!"他不免焦躁道。

岳千辰这才抬起头怔怔地望着他,却茫然地摇摇头道:"你是谁?我不认识你……"

"不会的,你怎么可能会不认识我?我一定会有办法……有办法……对,有了!"说着,他掏出那张画给她看,"你还记得这张画吗?这是你画给我的。"

"这是我画的吗?"

徐通事急忙走上前比画道:"岳通事,这可是你咬破手指画的,还嘱咐我一定要把它交到骆将军的手上。你真的都不记得了吗?"

岳千辰抱住头,头也摇得跟拨浪鼓似的。"我不知道你们在说什么。我真不记得了……"

骆尚志又转身从包袱里拿出那只拨浪鼓——他之前放进包袱里,情急之下就随身带了出来。拨浪鼓发出的鼓点声终于让岳千辰抬起头,看了过来。那熟悉的鼓点声把她带回从前,依稀间想起曾经的自己摇着拨浪鼓发誓说:"如果是我,我会坚定地和自己喜欢的人在一起!"可为什么想起来心就会痛?为什么自己当时会说这句话?自己又是对谁说的呢?……想到这里,她的头愈发疼痛起来。

"我不记得了,我真的不记得了……"她抽泣着。

骆尚志忙抱紧她,轻轻地拍着她的背,喃喃道:"没关系,把这一切都忘得干干净净倒也好,我们重新开始……"末了,他转过头对徐通事说:"回去以后,在晋州的事情莫要对他人提及,我们先找一处安全的地方把她安置好。如果说出去,岳通事下半辈子恐怕真的过不下去了。"

"是,属下明白。"

骆尚志返回汉城后,虽说没有受到直接的处分,但受到了变相的处罚。他这个在平壤立了大功、率先带领属下登上城门的人,并没有得到五千两赏银,只拿到了二十两银子。南兵的赏赐也远远低于李如松的北方士兵。他没说什么,但他的属下一个个叫屈不迭。"区区二十两银子,打发叫花子呢!凭什么他们北方佬拿得多,我们南方人拿得这么少?!李都督他这是包藏私心,不公平!"

"你们跟着我受苦了,我自己的过错不应该让你们一起承担。放心,我一定尽力弥补大家!"

"将军,我们没有怪您……我们就是觉得都督实在太不公平了。"正说到这里,李如松走了进来。军营内的人立刻低下头,沉默不语。"怎么不说了?刚才不是说得正起劲吗?包藏私心、不公平,还有呢?我听听!"他环视四周,又看向骆尚志,问道:"骆将军也觉得不公平吗?"

"卑职不敢。"

"我是问你的感觉,而不是问你敢不敢!"李如松突然提高嗓门,把所有人吓得哆嗦了一下。

"李都督向来都是铁面无私、赏罚分明的。"

"那你说说为什么只给你二十两银子?"

"因为卑职擅自前往晋州……"骆尚志的声音越来越低。

"错!你到现在都不知道自己错在哪里!作为一个军人,什么最重要?是军纪、军令!今天就算是令尊令堂落在倭寇的手里,如果上级不允许搭救,你也不能去。而你作为浙军的将领,置大局于不顾,感情用事!你知道你这么做,很有可能把和谈大计毁于一旦吗?"

"没错,我是感情用事,做不到像您这般铁石心肠!"骆尚志倏地抬起头,瞪着李如松,把深藏在内心已久的话一股脑地说了出来,"为什么?因为我除了所爱的人,什么都没有。我不像你,是李成梁的长子,从一出生,就什么都有了,你有全天下最好的老师,你一上任就是别人一辈子都难以企及的二品官。除了皇上,你可以对任何人撒脾气,好像什么人都得让着你。而我呢,每一步都是拿命换来的。我想要的,不过是能和喜欢的人拥有幸福的生活。可就连这,老天爷都要从我身边夺去!"

"所以,我在你的心中不过是一个靠爹吃饭、脾气差到爆的窝囊废?哈哈,亏我还把你视为好兄弟。如果我李如松真像你说的那样,我就坐不到今天的位置!你以为我在这个位置上坐得很舒服吗？你知道朝中有多少人弹劾我、期盼我倒大霉吗？你知道我在宁夏刚打完仗，没有休息一天就备战朝鲜吗？人人都羡慕我是李成梁的儿子，可我们李家哪个人不是为了大明出生入死？我和弟弟们几次差点命丧黄泉，每次走过鬼门关，难道就不会害怕？我也是一个人！"

李如松的这番话让骆尚志渐渐冷静下来，他不禁开始后悔方才的顶撞，但只要一想到岳千辰所遭受的，他就不免激动起来。"这些日子我无时无刻不在自责。我知道作为一个将领的确不能感情用事，可我做不到……"说到这里，他再不能自已。

李如松和其他人都以为岳千辰已经死在了晋州，他叹了口气道："晋州被屠城是谁都没有料到的事，我如果知道这帮畜生会如此丧尽天良，也绝不会让岳通事去了。你要想怪我，就怪吧。现在只能看沈惟敬在东瀛谈得怎么样了……"

这最后一句话也正是大明和朝鲜所有人关心的问题：沈惟敬代表团在日本到底会谈出一个什么样的结果呢？

"秀七条"

晋州的失守,对于朝鲜国王李昖来说乃戳心之痛,对于大明朝的万历皇帝来说是震惊与不安,而对于日本国的太阁丰臣秀吉来说则是谈判桌上的砝码。既然威慑的效果已经达到,是时候与大明展开"和谈"了。于是,他连夜召见玄苏和尚,交给他一份自己拟的七大条款,俗称"秀七条"。在这七大条款中,秀吉认为日本作为"战胜国"显示出了极大的宽容与仁慈,明国和朝鲜看后一定会感激涕零的。其内容如下:

1. 明朝贡献一位公主,给日本天皇陛下当妃子。

2. 恢复明国与日本两国的贸易。

3. 明日两国永世盟好。

4. 汉城与西四道归还朝鲜,东四道割让给日本。

5. 朝鲜送一位王子到日本当人质。

6. 日本释放两位王子与陪臣。

7. 朝鲜发誓永远不背叛日本。

玄苏一看,不禁倒吸一口凉气。明国那边逼着太阁殿下写谢罪书,太阁殿下却要求对方送公主、割地、扣押王子……这两头的条件根本就是背道而驰,满足一方的条件就势必会得罪另一方,这还怎么谈?但不管怎么样,这诡异的和谈依然有条不紊地开始了。

在紧张的气氛中,明、日的代表们又坐到一起,商讨不可能达成的"和平大计"。

沈惟敬率先发问:"你们背信弃义,对晋州造成如此大的伤害,不知是否真的诚心和谈?"

"这……"小西行长擦了擦额头的汗,哑口无言。他看向玄苏,使了个眼色。

玄苏干咳一声,哆哆嗦嗦地从袖中拿出那份"秀七条"说:"这是太阁殿下的要求,请各位大人过目。"

三个人看完以后,脸色煞白。"既然如此,看来是没有谈的必要了。告辞!"徐一贯猛地站起身作揖道,然后拂袖离去。谢用梓急忙追了出去。沈惟敬也只能起身,他走时向小西行长投去意味深长的一眼。谈判桌上只剩下小西行长和玄苏和尚,他们对看了一眼,然后抓耳挠腮起来。会议就这样尴尬地草草结束。

深夜,沈惟敬独自偷偷地前往小西行长的住处,敲开了他的门。此刻,行长也正在为白天的会谈而苦恼,辗转反侧,见沈惟敬突然到访,心中虽然已大致猜到他此来的目的,但还是问道:"不知沈大人深夜造访,有何要事?"

"嘘——"沈惟敬朝四下看了一眼,悄声道,"我们找个隐蔽的地方说。"

于是两人来到一处密室,紧闭房门,开始谋划一个惊天骗局。

"老兄,我和你一见如故,也算是生死之交了。我就和你打开天窗说亮话吧。"沈惟敬用极为诚恳的语气道。

"嗯嗯,先生请说……"行长郑重地点点头。

"依照现在的情势,真正的和谈是不可能了。但如果和谈不成功,我回去无法交差,定是死路一条!而你也不想再打仗了,是吧?"

每每想到平壤大战的惨烈,小西行长都会惊出一身冷汗,他的确不想再继续打仗了。"是啊……要不然我这么支持和谈做甚。可是现在该怎么办?"

"咳咳,你看这样行不行?"沈惟敬深深吸了一口气道,"你在这边先安抚好你们太阁的情绪,就说我们同意了那七个条件。然后,你再伪造一份他写的谢罪书,派人送到北京去。我们的皇帝看了以后,不就同意通贡了吗?这样两边都先安抚好,双方都能撤离朝鲜。"

"可是太阁殿下还要求明国献上一位公主做我们天皇陛下的妃子,你们也能送过来?"

"唉,你不知道,我大明现在没有美若天仙的公主。唯一的几个也是又老又丑,献过来不是吓坏了你们的天皇?不信的话,可以让你们的使臣带几幅我们公主的画像给他过目。再说,这个条约也没约定时间啊。"

行长听后只觉得心如乱麻。如果被人知道他伪造了一份丰臣秀吉的谢罪书,切腹自尽十余次都不够。但是眼下似乎也没有更好的办法了……他来回踱步,做最后的思想斗争。

见他举棋不定,沈惟敬又道:"这件事,你不说,我不说,没人会知道。现在只能走一步是一步了!否则这和谈永远都谈不好,和谈不成,这仗就得打下去,可你也知道目前的真实情况,对三个国家而言都没有好处。到时候就算哪国赢了,代价也极大!"

"唉,那你另外两位同僚会怎么说?他们也知道'秀七条'的内容啊。"小西行长仍有些顾虑道。

"这你就不用管了,他们两个由我来搞定。你只管安抚好你们的太阁殿下,并派人拿着谢罪书去趟北京就行。"

"好……行吧……事已至此,也只能这样了。我们分头行事!"

"好!那我们就一言为定!既然做了,就不能临阵脱逃!"

两个倒霉蛋儿互相击掌约定,就此开始了这个胆大包天的计划。

次日清晨,沈惟敬找到徐一贯和谢用梓,用威胁的语气警告他们:"倭寇提出的条件太苛刻,我们虽然不能同意,但回去以后不能跟任何人透露一个字,否则就是自寻死路。"

"为什么?"徐一贯不解地问。

"你想啊,我们这次是带着任务来的。晋州刚被屠城,所有人就更寄希望于我们了。结果我们铩羽而归,那第一个被开刀的肯定是我们啊。"

"那我们现在该怎么办?"谢用梓和徐一贯果然上了当,异口同声地问他。

沈惟敬这只老狐狸不禁暗自一笑,立即做出安抚的样子宽慰他们:"大家回去以后,切记千万别提'秀七条'。别人要是问起来,就说倭寇如何痛改前非、丰臣秀吉如何悔过自新就行。至于其他,行长大人会帮我们搞定的。等万事大吉,二位大人升官发财别忘了我沈某就行……若是多嘴,就别怪老夫揭发二位假冒钦差大臣,那可是要诛九族的!"

假冒钦差的把柄被沈惟敬牢牢抓在手里,谢、徐二人不同意也得同意了。

另一边,小西行长假冒秀吉的口吻拟了一份谢罪书。在这份《关白降表》中,"丰臣秀吉"极其恭顺,自称发起战争完全是一场误会,原因是急于和天朝通商,所以才犯下此等大错。并且他保证自己已经知错悔改,希望大明皇帝能够宽宏大量、恩泽四海。末了,他还表达了希望被赐予"日本王"称号的心愿。他写完后,通读了一遍,自认为非常满意,便把面见万历皇帝这个光荣且伟大、危险而艰巨的任务交给了他的心腹——内藤如安。

内藤如安拿到这份伪造的谢罪书时,像是接到了一个烫手的山芋,吓得把它扔到了地上,双手不由自主地颤抖起来。"大……大……大人……您……您不是……跟我……跟我……开……开玩笑吧?"

"你放心,我会跟殿下说,你去北京是去接受明国承认割让朝鲜的文书的。"

"啊?可是明国不是不同意我们的条件吗?我回来,没有这份文书怎么办?"

"唉……明使说了,只要我们献上谢罪书,他们的皇帝就会同意通贡。到时候,你再拿着大明同意通贡的文书回来。我会同殿下说这是大明皇帝低头谢罪的意思,他一高兴,就不会再去计较了。"

"……"

"嗯。至于'秀七条',到了北京可千万别提,明使已经向我保证,决不会透露半个字的。"

内藤如安听后更是坐立不安,毕竟这世上没有不透风的墙,万一哪里走漏了风声,按照丰臣秀吉的脾气,恐怕到时候没有切腹自尽这么简单。"大人,您确定这沈惟敬可靠吗?他不会再忽悠我们一次吧?"

这个问题问到了行长的心坎处,可一想到那老头儿来找自己的神情,分明也是走投无路的样子,心中便多了几分笃定。"你按照我说的做就好,一切后果由我来承担。"他又想到了另一件重要的事,转过身,从床底下拿出一个长长的金漆木盒道,"因为北京那边还没有得到消息,所以先委屈你跟着明使在朝鲜待一阵子。等他们皇帝召见的文书下来,你再去。到了朝鲜,你记得把这柄剑赐给伊藤苍健,告诉他这是太阁殿下奖赏他救治瘟疫有功。有了这柄剑也就意味着他是日本第一忍者了。"

当小西行长从木盒中拿出剑的时候,内藤如安着实吓了一跳。"这……这不是……那把传说中的宝剑吗?"

"正是。"行长郑重地点点头,交给他道,"太阁殿下最近因为淀夫人要生了,所以特别高兴,就赏赐了这把宝剑给苍健,希望他日后能多多立功。"

一封伪造的谢罪书,一把传说中的宝剑,它们像两座富士山压在内藤如安的心头,哪样弄丢了都得让他切腹自尽。

"放心。等事情办成了,你就是有功之臣,太阁殿下定会让你重新做大名的。"行长拍拍他的肩安慰道。

内藤如安不禁苦笑了一下,心中好似有一万只乌鸦飞过……

在一个明媚的早晨,沈惟敬、徐一贯、谢用梓和内藤如安向着朝鲜出发了。

"各位大人,昨夜睡得可好?"内藤如安向大明的三位使臣逐一望去。

三个人顶着黑眼圈,意味深长地点点头:"很好……很好……"

"那就好,启程吧!"内藤如安对船夫挥了挥手,故作轻松道。

船只扬帆起航,停在桅杆上的海鸥惊戾而起,飞向遥远的天际,似乎在传达某种不同寻常的信号。四个人站在船头,彼此相视一笑,确认过眼神,是捆绑在一条绳上的蚂蚱。这一路,谁都没再提那个不可言说的秘密……

童子切安纲

按照行长的指示,内藤如安来到朝鲜后,先留在釜山,并在那里找到了随军驻守的苍健。苍健走进军营,叩拜道:"不知大人唤小人有何要事?"

如安露出一个神秘的笑容说:"你起来,这次我来是有件大好事要告诉你!"

"哦?是什么?"

如安挥了挥手,示意下人把那装有宝剑的宝盒呈上来。宝盒由最高档的木材制成,上面绘有精致的樱花图案并镶有金饰。"这是太阁殿下和行长大人让我转交给你的,你打开看看就知道了。"

苍健有些纳闷,谢过之后打开了盒子,看到里面的剑惊讶得合不拢嘴。"这……这是……童子切安纲[1]?"

如安早就猜到他会是这反应,得意地微微一笑:"怎么样?想不到吧?有了这把剑,你就是太阁殿下钦定的第一忍者了,伊藤苍健。"

苍健一把从剑鞘里拔出宝剑,只见它剑身弯曲,周身散发着熠熠银光。这时恰巧一只蜻蜓飞过,他只轻轻一挥,那只蜻蜓的羽翼就被削成了两半。"果然是把好剑啊!"他啧啧赞叹。

---

[1]童子切安纲,日本的天下五剑之一,现作为国宝收藏在东京国立博物馆。

"那可不,它的锻造师可是鼎鼎有名的大将安纲!"

但是,出自出色的刀匠之手只能说明这是一把好剑,而不足以让其成为一把宝剑。真正让童子切安纲成为天下名剑的,是一个神秘的传说。相传在平安时代,有一个专门吃人肉、抢财宝的妖怪,名叫酒吞童子。当时的一条天皇,命令远近闻名的豪杰源赖光,去捉拿这妖怪。在半道上,他和同伴们遇见了三个化成老人的神仙,并给了他们两件宝物:神便鬼毒酒和星兜。神仙说:"但凡是鬼,都喜欢喝酒。酒对人来说是妙药,而对鬼来说就是猛毒了。祝你们好运!"来到妖怪的住处后,源赖光用花言巧语和美酒佳酿使酒吞童子放松了戒备,并在他昏昏入睡的时候用手中的刀斩下了他的头颅。妖怪的头颅依然不死,向源赖光袭去。他突然想起老人赠予他的星兜,用力挥舞,星兜套住了妖怪头颅,这才得以逃脱。此后,源赖光的这把斩杀魔物的刀就被冠名为"童子切",结合锻造师"安纲"的名字,连起来就是"童子切安纲"。也正因为这个传说,凡是被授予这把宝剑的人,身上都背负着拯救苍生于水火的重任。

听闻苍健被授予宝剑的消息,秀妍和龙一都兴冲冲地跑来向他道贺。"天底下能让我安倍佩服的人没几个,苍健,恭喜你现在是其中之一了!"

"苍健,别理他。"秀妍忙推开龙一,挤上前说,"你终于完成心愿,成为第一忍者,我实在太为你高兴了!"

"啊……哈哈,谢谢你们。"苍健放下剑,挤出一丝笑道。

秀妍觉察出一丝不对劲,疑惑道:"奇怪,怎么感觉你不是很开心呢……这不是你一直梦寐以求的事吗?"

"是啊……我自己也觉得奇怪……"苍健低下头,自言自语。从前,他觉得成为天下第一忍者是一件可望而不可即的事情,所以总把它挂在嘴边。可当梦想成真的时候,他反倒有种说不出的惆怅和不安。更重要的是,晋州的屠杀使他对自己的信仰产生了怀疑。当看见年幼的孩子和手无寸铁的女人死在屠刀下时,他想到了母亲和弟弟。他本该拥有一个完整的家,他本不想成为一名忍者,却被稀里糊涂地卷入命运的旋涡。"年轻人,恕我直言,你天性善良,不适合做一名忍者。"千利休的话犹在耳边,难道真的被他言中了吗?想到这里,苍健连连摇头道:"我突然不知道自己成为天下第一忍者的意义是什么。难道就是用这把童子切安纲杀更多的人吗？我所努力的这一切究竟是为了什么？！"

"苍健，你的职责就是守护丰臣家！这也是太阁殿下赐予你这把宝剑的用意！你不要想那么多了。"龙一坚定地说道。

秀妍抿了抿嘴，她本想说"离开这个是非之地，和我一起回到忘忧谷"，但又把这句话咽了回去，因为现在的她心中埋藏了一个不可告人的秘密。

岳千辰的事情着实给秀妍不小的打击，从前的她只觉得"救人"这件事本身并无错，可没想到救下来的人还会去害人，这是不是也意味着自己成了同伙？难道自己和苍健在一起真的是一个错误吗？从晋州回到釜山以后，她一直都在思考这个问题，直到前夜，一位不速之客的到来给她指明了新方向……

那日，秀妍正准备回房休息，不料一支箭向她飞来，擦过她的肩，一头扎进跟前的土壤里。她浑身一颤，忽见那支箭上还插有一张字条，她忙弯腰取下，只见上面写着一行小字："速来东北方向的小树林见我。"看来此人并非想伤害自己，但会是谁呢……她惊慌失措地把字条放进衣袖，四下张望了一眼，幸好无人经过，便把那支箭折断，扔到一处废墟里，然后朝着字条上说的树林走去。

树林黑黢黢一片，秀妍小心翼翼地往前走着，内心忐忑不安，甚至打起了退堂鼓，毕竟对方是什么人都不知道。这时，前方忽然闪现出一丝亮光，仔细看，能隐隐约约看到有人提着灯笼。看来此人极为谨慎，确定秀妍前来赴约，才点亮了油灯。她快步往亮灯的方向走去，最后停住了脚步。

眼前的男人一身猎户打扮，身后背着一张巨大的弓，年纪约莫四十来岁，一看就是一个朝鲜人。"你就是金秀妍吧？"他上前一步说。

秀妍露出诧异的表情，怔了怔问："你是谁？你怎么认识我的？"

男人饱经风霜的脸上露出一丝哀伤的笑容说："你刚出生那会儿，我还抱过你来着。你的父亲山本，曾是日本某大名手下的医者，因为没有成功医治其夫人的病，而被囚禁了起来。后来在别人的请求下，他才免于一死，被流放到朝鲜，一路逃至平壤，在那里遇见了你的母亲，后来又有了你。怎么样，我说得没错吧？"

"你怎么会对家父的事了解得这么清楚？你到底是谁？"

"在下姓朴,名在孝,是你父亲的旧友。有一次我在打猎时被野兽咬伤,是山本救了我。我很感激他,便与他兄弟相称。他与别的日本人完全不一样,是一个很讲礼数的人……我们俩都很喜欢白居易的诗……"说到这里,朴在孝哽咽了。

秀妍的耳根连着脖子都红了,她有些憎恶地说:"你别在这里跟我惺惺作态了!既然是以兄弟相称,家父被人诬陷的时候,你又在哪里?他救过那么多人,可谁来救过他?!"

朴在孝激动地解释说:"山本被抓起来的时候,我正在釜山抗倭。那时,倭寇集中火力进攻,我和其他义军士兵根本无法抽身。当我……当我准备赶回平壤时……已经来不及了……呜呜呜呜,对不起!"他的脸突然扭曲在一起,猛地跪倒在地,失声痛哭起来。

看得出这个朴在孝是真心感到难过,秀妍缓和了态度道:"那请问您找我有什么事?总不是为了来向我说声对不起这么简单吧?"

"说对不起的确是我找你的一个原因。我不是为了祈求你的宽恕,只是觉得说出来会好受很多。至于另外一件事……"朴在孝擦了擦脸,冷静下来说,"不瞒你说,我已经在这里观察多日了,看得出那些倭寇都很信任你,尤其是那个忍者……"

"你想做什么?我决不允许你伤害他!"

"不,不……那个忍者武艺高强,我又怎能伤得了他?你只需要把从他那里打探来的情报告诉我就行。金秀妍,令尊虽然是东瀛人,但你从小生活在平壤,只有朝鲜才是你的母国。你明白我的意思吗?"他郑重其事地说。

"我明白你的意思了……"

"明白就好!虽然天朝已经与倭寇和谈,但我不相信这些土匪能够信守承诺。釜山很有可能会成为下一个晋州。"说到这里,朴在孝从袖中掏出一张纸条道,"这是釜山一家医馆的名字,里面都是我们的人。若有消息,你就以买药的机会过来,把消息告诉掌柜的。这样就能确保万无一失。"

秀妍犹疑着点了点头,但一想到从此要欺骗和利用苍健,她就觉得心痛和不安。

朴在孝看出了她的心思,拍了拍她的肩说:"你和那个忍者不是一个世界的人,他是我们的敌人,你不能喜欢上他。"

秀妍立刻背过身道:"时间不早了,我要回去了,要不然会被人怀疑的。再见!"说完,她便转身离去。

"唉……跟她爹一个德行……"朴在孝目送着她远去,摇了摇头,无奈道。

秀妍从回忆里回过神来,她想起朴在孝给自己的任务,便鼓起勇气问苍健:"内藤如安大人除了给你这把剑,就没说别的了?之后还会再开战吗?"

"哦,我忘记告诉你们,他这次来就是准备跟明使去明国见他们的皇帝。看来我们就要回家了!"苍健兴奋地说道。

"天哪,实在太棒了……这下终于要停战了!"秀妍一边说,一边想着找机会把这消息告诉医馆的人。"苍健,我不是有意要骗你的。对不起……"她在心底喃喃道。

多情自古伤离别

自从内藤如安带着假降表离开后,小西行长就一直睡不踏实。因为时间拖得越长,败露的可能性也就越大。他多次去信催问如安为何还没有和沈惟敬去北京,得到的答案是:明国觉得日方还不够有诚意。

很显然,大明需要日本做出实际的退让。行长一边暗骂一边揉着睛明穴:"真是上了贼船跟贼走。怎奈我聪明一世,糊涂一时……"可现在说什么都晚了,眼下必须得赶紧想办法,否则功亏一篑。他不愧是商人出身,很快找到了一个两全其美的计策——向丰臣秀吉提议归还朝鲜的两位王子,待日后再让朝鲜送一位过来做人质。为什么说这是两全其美呢?原来,当初抓到这两位王子时,他们本以为能以此要挟朝鲜王室,不料这两位在朝鲜的口碑极差,老爹李昖也完全没有"交赎金"的打算,不仅没有起到预想的效果,而且还得派人每天好吃好喝地伺候,生怕这两个祖宗想不开自尽了。所以,这笔"绑票"怎么看也不划算,现在归还,还能显示出自己的诚意。于是,在行长"晓之以理,动之以情"下,秀吉终于答应释放两位王子。加藤清正得到口谕后,就算有一百个不情愿也得放人。临海君和顺和君两位王子也因此重获自由。

虽然人有时会遇到水逆期,但好运来的时候挡也挡不住。1593年8月29日,随着一声婴孩的啼哭,丰臣秀吉和整个日本陷入前所未有的兴奋和狂欢中——他的侧室淀夫人在大阪城顺利诞下一名男婴,秀吉给他取名为"丰臣秀赖",小名"拾丸"。五十七岁的秀吉老来得子,而且还是个男孩儿,他坚信这是上天给他的福报。趁着丰臣秀吉高兴,小西行长又顺势提出"明、日两国各退一半兵力回国"的要求。秀吉也没什么心思放在这上面,他想着既然明国已经屈服便答应了。

就这样,驻扎在釜山的一半日军相继撤离回国,大家都欢天喜地,发誓再也不要踏上朝鲜半岛。与之一起回国的还有安倍龙一,他应秀吉的要求回去给秀赖占卜和祈福。而苍健依然与另一半军队驻守在釜山,以防天有不测风云。离别时,他带秀妍去见了龙一最后一面。

"你还会再回来吗?"苍健问。

龙一穿着一尘不染的白色狩衣,摇着他那把精致的七骨折扇,含笑道:"若缘分未了,我们自然会再相见。"

"唉,我就是受不了你们阴阳师神神道道的说话方式。"

"如果阴阳师像你们忍者这样说话,那就不是阴阳师了。"

"说实话,我已厌倦了杀戮,不想再做忍者。等战争真正结束,我就把童子切安纲还给太阁殿下,从此与奈奈隐匿于山林。"

这番话让秀妍羞红了脸。"这算是与我订下婚约吗?"她暗暗地想。

龙一听后,脸色一沉:"你可当真?"

"嗯……"苍健郑重地点点头。

"那好吧……既然你心意已决,我也不再多劝。祝你们幸福,这句话是我的肺腑之言。"说完,龙一深深地鞠了一躬,然后转身向甲板走去,那里有一艘大船正在等着他。

"安倍龙一,请等一下!"苍健忽地甩下秀妍,呼哧呼哧地追上去,把他叫住了。龙一转过身,诧异地看向他,问:"怎么了?"

"谢谢你……谢谢你为我做的一切……"苍健支支吾吾地说着,脸竟然红了。

"呵,不过是一些小事,何足挂齿。"龙一露出不曾有过的温暖的笑容,"你知道我为什么想和你成为好朋友吗?"

苍健摇了摇头。

"因为这世上,大部分人都只想着自己,可苍健你不一样,你会为了别人舍弃自己,甚至是自己的生命,这是我最敬佩你的地方。"

"还有一事,我一直想问你。那日你看到的关于秀妍的预言到底是什么?"

"这……"龙一低下头,思忖了片刻,因为那日他看到的不仅关系到秀妍,还有苍健,可以说他们的命运是连在一起的。

"如果你真的想和奈奈小姐在一起,就趁早离开军队,否则你们会害了彼此,这是我唯一能说的。无论未来发生什么,我都会支持你的。"

"好吧……我知道了。我们后会有期!"

龙一意味深长地望了金秀妍一眼,欲言又止,然后继续往甲板走去。

大小船只陆陆续续地启航,倒映在海上的圆月霎时间被割裂开,犹如打碎的镜子碎片反射出点点光芒。龙一站在船头,遥望星辰与大海,又回首看了一眼变得越来越小的伊藤苍健和金秀妍,自言自语道:"或许此生都不会再见了……"

遵照和谈的条件,日方撤离一半,明军也得做出相应的让步。不久,李如松就接到来自北京的指示,要他带领辽东军回国,接任的人是宋应昌。

"终于要回家了……"李如松长吁一声,心中五味杂陈。回首这大半年,从平壤鏖战到碧蹄馆埋伏战,再到火烧龙山粮仓,最后到晋州之变,这一路他实在太累了。几次与死神擦肩而过,又几次绝地求生,每一步他都机关算尽,每一步无不是血与泪。可到头来,大明的人觉得他铁血无情,朝鲜人又认为他胆小怕事。尽管如此,他依然遵循自己的原则,宁肯不受人待见,也决不感情用事、粗心大意。

得知李提督要走,柳成龙特意在出发前一晚赶来同他告别。虽然两人之前有过龃龉,但不管怎样,柳成龙还是感激他的。如果不是李如松,平壤不可能那么顺利收复,倭寇也不会吓得急于和谈,从而得以收复汉城。

"天将,之前若冒犯了您,还请您大人不记小人过。"

"哎,丞相实在太客气了。"李如松忙上前扶住柳成龙。

"说实在的,得知您要走,我的心突然不踏实起来。万一你们一走,倭寇又卷土重来,这可如何是好?"

"我们又不是都走,这里还有骆尚志等将领在。放心,我已经关照过他们了。

如果倭寇又不听话,我定再回来把他们收拾得服服帖帖!"说到这里,李如松走到桌案前,提笔唰唰唰地写下一首诗:

> 提兵星夜到江干,为说三韩国未安。
> 明主日悬旌节报,微臣夜释酒杯欢。
> 春来杀气心犹壮,此去妖氛骨已寒。
> 谈笑敢言非胜算,梦中常忆跨征鞍。①

"这首诗送给丞相,就当临别之礼。我们有缘再相见,不过最好不是因为打倭寇,哈哈。"

柳成龙接过诗,顿时老泪纵横。他擦了擦眼角,感慨道:"'谈笑敢言非胜算,梦中常忆跨征鞍',这句诗写得真好。有天将的这首诗,我的心就踏实多了。时间不早了,明日还要启程赶路,我就不打搅您休息了。"

"好,丞相慢走。我就不送了。"

次日清晨,天空下起了蒙蒙细雨,更为离别添上了一层伤感。许多人哭了,不是因为留恋,而是因为当初一起来的许多弟兄再也回不了故土,他们的尸骨永远留在了异国他乡。

"都督,我们什么时候出发?"祖承训见李如松一直未发号施令,便上前催促道。

"再等等。"

良久,依然未见动静。李如松向身后望去最后一眼,他其实一直在等一个人跟他告别,但那人迟迟未现身。"唉,或许他还对我怀恨在心吧……"他喃喃道,便不打算再等,挥舞了一下马鞭,大喝一声,"别哭哭啼啼像个娘们儿似的,都给老子打起精神来!你们是大明的将士,当初怎么来,现在就怎么回去!出发——"

说完,一声号角吹响,浩浩荡荡的大军向着鸭绿江的方向而去。再见了,汉城;

---

① 李如松著《大明东征提督李如松赠朝鲜都休察使柳成龙》。

再见了,朝鲜;再见了,这片曾经挥洒过血泪的土地……

走至半道,忽见前方有一支四四方方的仪仗队,看样子是有人在专程等候他们。"吁——"李如松放慢脚步,跳下马鞍,见坐在仪仗中的人竟是国王李昖,他立即跪地叩拜。

"天将快请起!寡人在此等候,正是为了向各位道声谢。请受寡人一拜!"说完,李昖和他身后的大臣、士兵纷纷向明军行叩拜大礼。

李如松忙上前扶住他。"殿下,您这是折煞我了。我没能把倭寇赶尽杀绝,实则有愧于心。待来日,定把他们杀得干干净净!"

"天将有天将的难处,寡人懂。待你回去,请把这封信带给圣上,寡人最诚挚的谢意都在其中了……"

李如松接过信,点了点头道:"一定,请殿下放心。"

接着,大军继续向前行。直到正午时分,众人才停下来找一处阴凉的地方休息。这时,只见一匹白马从远处踏尘而来。"都督,请留步!"那人高喊一声。

李如松转过头定睛一看,走下马来的不是别人,正是骆尚志。他不禁又惊又喜道:"云谷,你怎么来了?"

"我怎么不能来送别了?我当然要来送大哥了!"

"唉……我还以为……你还在因为上次的事……"

骆尚志重重地拍了拍他的肩,示意他放宽心,笑道:"我不记仇,倒是记着你说要请我喝三十年的醇酿来着。到时候我来了,你可别食言不认账啊。"

"我李如松像是那种不守信用的人吗?你留在这里要千万小心,倭寇说不定会随时卷土重来。"

"嗯,我已决定留在这里把戚家军的兵法和鸳鸯阵阵法教与朝鲜人。若是倭寇再犯,他们也能自行抵御了。咳咳,其实小弟还有一事想拜托大哥来着……"

"你尽管说,客气什么。"

骆尚志压低了声音道:"其实岳通事没死,但是她遭受了严重的打击,已经完全想不起从前的任何事情了……所以我想拜托大哥这次回大明,帮着问问医术高明的郎中,有没有什么法子能让她恢复记忆。"

"岳通事出事也有我的一部分责任……你放心,家父认识名医李时珍,我回去后帮你问问,说不定他知道如何治疗这种疑难杂症呢。"

"太好了!我怎么就没想到去找鼎鼎大名的李大夫呢!"

"嗯,听我的,不要太担心了。我们就此告别,回大明再见吧!"

"好,那我就送到这里。大哥,保重!"

"保重!"两人双手相握,彼此相视一笑。所谓兄弟,并非一定要两肋插刀,但一定能互相理解、不离不弃。

既然朝鲜的王子已经归还了,明、日的军队也都各自撤了一半,大明也没有理由不见日本的使者,否则就是自己食言,高高在上的万历皇帝终于松了金口:"朕听闻,东瀛的使者带来了《关白降表》,确有此事?"

被蒙在鼓里的石星日日盼、夜夜盼,就等着皇帝说这句话了。他立即回应道:"千真万确。此人和沈惟敬已在朝鲜等候多时,就等着一起来北京觐见陛下了。"

万历皇帝听说此前那丰臣秀吉一直嚣张跋扈得不得了,这回竟然主动乖乖低头认错,顿时来了兴趣。"那好,既然如此,就让他们过来吧。你们好生迎接使者,显我天朝大国的风范,万不可给那倭贼留下口舌。"

"是,陛下。臣定当用心准备!"

"还有,李如松这次在朝鲜出了大力。朕知道你们对他有看法,但人家好歹是有功之臣,就封他为太子太保吧。"

"是……臣遵旨……皇上万岁万岁万万岁!"

就这样,在朝鲜等得望眼欲穿的内藤如安和沈惟敬,终于等来了圣旨。他们怀揣着忐忑不安的心情踏上了前往北京的路。至于这个惊天骗局到底会不会被识破,谁都没有底……总之,这两个大忽悠是准备把忽悠进行到底了!

第五章

止战之殇

假戏真做

北京城的繁华,内藤如安早有耳闻,可当他真正踏上这片土地时,还是被深深地折服了。气势磅礴的紫禁城坐落于城中央,远远望去,金色的琉璃瓦在阳光的照耀下散发出熠熠金光。金水河缓缓围绕,把紫禁城和市井割裂开来,城中则按"井"字结构划分。来来往往的人川流不息,开店铺的、卖艺的、青楼女子、文人墨客、商贾官吏,以及西域的、西洋的,形形色色,无所不有,行人稍不留神就会淹没其中而失去方向。

"啊,我以为大阪是世界上最繁华的城市,没想到还是不及北京!怪不得太阁殿下毕生的梦想是征服它!"如安在轿子里左顾右盼,心中啧啧赞叹。沈惟敬端坐在他身旁,像看着一个乡巴佬似的看着他,脸上露出一丝得意的笑容。

轿子停在了朝阳门附近,轿夫掀开帘子对着里头道:"两位大人,这是石大人特意为二位安排的住处,请下来吧。"

沈惟敬和内藤如安走了出来,只见眼前是一处豪华的深宅大院,府邸的牌匾上写着"成国公庄"。原来这处庄园最早的主人是陪着朱棣一起靖难的大将朱能的住宅。当年,朱棣赶跑朱允炆登上帝位之后,封朱能为成国公。而到了他的第八代子孙,因为早年上吊自杀,宅子变得无人打理,所以成为市中心少有的静谧之所。石星便命人将其拾掇一番,用来招待外国使者。

这时,石星从宅子里走了出来,笑着迎上去道:"哎呀,老夫掐指一算,就知是远方的贵人来了。二位这一路可好?"

沈惟敬赶忙向内藤如安介绍道:"这位是大明的兵部尚书石星大人。"

如安一听是个大人物,立即恭敬地鞠躬道:"见过石大人。初次相见,请多多关照!"

石星听后哈哈大笑起来,也学着日本人的口吻说:"初次相见,多多关照!我已为二位备好了洗尘宴,快随我进去歇息吧。"

就像谢用梓和徐一贯在日本受到了隆重接待一样,内藤如安也受到了来自大明的热烈欢迎,由此也能看出两国都极其认真地投入到这场"游戏"之中。宴会载歌载舞,如安一边喝酒一边打着节拍,此时的他只想着"今朝有酒今朝醉"。而表面看着极为镇定的石星,内心却一直打着鼓,生怕朝会之时出娄子。席间,石星把沈惟敬偷偷地叫了出去,问他道:"明天东瀛使者觐见陛下不会有什么万一吧?"

"会有什么万一呢?小的不知大人在担心什么?"沈惟敬装出一脸疑惑的表情反问道。他的这句反问反而让石星不好意思起来。

"咳咳……老夫不是不信任你。那东瀛使者果真有《关白降表》?"

沈惟敬连连点头,他知道如果这会儿透露实情,石星准会气得拧断他的脖子。

"好……好,那老夫就放心了。时间不早了,你们好好休息,等明早有个好精神!"石星如释重负道。

第二天一早,内藤如安在几位宫内太监的指引下一路穿过朝阳门和午门,来到了紫禁城的金銮殿。只见广场两边站满了身穿金甲的羽林军,文武百官皆穿戴整齐,跪拜在正殿中央,而多年不上朝的万历皇帝也破天荒地坐上了久违的龙椅,看得出他对这次会晤的重视。"吾皇万岁万岁万万岁!"群臣排山倒海般的高呼声从殿内传来,响彻天宇,让内藤如安不由得浑身吓了一个哆嗦。

"东瀛的使者已到?"万历皇帝端坐在正上方问道。

石星站出来,正色道:"是的,陛下,他已在殿外等候多时了。"

"那就宣他进来吧。"

"宣日本国使者——进殿——"总领太监高喊道。

如安深深地吸了一口气，内心祈祷上帝能保他渡过此劫，然后郑重地走了进去。一走到正中央，他就叩拜道：“小人奉日本国太阁殿下之命，前来觐见大明天朝皇帝。大明皇帝万岁万岁万万岁。”

万历抬了抬手，示意他起身，缓缓道：“你们的那位丰臣秀吉果真后悔发动战争？”

“是的，小臣这次就是替太阁殿下前来谢罪的。这是他的谢罪书，请大明皇帝陛下过目。”说完，他就从袖中掏出了那份小西行长伪造的谢罪书。总领太监走下去，用御盘端着这份文书，再呈给皇上看。

万历皇帝打开，细细看后不禁龙颜大悦，频频点头道：“朕没想到丰臣秀吉有如此觉悟……只是他为什么仍然留兵在朝鲜呢？”

如安见状，内心不禁松了口气：“殿下说等通贡之事完全结束，就会撤回所有兵马，请大明皇帝陛下放心。”

“可是朕没有说同意通贡。朝鲜不能留兵，当地一切军事设施都必须拆除，这件事朕就既往不咎，也准许封你们的丰臣秀吉为日本国王。”

如安的心不禁咯噔一下，怎么之前说得好好的，现在又不同意通贡了？事已至此，他也只好硬着头皮说：“太阁殿下若是知道能被天朝封为国王，定会高兴极了！”

万历皇帝满意地点点头，然后退朝而去。接下来，石星等一众兵部大臣就代表皇帝继续与如安协商，并亮出了大明的底牌：

1. 所有驻守在朝鲜的日本兵都必须尽快撤回日本。

2. 封丰臣秀吉为日本国王，但不许日本和大明通贡。

3. 日本发誓永远不再侵犯朝鲜。

如安看了看这三个条件，联想到"秀七条"，不禁嘬起了牙花子。说同意，那回去后该怎么交差？说不同意，那之前的努力不就全都白费了？他又想起昨晚沈惟敬对自己的告诫：“明天不管皇帝说什么，都先答应下来，日后再与小西行长商量行事，否则功亏一篑！”这么想着，他就把心一横，斩钉截铁道：“没问题！这些也正是太阁殿下的意思！”

“哦，那实在太好了……”石星对事情进展过于顺利有点出乎意料。但有一件事,他一直想不明白,便问道:"我听闻这个丰臣秀吉已经统一东瀛了,那他为何不自己称王,还非得向大明讨一个封号呢?"

如安心想:"这真是一个戳中命脉的好问题,按照太阁殿下的性格,怎么会向大明讨要一个封号?"但他不能露出任何马脚,便以最快的时间搜肠刮肚,终于想出一番说辞,眨巴眨巴眼睛道:"不瞒阁下,我们的太阁殿下一直都很羡慕朝鲜与大明的宗藩关系。他也很想得到大明皇帝的赏赐,所以才会出此下策……"

"哦……是这样……"大明的一众官员仿佛被刷新了三观,一副恍然大悟的表情。

石星又问:"我听闻你们国家还有一位天皇,那这位天皇和关白又是什么关系呢?既然已经有了一位皇帝,怎么又多出一个日本国王呢?"

"天皇只是名义上的皇帝罢了,他从来都不干政,他让太阁殿下代他掌管国家大事。不过就在前几年,天皇陛下已经被织田信长给杀了……所以,太阁殿下现在可以名正言顺地封自己为国王。"接下来,内藤如安开始向众人普及:织田信长、丰臣秀吉、德川家康等几位大佬的恩怨情仇,只不过里面没几句是真话,就连他说的天皇被织田信长所杀更是不可能发生的事情。可怜石星等人对日本的内政知之甚少,所以被他忽悠得一愣一愣的。

见这位日本人口若悬河,另一位兵部大臣不禁起了疑心,问道:"阁下所说可都千真万确?你能立下誓约吗?"

不料,内藤如安竟对天发起毒誓道:"如果我说的有一字虚诞,太阁殿下、小西行长大人和我都不得善终,上帝可以为我做证!"

此话一出,再无人敢质疑了。接下来,石星就让礼部的人去着手安排册封丰臣秀吉为国王的事情,同时也给了日本群臣大明相应的官位,总之一切都按照最高的规制来。内藤如安一看小西行长最讨厌的加藤清正也赫然在被册封的名单中,便偷偷地将他的名字抹去。可他没想到,就是这样一个小小的动作,为未来埋下了隐患……

节外生枝

经过一番协商后,朝廷决定派李宗城为正使,杨方亨为副使,与沈惟敬、内藤如安以及一支仪仗队浩浩荡荡地前去日本举行册封大典。

这李宗城是个什么人物,为什么派他去呢?原来他的祖辈是替朱元璋打江山的得力干将之一、大明开国的第三功臣——李文忠。但是到了李宗城这一辈,之所以还能享受荣华富贵,则多亏了他的另一个爷爷——李景隆。李景隆是李文忠的长子,他在靖难之役时多次被朱棣打败,但在最后关键时刻竟然背叛了当时的皇帝朱允炆,替朱棣打开了南京的大门,从而助其夺得帝位。由于这个功绩,朱棣就让李家世世代代世袭爵位。这李宗城倒是继承了他们李家的"优良传统"。与李景隆一样,他长得仪表堂堂,十分标致,但是成天游手好闲,纵情声色犬马,身边的女人轮茬换,是北京城最有名的纨绔子弟。一来,朝廷对这位爷也是相当头疼,想着这次去日本也不是去打仗,就想借此机会锻炼锻炼他。二来,李宗城的形象可比沈惟敬强多了,至少代表天朝上国不会有损体面。于是,内阁就把这份"美差"交给了他。接到这个任务后,李宗城起先很郁闷,但是一听别人说岛国的女人都别有风情,就欣然答应了。

册封使团首先抵达釜山,准备在那里稍作停留后,再前往日本。然而,就在这短短的几天里,发生了一件令人意想不到的事情。

听闻大明使团此来的目的，金秀妍总觉得有蹊跷，思来想去后，她跑去医馆，告诉朴在孝。自从晋州被屠城后，朝鲜人对倭寇更是恨之入骨，他们打死都不信日本真的会和谈。经众人商讨后，朴在孝决定写一封信，告诉明朝使臣这一切都是沈惟敬捏造的骗局，倭寇不会轻易撤兵，这次去东瀛定是凶多吉少。虽然这一切都不过是朴在孝的臆测，却不幸被他言中了。

"秀妍，现在也只有你最方便接近天朝的使臣。这封信就拜托你了！"朴在孝把信递与她道。

秀妍颤抖地接过信，深吸一口气，点了点头。

走运的是，李宗城来到釜山后，他娇贵的身体就开始水土不服，接连拉肚子。秀妍便自告奋勇地前去给他看病。待夜深人静，她揣着信和药走进了他的房间。

李宗城本来病恹恹地躺在床上，忽见一个美女，顿时来了精神，让下人都出去。他从床上坐起，色眯眯地盯着金秀妍道："要是我们大明都是你这样的大夫，而不是一帮糟老头子，让我天天生病，我都愿意。"

秀妍听不懂汉语，她只觉得被一个男人这样上下打量浑身不舒服，害羞地低下了头。李宗城一把抬起她的下巴，手指轻轻地滑过她娇嫩的脸蛋，然后慢慢地往脖颈下方滑去。秀妍浑身一颤，全身的汗毛都跟着战栗了起来，她慌乱地掏出信，塞进他的手中，用朝鲜语说："请大人慎重！这里有封信，还请您过目！"

李宗城有些诧异，他打开信看了看，一时间兴致全无，他虽然好女色，但脑袋并不糊涂。"信上所说可千真万确？你又是如何知道的？"他一把抓住金秀妍的手问。

秀妍指了指门外，又指指自己的耳朵，意思是让李宗城自己去偷听。李宗城明白了她的意思，便立刻把她打发走，自己起身悄悄地来到沈惟敬的房门前。恰好这时候，沈惟敬正和内藤如安在房间内讨论接下来该如何蒙混过关。

"小西行长那边知道现在的情况了吗？"沈惟敬问。

"放心，我刚写了一封信给他，让他早做准备。"

"哎呀，没想到现在事情会弄到这般田地，我也不知道为什么突然又不同意通贡了……到时候万一太阁殿下识破了我们的谎言可如何是好？"

"就看行长大人那边的安排了……"

李宗城听完他们的对话,顿时觉得天旋地转,背脊冒出冷汗。他急忙猫着腰逃回自己的房间,如坐针毡。没想到这一切竟然是沈惟敬的骗局……怎么办?这下可怎么办?这可是天大的欺君之罪,弄不好还要株连九族!看来这次果真有去无回了!在经过一天一夜的思想斗争后,他决定三十六计走为上——赶紧跑路!

就在册封使团即将从朝鲜前往日本的前一晚,李宗城让他的内侍收拾好他的个人行李,然后乔装成普通驿使的模样,趁着夜色逃了出去。

守门的日本士兵见四五个人鬼鬼祟祟,立即挡住他们的去路道:"慢着,你们是什么人?要去哪里?!"

李宗城忙从包袱里掏出一份盖有官印的文书给他们看,这才让那些守卫打消了疑虑,给他们放了行。一个堂堂的大明外交官竟然就这样临阵脱逃了……

第二天一早,副使杨方亨正在用早膳,忽见几个人气喘吁吁地跑进来,对他大声疾呼:"大人,不好了!李大人……李大人他……他跑了!"

杨方亨差点噎住,他自始至终都不知情。"跑了?你们一定是弄错了吧,好好的,李大人他为什么要逃跑?"

"不知道呀!大家都弄不明白。可是他本人和他的下人的的确确找不着了。大家已经四处搜寻过,都没看见他们的踪影。现在倭寇已经封锁了他的房间。"

"我去看看!"说完,杨方亨擦了擦嘴,就跟着他们去了。

一到那里,内藤如安就急急地跑上来问:"杨大人,这下可如何是好?"

杨方亨劝他先不要着急,走进房间,发现里面的家当的确都没了,一看就是有计划的逃跑。幸好李宗城走的时候还给他们留了一条后路,把最重要的册封的金印和文书留在屋里。杨方亨不禁松了一口气,走出来对大家说:"各位少安毋躁!这不过是一场误会!李大人他一定是水土不服加之思乡心切,所以抛下我们先回去了。你们看,册封的金印和文书都在,一切照常进行。我会尽快将此事禀报给朝廷的。"众人听后都不禁松了一口气,这才散去。

回去之后,杨方亨立马上了一道折子,痛斥李宗城不打声招呼就擅离职守,如此不负责任的行为导致册封仪式的延误。万历皇帝得知此事后震怒,下令让锦衣卫前去逮捕李宗城并将其打入诏狱,同时让杨方亨接替正使的位置,把沈惟敬调升为副使,继续他们的日本之行。

杨方亨接到圣旨后,笑着对沈惟敬说:"你看,因为这段插曲,你还升职了。"

沈惟敬可笑不出来,他满腹狐疑,难道说李宗城知道了些什么,否则为何会突然玩失踪?

终于,大明使团抵达日本最繁华的城市——大阪,开启了中日两国里程碑意义的会面。小西行长作为接待,早早地在岸边等候了。当然,他更重要的目的在于能尽快和沈惟敬串通,毕竟留给他们的时间不多了。

沈惟敬一到住处,行长就跟着走了进来,他立即掩上房门说:"沈大人,我收到如安的信,听闻你们的皇帝又不同意通贡了? 这让我怎么和太阁殿下解释?"

"哎呀……现在最着急的不是这件事! 还有更麻烦的……"

"什么事?"行长没有想到还会有更坏的消息。

"唉……我给你读一读册封的文书,你就明白了。"沈惟敬打开那封即将在册封仪式上宣读的文书,摇头晃脑地读了起来,"……你这个丰臣秀吉,在海国崛起,知道尊敬中国,向西面派来了使者,前来投奔……"

读到一半,行长就把他叫停了:"别……别……别念了!"他们二人都明白这样一读,丰臣秀吉定会恼羞成怒,因为在他的心目中,明朝使团是来向他道歉的,可这封文书里满篇都是大明在耀武扬威,丝毫没把他放在眼里。

行长攥紧文书,在房中来回踱步。忽然,他停住脚步道:"眼下或许只有一个人还能救我们。"

"是谁?"

"一个和尚。"他若有所思地说。

欲王则王

　　小西行长说的这根救命稻草叫西笑承兑,丰臣秀吉的大部分外交文书都是交由他负责的,而在册封仪式上宣读文书的也正是他,所以找他帮忙更改文书是最直接的办法。不过,这是一个一本正经的人,想要说服他加入"骗子团伙",可谓难于上青天。

　　事已至此,小西行长已经管不了那么多了,他带着册封文书火速赶往西笑承兑的住处。此时,那和尚正在闭目打坐。

　　"法师,打搅了。"行长站在庭院中,恭恭敬敬地说。

　　西笑承兑睁开眼,见是丰臣秀吉的宠臣小西行长,便回礼道:"今日佛祖跟我说有一贵人前来寒舍,原来是行长大人您哪,请坐。"

　　"法师客气了。今日来是想请法师帮我一个忙。"

　　"大人但说无妨。"

　　行长紧张地朝四周张望了一眼,见无他人,便从衣袖中掏出那份文书递与西笑承兑,压低了声音说:"法师,这是您明日要宣读的文书。但是如果您完全照着它念,定会让太阁殿下大发雷霆。请您跳过一些敏感的词句,让册封仪式顺利度过。拜托您了!"

　　西笑承兑接过那封文书,看了看,立时明白了行长来找他的用意。良久,他都没有说话。"行长大人,这个忙,贫僧恐怕很难帮您。"他终于开口道。

"为什么?!请法师再考虑一下!"

"就算我现在帮了您,这个谎言也终有一天会被戳破。到那个时候,行长大人又该怎么向太阁殿下解释?还是说用另外一个谎言再去掩盖它?贫僧这么做,佛祖不会宽恕我。阿弥陀佛,善哉善哉。"

"你……你……你这个臭和尚!难道你非要看见天下生灵涂炭,让太阁殿下颜面尽失,你才满意吗?我这么做都是为了尽快结束这场该死的战争!"行长气急败坏地说。他走上前,双手一把抓住西笑承兑的领口,威胁道:"你如果不照我说的做,跟你有关的人也别想活命!"

"好吧……贫僧会看着办的……"西笑承兑无奈地说。

"哼,这还差不多。那明天就拜托法师了!"说完,行长一把抢过文书,大摇大摆地走了出去。西笑承兑整了整衣服,凝神想着该怎么办。就在这时,从里屋走出来一个人,那人幽幽道:"法师,您真的打算帮小西行长吗?"

"家康君,难道你还有更好的办法吗?"西笑承兑转过身,望向身后的德川家康。

"您照着念就是了,我保证小西行长一根毫发都伤不到您,更别说您的家人了。"

册封仪式定在大阪城的花畠山庄。烂漫的花朵把日式的亭台楼阁点缀得更为别致且富有生机,楼阁层层交错,瓦上覆以金箔,巍峨雄伟,十分壮观。杨方亨等人原以为东瀛都是蛮荒之地,这次来了才一扫从前的偏见,对这个小小的邻邦不禁刮目相看。除天皇陛下,几乎所有有头有脸的人物都来见证这激动人心的一刻,其中自然少不了德川家康和前田利家等人。

册封大典于下午的吉时正式开始,所有人按等级依次跪坐在殿内两侧。丰臣秀吉坐在殿内最上方,他摇着金光闪闪的黄金扇子,脸上写满了兴奋,迫不及待地等着人生巅峰的到来。"明国使臣入殿——"他身边的武士高喊一声。杨方亨和沈惟敬并排而行,他们一人手持节旄[1],一人手捧金印。四四方方的仪仗队则端着诏

---

[1] 节旄,用牦牛尾装饰的旗子,古人外交用。

书、明冠和冕服,跟在他们二人的身后缓缓走了进来。待众人站定后,丰臣秀吉首先接受了金印和衣冠,去往侧室,迫不及待地换上了那一身大明赐予的符合藩王身份的四爪龙蟒服,然后高高兴兴地走了出来。此时的他依然被蒙在鼓里,还抬起袖子向众人得意扬扬地展示了一番。

趁着这时候,沈惟敬突然跪下,用日语高呼道:"日本王万岁万岁万万岁!"他这么做自然是为了把戏做足,但这一行径把身边的杨方亨吓得不轻。你这老头儿,怎么还跪下了?我大明天朝的国威呢?这算哪门子的册封礼仪?沈惟敬转过头示意杨方亨也一起跪下,但他完全不配合,而是直接拿出诏书宣读起来。在座的除了内藤如安,几乎没人听得懂。丰臣秀吉回到王座上,仍处于一种飘飘然的状态,他认为自己的功绩已经远超他的前主人织田信长。

杨方亨念完后,西笑承兑接过诏书,开始把它翻译成日文。此时,小西行长的心都快跳出来了,内心一遍又一遍地对着上帝祈祷。德川家康则暗笑着等好戏登场。接着,殿内回荡起西笑承兑的念诵(以下为圣旨原文):

> 奉天承运皇帝制曰:圣仁广运,凡天覆地载,莫不尊亲帝命。溥将暨海隅日出,罔不率俾。昔我皇祖,诞育多方。龟纽龙章,远赐扶桑之域;贞珉大篆,荣施镇国之山。嗣以海波之扬,偶致风占之隔。当兹盛际,咨尔丰臣平秀吉,崛起海邦,知尊中国。西驰一介之使,欣慕来同;北叩万里之关,肯求内附。情既坚于恭顺,恩可靳于柔怀。兹特封尔为日本国王,赐之诰命。於戏!龙贲芝函,袭冠裳于海表;风行卉服,固藩卫于天朝。尔其念臣职之当修,恪循要束;感皇恩之已渥,无替款诚。祗服纶言,永尊声教。钦哉!

丰臣秀吉听着听着,觉得越来越不对劲,笑容逐渐消失,直到听到那句"封尔为日本国王……固藩卫于天朝。尔其念臣职之当修",他忍无可忍,倏地站了起来,破口大骂道:"我早就是日本的天下人,想当王就当王,还用得着你们明国人来给我这个头衔?!我要的是大明之王,大明之王啊!"他想起之前的种种都是小西行长在一手撺掇,猛地意识到是怎么回事。"小西行长,你这个逆臣,竟敢戏弄本王?!"

小西行长早已吓得魂飞魄散，立时下跪，浑身颤抖地说："臣罪该万死！罪该万死！可是臣这么做都是为了日本和丰臣家啊！"

丰臣秀吉指着他的鼻子骂道："直到现在，你还信口雌黄！来人哪，把小西行长和内藤如安给我拉下去，斩立决！"

"殿下饶命！殿下饶命啊！臣知罪！"内藤如安亦扑倒在地，他已痛哭流涕。

见此情形，石田三成和前田利家等一批文臣都站出来为行长他们求情。"太阁殿下，请息怒！两国因语言不通，才会闹出这样的误会。您何不给小西行长一个将功补过的机会？"

"请殿下饶他们不死！"其他人也随之高呼。

丰臣秀吉这才消了点怒气。"好吧，看在你们昔日的功劳上，各打二十大板！本王要重新对朝鲜和明国宣战！不把朝鲜打下来，誓不罢休！"

一听这句话，小西行长连连磕头，哀求着说："殿下万万不可啊！您不知道我们在朝鲜死了多少人，就算活下来的也衣不蔽体、食不果腹，再这样打下去，就算赢得了胜利，又有何意义？！"

"你……你……你真的要气死本王才甘心吗？！"丰臣秀吉突然捂住胸口，一下子说不上话来，摇摇晃晃地倒了下去。

众人也顾不得宴席了，都争先恐后地跑上去扶住他，嘴里纷纷喊着："太阁殿下请息怒！"

杨方亨听不懂日语，见这群日本人叽里呱啦、又哭又闹，俨然乱成了一锅粥，觉得莫名其妙。这到底是怎么回事？他不禁问身边的沈惟敬："他们在吵什么？"

直到这时，沈惟敬还打算继续演下去。他面不改色心不跳地说："唉，他们有些人觉得没捞到什么好处，也想封个大明的官做做，就闹了起来。这种事情，我们还是不要插手为好。"

"那他们的太阁怎么突然倒下了？"

"他听说自己被封为日本国王，高兴得过了头。啧啧啧，真是乐极生悲啊……"

"哦哦，原来如此……"

杨方亨不清楚情况，可沈惟敬再清楚不过了。战争又要打响，回去后该怎么交差呢？现在就连最重要的同盟都失去了……他望向天边，不禁黯然神伤，喃喃自语道："唉，早知是这样的浑水，我又何苦搅进来呢？我的和平大计啊，难道就真的前功尽弃了吗？"

残忍的真相

册封仪式结束不久,丰臣秀吉就厉兵秣马,准备重新向朝鲜出兵,而这一次的人数并不亚于第一次。第一军一万人,由加藤清正指挥;第二军一万四千人,由小西行长指挥;第三军一万人,由黑田长政指挥;第四军一万两千人,由锅岛直茂指挥;第五军一万人,由岛津义弘指挥;第六军一万三千人,由长宗我部元亲指挥;第七军一万一千人,由蜂须贺家政指挥;第八军四万人,由毛利秀元指挥。

小西行长虽然逃过一劫,但因为加藤清正事后发现大明的册封文书上少了自己的名字,跟他的梁子就结得更深了。"这个小西行长,明知道这册封文书是糊弄人的,还要把我的名字画去,我看他就是故意的!岂有此理!"清正气得在房中来回踱步,想着对付小西行长的办法。

"大人,我有一计。"效忠他的一名忍者走上前道。这名忍者曾经是忍成家族的人,因此一直想找机会给忍成一纲报仇,而且自从他知道苍健被赐予童子切安纲后,更是气得牙痒痒,所以一直在私下里寻找报复他的方法。

"你说!"

"我们可以从他身边的那个伊藤苍健下手。"那忍者压低了声音。

"伊藤苍健?就是太阁殿下封的第一忍者?"加藤清正转过头,狐疑地看着他。

"没错,正是他,属下之前已经观察他多时了。他身边的那名女医者尤为可疑,属下猜测她是朝鲜的奸细,不过目前证据还不足。如果证实了,那伊藤苍健连同他的上级都吃不了兜着走,这可是卖国通敌之罪。"

加藤清正的眼睛一亮,露出令人胆寒的笑容。"好,这件事你去釜山查清楚,如果那医者真是朝鲜的奸细,立刻向我禀报!"

"遵命!"

驻守在釜山的日军不久就得到了来自大阪的指令。听闻即将再度开战,苍健的心尤为沉重,这意味着他隐匿山林的想法也随之破灭。见他一整天都满脸颓丧,秀妍忍不住开口问道:"苍健,你这是怎么了?"

"唉……"他长长地叹了口气,"我本以为能和你一起过上逍遥的日子,没想到太阁殿下又开战了。"

"什么?又要打仗了?!明国的使臣不是说和谈已经成功了吗?"

"不知道这中间出了什么变数……"

"那这次有多少人?"

苍健抬起头看向秀妍的双眼,心头不免掠过一丝怀疑。其实上一次李宗城出逃,他就起了疑心,因为最后一个见过李宗城的人正是秀妍。但是这两件事之间并没有太多联系,所以他也没有放在心上。"不知道……"他犹疑着,没有说出实情。

"好吧……看来又是一场灾难……"秀妍躲开了他的目光,心里想着明天得赶紧去一趟医馆,把这个消息告诉那里的人,让朝鲜军队早做准备。

隔天,她就以买药为由出了军营,急急地向药馆走去,却完全没有注意到悄悄跟在身后的苍健。掌柜的一见到她就明白了来意,吩咐下人紧闭大门。

"秀妍小姐,这次又有什么新情况?"

"丰臣秀吉又要重新开战了,大批军队即将抵达釜山。"她压低了声音说。

"什么?!"药馆的人面面相觑,"你确定?"

秀妍郑重地点了点头:"留给我们的时间不多了,请大家尽快做好防御。"

"好的,我们会立刻禀报上去。谢谢你告诉我们这么重要的情报。你在倭寇那里也要小心,保护好自己。"

"有人保护我,大家不必为我费心。麻烦各位照着这个方子给我抓些药吧,以免他们起了疑心。"不一会儿,她就带着药走了出来,然后疾步赶回军营。

"为什么抓药还要紧闭大门呢?"苍健望着她远去的背影,心底暗想,决定查个水落石出。他在医馆对面的酒家坐了下来,仔细观察从医馆进进出出的人,没过多久,就见医馆的掌柜走了出来,步履匆匆地向西北方向走去。苍健一路紧随其后,约莫走了十里路,竟来到朝鲜义军的大本营,他急忙躲进附近的树丛里。又过了一会儿,义军首领朴在孝和掌柜的并肩走了出来,两人交谈了几句后才分开。看到这里,苍健似乎明白了什么,惴惴不安地返回军营。

傍晚的天气又闷又热,仿佛一个巨大的笼子罩着大地,使人透不过气来。那种由内至外的压抑让人觉得老天爷憋了一肚子的气,就等着在某一时刻轰然释放。秀妍回到住处,刚推开门就看见苍健的背影,那背影不同于往日,显得格外肃杀与寂寥。她隐约觉察出一丝异样的气氛,故作轻松地问道:"你来了怎么也不跟我说一声?"

"你今天早上去哪里了?我找你半天都找不到。"他转过身,原本白皙的脸庞在烛光下显得惨白瘆人。

"我去……医馆抓药了……怎么了?"

"哪个医馆?是朝鲜义军头领开的那家吗?"

这句话犹如天空中的一声响雷,不由得让秀妍打了个寒战。她慌忙把门掩上,走近道:"你在跟踪我?"

苍健目不转睛地望向秀妍,心痛得说不出话来,他其实并不确定自己的设想,只是抱着猜测的心态询问,没想到她竟然不打自招了。他只觉得脑袋嗡的一声,大脑一片空白,心好似失重般掉下一个无底的深渊。"为什么你不能给我一个否定的答案?为什么你要欺骗我?为什么就连你也要利用我?为什么?!"他在心中抛出一个又一个问题,可愣是说不出话来。

半晌,他才无力地说道:"我可没有那么说,是你自己先承认的。"

秀妍像根木头似的杵在那儿,双眼无神地望着墙上两个若即若离的影子,深吸一口气说:"对不起,苍健。我不是故意要欺骗你。可我不后悔自己的选择,如果再给我一次机会,我还是会那么做。"

"你不要再说了！我不想听！"

"不，我一定要说完！我不后悔自己的选择，也不后悔爱上你。在这个乱世，能爱上一个人本身就是一件很奢侈的事情。"说到这里，她突然抽出苍健佩带的童子切安纲，塞入他的手里道，"用它杀了我吧，我不想连累你！"

"杀了我……"这句话是那样熟悉，又那样刺耳。苍健仿佛看见师父剑藏就站在身边，对着自己怒吼道："臭小子，你还在犹豫什么?！快点杀了这个女人！否则，你不配做我的徒弟！这个女人只是在利用你的感情，你还不快点杀了她！"苍健拿剑对着秀妍，双手颤抖不止。上天为什么总是逼迫人不停地做选择，可不可以不要抉择呢？他突然很想逃跑，跑得越远越好，远离这个充满矛盾的世界。"不……不……我做不到……"他败下阵来，一步步地往后退去，抱住头自言自语。

秀妍步步紧逼，哭道："苍健，战争又爆发了，我们再也不可能在一起了！如果我逃走了，他们定会怀疑你。你现在是日本第一忍者，有大好的前程，我不想耽误你。"

"我早说过，我不想再做这个第一忍者了！"他突然咆哮起来，内心的感情犹如火山爆发吞没了他的理智，"我们一起离开这里，去忘忧谷，在那里过世外桃源的生活，怎么样？"剑从他的手中滑落，他一把搂住她的腰，忘情地吻了起来。

就在这时，窗外下起了倾盆大雨，一道闪电划过天际，接着是轰隆隆的雷声。这场大雨好似化解了他们内心的疼痛与烦恼，借着一股子劲儿统统发泄了出来。苍健慢慢地把秀妍压倒在床上，从嘴唇吻到脖颈再到胸脯，想把她揉碎又怕把她弄疼。她闭上眼睛，像迷失在迷宫里，任凭他在自己身上探索，腰身如一张绷得紧紧的弓。突然，她感到下身一阵剧烈的疼痛，接着浑身跟着了魔似的抽搐起来。疼痛与快乐一并袭来，裹挟着他们向无尽的黑暗而去……

"我们一起离开这里吧……"

"好……我都听你的……"她喃喃道，不由得把他抱得更紧了。

伴随着又一声响雷，苍健的身体也仿佛爆裂开来，长久的压抑终于在此刻得到了释放。他从未感觉如此舒畅、满足和自由，静静地趴在秀妍的身上微微地喘气。两个人就这样抱在一起，沉沉地睡去，却不知道危险渐渐逼近……

虽然金秀妍及时把日军发动第二次战争的消息报告给了义军,但依然没能改变战局,因为海上的主要力量——李舜臣被关进了大牢。李舜臣此前因在海上多次大败日军,而升任为三道水军统制使①,大权在握,这就使某些小人尤为眼红。国家危难还没有完全解除,这些人就夜以继日地搞起了阴谋,并成功地把他革职,囚禁了起来。没想到,还没享几天清福,日军又重整而来……没了李舜臣的朝鲜水师可谓惨不忍睹,一百五十余艘船只被日军击沉,几乎全军覆没。釜山的义军虽然得到情报提前准备,但仍然寡不敌众,不是战死就是被俘,汉城和平壤再度岌岌可危。

日军出师大捷,加藤清正建议要好好庆贺一番,虽然他是醉翁之意不在酒。宴席之上,众将领谈笑甚欢,只有小西行长没有什么心情,他明白这是主战派在故意羞辱他们主和派,其潜台词是:你看,要不是你们费尽心思和谈,说不定这会儿我们早就在大明了。

行长喝了几口清酒就想带着苍健离席,却不料被清正拦住了。"行长君,宴会才刚开始,你们这是要去哪里?"加藤清正举着酒杯走了过来。

"我有点不舒服,想回去休息了。"行长说完要往前走,但清正并没有让路的意思。"哎,再坐会儿。一会儿还有好戏要上场,可非得你俩在场不可。"

听这话,小西行长就猜到加藤清正又要要什么花样了。"有什么事就请直说吧。"

"等一会儿不就知道了?"清正皮笑肉不笑道。

好,那就看看这家伙葫芦里究竟卖的什么药。这么想着,行长和苍健又重新回到宴席上,神色凝重地坐了下来。不一会儿,一个士兵跑到清正的身边耳语了几句。"嗯,把他们都带上来吧。"清正吩咐道。

于是,那士兵摆了摆手,示意后面的人走上来。宴席的音乐戛然而止,取而代之的是令人恐怖的安静。只见朴在孝和医馆的掌柜、伙计都被依次押了上来,在宴席正中央一字排开,他们被鞭笞得鲜血淋漓,面目全非。众人交头接耳,对着那些朝鲜人指指点点起来。苍健皱起眉头,一种不祥的预感油然而生,难道说加藤清正所谓的好戏是……

---

①三道水军统制使,相当于现在的海军舰队司令官。三道指的是全罗道、庆尚道、忠清道。

第五章
止战之殇

在清正的授意下，一个朝奸走出来，向他的同胞质问道："据我们清正大人调查得知，你们义军提前得到了我方进攻的情报。说，你们是怎么知道的？"

朴在孝和医馆的人都沉默不语，低着头像是没听见似的。

"你们是聋了吗？问你们话呢！"朝奸气愤地向医馆掌柜猛踹了一脚。掌柜痛苦地倒在地上，但仍不松口。

加藤清正轻蔑地一笑，摆了摆手。朝奸立即领会了他的意思，便道："不说是吧？好，我们自然有办法让你们开口。"说完，他身边的士兵就举起鸟铳对着第一个人接连开了几枪，那人立即无声地倒在血泊之中，接着是第二个、第三个……刺耳的枪声在空中回荡，显得格外凄厉，而与之形成鲜明对比的是那些倒下的人，他们像是木偶般，到死也没有吭一声。

"住手！是我。"就在这时，一个冷峻的声音从人群中传来。

众人立即循声望去，只见金秀妍穿着一袭白衣，昂首阔步地走到正中央，从容不迫地放声说道："是我——告诉他们消息的！"她的每个字是那样坚定，强大的气场就连那些杀人不眨眼的屠夫都为之一颤。

苍健只觉得天旋地转，他不敢相信眼前的一切。他终于明白为什么加藤清正不让他们走了，原来这一切都是冲着自己和小西行长来的。

"唉，一切都完了……山本兄，我对不住你！"朴在孝闭上眼把脸转向一边，他实在不敢面对这残酷的一幕。其实在被抓的时候，他就已经和医馆的人达成一致，就算死都不能把金秀妍供出来，却没想到倭寇会使出如此卑鄙的手段。

加藤清正饶有兴趣地望着秀妍，故作吃惊地说："奈奈小姐，怎么会是你呢？你可曾救了我们许多人哪。"而后，他突然望向小西行长的方向，缓缓道："不过，我偶然听说她不是日本人，而是朝鲜人。伊藤苍健，你知道这回事吗？"

这句话像一支箭射中了苍健的心，他咬紧牙关，望向秀妍，说不出话来。见苍健没有回答，加藤清正又提高了嗓门问道："伊藤苍健，你说，这个女人究竟是日本人还是朝鲜人？！"

"加藤清正，你何苦为难一名忍者？你莫要指桑骂槐！"小西行长一把将苍健护在身后，放声质问道。

"行长,你接连犯下大错,太阁殿下能饶你不死已是万幸。若我现在再告你一状,看还有没有人救得了你!"加藤清正毫不客气地说道,然后又看向苍健,"伊藤苍健,我再给你一次机会,你说,她到底是朝鲜人还是日本人?!"

小西行长也转过头,看向苍健道:"苍健,你不是说这位奈奈小姐是生活在朝鲜的日本人吗?她怎么会成了奸细?"

秀妍不停地摇着头,泪流满面。她好像又回到了从前,父亲跪在地上,被人逼问的情景,只是没有想到,相同的一幕如今又发生在自己的身上。

"她是……她是……"苍健从没有觉得有哪一刻会如此难熬,无数的目光像密密麻麻的针扎在自己的心口,他早已被戳得千疮百孔。"哼,臭小子,我早说让你杀了这个女人。跟你说了多少次,忍者是不能讲感情的!你偏不听!"师父的声音又在心底响起。"苍健,你要记住你是丰臣家的忍者。不论你做什么,我都支持你。"龙一也出现在眼前对他说。

不知过去了多久,苍健终于闭上眼睛,深深地吸了一口气,做出了一生中最难的决定。"她的确是朝鲜人……"话音刚落,就听得"砰!砰!"两声枪响。随着这两声枪响,他的灵魂也被一同夺去。那一刻,时间停滞了,四周的一切都在急速远去,犹如星辰黯淡,大海的浪潮退去……"不要——"他声嘶力竭地喊了出来,泪水夺眶而出。

金秀妍睁大了眼睛,她下意识地往下看去,只见鲜血如朱砂色的花朵在衣服上绽放开来。她颤抖着捂住弹孔,能感觉到潺潺热血正在往外流,接着,一阵排山倒海的疼痛席卷全身,迫使她向下倒去。就在倒地的一刹那,一双有力的臂膀接住了她。"对不起……对不起……"苍健紧紧地把她抱在怀里,泣不成声道。

"苍健,你没有对不起我。"秀妍艰难地抬起鲜血淋漓的手,捧住他的脸,挤出一丝微笑。"我从不害怕死亡,从一开始,我就预料到会有今天了。我就是放不下你,害怕你会孤独,害怕你会不幸福,也害怕终有一天你会忘记我……"

"不会的……我怎么可能会忘记你……你要撑住,撑住!"

"答应我……你……你……要……好好……的……"秀妍用尽最后一丝气力,含泪合上双眼,手慢慢地从苍健脸上滑落。

身后的朴在孝猛地挣脱开,一把抢过身边侍卫的刺刀,一边向前冲,一边大呼:"老子跟你们拼了!"但没跑几步,他就被射来的铅弹打中,倒在血泊之中。

苍健死死地抱住秀妍,像一尊石像般一动不动地坐着。他仿佛与世隔绝,听不见一丝声音,也感觉不到一丝疼痛,心彻彻底底地死掉了。曾经渴望的一切都不会再拥有,所珍视的人全都因自己而死,世界上还有什么比这更悲哀的事?他不知道宴席是什么时候收场的,也不知道加藤清正是如何得意扬扬地离去的。直到第二天太阳升起时,他才起身把秀妍抱回房间,然后走向小西行长的营帐中。

"苍健,你不要太难过。看得出你的确喜欢她,但不就是个女人嘛,回到日本,我再帮你找一个就是。"小西行长试图安慰他。

可苍健面无表情,他默默地跪下道:"我此来是感谢大人您的,感谢您曾经对我的赏识和帮助,但我终究要让您和师父失望了。说实话,我早已无心再做第一忍者,也决意退出忍界,从此不再过问世事。"

"那你要做什么?"

苍健没有立即回答,他只是重重地叩了一记响头,然后站起身,转身离去。走出门的那一刻,他淡淡地抛下一句话:"从此以后,我要做一个……真正的……人。"说完,他便扬长而去。

小西行长怔怔地望着他远去的背影,喃喃道:"真正的人……"

回到房间后,苍健整了整凌乱的思绪,提笔写下了自己短暂且匆忙的一生。从"本能寺之变"父母双亡,到遇见师父剑藏从而走上忍者之路,再到茶道圣人千利休之死,接着就与小西行长来到朝鲜,走上了这条万劫不复之路。在这里,他认识了无数英雄,如李如松、骆尚志、沈惟敬……他虽然叫不出名字,但他们都深深地印刻在他的脑海中。也是在这里,他结交了安倍龙一这个唯一的挚友,遇见了自己的爱情,同时实现了梦想。可是现在,这一切都结束了……

"我短暂的一生啊,最幸福的事情莫过于爱上了你,最悲惨的事情也莫过于爱上了你。如果我不曾是你的敌人,如果你不曾欺骗我,我们是否就能真正相爱?是否就能在忘忧谷过上无忧无虑的日子?不过这些都已经不重要了,因为我已决心把一切都埋葬于此,永远陪在你的身边。"苍健放下笔,长长地舒了一口气。末了,他又想到了什么，便在结尾处加了一句："如果有人有缘读到我的故事，请替我好好守护它。"

他把信笺藏于胸口，佩带好童子切安纲，抱起秀妍向一座小山坡走去。夜刮起了大风，狂风在他的耳边呜呜咆哮；树叶沙沙作响，像是在哀鸣，又像在跟他道别。接着，豆大的雨点砸了下来，打在地上啪啪作响，但丝毫不影响他奋力地挖土。泥土的芬芳是他最后的慰藉，于他而言，唯一的遗憾是没能回到故土再看一眼那里盛放的樱花树。

"终于挖好了……"苍健拍了拍手，满意地凝望了一眼自己的"杰作"，然后把秀妍埋进土坑中。他小心翼翼地抹去她脸上的雨水和泥污，像望着一尊亲手雕琢的雕像般望着她。"别担心，我很快就来找你。从此，再没有什么能把我们分开了。"他俯身在她的唇上轻轻一吻，然后不假思索地抽出了童子切安纲。

一道闪电划过，犹如锋利的宝剑把天空划成两半，照亮了半边夜空。他徐徐举起它，抬起头仰望着它耀眼的光芒和那直指苍穹的剑锋，内心升起一股无与伦比的自豪。"能死在你之下，也是三生有幸啊！"他喃喃道，然后猛地刺进自己的腹部，割开一个十字形状。雨水混合着血水流进土壤，像是给大地泼上了一层猩红色的颜料，也像是被太阳染红的晚霞倾注在暴雨之中，更像是被雨水打落的密密麻麻的樱花花瓣从此落土为安……

苍健慢慢地倒下，他带着笑，带着忍者最崇高的荣耀，走向属于他的终点。不远处，他的父母、弟弟、师父、秀妍都在等着他，他们说说笑笑，好像彼此已经认识了很久。在那里，没有战争，没有束缚，没有遗憾。他终于可以不用再违背自己的意志和良心，终于挣脱桎梏，重获自由！

两天之后，一个士兵在巡逻的时候发现了苍健的遗体，立即奔回大营禀告小西行长。行长听闻大惊，良久才缓过神，内心五味杂陈，沉默半晌道："他的师父剑藏当初让他杀了自己，就是担心会有这一天，没想到它还是来了……"士兵随后递上手中的童子切安纲，行长无奈地将其置于自己的宝匣内，嘱咐手下将二人安葬，并立碑于山坡之上。

水落石出

战争再度打响,沈惟敬就算想骗也骗不下去了,万历皇帝得知后震怒。堂堂一个帝国竟然被一介草民耍得团团转,是可忍,孰不可忍!"来人哪,把所有相关人员一并擒拿,三司会审!"他咆哮道。

沈惟敬知道自己在劫难逃,立即写信一封给小西行长,求求这个患难兄弟收留自己。行长也够讲义气,便回信告诉他去釜山便是,届时自然会派人去接应他。他收到信后喜出望外,当夜就决定收拾东西跑路。不料,锦衣卫早已布下天罗地网,在全国范围内通缉他。正当他准备跨过鸭绿江时,就见后方一路人马策马奔来,定睛一看,竟是辽东铁骑……在当今世界上,如果辽东铁骑说自己行军速度慢,那么没人敢说快。他刚想跨上早已等候的船,就听得一人在背后喝道:"沈惟敬,你若是敢踏上这条船,老夫就放箭了,若误伤你,可就怪不得我了。"

"各位英雄好汉手下留情,手下留情!沈某跟你们走便是了。"他转过身,笑呵呵道,不知道的人还以为他这是要去接受嘉奖。辽东军见他这样,便也不再为难他,手镣脚铐一戴就将其押回北京。

如果说沈惟敬是玩火玩大了,咎由自取,那杨方亨和石星可真是哑巴吃黄连,有苦说不出,因为他们自始至终都被蒙在鼓里,同属被害人。而相比之下,杨方亨更显无辜,毕竟他对沈惟敬的底细毫不知情。直到他被锦衣卫押去审问的路上,他都一头雾水,不知道自己到底做错了什么。

三司会审在刑部的大堂里举行,四周一圈都坐满了刑部、大理寺和都察院的官员,三个机关中级别最高的官员则坐在厅内正上方的位置。杨方亨被两个锦衣卫一把押到地上,做了一个狗啃泥巴的跪姿。坐在上面的刑部大臣发话了:"杨方亨,你知道那份所谓的《关白降表》是沈惟敬和小西行长伪造的吗?"

杨方亨张了张嘴,惊讶得说不出话来,良久才反问道:"你说什么?那份《关白降表》是伪造的?"

"是的。那你知道'秀七条'的内容吗?"

杨方亨的头摇得跟拨浪鼓似的。

几个大臣深吸一口气,看得出这真是一个老实人。"既然如此,带证人李宗城进来。你且听一听他说的,就明白了。"刑部的官员说道。

不一会儿,李宗城就被押了进来,并列跪在杨方亨的身边。他一脸落魄憔悴,完全不见昔日的风采。"李宗城,说给大家听听,你为什么半路逃跑?"刑部的那位官员又问话道。

李宗城哆哆嗦嗦地回答道:"罪人听到了沈惟敬与东瀛使者的对话,才知道这一切都是他们设下的局,所以一时害怕,才三十六计走为上计……"

"你为什么不早点告诉我?"杨方亨扭过头质问他。

"我如果说出来,你会信我吗?再说了,沈惟敬和内藤如安会承认吗?"

"唉……"杨方亨瘫软在地,两眼无神地望着前方,似乎是在消化这惊人的真相。为什么李宗城会半路逃跑?为什么丰臣秀吉会暴跳如雷?为什么沈惟敬第二天就要带着自己离开东瀛?现在这一切都解释得通了……原来这彻头彻尾就是一出戏,一出戏啊!而自己竟然还这么卖力地配合沈惟敬的表演?想到这里,他不禁又哭又笑。

"杨方亨,你笑什么?"大理寺卿皱起眉头道。

"哈哈哈哈,你们不觉得好笑吗?我大明堂堂几百位精英今日竟被一宵小之辈耍弄得团团转。别看你们现在一副事不关己、高高挂起的模样,可你们为大明做过半点实事吗?要我说,你们还不如那个沈惟敬,他至少是为了和平大计!而我杨方亨,不过是倒霉罢了!无论你们给我安上什么莫须有的罪名,都不影响我的清白!后世一定会给我一个公正的评判。"

"这个人一定是疯了!"众人交头接耳道。最后经刑部、大理寺和都察院一致拟议,革去杨方亨的所有职务,永不叙用。

现在就剩下石星了,鉴于他的职位太高,三司将其移交给皇帝定夺。朝堂之上针对石星的折子可谓排山倒海,毕竟在旁人看来沈惟敬是他找来的,怎么可能不知内情?

"皇上,臣冤枉啊!臣真的不知道沈惟敬那老匹夫会……会撒这么大的谎!"石星连连磕头、哆哆嗦嗦道,此时他恨不得把沈惟敬撕成碎片。

"哼,皇上,您不要听信他的一派胡言。臣查过了,这沈惟敬原来就是一江湖郎中,若不是石星给他撑腰,他不可能担此重任。石大人,你是不是私底下买卖官位,视我《大明律》如粪土?"刑部尚书站出来道。

石星无奈地闭上了眼睛,他的眼前闪现出第一次见到沈惟敬的画面。什么是命?或许这就是吧……"皇上,您可还记得那时,李如松因出不了兵而命我去寻一人解燃眉之急?事实证明,沈惟敬当时的确出色地完成了任务,这才让臣昏了头、瞎了眼!如果臣曾卖官鬻爵,臣即刻当场暴毙而亡!"

万历皇帝没有吭声,他震怒不是因为又打仗了,而是他贵为天子却被一介草民给忽悠,这简直是亘古未有之事!不过想到日本那头的丰臣秀吉也是一样的滋味,他的心中又稍稍好受了些……

这时另一名大臣也站出来指责石星道:"李都督在朝鲜身先士卒,立下头等大功。你却害怕他抢去你的风头而一再打压他,你说你是何居心?"

石星这才明白什么是落井下石的滋味。为了表明自己的决心,他头脑一热道:"皇上,让老臣亲自去趟东瀛与丰臣秀吉会谈,我定能阻止他开战,戴罪立功!"

这句话不说还好,说了反倒让万历皇帝火冒三丈。"我泱泱天朝还得三番五次、死乞白赖地前往小小岛国求他们的太阁停战?!朕不让那丰臣秀吉来北京谢罪就不错了,你如今竟还要再长他人志气?!打,给朕狠狠地打,朕不信我天朝还打不过他们!"想到这里,他当即拍板大喝道:"石星用非其人,欺君误国,诒贼酿患,好生可恶！来人，即刻夺去他兵部尚书一职，打入诏狱，永生不得释放！"

"皇上明察！皇上明察！臣之忠心日月可鉴！臣冤枉啊！沈惟敬，你这个王八蛋，我跟你没完！"石星一边被锦衣卫拖着出去，一边放声大呼。他的声音在大殿的梁上久久萦绕，回荡在每个人的耳边。虽然大家都明白他是无辜的，可没有人敢站出来替他说话。

诏狱的门吱嘎一声打开了，一股死亡的气息扑面而来。石星虽然从前没少来这里，但他从未想过有一天自己会以犯人的身份踏入这个门。正当他踉踉跄跄地走过一扇铁窗前，他突然瞥见一个头发银白、披头散发的老人，那人的眉眼是如此熟悉……"沈惟敬！是你！是你！你可害死我了！"他激动地大喊起来，伸手就去抓那人的囚服。

沈惟敬怔怔地望着石星，第一次流露出真情，低声道："对不起……大人……我对不起你……"说完，他呜呜地哭了起来。

"你为什么要骗我？为什么?!为什么要搭上三国的命运？"

"我从前没考上科举，无论是家里人还是同乡人都瞧不起我，前半生只能靠坑蒙拐骗混口饭吃。可我不甘心……真的不甘心……我本以为我的人生就这样完了，直到遇见了大人你，是你告诉我可以，是你给了我新的希望。可当我第一次和谈成功回来后，我才明白，我们这些贱民在你们位高权重的人眼里什么都不是。有用，你们就高高捧起；无用，你们就像踩死一只蚂蚁一样踩死我们。只有不断证明自己的价值才能不被你们抛弃，甚至与你们平起平坐，所以我不惜一切代价也要完成和谈！可现在说什么都晚了……"他闭上眼，老泪纵横，再不能语。

石星慢慢地松开了手，他突然明白，自己的错并不是因为相信了沈惟敬，而是只愿相信自己所愿意相信的。当李宗城逃跑被抓告诉他真相时，他仍然选择相信沈惟敬，何尝不是因为侥幸心理在作祟？今天若不是因为真相大白，恐怕他仍然会装作不知情，选择继续相信沈惟敬，这便是他的原罪。"我错了……我真的错了……"他倒在稻草堆里，喃喃自语。铁门砰的一声被关上，犹如一声休止符预示着这场闹剧的告落。

1597年,万历皇帝任命麻贵①为朝鲜提督率军前往朝鲜支援,同时兼派陈璘②率五千广东水师于海上与日军作战。一场恶仗再度开启……至于为何没有任命李如松,因为此时的他正担任辽东总兵官一职,在万历皇帝眼中,金人或许比倭寇更可怕。

---

①麻贵,大同参将麻禄之子,明朝将领、抗倭英雄。
②陈璘,广东人,明朝将领、抗倭英雄。

尘归尘,土归土

李如松从朝鲜回到大明后,正值"辽东总兵官"这一职位空缺。朝廷一再商议合适的人选,可讨论来讨论去都不怎么满意。李如松因为人缘差,所以大家连提都没提,直接把他忽略不计。万历皇帝一听此事,当即拍板道:"别争论不休了,朕看李如松最合适!"群臣哗然,纷纷上书劝皇帝三思而后行,说李如松平时如何居功自傲……可万历也是个牛脾气,别人越劝,他越不想听,偏认定李如松能做好这个辽东总兵官。圣旨一下,大家也只能默认。听说此事后,李如松颇为万历对他的信任和赏识所感动,发誓更要好好报效国家,同时也为那些小人没能得逞而暗自高兴。

当然,这个辽东总兵官的职位也不是那么好做的,官越大,责任也就越大。不久,他就收到前线来报:"鞑靼土蛮再犯辽东,需要赶紧派兵支援。"在朝鲜经历过大风大浪的李如松把这次战斗视为一件很平常的事情,并没有很强的心理戒备,毕竟鞑靼来犯已不是什么新鲜事。

1598年5月8日,小雨。但对李如松来说,一切皆在掌握之中,因为他已得到线人的情报,有不足五千的鞑靼士兵出没于抚顺一带。于是他率三千铁骑而去,誓要把他们一举歼灭。"冲啊!"他依然如在朝鲜一样,一路快马加鞭,身先士卒。辽东铁骑很快追上鞑靼俺答①，两军随即厮杀起来。霎时间，黄尘滚滚，烈马嘶鸣，刀剑碰撞之声摄人心魄。

"李如松，今天就是你的忌日。"鞑靼俺答抡起蒙古刀喝道。

"哼，就凭你？"李如松冷笑了一声，也毫不犹豫地挥剑而下。三千辽东铁骑虽然不多，但对付这些鞑靼依然胜券在握。就在胜利的天平倾向明军的时候，前方突然出现了另一支军队，改变了战场上的局势。

"杀啊！"一路铁骑在一人的指挥下冲了进来，见"明"就砍。

李如松望向那支军队，顿时明白了是怎么回事，不禁惊出一身冷汗，因为他的军队已深陷埋伏。今时今日还能不能像碧蹄馆之战那样侥幸逃脱呢？会不会还有人来救自己？他不知道，此时远处还有另一个人正默默地注视着这个方向。

"李如松，为了这一天，我已经等太久了。"那个人面无表情地说。时间仿佛一下子回到了二十四年前，没有人想到，在那个平静的夜晚发生的一切，在日后会改变无数人以及帝国的命运。

1574年的一个夜晚，辽东鼎鼎有名的李府来了三位不速之客，这三个人都姓"爱新觉罗"。是夜，李成梁正在院子里纳凉，听闻来了三个奇怪的女真族人，还自称是前来投奔他的，顿时来了兴趣，便道："叫他们在前厅等，老夫去换身衣服。"

待李成梁走进前厅，那三人已经安静地候着了。站在中间的是一位上了年纪的老人，老人的左手边是一位中年男子，右手边则是一个十五六岁的少年。按照女真族的传统，他们的前额都剃掉了头发，后脑勺则留着一条长长的金钱鼠尾辫。仆人们从来没有见过留着辫子的男人，都饶有兴趣地盯着他们看。还没等李成梁发话，那老人就领头道："小人爱新觉罗·觉昌安拜见李大人。"然后，他指了指身边的中年男子说："这是我的追②——爱新觉罗·塔克世。"又指了指少年道："这是我的窝莫罗③——爱新觉罗·努尔哈赤。"

---

①俺答，大汗，首领。
②追，满语，意为孩子。
③窝莫罗，满语，意为孙子。

李成梁一一扫视过去，满意地点点头，笑着道："我知道你，你对你的部落教导有方，约束部众，不像其他部落的人常常烧杀抢掠。辽东的边防将士都对你赞赏有加。听说你们这次是来投靠我的，此话怎讲？"

觉昌安立刻恭敬地回答："谢大人对我的赞赏，这些都是我该做的罢了。这次造访，的确是为了表明我们爱新觉罗部落对大明的忠心。"

"可是你的亲家王杲恐怕不这么想吧……莫非你们……"李成梁话里有话，意味深长地点到为止。他嘴里说的王杲是当下女真族最强的部落首领，此人心狠手辣，还颇有手段，不仅诛杀了明朝的十多位官员，还统领了包括觉昌安部落在内的众多大小部落，对于大明来说是一个不小的威胁。

"小人正是为了阿突罕①之事而来！"觉昌安振振有词道，"阿突罕屡杀大明将士，这绝对不是我们想看到的。我已多次劝他，可怎料他已被野心蒙住了心，还逼迫我们与他一同反叛大明。怎奈我爱新觉罗部落人少势微，只能听之由之，唉……"觉昌安的一声长叹断在了空气里。他的这番话倒的确是真心话，原来当初他和王杲结为亲家，本是想为己所用，没想到这王杲越来越强大，还反过来利用他，常常以亲家的名义软硬兼施地逼迫他们去和明军作对。觉昌安一直以来都秉承着和大明和平共处、互通贸易的理念，无奈之下，只能带着自己的儿子和孙子背叛亲家、弃暗投明了。

"可我凭什么相信你的话呢？这万一是你们和王杲的计谋呢？"李成梁抛出了这个致命的问题。

觉昌安深吸一口气，说出了最重要的一番话："阿突罕即将率大军进犯沈阳，日子就定在一周后。到时候我和塔克世可以给你们做向导，内外呼应，不怕不能擒获他！"

李成梁的眼里不禁闪过一道亮光，他正发愁如何制约日渐猖狂的王杲，没想到一下子多了一位这么得力的盟友，真是走了狗屎运哪！"你们想要什么呢？"他眯起双眼问道。

---

①阿突罕，王杲的满语名字。

"第一,我希望女真部落能一直与大明友好地相处下去,并恢复马市贸易。第二,我希望我的窝莫罗能够习得汉文化,开开眼界,望大人能够多多教导他,将来成为栋梁之材。"说完,觉昌安身边的少年就走上前一步。

"你叫努尔哈赤?今年多大了啊?"李成梁笑眯眯地看向少年,问道。

"回大人,我今年十五岁。"少年恭敬地行了一个礼。

"嗯,孺子可教也!"李成梁一边说一边想,觉得倒不如让这孩子先住在李府,万一觉昌安说话不算话,他还可以拿这孩子做人质要挟。这么想着,他便道:"那就先让你的窝莫罗住在我们家中,我会让犬子好生与他相伴的,请二位放心。"说完,他就招呼仆人立刻把李如松和李如柏都叫过来。

"哎呀,这怎么好意思麻烦大人您呢……"觉昌安和塔克世都显得又惊又喜。

不一会儿,来了两位意气风发、穿戴雍容的少爷。他们刚跨进门厅,李成梁就招呼道:"如松,如柏,这是你们的新朋友——爱新觉罗·努尔哈赤,以后你们要像对待亲弟弟一样对待他。特别是如松,不要耍脾气。"

"是,父亲。"他们异口同声道。

李如松走向努尔哈赤,好奇地问他:"你喜欢什么?"

"我喜欢骑马。"努尔哈赤毫不犹豫地回答。

"好,明儿我就带你去骑马!马厩里的好马随你挑!"李如松拍了拍胸脯。

就这样,努尔哈赤在李府住了下来,在此期间,他跟随李氏兄弟学习了不少汉文化,他最喜欢读的书是《三国演义》和《水浒传》。而在塔克世和觉昌安的暗中帮助下,李成梁一举剿灭了王杲的势力,并将其送至北京等待发落。万历皇帝亲至午门城楼接受献俘,最后判王杲磔刑①而死。不料,王杲虽死,但他的儿子阿台却在战乱中逃脱,心生怨恨,发誓要为父报仇。

经过八年的努力,阿台利用残余的势力重新壮大了起来,并像他的父亲一样肆意骚扰边防,与明军相抗。他知道觉昌安背叛了族人后,便下令将其俘虏,囚禁在自己的营地里。

---

①磔刑,明朝一种残忍的死刑,割肉离骨,断肢体,再割断咽喉。

为了救父,塔克世再次找到李成梁,两人商议后决定故技重施——由塔克世为明军做向导直奔阿台的营地,再用火攻一举消灭其势力。这看似是一个双赢的局,却不料发生了重大的变故。

在一个朦胧的清晨,明军向阿台的营地发起了突袭,数万支带火的箭射向天空,轰隆隆的大炮声此起彼伏。阿台被乱箭射死,而年逾七旬的觉昌安因为没能及时逃出来,亦死在了这场大火中。这个结局或许本来并不算太坏,但就在战斗接近尾声的时候,李成梁突然下令将矛头指向塔克世。身边的士兵都有些诧异,问道:"大帅,真的要这么做吗?"

"这个人已经没有什么用了,而且他连自己的亲家都能背叛,阳奉阴违,留着也是个祸患。"

"遵命……"士兵举起手中的弓箭,对准塔克世,把箭射了出去。

胜利的消息传回北京,王杲及其残余势力已经全部被消灭,而一统女真族的新"霸主"是被李成梁扶持起来的尼堪外兰①,此人对大明俯首称臣,绝不用忌惮。这对万历皇帝来说自然是一个好消息,但对于努尔哈赤来说则是一个晴天霹雳。他的父亲、祖父、外公、舅舅统统都被李成梁杀了,虽然明军一再解释说是误杀,但他无论如何都不相信。无奈自己的部落势单力薄,无法与辽东铁骑相抗衡,所以只能忍气吞声。李成梁本想斩草除根,但一想到努尔哈赤已与自己的儿子结下深厚的友谊,又觉得可以把他培养成为己所用的人才,便放其一马,同时还给予他相应的帮助。

当明军把觉昌安和塔克世的尸体运回来还给努尔哈赤的时候,他和弟弟们流下了悲愤的泪水。

"奉天承运皇帝诏曰,塔克世和觉昌安铲除奸贼有功,今特敕书三十道,马三十匹,封爱新觉罗·努尔哈赤为龙虎将军。钦此!"

努尔哈赤默默地接过了圣旨,叩首道:"皇上万岁万岁万万岁!"但这些都不足以抵消他的心头之恨,他默默地在心中发誓:"李成梁,我爱新觉罗氏与你不共戴

---

①尼堪外兰,明朝后期女真领袖,努尔哈赤起兵复仇后,他屡战屡败,不断逃亡,最后被杀。

天,我要你血债血偿!有朝一日,我必定踏破中原!"

从此,草原多了一头狼,这头狼带领着狼群越来越强大……在塔克世和觉昌安死后的十五年内,努尔哈赤带领其族人所向披靡,逐渐统一女真族各部落。与此同时,他不仅没有和李成梁撕破脸,还千方百计地讨好他,每年奉上各种上等的人参、鹿茸、貂皮等以换取庇护,为丰满自己的羽翼积蓄力量。在外人眼里,他似乎早已忘了报仇这档子事儿,而是甘心当李成梁的干儿子。

直到有一天,一名鞑靼部的俺答专程找来,问他道:"你知道你的阿玛①是怎么死的吗?"

努尔哈赤不知此人来的目的,便故意假装不知道:"他是在乱军中被人误杀的。"

"哈,李成梁的鬼话你也信?你的玛法②本来也不会死,是他故意拖延时间!别人都说你是他门下的一条走狗,我本来还不信,看来竟是真的。"

"你为何想挑拨我和他之间的关系?你到底有什么目的?!"

那俺答见四下无人,便悄声道:"我想你应该比我更了解他的长子——李如松。别看现在李成梁对你睁一只眼闭一只眼,他要是一走,辽东铁骑到时候就得全听李如松的了,这家伙可不是一个好对付的角色。你看他这次在朝鲜战争中也能以少胜多,倘若以后对付起我们来……"

这番话说中了努尔哈赤的痛处,犹记得他十五岁那年进李府,跟随他们兄弟几个一起赛马、读书,那时的他没有新仇旧恨,是真的把彼此当好朋友看待。而李如松和李如柏也从来没有瞧不起他,教会了他许多汉文化知识。如果不是因为那场变故,或许他真的能和他们成为真正的朋友吧。

"你想要我怎么做?"他直截了当地问那俺答。

"我即将去攻打辽东,到时候李如松定会前来追击,届时我先诱敌深入,你再派兵来个突袭,就不信他能逃脱天罗地网!你放心,别人只会知道他是在与我交战中

---

①阿玛,满语,意为父亲。
②玛法,满语,意为祖父。

丧生,并不会把你牵扯进来,李成梁也绝不会知道。这样不正是以其人之道,还治其人之身吗?你也大仇得报啊!"

努尔哈赤想了想,点点头道:"好,就按你说的办。我也要让李成梁知道失去亲人的滋味!"

战场上,李如松仍然在做殊死抵抗,可寡不敌众。一支箭从后面射中了他的肩膀,他咬着牙想拔去,却又飞来了第二支、第三支……扑通一声,他翻下了马背,倒在凛冽的风沙中。想当初在平壤,他不也中弹,最后还不是站了起来取得了最后的胜利?所以这次也一定可以!再咬咬牙,起来,你一定能起来的,因为你是不能被打败的李如松!他血流如注的手终于摸到了剑柄,他多么想立刻站起来,手却被一只脚踩住了。那只脚犹如踩着一只蚂蚁一般踩住他的手,在黄沙中来回用力地碾磨。五指关节发出令人起鸡皮疙瘩的脆响,"啊——"李如松痛苦地号叫起来。

远处,努尔哈赤怔怔地望着这一幕,心如刀绞,他多么想冲上去解救曾经的伙伴,可一想到父亲、祖父还有外公等人都死于李成梁的阴谋之下,又不得不遏制住这股冲动。"对不起,如松,再见了。"他望着那个方向看了最后一眼,然后掉转马头决绝地离去。

"你跪下来求我,我就放了你。"鞑靼俺答奸笑着对李如松说。

"呵呵,我李如松这辈子就没求过任何人!"他一边吐血一边咬着牙说。

"很好,有骨气!既然如此,我就成全了你!"

话音刚落,一把剑就刺向李如松的胸膛,黑红色的鲜血顿时浸染了漫漫黄沙。他闭上了眼睛,一切又好像回到了平壤大战前的雪夜。那时的他举起酒杯,对着漫天飘舞的雪花,大声吟诵道:

> 葡萄美酒夜光杯,欲饮琵琶马上催。
> 醉卧沙场君莫笑,古来征战几人回?

古来征战几人回?这句问话好似飘荡在空中,却没有人回答……这位曾经百战百胜的男人最终还是倒在了凛冽的黄沙中。尘归尘,土归土,多少英雄豪杰,终化为黄土。

万历皇帝听闻李如松战死沙场的噩耗,悲痛大哭。因其尸首被黄沙掩埋,只能将他的衣冠埋葬于北京,赐谥号"忠烈",为其立祠纪念。

酒在,人不在

自从李如松走后,骆尚志就一直留在朝鲜苦学朝鲜语,并和丞相柳成龙成了挚友。他常常替朝鲜战后的强国富民出谋划策,如建议他们开采银矿与辽东通商互惠等。在他的建议下,柳成龙还请示国王李昖专门成立了一个新的练兵机构——训练都监,从朝鲜军营中挑选出一批精英勇士学习明军的兵法和武功,而该机构的总教官正是骆尚志。

他几乎每日都去看士兵操练,并给他们细心地讲解鸳鸯阵的打法和辛酉刀法。国王李昖极其重视,还特意叫人每日记录他的教学并配上图文,编成《武艺图谱通志》。该图谱一直流传至21世纪的韩国,许多在中国早已失传的武功也借此保留了下来。骆尚志没有想到,自己的举手之劳竟成了一笔证明两国友谊的精神财富。

这日,他照常去操场教授武学,他一边摆正士兵的姿势,一边示范给他们看,道:"你这个端枪的姿势不对,应该这么端。"正说着,徐通事匆匆跑来道:"报总教头,岳通事她……她跳河了……大家拦都拦不住,您快去看看!"

"什么?"骆尚志一惊,把教学指派给其他明军士兵后,就匆匆地跟着徐通事去了。他跑到河岸边,果然见岳千辰在水中渐渐地往下沉。"千辰,你别做傻事,我这就来救你!"说完,他脱掉军服,扑通一声跳进水里去救她。

岳千辰一边扑腾一边推开他,看得出她是成心寻死。"你别管我!走开!"她奋力地推搡着。骆尚志没办法,只能一不做二不休,把她高高举起,往河岸上走去。

"答应我,以后别再做傻事了,我一定会找人治好你的。"骆尚志抱住浑身发颤的她,信誓旦旦地说。犹记得那年送别李如松时,李如松跟他提起去寻李时珍,那时的他还满怀希望。可万万没想到,李如松回国后才知道一代名医李时珍竟然在不久之前与世长辞,这着实给骆尚志不小的打击。四年了……整整四年都无人能让岳千辰恢复记忆,连他自己都越来越没信心。

把岳千辰抱回她的住处后,骆尚志就愁眉不展地坐在那儿。徐通事不问也知道他在苦恼什么,便给他出了个主意:"其实岳姑娘是心病,只要能对症下药,相信她定能康复。"

"可怎么对症下药呢?该吃的药都吃遍了,也不见有用。她现在已经很抗拒喝药了。"

"心病怎么能靠喝药来治呢?天将想想,岳姑娘最在乎什么?"

"最在乎什么?"骆尚志被问得一头雾水。

"哈哈,当然是最在乎你啊。你得给她一个承诺,让她安心。"徐通事捋着长须,意味深长地说。

"可是她已经不记得我是谁了,又怎能让她安心?"

"唉,她虽然想不起来,但她的心里还是有你的。她在晋州遭受了那么大的刺激,遗忘并不是一件坏事。"

"你的意思是……让我现在就和她成亲?可我该怎么和别人解释呢?"骆尚志虽然早有与岳千辰成亲的想法,但他一直觉得时机尚未成熟,何况他已经对外宣称岳千辰死在了晋州。

"你们的婚事就由我来主持吧。"忽然,从门厅走进来一个人。骆尚志不禁吓了一大跳,张口结舌道:"宋……宋大人……你怎么会……来这里?"

宋应昌哈哈笑了起来,说:"我在杭州的时候早已与岳家相熟,岳德昌的女儿我怎么会不知道呢?我这次来朝鲜前,岳家就和我说过来龙去脉了,你不必再和我解释。这位徐通事,其实也是我特意安排在晋州照看她的。"

"大人,我没有照料好……请大人降罪……"徐通事忙跪了下去。

"唉,遇上这种事,谁也没办法……你不必太过自责,快起来!"宋应昌说。

骆尚志这才恍然大悟,忙问道:"那已经有人知道她的病情了?"

宋应昌摇摇头,叹了口气。"这件事只有我们三个人知道,绝不会有旁人知晓。这次岳府还托我捎给千辰一封家书,虽然她已失忆,但说不定信中的内容能让她回想起什么呢。"说着,他从袖口中拿出信递给骆尚志。

骆尚志接过信,仍充满顾虑地问:"大人,您也觉得现在是我和千辰成亲的好时候吗?我还想给她一个体面的婚礼,只是她现在连我是谁也想不起来了……"

"我觉得徐通事说得对,你和岳姑娘成亲,或许是治疗她的最好办法,也算是冲喜。你就别再犹豫了,选个好日子,我来替你们主持婚事。"宋应昌拍拍他的肩,示意他放宽心。

"那有劳大人了。"骆尚志终于下了这个决心。

回到家中,他便将书信内容念与岳千辰听。

"千辰,你在朝鲜,为母日日挂念,夜夜在观音菩萨面前替你祈福,保佑你在那里安然无恙。前几日,为母去了一趟灵隐寺,为你的父亲做了一场盛大的法事。千辰,你赶紧回来吧,否则为母的眼泪都要汇成西湖的水了……"

听到这里,岳千辰忽然开始喃喃自语:"灵隐寺……西湖……杭州……"她的眼中闪烁起泪花,儿时的画面碎片般在脑海中闪现。她想起自己泛着小舟徜徉在西湖里,想起通往灵隐寺的小径,想起父亲从海外带回来的牛皮小刀……突然,她大叫起来:"父亲!我要去找家父,我相信他还没死!对对,我要去朝鲜,我现在就去!"说完,她就站起来开始收拾衣服。

一旁的骆尚志忙扶住她道:"千辰,你现在就在朝鲜!你已经找到令尊了!"

"我找到他了?那家父现在在哪里?"岳千辰盯着他的双眼问。

骆尚志竟不知该如何回答,束手无策地站在一边。岳千辰便不理他,继续收拾行李,可收拾到一半,她突然发现了那只六角形的拨浪鼓,脑海里噌地闪现出前往晋州前的一幕。她对一个男人说:"如果我回不来了,就请忘记我吧。等战争结束,你就回江南,听从令堂的安排,娶妻生子……哦,对了,这个拨浪鼓还给你,我又不是小孩子了,留着它也没用。说喜欢,那都是骗人的。"想到这里,她的眼泪啪嗒啪嗒嗒地掉了下来，泪眼婆娑地看向骆尚志说："你好像我认识的一个人，可他的模样已经模糊不清，每次我极力地想要想起他，却觉得有一块巨大的石头压在心头，让我喘不过气来。"

骆尚志听到这番话，心愈发地痛了，自己明明就站在她的眼前，她却觉得是另一个人，但这也更加坚定了他要治好她的信念。

成亲的日子定在六月初，婚礼很简单，除了骆尚志和岳千辰，就只有徐通事和宋应昌。他们把岳千辰暂住的居室稍稍装饰了一番，又摆了一桌喜酒，婚礼的习俗仍按照大明的来。宋应昌坐在最上方，代表双方的长辈，一旁的徐通事高声喊道："一拜天地，二拜高堂，夫妻对拜。"岳千辰盖着红盖头，与骆尚志并肩跪了下去。而后，骆尚志又将其小心翼翼地扶起。

"新郎扶新娘入洞房吧。"徐通事笑呵呵地说。

骆尚志搀扶着岳千辰走进了里屋，然后又走了出来道："今天着实辛苦二位了，这杯酒我干了，大家随意。"说完，他一饮而尽。三个人坐下来，吃了一会儿菜，聊起了战事。"这仗不知道会打到什么时候，这次我们在蔚山和加藤清正打的这一仗可谓两败俱伤，这个加藤清正真不是一个好对付的角色。"宋应昌愁眉不展道。

"是啊。蔚山一战虽然挫了倭寇的锐气，但我们也死伤惨重。"

"唉，如果李都督还在这里就好了，倭寇也不会那么猖狂。"骆尚志愤愤道。

宋应昌和徐通事对视了一眼，然后都垂下了眼睑。"咳咳，有件事，我一直没有对你说，其实李如松他已经……"说到这里，宋应昌突然哽咽了。

骆尚志看出一丝不对劲，便问："李都督？他怎么了？"

徐通事忙打圆场道："唉，宋大人，今天是骆将军的好日子，您怎么哪壶不开提哪壶啊。"

骆尚志的心突然一沉，他一把拎起徐通事的衣襟道："快告诉我，李都督到底怎么了？！"

宋应昌赶忙宽慰骆尚志，他猛地把杯中的酒喝干，像是在给自己打气，脱口而出："他殉国了……"话断在了空气中，却再也说不下去。

"他殉国了？他殉国了？怎么可能？这怎么可能？！他可是李如松，百战百胜的李如松!他怎么可能会死?"

宋应昌早料到骆尚志会是这个反应,后悔地拍着自己的巴掌。徐通事呜咽着说:"前阵子鞑靼又犯辽东,都督率兵前去围剿。不慎中了敌人的埋伏,他寡不敌众,战死沙场,就连完整的尸体都没能找到……都督他真是为大明战到了最后一刻……呜呜呜呜……"

骆尚志怔怔地听完,却依然不敢相信这是真的,眼泪一下子涌上眼眶。他的眼前浮现出平壤大战前一晚的场景,犹记得李如松对他说:"只可惜现在没有什么好酒,等我们凯旋,定要请你品一品我珍藏了三十年的醇酿!那才是人间极品啊!我们生逢乱世,每天都是以命在做赌注,若连这点盼头都没有,那活着还有什么意思呢?""大哥说得对,生而为人,就应该有这份真性情!上对得起大明,下对得起父母兄弟和爱的人,便足矣。"大雪纷飞下他们喝着酒、叹乱世,却又不曾失去信心。

他又想起李如松带领大军离开朝鲜时的情景,斜风细雨,那个身姿挺拔的背影在灰蒙蒙的雨帘里越走越远,与他一同走的还有来时的雄心壮志与离别时的惆怅。他们曾约定,回到故国后定还要把酒言欢。

可现在,酒还在,人已不在……

想到这里,骆尚志猛地给自己灌下一杯酒,酒精在喉咙中燃烧,苦涩不堪。他拍着胸脯把满腔的怨恨发泄了出来:"我恨,恨这世道的无情。沈惟敬和石大人虽然的确欺君罔上,可何尝不是出于好心?我恨,恨老天爷的不公。都督虽然脾气坏,却是一个好人。可为什么这天下,好人往往不能善终,那些小人却坐享其成?我恨,恨自己的无能。我只能眼睁睁地看着一个又一个人从我的身边倒下,却无能为力。我没能保护好千辰,即使娶了她,也还是不能原谅我自己。"

"将军,您千万不要这么想,这些都是您和我们不能改变的,要怪也只能怪这乱世!唉,今天是大喜日子,我们真不该跟您说这些。来来来,喝酒喝酒。"徐通事忙劝他道。

"没关系……还好你们告诉了我,否则我还被蒙在鼓里。"

"不说这个了。我还要和二位说另一件事。"宋应昌说。

"什么事?"骆尚志和徐通事异口同声道。

"实不相瞒,我已向皇上提交辞呈,准备回杭州老家养老了,从此隐居西湖孤山,再不过问国事。"

"杭州山清水秀,的确是养老的好去处。不过大人您怎么突然想走了?"徐通事问。

宋应昌无奈地摇摇头道:"我早已厌倦官场,再不走,恐怕下一个进诏狱的人就是我了。何况,我本就纵情山水,吟诗作赋、闭关著述也不失为一件乐事。"

"好,待我和千辰回江南,再去找您。"骆尚志说。

"哈哈,到时候别忘了带上你们的孩子,我要做他的老师!我们后会有期!"说完,三人便一同喝完了最后的酒。

骆尚志带着酒气和疲惫来到里屋,只见岳千辰仍穿着一身红装静静地坐在床沿。骆尚志小心翼翼地掀起岳千辰的盖头,却发现她在无声地哭泣。"对不起,我不知为何会感动得想哭……"她抽泣道。

骆尚志抱住她说:"往后再没有人能欺负你了,我定会照顾你一生一世。只要你能好起来,就算上刀山、下火海我也愿意。"红烛下,一张略施粉黛的容颜更显得俏丽,一双深潭般的瞳仁掩盖在纤长的睫毛下。他凑上去,吻住了她的唇。岳千辰却突然惊声尖叫,脑海中犹如电闪雷鸣,猛地推开了他,向后缩去。"倭寇,倭寇!我跟你们拼了!"说着,她就要起身去拿剪刀。

骆尚志几乎是用尽全身力气制止了她,攥住她的手腕道:"千辰,你好好看看我。我是尚志哥,不是倭寇,我绝不会伤害你的!"

岳千辰这才镇定下来,剪刀从她的手中滑落,她感觉自己终于从那个噩梦中走了出来,然后一头扎进骆尚志的怀抱,紧紧地抱住他说:"尚志哥……尚志哥……你怎么才来,我等你,等了好久!我在黑暗里尖叫、挣扎,我好想你,却又不敢见你,怕你从此嫌弃我,丢下我,再也不要我了!呜呜呜呜……"

"千辰,你真的想起我来了?!太好了!太好了!我们已经成亲了,从此不再分开!"骆尚志一把将她抱起,转着圈不可思议地说,"你知道我费了多少心血帮你找寻记忆吗?果然还是宋大人和徐通事说得对,这才是治疗你的良药!"

月夜下,一对璧人终于在异国他乡历经磨难,喜结良缘。可正如月亮的阴晴圆缺,有明亮的地方,则意味着在另一处地方,暗夜的阴影正悄然袭来。

阴阳师的奥义

战事又起后,由于朝鲜水师一蹶不振,李舜臣被再度召回,这才让朝鲜海军起死回生。战况又陷入了对峙的僵局。可坐镇于日本的丰臣秀吉,身体每况愈下,再不复往日的精气神。从前他总觉得自己战无不胜,可现在到了六十多岁的年纪才真真切切地感受到力不从心,有时候稍稍走一会儿路就会觉得喘不上气。这日,他特意召见龙一询问自己的星命。

"你就跟本王实话实说吧,我是不是气数将尽了?"秀吉忧心忡忡地问。

"殿下,您莫要胡乱猜测。您只是一时疲劳过度,定会尽快康复。"

"唉,没想到连你也不和我说真话。明国的皇帝喜欢听人喊他万岁,可这天下谁又真的能长生不老?"

龙一确实看出了秀吉气数将尽,便道:"请太阁殿下让日本各庙宇神社为您日夜祈福吧。"

说到这儿,一位武士跨进门厅,走了进来。龙一定睛一看,心头一悸,那人手里端着一把宝剑,不正是太阁殿下赐给苍健的童子切安纲吗?

"殿下,行长大人命我把宝剑送还,他害怕战乱,放在身边不安全。"武士将剑举过头顶,恭恭敬敬地说道。

"本王记得我把它赐给了那位忍者。"丰臣秀吉皱起眉道。

"伊藤苍健切腹自尽了,行长大人就把宝剑拿了回来。"

"切腹自尽?为何?"

"他与一位朝鲜医女勾结,最后被人揭发,才以死谢罪。"

龙一不由得全身一颤。苍健和秀妍真的死了?没想到自己那日预见的都成真了……

"还有一件事,我军于鸣梁海峡遭遇李舜臣的水师,鸣梁海战战败,被撞破海舰三十余艘,近百人丧生……主帅来岛通总……"说到这里,那武士哽咽了。

听闻吃了败仗,丰臣秀吉气得大声咳嗽起来,上气不接下气地骂道:"这帮废物!蠢材!我丰臣秀吉一生都没有败过,他们却把我的一世英名都给毁了!啊——"说完,他就重重地倒了下去。

"太阁殿下,您勿动怒,莫要气坏了身子!"殿内的仆从都慌忙奔上去搀扶住他,然后往里屋走去。龙一和武士只好相继退了出去。

今日的天空分外清澈,碧蓝色的天空万里无云,如同一汪波澜不惊的湖水。庭院内百花齐放、争相摇曳。樱花虽已凋谢,但樱花树仍然枝繁叶茂,每一片树叶都透出一丝馥郁芬芳的气息。

"多么好的景致啊,可惜你永远看不到了……"龙一站在花丛中,黯然神伤,他孤寂的身影与周遭艳丽的环境显得格格不入。

"你就是阴阳师吗?"一个稚嫩的声音从身后传来。

龙一惊讶地转过身,竟见一个小男孩仰起头瞪着圆溜溜的大眼睛好奇地看着他。男孩虽然还只是一个小不点,但穿着金色高贵的和服,一看就非普通人家的孩子。

"是啊,您就是秀赖殿下吧?"龙一笑眯眯地说道。

"嗯。初次见面,请多多关照。"秀赖满脸稚气,让人忍不住想要捏捏他的小脸蛋,"你是阴阳师,那你一定会法术吧?快变些法术给我看看!"

"阴阳师可不会法术哦,真正的道法从来不卖弄奇淫巧技。"

"那你会什么?"秀赖嘟起小嘴,一脸失望。

"我可以给殿下预测未来……如果殿下愿意,请给我一根您的头发。"

秀赖不假思索地拔了两根头发递给龙一："喏,给你。快点给我预测吧,嘻嘻!"

龙一从袖中拿出纸钵,然后咬破手指滴了一滴自己的血与秀赖的毛发混合在一起。他闭上眼睛,嘴里念念有词,渐渐地被一股强大的引力吸入一个无人之境。

湛蓝的天顷刻间变得阴暗昏沉、乌云密布,不远处有一群人正围着一张床泣不成声。"秀赖……秀赖就拜托你们了……"病床上的老人喘着最后一口气,艰难地举起手道。"太阁殿下……太阁殿下……呜呜呜呜……"龙一怔怔地望着,内心打起了鼓。

接着画面一转,露出一张阴森的脸庞。"日本终将属于我!我才是真正的天下人!哈哈哈哈!""德川家康,你这个逆臣贼子!你不能这么对待秀赖殿下!"石田三成和小西行长对着德川家康咆哮道。已然成年的丰臣秀赖一脸苍白,他娶了家康的孙女德川千姬为妻,却郁郁寡欢。

忽然,一声烈马的嘶鸣声撕扯开了画面。一个声音从遥远的天际传来:"你还要继续看下去吗?就算付出代价也要吗?"

"我……愿意……啊……"一阵撕心裂肺的疼痛从心底漫上来,龙一捂着胸口慢慢往前走去,两侧是战火纷飞的景象,一个又一个熟悉的身影倒了下去。

忽然,一个年轻的男子挡住了去路,他举着剑,一脸平静,一双杏眼竟如此熟悉。

"苍健?苍健你在这里?"龙一拽住他的手腕,喜极而泣。

可苍健没有回应他,而是慢慢地举起了童子切安纲。转瞬间,他的脸又切换成了二十二岁的秀赖。"丰臣家的罪孽就由我来背负,这战国乱世,让我来终结它吧。"他露出一丝从容不迫的笑容。

"不,不!您要是死了,丰臣家就完了,就完了!"龙一劝阻道。

但秀赖根本看不到他的存在,他慢慢地举起剑刺入自己的腹中,与丰臣家昔日的荣耀一起泯灭在熊熊烈火中……

所有的画面都突然远去,安倍龙一又被那股强大的引力给推回了现实,他大口大口地喘着粗气,脑袋还在隐隐作痛。

"怎么样?看到我的未来了吗?"丰臣秀赖拍着他的背,好奇地问。

龙一转过脸，不知道该如何回答这个天真的孩子，张了张口，又咽了下去。

"快说嘛！快说嘛！"秀赖拍着小手，急不可耐道。

"……您会是最好的主君，乱世会在您的手上终结，百姓从此富足安康……"龙一忐忑不安地说。阴阳师不能说谎，尤其是对未来的预测，可他实在不忍说出真相。

这时，几个仆从着急地跑了过来，一把抱起秀赖。"啊，秀赖殿下，原来您在这里！可着急死我们了！您别再到处乱跑了，否则太阁殿下会拿我们治罪。"

"啊，我不要！我不要！我还想和阴阳师一起玩一会儿！"秀赖蹬着小腿，被硬生生地拽了进去。几位仆从向龙一鞠了一躬，就匆匆地走了。

龙一回到家中，依然在回想自己预见的一幕幕，尤其是苍健举起剑的那一刻反复在脑海中闪现，久久让他无法回过神。他不知道苍健最后究竟经历了什么，以至于做出切腹自尽的选择，或许是为了爱情，也或许是为了未泯的道义。一想到这些，龙一就感觉心如刀绞。

"龙一，你怎么了？身体不舒服吗？"母亲关切地问道。

"不是，我很好。"他抿了一口茶，犹疑地说，"我们身为阴阳师，真的只能预言而不能改变未来吗？"

"虽然我们的力量微不足道，但也并非不可以。阴阳师的奥义就在于尽可能地帮助我们的主人，替他们避免潜在的危险。你预见了什么？"

"我……我看见了日本的未来……我要替伊藤苍健继续守护丰臣家！"说到这里，他不由得攥紧了拳头。

正如龙一所预见的，不久之后，丰臣秀吉就一病不起。这位心高气傲的霸主终究没能完成自己的梦想，踏上大明的土地。他躺在床上，望向依然挂在墙上的四海神州图，内心好似倒翻了五味瓶。这时，一个人影徐徐地走至床前，问他："殿下，您后悔发动这场战争了吗？"秀吉慢慢地坐起，怔怔地注视着眼前慈眉善目的老人："利休，你来了……你是来接我走的吗？"

"殿下，我问您，您后悔发动这场战争了吗？"千利休又问道。

"我……我不知道。可你的死，是我唯一的遗憾……我没想到你真的会为了坚持自己的主张,宁愿赴死……"可话音刚落,千利休的身影就消失了。"利休?利休,你去哪里了?"丰臣秀吉突然感到惶恐焦躁,跳下床大喊,接着一口鲜血喷涌而出。

"啊……殿下……殿下……您这是怎么了?"走进来的仆从看见他满口鲜血地躺倒在地上,惊慌失措地喊叫起来。

丰臣秀吉急忙对仆从嚷道:"快去把我的家臣都叫来,我现在有重要的事情对他们说……快去!"

"是,是,殿下!我们这就去……"

不一会儿,除仍在朝鲜作战的加藤清正、小西行长等人,一众大名全都跑了过来,跪在秀吉的病榻前。昏暗的烛光下,乌泱泱地跪满了人,他们有的掩面哭泣,有的双眉深锁,每一个人都表现出极为沉痛的样子。

"你们……都过来……靠近些……要不然我说的话,你们听不见……"秀吉有气无力地招呼着他们,气喘吁吁道,"小西行长说得对,我们的士兵在朝鲜吃了太多苦,我死后,就让他们回来吧……记住,千万不要再让日本重蹈我的覆辙!还有秀赖,他还太小……家康、利家、辉元、隆景、秀家、三成,你们要替我好好辅佐秀赖,日本的未来就拜托你们了……"

"太阁殿下,您千万不要这么说……我们承受不起……呜呜呜呜……"几个人异口同声道。

"不,不……你们必须在我的床前发誓,从此以后效忠丰臣秀赖,绝不会背叛他!"秀吉撑着最后一口气道。

这时,德川家康第一个举起手,斩钉截铁地说:"我一定会尽心辅佐秀赖殿下,守护好丰臣家!请您放心!"

"家康君,有你这句话……我就……放心了……"丰臣秀吉终于露出欣慰的笑容,念出一首绝命诗:"随露珠凋零,随露珠消逝,此即吾身。大阪的往事,宛如梦中之梦。"说完,他慢慢地合上了双眼。

"太阁殿下——太阁殿下——您不能死……"屋内顿时哀号一片,所有人都恸哭不起。这一刻,似乎预示着一个时代的终结……

就在这时,一扇门突然被撞开,安倍龙一失魂落魄地跑了进来,大呼道:"殿下,您不能相信德川家康的话,您千万不能相信他!"

所有人都向他看了过来。有人轻声地说:"太阁殿下已经走了……他已经离我们而去了……呜呜呜呜……"

"什么?殿下已经走了?我……我还是来晚了一步……"龙一慢慢地跪倒在地,噙着泪道,"但是,这个人你们千万不能相信他!我以祖先安倍晴明的名誉发誓!"

德川家康倏地站了起来,声色俱厉地说:"你休要信口雌黄!殿下刚走,你就来搬弄是非,让他的灵魂不得安息。我看你才是那个居心叵测的人!"

"我看见了预言,不仅秀赖殿下,就连所有效忠丰臣家的人都要毁在德川家康的手中!"

这句话彻底激怒了在场的人,毕竟丰臣秀吉刚走,大家还沉浸在悲痛中,谁也不想听见比这更晦气的话。"龙一,你够了,你现在就出去!"前田利家说。

"哈哈哈哈,我就知道你们宁愿去相信虚伪,也不肯相信我说的话!毕竟这个世界上,有谁想听又爱听真话呢?!你们别的本事没有,颠倒是非的本事倒是厉害,能把死的说成活的,把黑的说成白的,把不义说成正义!伊藤苍健对丰臣家忠心耿耿,最后也落得一个叛贼的名声。你们现在不听我的,终有一天会后悔的!哈哈哈哈……"

"来人哪,把这个疯子抓起来,挖去他的双眼,缝住他的嘴,让他再也不能预言!莫要让这个疯子惊扰了太阁殿下的安息!"德川家康命令两侧的武士道。

"遵命!"

"德川家康,你这个卑鄙小人,杀了我只会加重你的罪!你会得到应有的惩罚!"安倍龙一被拖了出去,打入地窖。虽然这是他人生中最黑暗的日子,但他的心是光明的。直到有一天,苍健慢慢地走来,带他去了另一个世界……

海上的疯狂

丰臣秀吉死后,石田三成等人决定秘不发丧,这也是为了在朝鲜的作战计划考虑。经过一致协商之后,他们派人专程去往前线,对仍在那里驻留的日军传达了这样一道命令:极力争取议和,如议和不成,即全线撤退。

小西行长接到指令后觉得事有蹊跷,因为这怎么看都不像丰臣秀吉的作风,于是去信一封询问到底是何原因,这才得知了事情的真相。收到回信后,他突然觉得整个世界都崩塌了,呆呆地坐在座位上去消化这个事实。"太阁殿下……我还没有见到您最后一面……您就走了……我还没有见到您最后一面啊……呜呜呜呜……"他捶胸顿足道。这时,加藤清正走了进来,见他在那儿哭得伤心,便幸灾乐祸地问:"行长,什么事让你这么伤心?说来与我分享一下呗。"

行长把信扔给清正看。没想到,他看后哭得更猛烈,泣不成声地说:"啊,叔父你怎么能抛弃我而去!啊——叔父——"

哭归哭,行长明白眼下留给他们唯一的路就只有逃跑了。和谈?他已经对这两个字产生了本能的心理障碍,其他几位都是一根筋,靠他们和谈更没指望。

这边日本在准备逃跑,大明和朝鲜却还蒙在鼓里,一切看似都在计划中。但有一个人成了战役的转折,此人正是之前冒死把消息送回大明的许仪后,也只有他知道日本国内到底发生了什么重大变故。于是他故技重施,托人把密报送到了明军手里。而与此同时,明军也收到了来自日本的"最后通牒":如果朝鲜答应交出一位王子做人质,并每年缴贡米、虎皮、人参等,那么他们可以即日全军退回日本。将两条信息叠加在一起后,明军将领很快明白了其真正的用意:倭寇这是想逃跑,而且想在跑之前再敲诈一笔!

"密切监视倭寇的一举一动,一有风吹草动就立即来向我报告。"新上任的主帅麻贵命令道。

果不其然,第一军加藤清正和第五军岛津义弘都在自以为无人知晓的情况下率军开溜了。

"主帅,我们不追吗?"将领问。

麻贵曾经跟着李如松身经百战,用兵之道也学到了不少。他想了想,坚定地说:"不追,放长线,钓大鱼。"

小西行长没想到,麻贵说的那条大鱼正是自己。见其他军队都安然撤离,他也坐不住了,但因为他的部队所在的地理位置最差,可谓四面楚歌,所以只能寻求外援,帮助自己杀出重围。加藤清正虽然有两把刷子,但跟他的关系实在太差,不把自己出卖给明军就不错了。看来眼下只能求助岛津义弘了。

岛津义弘是日本九州萨摩的大名,而那里的人自古以来都有如下特点:血性、酒中豪杰、喜欢喊打喊杀、直来直去、讲义气、言出必行……果然,岛津义弘没有让小西行长失望,他虽然已经顺利大逃亡,但还是答应折回来救援。

日军不知道,一场最后的大战即将来临,刀已经架在了他们的脖子上。明军联合朝军做了最后的部署,目标是把岛津义弘和小西行长二部一网打尽,而地点就在岛津前往营救的途中——露梁海。这个艰巨的任务交到了当时大明海军将领陈璘的手中。陈璘是广东人,早年就显露出超于常人的军事天赋,尤其擅长海上作战。但是他也有个坏毛病,平时喜欢占点小便宜,比如私吞一些军饷,为人所不齿,因此并没能受到重用。但如今朝廷能用的良将也确实不多,这才提拔了他。所以打赢这场翻身仗,不仅对大明重要,对他自己来说也格外重要。

"论海战,李舜臣最有经验,自然不能不用。可另外一个人选……"陈璘在营中来回踱步道。

这时,骆尚志向他推荐了一个人:"论陆战,我们戚家军当仁不让;可海上,就不得不提俞家军①了。大帅何不用俞家军的现任统帅邓子龙?他一生南征北战,经验颇丰。"

"子龙?可他已经七十多岁了……这不合适吧……"

这时,只见一名头发花白但依然步伐稳健、身穿银色铠甲的老将走了进来,他自动请缨道:"如果晚年还能为大明效力,老臣死而无憾!"

"唉,子龙兄,快请起!这我怎么受得住?你如果愿意,那便再好不过了!"

"可我们该怎么打?"邓子龙和李舜臣一同望向陈璘。

陈璘展开地图,给他们做了严密的部署,几个人频频点头。站在一边的骆尚志听完他们的计划,也觉得不错,但就是感觉少了点什么。他猛然想起当初徐渭告诫他的话,激动地说道:"徐文长老先生曾对我说过这么一句话:'倭寇师出无名,大明师出有名!凡是找不到正当理由的人,他们的心中都发怯!利用他们内心的恐惧,把它化为你的武器!'"

陈璘听后,灵光一现,又重新做了战略部署,这才有了十拿九稳的把握。

"为了李都督未竟的事业!干了!"骆尚志忙给各位倒了酒,举起酒杯道。

"干!此战必胜!"

1598年11月19日,岛津义弘乘着月色率领五百多艘战舰浩浩荡荡地向着露梁海出发,去搭救正在对岸等他的小西行长。"今天风平浪静,真是一个行动的好时机!"他站在船头,享受着迎面而来的海风。然而,就在最后一艘战船进入露梁海口的时候,平静的海面忽然被一声尖厉的船炮声震碎,随之而来的是汹涌的巨浪。"怎么回事?!"岛津义弘大惊失色道。

船队的身后,邓子龙率领三千名船员突然从巨大的礁石后杀了出来,截住了他们的归路。"听我的命令,开炮!"他虽然已经到了古稀之年,但声音依然中气十足。他的战船两侧装满了大炮,开到敌军中央,两侧一齐发射,不会顾此失彼。而日本

---

①俞家军,由俞大猷创建,士兵大多从渔民中选取,熟悉水性和流向,善于驾船,并经过严格训练,多次与倭寇海盗交战,有着丰富的战斗经验,堪称明朝最精锐的水军。

的战船清一色都是木头外加层铁皮的构造，根本抵不住大炮的轮番攻击，没过多久就被击沉了好几艘。

在混乱的情势下，岛津义弘很快做出了一个普通人都能想到的办法——继续前行，而他不知道一张大网已经从天而降。就在他拼命往前行驶的时候，李舜臣跳了出来，给他送上第二份大礼——龟船。按照日军从前的习惯，必然是"瞥见船头，掉头就跑"，可现在连回头路都被堵死了，只能硬着头皮上。岛津义弘倒吸一口凉气，心中要多后悔有多后悔。"小西行长你把我害得好惨啊……"他在心底叫苦不迭。

李舜臣指挥龟船从敌军的侧面下手，立刻把倭寇的阵形给打散了。这艘铁甲乌龟横冲直撞，靠着周身尖利的铁刺生生地把一艘艘木船碾碎。很多人常常把"为兄弟两肋插刀"这句话挂在嘴边，岛津是实实在在地感受到了这句话的滋味。他不愧是丰臣秀吉器重的将领，立刻辨明形势，组织好溃散的船队继续往前冲。于是，他收到了明军给他的第三份惊喜。

就在他驶向无人阻挠的海岸，以为希望就在眼前的时候，忽然巨浪滔天，最前面的三艘船竟然自爆自燃，被炸得四分五裂。"鬼啊……有鬼啊……"霎时，所有的船都不敢再往前开了。岛津义弘也被吓得目瞪口呆，喃喃道："这究竟是怎么回事？不可能……这不可能……"原来，明军把炸药放在木箱里，然后用重量不等的重物作为填充，刚好把它们隐藏于海平面下，一旦船只触碰就会引发爆炸，这便是日后水雷的雏形。

而在不远处，陈璘正在暗中观察着这一切，他的嘴角不禁扬起了四十五度的微笑。"利用倭寇的恐惧，把它化为我们的武器！"这便是昨晚他想出的对策。

没错，此时此刻的岛津义弘感到深深的恐惧，因为他不知道前方还会有什么难以预测的危险。他果然不负众望，毫不犹豫地下令掉转船头，决定与李舜臣拼个你死我活。俗话说得好，狗急了还会跳墙，走投无路的日本海军已拿出死磕到底的架势，他们用鸟铳疯狂扫射，铅弹如落雨砸向朝军的船只。海面上犹如饺子下锅，一个又一个人掉下船，成为海底的冤魂。

就在两军杀红了眼，彼此僵持的时候，陈璘率大明海军赶至，给岛津送上了第四份大礼——火龙出水。在民间,有一种受老百姓喜爱的烟花爆竹叫作"窜天猴",即火药燃烧后,从尾部喷出气流,气流把主体推上高空后再爆炸。而这种名为"火龙出水"的武器也有异曲同工之妙,点燃引线后,它会依托气流在水上滑翔一阵子,然后再爆炸,这便是日后鱼雷的雏形。

岛津义弘终于明白了"落后就要被人胖揍"的道理,但这时候的他也顾不上做这些深入的哲学思考,只顾着赶紧逃命。好不容易挣脱龟船和"火龙"的夹击,他又遇到了最初的对手——邓子龙。

"兄弟们,跟他们拼了!"岛津义弘一边挥舞武士刀,一边大喝。话音刚落,日本船员们就纷纷跳上邓子龙的战船,双方开始了近身肉搏战。这些士兵也都是九州萨摩人,所以跟其他倭寇比起来更为顽强,同时也更血性残暴。

邓子龙的战船被几十艘敌船打得千疮百孔,霎时燃起熊熊大火。"将军,快换船撤吧!"他的手下哀求道。"要走你们走吧!我要再战下去,誓死不退!"他毫不畏惧地走向船头,继续杀敌。船上其余士兵也被感染,就都留在了船上。

形势危在旦夕,陈璘战船上的前哨立即跑去向他禀报:"主帅,邓将军的船起火了!现在怎么办?"

"你说什么?快过去看看!"

当援兵赶至时,火与海已经连成一片。邓子龙满身是血,他那双苍老的手依然在奋力地挥剑,银白色的须发在海风中乱舞。"大明万岁!"他呐喊道。剩余的俞家军士兵也含着血泪奋力地咆哮:"大明万岁!"

就在这时,一枚炮弹射了过来,刚好砸在邓子龙的船上,把船只炸得四分五裂。陈璘和他的士兵们都不敢相信眼前的一切,但它的的确确发生了。即使已经七十多岁,邓子龙依然奋力厮杀到最后一刻。

"跟他们拼了!"陈璘的船上顿时群情激奋,众人抄起刀剑向倭寇的战船一拥而上。平壤的血债、汉城的侵占、晋州的屠杀,今天都让他们悉数偿还吧!

然而,战争的悲剧并没有就此停止。李舜臣得知自己的一名副将中弹受伤,他因为急于去查看那人的伤势,竟把自己的身体暴露在了盾牌外。还没走几步,倭寇的一名狙击手就抓住时机对准了他的胸膛,扣动扳机,把铅弹打了出去。铅丸呼啸着穿过两支舰队之间的海域,嗖地钻入他的身体。"啊……"李舜臣轻轻地叫唤了一声,忙捂住伤口,继续装作没事的样子往前走。他知道自己是朝鲜水师的顶梁柱,如果就这么倒下了,那么军队很可能会立即溃败。但血越流越多,渐渐浸染了战袍,他咬紧牙关坚持着,踉跄地走了几步,最后还是支持不住倒了下去。

"将军!将军!"众人惊恐地围上去把他扶住。

"别管我……"李舜臣趁着弥留之际,下达了一生中最后一道命令,"现在战况紧急,千万不要透露我的死讯!让副将赶紧接替我的位置,你们一定要继续战斗下去……绝不能……绝不能让……倭寇……跑了!"说完,他就合上了双眼。

"将军——将军——您不能死!"

李舜臣匆匆地走了,但他的一生并不匆忙。壬辰倭乱期间,他历经大小战役,无一败绩,多次力挽狂澜,扭转乾坤。就算过了几百年,那里的百姓依然在纪念他,因李舜臣的谥号为"忠武",他们便将首尔的一条大街命名为"忠武路"。

一直等待岛津义弘前来救援的小西行长等得焦躁不安,当他得知露梁海战后,惊出一身冷汗。不过,他随后就镇定了下来。"现在明军和朝军都在合力围剿岛津,无暇顾及我们,正是撤退的好时机!快,命各部即刻出发!"

"是,遵命!"

另一边,陈璘和他的船只仍在与岛津义弘拼死搏杀。他一下子痛失两员大将,只剩下他一人指挥战斗,力不从心。"报——主帅,小西行长已率军从西南方向的观音浦逃跑。"陈璘向西南方向望去,果然见一列船队正拼命往前行驶。"唉……竟然让小西行长成了漏网之鱼!"他望洋兴叹,但也无能为力。

经过一天一夜的战斗,岛津义弘原本所率领的五百多艘战舰最后只剩下七零八落的几十艘破船,死伤一万多名士兵,可谓全军覆没。但他本人倒是大难不死,带着伤痕累累的疲惫身躯逃出重围,侥幸登上釜山的陆地,与提前到达那里的小西行长会合。

"兄弟,苦了你了……"行长走上前深表歉意地说。

岛津义弘看都没看他一眼,只是哼了一声,然后自顾自地往接应他们的船只走去,登上了甲板。小西行长羞愧难当,只能默不作声地紧随其后。

船只扬帆启航,把最后一批驻留在朝鲜的士兵带回了日本。小西行长转身回望,釜山越来越远,在他的视线中渐渐地变成了一个芝麻点。"终于结束了……"他洒下一行热泪,如释重负道。这行泪为他自己,也为那些永远留在对岸的人。他想起伊藤苍健,想起沈惟敬,想起李如松……再见了,我的战友,我的朋友,我的敌人……

永恒的纪念

露梁海战的结束意味着明军和朝军迎来了全面的胜利,以至此后的两百多年内,日本都不敢再有觊觎中华和朝鲜的想法,换取了东亚长久的太平。胜利的消息一经传开,就轰动整个朝鲜半岛。"复国了!终于复国了!"全国的百姓涌上街头,纷纷拥抱在一起,流下喜悦的泪水。

明军士兵们也开始收拾包袱,这次他们终于能真正地回家了。离别前,军营举行了庆功宴,大伙都喝得醉醺醺的,有人喝得吐了,有人喝得哭了,也有人喝完再一个劲儿地咆哮。只有一个人,他一口酒也没喝,独对明月,彻夜沉思。

"骆兄,你怎么不喝酒?"陈璘走过来,拍了拍骆尚志的肩膀。

"唉,明明胜利了,可我就是……"他低下头,欲言又止。

"其实我也是。即使打赢了这场仗,我也高兴不起来。邓子龙和李舜臣都走了,只有我还活着……一想到让那些余孽跑了,我就……"说到这里,陈璘握紧拳头,努力不让自己的眼泪掉下来。

骆尚志叹了口气,拍了拍他的背以示宽慰。"明日,我要去趟平壤,你们先行回去吧,我随后就回大明。"

"你要去那里做什么?"陈璘诧异地看向他。

"平壤是我们战胜倭寇第一仗的地方,我想去那里亲自把这个好消息告诉李提督。"

第二天,灰蒙蒙的天下起了绵绵细雨,与李如松走的那日竟是一样的天气。当明军出城的时候,全城的百姓都出来围观,他们敬重的眼神胜过千言万语。站在第一排的人自发地跪下去叩拜,接着第二排、第三排的人也跪了下去。"谢谢你们……谢谢你们……"百姓泪如泉涌。

四十五年后,清兵踏破北京紫禁城的大门,朝鲜依然不肯投降,誓死抵抗。一直到1704年,即使在清廷的压制下,朝鲜国王仍坚持在汉城建造大报坛,以纪念明军在朝鲜抗倭的功绩。历史会记得,曾经有一群人不远千里,在异国他乡抛头颅、洒热血,把自己的一切都奉献给了这片陌生的土地。

与大军分别后,骆尚志带着岳千辰一路往平壤而去。当他们到达那里时,驻留的军队也已经撤光了,只留下一片狼藉。野草高过了头,偶有一两只乌鸦飞过头顶,发出一声声凄鸣。他望着荒芜的废墟,回想起初来时的热血与激昂,不禁潸然泪下。七年,整整七年的抗倭!那些当初跟着一起来的人,都在这七年间,走的走,散的散……

"都督,您一定都看到了吧?我们赢了!我们赢了!您这下,终于可以安息了。"骆尚志拿出酒壶,把酒洒在荒草丛中,又苦笑道,"三十年的醇酿我可没有,就委屈您凑合着喝吧。在那边,收敛点脾气,千万别跟阎王爷较劲,记得给黑白无常一些小恩小惠。我就是担心您一身牛脾气,去了那边吃大亏。"

这时,从不远处传来一声箫乐,循声望去,竟是一捕鱼的老者。他穿着蓑笠,站在河岸边,忘我地吹奏。清风拂面,如泣如诉的音乐随着波光粼粼的溪水缓缓流淌,缓缓流进骆尚志的心坎。他不禁仰头诵道:

  天苍苍,
  地茫茫,
  人间何处不沧桑?
  莫要问,
  路何方,

悲欢离合梦一场。

老者吹完，停下道："原来你与我一样，同是天涯沦落人。"

云雾渐渐散去，柔和的阳光铺洒下来，倾泻千里。一时间，原本晦暗的野草野花像是被画家重新上了色，焕发出勃勃生机。溪水也犹如沉静的淑女转变为灵动活泼的少女，泛起微红的涟漪。眼前的景致完全褪去了方才的阴霾。岳千辰突然拽了一下骆尚志的胳膊，分外激动地说："夫君，你快看，那里有两只梅花鹿！"骆尚志循着她指着的方向望去：果然，不远处有两只梅花鹿在野草丛中欢快地跳跃，它们向着天际一道若隐若现的彩虹奔去，仿佛就要腾云驾雾蹦到天上去。当他回过神，再去找寻方才的老者时，却发现那人已悄然无踪。

得知大明军队凯旋，患有足疾的万历皇帝激动地跳下龙床，差点摔倒在地。"万岁爷，小心点。"一旁的太监急忙上前扶住了他。"朕当初说什么来着！大明一定会赢的！一定会赢的！看那些主和派的大臣现在还说什么！"

"万岁爷，您何必跟他们一般见识。不过，不管主战还是主和，都是为了大明好。"

"你怎么也开始学会和稀泥了？"万历皇帝瞅了眼身边的小太监，见他不好意思地低下头，便不再说什么，朝宫门外走去。这时，夕阳的余晖洒了下来，将一片片琉璃瓦映照得熠熠生辉，好像此刻每一座宫殿都在散发着胜利的光芒。在这片金光之中，暗藏的是帝国最后的荣光，是每一个中国人的骄傲，也是一个帝王心中未酬的凌云壮志。没有哪一个人生来就想做一个坏人，也没有哪一个皇帝从登基起就想做一个昏君。他望着这片金光，眼里忽然泛起了泪花，想起少年时那个叫张居正的重臣对自己的谆谆教诲——日复一日地告诉自己如何做一个明君……想到这些，他不禁暗暗地握紧拳头，喃喃自语："你看到了吗……朕终究赢了……"这句话并非宽慰，而是较劲。

"万岁爷，您说什么？"

"没什么。传朕的旨意，朕要在午门前举办献俘大典，越宏大越好，让六部即刻去办。"

"是!"

1599年4月24日,献俘大典在紫禁城午门举行。清晨天还未亮,锦衣卫就在午门前的东西两侧排好了仪仗,负责礼乐的教坊司也一早在仪仗之南准备就绪。旭日升起之时,大典正式开始。礼部的官员首先引导文武百官按等级秩序进入,百官之中除朝廷官员外,还特别邀请了坊间德高望重的老人、乡绅等一同瞻礼。另一名官员则手捧露布①,将其放置于展示的桌案上,然后退回到队伍中就位。待所有人站定后,有一武官押着六十一名战俘来到午门前。而后钟声响起,万历皇帝起驾,待御驾到达奉天门,钟声停止。接着,教坊司开始奏乐,直到皇帝来到午门的御座前为止。落座后,有一武官鸣鞭静场,全场肃穆。礼官高声道:"进露布!"

随着教坊司的奏乐,有一人举着放置露布的桌案,将其抬到正中央,放置好后,音乐声止。礼官又高声道:"宣露布!"这时候,宣读胜利檄文的官员走了出来,来到展示的桌案前,他首先跪拜,待听到"平身"之后才开始宣读。宣读完毕后,官员又将露布重新放回桌案,退回就位。接着,方才举桌案的人又重新把桌案抬到御道东边位置。礼官又高声宣布:"献俘!"

负责献俘的人押着六十一名战俘走到事先规定好的位置,将他们依次排开,跪对着北方。而后,刑部尚书萧大亨出列,他昂首挺胸地来到午门御道前,对着坐在龙椅上的万历皇帝跪拜道:"臣刑部尚书萧大亨,奏请将倭寇磔斩,合赴市曹行刑,请旨!"他声如洪钟,每一字都说得铿锵有力。倭寇们虽然听不懂,但也从这句话的力量中感受到了前所未有的压迫感,仿佛行刑的刀具已经架在了他们头上。

万历皇帝平静地扫视了一眼这些瑟瑟发抖的战俘,而后对萧大亨下旨:"拿去!"这一声"拿去"响彻午门,另有三百六十名武官也齐声应和,最后文武百官跪拜高喊:"皇上万岁万岁万万岁!"一声高过一声,犹如层层叠叠的海浪。

次月,万历皇帝颁布《平倭诏》,昭告天下:

朕缵承洪绪,统理兆人,海澨山陬,皆我赤子,苟非元恶,普欲包荒。属者

---

①露布,用来传递军事捷报的帛制旗子。

东夷小丑平秀吉,猥以下隶,敢发难端,窃据商封,役属诸岛。遂兴荐食之志,窥我内附之邦,伊歧对马之间,鲸鲵四起,乐浪玄菟之境,锋镝交加,君臣逋亡,人民离散,驰章告急,请兵往援。

朕念朝鲜,世称恭顺,适遭困厄,岂宜坐视,若使弱者不扶,谁其怀德,强者逃罚,谁其畏威。况东方为肩臂之藩,则此贼亦门庭之寇,遏沮定乱,在予一人。于是少命偏师,第加薄伐。平壤一战,已褫骄魂,而贼负固,多端阳顺阴逆,求本伺影,故作乞怜。册使未还,凶威复扇。朕洞知狡状,独断于心。乃发郡国羽林之材,无吝金钱勇爵之赏,必尽弁服,用澄海波。

仰赖天地鸿庥,宗社阴骘,神降之罚,贼殒其魁,而王师水陆并驱,正奇互用,爰分四路,并协一心,焚其刍粮,薄其巢穴。外援悉断,内计无之。于是同恶就歼,群酋宵遁,舳舻付于烈火,海水沸腾,戈甲积于高山,氛祲净扫,虽百年侨居之寇,举一旦荡涤靡遗。鸿雁来归,箕子之提封如故;熊罴振旅,汉家之德威播闻。除所获首功,封为京观,仍槛致平正秀等六十一人,弃尸稿街,传首天下,永垂凶逆之鉴戒,大泄神人之愤心。

於戏,我国家仁恩浩荡,恭顺者无困不援;义武奋扬,跳梁者虽强必戮。兹用布告天下,昭示四夷,明予非得已之心,识予不敢赦之意。毋越厥志而干显罚,各守分义以享太平。

凡我文武内外大小臣工,尚宜洁自爱民,奉公体国,以消萌蘖,以导祯祥。更念彤力殚财,为日已久,嘉与休息,正惟此时。诸因东征加派钱粮,一切尽令所司除豁,务为存抚,勿事烦苛,咨尔多方,宜悉朕意。

万历皇帝的这份诏书响彻天际,也向世人揭示了一个不灭的真理:凡夜郎自大、侵略他国者,必将受到惩戒! 犯我中华者,虽远必诛!

尾 声

天空中一声爆炸般的雷鸣声将沈惟敬从梦中拽了回来。他不由吓得一个哆嗦,伸手摸到了几根扎人的稻草,才无奈地发觉自己仍身在诏狱。遮天蔽日的乌云将唯一能透进来的几缕光也遮住了,黑暗让这些被囚禁的人更加恐慌。

"皇上,皇上,饶命啊! 小臣是无辜的呀!"他牢房边上一个新来的犯人正哭叫着。这是个年轻人,听说是因为顶撞了内阁重臣而被人抓住了小辫子。

"啧啧啧……"沈惟敬摇了摇头,嗑着牙花子,语重心长地说道,"我说年轻人,你这么喊也没用。皇上远在紫禁城,听得见吗? 就算听见了,也不见得会替你做主。有这力气,还不如存着点,顶着日后的苦。"

那年轻人听后便息了声,只是呜咽啜泣。沈惟敬笑了笑,在稻草堆上伸了个懒腰,重新闭上了眼睛。这时,顶上的牢房大门吱嘎一声打开了,接着是一串噔噔噔的脚步声。锦衣卫的千户大人卫海举着火把逐级而下,身后跟着几个小吏,他们在一扇昏暗的牢房前停下。

卫海高声道:"石星,皇上让我来告诉你,朝鲜之战已经取得了全面的胜利。丰臣秀吉已死,倭寇再也不敢来侵犯大明和朝鲜了。"

石星呆滞的双眼看向火把,过了好一会儿才明白卫海说的话,他的眼睛里闪过许久不曾有过的亮光。"你刚才说什么? 再说一遍?"他爬过去,趴在铁窗前问。

"皇上让我来告诉你,朝鲜之战已经取得了全面的胜利。丰臣秀吉已死,倭寇再也不敢来侵犯大明和朝鲜了。"卫海又重复了一遍。

"胜利?胜利?天哪,我们赢了!哈哈哈哈……"石星像个疯子似的咆哮起来,又对着沈惟敬的铁门喊,"沈惟敬,你听到了吗?我们赢了!我们赢了!哈哈哈哈……"

沈惟敬也发出阵阵狂笑:"和平大计……老夫的和平大计啊!哈哈哈哈……"

"安静!你们都给我安静!这俩疯子!"几个锦衣卫吼了几声。

"是谁打赢的?是李如松吗?"石星问道。

"不是,李如松已于一年前战死在了抚顺。"卫海低下头道。

石星惊讶得合不拢嘴,断断续续地蹦出几个字:"这……这……李如松……他死了?"见锦衣卫点了点头,他爬回到稻草堆上,发起呆来。是啊,再厉害的人都有一死,命运就像如来佛祖手掌下的五指山,任凭你有天大的本事都翻不出去。现在的自己还有什么可期待的呢?战争已经结束,最后的念想已了,如果余生都将在这囚牢里度过,倒不如趁早了结,也好于行尸走肉般地生活。没想到堂堂兵部尚书,如今会走到这种境地,实乃可悲、可叹、可笑!于是接下来的几天,石星不再进食进水。别人都劝他吃点,他都拒绝。终于在一个不起眼的早晨,巡逻的侍卫发现他倒在茅草堆中,再也没有醒来。

"大人,怎么处理石大人的尸体?"狱卒问头头道。

"他早就不是兵部尚书了,随便安葬一下得了。"

"遵命……"

沈惟敬贴着铁栏,眼睁睁地瞅着石星的尸体被抬出了大牢,平生第一次觉得说不出话来。"石大人……石大人……我对不起你……是我对不起你……呜呜呜呜……"

石星走后不久,万历皇帝下旨把沈惟敬和其他战俘、汉奸于秋后一并斩首示众。斩首的前一晚,狱卒端来了好酒好菜,让他吃饱喝足了再上路。"鸡腿、青菜、米饭,还有你最爱吃的鸭头。哦,对了,我还给你备了一壶好酒。你慢慢享用。"

沈惟敬心中一沉,谁都知道突然让朝廷命犯吃上一顿好的意味着什么。"哈哈,你说我都进来这么长时间了,才给我吃上这么一顿好的,也忒不厚道了,是不?"

狱卒打开牢门,将盘子递进去,叹了口气道:"说吧,有什么放不下的事情尽管说。"

沈惟敬没工夫抬头看一眼,只管自己狼吞虎咽,嘴里还不停地嘟囔着:"好吃!真好吃!"说好吃不假,毕竟这几年他早已忘了肉的滋味,但更重要的是为了掩盖他内心的痛。"呵呵,要是死前还能去'不夜宫'找姑娘爽上一回,我就更满意咯。"他擦了擦油腻腻的嘴巴,又猛喝一口酒。

"你这老东西,到死也没个正经的。"

等吃饱喝足了,沈惟敬终于正色道:"我这一生做过不少混账事,欺瞒圣上不假,但我从来没有想过要卖国。请你一定要转达给我的家人,不要认为我让祖上蒙了羞。你们可以以欺君之罪杀我,但绝不能以卖国之罪羞辱我。如此我才能含笑九泉。"

"一定,我会转达的。"

次日清晨,沈惟敬被押上了刑场。天空是如此清朗,云彩被朝阳染红,如一片片红色的羽毛飘荡在空中,舒爽的晨风袭来,着实令人心旷神怡。他昂首挺胸,做了一个深呼吸,顿觉精神焕发。从来没有哪一刻如现在这般镇定,他的眼前一一闪现过这个时代最杰出的英雄,他曾与他们并肩站在一起,左右过东亚三个国家的命运。"老子这辈子——值——了!哈哈哈哈!"他仰天长啸。说完,刽子手手起刀落。

然而,沈惟敬到死都想不到,他的挚友——小西行长,就在他死后的一年,也迎来了同样的命运。

小西行长从朝鲜撤回日本以后,很快就陷入了与德川家康的争斗中。次年,五大佬中地位最高的前田利家去世,家康见已无人能凌驾于自己之上,便逐步暴露自己的野心。他首先拉拢以加藤清正为代表的一众武将,不仅大方地给予不少好处,还私底下结为亲家。因丰臣秀赖的母亲淀夫人本为秀吉的侧室,所以膝下无子的正室北政所自然很不高兴。德川家康看清了后宫的争风吃醋,便趁机投靠北政所,激化她与淀夫人之间的矛盾,使原本围绕在丰臣秀赖周围的一众大名各自站队,弄得人心涣散。

誓死效忠丰臣家的石田三成一回想起安倍龙一所说的预言，内心就惶惶不安。"不仅秀赖殿下，就连所有效忠丰臣家的人都要毁在德川家康的手中！"这句话犹如一根扎在他的心中。他正独立于庭院内思考对策，这时从后面走来一人，打断了他的思路。"三成，你一定是在忧虑德川的事情吧。"他一回头，发现是小西行长，才松了口气道："是啊……太阁殿下走的时候你不在，我每每想起那晚的情景就感到对不起他，我没能替他辅佐好秀赖殿下……"

"你不要这么想。"小西行长安慰他道，"现在一切都还是未知数。"

"如果到时候德川家康像拉拢加藤清正一样拉拢你，给你我们不能给的俸禄和雍容华贵，你会投靠他吗？"石田三成望着小西行长的眼睛，认真地问。

行长怔了一下，他没想到三成会这么问。而后，他释怀地笑了笑说："人们都说商人重利轻别离，或许曾经的我的确如此。我曾因为商人的身份而被其他人瞧不起，后来又因为皈依天主教而成为异类、被人排挤。在我最落魄的时候，是太阁殿下提拔了我，给了我机会。而当我差点被殿下拉出去砍头的时候，又是三成你主动站出来替我求情，这才保住了我一条命。这两份情义又怎是金银珠宝所能买去的？再说了，德川家康那边有加藤清正这家伙，我更不可能与他为伍了。"

行长的这番话竟让三成感动得泛出泪光，他没有想到被世人唾弃的商人竟比其他的武士更为忠心。他抹了抹眼角道："有你这番话，我就放心了。只是当下我们该怎么遏制德川家康呢？"

"眼下我们要赶紧拉拢还没有正式投靠德川的大名，比如小早川秀秋。"行长所说的小早川秀秋是小早川隆景的养子，他的名下有足够多的士兵，也是德川家康一直想要拉拢的对象。

"可是他对我怀恨在心哪……"石田三成叹了口气道。原来这位小早川秀秋在朝鲜打仗的时候残忍无比，为了计军功不惜杀害许多妇女儿童。石田三成将此事如实告诉丰臣秀吉以后，秀吉大为震怒，认为他败坏了日本的国际形象，不仅没有给他记功，还没收了他的领地。小早川秀秋回国之后大失所望，认为是石田三成故意与他作对，而德川家康则趁机出面为他求情，由此博得了他的好感。

"秀秋他只是对你有些误会罢了，对丰臣家还是忠心的。你去给他赔个礼道个歉，再许诺给他足够的好处，一定能打动他。"

石田三成听罢，若有所思地点了点头。

然而几乎与此同时，另一方也在进行相似的对话。"眼下除了加藤清正这些人，你看还有哪些人有希望拉拢？"德川家康问他的军师道。

"小早川秀秋这个人如何？"

"嗯……之前我为他求情的时候，他的确一副感激涕零的样子……"

"大人何不再前去游说一番？让他作为我们的内应也未尝不可。就算我们不去拉拢他，石田三成也一定会去拉拢的，千万不能让他捷足先登啊。"

德川家康眼前一亮，当即拍了拍手掌道："让小早川秀秋成为我们的内应倒是个妙招！"第二天，他就前去秀秋那儿，摆出一副求贤若渴的模样："不是我故意作乱，只是石田三成那个奸贼仗着秀赖殿下年纪小，就以为可以只手遮天了，成天对其他人呼来喝去，我是替大家鸣不平。"德川家康的这句话说到了秀秋的痛处，因为三成的性格过于耿直，的确得罪了一些人。

"家康君对我有恩，我小早川秀秋也不是忘恩负义之人。说吧，您要我做什么？"

"我猜石田三成过不了多久就会来找你，到时候你先答应他，实际上给我做内应如何？"

"嗯，我明白了。"秀秋点点头道。

就在那场被载入史册之战的前一晚，石田三成、小西行长和大谷吉继①等人前往小早川秀秋的家中，许诺他在丰臣秀赖十五岁成年之前，关白一职由他担当，同时赠予其领地，只要他答应明日协助他们出兵，与德川家康的东军作战。

"我做了关白，那你做什么呢？"秀秋反问石田三成。

"什么都不需要！"说到这里，石田三成激动地举起手发誓道，"只要能打败德川家康，守护住丰臣家的地位，我就卸去所有职务，从此游历各国！"

---

①大谷吉继，日本战国时代、安土桃山时代的武将和大名，丰臣秀吉的家臣。他是麻风病患者，因此平时用白布蒙在脸上。

"我越来越不懂你了,你这么做究竟是为了什么?"

"大一大万大吉——孔子曰仁,孟子曰义,在这个道德败坏、秩序错乱的世道,只有义,才能维护住世间正义,防止乱世再次出现!"石田三成口中所说的"大"是天下的意思,"一"和"万"则代表世间万民。在他眼里,若一人能为万民鞠躬尽瘁,就算逆水行舟也在所不惜。

望着眼前这个斩钉截铁的男人,小早川秀秋的心不由得咯噔一下,他突然觉得自己从前错怪了石田三成,或许真的是自己错了呢?但是在此之前,他已经答应了德川家康的请求。不管怎样,先答应下来总没错,到时候再看究竟帮谁……想到这儿,他终于点了点头。石田三成和小西行长也不由得大松一口气。

第二天,决定日本天下大势的决战在关原地区拉开了序幕。关原一带刚好为一个马蹄形的盆地,四周均为高山,而中间又是平地,因此既可以居高临下地打埋伏,又能在平地上骑射。日本的关东、关西就是以关原为界,它的东边称为关东,西边就是关西。而从布阵上看,德川家康的军队在东边,所以称为"东军";石田三成一方在西边,则为"西军"。

清晨起了浓雾,埋伏于山林间的军队看不清前方的究竟是敌人还是自己人,因此双方都不敢轻举妄动,悄无声息地对峙着。此时,小西行长已将自己的部下分成两部分,分别布阵于一座山丘中,尽可能地将敌人各个击破。

一直待浓雾散去,东军的井伊直政与西军的宇喜多秀家率先开始对射,正式吹响了战斗的号角。小西行长也随之加入战斗,但向他袭来的竟然有四支不同的东军部队。"放枪!"行长指挥第一排的狙击手向敌人发起了进攻。

然而,对方也配备了先进的鸟铳,且人数为行长军队的三倍。当战斗打到白热化的状态时,西军的士兵明显显露出疲态,步步撤退。见情势不利,行长焦急地命人去叫石田三成派兵支援。

"大……大人,小西行长那里要对付四支东军,请尽快支援!"那小兵气喘吁吁道。

石田三成这头也在应付作战,完全没有多余的兵可派。他望了一眼藏匿于山林间的小早川秀秋,竟然还没有一丝动静,便道:"快派人去催促小早川出兵支援!"

与此同时,德川家康也派人去追问小早川秀秋何时能出兵。"秀秋大人,西军士兵太猛!请您尽快出兵征讨石田三成!"东军的士兵跑过去催促道。

小早川秀秋见东军情势不妙,心中颇有些犹豫,便假装同意,然而等那人一走,他依然按兵不动。不一会儿,石田三成派去的士兵也到了。"秀秋大人,石田三成大人让您赶紧履行昨晚的诺言,派兵征讨德川家康!"

"好,我知道了。我会立刻派兵的,请放心。"

"是,那就请您尽快!"说完,那士兵就转身报告去了。

"大人,我们该怎么办?现在到底帮谁?"身边的人问秀秋。

他摆了摆手,望向远处的滚滚浓烟道:"还不是时候,再等等。"

见小早川秀秋成了一根墙头草,德川家康又气又急,他不禁破口大骂道:"这个混蛋,居然敢跟我耍花样!"情急之下,他灵机一动,立刻命令部下向秀秋的阵地猛开火。

秀秋这才感到了压力,现在到底是帮东军还是西军就在自己的一念之间了!

"你说石田三成真的会让我做关白吗?"他问身边的军师。

"大人,如果您做了关白,淀夫人一定会觉得您威胁到了秀赖殿下。难道您忘了丰臣秀次殿下的下场吗?"

军师的这番话犹如一记响雷。是啊,想当初丰臣秀吉还在世的时候,就因为害怕自己的养子丰臣秀次威胁到亲儿子丰臣秀赖日后的地位,而把他杀了。如果自己真的做了关白,以后一定会成为淀夫人的眼中钉、肉中刺。待丰臣秀赖长大后,自己一定难逃一死。

"听我的命令,向西军开火!"他当即下定了决心。

原本互相抗衡的战局突然发生了致命的扭转,苦苦支撑的西军仿佛遭到了当头一棒,而东军则士气大振、势如破竹。而此刻,在另一座山里的小西行长还不知道发生了什么,他苦苦地在那里支撑,依然抱着援军赶来的幻想。然而,他最后等来的竟是噩耗。

"行长大人……小早川秀秋他……他叛变了!大谷吉继一部已被歼灭,吉继大人也自尽了!我们现在该怎么办……"

"什么？上帝！上帝啊！"小西行长不敢相信自己的耳朵，只觉得脑袋嗡嗡作响。之前就算在平壤那一仗，他都没有感觉到如此的心灰意冷，而现在，最后一丝希望都在他的心中幻灭了。

众人一听，都无心恋战，拿起武器四散逃窜。行长见状，忙跑上去试图把那些逃跑的人再拽回来。"不要跑，请相信我，我们一定能赢！请再坚持一下吧！"

"没用了……没用了……老天爷没有帮我们！行长大人，您也赶快逃命吧！"

"不……不！这不可能！"小西行长泪流满面、自言自语道。他望向苍穹，那里没有云，没有太阳，也没有上帝的双眼。无论他鼓励也好、呵斥也罢，士兵们都不想再战下去了。在东军持续的袭击下，他只能遣散所有人，独自逃亡至另一座山丘——伊吹山。

东军的士兵依然紧追不舍，在他的身后不停放枪。行长已经心如死灰，他刚想一了百了，不料从树丛中飞出几枚手里剑，把追在前面的那些人都给击倒了。"啊，是忍者，快跑！"其他人见状，也纷纷后退。

就在行长丈二和尚摸不着头脑的时候，从树上跳下来一个矮小的中年男子，他作揖道："我是土遁忍者——伊东山木，您就是小西行长大人吧？"

"正是在下。"

"那您一定知道伊藤苍健，他的师父死后，是您带走了他。这小子现在还好吗？"

行长一惊，他没想到眼前的这个人还认识苍健，可自己该怎么向他解释呢？

见对方面露难色，山木有些不好的预感，他一把揪住行长的衣领道："苍健他不会有什么意外吧？他还那么年轻！"

行长沉重地点了点头，然后立即解释道："他是在朝鲜殉情自尽的……"

山木缓缓地松开了手，垂泪道："苍健这孩子就是心地善良，他的师父常常因此而担忧，没想到他真的会因为感情而了断自己，唉……"他又转而正视小西行长说："那些人一定还会追来的，我只能帮你到这儿了。与其落入敌手被羞辱，还不如切腹自尽，换取武士的尊严。"

"我入了天主教就不能自裁了。倒不如把我绑起来作为人质送给德川家康，这样你还能得到金子。"

"我如果要那些金子,刚才还救你干什么?这么点金子我也看不上!"山木嗤之以鼻道。

"那就把我交给穷人吧,再让他们把我交给东军,这样我的死还算有点价值。"

"你真的要这么做?"

小西行长点了点头,他知道西军彻底败了,石田三成所说的"大一大万大吉"终将成为泡影。见他如此笃定,山木只好答应把他绑起来,然后转交给别人,最后送到德川家康的门下,从而得到了赏金。

德川家康望着跪在脚下的小西行长,露出一丝得意的笑容:"你说你跟着石田三成又是何苦呢?跟我还能有更多的领地和封赏。"

"哈哈哈哈……"小西行长放声大笑起来,令在场的所有人都为之一震。

"大一大万大吉,这不光是我的,也是所有心怀正义的人心中的梦想,而你是不会懂的。"

"难道我的理想就不是理想了吗?我也一样,希望乱世能在我的手上终结,从此实现真正的和平。"德川家康也不再打算辩驳,就让人把小西行长带了下去。

1600年11月6日,小西行长与石田三成以及一名叫安国寺惠琼的和尚一同被游街示众,随后于京都斩首。

在他们死后的第十五年,德川家康率领大军进入大阪城四处放火,把丰臣秀吉苦心经营的天下名城付之一炬。丰臣秀赖与其母淀夫人切腹自尽,葬身火海,丰臣一氏从此消亡。而日本从此开启了两百多年的江户幕府时代……

后 记

写这本书尤为艰难,它虽然是我的二胎,按理说应该比生一胎来得容易,但几近难产,最后证明我"怀"的是一个哪吒。其实它的灵感要早于我的第一部作品《两京烟云》,但因为这个故事太难写了,人物之多、跨度之大、格局之复杂,导致我迟迟不敢动笔。第一稿写完以后,我一直不太满意,历经一年的修改后才算完成。

创作此书的原因之一是我发现国人对这段历史依然不够了解,而在这段历史中,发生了太多有意思的以及可歌可泣的事件,实在是写小说的好题材。每当我们讲起中国历史,总是把眼光局限于国内,如果能把本国历史放到世界格局下看待,就会有不一样的发现。

比如说,很多人可能很难想到莎士比亚和吴承恩曾经生活在同一个时空下(虽然吴承恩比莎士比亚大了六十多岁),这么一想,是不是会突然感慨那个年代文学的灿烂?在小说开头,我把丰臣秀吉的猴子形象和吴承恩笔下的孙悟空联系在一起,主要是因为这两只"猴子"在性格上有一定的相似性——都是大闹天宫,结果最后被现实打了脸。而在那个年代,世界各国已经开始紧密地联系起来了,比如那时的明朝人就已经对欧洲各国有所了解,他们最先接触的是葡萄牙,并习惯称呼它为"佛郎机"。也是在这个时候,世界军事发生了改变,开始从冷兵器转向热兵器。所以各位读者在读小说的时候,会发现主人公交替使用冷热兵器:一会儿用剑,一会儿用枪。若能转化成荧幕上的效果，定会很有意思。

给本书取名字是写书过程中最难的一件事了，一开始总觉得没有一个名字能够准确地概括出小说想表达的"战争与和平"的主题思想和故事主线——大明援朝抗倭。我最先想到的是"壬辰乱"，可总觉得"乱"字并不恰当。而后又想到了"风月同天"，又恰好遇上全球新冠肺炎，正是大家同舟共济之时，便使用了此名。但思来想去，此名太过抽象，最后在某夜失眠之时，又想了"明日山河录"一名，明日即指代"大明与日本"。与友人商量一番，皆觉得符合小说意境，便这么定下来了。但到最后出版之时，编辑又问是否有更好的，这可把我难倒了……于是又在一个失眠之夜，脑子里蹦出"征程"一词。征程……"大明征程"再好不过了，就是它了！第二天兴冲冲地联系了编辑，这便是此书的"取名记"。所以小说作者经常熬夜失眠，实为无奈之事。

想必一些读者看开头时会以为这是一本写抗日年代的小说，其实楔子是写完正文后最后写的，这也是我的写作习惯之一，往往最开头的部分放到最后来写。为什么这么写，我放在后面解释。文中我提及陈立一家死于日军在浙江许多地方喷洒细菌药水，这来源于我上学时看过的一个展览。1940年7月，日军731部队将细菌武器投放于浙江，致使许多老百姓感染受害，要么截肢伤残，要么感染而死。据统计，从1940年10月4日至1948年，仅浙江衢县一带就有30万人感染，5万人死亡。展览上的图片触目惊心，就算已过去十多年，依然印刻在我的脑海中，并将它写了出来。

其实，我国和日本的关系也非一直不和，唐宋时期正是日本和中国之间的"蜜月期"。也是在那时，从日本来了不少"留学生"，他们从我国学习汉文化，带回国后又因地制宜，从而发展出有着日本自身特色的民族文化。例如本部小说中提到的千利休，他就是一个深谙中国茶道和美学的集大成者。日本现如今的抹茶道就是由曾在南宋学习的荣西和尚学成后带回日本，其间经过多人的发展改革，一直到晚明时千利休的出现，才正式奠定了日本茶学。

而两国从蜜月转向交恶的一个显著转折点则是在明朝嘉靖时期，当时的日本海盗多次侵犯我国浙江沿海地区，一直到另一个改变日本历史的人物丰臣秀吉出现,恶化达到了顶峰,因为这个野心家最大的梦想就是把中国划入日本的版图。本部小说就是围绕这段历史和那些被历史裹挟的人物展开的,他们有的发扬人道主义精神,有的被迫做出违背良心的抉择,有的在经历战争的洗礼之后大彻大悟,有的凭借一己之力扭转整个战争局势……

可以说,丰臣秀吉开了日本军国主义的先河,他在临死前终于意识到自己犯下的错误,并告诫后世切勿再犯。讽刺的是,在明治维新以后,日本又走上了老路。这也是为什么我用"日本天皇昨日于日本宣布无条件投降"的历史背景作为故事开头,就是想把几百年前的历史与近代历史的相似性作为前后呼应。这恰好印证了黑格尔的名言:"人类唯一能从历史中吸取的教训就是,人类从来都不会从历史中吸取教训。"

在悲剧发生的时候,我们除了去缅怀,更要看到那些人性中的闪光点,我喜欢写历史小说的原因也正是源于此。历史书是告诉我们某年某月发生了某一件事,而历史小说是作者走进历史人物的内心,去探究那个人物为什么会做这件事,虽然这很可能只是作者的一种猜测。在每一个历史人物抉择的背后,我们都要去看他当时做这件事的原因和动机,而不是武断地给予"非黑即白"的评价,如此才能对我们的当下有更多的借鉴意义。

令人遗憾的是,历史能记载的人物实在有限,生而平凡的我们最后也只能成为某一个数字。在小说中,我写道:"那些死在战场上的人,原本只是普普通通的百姓,却被强行牵扯进这场战争。他们有的才十五六岁,有的刚成家立业,还没来得及享受人生,就成为野心家手中一颗颗微不足道的棋子,就算牺牲也只能成为冷冰冰的数字,他们活过的证据,又有谁知道?"虽然他们都是微不足道的小人物,但不代表他们就不值得被记录。本书中虚拟的忍者、医者可以代表当时历史上某一类被战争左右而无法改变命运的人。不得不承认的是,大部分人的命运在历史的车轮之下最后只能成为被碾压的沙砾。

当然也有想凭借一己之力去试图改变历史的人,在本书中最有代表性的就是沈惟敬了,他也是让我想创作本书的第二个原因。沈惟敬的背景很平凡,他就好像我们身边的某一个爱吹牛皮的人,只是因为机缘巧合,让他登上了国际舞台。关于沈惟敬的好与坏,有很多争论,但就像我上文所说,真实的生活中没有非黑即白如此纯粹的人。我相信他的初衷是好的,只是过于盲目自信,殊不知谎言总有被揭穿的一天。但不管怎样,他已经活得很精彩了,如果换成我们自己,是否能做得比他还好呢,是否有他的这般胆识?他让我们看见,原来一个小人物,也有可能去改变历史,甚至一度掌握三个国家的命运,而不是被无情地碾压。

最后,我在此重点说明两处小说与历史不一样的地方,希望读者不要混淆。

一是关于李如松之死,历史上的记录很少,只说他是身先士卒、中了埋伏。联想到努尔哈赤,我是基于犯罪心理学,用现在的话说,努尔哈赤有很强的作案动机,原因即是小说中所写,与正史吻合,但没有证据能指控他。其次,李如松的死,努尔哈赤可以说是最大受益者。很多历史学家分析,李如松若不是死得那么早,努尔哈赤便不敢起兵反明,中国历史很可能将会被改写。

二是关于骆尚志,他其实是晚于李如松一年后从朝鲜回到大明的,并不是等到露梁海战结束以后。小说里,我写了骆尚志和李如松的友谊,现实中则残酷得多,他们对彼此可能并不如小说中美好。因为骆尚志属于南军,而李如松属于北军。南军和北军之间又掺杂了其他政治势力,例如偏袒南军的文臣宋应昌。而李如松一直偏袒北军,尤其是在赏银方面,他总是奖赏北方士兵,这招致了南军将士的不满,他们回国后讨要被克扣的薪资,最后罢工要钱,反而被自己人杀害。在小说中,我将这段历史美颜了,因为真相过于触目惊心、骇人听闻,其中涉及的党争又过于复杂,在此不便细论。

千慧

写于30岁前

布鲁克林有棵树

[美] 贝蒂·史密斯 著　朱其芳 译

浙江文艺出版社

图书在版编目(CIP)数据

布鲁克林有棵树 /（美）贝蒂·史密斯著；朱其芳译 . —杭州：浙江文艺出版社，2024.2
ISBN 978-7-5339-7323-0

Ⅰ.①布…　Ⅱ.①贝…②朱…　Ⅲ.①长篇小说—美国—现代　Ⅳ.①I712.45

中国国家版本馆CIP数据核字（2023）第150470号

责任编辑	童潇骁	插　　画	李雪琳
装帧设计	吕翡翠	营销编辑	周　鑫
责任印制	吴春娟	数字编辑	姜梦冉　诸婧琦
责任校对	唐　娇		

布鲁克林有棵树

[美]贝蒂·史密斯　著　朱其芳　译

出版发行	浙江文艺出版社
地　　址	杭州市体育场路347号
邮　　编	310006
电　　话	0571-85176953（总编办）
	0571-85152727（市场部）
制　　版	杭州天一图文制作有限公司
印　　刷	浙江省邮电印刷股份有限公司
开　　本	710毫米×1000毫米　1/16
字　　数	468千字
印　　张	28.75
插　　页	4
版　　次	2024年2月第1版
印　　次	2024年2月第1次印刷
书　　号	ISBN 978-7-5339-7323-0
定　　价	99.00元

版权所有　侵权必究

贝蒂·史密斯
Betty Smith 1896—1972

原名伊丽莎白·莉莲·韦娜，1896年12月15日出生于纽约布鲁克林的一个德国移民家庭。她在布鲁克林的威廉斯堡长大。贫寒的童年生活是她创作《布鲁克林有棵树》最重要的灵感来源。

十四岁时，贝蒂·史密斯被迫辍学去打工养家。四年后，为了继续深造，她边打工边在高中学习。1919年，她与在密歇根大学攻读法律学位的乔治·史密斯结婚。在两个女儿都上学之后，贝蒂·史密斯才重新进入高中继续自己的学业，但仍没有完成。因为没有从高中毕业，她无法正式进入密歇根大学学习。此时，她开始以写作为自己的志业，旁听戏剧课程，磨炼写作技能，撰写剧本，向报纸投稿。长篇剧本《弗兰西·诺兰》获得密歇根大学的艾弗里·霍普伍德奖。获奖后，她受邀前往耶鲁大学学习戏剧。

1936年，贝蒂·史密斯来到北卡罗来纳州的教堂山参加地区剧院活动。20世纪30年代末，她将注意力从剧本创作转移到小说创作上。1943年，她的第一部小说《布鲁克林有棵树》出版。这部带有浓厚自传色彩的小说一经问世，便广受欢迎。1944年，《布鲁克林有棵树》被改编成电影，由著名导演埃利亚·卡赞执导，斩获多项奥斯卡奖项。

1972年，贝蒂·史密斯去世，埋葬于北卡罗来纳州的查珀尔希尔纪念公墓。

人物关系图

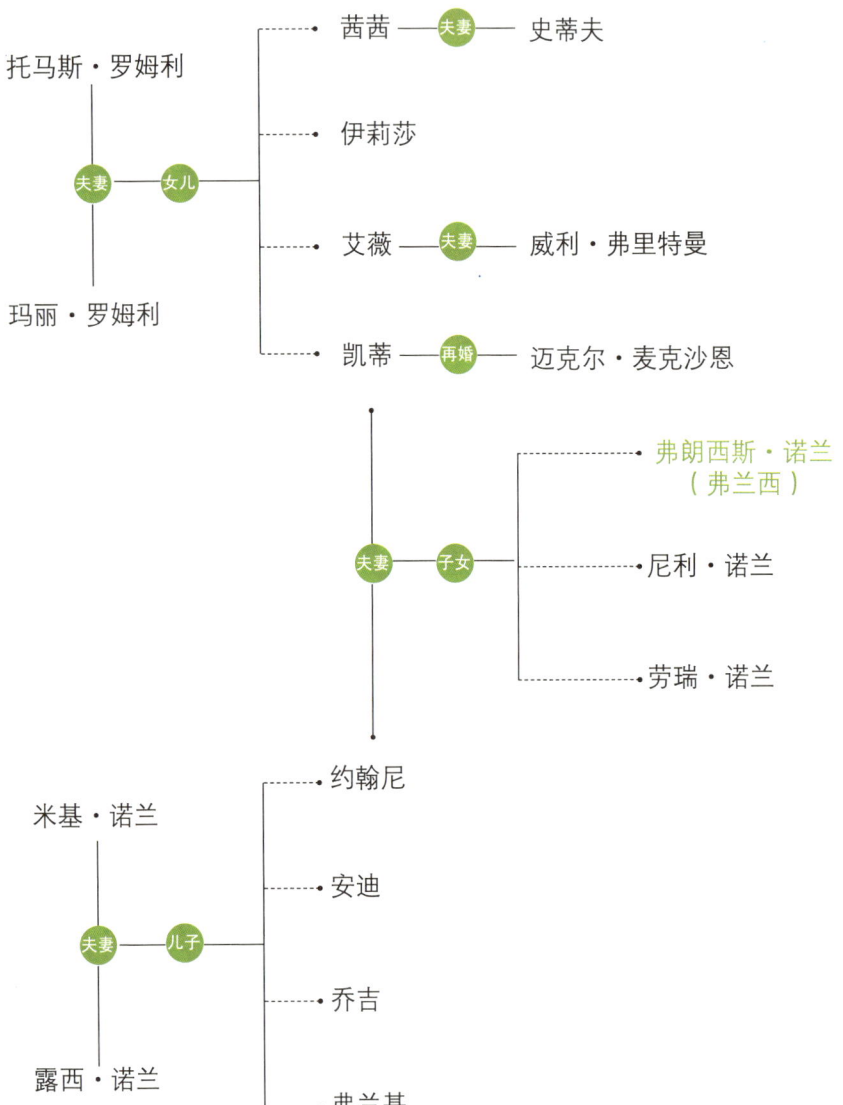

目 录

第一卷 001

第二卷 053

第三卷 115

第四卷 329

第五卷 429

后 记 449
这棵树是怎样长成的

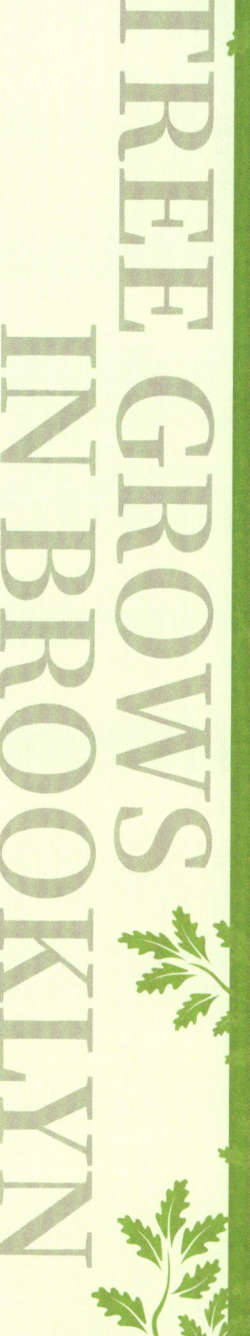

第一卷

诺 兰
一家大事记

1900年夏，约翰尼·诺兰（约翰尼）与凯瑟琳·罗姆利（凯蒂）相识。

1901年元旦，约翰尼与凯蒂结婚。

1901年12月15日，弗朗西斯·诺兰（弗兰西）出生。

1902年12月23日，科尼利厄斯·诺兰（尼利）出生。

1904年，诺兰一家搬到了洛里默街。

1908年，诺兰一家搬到了格兰德街。

1909年8月，弗兰西与尼利去公共卫生中心接种疫苗。

1909年9月，弗兰西与尼利开始上学。

1909年10月，弗兰西转学。

1911年平安夜，弗兰西与尼利合力接住了一棵大圣诞树。

1913年夏，约翰尼带着弗兰西、尼利第一次出海。

1915年夏，弗兰西的作文《冬日》被刊登在校刊上。她第一次来了月经。

1915年12月25日，约翰尼去世，终年34岁。

1916年5月，弗兰西与尼利受坚信礼。

1916年5月28日，安妮·劳瑞·诺兰出生。

1916年6月，弗兰西与尼利小学毕业。

1916年，弗兰西进入工厂，成为一名花枝工。

1916年，弗兰西成为模范新闻剪报公司的一名阅读工。

1916年9月，尼利进入中学学习。

1917年6月，弗兰西成为一名操作电传打字机的学徒。

1917年夏，弗兰西开始在布鲁克林的一所大学开办的暑期班进修。与本·布莱克相识。

1918年春，弗兰西与李·赖诺相识。

1918年夏，弗兰西通过大学入学考试。

1918年9月，凯蒂与迈克尔·麦克沙恩结婚。

1918年9月，弗兰西即将前往密歇根大学学习。

第一章

你可以用"幽静"这个词去形容纽约的布鲁克林,尤其是在1912年的夏天。光是看词语,"幽暗"更好,但它不适合布鲁克林的威廉斯堡。"大草原"惹人喜爱,"仙纳度"①发音悦耳,但你没法把这些词安在布鲁克林身上。"幽静"是唯一贴切的词,特别是对一个夏日周六的午后。

傍晚时分,阳光斜照在弗兰西·诺兰家爬满青苔的院子里,把破旧的木篱笆晒得暖洋洋的。看着那缕阳光,一种美好的感觉涌上弗兰西的心头。她回忆起一首诗歌时,内心也是这样的感受。那首诗她在学校里背过:

> 这里是原始森林。
> 松树和铁杉在喃喃低语,
> 留着苔藓胡须,披着满身翠绿,
> 在黄昏中朦胧模糊,
> 站得像年迈的德鲁伊②僧侣。

弗兰西院子里的那棵树,既不是松树,也不是铁杉。它尖尖的叶子沿着绿色的枝条生长,枝条从大树枝上朝四面八方伸展,令整棵树看起来像许多把撑开的绿伞。有些人管它叫"天堂树"。无论它的种子落在哪里,都会努力向着天空生长。它生长在被木板封起的空地里,生长在遭人忽视的垃圾堆中,它是唯一能在水泥地中发芽的树,只在廉租公寓小区里枝繁

---

① 位于美国弗吉尼亚州的一座国家公园。——译者注(本书注释除已标明为译注外,其余都是编者所加)

② 凯尔特宗教的祭司。——译者注

叶茂。

如果你在一个周日下午，散着步，来到一处很好、很高档的社区，看到有一棵小小的天堂树，穿过铁门，朝着某个人的院子生长，你就能知道：要不了多久，布鲁克林的这片区域，就会变成一个廉租公寓小区。树木有灵，先觉先到。之后，贫穷的外国人逐渐涌入，把静谧的褐砂石老屋改装成一间间公寓，将羽毛褥垫推到窗台上透气，而天堂树则在这里郁郁葱葱，充满生机。它就是这样一种树，它喜欢穷人。

弗兰西的院子里，也有这么一棵树。它的"伞"卷曲着，伸到她家三楼太平梯的顶上、周围、下方。坐在这太平梯上的十一岁女孩可以想象自己是住在树上的——这是夏日里每个周六午后，弗兰西都在幻想的情景。

哦，布鲁克林的周六美妙极了！哦，到处都是美好的事情！人们在周六领薪水。周六是一个休息天，而且没有周日的条条框框。人们有钱外出、有钱购物。他们会吃顿好的、一醉方休，约会、做爱，彻夜狂欢；也会唱歌、奏乐、打架、跳舞，因为接下来是自由的一天，他们可以睡个懒觉——至少能睡到晚场弥撒开始前。

周日，大多数人会挤去参加十一点的弥撒。哦，也有些人，少数人，参加的是六点的早场弥撒。人们为此夸赞他们，但他们根本不配，因为那些人在外面玩得太晚，到家时已经是清晨了。于是他们来参加早场的弥撒，草草应付过去，然后回家安心睡上一整天。

对弗兰西来说，周六是从去废品回收站开始的。和布鲁克林的其他孩子一样，她和弟弟尼利会收集一些破布、纸张、金属、橡胶之类的废品，放在上锁的地窖箱子里，或者藏在床底的盒子里。周一到周五，每天放学回家的路上，弗兰西都走得很慢，目光紧盯着排水沟，寻找烟盒上的锡纸，或者口香糖的包装纸。这些东西要放在一个瓶盖里熔化。收废品的人不要没有熔化的锡箔球，因为有太多孩子会在中间塞上铁垫圈，加重分量。有时候，尼利会找到一个苏打水瓶。弗兰西帮着他掰下瓶嘴，熔化成铅。收废品的人不会买下完整的瓶嘴，怕被卖苏打水的人找麻烦。苏打水瓶的瓶嘴是好东西，熔化后，值五分[①]钱。

每天晚上，弗兰西和尼利都会去地窖里，清空升降架上当天堆积的所

[①] 本书中的货币单位均为美国货币单位。

有废品。因为弗兰西的妈妈是清洁工，所以他们拥有这项特权。他们会把架子上的废纸、破布和可回收的瓶子统统拿走。废纸不值什么钱，十磅[1]重的废纸只能卖一分钱。破布一磅两分钱，废铁则是一磅四分钱。铜是好东西，一磅值一毛钱。有时候，弗兰西运气好，找到一个废弃的洗涤锅锅底，就用开罐器将它掰下来，对折、敲打，再对折、再敲打。

周六早上，九点刚过，孩子们就开始从各个巷子往外窜，拥上主干道——曼哈顿大道。他们沿着大道慢慢走进斯科尔斯街。有些孩子怀里抱着废品，其他一些则将废品放在四轮车里。那车是用木头肥皂箱做成的，底下有牢固的木轮子。还有几个孩子推着满满当当的婴儿车。

弗兰西和尼利将所有废品装进一个麻布袋，一人抓着袋子一头，拖着它在街道上走。他们走上曼哈顿大道，经过毛耶街、坦恩·艾克街和斯塔格街，前往斯科尔斯街。这些街道名字很漂亮，但样子却很丑陋。每条陋巷里都有成群结队的小孩子冒出来，穿着破破烂烂的衣服，加入卖废品的队伍。在去卡尼废品站的路上，他们会遇到其他空手归来的孩子。那些人已经卖掉了废品，还把卖得的钱挥霍一空。现在，他们大摇大摆地往回走，嘲笑着其他孩子。

"捡破烂的！捡破烂的！"

听到这个称呼，弗兰西脸颊发烫。她知道，嘲笑她的人自己也捡破烂，但这并不能带给她任何安慰。她知道，之后她弟弟也会跟一伙人一起，空着手、散着步往回走，以同样的方式去嘲笑后来的人，但弗兰西依然觉得很羞愧。

卡尼废品站开在一个摇摇欲坠的马厩里。弗兰西拐过一个弯，就看到两扇门被钩子钩住，热情地大敞着。她想象着那个晃动的磅秤用它那平平无奇的大刻度盘"眨了眨眼睛"，对她表示欢迎。她见到了卡尼——铁锈色的头发、铁锈色的胡子，还有那盯着磅秤的铁锈色的眼睛。卡尼喜欢女孩多过男孩。要是在他捏女孩脸颊的时候，对方没有退缩，他会多给那女孩一分钱。

考虑到可能获得这份额外的奖励，尼利站到一边，让弗兰西把麻布袋拖进马厩里。卡尼往前一跳，将袋子里的东西倒在地板上，一上来就捏了

---

[1] 1磅约为0.454千克。

捏她的脸颊。趁他把东西堆到磅秤上的时候,弗兰西眨了眨眼睛,适应这里的黑暗。她闻到空气里有苔藓的气味,还有潮湿破布的臭味。卡尼的视线转向刻度盘,开了一个价。弗兰西知道他不让讨价还价,只能点头答应。卡尼把废品掀翻在地,让她等着。他将废纸堆在一个角落,把破布扔进另一个角落,并分拣出金属物。做完之后,他才将手伸进裤子口袋,掏出一个系着蜡绳的旧皮袋,数出一枚枚旧分币来。那些分币都发绿了,看起来也跟破烂差不多。她低声说:"谢谢您。"卡尼用他那铁锈一般肮脏的眼睛盯着弗兰西,狠狠地捏了捏她的脸。她坚持住,没有动。卡尼微微一笑,多给了一分钱。然后,他态度陡然一变,扯着嗓子,手脚利索起来。

"来吧。"他朝队伍里的下一个人喊道。那是一个男孩。"弄快点!"他等着他们发笑,"我指的可不是弄废品。"孩子们捧场地大笑起来,笑声听上去就像是迷途羔羊在咩咩叫唤,但卡尼似乎很满意。

弗兰西走到外面,告知她弟弟:"他给了我一毛六分,还有一分是捏脸的钱。"

"那一分钱归你。"他说。这是他们的老规矩。

她将一分钱放进裙子口袋,把余下的钱递给他。尼利十岁,比弗兰西小一岁。但他是男孩,所以钱归他管。他仔细地将钱分好。

"八分钱存起来。"这是规矩。不管他们从哪里得来钱,都要放一半进储蓄罐里。储蓄罐是一个锡罐,被钉在壁橱最黑的角落里。"你拿四分,我拿四分。"

弗兰西把要存的钱用手帕包好,打上结。她看着自己的五枚分币,高兴地想:它们可以换成一整枚五分硬币。

尼利卷起麻布袋,夹在胳膊下面,往查理廉价店里挤。弗兰西紧随其后。查理廉价店是一分钱小卖部,就开在卡尼废品站边上,方便去废品站的人光顾。周六结束时,小卖部的钱箱里总是装满了发绿的分币。根据不成文的规定,这是一家属于男孩的商店。所以弗兰西没有进去,在门口停下了脚步。

男孩们的年纪从八岁到十四岁不等,穿着松垮的灯笼裤,戴着破旧的鸭舌帽,模样都差不多。他们懒散地站着,双手插兜,驼着背,消瘦的肩膀向前紧绷着。他们长大后也会是这种模样,用同样的站姿聚作一堆。唯一的区别是,他们的嘴里似乎总会叼上一根香烟。那根烟会随着他们说话时的口音一上一下。

现在,男孩们紧张地东张西望,瘦瘦的脸先转向查理,再看向彼此,然后又转回查理那边。夏天快到了,弗兰西注意到,有几个男孩已经剪了头发——头发剃得极短,理发剪子贴得太近,把头皮都给划伤了。那些剃头的幸运儿把帽子塞在口袋里,或者倒扣在头上。而那些还没有剃头的,头发在脖子后面微微卷起,还带着几分幼稚。他们为此感到惭愧,用帽子紧紧压着头发,遮住耳朵。哪怕磕磕巴巴地说着脏话,这发型依然让他们有点像女孩一样。

查理廉价店并不廉价,店主的名字也并不叫查理。但他用了这个名字,而且商店顶篷上也是这么写的,弗兰西便相信了。花上一分钱,你就能在查理那儿抽一次奖。柜台后面挂着一块木板,上面是五十个编了号的钩子,每个钩子上挂着一个奖品。有些奖品很不错,比如旱冰鞋、棒球手套、头发是真发的娃娃等等。其他钩子上挂的则是吸墨纸、铅笔,以及其他一分钱的东西。弗兰西看着尼利花了一分钱抽奖。他从破信封里取出一张脏兮兮的卡片。二十六!

弗兰西带着希望看向木板。他抽中了一分钱的擦笔布。

"要奖品还是糖果?"查理问他。

"糖果,这还用问?"

又是同样的结果。弗兰西从没听说过有谁赢了超过一分钱的奖品。事实上,旱冰鞋的轮子都生锈了,娃娃的头发也蒙上了一层灰。这些奖品似乎在那里等待了很久,就像《小男孩之死》①里的玩具狗和小锡兵。弗兰西下定决心,有朝一日,等她有了五毛钱,她要买下所有的编号,把木板上的奖品都赢来。她想,这笔买卖肯定划得来:旱冰鞋、棒球手套、娃娃,以及其他各种东西,总共只要五毛钱。哎呀,光是旱冰鞋,就值它的四倍了!到了那个伟大的日子,尼利必须一起来,因为女孩们很少光顾查理廉价店。没错,那个周六,店里是来了几个女孩……但都是胆大、粗俗、早熟的女孩。她们嗓门很大,爱和男孩打闹,邻居们断定她们以后不

---

① 美国作家尤金·菲尔德的诗歌,描述了小男孩死去后,玩具们忠实地等待他的场景。——译者注

会有好前途。

弗兰西穿过马路去吉姆培小卖部。吉姆培是个跛子。他为人和善，对孩子很好……至少大伙都这么认为，直到一个阳光明媚的下午，他把一个小女孩拐进了自己的阴暗密室……

弗兰西纠结着是否要拿出一分钱，去买吉姆培特卖品：福袋。莫迪·多纳文跟弗兰西偶尔能算朋友。莫迪打算买一个福袋。弗兰西挤了过去，站到她身后，假装花钱的是自己。莫迪想了又想，然后动作夸张地指向玻璃柜里一个鼓鼓的袋子。弗兰西紧张地屏住呼吸。如果让她来选，她会选小一点的袋子。她的目光越过朋友的肩膀，看见她掏出几块过期的糖果，仔细打量自己的奖品——一条粗糙的麻纱手帕。有一次，弗兰西抽中了一小瓶刺鼻的香水。她再度纠结起来，不知道要不要花一分钱买福袋。哪怕里面的糖并不能吃，但是收获一份惊喜也很不错。不过，弗兰西心想，莫迪买福袋的时候，自己已经跟她一起惊喜过了，那感觉几乎一样好。

弗兰西走上曼哈顿大道，经过许多条街，大声念出它们好听的名字：斯科尔斯街、梅塞罗尔大道、蒙特罗斯大道和约翰逊大道。最后两条大道是意大利人居住的地方。一片名为"犹太区"的区域从西格尔街开始，涵盖摩尔街和麦吉本街，并且经过百老汇街。弗兰西径直朝百老汇街走去。

在布鲁克林威廉斯堡的百老汇街有什么？没有别的——只有全世界最好的五分十分店！商店很大，亮堂堂的，里面有世界上所有的东西……至少，在一个十一岁女孩看来是这样。弗兰西有五分钱。她有能力，几乎可以买下那家店里的任何东西！这是全世界唯一一个她能消费得起的地方。

来到店里后，弗兰西在过道里走来走去，把玩她喜欢的各种东西。将某件物品拿起来，在手里放一会儿，感受它的轮廓，触摸它的表面，然后再小心地放回去——这种感觉美妙极了。她的五分钱给了她这样的特权。如果有店员来问她是不是打算买东西，她可以回答是的，然后去付钱，让店员见识一下自己的能力。她认定，钱是样很棒的东西。在把商品尽情摸够之后，她买下了计划要买的东西——粉白相间的薄荷味威化饼干，价值五分钱。

弗兰西沿着格雷厄姆大道往家走，那里是一个犹太街区。她兴奋地看着装得满满的手推车，每一辆车都是一个小摊，四周围着情绪激动的犹太人在讨价还价。手推车散发出这个社区特有的气味：烤酿馅鱼、刚出炉的黑麦酸面包，还有某样东西，闻上去像煮沸的蜂蜜。她盯着留胡子的男人，他们头戴羊驼呢的无檐便帽，身披充丝薄棉外套。她很好奇：为什么他们的眼睛那么小，又那么凶？她看着简陋的小商铺，闻着桌上胡乱摆放的衣料。她注意到窗户里露出了鼓鼓的羽毛褥垫；太平梯上晒着东方风格的鲜艳衣物；排水沟里，半裸的孩子在嬉闹玩耍。一个大肚子的孕妇耐心地坐在马路牙子上，身下是一把硬邦邦的木椅。她坐在炎炎烈日之下，看着街上的芸芸众生，同时守护着体内的独属于她自己的生命奥秘。

妈妈曾告诉弗兰西，耶稣是个犹太人。弗兰西记得，自己当时惊讶极了。她以为耶稣是个天主教徒。但是妈妈无所不知。妈妈说，在犹太人眼里，耶稣只不过是个讨厌的犹太男孩，不愿意做木匠的活，不愿意结婚定居，也不愿意养家糊口。妈妈说，犹太人认为，他们的救世主弥赛亚尚未出现。想到这点，弗兰西不禁呆呆地盯着那个犹太孕妇。

"我想，这就是犹太人得生那么多孩子的原因吧。"弗兰西心想，"她们如此安静地坐着……等待着，不觉得自己肥胖的身材丢人，是因为每个人都觉得，自己也许能生出真正的小耶稣。难怪她们走路的姿态那样骄傲。相比之下，爱尔兰女人看起来总是很羞愧，因为她们知道，自己绝不可能生出耶稣，只会生出又一个爱尔兰佬来。等我长大了，知道自己要生孩子了，我会记得要骄傲地放慢脚步，哪怕我并不是犹太人。"

弗兰西到家时已经十二点了。没多久，妈妈拿着扫把和水桶进了屋，砰的一声扔在角落里。这意味着，周一之前，她不会再去碰它们了。

妈妈二十九岁，黑发棕眼，手脚勤快，身材也很不错。她是一名清洁工，负责打扫三套廉租公寓。谁会相信妈妈靠擦地板养活他们一家四口呢？她是那么漂亮、那么苗条，明艳动人，永远一副乐呵呵的样子。哪怕她的手被加了苏打粉的水泡得红肿开裂，也依然保持着美丽的手形，椭圆的指甲带着可爱的弧度。大家都说，凯蒂①·诺兰是个挺漂亮的女人，她不得不出去擦地板为生，真是可惜了。他们又说：但她还能怎么办呢？想想看，她嫁了那样一个丈夫。他们承认，无论你从哪个角度看，约翰尼·

---

① 弗兰西的妈妈名叫凯瑟琳·诺兰，凯蒂是凯瑟琳的昵称。——译者注

诺兰都是个英俊又讨人喜欢的男人，比这个街区的其他男人强多了。但他是个酒鬼。他们是这么说的，这是实话。

弗兰西让妈妈做个见证，看着她将八分钱放进锡罐里。她们猜测着储蓄罐里有多少钱，高高兴兴地猜了五分钟。弗兰西觉得，肯定有大约一百元了。妈妈说，八元更接近些。

妈妈让弗兰西出去买午饭，吩咐她：“从那个裂口的杯子里拿八分钱，买四分之一块犹太黑麦面包，要确保是新鲜的。然后再拿五分钱，去索尔温的店里买舌根肉。”

"但是得和他有交情才能买到。"

"告诉他，是你妈妈说要买。"凯蒂坚持道。她考虑了一下："我在想，我们是应该花五分钱买甜面包呢，还是应该把钱存起来。"

"噢，妈妈，今天是周六。你说了整整一周，我们周六可以吃到甜点。"

"好吧，那就买甜面包。"

小小的犹太熟食店里挤满了来买犹太黑麦面包的基督徒。弗兰西看着店员把她那四分之一块面包塞进纸袋子里。面包皮外脆里嫩，面包底则是粉粉的口感。她想：这面包在刚出炉的时候，肯定是世界上最好吃的面包。接着，她不情不愿地走进了索尔温的店铺。在他那里买舌头得碰运气，有时候他很好说话，有时候则难以商量。切片舌头七毛五分钱一磅，只卖给有钱人。但在快卖完的时候，如果你和索尔温先生关系够好，就可以用五分钱买到四四方方的舌根。当然，舌根上并没有多少肉，基本都是些软软的小骨头，以及勉强带点肉味的软骨。

那天碰巧是索尔温先生好说话的时候。"舌头昨天就卖完了。"他告诉弗兰西，"但是我给你们留了，因为我知道你妈妈喜欢吃。我喜欢你妈妈。你得把这话告诉她，听见了吗？"

"好的，先生。"弗兰西小声说。她低头看着地板，觉得脸颊发烫。她讨厌索尔温先生，她是不会替他和妈妈传话的。

她在面包店挑了四个甜面包，精挑细选，拿了面包上糖最多的那几个。她和尼利在店外碰头。他朝袋子里瞥了一眼，发现有甜面包，欢欣雀跃。虽然今天早上已经吃过四分钱的糖果，但是他依然很饿，催着弗兰西一路跑回家。

爸爸没有回家吃饭。他在餐厅充当自由歌手，并不是经常有工作。周六早上，他往往会等在工会总部，希望能找到活干。

弗兰西、尼利和妈妈美美地吃了一顿饭。每个人都分到了一片厚厚的"舌头"，两块香喷喷的、抹了无盐黄油的黑麦面包，一个甜面包，以及一杯浓浓的热咖啡，边上放着一勺加了糖的炼乳。

诺兰家的咖啡很特别。那是他们享受的一大奢侈。妈妈每天早晨会煮上一大壶咖啡，并在午饭和晚饭时重新加热。渐渐地，咖啡越煮越浓。壶里绝大部分是水，咖啡非常少，不过妈妈在里面放了一块菊苣①，让它味道又浓又苦。一人每天能喝三杯加了牛奶的咖啡。而黑咖啡则无限供应，什么时候想喝都可以。在无所事事的雨天，当你独自待在屋里的时候，能有点东西吃总是好的，哪怕那只是一杯苦涩的黑咖啡。

尼利和弗兰西喜欢咖啡，但很少喝它。今天，尼利像往常一样，没把炼乳加到黑咖啡里，而是抹在面包上吃了。但出于礼节，他还是抿了一小口黑咖啡。妈妈给弗兰西也倒了咖啡，还往里面加了牛奶，尽管她知道，这孩子是不会喝的。

弗兰西喜欢咖啡的香味和热气。她在吃面包和肉的时候，用一只手握住杯子，享受着它的温度。她时不时地会去闻一闻咖啡那苦中带甜的香气，那感觉比喝了它更美妙。吃完饭，咖啡就会被倒进水槽里。

妈妈的两个姐妹茜茜和艾薇经常来家里。她们每次看到妈妈倒掉咖啡，都会数落她浪费东西。

妈妈解释道："弗兰西和其他人一样，可以每顿饭喝一杯咖啡。如果她觉得倒掉比喝掉好，那也没问题。我想，我们这样的人，偶尔能浪费一点东西，那感觉还挺好的，就好像我们有许多钱，不必担心要讨饭。"

这种奇怪的观点令妈妈很满足，也令弗兰西很高兴。它是一种纽带，把受到剥削的穷人和挥霍无度的富人联系在一起。这让女孩觉得：即便她拥有的比威廉斯堡的任何人都少，但在某种意义上，她比他们都要富有。因为她是有东西可以浪费的。她慢慢吃着自己的甜面包，不愿让甜味太快消失。咖啡逐渐冷却。她动作优雅地把咖啡倒进排水管里，漫不经心地奢

---

① 它的根干燥后可与咖啡同用或做其替代品。——译者注

佇了一回。倒完咖啡，她准备动身去罗什面包厂，给家人去买够吃半周的陈面包①。妈妈告诉她，她可以用五分钱买一块陈馅饼，只要别买太碎的就好。

罗什面包厂给社区的商店供货。那些面包没有用蜡纸包裹，很快就不新鲜了。罗什面包厂会从商店回收陈面包，半价卖给穷人。工厂直销店紧挨着面包店。店里一边是又长又窄的柜台，另外两边则是又长又窄的凳子。柜台后面敞着一扇双开的大门。面包店的马车往后倒车，直接把面包卸在柜台上。这样的面包五分钱两块。每次卸货时，大家都挤破了头，抢着要买。面包供不应求，一些人要等到卸了三四车才能买上。因为价格便宜，顾客得自备包装纸。大部分顾客都是孩子，一些孩子把面包夹在胳膊下面，大摇大摆地走回家，让全世界都知道他们是穷人。自尊心强的孩子会把面包包起来，有些人用的是旧报纸，其他人用的是或干净或脏的面粉袋。弗兰西带的是一个大纸袋。

她没有试图立马买到面包，而是坐在凳子上观望着。十几个孩子推推搡搡，朝着柜台大喊大叫。四个老头在对面的凳子上打盹。那些老头靠家里养着，被家人差遣出来跑腿，照看孩子。对于威廉斯堡这些风烛残年的老人来说，这是他们唯一能做的工作。他们不急着去买面包，会尽可能多等一段时间。因为他们很喜欢罗什面包厂的面包香味，也很喜欢阳光照进窗户，暖洋洋晒着他们老腰老背的感觉。他们坐着打盹，任由时间流逝，觉得是在打发时间。这种等待，短暂地给了他们一个人生目标，让他们几乎以为自己又变得有用了。

弗兰西打量着最老的老头，揣摩别人是她最喜欢的游戏。老头稀疏的头发缠作一团，和他凹陷的脸颊上的胡茬一样，都是脏兮兮的灰色，嘴角还沾着干掉的口水渍。他打了个哈欠，张开没牙的嘴。她观察着，既被吸引，又觉得恶心。他闭上嘴，抿着嘴唇，直到完全看不见嘴为止，动作幅度大到快让下巴碰到鼻子了。她打量着他的旧外套，磨损的袖缝里露出了外套的衬料。他的双腿张得很开，无力地瘫坐着休息，裤子门襟处油乎乎的，还少了一枚纽扣。她看见他的鞋子很破，鞋头还开裂了。一只鞋子系着打了许多结的鞋带，另一只鞋子系着有点脏的绳子。她看见鞋子里露出

---

① 陈面包和下句中的陈馅饼，指不新鲜的、变味的面包和馅饼。——译者注

了两个粗大的脚趾，脏兮兮的，长着皱巴巴的灰指甲。她展开了各种遐想……

"他年纪很大，绝对超过七十岁了。在他出生的年代，亚伯拉罕·林肯大约还活着，正在为当总统做准备。当时威廉斯堡肯定是个小乡村，或许，弗拉特布什还生活着印第安人。那太久远了。"她一直盯着他的脚，"他也曾是个宝宝，一定也干干净净、讨人喜欢，妈妈会亲吻他粉嫩的小脚趾。或许，在打雷的晚上，妈妈会来到他的婴儿床前，给他把毯子盖盖好，低声告诉他：不必害怕，妈妈在这里。然后她把他抱起来，用脸颊贴着他的脑袋，说他是自己的心肝宝贝。他童年时或许也像我弟弟一样，在房子里跑进跑出，砰砰地摔着门。虽然妈妈会责骂他，但依然对他抱有希望，觉得他日后说不定能当上总统。后来他长大成人，年富力强，无忧无虑。当他走在街上，姑娘们都笑嘻嘻地转头看他。他也会回以微笑，或许还会朝最漂亮的那个眨眨眼睛。我猜，他肯定结过婚，有过孩子。在孩子眼里，他是世界上最棒的爸爸，努力工作，会在圣诞节给他们买玩具。现在，他的孩子们也和他一样，越变越老。他们有了自己的孩子，都不想再要老人，都在等着他死。但他不想死。他想活下去，哪怕他已经那么老，再也没有多少福可享了。"

这个地方静悄悄的。夏日的阳光透过窗户涌进房间，裹挟着尘埃，斜斜地照在地板上。一只大大的绿头苍蝇嗡嗡地在阳光下的尘埃里飞进飞出。这个地方空空荡荡，只有打盹的老头和她自己。等着买面包的孩子们跑去外面玩耍了。他们的高声尖叫似乎离得十分遥远。

弗兰西突然间跳起来。她的心跳得很快，十分害怕。她没来由地想到一架手风琴，风箱拉到最大，拉出一个饱满的音调。然后她想象着那风箱被逐渐推紧……推紧……推紧。一种无名的、可怕的焦虑席卷了她，她意识到：许多诞生在这个世界上的可爱宝宝，有朝一日都会变成这个老头的样子。她必须离开这里，否则她也会变成这副样子。她会在一瞬间变成一个没牙的老太婆，一双脚让人犯恶心。

在那一刻，柜台后的两扇门砰的一下打开，一辆装着面包的货车倒车进来。一个男人站到柜台后面。货车司机开始朝他扔面包，他将面包堆在柜台上。街上的孩子们听到开门声，纷纷挤进店里，围在已经来到柜台前的弗兰西身边。

"我要买面包!"弗兰西大喊。一个大个子女孩狠狠推了她一下,想让她识相点。"没事,没事!"弗兰西对她说。"我要六块面包和一个馅饼,别太碎的!"她叫嚷着。

柜员被她激动的样子吓了一跳,推给她六块面包,并从回收的馅饼里给她挑了一块最完整的,收了她两毛钱。在从人群里往外挤时,她掉了一块面包,但要捡起来很困难,因为店里挤得根本没有空间让她弯腰。

来到店外,她坐在马路牙子上,把面包和馅饼装进纸袋子里。一个女人经过,推着一辆儿童车。车里的婴儿在空中摇着双脚。可弗兰西看到的,不是婴儿的脚,而是一只大破鞋里的畸形怪物。恐慌再次席卷而来,她一路跑回了家。

屋子里空无一人。妈妈已经打扮好,跟茜茜姨妈一起出门看日场演出了,她们买的是一毛钱的顶层楼座。弗兰西将面包和馅饼放好,把纸袋子整齐地叠起来,留到下次再用。她走进和尼利共用的那间没有窗户的小卧室,坐到自己的小床上,在黑暗中等待心情平复,不再恐慌。

过了一会儿,尼利进来了。他爬到自己的小床下面,拽出一只破破的棒球手套。

"你要去哪里?"她问。

"去空地打球。"

"我可以一起去吗?"

"不行。"

她跟着他走在街上。他的三个伙伴在等他。一个拿着球棒,一个拿着棒球,还有一个什么也没拿,但穿了条棒球裤。他们朝绿点社区①附近的一块空地走去。尼利看到弗兰西跟着,什么也没有说。其中一个男孩轻轻推了推他,说:

"喂!你姐姐在跟着我们。"

"是的。"尼利承认道。那个男孩转过身对弗兰西大叫:

"滚一边去!"

---

① 绿点社区,布鲁克林区最北部的一个地区,有众多波兰裔美国人和波兰移民,因此又有"小波兰"之称。——译者注

"这是个自由的国家。"弗兰西声称。

"这是个自由的国家。"尼利对男孩重复道。他们不再管弗兰西。她继续跟着他们。她现在闲着也是闲着,直到下午两点,社区图书馆重新开门,她才有事可做。

男孩们一路走得很慢,推搡嬉闹着,时不时地停下来,在排水沟里找锡纸、捡香烟屁股。他们会把香烟屁股攒起来,等到雨天的下午,就在地窖里抽烟。他们还欺负一个犹太小男孩打发时间,在他去犹太会堂的路上扣下他,然后一起讨论要怎么处置。男孩等在一边,笑得一脸谦卑。最终,基督徒们在放走他之前,给他立了规矩,详细规定了他下一周的行为。

他们命令他:"不许来迪沃街。"

"我不来。"他保证道。男孩们很失望,他们以为他会反抗一下。其中一个男孩从自己口袋里掏出一小截粉笔,在人行道上画了一条波浪线,命令道:

"你绝对不能踩过这条线。"

小男孩意识到,自己妥协得太容易,反而得罪了他们,便决定顺着他们的想法来。

"我难道连把一只脚踩到排水沟里也不许吗,哥们?"

"你连朝排水沟里吐口水都不行。"他们告诉他。

"好吧。"他假装认输地叹了口气。

其中一个大一点的男孩心血来潮地说:"离基督徒的女孩子远一点,你懂我的意思吗?"他们走远了,只剩那个男孩瞪着他们的背影。

"妈呀!"他低声说,转了转他那双犹太特色的褐色大眼睛。那几个异教徒居然觉得他够格肖想任何女孩,不管是犹太人还是异教徒。他跟跟跄跄地往前走,不断说着:"妈呀!"

男孩们走得很慢,偷偷看着刚才那个提到女孩的大男孩,期待他再带头说些下流话。但还没开始讲,弗兰西就听见她弟弟说:

"我认识那小子。他是个犹太白人。"尼利听爸爸用这个词形容过一个他喜欢的犹太酒保。

"根本没有什么犹太白人!"大男孩说。

"呃,假设有犹太白人,"尼利既顺着大家的意思,又顾着自己的观点，一副脾气很好的样子，"那么他就是那种人。"

"绝不可能有犹太白人，"大男孩说，"哪怕在假设里也不可能。"

"我们的主就是个犹太人。"尼利引用了妈妈的话。

"但其他犹太人背叛他，杀了他。"大男孩一锤定音。在深入探讨神学之前，他们看到另一个小男孩从洪堡街拐到了安斯利街，胳膊上挎着一只篮子。篮子上盖着一块破旧但干净的布，一角伸出一根棍子。棍子上面挂着六块双圈状的咸脆饼干，就像挂着垂头丧脑的旗帜。尼利那伙人里的大男孩一声令下，他们都一窝蜂地朝饼干小贩跑去。那个男孩站在原地，张嘴大喊："妈妈！"

二楼有扇窗户突然打开，一个女人拢着又薄又皱的睡袍，遮住外扩下垂的胸部，大吼道：

"你们这些坏透了的小杂种，别碰他，滚出这条街！"

弗兰西迅速捂住耳朵，这样在做忏悔的时候，她就不必告诉神父，她站在那里听了脏话。

"我们什么也没做，夫人。"尼利说，他露出一个总是能赢得母亲欢心的讨好微笑。

"你们最好赌咒没有，只要我在，就不许你们撒野。"然后她用同样的音调对儿子喊道，"你，给我上楼来！吵醒我睡午觉，看我不教训你！"卖饼干的小男孩上楼了，尼利小团伙继续往前溜达。

"那女人好凶。"大男孩的头猛地向后一转，对着那扇窗户。

"就是。"其他人应和道。

"我家老爸也很凶。"小一点的男孩说。

"关我屁事！"大男孩懒得搭理。

"我就是说说而已。"小男孩抱歉道。

"我家老爸不凶。"尼利说。男孩们哈哈大笑。

他们闲逛着往前走，有时会停下来，深呼吸，嗅一嗅纽镇溪的气味。那条狭窄的溪流沿着格兰德街向上，艰难地流经了好几个街区。

"天哪，真臭。"大孩子评论道。

"没错！"尼利的语气确信无比。

"我打赌这是世界上最难闻的臭味。"另一个孩子夸张地说。

"是啊。"

弗兰西也轻声表示赞同。她为这味道自豪。这表示附近有水道。即便它很脏，但照样能汇入大河，流进大海。对她来说，这熏天的臭气代表着远航的船和探险的路，所以她喜欢这种味道。

男孩们来到空地上，那里被踩出了一个并不规整的菱形。一只小小的黄蝴蝶从野草丛里飞过。男性的天性是要捕获一切会跑、会飞、会游、会爬的东西，于是他们追起了蝴蝶，人还没跑到地方，先扔出了自己的破帽子。尼利抓住了蝴蝶。男孩们粗略地看了看，便很快失去兴趣，开始打起了自创的四人棒球比赛。

他们比得很激烈，骂骂咧咧的，浑身是汗，相互挥着拳头。每当有游手好闲的人经过，在场边逗留片刻的时候，他们就会有意表现自己，卖弄炫耀一番。据说，在周六下午，布鲁克林棒球队有上百名球探漫步街头，观看空地上的比赛，寻找有潜力的球员。比起当美国总统，布鲁克林的男孩们都更想为棒球队效力。

弗兰西看他们打了一会儿球，看得有些厌烦。她知道，他们会一直玩球，打来打去，卖弄自己，直到该回家吃晚饭为止。现在是下午两点，图书管理员应该吃完午饭回馆里了。弗兰西往回朝图书馆走，心情愉悦，很是期待。

第二章

图书馆是个老旧破小的地方,但弗兰西觉得它很漂亮。她对图书馆的感觉和对教堂的感觉一样好。她推开门,走进去。空气中混杂着破旧的皮革书封、图书馆用的糨糊和刚加了墨的印台的气味,弗兰西很喜欢这味道,觉得它比大弥撒时焚的香还要好闻。

弗兰西认为,全世界的书都在这个图书馆里了。她打算把全世界所有的书都读一遍。她按照字母顺序,每天读一本,连枯燥的书也不跳过。她记得自己读到的第一个作家叫阿伯特(Abbott)。现在,弗兰西一天读一本书的习惯已经持续了很久,但仍然在读B开头的书。她已经读完了有关蜜蜂(bee)、水牛(buffalos)、百慕大(Bermuda)假期和拜占庭式建筑(Byzantine)的书。即便她对读书充满热情,也不得不承认,B开头的书里,有一些内容生涩难读。不过弗兰西很爱读书,她什么都看,能找到什么就读什么:无论是劣质作品还是经典作品,甚至连时间表和食杂店的价目表都不放过。有些书读起来很让人享受,比如路易莎·奥尔科特的作品。她打算在读完Z开头的书后,把所有书都重新读一遍。

周六是特别的。这一天,她会犒赏自己,不按照字母顺序来读书,而是让图书管理员推荐一本。

弗兰西走进图书馆,轻轻关上身后的门——你在图书馆就该轻手轻脚的。在图书管理员的桌子一头,放着一个金棕色的小陶罐,弗兰西迅速瞥了一眼。它是季节的标志物。秋天,罐子里插着几根美洲南蛇藤。圣诞节时,则会换上冬青树枝。要是在罐子里见到了褪色柳,哪怕地上白雪皑皑,她也知道春天来了。今天,1912年夏天的一个周六,罐子里会是什么呢?她的目光逐渐上移,看到了细细的绿茎,看到了小小的圆叶,看到了……旱金莲!红的、黄的、金灿灿的、象牙白的。她被如此美丽的场景震惊得眉心发疼。那是她终生难忘的景象。

"等我长大后，"她想，"我也要有这样一个棕色的罐子，在炎热的八月往里面放旱金莲。"

她把手放在桌子边缘，很喜欢那种抛光的触感。她看着那排列有序的、刚削好的铅笔，方方正正的、干净的绿色吸墨纸，白白胖胖的、装着糨糊的罐子，整整齐齐的一沓卡片，还有等待被放回书架上的已还的书。一支笔尖上有日期铅字的神奇铅笔，单独放在吸墨纸边上。

"没错，等我长大后，有了自己的房子，不需要奢华的椅子和花边窗帘，也不需要橡胶植物。我的客厅里得有一张这样的桌子，配着白色的墙壁。每个周六晚上铺一张干净的绿色吸墨纸，放一排明黄色的铅笔，削得尖尖的，随时能拿来写字。我要有一个金棕色的罐子，里面始终放着鲜花、绿植，或者浆果。还要有书……书……书……"

她挑选着周日要看的书，得是姓布朗（Brown）的作者写的作品。弗兰西觉得，她已经读了好几个月布朗的作品了。在她以为自己快看完的时候，她发现下一排书架上开始的名字居然是布朗尼（Browne）。看完布朗尼，还有布朗宁（Browning）。她唉声叹气，迫不及待地想看到姓氏是C开头的作者，因为其中有玛丽·科雷利（Marie Corelli）①的一本书，她之前悄悄翻过两页，觉得精彩极了。她到底能不能看到那一本？也许她应该一天读两本书。也许……

她在桌子前站了很久，图书管理员才屈尊来应付她。

"什么事？"那位女士暴躁地问。

"这本书。我想要。"弗兰西把书往前推，翻开封底，从信封里抽出小卡片。图书管理员教孩子们用这种方式递书，这样能给他们省很多事，让他们不必一天翻开几百本书，也不必从几百个信封里抽出几百张卡片。

她接过卡片，盖好章，塞进桌子的狭缝里。她给弗兰西的借书卡敲了章，推还给她。弗兰西拿起来，但并没有离开。

"还有事？"图书管理员甚至都懒得抬头。

"您能给一个女孩推荐一本好书吗？"

---

① 英国小说家。——译者注

"多大的女孩?"

"她十一岁。"

每周弗兰西都会提同样的要求,但每周图书管理员依然会问女孩多大。借书卡上的名字对她毫无意义,由于她从来不抬头看孩子的脸,所以从来不知道这个小女孩每天来借一本书,周六还会借两本。要是图书管理员能对弗兰西微笑一下,弗兰西就会觉得意义非凡;要是图书管理员能再友好地说句话,她会乐得心花怒放。她热爱图书馆,也渴望能崇拜这位管理图书馆的女士。但图书管理员却总想着别的事情。总之,她讨厌孩子。

女士伸手去桌下拿书的时候,弗兰西激动得颤抖起来。书拿出来时,她看到了书名:《如果我是国王》,作者麦卡锡。好极了!上周她推荐的是《格劳斯塔克的贝弗利》,两周前推荐的也是那本。麦卡锡的书她只拿到过两次。图书管理员将这两本书反反复复地推荐。也许她自己只读过这两本书,也许它们在某份推荐书单上,也许她认为这两本书推荐给十一岁的女孩绝对没错。

弗兰西紧紧抱着书,匆匆往家赶。虽然她很想找个最近的门廊坐下读书,但她还是忍耐住了。

她终于到了家,此刻是她期盼了整整一周的时刻:坐在太平梯上的时光。她在太平梯上铺了一块小毯子,从自己床上拿来枕头,靠在栏杆上。真幸运,冰箱里还有冰块。她凿下一小块,放进一杯水中。早上买的粉白相间的薄荷味威化饼干被她摆在了一个小碗里。虽然碗上有裂痕,但碗的颜色蓝蓝的,很漂亮。她将水杯、小碗和书在窗台上放好,爬到外面的太平梯上。到了那里,她就相当于生活在了树上。楼上、楼下,或者对面的人,都不可能看到她。但她却能透过树叶看到外面的一切。

那是一个阳光灿烂的午后,吹来一阵懒洋洋的暖风,夹杂着温暖的大海的气息。树叶在白色的枕头套上投射出不断变化的图案。院子里没有人,那很好。通常那个院子会被一个男孩抢占,他的父亲租了一楼的店铺。男孩会在院子里没完没了地玩一种墓地主题的游戏——挖掘迷你的墓穴,把活捉的毛毛虫放进小火柴盒里,将它们埋葬并举行不正规的葬礼,在小土丘边上竖起一小块鹅卵石墓碑。整个游戏过程中,他都在假哭,胸

她独自待在家里,树叶的影子不断变换,
下午的时光在阅读中悄然而逝。

口一起一伏。但今天，这个讨厌的男孩去本森赫斯特①拜访阿姨了。知道他不在家，弗兰西像收到生日礼物一样开心。

弗兰西吸着温热的空气，看着婆娑的叶影，一边吃着糖果，抿着冰水，一边读着书。

> 如果我是国王，亲爱的，
> 啊，如果我是国王……

弗朗索瓦·维庸的故事她越读越精彩。有时候，她会害怕图书馆把书弄丢，那她就再也没法读到它了。所以她开始在两分钱买的笔记本上抄书。她非常想拥有一本书，觉得手抄一本也可以。但铅笔写出来的页面和图书馆的书看起来并不像，闻上去也没有墨香。于是她放弃了抄书，安慰自己：等她长大后，一定努力工作，存钱买下自己喜欢的每一本书。

她读着书，内心平和又快乐。这是一本好书和一碗糖果所能带给小女孩的幸福。她独自待在家里，树叶的影子不断变换，下午的时光在阅读中悄然而逝。大约四点时，弗兰西院子对面的廉租公寓开始热闹起来。她透过树叶朝敞开的、没拉窗帘的窗户里望去，看见有人拿着酒桶匆匆出门，回来的时候里面装着冒泡的冰啤酒。孩子们跑进跑出，往返于肉店、食杂店和面包店。女人从当铺拿走笨重的包裹，将男人周日穿的西装赎回家中。等到周一，西装又会送到当铺老板那儿，再放上一周时间。靠着每周的利息，当铺的生意欣欣向荣。当铺会好好保养衣服，掸落灰尘挂起来，并放上樟脑以防虫蛀。周一去典当，周六赎回来，付给蒂米大叔一毛钱利息。这样的循环周而复始。

弗兰西看见，年轻的姑娘们正在做出门前的准备，即将和小伙子去约会。由于公寓里没有浴室，姑娘们穿着吊带背心和衬裙站在厨房水槽前。她们举起胳膊清洗自己时，手臂在头顶形成的弧度和曲线十分优美。那么多扇窗户里，有那么多个姑娘在这么清洗着自己，看起来像一种充满期待的无声的仪式。

当弗莱波家的马车驶进隔壁院子时，弗兰西停止了读书，因为她想看

---

① 纽约布鲁克林区的一个居民区。——译者注

看那匹骏马。看马几乎能和读书一样让她开心。隔壁的院子铺着鹅卵石，院子尽头有一座好看的马厩。一扇双开的铁门将院子同大街隔开。鹅卵石边上是一块肥沃的土地，种着漂亮的玫瑰丛和一排鲜红的天竺葵。这座马厩比这片街区的任何一幢房子都要好，这个院子也是威廉斯堡最美丽的院子。

弗兰西听见大门"咔嗒"一声关上了。最先映入眼帘的是那匹马——一匹神气的棕色骟马，有着黑黑的鬃毛和尾巴。它拉着一辆褐红的小马车，马车边上用金色的字写着牙医弗莱波的名字和住址。这辆精致的马车既不送货也不运什么东西。它整天缓慢地走在街头巷尾，打着广告，仿佛一块梦幻般的广告牌。

弗兰克是一位好小伙儿，他的脸颊红彤彤的——就像童谣里唱的那样英俊——他每天早上都赶着马车出门，下午再驾车回来。他日子过得很滋润，所有姑娘都爱跟他调情。他只需要做一件事，那就是驾着马车在周围慢慢转悠，让人们看清车上的名字和地址。这样在需要装假牙或者拔牙时，人们就会想起马车上的地址，去找弗莱波医生。

弗兰克慢悠悠地脱下外套，穿上皮围裙。骏马鲍勃耐心地跺着脚，将重心从一只脚挪到另一只脚。随后弗兰克替它卸下挽具，擦了擦皮革，挂在马厩里。接下来，他开始用一块湿淋淋的黄色大海绵刷洗马匹。马很享受。它站在那里，阳光斑驳地洒在它身上。有时候，它用蹄子刨地时，马蹄会和石头擦出火星。弗兰克将水挤在棕色的马背上，往下擦拭，并不断对那匹大马说着话。

"别动，鲍勃。这才乖。退回来。哇噢！"

鲍勃不是弗兰西生命中唯一一匹马。艾薇姨妈的丈夫，威利·弗里特曼姨夫也是骑马的。他的马名叫"鼓手"，拉着一辆送奶车。威利和鼓手的关系并不像弗兰克和他的马那么亲密。威利和鼓手都在背地里想着怎样去害对方。威利姨夫时不时就辱骂鼓手。听了他的话，你会以为这匹马晚上从不睡觉，就光站在牛奶公司的马厩里琢磨折腾马夫的新办法了。

弗兰西喜欢玩一种游戏，想象人们和自己的宠物互换长相。小小的白色贵宾犬是布鲁克林最受欢迎的宠物。养贵宾犬的女士通常很矮小，胖乎乎的，皮肤白皙，身上灰扑扑的，湿漉漉的眼睛就和贵宾犬一样。教妈妈音乐的老姑娘廷莫尔小姐是个小个子,十分活泼,叽叽喳喳的,就和她厨房挂着的笼子里的金丝雀一样。如果弗兰克可以变成一匹马,他长得应该会像鲍勃。弗兰西从来没见过威利姨夫的马,但她知道那匹马长什么样。鼓手应该跟威利一样,小个子,又瘦又黑,一双眼睛紧张兮兮的,露出过多的眼白。它应该也和艾薇姨妈的丈夫一样,怨声载道的。弗兰西克制着自己,不再想威利姨夫了。

外面的大街上,十几个小男孩扒着铁门,正在围观社区里唯一的一匹马洗澡。弗兰西虽然看不见他们,但是能听见他们讲话。他们给这匹温顺的动物编造了各种可怕的故事。

"别看它一动不动、很随和的样子。"一个男孩说,"但那都是假的。它在等机会,趁弗兰克一不小心,就张嘴咬他,把他踢死。"

"没错,"另一个男孩说,"我昨天看到它撞倒了一个小婴儿。"

第三个男孩灵光一现:"我看到它往一个老太太身上撒尿。当时老太太正坐在排水沟边上卖苹果。"他马后炮地补充了一句,"苹果上也全是马尿。"

"他们给马戴眼罩,不让马看到人类有多小。如果它能看到,会把人统统杀掉。"

"要是戴上眼罩,它还觉得人小呢?"

"小得只有一丁点儿大。"

"哎呀!"

每个男孩说话时都知道自己在撒谎,却相信在马的事情上,其他男孩讲的都是真话。温顺的鲍勃就这么站在那里,最终男孩们看得不耐烦了。其中一个捡起一块石头,朝马扔去。被石头击中时,鲍勃抖了抖皮毛。男孩们以为马要发狂了,怕得浑身颤抖。弗兰克抬起头,用温和的布鲁克林腔对他们说:

"你们不能这样子,这马又没惹你们。"

"哦,没有吗?"一个男孩气愤地大喊。

"没有。"弗兰克回答。

"喔,滚——你的。"年纪最小的男孩总喜欢逞口舌之快。

弗兰克的语气仍然很温和,他任由涓涓细流顺着马屁股往下流:"你们是想现在自己滚呢,还是非要我揍得你们屁股开花?"

"就凭你一个人?"

"不信就见识见识!"弗兰克突然弯下腰,捡起一块散落的鹅卵石,摆出要扔石头的架势。男孩们纷纷后退,嘴里嚷嚷着气话,反驳道:

"我想这是个自由的国家。"

"就是,大街又不是你家。"

"我要告诉我叔叔,他是个警察,我要告发你。"

"快滚!"弗兰克冷冷地说,小心地把石头放了回去。

大男孩们玩腻了,慢慢散开。但小男孩们又陆续回来,想看弗兰克给鲍勃喂燕麦。

弗兰克洗完马,让它站到树下,这样马的脑袋就晒不到太阳。他往马脖子上挂了满满的一袋饲料,然后去洗马车,边洗边吹口哨,吹的是《让我叫你甜心》的曲调。这口哨仿佛是个信号,一听到它,住诺兰家楼下的弗洛茜·加迪斯就将头探出了窗外。

"嗨,你好!"她活泼地喊道。

弗兰克知道是谁在喊他。他等了许久,才应了声"你好",甚至都没有抬头看。他绕到马车的另一边。虽然隔绝了弗洛茜的视线,但她的声音还是不依不饶地追了过来。

"今天忙完了吗?"她欢快地问。

"是的,快了。"

"我猜你要出去玩吧,今晚可是周六晚上。"他没回答。"别告诉我像你这么帅的小伙子没姑娘找。"他没有回答。"他们今晚在沙姆罗克俱乐部组了个局。"

"是吗?"他兴致寥寥。

"没错,我有票,能带个男伴。"

"抱歉,我没空。"

"留在家里陪你家老太太?"

"也许吧。"

"喔,真见鬼!"她砰地关上窗。弗兰克松了一口气。总算结束了。

弗兰西替弗洛茜觉得难过。无论被弗兰克拒绝了多少次,她从来不放弃希望。弗洛茜总是追着男人跑,可男人却老躲着她。弗兰西的茜茜姨妈也追男人,但他们之间是双向奔赴,不知为何,男人往往会掉头追她,在半途就能走到一起。

她们之间的区别在于:弗洛茜·加迪斯对男人无比饥渴,而茜茜姨妈对男人只是正常的需求。这居然能造成如此大的差异!

第三章

五点,爸爸回家了。那时候,马和马车都被锁进了弗莱波家的马厩。弗兰西读完了书,也吃完了糖果。她发现照在破旧的木栅栏上的夕阳,是那样暗淡、那样稀薄。她拿起被太阳晒得暖洋洋的枕头,上面带着风的清香。她将枕头在脸颊上贴了一会儿,才放回自己的简易床上。爸爸进屋时唱着自己最爱的情歌《莫莉·马龙》。上楼时,他总会唱这首歌,好让大家知道他回来了。

> 在都柏林的美丽城市,
> 姑娘们令人如此着迷,
> 就在那里,我初次遇见……

他还没唱出下一句,弗兰西就笑眯眯地开了门。
"你妈妈呢?"他问。他进屋的时候总这么问。
"她和茜茜姨妈去看演出了。"
"噢!"他听起来很失落。凯蒂不在家的时候,他总是很失落。"我今晚去克罗姆酒吧工作,那儿有场盛大的婚礼派对。"他用外套的袖子擦了擦礼帽,将它挂起来。
"你是去当服务生还是去唱歌?"弗兰西问。
"都做。我有干净的服务生围裙吗,弗兰西?"
"有一条,但没熨过。我帮你熨一下。"
她在两把椅子上架起熨衣板,并开始加热熨斗。她拿出一块四四方方、皱巴巴、带有宽宽的亚麻系带的粗布料,往上面洒了些水。在等待熨斗变热的时候,她热好咖啡,给爸爸倒了一杯。他喝掉咖啡,又吃了他们留给他的甜面包。爸爸心情很好,因为他晚上找到了工作,而且今天天气也不错。

"这样的日子就像是送来的礼物。"他说。

"是的,爸爸。"

"热咖啡棒极了,不是吗?在咖啡发明前,人们过的是什么日子啊!"

"我喜欢咖啡的香味。"

"这些面包你是从哪儿买的?"

"温克勒的面包店,怎么了?"

"他们的面包越做越好了。"

"还留了点犹太面包,就一块。"

"太好了!"他接过那块面包,翻转过来,看到上面贴着工会标签,"这面包不错,是工会面包师做的。"他撕掉标签,突然想到:"我围裙上的工会标签!"

"就在这儿,缝在接缝里,我会把它熨出来的。"

"那个标签就像一个装饰,"他解释道,"好比你戴的玫瑰花。你看,这是我的服务生工会徽章。"那枚浅色的徽章绿白相间,别在他的外套翻领上。他用袖子擦了擦:"在我加入工会前,老板想付我多少钱就付多少。有时候,他们一分钱也不给。他们说,我光收小费就够了。有些地方甚至要我付钱才能去上班。他们说,在那里做服务生是种特权,因为小费丰厚极了。后来我加入了工会。其实你妈妈没必要舍不得会费。如果是工会给我找的工作,无论我拿多少小费,老板都必须付我工资。所有行业都应该成立工会。"

"是的,爸爸。"现在,弗兰西开始熨起围裙。她很喜欢听爸爸说话。

弗兰西想到了工会总部。有一次,她去那里给爸爸送上班要用的围裙和车费,看到他和几个男人坐在一起。爸爸始终穿着自己的无尾礼服。这是他唯一一件西装。他抽着一根雪茄,黑色礼帽斜扣在头上,喜气洋洋的。看见弗兰西走进来,他摘掉帽子,扔了雪茄。

"这是我的女儿。"他自豪地说。服务生们看了看穿着破旧裙子的瘦女孩,朝彼此使了几个眼色。他们和约翰尼·诺兰不一样。他们工作日有稳定的服务生工作,周六晚上只是来赚外快的。约翰尼没有固定工作,在夜场四处打零工。

"伙计们,听我说,"他开口,"我有两个好孩子,还有个漂亮的妻子。但我想跟你们坦白一点:我配不上他们。"

"别这么难为自己。"一个朋友拍拍他的肩膀说。

弗兰西无意间听见,小团体外有两个人在议论爸爸。矮个子男人说:

"你真该听听这家伙是怎么说他老婆孩子的。真好笑,他可滑稽了。他把工资拿回家交给老婆,小费自己留着买酒。他和麦克加里蒂酒吧有个可笑的约定:把所有小费都交给麦克加里蒂换酒喝。现在他都不知道他们之间到底是谁欠谁钱了。不过,这办法对他肯定很管用。他总是醉醺醺的。"这俩人说完就走了。

弗兰西听了,内心很痛苦。但她看到围着爸爸的人都很喜欢他,被他的话逗得乐不可支,全神贯注听他发言,弗兰西又觉得不那么难受了。那两个男人是例外。她知道人人都爱她爸爸。

没错,人人都爱约翰尼·诺兰。他是个讨人喜欢的歌手,总唱些甜蜜蜜的歌曲。打从一开始,每个人,尤其是爱尔兰人,就都喜欢自己人中的歌手。他的服务生兄弟是真心喜爱他。他服务的客人们喜爱他,他的妻子孩子也喜爱他。他仍然快快乐乐的,年轻又帅气。他的妻子还没对他满腹牢骚,孩子们也不知道自己应该以他为耻。

弗兰西回过神,不再想她去工会总部的那天,重新开始听爸爸说话。他正在回忆往昔:

"比如说我,我只是个小人物。"他点燃一根五分钱的雪茄,平静地说,"我们家人是在土豆歉收的那一年从爱尔兰来到这里的。当时一个开轮船公司的家伙说可以带我父亲来美国,给他找份工作。船票钱会从他工资里扣。于是,我的父母就来了这里。"

"我父亲和我一样,一份工作从来做不久。"他抽着烟,沉默了一会儿。

弗兰西默默地熨着围裙。她知道他只是在自言自语,并不指望她能理解。他只是想有个人听他说话。爸爸几乎每周六都说同样的话。一周的其余时间里,他都在喝酒,回了家又出去,寡言少语。但今天是周六,是他畅所欲言的日子。

"我们家的人从来都不识字。我自己只读到六年级——老头子一死,我就只能辍学了。你们这些孩子真走运，我保证让你们把学上完。"

"好的，爸爸。"

"当时我只有十二岁。我在酒吧给醉汉唱歌，他们朝我丢分币。后来，我开始去酒吧和餐馆工作……当服务生……"他沉默了一会儿，若有所思。

"我一直想当个真正的歌手，穿漂亮的衣服，上大舞台演出。但我没受过什么教育，不知道一开始要怎么做，才能当上舞台歌手。我妈妈对我说，要好好干自己的工作。她说，你不知道你有工作是多么幸运。所以，我就得过且过，干着歌手兼服务生的活。这并不是稳定的工作。如果我只做个普通的服务生，或许更明智。所以我才会喝酒。"他最后那句话说得没头没脑的。

她抬头看着他，似乎想问个问题。但她什么也没有说。

"我喝酒是因为我没机会了，我知道我没戏。我不可能像其他男人一样去开卡车，我的体形也没办法当上警察。我只好在酒吧做服务生，想唱歌的时候就唱唱。我喝酒是因为我责任太大，应付不了。"又是一阵漫长的沉默。然后他低声说："我一点儿也不开心。我有妻子和孩子，但偏偏不是努力工作的人。我从来没想过要成家。"

弗兰西的心又受伤了。他不想要她和尼利吗？

"我这样的男人要什么家庭？可是我爱上了凯蒂·罗姆利。哦，我没有怪你妈妈。"他急忙说，"如果我不娶她，就会娶希尔蒂·欧戴尔。我觉得你妈妈到现在都在吃她的醋。但我在遇到凯蒂的时候，就对希尔蒂说了：'我们各走各的路吧。'所以我跟你妈妈结了婚，我们有了孩子。你妈妈是个好女人，弗兰西。你永远别忘了这点。"

弗兰西知道妈妈是个好女人。她知道。爸爸也这样说。那为什么比起妈妈，她更喜欢爸爸呢？为什么呢？爸爸一无是处。他自己也这样说。但她更喜欢爸爸。

"没错，你妈妈工作很辛苦。我爱我的妻子，我爱我的孩子们。"弗兰西听了又高兴起来，"但一个男人难道不应该过更好的日子吗？也许有一天，工会既会安排人去工作，也会让他有自己的时间。但我这辈子是等不到了。现在，你要么从早到晚努力工作，要么就整天游手好闲……没有折中的选择。我死了以后，没有人会一直记得我。没有人会说：'他是个热爱家庭、相信工会的人。'他们只会说:'糟透了,看来看去,他都只是个酒鬼而已。'没错,他们肯定这么讲。"

房间里静悄悄的。约翰尼·诺兰愤愤地将抽了一半的雪茄烟扔出没有窗纱的窗户。他有种不祥的预感,觉得自己的生命在飞速流逝。他看着在熨衣板上低着头、默默熨围裙的小女孩。孩子消瘦的脸上带着温柔又哀伤的表情,刺痛了他的心。

"听着!"他朝她走去,一条胳膊搂住她骨瘦如柴的肩膀,"如果我今晚拿到很多小费,我会把钱押在一匹好马身上。我知道那匹马周一要参加比赛。我会在它身上押上几块钱,然后赢到十块钱。然后我用这十块钱去押另一匹我熟悉的马,去赢一百块钱。如果我花点心思,再加上点运气,就能赢五百块钱。"

真是白日做梦,他心想。尽管如此,他依然在对她滔滔不绝,说着赢钱的美梦。哦,他想,要是你讲过的话都能变成真的,那该多好啊!他继续往下说:

"你知道我接着要怎么做吗,小歌后?"弗兰西高兴地笑起来,被他用的这个绰号逗乐了。这是爸爸在她婴儿时给她起的绰号,他信誓旦旦:她的哭声和剧院歌手的音域一样,富于变化,悦耳动听。

"不知道,你要做什么?"

"我要带你去旅行,只有你和我,小歌后。我们一路往南走,去那棉花盛开的地方。"他很喜欢这句话,于是又说了一遍,"去那棉花盛开的地方。"然后他想起来,他知道这句话,这是一首歌里的歌词。他双手插兜,吹着口哨,开始像帕特·鲁尼[①]那样跳起踢踏舞。然后他唱起了歌:

> ……一片雪白的大地。
> 听黑佬在轻柔低唱。
> 我渴望去那地方,因为有人在等我,
> 在那棉花盛开的地方。

弗兰西轻轻吻了一下他的脸颊。"哦,爸爸,我太爱你了。"她低

[①] 美国踢踏舞大师。——译者注

声说。

他紧紧抱住她，内心又觉得一阵刺痛。"哦，上帝啊！哦，上帝啊！"他不断自言自语，陷入了几乎难以忍受的痛苦，"我真是个差劲的父亲。"不过，当他再次对她开口时，已经足够冷静：

"好啦，我废话那么多，也不能把我的围裙熨好。"

"都熨好啦，爸爸。"她仔细地将围裙叠成一个方块。

"家里还有钱吗，宝贝？"

她往架子上的裂口杯里看了眼："有一枚五分钱，还有些一分的。"

"你能拿七分钱出去替我买个假胸襟和纸领子吗？"

弗兰西去布制品店给爸爸买周六晚上穿的亚麻服饰。假胸襟是用浆得笔挺的平纹细布做的衬衫前襟。一枚领扣将它系在脖子周围，配合背心固定住它的位置，用来替代衬衫。不过穿一回就得扔。纸领子其实并不是用纸做的。它叫这个名字是为了跟赛璐珞领子区别开。赛璐珞领子是穷人穿的领子，因为它用湿布擦一擦就能洗干净。而纸领子则是把一层薄薄的细棉布浆得很挺括，它只能用一次。

弗兰西回家时，爸爸已经刮好了胡子，打湿的头发向下梳得整整齐齐。他还擦亮了皮鞋，并穿上一件干净的汗衫。虽然汗衫没有熨过，背上还有个大洞，但气味很好闻、很干净。他站在一把椅子上，从橱柜顶层的架子上取下一个小盒子。盒子里装着几枚珍珠领扣，是凯蒂送他的结婚礼物。它们花光了她一个月的工资。约翰尼为此感到非常骄傲。无论诺兰家有多缺钱，也绝不会将它们典当出去。

弗兰西帮助爸爸把领扣别到假胸襟上。他用一枚金领扣将硬翻领扣上，那是他和凯蒂订婚前，希尔蒂·欧戴尔送给他的。他也不舍得扔。他的领结是很厚实的黑丝绸，用专业手法系成一个蝴蝶结。其他服务生戴现成的、系在松紧带上的领结。可约翰尼·诺兰不戴那个。其他服务生穿脏兮兮的白衬衫，或者虽然干净但没熨好的衬衫，还有赛璐珞领子。但约翰尼不会那么穿。他的衣着整洁得体，哪怕只是临时穿一次。

他终于穿戴好了：一头金色的鬈发闪闪发光，身上带着好闻的、洗漱刮脸后的清香。他穿上外套，得意扬扬地扣好扣子。虽然无尾礼服的丝绸翻领有些破旧，但谁会注意这个？毕竟他的西装如此合身，连裤缝都完美无比。弗兰西看着他擦得锃亮的黑皮鞋，注意到他的直筒裤一直垂到脚后跟，裤脚拂过他的脚背，好看极了。没有别的父亲能把裤子穿出这样的效果。弗兰西很为自己的父亲骄傲。她用一张干净的纸将熨好的围裙小心地包起来。这张纸是特地为了包围裙省下来的。

她走在他身边，送他去坐电车。女人们冲他微笑，但在注意到他牵着的小女孩时，笑容僵在了脸上。约翰尼看起来像个英俊潇洒、肆无忌惮的爱尔兰小伙子，而不是女清洁工的丈夫和两个老是挨饿的孩子的父亲。

他们经过加布里埃尔五金店，停下来看着橱窗里的旱冰鞋。妈妈从来没工夫这么做。爸爸说话的口气，就好像他总有一天会给弗兰西买一双似的。他们往街角走去。一辆格雷厄姆大道的电车驶来，爸爸配合电车减速的节奏，朝着车尾一跃而上。电车重新发动时，他站在后门的踏板上，抓着栏杆，探出身对弗兰西挥手。她想，她从来没见过有谁能像爸爸这样风度翩翩。

第四章

目送爸爸离开后,弗兰西去弗洛茜·加迪斯家看她为今晚的舞会准备了什么装束。

弗洛茜在一家儿童手套工厂当女工,挣钱养她妈妈和兄弟。手套是在反面缝制的,她的工作就是把它们翻到正面。她常常会把工作带回家,晚上加班加点地做,能多挣一分就多挣一分。因为她的兄弟得了肺痨,不能工作。

弗兰西听说亨尼·加迪斯快要死了,但她不相信。亨尼的样子并不像快死的人。事实上,他看起来好极了:皮肤光洁、脸颊红润,一双眼睛大而深邃,那灼灼的目光如同一盏不让风吹熄的油灯。但他知道自己的状况。他才十九岁,他渴望能活着,想不通自己为什么那么倒霉。加迪斯太太很高兴见到弗兰西。有人陪伴,亨尼就不会老想着自己的事了。

"亨尼,弗兰西来了。"她欢快地喊道。

"你好,弗兰西。"

"你好,亨尼。"

"你不觉得亨尼气色很好吗,弗兰西?告诉他,他看起来很好。"

"你气色很不错,亨尼。"

"她对一个快死的人说,他气色不错。"亨尼在和某个隐形人说话。

"我真这么觉得。"

"不,你没有,你只是说说而已。"

"你怎么能这么说,亨尼。你看我——我多瘦啊,但我从没想过自己快死了。"

"你不会死的,弗兰西。你生命力顽强,能轻松应付这烂透的人生。"

"但我还是希望,我的脸色能像你这么红润。"

"不,你要是知道我这脸色怎么来的,就不会这样希望了。"

"亨尼，你应该多去屋顶上坐坐。"他妈妈说。

"她对一个快死的人说，他应该去屋顶上坐坐。"亨尼对他的隐形伙伴说。

"你需要新鲜的空气和阳光。"

"别烦我，妈妈。"

"我是为了你好。"

"妈妈，妈妈，你别烦我！别烦我了！"

他突然低下头，用胳膊搂住脑袋，撕心裂肺地咳嗽起来，发出一阵痛苦的呜咽。弗洛茜和她的母亲看着对方，默认随他去了。她们把他留在厨房里咳嗽、呜咽，走到前屋去给弗兰西看衣服。

弗洛茜每周做三件事情：把反着的手套翻正、搭配舞会穿的衣服，以及追求弗兰克。她每周六晚上都去参加化装舞会，每次都穿不一样的衣服。这些衣服经过特殊设计，能遮掩她右臂的烫伤。在她小时候，有人把洗衣锅随意地扔在厨房地板上，导致她摔进了滚烫的水中，右臂被严重烫伤。长大后，伤口处的皮肤干枯、发紫，所以她一直穿长袖。

由于在化装舞会上，衣着的精髓在于低领露肩，所以她发明了一种露背装，胸口处也经过剪裁，展示出她饱满的胸脯，再搭配上一只长袖，遮住她的右臂。评委们认为，一只飘逸的长袖具有某种象征意义，所以她每次都能拿一等奖。

弗洛茜穿上今晚要穿的衣服。它看起来很像大众印象中克朗代克①舞女的服装：紫色缎子的紧身衣配上樱桃红的、层层叠叠的塔尔顿薄纱衬裙，左胸胸口处缝着一只金属亮片做的黑蝴蝶。一只长袖用的是豆绿的雪纺绸。弗兰西很欣赏这套衣服。弗洛茜的母亲打开壁橱的门，一排五光十色的衣服映入弗兰西的眼帘。

弗洛茜有六件不同颜色的紧身衣、六条塔尔顿薄纱衬裙，还有至少二十只雪纺衣袖，你能想到的颜色她都有。每周，弗洛茜都会更换组合，搭配出全新的服装。下一周，樱桃红的衬裙或许会在天蓝色的紧身衣下露出来，配上一只黑色雪纺袖子。诸如此类。那个壁橱里还有二十多把卷得紧

---

① 克朗代克，加拿大西北部育空地区的一个区，位于阿拉斯加以东。因1897—1898年的淘金热而知名。鼎盛时期有许多舞厅。——译者注

紧的、从没用过的丝绸伞,是她赢来的奖品。弗洛茜收藏并展示这些伞,就像运动员收藏他们的奖杯。看着这么多伞,弗兰西觉得很高兴。穷人总是对数目庞大的东西有极高的热情。

在欣赏衣服时,弗兰西突然开始感到不安。看着这些鲜艳的薄纱:樱桃红、橙色、亮蓝色、红色和黄色,她觉得似乎有什么东西暗暗躲在衣服后面。它被一件长长的、阴森的斗篷包裹住,长着咧嘴笑的骷髅头,手上白骨嶙峋,正藏在那些五彩斑斓背后,等待亨尼。

第五章

  六点时,妈妈和茜茜姨妈回家了。弗兰西很高兴见到茜茜姨妈。她是她最喜欢的姨妈。弗兰西很爱她,深深被她吸引。到目前为止,茜茜的人生都很刺激。她今年三十五岁,结了三次婚,生过十个孩子,但全都在刚出生不久时便夭折了。茜茜常说,弗兰西一个人抵他们十个。

  茜茜在一家橡胶厂工作,男人们认为她很狂放。她一双眼睛又黑又亮、盈盈顾盼,一头乌发卷曲着,皮肤光洁极了。她喜欢在头发上扎一个樱桃色的蝴蝶结。妈妈戴着一顶翠绿的帽子,衬得她皮肤白皙,仿佛瓶盖上滴落的奶油。她美丽双手上的茧子藏在了白棉手套下面。她和茜茜走进屋,兴奋地交流着,彼此回忆着在演出上听到的笑话,哈哈大笑。

  茜茜给弗兰西带了一件礼物:一个玉米芯烟斗。当你往里面吹气时,会弹出一只橡胶母鸡,膨胀开来,塞满整个斗钵。烟斗是茜茜厂里的。那家工厂会生产一些橡胶玩具作为幌子,但真正让工厂赚大钱的,是其他私下贩卖的橡胶制品。

  弗兰西希望茜茜能留下吃晚饭。因为茜茜在场时,一切都显得那么欢乐和迷人。弗兰西觉得茜茜很懂小女孩的心思。其他人把孩子当成既可爱又讨厌的小鬼,但茜茜却把他们当成重要人物。可是,尽管妈妈也劝她留下,但茜茜还是没有答应。她说,她必须得回家,她得去看看她丈夫是不是还爱她。这话逗得妈妈大笑起来。弗兰西也哈哈笑着,哪怕她并不明白茜茜的意思。茜茜离开前保证,她月初会带些杂志来。茜茜的现任丈夫给一家纸浆杂志①社工作。每个月,他都会收到杂志社的所有出版物:爱情故事、西部故事、侦探故事、灵异故事等等——那些杂志封面鲜艳多彩,

---

  ① 纸浆杂志是指1896年到1950年代后期的廉价小说杂志。"纸浆"一词源自印刷杂志的廉价木浆纸。——译者注

被一段崭新的黄色麻绳捆着，从仓库给他送来。茜茜一拿到手，就会带去给弗兰西。弗兰西如饥似渴地读完每一本，然后半价卖给社区文具店，把卖得的钱放进妈妈的锡储蓄罐里。

茜茜走后，弗兰西和妈妈讲了在罗什面包厂见到的老人和他那双恶心的脚。

"胡说八道。"妈妈说，"人老了并没有那么悲惨。如果他是这世界上唯一的老人——那的确很惨。但他还有别的老人做伴。老人们没有不开心。他们的需求跟我们不同。他们只想待在暖和的地方，吃软糯的食物，跟老伙伴回忆一下从前。你别犯傻。我们都有变老的那一天，这是肯定的。所以，你得尽快适应它。"

弗兰西知道妈妈说的是对的。不过……她仍然很高兴妈妈不再继续这个话题，转而聊起别的事情。她和妈妈开始安排下一周要用陈面包做什么吃。

诺兰家基本上靠吃陈面包过日子。凯蒂能用它做出非常棒的食物！她会取一块陈面包，往上面倒开水，做成面糊，加盐、胡椒、百里香、碎洋葱和鸡蛋（如果鸡蛋价格便宜）调味，放进烤箱里烘烤。等烤好呈棕黄色时，她将半杯番茄酱、两杯开水、调味料和少许浓咖啡调成酱汁，加入面粉勾芡，再倒在烤好的东西上。它诱人极了，热气腾腾的，吃上去美味可口，唇齿留香。吃剩下的那些，第二天会切成薄片，用热培根油煎一煎。

妈妈会用陈面包片、糖、肉桂和廉价的苹果薄片做非常好吃的面包布丁。等布丁烤得棕黄时，她就把融化的糖淋到上面。有时候，她会做一种她称为"Weg Geschnissen"的食物。这个词很难翻译，它是指把通常会被扔掉的碎面包废物利用，做成能吃的东西。将面粉、水、盐和鸡蛋调成面糊，把碎面包在面糊里浸一浸，然后放入热油中炸一下。弗兰西会趁炸碎面包的时候跑去小卖部，买一分钱的黄冰糖。把它用擀面杖碾碎，吃之前撒在炸好的碎面包上。冰糖不会完全融化，这让口感更加美妙。

周六的晚餐是顿大餐。诺兰家要炸肉吃！用热水将陈面包做成糊，把洋葱剁成末，放进一毛钱的碎肉中，和面糊一起搅拌。加入盐和一分钱的碎芹菜调味。之后将它们捏成小丸子，炸好后配热的番茄酱吃。这些肉丸有个名字叫"fricadellen",弗兰西和尼利觉得它的发音好笑极了。

大多数时候,他们都吃这些用陈面包做成的食物,还有炼乳、咖啡、洋葱、土豆,以及某样你总是会在结账最后一刻,一时冲动买下的一分钱的东西。有时候,他们能吃上香蕉。但弗兰西想吃其他水果,她总是很馋橙子、菠萝和橘子,尤其是橘子,她只能在圣诞节吃到。

有时候,她手头有多余的一分钱,就会去买碎饼干。食杂店店员会把一小张纸卷成喇叭状,在里面装满碎在盒子里的、不能再整块出售的甜饼干。妈妈立了规矩:如果你有一分钱,别买糖果或者蛋糕。去买苹果。可为什么要买苹果?弗兰西觉得,生土豆的味道和苹果一样好吃,而且生土豆她可以免费弄到。

不过,弗兰西也有食欲不振的时候,尤其是在漫长、寒冷又阴暗的冬天快结束时,无论弗兰西有多饿,吃什么都味同嚼蜡。这时,就该泡菜闪亮登场了。她会拿一分钱,去摩尔街上的一家商店。店里没有别的东西,全是各种泡菜,漂浮在加了许多香料的盐水里。一个长老模样的人留着长长的白胡子,头戴黑色的无檐便帽,一口牙全掉光了。他用一根叉状的大木棍守着泡菜缸。弗兰西像其他孩子那样要求道:

"给我一分钱的犹太佬泡菜。"

犹太人盯着这个爱尔兰小孩,一双小小的眼睛红着眼眶,眼神既痛苦又凶狠。

"外邦狗!外邦狗!"他很讨厌"犹太佬"这个词,朝她吐了口唾沫。

弗兰西并无恶意。她不明白这个词到底是什么意思。她觉得这代表的是某种异域风情。犹太人当然不知道她这么想。弗兰西听说,他有一缸泡菜只卖给非犹太人。据说他每天会朝这口缸里吐口水,或者干更糟糕的事情。这是他的报复方式。但从来没有证据表明,这个可怜的老犹太人真的做过这些事。弗兰西一点儿也不相信。

弗兰西请他从缸底捞根泡菜,这个要求让他勃然大怒,又是翻白眼,又是揪胡子。他用木棍搅着泡菜缸,骂骂咧咧的,脏兮兮的白胡子晃动着。最后,他捞出一大块上好的泡菜,青黄色的,两头很硬。他将泡菜放在一小张棕色的纸上。犹太人伸出被醋泡得毛毛糙糙的手,接过她的一分钱,嘴里依然骂个不停。之后,他回到店铺后面,逐渐平复心情。他坐下来,打起瞌睡,脑袋一点一点,胡子一翘一翘,做起故国旧日的美梦。

泡菜可以吃一整天。弗兰西吮吸着、小口小口地啃着。其实她并不是在吃,只是在享受拥有的感觉。他们在家里吃了数不清的面包和土豆,弗兰西心里很惦念这湿淋淋的酸泡菜。不知何故,在吃过一天泡菜后,她觉得面包和土豆又变得可口了。没错,吃泡菜的日子是值得期待的。

第六章

尼利回家了。他和弗兰西一起被派出去买周末吃的肉。这件事非常重要,妈妈细细叮嘱了一番:

"去哈斯勒的店铺买五分钱的熬汤骨。但别在他们家买碎肉。碎肉要去维尔纳的店铺买。买一毛钱的牛腿肉切碎,别让他拿盘子上的给你。对了,你带个洋葱去。"

弗兰西和弟弟在柜台前站了很久,屠夫才注意到他们。

"你们要什么?"他终于问道。

弗兰西开始交涉:"一毛钱的牛腿肉。"

"要剁碎的吗?"

"不要。"

"刚才有位女士买了两毛五的碎肉,我多剁了点儿,剩下的就在这盘子上。刚好一毛钱。真的,肉是我刚剁好的。"

妈妈提醒过弗兰西,要小心这个陷阱。无论屠夫说什么,都不要买盘子里的肉。

"不用,我妈妈说要一毛钱的牛腿肉。"

屠夫气呼呼地切下一块肉,称好分量,扔在纸上。他刚要包起来,弗兰西便颤巍巍地说:

"哦,我忘了,我妈妈想要剁碎的。"

"真是见鬼!"他在肉上砍了几刀,塞进绞肉机中。又被耍了,他悻悻地想。新鲜的碎肉以红色的螺旋状掉出绞肉机。他用手接住肉,正打算扔到纸上……

"我妈妈还说,要把这个洋葱一起剁进肉里。"她怯怯地拿出从家里带的去皮洋葱,在柜台上推给屠夫。尼利站在边上,什么话也没说。他的作用就是陪在一边,提供精神支持。

"天哪!"屠夫暴躁地说。但他还是用两把剁肉刀将洋葱剁进了肉里。弗兰西在一边看着,她很喜欢剁肉刀发出的鼓点般的节奏。屠夫再次把肉聚拢,扔到纸上,瞪着弗兰西。她倒吸一口气。最后一个要求是最难以启齿的。屠夫也觉得她还有话要说,站在那里,内心有种不安的预感。弗兰西一口气说道:

"还要一块板油用来炒肉。"

"乌龟王八蛋。"屠夫气愤地低声嚷嚷。他切下一块白白的板油,报复性地故意让它掉在地上。然后他捡起板油,摔在那堆碎肉上,怒气冲冲地包起来,抓过一毛钱。他一边把钱交给老板结账,一边咒骂命运让他成为一名屠夫。

买完碎肉,他们前往哈斯勒的店铺买熬汤骨。哈斯勒卖的骨头不错,但碎肉就未必了。因为他是关起门来剁的肉,谁知道你买到手的是什么。尼利拿着包好的肉等在外面,因为要是被哈斯勒发现你在别家买了肉,他会觉得伤自尊,叫你在哪家买的肉就去哪家买骨头。

弗兰西要了一根五分钱的上好骨头,骨头上带着点肉,用来炖周日的汤。哈斯勒让她等一等,同时和她讲起那个老掉牙的笑话:一个男人买了两分钱给狗吃的肉,哈斯勒问他是要打包,还是要在这里吃。弗兰西害羞地笑了,这反应令屠夫很满意。他朝冰箱走去,回来的时候拿着一根亮晶晶的白骨头,沾着乳白色的骨髓,根部还带着些许红肉。他让弗兰西仔细看看。

"你妈妈煮完骨头,"他说,"让她把骨髓拿出来,抹在一片面包上,加点胡椒和盐,给你做个好吃的三明治。"

"我会告诉妈妈的。"

"你吃了它多长点肉,哈哈。"

等到把骨头包好又收完钱,他切下厚厚一片猪肝肠递给她。弗兰西很抱歉,她欺骗了这个好心的男人,在别家店买了肉。妈妈不相信他剁的肉,真是太遗憾了。

天色尚早,街灯还没亮起。但卖辣根的老妈妈已经坐在哈斯勒的肉铺前,研磨起她的辣根来。弗兰西拿出从家里带的杯子。老妈妈给她装上半杯,收了两分钱。弗兰西很高兴办完了买肉的大事,接着去菜贩那里买两分钱的蔬菜烧汤用。她买了一根干瘪瘪的胡萝卜、一片蔫耷耷的芹菜叶、一个软塌塌的番茄，还有一小枝新鲜的欧芹。这些菜会跟骨头一起煮，熬成一碗浓浓的汤，汤上漂着些许肉末，还会加入自制的宽面条。这样的汤面配上抹了调味骨髓的面包，就是一顿丰盛的周日大餐。

晚饭吃的是炸肉丸、土豆、碎馅饼和咖啡，吃完后，尼利去街上找朋友玩耍。虽然没有信号也没有约定，但男孩们晚饭后总会聚在街角站一整晚，双手插兜、耸着肩膀，争论着、大笑着，推搡着彼此，吹着口哨又蹦又跳。

莫迪·多纳文来找弗兰西一起去做忏悔。莫迪父母双亡，她和两个在家做工的未婚阿姨一起生活。她们给一家棺材公司做女式寿衣，成打卖钱，以此谋生。她们做的是饰有丝绸穗带的寿衣：白色的给处女用，浅紫色的给年轻的已婚女性，紫色的给中年妇女，黑色的给老年妇女。莫迪带了些布料。她认为弗兰西可能会用它做点什么。弗兰西假装很高兴，但在把这些亮晶晶的碎布料收起来时，她害怕得瑟瑟发抖。

教堂里点着薰香，烛火摇曳，一片烟雾缭绕。修女们在祭坛上摆好鲜花。圣母祭坛上的花是最好的。在修女们中间，圣母比耶稣和约瑟更受欢迎。人们在忏悔室外排成队。姑娘们和小伙们想在外出约会前把这事了结。奥弗林神父的队伍是最长的。他年轻、善良、有耐心，对忏悔很宽容。

轮到弗兰西时，她推开沉重的门帘，跪在告解室里。神父打开那扇将他和罪人隔开的小门，在窗格前凭空画了一个十字架，古老的神秘感席卷而来。他闭着双眼，开始用拉丁语低声念叨，话音单调、语速很快。她闻到了薰香、蜡烛、鲜花，以及神父身上的上等黑布料和剃须膏混杂在一起的气味。

"保佑我，神父，因为我有罪……"

弗兰西很快坦白了罪行，并迅速得到赦免。她低着头、握着手，走出告解室，到祭坛前屈膝行礼，然后跪在栏杆边。她诉说着自己的忏悔，用珍珠母念珠计算着祷告的次数。莫迪的生活相对简单，要坦白的罪行比较少，所以很早就出去了。弗兰西出来的时候，莫迪正坐在外面的台阶上等她。

她们像布鲁克林的其他女孩一样，揽着彼此的腰，在街区里走来走去。莫迪有一分钱。她买了一个冰激凌三明治,请弗兰西咬了一口。没多久,莫迪就要回家了。晚上八点以后,家里人不允许她在大街上闲逛。女孩们分开前相互约定:下周六一起去做忏悔。

"别忘了,"莫迪一边倒退着走,一边朝弗兰西喊道,"这次是我叫你的,下次轮到你来叫我啦。"

"我不会忘的。"弗兰西保证说。

弗兰西回到家时,前屋里来了客人,是艾薇姨妈和她的丈夫,威利·弗里特曼。弗兰西喜欢艾薇姨妈。她长得很像妈妈。艾薇姨妈风趣幽默,说的话总能逗你哈哈大笑,仿佛在做喜剧表演。她能模仿全世界的任何人。

弗里特曼姨夫带了自己的吉他来。他弹起吉他,所有人都跟着唱歌。弗里特曼是个又瘦又黑的男人,有一头顺滑的乌发,以及如丝般光洁的小胡子。他右手缺了中指,能把吉他弹成这样已经很不错了。在需要用到中指的时候,他就重重敲一下吉他,敲出那个音调。这令他的歌曲有一种奇怪的节奏。弗兰西进屋时,姨夫差不多把曲子全弹完了,她刚好赶上听最后一首。

弹完后,他出去拿了一大罐啤酒。艾薇姨妈请他们吃一块黑麦粗面包和一毛钱的林堡奶酪。他们吃着三明治、喝着啤酒。弗里特曼姨夫酒后吐真言。

"看看我,凯特。"他对妈妈说,"你看到的是一个失败的人。"艾薇姨妈翻了个白眼,叹口气,抿着下嘴唇。"孩子们看不起我,"他说,"妻子也不需要我。还有鼓手,那匹给我拉送奶车的马,连它都想害我。你知道它前几天对我做了什么吗?"

他探过身来,弗兰西看到他眼眸发着光,眼眶含着泪。

"我当时正在马厩里洗马,我给它洗肚子的时候,它居然往我身上撒尿。"

凯蒂和艾薇对视一眼,目光闪闪地藏着笑意。凯蒂突然看向弗兰西,眼中依然笑盈盈的,可嘴上却显得很严肃。弗兰西低头盯着地板,皱着眉头,但心里也在偷笑。

"瞧瞧它干的好事。马厩里的所有人都在笑我。大家都嘲笑我。"他又喝下一杯啤酒。

"别这么说,威尔①。"他妻子说。

"艾薇不爱我。"他对妈妈说。

"我爱你,威尔。"艾薇温柔地向他保证,她轻柔的嗓音本身就是一种安慰。

"你嫁给我的时候是爱我的,但现在不爱了,不是吗?"他等待着。可艾薇什么也没有说。"你瞧,她不再爱我了。"他对妈妈说。

"我们该回家了。"艾薇说。

在上床睡觉前,弗兰西和尼利得读一页《圣经》和一页莎士比亚的作品。这是规矩。过去的每个晚上,是妈妈读两页给他们听,现在他们长大了,可以自己读了。为了节省时间,尼利读《圣经》那页,弗兰西则读莎士比亚。他们已经这样读了六年:《圣经》读了一半,《莎士比亚全集》读到《麦克白》。他们匆匆读完,到了十一点,诺兰家除了约翰尼还在工作,其他人都上床睡觉了。

周六晚上,弗兰西能去前屋睡。她在窗前用两把椅子拼了一张床,这样她可以透过窗户看到街上的人群。躺在那里时,弗兰西能听到夜晚房子里的各种噪音。人们在各自的公寓里进进出出。有的人很疲惫,拖着脚步。有的人脚步轻快地跑上楼梯。有个人绊倒了,在咒骂走廊里破旧的油毡。一个婴儿无精打采地哭着。楼下某间公寓里,一个醉汉在数落妻子过着罪恶的生活。

凌晨两点,弗兰西听见爸爸轻柔地唱着歌,走上楼梯。

……甜美的莫莉·马龙,

推着她的独轮车,

穿过大街和小巷,

大声吆喝……

在唱到"大声吆喝"时,妈妈开了门。这是爸爸和他们玩的一个游

---

① 威利的昵称。

爸爸带回家满满一纸袋的食物，
因为婚礼上有宾客缺席，所以晚宴剩下不少食物没人吃。

戏。如果他们在他唱完那一段之前开门，那就是他们赢。如果他在走廊里把歌唱完了，那就是他赢。

弗兰西和尼利下了床。爸爸掏出三块钱放在桌上，给两个孩子一人五分钱，但妈妈把钱放进了锡储蓄罐里，解释说他们当天已经从废品回收站拿过钱了。然后他们都围坐在桌边吃起东西来。爸爸带回家满满一纸袋的食物，因为婚礼上有宾客缺席，所以晚宴剩下不少食物没人吃。新娘把没吃完的食物分给了服务生们。那个纸袋里有半只冷掉的烤龙虾、五只冷透的炸牡蛎、一小罐鱼子酱，以及一块楔形的罗克福奶酪。孩子们不喜欢吃龙虾，冷牡蛎淡而无味，鱼子酱似乎也咸过头了。但他们实在太饿，把桌上的东西一扫而光，夜里就消化掉了。要是嚼得动，他们连钉子都能消化。

弗兰西吃完后，终于意识到她打破了斋戒的规矩：从午夜开始到第二天早上弥撒结束前，她不应该吃东西。现在她不能接受圣餐了。真是罪恶，她下周得和神父忏悔。

尼利回到床上，继续呼呼大睡。弗兰西走进漆黑的前屋，在窗边坐下。她不觉得困。爸爸妈妈坐在厨房里。他们坐在那里聊天，一直聊到黎明。爸爸说着晚上的工作和见到的人，说他们长什么样子、是如何讲话的。诺兰家的人总嫌自己的人生不够丰富，哪怕他们已经竭尽全力去过自己的生活，也没法得到满足。他们必须靠别人的生活来填补空缺，他们接触过的所有人都不放过。

就这样，约翰尼和凯蒂说了一整晚的话。黑暗之中，他们起起伏伏的声音听起来让人安心又放松。现在是凌晨三点，街道上万籁俱寂。弗兰西看见了住在街对面公寓里的姑娘，她和男朋友跳完舞回家了。他们站在门厅里，紧紧抱着彼此，一言不发，直到姑娘往后倒时不小心按响了门铃。然后姑娘的父亲穿着长衬裤下了楼，低声咒骂，说了些让小伙子滚蛋之类的话。姑娘跑上楼，咯咯笑个不停。她的男朋友沿着大街离开，口中吹着口哨，是《今夜只有我和你》的曲调。

当铺老板陶莫尼先生在纽约度过了纸醉金迷的一夜，坐着一辆汉索姆马车①返回家中。他从来没踏进过自己的当铺。当铺是他家祖传的，同时

---

① 汉索姆马车由英国建筑师约瑟夫·汉索姆于1834年设计并获得专利。因为它速度快、重量轻，所以在当时特别受欢迎。——译者注

传给他的，还有一位能干的掌柜。没有人知道，为什么陶莫尼先生这么有钱还要住在店铺楼上。他在脏乱的威廉斯堡过着纽约贵族般的生活。据一个去过他家的泥水匠说，他的房间里装饰着雕像、油画和白色的毛皮地毯。陶莫尼先生是个单身汉。整整一周都没人见过他。没人看见他周六晚上离开。只有弗兰西和巡警看见他回家。弗兰西看着他，觉得自己像是剧院包厢里的观众。

他那顶丝绒高顶礼帽斜扣在一只耳朵上，胳膊下面夹着一根手杖。手杖上的银制圆头在路灯下闪闪发光。他将白缎子的因弗内斯斗篷①往后一甩，掏了些钱出来。车夫接过钞票，用马鞭柄碰了碰他高顶礼帽的帽檐，抖了抖马缰绳。陶莫尼先生目送他驾车离开，仿佛这辆马车是他美好人生的最后一环。然后，他上楼去了自己的豪华公寓。

他应该经常去那些传说中的地方，像赖森韦伯餐厅和华尔道夫酒店。弗兰西决定，有朝一日，自己也要去那些地方看看。有朝一日，她要穿过仅隔了几个街区的威廉斯堡大桥，离开纽约的郊区，去那些高档的地方，在外面好好看一看。然后她就能更准确地了解陶莫尼先生了。

一阵清新的风从海上朝布鲁克林吹来。遥远的北面传来公鸡的打鸣声，那里住着意大利人，他们在院子里养了鸡。鸡一叫，远处的狗也吠叫着回应它。那匹名叫鲍勃的马正舒适地睡在马厩里，听见后也发出了询问的嘶鸣。

弗兰西很喜欢周六，不甘心把它睡过去。接下来的一周很可怕，她已经开始感到不安。她把周六的回忆牢牢印在脑海。除了那个等着买面包的老头，这个周六无可挑剔。

一周里的其他夜晚，她得睡在自己的小床上。通过通风井，她能依稀听到另一间公寓里的动静。那儿住着一个孩子气的新娘，她的丈夫是卡车司机，长得跟猿猴似的。新娘声音轻柔，带着央求，丈夫的声音则很粗犷，带着命令的口吻。随后会有一阵短暂的沉默。然后丈夫开始打呼，妻子则可怜兮兮地哭着，一直哭到天快亮了。

回忆起她的啜泣声，弗兰西瑟瑟发抖，本能地伸手捂住耳朵。然后她

---

① 一种短披肩大衣，因苏格兰的北部城市因弗内斯而得名，在19世纪的英国绅士之间颇为流行。福尔摩斯就喜欢穿这种衣服。——译者注

想起今天是周六,她睡在前屋,听不见通风井传来的声音。没错,现在仍然是周六,这太棒了。还要过很久才到周一,这中间夹着一个太平的周日。她还有时间去想棕色罐子里的旱金莲,还有那匹马站在阳光和树荫下洗澡的模样。她开始犯困,听凯蒂和约翰尼在厨房说了一会儿话,他们在回忆从前。

"我第一次见你的时候才十七岁。"凯蒂说,"当时我在卡瑟·布里德工厂上班。"

"那时候我十九岁。"约翰尼回忆道,"在和你的闺密希尔蒂·欧戴尔谈恋爱。"

"嚯,她这种人。"凯蒂嗤之以鼻。

暖风带着香甜的气息,轻轻拂过弗兰西的发丝。她趴在窗台上,脸颊枕在上面。一抬头,她就能看见在廉租公寓屋顶上方高悬的星星。过了一会儿,她陷入了梦乡。

A TREE GROWS IN BROOKLYN

第二卷

诺 兰
一家大事记

1900年夏,约翰尼·诺兰(约翰尼)与凯瑟琳·罗姆利(凯蒂)相识。

1901年元旦,约翰尼与凯蒂结婚。

1901年12月15日,弗朗西斯·诺兰(弗兰西)出生。

1902年12月23日,科尼利厄斯·诺兰(尼利)出生。

1904年,诺兰一家搬到了洛里默街。

1908年,诺兰一家搬到了格兰德街。

1909年8月,弗兰西与尼利去公共卫生中心接种疫苗。

1909年9月,弗兰西与尼利开始上学。

1909年10月,弗兰西转学。

1911年平安夜,弗兰西与尼利合力接住了一棵大圣诞树。

1913年夏,约翰尼带着弗兰西、尼利第一次出海。

1915年夏,弗兰西的作文《冬日》被刊登在校刊上。她第一次来了月经。

1915年12月25日,约翰尼去世,终年34岁。

1916年5月,弗兰西与尼利受坚信礼。

1916年5月28日,安妮·劳瑞·诺兰出生。

1916年6月,弗兰西与尼利小学毕业。

1916年,弗兰西进入工厂,成为一名花枝工。

1916年,弗兰西成为模范新闻剪报公司的一名阅读工。

1916年9月,尼利进入中学学习。

1917年6月,弗兰西成为一名操作电传打字机的学徒。

1917年夏,弗兰西开始在布鲁克林的一所大学开办的暑期班进修。与本·布莱克相识。

1918年春,弗兰西与李·赖诺相识。

1918年夏,弗兰西通过大学入学考试。

1918年9月,凯蒂与迈克尔·麦克沙恩结婚。

1918年9月,弗兰西即将前往密歇根大学学习。

第七章

十二年前的1900年，那也是一个布鲁克林的夏天，约翰尼·诺兰初次见到了凯蒂·罗姆利。当时他十九岁，她十七岁。凯蒂在卡瑟·布里德工厂上班。她最好的朋友希尔蒂·欧戴尔也在那里工作。虽然希尔蒂是爱尔兰人，而凯蒂的父母出生在奥地利，但她俩相处得很好。凯蒂更漂亮，不过希尔蒂更奔放。希尔蒂有一头金发，脖子上系着石榴红的雪纺绸蝴蝶结，喜欢嚼森森牌口香糖，对所有的新歌了如指掌，舞也跳得很棒。

希尔蒂有个男朋友，这个花花公子每周六晚上都会带她去跳舞。他的名字叫约翰尼·诺兰。有时候，他会在工厂外面等希尔蒂。他总是会带些小伙子和他一起等人。他们游手好闲地站在街角，讲着笑话，哈哈大笑。

一天，希尔蒂让约翰尼带个人来，给她的好友凯蒂找个伴，下次他们好一起去跳舞。约翰尼答应了。他们四人乘坐电车前往卡纳西①。小伙子们戴着草帽，草帽的带子一头系在帽檐上，另一头系在外套翻领上。猛烈的海风吹落了帽子，小伙子们拉着绳子扯草帽，逗得大家哈哈大笑。

约翰尼和他的女朋友希尔蒂去跳舞了。凯蒂拒绝和介绍给她的男伴跳舞，这小伙子头脑空空，讲话粗俗。有一次凯蒂从洗手间回来时，他说："我还以为你肯定掉下去了呢。"不过，凯蒂还是让他给自己买了一杯啤酒。她坐在桌边，看约翰尼和希尔蒂跳舞，心里想着：约翰尼真是全世界绝无仅有的小伙子。

约翰尼双腿修长，皮鞋擦得锃亮。跳舞时，他脚尖朝内，脚跟、脚尖随着优雅的节奏一摇一摆。跳舞很热，约翰尼将外套挂在椅背上。他的裤子很贴身，勾勒出臀部线条，白衬衫松松垮垮地垂在皮带上方。他穿着一

---

① 卡纳西是纽约市布鲁克林区东南部的主要居民区。——译者注

件高领衬衫，系着圆点领带（这和他草帽的带子很搭），淡蓝色的缎带袖箍套装在手臂上。凯蒂怀疑袖箍是希尔蒂为他做的，非常嫉妒，嫉妒到她余生都讨厌这种颜色。

凯蒂的视线没法从他身上移开。他很年轻，身材修长，一头金色鬈发闪闪发光，蓝色的眼睛深邃迷人，还有着挺拔的鼻梁和宽阔的肩膀。她听隔壁桌的姑娘们说，他穿得可真漂亮。她们的男伴则说，他舞也跳得漂亮。虽然他并不属于自己，但是凯蒂仍然为他感到骄傲。

当乐队奏响《甜美的露丝奥加》时，约翰尼出于礼貌，前来邀请凯蒂跳舞。感受着那搂住自己的胳膊，凯蒂本能地跟上了约翰尼的节奏，她知道，这就是她想要的男人。往后余生，她只求能看到他的身影，听见他的声音。她当场决定，只要能够和他在一起，这辈子做牛做马也值了。

或许，这个决定是她犯下的大错。她应该再等一等，等到出现一个对她也抱有这种感觉的男人。然后她的孩子们就不会忍饥挨饿，她自己也不必靠擦地板维持生计，他会成为她回忆里温柔的白月光。然而，除了约翰尼·诺兰，她谁都不要。她开始去接近他。

接下来的周一，凯蒂展开了有计划的行动。下班的哨声一响，她就冲出工厂，抢在希尔蒂之前赶到街角，用动听的声音喊道：

"你好，约翰尼·诺兰。"

"你好，凯蒂，亲爱的。"他回应。

从那以后，她每天都能和他说上几句话。约翰尼发现，自己也很期待在街角和她聊天。

一天，凯蒂借用了那个万能的女性借口，和她的女工头说自己来例假了，不太舒服，提前十五分钟下了班。约翰尼已经和朋友们等在街角了。他们吹着《安妮·鲁尼》的调子打发时间。约翰尼把草帽斜扣在头上，双手插兜，在人行道上跳了一段踢踏舞。路人们纷纷驻足欣赏，巡警大声说：

"哥们，你这是在浪费时间。你应该上大舞台表演去。"

约翰尼看见凯蒂来了，停下表演，冲她咧嘴一笑。她穿着一件灰色的紧身套装，模样妩媚动人。衣服上饰有工厂的黑色穗带，曲曲折折地缠绕着，旨在将注意力引向她大小适中的胸脯，不过紧身胸衣上的两排褶边已经让它足够醒目。为了搭配灰色套装，她头上斜戴着一顶樱桃红的塔姆帽①,脚上穿着铬鞣小山羊革的高帮纽扣皮鞋,鞋跟是线轴跟。她棕色的眼睛闪闪发光,脸颊红扑扑的,既兴奋又羞愧。她想,自己肯定能让人眼前一亮——为了追一个小伙子,她居然做到了这种地步。

约翰尼向她打招呼,其他小伙子纷纷离开。凯蒂和约翰尼完全不记得,他们在那个特殊的日子对彼此说了什么。他们的谈话漫无目的,却又重要无比,伴随着美妙的停顿和暗潮汹涌的激情,他们知道彼此深爱着对方。

工厂的哨声响起,姑娘们从卡瑟·布里德工厂蜂拥而出。希尔蒂穿着一身泥土色的棕黄套装,金灿灿的头发高高梳成蓬巴杜发型②,用一枚看起来很像凶器的帽针别着一顶黑色水手帽。看到约翰尼时,她宣示主权般地微微一笑。但当她发现凯蒂和他在一起,她的笑容抽搐了,受伤、恐惧和憎恶的感觉朝她袭来。她冲到他们面前,从水手帽上拔出那根长长的帽针。

"他是我男朋友,凯蒂·罗姆利!"她尖叫道,"你不能抢走他。"

"希尔蒂,希尔蒂。"约翰尼用柔和的语气不急不缓道。

"我想,这是个自由的国家。"凯蒂说着扬了扬脑袋。

"自由不是让你来抢人的!"希尔蒂大喊,用帽针朝凯蒂刺去。

约翰尼拦在两个姑娘中间,脸颊上被划了一道。这时候,卡瑟·布里德工厂的姑娘们围了过来,看着他们,兴奋地交头接耳。约翰尼一手抓着凯蒂的胳膊,一手抓着希尔蒂的,将她们带到街角,挤进一个门道。他伸手将两人拦住,对她们说话。

"希尔蒂,"他说,"我没有那么好。我不该骗你,因为现在我发现我不能娶你。"

"都是她的错。"希尔蒂哭着说。

"是我的错。"约翰尼大大方方地承认,"遇到凯蒂之前,我从来不知道什么是真爱。"

---

① 一种苏格兰式便帽,名称源于著名苏格兰诗人罗伯特·彭斯在1790年所写的同名诗歌中的人物。女士款在男士款的基础上结合贝雷帽改良。——译者注

② 这种发型起源于法国国王路易十五的情妇蓬巴杜夫人,是一种前面高耸、后面顺势而下的发型。猫王引领了该发型的男子版。——译者注

"但她是我最好的朋友。"希尔蒂可怜兮兮地说,仿佛约翰尼犯了某种乱伦之罪。

"可现在,她是我最好的女朋友,这点没什么可说的。"

希尔蒂哭泣着、争辩着。最终,约翰尼让她安静下来,解释了他和凯蒂的深情厚谊。到最后他说,希尔蒂有她的路要走,而他也有自己的路要走。他很喜欢这种说辞,于是又重复了一遍,享受着当下戏剧性的场面。

"所以,你走你的路,我走我的路吧。"

"你的意思是,我走我的路,你走她的路吧。"希尔蒂愤愤不平。

最后,希尔蒂独自离开。她耷拉着肩膀,沿着街道一路向前。约翰尼追了上去,在大街上拥抱她,温柔地和她吻别。

"我也不希望我们变成这样。"他悲伤地说。

"你才不这么想。"希尔蒂没好气地说。"如果你真这么想——"她又开始哭泣,"——你就该和她分手,重新跟我约会。"

凯蒂也在哭泣,毕竟,希尔蒂·欧戴尔曾经是她最好的朋友。她也亲吻了希尔蒂。希尔蒂的眼睛近在咫尺,眯缝着,充满泪水和恨意。凯蒂别过头,不敢去看。

就这样,希尔蒂走了她自己的路,约翰尼则走了凯蒂的路。

他们交往了一阵,订了婚。1901年元旦,他们在凯蒂所在的教堂结了婚。结婚时,两人认识还不到四个月。

托马斯·罗姆利绝不原谅他的女儿。事实上,任何一个女儿结婚,他都记恨着。他的育儿观念很简单,就是让自己有利可图:一个男人要享受做父亲的乐趣,尽量花最少的钱和精力抚养孩子,然后等他们一到十几岁,就让他们出去给自己这个父亲挣钱。凯蒂十七岁,结婚时才工作了四年。托马斯觉得她还欠着他钱呢。

托马斯·罗姆利什么人都讨厌,什么事都憎恶。从来没有人知道这是为什么。他是个身材结实的英俊男人,狮子一般的脑袋上顶着铁灰的鬈发。当年为了不被征去当兵,他带着新娘逃离了奥地利。虽然他痛恨自己的故国,但也十分顽固,拒绝喜欢他的新国家。如果他愿意,其实能听懂英语,也会讲英语。但是每当有人用英语跟他说话,他就拒绝开口回答,在他家里也禁止讲英语。他女儿们懂的德语很少。(她们的母亲坚持让姑娘们在家只说英语,理由是懂的德语越少,就越不容易发现父亲的残酷。)因此,四个女儿在长大过程中很少跟父亲交流。除了咒骂,他没对她们说过别的话。他把粗话脏话挂在嘴边,讲得像打招呼那么频繁。在气极了的时候,他会管发火的对象叫俄国佬。在他看来,这是最下流的脏话。他恨奥地利。他恨美国。但他最恨的是俄国。哪怕他从没去过那个国家,也从没见过俄国人。既然他对那个国家和那里的人民不甚了解,那他的仇恨从何而来呢?这件事没有人弄得明白。这就是弗兰西的外公。弗兰西像自己的妈妈和姨妈们一样讨厌他。

玛丽·罗姆利,托马斯·罗姆利的妻子,弗兰西的外婆,是个圣人。她没有接受过教育,不会读书,也不会写自己的名字。但她记得一千多个故事和传说。有些是她编出来哄自己孩子开心的,其他的则是从她妈妈和奶奶那儿听来的古老民间传说。她知道许多故国的歌曲,也理解所有至理名言。

她极为虔诚,了解每一位天主教圣徒的人生故事。她相信鬼怪、精灵,相信所有诡异的民间传说。她懂得各种药草,可以给你煮成药,也可以给你做出符咒——只要你不用它去做坏事。在故国,她因为智慧而受到尊重,许多人来向她寻求建议。她是个无可指摘、清清白白的女人,却能理解罪人们的感受。她极其严苛地约束着自己的道德,却能容忍其他人的弱点。她敬上帝、爱耶稣,但她也理解为什么人们常常会背弃这两位圣者。

她结婚时是个处女,卑微地顺从了丈夫粗暴的爱。他的粗暴在一开始就扼杀了她所有潜在的情欲。但她能明白,对爱的迫切渴求会让姑娘们——像人们指指点点的那般——走上歪路。她能明白,一个因为强奸罪被社区驱逐的小伙子,或许内心依然是善良的。她理解人们为什么会撒谎、偷东西、彼此伤害。她懂得所有可怜的人性弱点,也懂得许多残忍的力量。

但她不会读书也不会写字。

她的眼睛是温柔的棕色,清澈又纯洁。一头闪亮的棕发梳成中分,垂在耳侧。肌肤苍白,接近透明,嘴唇也很柔软。她说话的声音低沉、柔和、温暖人心、悦耳动听,能令听众感到舒心。她所有的女儿和外孙女都继承了她这样的嗓音特点。

玛丽确信,她无意间犯下了某种罪,所以嫁给了魔鬼本人。她真的相信这点,因为她丈夫就是这样告诉她的。他经常对她说:"我就是魔鬼本人。"

她常常看着他——两绺头发在他脑袋两侧翘起,冷冰冰的灰眼睛眼角上挑。她叹口气,心想:"没错,他就是个魔鬼。"

他会凝视着她那张圣洁的脸,用一种虚情假意的语气指控耶稣做了不可告人的事。这可把她吓坏了。她从门后的钉子上取下披巾,包住头、冲上街,不断走啊走啊,直到因为担心孩子才回家去。

她去三个小女儿上学的公立学校,用结结巴巴的英语告诉老师,一定要鼓励孩子们只说英语,绝不能再说一个德语词或者短语。那样她就能保护她们不受父亲的伤害。她的孩子们上完六年级就必须离开学校出去工作,这让她很难过。看着她们嫁给不中用的男人,她也很难过。她们生下女儿时她哭了,因为她知道生为女人,就意味着要一辈子谦卑顺从,吃苦耐劳。

每次弗兰西开始祷告,念到万福玛利亚,满有恩典,主与你同在时,外婆的脸就会出现在她眼前。

茜茜是托马斯·罗姆利和玛丽·罗姆利的长女。她在父母刚到美国三个月后降生,从来没上过学。在她应该入学的时候,玛丽不知道像他们这样的人能接受免费的教育。虽然法律规定要送孩子们去上学,但是也没有人来找这些无知的家长强制执行。等另外几个女儿到了上学的年纪,玛丽才了解到有免费教育。可茜茜当时已经超龄太久,不适合跟六岁的孩子们一起入学。于是她便留在家里帮母亲干活。

十岁时,茜茜的身体就已经完全发育,像三十岁的女人一样成熟。所有男孩都在追求茜茜,茜茜也在追求各种男孩。十二岁时,她开始和一个二十岁的小伙子谈起稳定的恋爱。她父亲狠狠揍了那小伙子一顿,拆散了他们。十四岁时,她开始和一个二十五岁的消防员约会。这一回她父亲没揍成消防员,反而被消防员轻松解决。所以这场恋爱谈到最后,消防员娶了茜茜。

他们去了市政厅,在那儿茜茜发誓自己已经年满十八岁,于是一位职员给他们办了结婚手续。邻居们都很震惊,但玛丽知道,对她如此早熟的女儿来说,结婚是再好不过的事情。

消防队员吉姆是个好人。他念完了小学,被认为是受过教育的人。他挣的钱很多,在家的时间很少,是个理想的丈夫。他们在一起非常幸福。茜茜对他没什么要求,只求多和他享受做爱的快乐,这让他十分高兴。虽然有时候,他也会因为妻子没文化而有些羞愧,但茜茜机灵又聪明,还非常热心,把日子过得其乐融融。渐渐地,他也不在乎她不识字了。茜茜对母亲和妹妹们非常好。吉姆给了她不少家用补贴,她花得很节省,经常能有多余的钱交给妈妈。

茜茜在结婚一个月后就怀孕了。虽然她的身份是已婚妇女,但实质上仍然是个顽皮的十四岁女孩。邻居们心惊胆战地看着她在街上和其他孩子们跳绳,毫不在意自己那沉甸甸的大肚子里有个即将出生的婴儿。

茜茜把一天的时间分配给煮饭、打扫、做爱、跳绳,还试图和男孩们一起玩棒球,余下的时间里,她为这个即将出生的婴儿做着准备。如果是个女孩,她打算让她跟母亲一样叫玛丽。如果是个男孩,那就叫他约翰。不知为何,她对约翰这个名字颇有好感,甚至开始用约翰称呼吉姆。她说她想用孩子的名字称呼他。起初,这只是个爱称。但很快所有人都管他叫约翰了。许多人以为这就是他的真名。

孩子出生了。是个女孩,生得很轻松。街区的产婆被叫了过来,一切都顺顺当当的。茜茜的分娩只花了二十五分钟,快得令人惊叹。整件事唯一的问题在于:这孩子生下来就是个死婴。婴儿出生和夭折的当天,恰好是茜茜的十五岁生日。

她悲痛了一阵子,悲痛改变了她。她干活更加勤快,把房子打扫得干干净净、一尘不染;对母亲更加贴心周到;不再像假小子一样调皮。她确信是跳绳让她的孩子付出了生命的代价。当她安静下来,看上去更显小、更像个孩子了。

到了二十岁,她已经生了四个孩子,全都是死胎。最终,她得出结论,这不是她的过错,是她丈夫的问题。生完头胎之后,她就再没跳过绳,不是吗?她告诉吉姆,她不再爱他了,因为他们爱情的结晶只有死亡。她让他离开自己。他争辩了几番,但最后还是走了。起初,他会时不时给她送钱来。有时候,茜茜寂寞了想找男人,就会从消防站跟前经过。

吉姆坐在外面，椅子斜靠在砖墙上。她会放慢脚步，面带微笑，扭着屁股。吉姆见到，便会擅离职守，带着她跑去公寓，两人寻欢作乐，在一起度过半小时左右。

后来，茜茜遇到了另一个愿意娶她的男人。她家里人都不知道那个男人真名叫什么，因为茜茜直接就管他叫约翰。她的第二次婚结得很简单。离婚程序复杂，价格昂贵。而且她是个天主教徒，不相信离婚。她和吉姆是由市政厅的职员办理的结婚手续。她觉得自己没去教堂结婚，认定这不算真正的婚姻。所以，为什么要让它妨碍自己呢？于是，她用自己婚后的名字又在市政厅结了婚，对上一段婚姻只字未提。不过这次办理手续的是别的职员。

她的母亲玛丽很伤心，因为茜茜没有在教堂结婚。茜茜的第二段婚姻给托马斯提供了折磨妻子的新手段。他经常警告她，他要去找警察告发茜茜，让他们以重婚罪将她抓起来。但没等到他去报警，茜茜便断定这第二位"约翰"也不是她要找的人。他们结婚四年，她又生了四个孩子，但也全是死胎。

她直截了当地解除了婚姻关系，告诉她丈夫：他是个新教徒。由于天主教堂不承认她的这段婚姻，所以她也不承认。她宣布自己又自由了。

"约翰"二号平静地接受了。他喜欢茜茜，和她在一起相当快活。但茜茜太多变了。尽管她极为坦率、极为天真，可他其实对她一无所知。他厌倦了和一个谜一般的人一起生活，所以分手并没有让他太过难受。

茜茜二十四岁时就已经生过八个孩子，没有一个活下来的。她认定是上帝反对她结婚。她在橡胶厂找了一份工作，告诉大家自己是个老处女（这话谁也不信），回家和妈妈一起生活。在她的第二段婚姻和第三段婚姻之间，她交往了许多情人，都管他们叫作约翰。

每经历一次徒劳的分娩，她对孩子的爱就加深一分。有时候她陷入了糟糕的情绪里，要是没个孩子来让她爱，她觉得自己会发疯。她将这种无处可给的母爱全倾注到了和她上床的男人身上，还有她的两个妹妹：艾薇和凯蒂，以及她们的孩子们。弗兰西很喜欢她。虽然她私底下听人说，茜茜是个坏女人，但她还是非常喜欢她。艾薇和凯蒂想冲这个老是犯错的姐姐发火，但她对她们实在太好了，她们没法继续生她的气。

弗兰西十一岁生日后不久，茜茜第三次在市政厅结了婚。第三位"约翰"在杂志社工作，通过他，弗兰西每个月都能获得那些好看的新杂志。为了这些杂志，她希望茜茜姨妈的第三段婚姻能够长长久久。

玛丽和托马斯的二女儿伊莉莎没有其他三个姐妹漂亮，也不像她们那么热情。她普通、无趣，对生活漠不关心。玛丽想送一个女儿去教堂，于是选中了伊莉莎。伊莉莎十六岁时进了修道院，选择遵守极为严格的教规，只有在父母过世的时候，才能离开修道院的大门。她的教名是厄休拉。厄休拉修女对弗兰西来说，像一个虚幻的传说。

在托马斯·罗姆利的葬礼上，弗兰西见过她一次。厄休拉修女离开修道院，来参加父亲的葬礼。当时弗兰西九岁，刚领完第一次圣餐，全心全意想把自己奉献给教堂，认为自己长大后可能会成为一名修女。

弗兰西兴奋地期待着见到厄休拉修女。想想看！自己有一个修女姨妈！这多光荣啊！但是当厄休拉修女俯下身亲吻她时，她看到对方上嘴唇和下巴上有细细的茸毛。这可把弗兰西吓坏了，她以为，所有小小年纪就进修道院的修女，脸上都会长出胡子来。于是弗兰西决定不当修女了。

艾薇是罗姆利家的第三个女儿。她也早早地结了婚，丈夫是威利·弗里特曼——一个英俊的黑发男子，小胡子如丝般顺滑，有一双水汪汪的眼睛，看起来像个意大利人。弗兰西觉得他名字很滑稽，每次一想到就会偷笑。

弗里特曼没什么出息。他倒也算不上懒汉，只是为人懦弱，成天哭哭啼啼的。不过，他会弹吉他。罗姆利家的女人有个弱点，会被有创造力或者有表演才华的人吸引。任何音乐家、艺术家，或者有讲故事才能的人，在她们眼里都很棒，她们觉得自己有责任去滋养和呵护他们。

艾薇是这个家里比较有教养的人。她住在便宜的地下室公寓里，紧邻一个非常高档的社区，研究着怎样让自己更上一个台阶。

她想成为大人物，想让孩子们得到自己从没享受过的特权。她有三个孩子：一个男孩跟爸爸同名，一个女孩叫布洛瑟姆，还有个男孩叫保罗·琼斯。她培养孩子的第一步，就是让孩子们离开天主教主日学校，送他们去圣公会主日学校。她相信，新教徒比天主教徒更有修养。

艾薇很喜欢音乐，但她自己缺乏天赋，于是积极在孩子们身上发掘。

她希望布洛瑟姆会喜欢唱歌，保罗·琼斯会拉小提琴，小威利则可以弹钢琴。但孩子们身上也没有音乐细胞。艾薇迎难而上，不管他们想不想学，都必须热爱音乐。就算他们生来没有天赋，那或许也可以通过一小时一小时的课程，给他们一点点灌输。她给保罗·琼斯买了一把二手小提琴，跟一个自称"小快板"教授的人讨价还价，把学费谈到每小时五毛钱。他教了小弗里特曼一些可怕的刮擦声，年底的时候，还教了他一首《幽默曲》。艾薇觉得这很好，儿子能拉首曲子了。这总比一直拉音阶好吧……呃，总是好一点的。所以，艾薇有了更大的野心。

她对丈夫说："既然我们给保罗·琼斯买了小提琴，那小布洛瑟姆也能上这门课，他们俩可以用同一把琴练习。"

"但愿时间不会撞上。"丈夫没好气地说。

"你觉得呢？"她气呼呼地回答。

于是，他们每周多凑出五毛钱，塞进布洛瑟姆手里。虽然布洛瑟姆很不情愿，但也被送去上了小提琴课。

关于女学生，"小快板"教授恰巧有个小怪癖。他会让她们在拉琴的时候，脱掉鞋子和袜子，光脚站在他的绿地毯上。这一小时里，他不会给她们打节拍或者纠正指法，只会痴痴地凝视着她们的双脚。

有一天，艾薇看到布洛瑟姆在做课前准备。她注意到那孩子脱了鞋和袜子，仔仔细细洗着自己的脚。艾薇觉得这虽然精神可嘉，却显得有些古怪。

"你现在洗脚做什么？"

"我要上小提琴课呀。"

"你拉琴是用手，又不是用脚。"

"要是脚很脏，我站在教授面前会害臊的。"

"他难道能看穿你的鞋子？"

"他不能，所以他总是让我把鞋子和袜子脱掉。"

艾薇一听，跳了起来。她对弗洛伊德一无所知，她贫瘠的性知识中也不包括这些癖好。但常识告诉她，"小快板"教授不应该收五毛钱一小时，却不好好工作。从那以后，布洛瑟姆再也不用上音乐课了。

问到保罗·琼斯时，他说上课时除了帽子，从没被要求脱掉任何东西。于是艾薇让他继续上课。他学了五年，拉琴的水平和他父亲弹吉他的水平差不多。可他父亲这辈子没上过一节课。

除了会点音乐以外，弗里特曼姨夫是个很无聊的人。他在家时，唯一的话题就是：那匹拉送奶车的马鼓手是怎样捉弄他的。弗里特曼和那匹马已经斗了五年，艾薇希望他们尽快做个了断。

虽然艾薇真心爱着她的丈夫，但她还是忍不住要去模仿他。她站在诺兰家的厨房里，假装自己是那匹马鼓手。她惟妙惟肖地还原了弗里特曼姨夫试图往马身上挂饲料袋的场景。

"那匹马就像这样站在马厩里。"艾薇弯下腰，直到脑袋几乎碰到膝盖，"威尔拿着饲料袋走过去。他刚要把袋子挂上去，马突然抬起了头。"讲到这里，艾薇猛地将头高高昂起，发出马一样的嘶鸣。"威尔在边上等着。马又把头低了下去。"艾薇夸张地垂下头，"威尔又拿着饲料袋过去，结果马再一次扬起了脑袋。"

"后来呢？"弗兰西问。

"后来我走了过去，把饲料袋挂到了马身上，事情就是这样。"

"马让不让你挂？"

"马让不让我挂？"艾薇对凯蒂说了句，然后将头转向弗兰西，"马甚至会跑到人行道上来迎接我，我还没举起饲料袋，它就把头伸了进去。它让不让我挂？"她气愤地嘀咕着，再次将头转向凯蒂："你懂的，凯蒂，有时候我觉得我男人是在嫉妒，看到鼓手那么喜欢我，他在吃马的醋。"

凯蒂张大嘴，盯着她看了一会儿，然后开始哈哈大笑。艾薇和弗兰西也大笑起来。两个罗姆利家的姑娘，加上弗兰西这半个罗姆利家的女孩，为了彼此共同的秘密——一个有关男人弱点的秘密，站在那里放声大笑。

这就是罗姆利家的女人们：妈妈玛丽，她的女儿艾薇、茜茜和凯蒂，还有弗兰西。她也会成长为一个罗姆利家的女人，哪怕她姓诺兰。她们全都身材苗条、纤纤弱质，有着好奇的眼睛，以及温柔又带着急迫的声音。

可她们的小身板，是看不见的薄钢板。

第八章

罗姆利家都是性格要强的女人,而诺兰家则是软弱却有才华的男人。约翰尼家族的人快绝种了。诺兰家的男人一代比一代英俊,也一代比一代软弱、迷人。他们虽然容易陷入爱情,但是却逃避着婚姻。这就是他们快绝种的主要原因。

露西·诺兰结婚没多久,就和她年轻英俊的丈夫离开爱尔兰,来了美国。他们每年生一个,一共生了四个儿子。米基·诺兰三十岁时死了,露西继续过日子,拉扯大四个孩子,让安迪、乔吉、弗兰基和约翰尼读完了六年级。每个男孩到十二岁时,就得离开学校,出去挣钱。

男孩们长大了,英俊潇洒,会玩乐器,能歌善舞,把姑娘们都迷得团团转。虽然诺兰家住在爱尔兰镇最破旧的房子里,但家里的男孩们是那片邻里中穿得最体面的。他们家厨房里常年架着熨衣板,因为一直有人需要熨裤子、领带或者衬衫。诺兰家的小伙子身材高大,一头金发,相貌堂堂,是这个贫民窟的骄傲。他们的鞋子擦得锃亮,走起路来健步如飞。他们的裤子非常贴身,帽子神气地戴在头上。但他们没活到三十五岁就全都死了——都死了,四个人里,只有约翰尼留下了子嗣。

安迪是最年长、最英俊的一个,一头金红的鬈发,五官精致迷人。他也得了肺痨。他和一位名叫弗兰西·麦兰妮的姑娘订了婚。他们不断推迟婚期,想等他身体好一些再成婚。可惜他从没好起来过。

诺兰家的小伙子们是歌手兼服务生。他们组成了诺兰四重唱乐队,后来安迪病得厉害,没法工作,于是就变成了诺兰三重唱。他们挣的钱并不多,大部分都花去买酒和赌马了。

安迪最后一次卧病在床时,兄弟们花了七块钱,给他买了一个真正的天鹅绒枕头,想让他在死前奢侈一回。安迪觉得这是个极好的枕头。他用了两天,最后吐出一大口鲜血,把全新的枕头染上一片红褐色。然后,安迪就死了。他的母亲在尸体前痛哭了三天。弗兰西·麦兰妮发誓她永不嫁人。诺兰家剩下的三个男孩则发誓，他们永远不会离开母亲。

六个月后，约翰尼和凯蒂结了婚。露西讨厌凯蒂。她本希望把自己的好儿子们都留在家里，一辈子陪着自己，直到她死了或者他们死了。在此之前，儿子们都拒绝成婚。但是那个姑娘——那个姑娘，凯蒂·罗姆利！她居然敢这么做！露西断定，约翰尼是被哄骗结婚的。

乔吉和弗兰基都很喜欢凯蒂，但认为约翰尼太不厚道，自己溜之大吉，把母亲留给他们照顾。不过，他们还是勉为其难地接受了这件事。他们想找样礼物祝贺两人新婚，决定把买给安迪的、没用多久的高档枕头送给凯蒂。母亲缝了一个新枕套，遮住那摊安迪临终时留下的丑陋血迹。就这样，这个枕头被传给了凯蒂和约翰尼。他们觉得它太高档了，不舍得在平时用，只有有人生病了才会拿出来。弗兰西管它叫"病人枕"。凯蒂和弗兰西都不知道，那个枕头曾经睡过死人。

约翰尼结婚大约一年后，弗兰基（很多人觉得他比安迪更英俊）一天晚上在聚会上喝多了酒，摇摇晃晃地往家走，路过一户爱好园艺的布鲁克林人家。那家人在门廊前插了几根尖锐的小棍子，拉上铁丝网，圈出一平方英尺①的草地。弗兰基被那紧绷的铁丝绊倒了，其中一根棍子戳进了他的胃部。不知道他是怎么爬起来回到家里的。他当天夜里就死了。死的时候孤身一人，最后关头，没有神父来赦免他所有的罪。于是他的母亲在余生中，每个月都会做一场弥撒，愿他在炼狱中徘徊的灵魂得以安息。

这才一年多的时间，露西·诺兰就失去了三个儿子：两个死了，一个结婚了。她为这三个儿子伤心不已。乔吉一直陪在她身边，但他在三年后也死了，终年二十八岁。那时，诺兰家的男孩就只剩下二十三岁的约翰尼。

这就是诺兰家的男孩们。全都英年早逝。全都因为自己的粗心大意或者糟糕的生活方式暴毙而亡。约翰尼是他们中唯一一个活过三十岁生

---

① 1平方英尺约等于0.093平方米。

日的。

作为他们的孩子，弗兰西·诺兰继承了罗姆利家和诺兰家所有的特点。她和贫穷的诺兰们一样，有着显而易见的缺点，也有对美的热情。她身上融合了罗姆利家外婆的神秘、她讲故事的本事、对万事万物的强烈信心，以及对弱者的同情。她很顽强，具备罗姆利家外公的残酷意志。她继承了一部分艾薇姨妈的模仿天赋，一部分露西·诺兰的占有欲，还有茜茜姨妈对生活以及孩子们的热爱。她虽然没有约翰尼的好相貌，但却和他一样多愁善感。她拥有凯蒂全部的温柔，但只学到了凯蒂一半的强硬。她是由所有这些优缺点组成的。

当然，她身上也不止这些。她是在图书馆读过的书本，她是棕色罐子里的鲜花。院子里茂密生长的树木，也是她生命的一部分。她是和自己心爱弟弟的激烈争吵，她是凯蒂私底下的绝望哭泣，她是爸爸醉醺醺回家时的羞愧难当。

她身上有这所有的一切，但还有些东西，并非来自罗姆利家或者诺兰家，也不是她从日复一日的阅读、观察和生活中获得的。那是她与生俱来的东西，也只属于她自己——不同于她父母家庭中的任何一个人。那是上帝或者类似上帝的神明赋予每个灵魂的特性，是独一无二的存在，正如地球上不会有两个一模一样的指纹。

第九章

约翰尼和凯蒂结了婚,搬去威廉斯堡一条名叫博加特街的僻静小路。约翰尼选择这条街,是因为它的名字听起来有种阴森恐怖的刺激感。结婚的第一年,他们过得非常幸福。

凯蒂之所以嫁给约翰尼,是因为喜欢听他唱歌、看他跳舞,欣赏他的打扮。和其他女人一样,结婚后,她就想要彻底改造他。她劝说他放弃歌手兼服务生的工作。约翰尼还陷在爱情里,急于取悦她,痛快地答应了。他们一起找了份工作,在公立学校当看守。他们很爱这份工作。当其他所有人都去睡觉的时候,他们的一天就开始了。凯蒂有一件黑色外套,大大的羊腿袖上装饰着许多穗带,那是她最后一次从工厂顺来的。晚饭后,她会穿上那件外套,戴上樱桃红的羊毛头巾(她管它叫云朵),和约翰尼一起出门上班。

学校又小又旧,但很温馨。他们很期待在那儿过夜。两人手挽着手散步,他穿着他的漆皮舞鞋,她穿着她的山羊皮系带高筒靴。有时候夜间很冷,他们会在漫天繁星下跑跑跳跳,纵声大笑。私人拥有钥匙可以进入学校,这让他们觉得自己非常重要。一整晚,学校都是他们的地盘。

他们一边工作,一边玩游戏。约翰尼坐在一张桌子边,凯蒂假装是老师。他们在黑板上给彼此写字。他们把像百叶帘一样卷起的地图拉下来,用带橡皮头的教棒指着外国。想到那些陌生的大地和未知的语言,他们内心充满好奇。(当时他十九岁,她十七岁。)

他们最喜欢打扫礼堂。约翰尼一边掸落钢琴上的灰尘,一边伸出手指抚摸琴键。他弹了几组和弦。凯蒂坐在前排让他唱歌。他对她唱着当时的伤感歌曲:《她或许见过更好的日子》,或者《我为你心碎》。住在附近的人会被这夜半的歌声唤醒,他们躺在温暖的床上,睡眼惺忪地听着,对枕边人喃喃低语:

"那小伙子,也不知道是谁,真是被耽误了,被耽误了啊。他应该上台演唱去。"

有时候,约翰尼会在小小的讲台上跳一支舞,假装这里是舞台。他是那么优雅、那么英俊、那么深情,光是活生生地站在那里,就足以光芒四射。凯蒂看着他,觉得自己简直幸福得要死。

两点时,他们走进教师餐厅,用那儿的煤气灶煮咖啡。他们在橱柜里放了一罐炼乳。热气腾腾的咖啡香气扑鼻,弥漫在整个屋子里,他们很享受这种香味。黑麦面包和博洛尼亚三明治①很好吃。有时候,吃过晚饭,他们会去教师休息室。那里有一张印花棉布沙发,两人会搂着彼此,在那儿躺一会儿。

最后,他们会清空废纸篓。凯蒂从废弃的粉笔和铅笔里挑出长一点的捡起来,带回家,保存在一个盒子里。后来弗兰西长大一点,看到有那么多粉笔和铅笔可以用,觉得自己富有极了。

黎明时分,他们离开学校,把干净、亮堂、温暖的校舍交给白天的看门人。他们散步回家,看着天空中的星星逐渐变得暗淡。两人从面包店路过。地下室的烘焙间里,刚烤好的面包卷飘出阵阵香气,钻进他们的鼻子里。约翰尼跑下去,花五分钱买了刚出炉的小圆面包。到家后,他们喝着热腾腾的咖啡,咬着暖烘烘的甜面包,吃了一顿早餐。然后约翰尼跑出门,买一份《美国人》早报,在凯蒂打扫房间的时候,读新闻给她听,一边读一边评论。中午,他们会吃热乎乎的炖牛肉和面条,或者类似的美食。午饭后,他们就去睡觉,一直睡到该起床上班的时候。

他们一个月挣五十,这在当时对他们那个阶层来说,是一笔不错的收入。夫妻俩过得很滋润,这种生活非常棒——既幸福,又充满各种小奇遇。

当时他们是那么年轻,对彼此又那么深情。

几个月后,凯蒂发现自己怀孕了,他们始料未及,大为吃惊。凯蒂告诉约翰尼,她"有了"。约翰尼起初很茫然,不知所措。他不想让她再去学校工作。但她告诉他,自己在不确定是否怀孕的情况下,已经工作了好

---

① 博洛尼亚三明治是在美国和加拿大常见的三明治,由切成薄片的博洛尼亚香肠和各种调味品(如蛋黄酱、芥末和番茄酱)制成。——译者注

一阵，也没有觉得不舒服。她说服约翰尼，工作对她有好处，所以约翰尼让步了。凯蒂继续上着班，直到身子太过笨重，没法去桌子下面擦灰。很快，她几乎什么都做不了了，只能陪在他身边，躺在那张两人曾经做过爱的鲜艳沙发上。现在所有的活都是约翰尼干。凌晨两点，他笨手笨脚地给她做三明治，咖啡也煮过头了。但他们仍然非常幸福，尽管随着时间的推移，约翰尼变得越来越焦虑。

寒冷的十二月，在某个长夜将尽之时，凯蒂开始阵痛。她躺在沙发上，克制着疼痛，不想告诉约翰尼，一直忍到他把活干完。回家的路上，凯蒂感觉到一股撕裂般的疼痛，忍不住呻吟起来。约翰尼知道，孩子快出生了。他把凯蒂带回家，放到床上，没给她脱衣服，而是给她盖上了暖暖的被子。然后他跑过街区去找产婆金德勒太太，求她快点去接生。这个老太太动作慢悠悠的，快把约翰尼急疯了。

金德勒太太必须先取出头发里的几十个卷发夹。而且还得找到假牙，没有假牙她拒绝去接生。约翰尼帮着她一起找，最后在外面窗台上放着的玻璃杯里找到了。假牙泡在水里，水结成了冰。必须得等冰融化了，她才能把假牙装上。装上后，她还要制作一枚护身符。她取来一片在棕榈主日祭坛上受过祝福的棕榈叶，加上一个带圣母像的徽章、一根小小的蓝色羽毛、一片折断的小刀刀片，以及一小枝药草。她把这些东西用一根脏兮兮的细绳绑起来。这绳子很有来头，是从一名妇女的紧身胸衣上拿来的。这名妇女只用了十分钟就生下了一对双胞胎。接着，她朝这些东西上洒了圣水。据说这些水来自耶路撒冷的一口水井，有一次耶稣口渴时，曾在那井里取水喝。她对惊慌失措的约翰尼解释，这枚护身符能减轻凯蒂的疼痛，确保她生下一个健健康康的宝宝。最后，她抓起自己的鳄鱼皮包——社区里的每个人对它都很熟悉，小孩子们都相信：他们就是被装在这个包里交给了自己的母亲——当时自己还在包里踢脚呢。做完这一切，产婆准备出发了。

他们赶到时，凯蒂正痛得尖叫连连。公寓里挤满了邻居家的女人，她们站在周围，一边祈祷，一边回忆自己生孩子的经历。

"生我们家文森特的时候，"一个说，"我……"

"我当时比她还小呢，"另一个说，"当时……"

"他们没想到我能挺过来，"第三个人骄傲地说，"可是……"

女人们把产婆迎进屋,将约翰尼赶出了门。他坐在门廊上,凯蒂每尖叫一声,他就哆嗦一下。他很迷茫,这件事来得太突然了。现在是早上七点。即便关着窗户,凯蒂的尖叫声依然不断向他传来。男人们上班路过这里,先看了看传出尖叫声的窗户,又看了看蜷缩在门廊上的约翰尼,脸上露出沉重的表情。

凯蒂生了一整天,约翰尼什么忙也帮不上——他什么事都做不了。到了晚上,他再也没法忍受,跑到自己妈妈家里寻求安慰。他告诉妈妈,凯蒂正在生孩子。他妈妈悲痛万分,快要吵翻天了。

"现在她彻底抓住你了。"她号啕大哭,"你永远不可能回到我身边了。"她完全不听劝。

约翰尼去找哥哥乔吉,乔吉正忙着跳舞。于是他便坐下喝酒,等着乔吉把舞跳完。约翰尼完全忘了自己此刻应该在学校上班。那天晚上,乔吉空下来以后,他们去了好几家通宵酒吧,在每个地方喝上一两杯酒,跟所有人讲约翰尼的遭遇。男人们同情地听着,请约翰尼喝酒,并信誓旦旦地说,他们都经历过同样的磨难。

天快亮时,两个小伙子回到妈妈家,约翰尼提心吊胆地睡了过去。九点时,他醒了过来,有一种不祥的预感。他想起凯蒂,还后知后觉地想起了学校的工作。他洗漱完,穿戴好,开始往家里跑。路上经过一个水果摊,给凯蒂买了两个牛油果。

他不知道那天晚上发生的事情,不知道他妻子忍受了多么剧烈的疼痛,熬过将近二十四小时,才生下一个弱小的女婴。本次生产唯一的成就是:婴儿生来就有胎膜——那意味着这孩子将来会在世界上大有出息。产婆偷偷顺走了胎膜,之后将它以两块钱的价格卖给了布鲁克林海军船坞的一个水手。据说身上带着胎膜的人绝对不会淹死。水手将胎膜装进一个法兰绒袋子里,戴在自己脖子上。

那天晚上,约翰尼喝醉酒,睡了过去。他不知道夜里降温后,本该由他照管的学校火炉熄灭了,导致水管冻裂,地下室和一楼都被水淹了。

他回到家,发现凯蒂躺在黑漆漆的卧室里。婴儿睡在她身边,枕着安迪的枕头。公寓里整洁极了,邻居家的女人们把房间打扫得干干净净。屋子里隐隐散发出石碳酸混杂着美能牌爽身粉的气味。产婆临走前说:"接生费五块钱,你丈夫知道我住哪儿。"

她走了，凯蒂将脸转向墙壁，努力克制着眼泪。那天晚上，她安慰自己，约翰尼在学校上班呢。凌晨两点是他们吃夜宵的时候，她本期待着他会趁空跑回家一会儿的。现在已经快到中午，他怎么还没到家。或许，晚班后，他去他妈妈家补觉了。她说服自己，无论约翰尼在做什么都没关系，他会给出解释让她安心。

产婆走后没多久，艾薇过来了。是邻居家一个小男孩去叫她的。艾薇带来一些甜黄油和一包苏打饼干，给她泡了茶。凯蒂吃得香极了。艾薇仔细瞧了瞧婴儿，觉得看起来不太好看，但她什么也没对凯蒂说。

约翰尼到家后，艾薇开始责备他。但当她看到他一脸苍白又恐慌的样子，再想到他年纪轻轻——也才二十岁而已，就把话咽了下去。艾薇亲吻约翰尼的脸颊，让他别担心，还给他现煮了些咖啡。

约翰尼几乎没怎么看孩子。他手里还抓着牛油果，跪在凯蒂床边哭泣，既害怕又担心。凯蒂跟着他一起哭。那天晚上，她很想让他陪在自己身边。但现在，她却希望自己可以悄悄生下孩子，躲到某个地方等事情结束，再回来告诉他一切都好。她经历过那种痛苦，就像是被活生生放在滚烫的油里煮，求生不得求死不能。她经历过那种痛苦。老天爷啊！这难道还不够吗？为什么他也必须要一同承受？他对这种痛苦没有准备，但是她有。她两小时前刚生下一个孩子，现在虚弱极了，连从枕头上稍稍抬起头都做不到。尽管如此，凯蒂还是安慰约翰尼，叫他别担心，她会照顾好他的。

约翰尼渐渐觉得好受些了。他告诉凯蒂，毕竟这算不了什么大事，他知道许多丈夫都"经历过这场磨难"。

"现在，我也经历过这场磨难了。"他说，"现在，我是个男人了。"

然后他对着孩子大惊小怪了一番。在他的提议下，凯蒂同意用他哥哥安迪的未婚妻弗兰西·麦兰妮的名字，给这个小女婴起名叫弗兰西。他们觉得，让她做孩子的教母，能帮助她修补受伤的心灵。如果安迪还活着，她本该嫁进诺兰家，和这个孩子拥有同样的名字：弗兰西·诺兰。

约翰尼用食用油和醋把牛油果拌成沙拉，送到凯蒂跟前。这寡淡无味，凯蒂有些失望。约翰尼说，这就像是吃橄榄，你得习惯它的味道。约翰尼这么想着她，凯蒂很感动。为了他，凯蒂吃了沙拉。她还让艾薇尝了几口。艾薇尝完说，她宁愿吃番茄。

约翰尼在厨房喝咖啡时,一个男孩从学校带来一张校长的字条。字条上说:约翰尼因为工作疏忽,被解雇了。校长通知他去学校,把他该拿的钱结了。字条最后还说,他是不会给约翰尼写推荐信的。约翰尼读完条子,脸色苍白。他给了男孩五分钱,感谢他带信来,并让他告诉校长,自己会过去的。他撕了字条,对凯蒂只字未提。

约翰尼见了校长,试图解释。校长告诉约翰尼,既然他知道自己要有孩子了,就应该对工作更加上心。出于好意,校长经过考虑,对约翰尼说:水管爆裂造成的损失就不用他赔偿了,教育委员会会负责的。约翰尼谢了校长。校长让他签了一份凭证,保证下回收到工资支票时,会把它交给自己。然后,校长从自己口袋里拿出钱,付给约翰尼。总而言之,校长根据自己的想法,尽力让这件事情得到善了。

约翰尼给产婆付了钱,又把下个月的房租交给房东。现在他们有个孩子要养,凯蒂又很虚弱,得休息一阵,没法干太多活。而且他们还失业了。意识到这些时,他有点害怕。最后,他安慰自己:房租已经付了,他们还能在这里安顿三十天。到时候肯定会有转机的。

下午,他走到罗姆利家,告诉玛丽·罗姆利,孩子出生了。去那儿的路上,他停在橡胶厂门口,找了茜茜的领班。他请领班告诉茜茜:孩子生好了,她下班后能来看下吗?领班说他会转达的,然后眨眨眼睛,戳了戳约翰尼的肋骨,说:"不错啊,伙计!"约翰尼咧嘴一笑,给他一毛钱,叮嘱道:

"去买根上好的雪茄烟抽吧,我请客。"

"好的,伙计。"领班答应道。他拉着约翰尼的手摇了摇,再次保证会替他带话给茜茜。

玛丽·罗姆利听到消息后哭了。"可怜的孩子,可怜的小家伙。"她痛哭道,"生在这个悲惨的世界,生下来受苦受难。哎,快乐很短暂,更多的是艰苦劳作。哎,哎。"

约翰尼很想告诉托马斯·罗姆利,但玛丽恳求他现在别去。托马斯讨厌约翰尼·诺兰,因为他是爱尔兰人。他讨厌德国人、美国人、俄国人,但他最受不了的是爱尔兰人。尽管他对自己的种族深恶痛绝,但他是个极端的种族主义者。他有种论调:两个异族通婚,生下的孩子就是杂种。

他的论据是:"如果我让金丝雀和乌鸦交配,会是什么结果?"

约翰尼把岳母送到自己家里，然后出去找工作了。

凯蒂很高兴见到妈妈。分娩时的阵痛仍然记忆犹新，现在她知道自己出生时，母亲遭了什么罪了。她想到她妈妈生了七个孩子，把他们养大，看着其中三个死去，知道剩下的几个注定忍饥挨饿，受苦受难。她预感到，自己这个出生不到一天的孩子，也注定是同样的命运。她变得忧心忡忡。

"我懂什么呢？"凯蒂问她妈妈，"我只能教她我懂的事情。可是我懂的实在太少。你是穷人，妈妈，约翰尼和我也都是穷人。这个婴儿长大后肯定也穷。我们这辈子也就这样了。有时候我觉得，日子会一年不如一年。时间一年年过去，等我和约翰尼老了，情况不会有任何改善。现在我们只是年轻力壮，干得动活，老了以后，就没力气了。"

接着，她突然反应过来。"我是说，"她想，"我能干活。我指望不了约翰尼。我总得去照顾他。哦，上帝，别再让我生更多的孩子了，否则我就没法照顾约翰尼了。我得去照顾约翰尼，他自己没法照顾自己。"她妈妈打断了她的思路。玛丽说道：

"我们在从前的国家有什么呢？什么都没有。我们是农民，经常饿肚子。后来，我们来了这里。日子也没好太多，只是你爸爸不会像原先那样被抓去当兵了。但除此以外，日子更加艰难。我很想念故乡，想念那些树木和开阔的田野，想念熟悉的生活和从前的老朋友们。"

"既然你不指望过得更好，那你为什么要来美国呢？"

"为了我的孩子们，我希望他们出生在一个自由的国度。"

"可你的孩子们也不怎么争气，妈妈。"凯蒂苦涩地笑了笑。

"这里有从前的国家没有的东西。尽管生活艰苦，环境陌生，但这里有——希望。在我们从前的国家，一个人即便再努力，也没法超过他的父亲。如果父亲是个木匠，儿子可能也是木匠，不会成为老师或者牧师。他或许会进步，但顶多就做到他父亲那种程度。在我们从前的国家，人们被自己的过去所束缚。但在这里，一个人是属于未来的。在这片土地上，他或许能实现自己的理想，只要他心地善良、踏实肯干、不走歪路。"

"不是这样的。你的孩子们并没有超过你。"

玛丽·罗姆利叹了口气："这可能是我的错。我不知道怎样教育我的女儿们，因为我什么都没有。我们家几百年来都给领主种地。我没有送我的第一个孩子去学校。我太无知了，一开始并不知道，在这个国家，像我们这样的人能免费让孩子接受教育。所以，茜茜没机会超过我。但我另外三个孩子……你们是上过学的。"

"我只上到六年级，如果这也算受过教育的话。"

"还有你家欧翰尼，"——她总念不对他的名字——"他也上过学。你看不出来吗？"她的声音兴奋起来，"事情已经起了头——会越来越好的。"她抱起孩子，高高举起。

"这个孩子的父母都能读书写字。"她简单地说，"对我来说，这就是了不起的奇迹。"

"妈妈，我年纪还轻，妈妈，我只有十八岁。我身体强壮，会努力工作的，妈妈。但我不想让这个孩子长大后只能干体力活。我必须怎样做才行呢，妈妈？我必须怎样做才能给她创造出不同的世界？我该怎么开始？"

"秘诀就是读书和写字。你能读书。你一定要每天给自己的孩子读一页好书。你必须每天这么做，直到孩子学会自己读书。然后，必须让她每天都读。我知道这就是秘诀。"

"我会读的。"凯蒂保证，"什么是好书呢？"

"有两本伟大的书。一本是莎士比亚的。我听说，生命中所有的奇迹都在那本书里。人类对美、对智慧、对生活的所有了解，都在那些书页上。据说这些故事是会在大舞台上演出的。我从没和看过这种高雅戏剧的人说过话。但我听从前我们在奥地利的领主说，有几页内容就跟歌一样能唱出来。"

"莎士比亚的书是德语的吗？"

"是英语的。我听我们领主是这么对他小儿子说的。他儿子去念了著名的海德堡大学，那是很久前的事了。"

"另一本伟大的书是什么呢？"

"是新教徒读的《圣经》。"

"可我们有自己的《圣经》，天主教的《圣经》。"

玛丽偷偷环顾房间："虽然一个好的天主教徒不该说这种话，但我相信，新教的《圣经》把这个地球上最伟大的故事讲得更吸引人些。我有一个很要好的新教徒朋友，她曾经给我念过他们的《圣经》。听完后，我觉得我的判断没错。"

"那么，就读这本书吧，还有莎士比亚的书。你每天都必须给孩子各读一页——哪怕你自己也不明白那写的是什么意思，哪怕你不能正确念对那些文字。你必须这么做，这样等孩子长大就会懂得什么是好的东西——就会知道威廉斯堡的廉租公寓并非世界的全部。"

"新教的《圣经》和莎士比亚的书。"

"你还要把我给你讲过的传奇故事告诉你的孩子——这是母亲对孩子口口相传的故事，我外婆告诉了我妈妈，我妈妈又告诉了我。你得给孩子讲我们祖国的童话。你得讲讲那些地球上不存在，但永远活在人们心里的——仙子、妖精、矮人等等。你得讲讲缠着你父亲那一家的恶鬼，还有给你阿姨施妖法的邪恶眼睛。你得教教孩子，我们家的女人在家里要出事或者死人的时候，会收到怎样的征兆。另外，这个孩子必须信仰上帝和上帝唯一的儿子耶稣。"她在胸前画了个十字。

"哦，你千万别忘了圣诞老人。孩子在六岁前都要相信圣诞老人。"

"妈妈，我知道这世界上没有鬼魂也没有仙子。我教孩子的都是愚蠢的谎话。"

玛丽连忙大声反驳："你怎么知道地上没有鬼魂，天堂没有天使？"

"我知道没有圣诞老人。"

"但你必须把这些东西教给孩子。"

"为什么？我自己都不相信它们。"

"因为，"玛丽·罗姆利简单地解释，"孩子必须拥有一样非常宝贵的东西，那就是想象力。孩子必须拥有一个秘密世界，里面住着从不存在的事物。她必须得相信。她先要相信不属于这个世界的东西，然后当世界变得丑陋不堪，没法生活，这个孩子可以躲回她的想象之中。就拿我自己来说，哪怕现在我一把年纪了，也非常需要回想圣徒们那不可思议的人生，以及世界上发生的各种伟大奇迹。只有心里想着那些事情，我才能挣脱生活的困境。"

"这个孩子会长大，自己弄清究竟是怎么回事。她会知道我撒谎了。她会很失望的。"

"这个过程叫洞悉真相。能自己洞悉真相是件好事。首先全心全意地相信，然后又不相信了，这也是件好事。它能让人的情感更饱满、更充沛。作为女人，如果她以后遇到了让她失望的人，也不会太难面对，因为她已经经历过失望了。在教育孩子的时候，别忘了受苦受难也是件好事。这会让一个人的性格更加丰富。"

"如果是这样，"凯蒂苦涩地说，"那我们罗姆利家的人都很富有。"

"没错，我们是穷人，我们受过苦。我们活得很艰难。但我们有我告诉过你的那些知识，所以我们比别人好。我虽然不识字，但我把自己从生活中学到的东西全告诉了你。你必须把它们讲给你的孩子听，还要加上你自己在成长过程中学到的事情。"

"我还要给这孩子教些什么？"

"你必须教她相信天堂。不是天使到处飞翔、上帝坐在宝座上的那种天堂，"——玛丽英语夹杂着德语，费力地表达着自己的想法——"而是一个美好的、人们或许会憧憬的地方——一个梦想成真的地方。这可能是一种不同的宗教。我也不确定。"

"然后呢，还有什么？"

"在你死之前，你得有一小块地——也许地上还建了座房子，能让你的孩子们继承它。"

凯蒂大笑："我有一块地？一幢房子？我们能付得起房租已经很幸运了。"

"就算是这样，"玛丽坚决地说，"你也必须这么做。几千年来，我们都是农民，在别人的土地上干活。这是在从前的国家。而在这儿，我们在工厂里靠双手有了更好的工作。每天有一部分时间不属于雇主，属于工人自己。这很不错。但拥有一块地更不错，这块地我们能传给子孙后代……它能提高我们在这世上的地位。"

"我们要怎么才能拥有土地？约翰尼和我工作挣的钱太少了。有时候，付完房租和保险费，剩下的钱连买食物都不太够。我们要怎么存钱买地？"

"你得找个空的炼乳罐子，把它洗干净。"

"一个罐子……？"

"把罐子顶部整齐地剪掉，再把罐子剪成一条条的，长度和你手指一样。每条大约这么宽。"她用手指比了两英寸①距离，"把这些条状物往后

---

① 1英寸等于2.54厘米。

弯，让罐子看起来像个粗糙的星形。在顶部开一个缝。然后在每根条上钉上钉子，将罐子钉在你柜子里最黑的角落。每天往里面放五分钱。三年就能存下一笔小钱，能存个五十元呢。用这笔钱去乡下买块地，拿好证件写明这地归你。这样你就成了地主。一个人一旦拥有了土地，就不会再回去当农奴了。"

"每天五分钱，听上去倒是不多。可是钱从哪里来？我们的钱本来就不够花，现在还多了一张嘴要吃饭……"

"你得这么做：你去蔬菜水果店的时候，问问一把胡萝卜卖多少钱。那人会说三分钱。然后你去挑一挑，选一把不太新鲜的小胡萝卜，你就说：这一把不太好，两分钱能卖我吗？你语气强硬些，就能两分钱买到了。省下的那一分钱你就放到星星储蓄罐里。再比如，冬天你花两毛五买了一蒲式耳①的煤。天很冷，你想用炉子生火。但是等一等！等一个小时后再说。挨一个小时的冻。披一条披肩。告诉自己，我挨这个冻是因为我在存钱买地。那一个小时会帮你省下三分钱的煤。那三分钱就能放进储蓄罐。晚上你一个人的时候，就别点灯。坐在黑暗里，做一会儿美梦。想想你能省下多少油，折算成钱放进储蓄罐里。钱会慢慢变多。总有一天，你会攒够五十元，你能用这笔钱在长岛上的某个地方买一块地。"

"这样省钱，会有用吗？"

"有用，我以圣母的名义起誓。"

"那你怎么从来没存够钱买地呢？"

"我买了。我们刚来这里的时候，我就有一个星星储蓄罐。我花了十年的时间存下第一笔五十元，手里拿着钱，去找了社区里的一个人。听说找他买地价格公道。他带我去看了一块美丽的土地，并用我的语言告诉我：'这块地是你的了。'他收下我的钱，给了我一张纸。可我不识字。后来，我看到有人在我的地上盖房子。我给他们看这张纸。他们大笑起来，同情地看着我。那个人没有权利买卖那块地。这叫作……英语怎么说来着……什么骗。"

"诈骗。"

"哎，我们这样的人，大家都知道我们从原先的国家初来乍到。所以

---

① 容量单位，相当于35.2升。——译者注

我们经常被那种人蒙骗,吃了不识字的亏。但是你受过教育。你要先看一下那份文件,确认地是你的,然后才能付钱。"

"你后来再也没存过钱吗,妈妈?"

"存过,但都从头来过了。第二次更难存,因为孩子太多了。我虽然存了钱,但我们搬家的时候,你父亲发现了储蓄罐,他把钱拿走了。他没有用钱去买地。他向来喜欢禽类,于是用钱买了一只公鸡和许多只母鸡,放在后院里养着。"

"我好像记得那些鸡。"凯蒂说,"那是很久、很久以前的事情了。"

"他说鸡蛋可以在社区里卖不少钱。哎,男人就是爱做梦!第一天晚上就来了二十只饿猫,越过篱笆,吃掉许多鸡。第二天晚上,意大利人爬过篱笆来,偷走了更多的鸡。第三天,警察来了,说在布鲁克林,院子里养鸡是违法的。我们付了警察五块钱,你爸爸才没被带进警局里。你爸爸将剩下的几只鸡卖了,买了金丝雀。金丝雀他能心安理得地养着。就这样,我失去了第二笔存款。但我又开始存钱了,也许有一天……"她沉默地坐了一会儿,然后起身披上披肩。

"天快黑了。你爸爸要下班回家了。愿圣母玛利亚保佑你和孩子。"

茜茜一下班就马上来看凯蒂了,甚至连头上蝴蝶结沾着的灰色橡胶粉末都没擦掉。看到孩子,她都激动得哽咽了,宣布这是全世界最美丽的孩子。约翰尼将信将疑。他觉得那个婴儿皮肤发青,皱巴巴的,一定有哪儿不对劲。茜茜替婴儿洗了澡。(孩子出生第一天肯定洗了十几次澡。)她跑到熟食店,哄着店里的人同意让她赊账,等到周六发工资再付钱。她买了两块钱的熟食:舌片、烟熏三文鱼、奶白的烟熏鲟鱼片和脆卷。她还买了一袋木炭,把炉火生得旺旺的。茜茜装了一托盘的晚餐,给凯蒂送去,然后她和约翰尼坐在厨房里,一起吃晚饭。屋子里散发着温暖的气息,混杂着美食、甜粉和一股浓郁的糖果味。茜茜脖子上戴着一条项链,上面挂着一个仿银的金银丝心形坠饰,里面嵌着硬邦邦的粉笔质感的圆盘——糖果的香味就是从那儿飘出来的。

约翰尼一边抽着饭后的雪茄,一边盯着茜茜看。他不知道大家在评判一个人好坏的时候,用的是怎样的标准。就拿茜茜来说,她是坏人,但也是好人。在男人方面,她很坏。但她也有好的方面,凡是有她在的地方,总是生机勃勃的——一切都美好温柔、热情似火、趣味盎然、有滋有味。他想，自己刚出生的女儿要是能有些像茜茜就好了。

茜茜宣布她今晚要留下。凯蒂看起来很烦恼，说这里只有一张床，那是她和约翰尼一起睡觉的地方。茜茜说，要是约翰尼能让她生个弗兰西这样的好孩子，她很乐意跟他睡觉。凯蒂皱起眉头。她知道茜茜肯定是在开玩笑。但茜茜的性子太过率真、直接，她开始数落起茜茜。约翰尼打断她们说，自己还得去学校。

他不敢告诉凯蒂他丢了工作。他去找了哥哥乔吉，那天晚上乔吉在上班。幸运的是，他上班的地方还需要一个会唱歌的服务生。约翰尼得到了这份工作，老板保证下周还有活给他。他又干回了歌手兼服务生的行当，从那以后，他再也没做过别的工作。

茜茜和凯蒂一起躺在床上，聊了大半夜。凯蒂向她倾诉了自己对约翰尼的担忧和对未来的恐慌。她们聊起玛丽·罗姆利，说她是个好母亲，对艾薇、茜茜和凯蒂都很好。她们还聊起她们的父亲，托马斯·罗姆利。茜茜说他是个糟老头。凯蒂说，茜茜应该态度更尊敬些。茜茜说："哦，胡说八道！"凯蒂大笑。

凯蒂把那天和妈妈的谈话告诉了茜茜。茜茜对储蓄罐的主意大感兴趣，立马从床上爬了起来——哪怕当时是半夜里——她把一罐牛奶倒进碗里，当场做起了储蓄罐。茜茜想爬到又窄又挤的橱柜里，把储蓄罐钉上去，但被自己那宽松的睡衣给缠住了。她脱掉睡衣，赤裸着往柜子里爬，但没法整个人都爬进去。她跪在地上用榔头钉储蓄罐，光泽的大屁股露在外面，凯蒂咯咯咯地笑个不停，生怕自己要笑到大出血了。凌晨三点，响亮的敲打声吵醒了其他租客。楼下的租客砰砰地砸着天花板，住楼上的则踢着地板。茜茜在柜子里咕哝着，这房子里有个生病的女人，租客们怎么敢如此吵闹。这话让凯蒂又笑起来，笑得浑身发抖。"这样谁能睡得着觉？"她一边问，一边将最后一根钉子敲得砰砰响。

储蓄罐钉好了，茜茜重新穿上睡衣，往储蓄罐里放下五分钱，启动了这个买地的账户，又回到床上。凯蒂跟她说那两本书的时候，她激动地听着，答应把书搞到手，送给孩子当洗礼礼物。

弗兰西人生中的第一个夜晚，就这么舒舒服服地睡在妈妈和茜茜姨妈中间度过了。

第二天，茜茜便着手去找那两本书。她来到公共图书馆，询问管理员，怎样才能得到一本莎士比亚的书和一本《圣经》。图书管理员表示没法帮她搞到《圣经》，但莎士比亚的书倒是有本旧的，在文件堆里正要丢掉。那本可以给茜茜。于是茜茜买了下来。那是一本破破烂烂的旧书，但收录了莎士比亚的全部戏剧和十四行诗，还配有复杂的脚注和详细的解释，阐述剧作家的理念。此外还有作者的传记和照片，以及每部戏的钢版画插图。书的纸张很薄，版式是左右两栏，上面印的字号很小。它花了茜茜两毛五分钱。

《圣经》虽然有点难找，但最后还是弄到了，价格也更便宜。事实上，茜茜一分钱都没付。那本书封面上有个名字：基甸①。

买了莎士比亚的书之后，又过了几天，茜茜和她当时的情人在一家安静的家庭旅馆过夜。早上醒来，茜茜轻轻推了推他。

"约翰，"茜茜管他叫约翰，尽管他本名是查理，"梳妆台上那本书是什么？"

"《圣经》。"

"新教徒的《圣经》？"

"没错。"

"那我就拿走了。"

"拿吧。他们把书放这里，就是给人拿的。"

"不会吧！"

"真的！"

"没开玩笑吧！"

"偷走它的人读完后，会改过自新，进行忏悔。他们会把书还回来，自己再买一本，让其他人去偷它、读它、自我忏悔。那样一来，把书放在这里的公司就毫无损失。"

"哦，这一本是不会还回去的。"她用旅馆的毛巾把书包起来，这条毛

---

① 基甸是古代希伯来人的士师，他的故事记载在《旧约》中的《士师记》中。1899年成立了一个以该人物命名的福音组织：国际基甸组织。该组织在酒店、医院等地放置了许多《圣经》，免费供人阅读。——译者注

巾她也要一起拿走。

"哎呀!"她的"约翰"突然恐慌起来,觉得似乎被一阵寒意包围,"你也许读完之后就悔改了,那我就得回到自己老婆身边了。"他颤抖着抱住她:"答应我你不会悔改。"

"我不会。"

"你怎么知道你不会?"

"我从不乖乖听话,而且我也不识字。我判断对错的唯一办法是靠我对事物的感觉。如果我觉得不好,它就是错的。如果我觉得好,它就是对的。和你在一起,我觉得很好。"她伸出胳膊搂住他的胸膛,响亮地亲了一下他的耳朵。

"真希望我们可以结婚,茜茜。"

"我也是,约翰。我知道我们俩很投缘。至少,能投缘一阵子。"她诚实地补充了一句。

"可是我结婚了。天主教真见鬼,不许人离婚。"

"反正我也不相信离婚。"茜茜说。她老是在没离婚的情况下再婚。

"你知道吗,茜茜?"

"什么?"

"你有一颗金子般的心。"

"真的?"

"真的。"他看着她啪嗒一声给轻薄透明的莱尔线长袜扣上红色丝绸袜带,勾勒出线条优美的腿型。"我们亲一下吧。"他突然恳求道。

"我们还有时间吗?"她现实地问,但还是重新脱了袜子。

弗兰西·诺兰的"图书馆"就是这样开起来的。

第十章

弗兰西是个不起眼的婴儿。她骨瘦如柴,老哭丧着脸,一点儿也不壮实。虽然邻居家的女人告诉凯蒂,她的奶对孩子不好,但凯蒂还是固执地喂着奶。

弗兰西很快就换上了奶瓶。因为她三个月大的时候,凯蒂的奶突然停了。凯蒂很担心。她去咨询自己的母亲。玛丽·罗姆利看着她叹了口气,但什么话也没有说。凯蒂去找产婆,那个女人问了她一个愚蠢的问题。

"你周五去哪儿买鱼?"

"帕迪集市,怎么啦?"

"有个老太太在那儿给她的猫买鳕鱼头,你要是见过她就不会去了吧,你现在还去吗?"

"去啊,我每周都看到她。"

"是她干的!是她让你停奶的!"

"哦,不!"

"她盯上你了。"

"但为什么呢?"

"因为她嫉妒,嫉妒你跟你家那漂亮的爱尔兰小伙子过得那么幸福。"

"嫉妒?那样一个老女人也会嫉妒?"

"她是一个女巫。我在原先的国家就认识她了。她肯定是和我乘同一艘船来的。年轻的时候,她爱上了凯里郡的一个野小子。这不,他对她做了那种事情。她那老父亲让那小子和她去牧师那儿结婚,那小子不愿意,趁着夜深人静,偷偷坐船逃去了美国。她的孩子一出生就死了。然后她将灵魂出卖给了魔鬼,魔鬼给她一种能让奶水干涸的法力,母牛、母羊和嫁给年轻小伙的姑娘们,她都不放过。"

"我记得她看我的眼神很古怪。"

"她就是那时候盯上你的。"

"我怎么才能让奶回来?"

"我告诉你,你得这么做。等到月圆的时候,你就用自己的一绺鬈发、一片指甲和一块洒了圣水的破布,做一个小人。给她取名叫内丽·格罗根,就是那个女巫的名字。然后你往小人身上扎三根生锈的针。这样就能解除她给你的诅咒,你的奶水肯定会重新流出来,像香农河①那样奔流不息。我教你这个办法,你得给我两毛五。"

凯蒂付钱给她。月圆时,她做了个小娃娃,用针扎了又扎。可她的奶水依旧干涸。弗兰西喝奶瓶都喝病了。凯蒂无计可施,叫茜茜过来,求她帮忙。茜茜听了那个女巫的故事。

"哪有什么女巫。"她嗤之以鼻,"怎么可能被她盯一眼就停奶,这是约翰尼干的好事。"

就这样,凯蒂知道自己又怀孕了。她告诉约翰尼以后,约翰尼又开始发愁。他干回服务生兼歌手的老本行还挺开心的,经常有活、收入稳定,酒也喝得少了,能把大部分钱拿回家。可是第二个孩子即将出生的消息让他觉得自己被困住了。他只有二十岁,凯蒂才十八岁。他想,他们两个怎么年纪轻轻,就已经一败涂地了呢?听说这个消息后,他跑出去喝酒,整个人醉醺醺的。

后来,产婆过来看她的符咒有没有用。凯蒂告诉她,符咒没有用,因为她是怀孕了,这不关女巫的事。产婆掀起裙子,将手伸进衬裙的大口袋里,掏出一瓶深棕色的东西,看起来就不是什么好玩意。

"没什么好担心的。"她说,"这东西你早晚各服一剂,连喝三天你就能恢复了。"凯蒂排斥地摇摇头。"你不会是担心你这么做以后,神父会说什么吧?"

"不是,我只是不能杀生。"

"这不是杀生。你都没感觉到生命的存在,这怎么能算数呢?你没感觉到它在动,不是吗?"

"没有。"

---

① 香农河是爱尔兰最长的河流,全长约400公里,它几乎贯穿了整个爱尔兰岛,自古以来就是非常重要的水道。——译者注

"我就说吧!"她得意扬扬地用拳头砸了一下桌子,"这瓶东西我只收你一块钱。"

"谢谢你,我不想要。"

"别犯傻。你自己都还是个孩子呢,养一个孩子已经很麻烦了。而且你的男人虽然英俊,但并不怎么可靠。"

"我男人怎样是我自己的事,我的宝宝也不是麻烦。"

"我只不过想帮帮你。"

"谢谢你,再见。"

产婆将瓶子塞回衬裙口袋里,起身要走。"要是你时候到了,你知道该上哪儿找我。"在门口,她提了最后一点乐观的小建议:"如果你不断在楼梯上跑上跑下,或许可以流产。"

那年秋天的布鲁克林笼罩在小阳春不真实的温暖中,凯蒂坐在门廊上,抱着病恹恹的孩子,挺着的大肚子里是另一个即将出生的孩子。邻居们很可怜她,纷纷停下表达对弗兰西的同情。

"这孩子你肯定养不活。"他们对她说,"她的气色不好。如果好心的上帝能带她走,那就是最好的结果了。穷人家养个病孩子能有什么好处?这个世界上的孩子已经够多了,容不下那些病弱的。"

"别这么说。"凯蒂紧紧抱着自己的孩子,"能活着总是好的。谁想死呢?万事万物都在努力生存。你们看那棵从栅栏里长出来的树。它照不到阳光,只有下雨的时候才有水喝,但它还是从酸性的土壤中长大了。它很结实,因为它顽强地活了下来,所以才那么结实。我的孩子也会那样结实的。"

"噢,那棵树又没什么好的,早该让人砍了。"

"如果世界上只有这一棵树,你会觉得它很美丽。"凯蒂说,"但是因为树太多了,你就看不到它其实有多么美。看看那些孩子。"她指着一群脏兮兮的、在排水沟里玩耍的孩子。"你们随便带走一个,洗洗干净、打扮一下,让他坐在一幢好房子里,你们就会觉得那是个漂亮孩子了。"

"你的想法很好,可这孩子病得很严重,凯蒂。"他们对她说。"这个孩子会活下来的。"凯蒂激动地说,"我会让她活下来的。"

弗兰西活了下来,喘息着、呜咽着,度过了第一年。

弗兰西一岁生日后的一个星期,她的弟弟出生了。

这一次阵痛时,凯蒂没有在工作。这一次,她咬着嘴唇,没有因为剧痛而尖叫。她痛得很无助,但她能为将来的吃苦耐劳打好基础。

一个健壮的男孩被送到她的怀里,似乎在为这屈辱的出生过程而号啕大哭。看着这个孩子,凯蒂满腔柔情。另一个孩子弗兰西躺在床边上的婴儿床里,也开始低声哭泣。凯蒂把她一年前生的虚弱女婴和这个刚出生的漂亮儿子一比较,内心闪过一丝轻蔑。她很快就为自己的轻蔑感到羞愧。她知道这不是小女孩的错。"我必须小心点,管好自己的行为,"她想,"我会更宠爱这个男孩,但这千万不能让我女儿知道。偏爱一个孩子是不对的,可这种事我也没有办法。"

茜茜请求她用约翰尼的名字给这个男孩取名,但凯蒂坚持男孩有权拥有属于自己的名字。茜茜很生气,训了凯蒂一顿。最后,凯蒂指责茜茜爱上了约翰尼。这不是真的,只是气话。但茜茜回答说:"也许是这样。"凯蒂闭了嘴。她有些害怕她们继续吵下去,她会发现茜茜真的爱着约翰尼。

凯蒂给男孩取名科尼利厄斯,这是她见过的一个英俊演员在舞台上饰演的贵族角色。男孩长大后,这名字用布鲁克林的口音念出来,就成了尼利。

无需迂回的理由或者复杂的情感历程,这个男孩自然而然成了凯蒂的全世界。约翰尼在凯蒂心目中排第二位,弗兰西垫底。凯蒂爱这个男孩,因为他跟约翰尼和弗兰西相比,更彻底地属于她自己。尼利长得和约翰尼一模一样,凯蒂要让他变成约翰尼本该成为的那种人。他将拥有约翰尼的一切优点,凯蒂会激发那些优点。要是尼利身上出现约翰尼的缺点,凯蒂就把它们统统扼杀。他会长大成人,她会为他骄傲。他会照料她的余生。他是她必须牢牢盯住的那一个。弗兰西和约翰尼在某种程度上过得去就行了,但她不愿意拿儿子冒险。她得确保他过上好日子。

随着孩子们日渐长大,凯蒂身上所有的温柔荡然无存,但她多了一些人们称之为"特点"的东西。她变得能干、坚强、有远见。她很爱约翰尼,但从前那些狂热的崇拜都逐渐消失了。她也爱她的小姑娘,但那是因为愧疚。她对弗兰西更多的是同情和责任,而不是爱。

约翰尼和弗兰西感受到了凯蒂的变化。当儿子越长越结实、越长越英俊,约翰尼也逐渐衰老,每况愈下。弗兰西察觉到妈妈对自己的看法,作为回应,也对母亲冷酷起来。矛盾的是,正是这种冷酷,将她俩的距离拉近了一些,因为这让她们更加相似。

尼利一岁时,凯蒂就不再依靠约翰尼。约翰尼酗酒无度。如果有人给他一晚上的工作,那他就去上班。虽然他会拿工资回家,但小费却是留着买酒的。约翰尼的人生进度实在太快。他还没有到可以投票的年龄,就已经有了一个老婆和两个孩子。他的人生还没机会开始,就已经结束了。约翰尼·诺兰自己最清楚,他注定是失败的。

凯蒂过得和约翰尼同样艰苦。她十九岁,比约翰尼小两岁。或许可以说,她也完了。她的人生,也还没开始就结束了。但除此以外,两人是不一样的。约翰尼知道自己的失败,也接受了这一点。可凯蒂并不甘心。她辞旧迎新,哪里跌倒就在哪里爬起。

她的温柔被能干替代。她放弃了梦想,直面残酷的现实。

凯蒂的求生欲很强,这让她成了一名斗士。而约翰尼渴望不朽的名声,这让他只会做白日梦。这是这对深爱彼此的恋人之间最大的不同。

第十一章

  约翰尼在到了投票年龄的那个生日,大醉三天以示庆祝。酒醒后,凯蒂将他锁在卧室里,不让他再找酒喝。可约翰尼不但没有冷静下来,反而发作了震颤性谵妄①。他又哭又求,想要喝酒。约翰尼说他很痛苦。凯蒂告诉他,这是件好事,痛苦会使他坚强,会给他一个教训,让他把酒戒掉。但可怜的约翰尼就是坚强不起来。他软弱地哀号着、尖叫着,仿佛爱尔兰传说中的报丧女妖②。

  邻居们砰砰直敲凯蒂的门,叫她为这可怜的男人想想办法。凯蒂紧紧抿着嘴,然后对他们大喊大叫,让他们少管闲事。然而,尽管她和邻居这么对着干,但她也知道,等到月底他们就得搬家了。约翰尼做了那么丢人的事,他们没法在这个小区住下去。

  到了傍晚,约翰尼痛苦的哭喊令凯蒂慌张起来。她把两个孩子塞进一辆童车,去了茜茜的工厂。她找到茜茜那位饱经沧桑的领班,让他叫茜茜离开机器出来一趟。凯蒂和茜茜讲了约翰尼的状况。茜茜说她会尽早下班,去他们家解决约翰尼的事情。

  茜茜向一位男性朋友咨询了约翰尼的情况。那位朋友给了她一些建议。于是,她买了半品脱③上好的威士忌,藏在自己丰满的胸脯里,系上紧身胸衣并扣好裙子上的扣子。

  她来到凯蒂家,问她能不能让约翰尼和自己单独待一会儿,她会让约翰尼摆脱这种状态的。凯蒂把茜茜和约翰尼一起关进了卧室,自己回到厨

---

  ① 震颤性谵妄,也称为酒毒性谵妄,形容因戒酒而引起的谵妄状态。生理上的表征包括颤抖、寒战、心悸以及盗汗。——译者注

  ② 凯尔特神话中会预报死亡的女妖。——译者注

  ③ 容量单位,约等于半升。——译者注

房，一整晚都趴在桌子上，脑袋枕着胳膊，默默等待。

约翰尼看到茜茜时，混乱的头脑清醒了一会儿，抓住她的胳膊："你是我的好朋友，茜茜。你是我的好姐姐。看在上帝的分上，给我拿瓶酒吧。"

"悠着点，约翰尼。"她用柔和的声音安抚，"我这儿刚好有瓶酒给你。"

她解开腰部的扣子，露出层层叠叠的白色绣花褶边和深粉色的带子。房间里充满甜丝丝的浓郁暖香，是茜茜用的香囊的味道。她解开一个复杂的蝴蝶结，松开紧身胸衣。约翰尼瞪大了眼睛。这个可怜的家伙想起了茜茜的名声，误解了她的意思。

"不，不，茜茜，拜托！"他呻吟着。

"别犯傻，约翰尼。凡事都讲究天时地利，现在显然不是时候。"她掏出酒瓶。

他抓住瓶子。瓶子上还带着她的体温。她让他喝下一大口酒，然后从他攥紧的手指里抠出酒瓶。他喝完酒就安静下来，有点犯困。他求茜茜不要离开，她答应了。茜茜懒得系上带子，或者扣上腰部的纽扣，直接上床躺在了约翰尼身边。她搂住他的肩膀，他的脸颊枕在她裸露的、温暖的胸脯上。约翰尼睡着了，眼泪从紧闭的双眼中流下，落在肌肤上。眼泪比肌肤更滚烫。

茜茜躺着没睡，将他搂在怀里，睁眼看着黑暗。茜茜对约翰尼的感觉就像是对自己的孩子们，要是他们能活下来感受她这份充满温暖的爱就好了。她捋着他的鬈发，轻轻抚摸他的脸颊。约翰尼在梦中呜咽时，茜茜就用哄婴儿的口吻安抚他。茜茜的胳膊抽筋了，想动一动，惊醒了约翰尼。他紧紧抓着她，求她别离开。他和她说话的时候，管她叫妈妈。

每当约翰尼害怕地醒过来，茜茜就给他喝一口威士忌。天快亮的时候，约翰尼睡醒了。他的头脑比之前更清醒，但是他说头很疼。他猛地推开茜茜，呻吟起来。

"回妈妈这儿来。"茜茜用温柔的、颤动的声音说。

她再次张开双臂，约翰尼爬进她怀里，脸颊靠在她丰满的胸脯上，轻声哭泣。他哭出了自己的恐惧和忧虑，还有他对这世道的困惑。她听他倾诉、由他哭泣，用母亲抱孩子的方式抱着他（虽然她从没这么做过）。有时候，茜茜会陪着约翰尼一起哭泣。他诉完苦后，茜茜把剩下的威士忌都给了他。最后，约翰尼筋疲力尽地沉沉睡去。

她一动不动地躺了很久，不想让他察觉到自己要走。黎明时分，他紧抓着她的手放松了，表情也平静下来，看起来又显得孩子气了。茜茜将他的脑袋挪到枕头上，熟练地脱了他的衣服，替他盖上被子。她将空的威士忌酒瓶扔下通风井，想着要是凯蒂不知道，可能就不会烦恼。茜茜随意地系上粉红色的带子，整理了一下腰部的衣服，轻手轻脚地关上门，走了出去。

茜茜有两大弱点。她是个伟大的情人，也是个伟大的母亲。她内心充满无限柔情，也无比想要付出，无论是谁，不管是要她的金钱、时间，还是要她脱衣服，或者要她的同情、理解、友情、陪伴、爱情——只要她有，她就愿意给。她身边的一切都能激发她的母性。没错，她爱男人。但她也爱女人、爱老人，更爱孩子们。她实在太爱孩子了！她还爱那些被命运击垮的人。她想让所有人都开心。她曾试图诱惑那位听她罕见忏悔的好心神父，因为她替他觉得可惜，认为他如果独身一辈子，会错过世上最大的乐趣。

她爱街上东刨西刨的杂种狗，也爱在街上觅食的枯瘦野猫。看到它们挺着大肚子偷偷摸摸在布鲁克林街角转悠，想找个能生小猫的洞，她流下了同情的眼泪。她爱灰扑扑的麻雀，还觉得空地上长出的野草很漂亮。她在空地上摘了几束白苜蓿，相信它们是上帝创造出的最美丽的花朵。有一次她在房间里看见一只老鼠，第二天晚上，她就给它放了一个小盒子，里面装了些奶酪碎屑。没错，她倾听每个人的烦恼，可是没人听她自己的。但这也没关系，因为茜茜喜欢付出，从不索取。

茜茜走进厨房时，凯蒂肿着眼睛，怀疑地看着茜茜衣衫不整的样子。

"我没有忘记，"她带着可怜巴巴的尊严说，"你是我的姐姐。我希望你也能记住这点。"

"别说这种混账话。"茜茜说，她知道凯蒂的意思。但她看着凯蒂的眼睛真诚地笑了。凯蒂突然放心下来。

"约翰尼怎么样了？"

"约翰尼睡醒就会好的。但看在上帝的分上,他醒了以后你别埋怨他。别埋怨他,凯蒂。"

"但我得告诉他……"

"要是我听到你埋怨他,我就把他抢走。我发誓我会的,哪怕我是你的姐姐。"

凯蒂知道她是认真的,有一些害怕。"那我不埋怨他。"她喃喃,"这次算了。"

"你现在长大了,是个女人了。"茜茜赞同地亲了亲凯蒂的脸颊。她同情凯蒂,也同情约翰尼。

凯蒂失声痛哭。她的声音艰涩难听,因为她讨厌自己哭泣,但还是忍不住要哭。茜茜只好听着她哭,刚才在约翰尼那里经历过的事情又得再来一遍,只不过这一次是站在凯蒂的立场。茜茜应付凯蒂的方式和对待约翰尼不同。她对约翰尼温柔又慈爱,因为他需要这样。但茜茜知道凯蒂很刚强。在凯蒂倾诉完后,她也变得强硬起来。

"现在你全知道了,茜茜,约翰尼就是个酒鬼!"

"哎,每个人都有缺点。我们全都被贴了某种标签。就拿我来说吧:我这辈子从不喝酒。但你知道吗,"她说得很直率,是真的不明白,"有些人谈起我,居然管我叫坏女人!你能想象吗?我承认,我曾经抽过甜卡波拉尔牌的香烟,但是说我坏……"

"哦,茜茜,是你对男人的态度让大家觉得……"

"凯蒂!别埋怨!我们每个人该是什么样子就是什么样子,该过什么生活就过什么生活。你嫁了个好男人,凯蒂。"

"可是他酗酒。"

"他会一直喝酒喝到死。事实就是这样。他是个酒鬼,但你要是想拥有他身上的其他特质,就必须接受这事。"

"其他特质?你是说不工作、彻夜不归、朋友都是二流子?"

"你既然嫁给他,那他身上肯定有吸引你的地方。多想想他的优点,把别的忘了吧。"

"有时候,我都不知道自己为什么会嫁给他。"

"你撒谎!你知道自己为什么嫁给他。你嫁给他是因为你想和他睡觉,但是你太虔诚了,没法不办教堂婚礼就冒险尝试。"

"你怎么能这么说。整件事不过是我想把他从别人那儿抢走。"

"就是因为睡觉。向来是这样。如果你们俩睡得好，这婚就结得好。如果你们俩睡得不好，那这婚就结得不好。"

"不，还有其他事情。"

"其他什么事？哎，或许是有。"茜茜让步说，"如果还有什么别的好事，那就是赌钱大赚了一笔。"

"你错了，那件事或许对你很重要，但是……"

"它对所有人都很重要，应该是这样才对。这样所有婚姻都会很幸福。"

"哦，我承认我喜欢看他跳舞、听他唱歌……喜欢他的相貌……"

"你说的跟我是一回事，只不过用了你自己的话来表达。"

"你怎么可能赢得过茜茜这样的人？"凯蒂心想，"她什么事都有自己的办法。或许她的办法能很好地解决问题。我不确定。她是我的亲姐姐，可人们会说她闲话。她是个坏女人，这无法避免。她死之后，灵魂将永远在炼狱里徘徊。我常常这么告诉她，而她总是回答我：反正她的灵魂不会独自徘徊。要是茜茜死得比我早，我肯定会给她做弥撒，让她的灵魂安息。或许，她没多久就能离开炼狱，因为就算人们说她是个坏女人，可她对世上所有有幸遇到她的人都很好。上帝肯定会把这个考虑在内的。"

凯蒂突然弯下腰，亲了亲茜茜的脸颊。茜茜很惊讶，因为她不知道凯蒂在想什么。

"或许你是对的，茜茜，又或许你错了。对我来说，实际上，除了约翰尼的酗酒毛病，我爱他的一切。我会试着好好对他的。我会试着不去挑剔……"她没再说下去。凯蒂心里明白，自己不是那种不挑剔的人。

弗兰西醒着，躺在厨房灶边的洗衣篮里，吮着自己的大拇指，听她们讲话。不过她当时只有两岁，什么也听不懂。

第十二章

　　约翰尼大闹一通之后,凯蒂没脸再待在这片社区。当然,许多邻居的丈夫比约翰尼好不到哪儿去,但凯蒂不想和他们比烂。她不希望诺兰家的人普普通通,她希望他们比别人更好。而且,钱也是个问题。这根本不用说,因为他们本来钱就很少,现在还有两个孩子要养。凯蒂四处寻找能以工换租的地方。那样他们至少不用露宿街头。

　　她找到一幢房子,只要把房子打扫干净,就能免费租住。约翰尼说他绝不会让自己的妻子做清洁工。凯蒂一反常态,干脆又强硬地告诉他,不干清洁工就没房子住,因为每个月凑钱付租金越来越难了。约翰尼最后只好妥协,保证所有的清洁工作都由他来做。等他找到稳定的工作,他们就再搬次家。

　　凯蒂打包了他们为数不多的行李:一张双人床、一张婴儿床、一辆破旧的婴儿车、一套舒适的绿色家具、一块粉色玫瑰图案的地毯、一副客厅的蕾丝窗帘、一棵橡胶树和一株玫瑰天竺葵、一只金笼子里的黄色金丝雀、一本精装相册、一张餐桌和几把椅子、一箱锅碗瓢盆、一个金色十字架(十字架底座是个八音盒,上了发条后会播放《福哉玛利亚》)、一个妈妈送她的简易木十字架、一个装满衣服的洗衣篮、一卷铺盖、一堆约翰尼的乐谱,还有两本书——《圣经》和《莎士比亚全集》。

　　东西实在很少,送冰人自己就能全装上马车。拉车的是一匹毛发散乱的马。诺兰家的四个人一起乘上送冰的马车,朝他们的新家驶去。

　　东西都搬空后,凯蒂像没戴眼镜的近视眼一样,眯起眼睛打量着房子。她在旧房子里做的最后一件事,是取下锡储蓄罐。罐子里有三块八毛钱。她可惜地想:里面还得拿出一块钱给送冰人,付搬家的费用。

　　到了新家后,约翰尼帮着送冰人一起搬家具。凯蒂做的第一件事,是把罐子钉在柜子里。她把两块八毛钱放进去,又从自己破旧的钱包里掏了掏，拿出一毛钱，加到储蓄罐里。那一毛钱她不打算给送冰人。

威廉斯堡有个习俗，搬家工人在完成工作后，雇主要请他们喝一品脱啤酒。但凯蒂觉得："我们以后也不会再见他。而且，一块钱已经足够了。想想看，他得卖多少冰才能挣到一块钱啊。"

凯蒂挂蕾丝窗帘的时候，玛丽·罗姆利过来了。她朝屋子里洒了圣水，驱赶角落里可能潜伏着的恶魔。谁知道呢？这里之前或许住着新教徒。或许有天主教徒在这房间里去世，临终时没有得到教堂最后的宽恕。圣水能重新净化房间，让上帝随时能来。

玛丽举着圣水瓶，阳光透过瓶子照出去，在对面的墙上投下一道又小又宽的彩虹。婴儿弗兰西看到外婆这样，高兴地叫唤着。玛丽和孩子一起笑了，还晃动瓶子让彩虹跳舞。

"真美①！真美！"她说。

"真霉②！真霉！"弗兰西伸着双手，牙牙学语。

玛丽让弗兰西抓着半瓶圣水，自己去给凯蒂帮忙。彩虹不见了，弗兰西很失望。她觉得彩虹肯定藏在瓶子里，于是把圣水倒在了自己的膝盖上，希望彩虹能从瓶子里滑出来。后来，凯蒂注意到弗兰西把自己弄湿了，轻轻打了她几下，告诉她：这么大的孩子不该尿裤子了。玛丽解释了圣水的事情。

"哎，这孩子只是在用圣水祝福自己，结果却被打屁股了。"

凯蒂哈哈大笑。弗兰西也笑起来，因为妈妈不再生气了。小宝宝尼利也笑了，露出三颗乳牙。玛丽面带微笑，看着他们所有人，说在新家以笑声开始新生活，是一个好兆头。

晚餐时分，他们安顿好了。约翰尼留在家里陪孩子们，凯蒂去食杂店赊账。她告诉店主，她刚搬到这个社区，问他能否让她赊账买几样东西，等周六发工资后再付钱。店主同意了。他给她一袋东西，里面放了本小本子，记录着她欠下的账目。他告诉她，下一次来赊账买东西的时候，要把这本子一起带上。这个小环节结束后，凯蒂一家在拿到下一笔收入之前，不愁没饭吃了。

---

① 原文为德文Schoen。

② 原文为Shame，与上文外婆所说的Schoen发音相近。

吃完晚餐，凯蒂给孩子们读书，哄他们睡觉。她读了一页莎士比亚作品的序言，还有一页《圣经》中的系谱。这是她目前为止的进度。无论是孩子还是凯蒂，都不明白书里究竟在讲什么。读书令凯蒂昏昏欲睡，但她还是坚持读完了两页。她仔细地替孩子们盖好被子，然后她和约翰尼也上了床。虽然只有八点，但搬完家他们都很累。

诺兰一家在他们的新家睡着了。他们的新家位于洛里默街，仍然在威廉斯堡，不过基本上接近绿点社区了。

第十三章

洛里默街比博加特街要高档。那里住的人是搬运工、消防员和一些店铺老板。老板们挺有钱的,不必住在店铺后边的房间里。

公寓有间浴室。浴缸是椭圆形的木盆,里面衬着锌皮。浴缸装满水的时候,弗兰西惊奇极了。她之前从没见过这么多水。在一个婴儿眼中,它就像汪洋大海。

他们很喜欢这个新家。凯蒂和约翰尼把地窖、走廊、屋顶和屋前的人行道打扫得干干净净,用劳动来抵房租。这里没有通风井,每间卧室有一扇窗,厨房和前屋各有三扇窗。在这里的第一个秋天很舒适,整天都能晒到太阳。第一个冬天也过得十分暖和。约翰尼的工作相当稳定,酒喝得也不多,还有钱买煤取暖。

到了夏天,孩子们大部分时间都待在户外的门廊上。这栋楼里只有他们这两个孩子,所以门廊上不会没地方坐。弗兰西快四岁了,她得照应快三岁的尼利。她在门廊上坐了很久,瘦瘦的胳膊抱住瘦瘦的双腿。微风缓缓吹拂她棕色的直发,风里带着海水的咸味。那片海就在附近,但她从未见过。她一边留心在台阶上爬上爬下的尼利,一边坐着来回摇晃身子,心里想着许多事情:风为什么会吹?草是什么?为什么尼利是个男孩,而不是像她一样的女孩?

有时候,弗兰西和尼利坐在那里,目不转睛地看着彼此。尼利的眼睛和弗兰西一样深邃,形状相似,但颜色不同。尼利的眼睛是明亮的湛蓝,而弗兰西的则是有神的深灰。两个孩子之间保持着不间断的沟通。尼利的话很少,弗兰西说得多。有时候,弗兰西会说啊说啊,一直说到这个友善的小男孩都听得睡着了。他坐在台阶上,脑袋靠着铁栏杆,就这么睡了过去。

那个夏天,弗兰西开始学习女红。凯蒂花一分钱给她买了一块小方布，和女式手帕一样大，上面有个图案，是一只坐在地上吐舌头的纽芬兰犬。她还花一分钱买了一小卷红色的刺绣棉线，又用两分钱买了一对小箍。弗兰西的外婆教她如何缝针。孩子很快就能运针如飞了。女人们路过时会停下来，啧啧两声，对这个小小的女孩既同情又钦佩。在女孩右边眉毛内侧，已经出现一条深深的纹路，她在紧绷的布上把针扎进扎出。尼利凑到她身边，看那根亮闪闪的银钢针像魔法一样消失，然后再次穿过布料出现。茜茜给了弗兰西一个又小又厚的布头草莓，是用来擦针的。每当尼利坐不住的时候，弗兰西就会让他把针在布头草莓上戳一会儿。这种小方布要缝上百片才能拼成床罩。弗兰西听说，有几位女士真的这样做成了床罩。她也把这当成自己的宏伟目标。整个夏天，她都在断断续续地缝着小方布，可是等到秋天，床罩只完成了一半，得留到之后再缝了。

春夏秋冬，循环往复。弗兰西和尼利在不断长大。凯蒂越来越勤劳，而约翰尼的工作却越来越少，酒越喝越多。凯蒂依然在给孩子们念书，不过有时候她晚上累了，会跳过一页。但大多数时候，她还是坚持了下来。他们现在已经读到《尤利乌斯·恺撒》了。舞台指示①中的"号角声"令凯蒂很困惑。她认为这可能跟消防车有关。每次念到这个词，她都会大叫"当啷、当啷"。孩子们觉得这棒极了。

锡储蓄罐里的分币越攒越多。有一次，弗兰西膝盖上扎了一根生锈的钉子。凯蒂只能扯开罐子，取出两块钱付给药剂师。还有十几次，他们撬开了储蓄罐的尖头，用小刀捞出一枚五分钱，让约翰尼乘车去上班。但他得按规矩从自己小费里拿出一毛钱放回去。这样一来，储蓄罐还挣了钱。

天气暖和的日子里，弗兰西一个人在街上或者门廊上玩耍。她渴望有玩伴，却不知道怎么和别的小女孩交朋友。其他孩子不爱跟她玩，因为她说话很滑稽。由于每晚都听凯蒂念书，弗兰西说话的方式别具一格。有一次，在被一个小孩嘲笑时，弗兰西反驳道："哎呀，你都不知道自己在说什么。你'充满着喧哗和骚动，却找不到一点意义'②。"

还有一次，在试着跟一个小女孩交朋友时，她说：

---

① 剧本中关于演员上下场、表演动作等内容的说明。——译者注
② 莎士比亚《麦克白》中的句子，朱生豪译。——译者注

"你在这儿等着,我进屋去得我的绳子,我们一起玩跳绳吧。"

"你是说,你要去'拿'你的绳子。"小女孩纠正她。

"不,我要'得'我的绳子。东西不是'拿'的,是'得'的。"

"'得'?什么是'得'?"那个年仅五岁的小女孩问道。

"'得',就像夏娃'得'该隐。"

"你好蠢,女士才不拿拐杖①呢。只有没法好好走路的男人才拿拐杖。"

"夏娃'得'了,她还'得'了亚伯②。"

"她拿也好,不拿也罢。你知道吗?"

"什么?"

"你说话就像个南欧佬。"

"我说话才不像南欧佬,"弗兰西大声说,"我说话像……像上帝。"

"你说这种话,是会被天打五雷轰的。"

"我不会。"

"你脑袋抽风了吗?"小女孩拍拍她的额头。

"才没有。"

"那你为什么这样说话?"

"这些事情是我妈妈读给我听的。"

"那你妈妈的脑袋抽风了。"小女孩改口道。

"哼,不管怎样,我妈妈可没你妈妈那么邋遢。"这是弗兰西唯一能想到的反驳。

这种话小女孩听多了。她明智地没有争辩,而是说:"哦,我宁愿要一个脏妈妈,也不要一个疯妈妈。我宁愿没有爸爸,也不要一个酒鬼爸爸。"

"邋遢鬼!邋遢鬼!邋遢鬼!"弗兰西激动地大叫。

"疯子!疯子!疯子!"小女孩重复着。

"邋遢鬼!肮脏的邋遢鬼!"弗兰西尖叫着,无可奈何地哭了起来。

---

① 该隐Cain,拐杖cane,在英文中发音相同。该隐,《圣经》中的人物,亚当和夏娃的长子。——译者注

② 亚伯,亚当和夏娃的次子。——译者注

小女孩蹦蹦跳跳地走了，蓬蓬的鬈发在阳光下一跳一跳。她口齿清晰地高唱道："棍棒石头，能打断我骨头。侮辱谩骂，却不伤我分毫。当我死后，你将哭泣忏悔。一切恶语，都成为你的罪。"

弗兰西的确在哭泣，但不是因为一切恶语，而是因为她很孤独，没有人想和她玩。野孩子觉得弗兰西太安静，乖孩子似乎又躲着她。弗兰西隐约知道，这不全是她的错。这和经常来家里的茜茜姨妈有关——茜茜经过的时候，社区里的男人都会盯着她看。这也和爸爸有关，他回家时，有时候连路都走不稳，在大街上跌跌撞撞的。这还跟邻居家的那些女人有关，她们对弗兰西问东问西，想打听爸爸妈妈和茜茜姨妈的事情。弗兰西没有被她们的花言巧语哄骗。妈妈告诫过她："别让邻居欺负你。"

于是，在温暖的夏日，这个孤单的孩子坐在门廊上，假装对人行道上玩耍的孩子们不屑一顾。弗兰西和自己想象出来的伙伴玩耍，说服自己他们比真人更好。但她的心一直在跟着孩子们唱歌的节奏跳动。孩子们手拉手，围成一圈走动，唱着一首悲伤的歌：

> 野花野花浇了水，
> 亭亭玉立开得美。
> 我们和花一样美，
> 也如花般易枯萎。
> 永葆青春唯有谁？
> 唯有莉齐·维纳尔。
> 百花之中她最美，
> 躲躲藏藏很害羞。
> 转过身来告诉我，
> 你的情郎他是谁？

她们停下来，对着那个被选中的女孩又是哄又是劝，费了一番口舌之后，女孩终于低声说出一个男孩的名字。弗兰西心想，如果她们让她一起玩的话，她会说哪个名字呢？要是她轻轻念出约翰尼·诺兰，她们会嘲笑她吗？

莉齐低声说出名字时，小女孩们欢呼雀跃。她们再次拉起手，围成一

圈走动起来,热情地给那个男孩做着宣传:

> 他是赫米·巴赫迈,
> 青年才俊惹人爱。
> 来到莉齐的门前,
> 手拿礼帽把门敲。
> 莉齐匆匆跑下楼,
> 穿着一身的丝绸。
> 明天明天喜事来,
> 金童玉女把婚结。

女孩们停下来,兴高采烈地拍着手。然后她们没来由地情绪一变,绕圈的速度放缓,头也低了下来:

> 妈妈妈妈,我病了,
> 请你找个医生来。
> 快点快点,快点来!
> 医生医生,我怎样?
> 这次我会送命吗?
> 会的会的,亲爱的,
> 迟早都会送命的。
> 送葬马车有几辆?
> 你和家人都够装。

在其他社区里,这些歌的歌词不太一样,但基本上是相同的游戏。没有人知道这些歌词是哪儿来的,它们在小女孩中间口口相传,成为当时布鲁克林最流行的游戏。

还有其他游戏。比如两个小女孩坐在门廊台阶上就能一起玩的抛接子游戏。弗兰西自己和自己玩,一开始做自己,然后假装对手。她会跟假想的对手说话。"我抓三个,你抓两个。"她会这么说。

还有一种游戏叫"跳房子",男孩先玩,接着是女孩。两个男孩把一个锡罐放在电车轨道上,然后坐在马路牙子上,专业地看着电车轮子碾平罐头。他们把压扁的罐头对折,再次碾压。很快锡罐就变成了一个又扁又重的金属块。等人行道上画好格子,标上数字,就该女孩们上场了。她们单脚跳着,把金属块从一个方格子踢到另一个方格子。谁能用最少的步数跳完那些格子,谁就获胜。

弗兰西做了金属块。她将罐子放上轨道,专心地皱着眉头,看电车碾压罐头。听到罐子被压扁的嘎吱声,弗兰西高兴又害怕地颤抖了一下。她心想,要是电车司机知道她利用电车压罐子,会不会生气呀?她画好了格子,但只会写数字1和7。弗兰西从头跳到尾,非常希望能有人跟她一起玩,因为她很自信,认为自己能用最少的步数赢过全世界的女孩。

有时候,街上会有音乐演出。这种演出弗兰西就算没有伙伴,也可以独自欣赏。有一支三人乐队差不多每周会来一次。他们穿的外套平平无奇,但戴的帽子却很滑稽,有点像电车司机的帽子,只不过顶部瘪瘪的。当弗兰西听到有孩子大喊:"巴特巴巴乐队来了!"她就会跑上街去,有时候还会拽着尼利一起。

乐队由小提琴手、鼓手和短号手组成。他们演奏着维也纳的老歌,哪怕表演算不上好,至少声音足够响亮。小女孩们拉着彼此跳起华尔兹,在暖洋洋的夏季人行道上转了一圈又一圈。总会有两个男孩怪模怪样地跳舞,模仿女孩的样子,还粗鲁地去撞她们。惹了女孩生气后,男孩会夸张地朝她们鞠躬(鞠躬时屁股肯定会撞上另一对跳舞的女孩),花言巧语地道着歉。

弗兰西希望自己能像那些胆子大的孩子那样,不跳舞,而是站到吹号手边上,吧嗒吧嗒地吸吮着滴水的大泡菜,听得短号手也直流口水,口水都流进短号里了,这让他非常生气。要是把他招惹得狠了,他会用德语骂上一长串话,最后一句听起来像"该死的犹太人"。在布鲁克林,大多数德国人都习惯管惹恼自己的人叫"犹太人"。

乐队收钱的方式吸引了弗兰西。演奏完两首曲子,小提琴手和短号手继续奏乐,鼓手则四处走动,手里拿着帽子,厚脸皮地收着别人施舍给他的分币。他在街上讨要了一圈后,就站在马路牙子的边缘,抬头看向房子的窗户。女人们用一小片报纸包住两分钱,把钱往下扔。包报纸是很重要的。如果分币是散着扔下去的,男孩们就觉得可以捡。他们会争先恐后地

弗兰西通常会拽着尼利一起,追着乐手们一站一站跑,从一条街追到另一条街,直到天黑了乐手们散伙为止。

去抢钱，捡起来沿着大街就跑，任由愤怒的乐手在他们后面追赶。但出于某些原因，他们不会试图去拿包好的分币。有时候，他们还会捡起来交给乐手。什么钱归谁，这似乎是个约定俗成的事情。

如果乐手们挣够了钱，就会再演奏一首歌。如果他们挣得少，就会继续往前走，希望下个地方能更有赚头。弗兰西通常会拽着尼利一起，追着乐手们一站一站跑，从一条街追到另一条街，直到天黑了乐手们散伙为止。有许多孩子着了魔一般跟着乐队，弗兰西只是其中之一。许多小女孩拖着小弟弟、小妹妹一起。有些小宝宝坐在家里自制的四轮车里，有些则坐在破旧的婴儿车中。音乐的魅力太大，让他们忘了吃饭，忘了回家。小婴儿们啼哭着，尿了裤子，睡着了，醒来又试图哭，又尿了裤子，又睡着了。与此同时，《蓝色多瑙河》在不断地演奏着。

弗兰西认为，乐手们的生活很美好。她定下计划，等尼利长大些，他可以上街拉"手手"（这是他对手风琴的称呼），她自己则敲铃鼓。人们会朝他们扔分币，他们就会发大财，妈妈就再也不必工作了。

虽然弗兰西追着乐队跑，但她更喜欢街头手摇风琴师。有个男人经常过来，每次都使劲拉着一架小风琴，风琴顶部坐着一只猴子。猴子身穿带有金色穗带的红夹克，头戴一顶红色的平顶小圆帽，帽带系在下巴下面。它的红短裤上有个小洞，方便它把尾巴伸出来。弗兰西很喜欢那只猴子。她愿意把自己留着买糖的宝贵的一分钱交给猴子，只为了看它向自己脱帽行礼，这让她很开心。如果妈妈在场，也会拿出本该存进锡储蓄罐里的一分钱，交给那个男人，义正词严地让他不要虐待猴子。如果她发现他真的虐待动物，她会举报他的。这个意大利人虽然一个字也听不懂，但总是会给出同样的回应。他脱掉自己的帽子，膝盖微微弯曲，谦卑地鞠了一躬，嘴里热切地大嚷着意大利语："好的，好的。"

如果来的是大风琴，情况就不同了。那场面仿佛是个节庆。拉大风琴的男人有着黑色的鬈发，牙齿很白，身穿绿色的棉绒裤和棕色的灯芯绒夹克，夹克上挂着一条红色的印花大手帕。他还戴了一只环形耳环。帮他一起拉风琴的女子穿着一条大裙摆的红舞裙和一件黄衬衫，也戴着大大的环形耳环。

尖锐的乐声叮当响起，演奏的是《卡门》或者《游吟诗人》中的歌曲。女子摇着一面脏兮兮的、饰有缎带的铃鼓，随着音乐用胳膊肘无精打采地敲着鼓。一曲终了,她会突然旋转起来,露出脏脏的白棉袜包裹住的粗腿,五彩缤纷的衬裙也随之闪现。

弗兰西从没注意过铃鼓手的肮脏和懒散,只一心听着音乐,看着五光十色的场面,感受着鲜活的人物所散发出的魅力。凯蒂警告弗兰西,千万别跟着大风琴师跑。她说做那种打扮的街头手摇风琴师都是西西里人。全世界都知道,西西里人是黑手党,会绑架小孩,索要赎金。他们抓走孩子,留下字条,写明让对方在墓地里留下一百块钱。字条上印着一个黑手印。对于那些街头手摇风琴师,妈妈就是这么说的。

街头手摇风琴师到来后的几天里,弗兰西自己饰演起风琴师来。她哼着威尔第的曲子,用胳膊肘撞击着一个旧的馅饼烤盘,假装那是一面铃鼓。游戏的最后,她在纸上描出自己手的轮廓,并用黑色蜡笔涂黑。

有时候,弗兰西也会犹豫。她不知道长大后是加入乐队好,还是敲铃鼓好。要是她和尼利能有一架小风琴和一只可爱的猴子就好了。这样他们可以跟猴子玩一整天,而且不必花钱,还可以带着它四处表演,看它脱帽行礼。人们会给他们许多钱,猴子可以跟他们一起吃东西,晚上或许还能睡在她的床上。弗兰西觉得这个职业好极了,她把自己的打算告诉了妈妈。但是凯蒂给她泼了盆冷水,告诉她别犯傻。猴子身上有虱子,她是不会让一只猴子爬上她干干净净的床铺的。

弗兰西随意地想象着自己当女铃鼓手的样子。可这样一来,她就必须成为西西里人,去绑架小孩。虽然画黑手印很好玩,但是她不想绑架小孩。

这里永远充满音乐。在那些久远的夏天,布鲁克林的街头载歌载舞。日子本该是欢乐的。但在那些夏天、那些孩子身上,却带着悲伤的气息。孩子们虽然身体瘦巴巴的,但脸上还保留着婴儿的圆润。他们围成圈玩着游戏,唱着千篇一律的悲伤的调子。他们不过才是四五岁的孩子,却太过早熟地照管着自己,这是件很悲伤的事情。街头乐队演奏的《蓝色多瑙河》也很悲伤,而且还很糟糕。那只猴子在它鲜红的帽子下面,藏着一双悲伤的眼睛。街头手摇风琴师演奏的曲调看似欢快嘹亮,却也暗藏着悲伤。

甚至连来到后院里的游吟诗人,吟唱的也是悲伤的句子:

> 如果我有妙招,
> 绝不让你变老。

这些人都是忍饥挨饿的流浪汉,没有什么唱歌的天赋。他们有的,其实只是胆量。他们敢于站在后院,手拿帽子,大声歌唱。悲伤之处在于,你知道他们不可能凭借这种胆量取得任何成就。日落时分,他们看起来和所有布鲁克林人一样迷茫。此时此刻,即便阳光依然明亮,照到你身上也很微弱,它无法给你提供温暖。

第十四章

　　洛里默街上的生活十分快乐,要不是因为茜茜姨妈,诺兰一家本来会继续在那儿住下去的。茜茜姨妈心地善良,却常常把事情弄糟。因为三轮车和气球这两件事,茜茜姨妈让诺兰家丢尽了脸。

　　有一天,茜茜下了班,决定去诺兰家,在凯蒂上班的时候帮她照顾尼利和弗兰西。在还差一个街区就到他们家的地方,茜茜的目光被一辆漂亮的三轮车吸引了。铜把手在阳光下闪闪发光,让她觉得有点目眩。这种三轮车现在很少见。车上有宽敞的皮座椅,足够坐两个小孩。那椅子还带有靠背,以及一根连接小前轮的铁操纵杆。后面有两个比较大的轮子。转向杆顶部是纯铜的把手。脚踏板位于座椅前方,孩子可以舒舒服服地坐到车里,在椅子上往后一靠,就能够踩到踏板,并用横放在膝盖上的把手掌控方向。

　　茜茜看这三轮车停在门廊上没有人管,便毫不犹豫地推走了。她把车推去诺兰家,叫孩子们出来,带他们去兜风。

　　弗兰西觉得这棒极了!她和尼利坐在椅子上,茜茜姨妈推着他们在街区附近转悠。皮座椅被太阳晒得暖洋洋的,散发出浓郁的皮革味,显得很高档。炽热的阳光在铜把手上舞蹈,看起来像是跃动的火焰。弗兰西觉得,要是她伸手去碰,肯定会把手烫伤。然后,麻烦来了。

　　一小群人气势汹汹地围过来,领头的是一个歇斯底里的女人和一个放声大哭的男孩。女人冲到茜茜跟前,大叫:"小偷!"她抓着把手,要把车拖走,但茜茜紧紧攥着不放手。争抢过程中,弗兰西差点摔出车外。这时,巡警跑了过来。

　　"怎么了?怎么了?"他接手调查情况。

　　"这女人是个小偷。"那名妇女举报说,"她偷了我儿子的三轮车。"

　　"我没有偷,警官。"茜茜用轻柔动听的嗓音说,"那辆车停在那儿没人用,所以我就借来让孩子们骑一下。他们从没坐过这么好的三轮车。你知道这对孩子有多重要,他们简直要乐上天了!"警察盯着座椅上那两个一声不吭的孩子。弗兰西虽然吓得瑟瑟发抖,但还是朝他咧嘴一笑。"我只是想带他们绕街区骑一圈,然后就把车还回去。真的,警官。"

警察的目光落在茜茜的胸口——她爱穿的紧身胸衣完美勾勒出了那丰满的胸脯。警察转向那位怨声载道的母亲。

"就让她带着孩子绕街区骑一圈吧。这又不会让你脱层皮。"(只不过他没有说"皮"这个字,周围的孩子听了他的话都窃笑不已。)"就让她带他们兜一圈吧,我保证这车会原样还给你。"

他就是法律。那女人还能怎么办?警察给了正在哭号的男孩五分钱,让他闭嘴。他对周围的人说,要是不快滚,他就叫囚车来,把他们都抓去警局。凭这简单的一句话,他就驱散了人群。

人群四散离开。警察挥着警棍,殷勤地护送着茜茜和两个孩子在街区转悠。茜茜抬头看他,盯着他的眼睛微笑。于是他把警棍别到腰带上,坚持要帮她拉车。茜茜踩着细细的高鞋跟,小跑着跟在他身边,莺声燕语地对他施展魅力。他们绕着街区走了三圈,人们见到这位全副武装的执法人员如此投入,都捂嘴偷笑起来。警察只好假装没看到他们。他热情地对茜茜说着话,大多数时候在讲他老婆。他说她是个好女人,你懂的吧,但怎么说呢,某些地方有点无能。

茜茜说她懂的。

三轮车事件后,人们议论纷纷。约翰尼经常醉酒回家的事和男人们打量茜茜的目光,原本就已经够他们嚼舌头了,现在他们又多了新的谈资。这让凯蒂很想搬家。眼下的情形跟在博加特街时越来越像,邻居们对诺兰家了如指掌。就在凯蒂考虑另外找地方住时,又发生了一件事。这事一出,他们只能立马搬走。这件最终促使他们离开洛里默街的事情,完全和性有关。只不过,要是能够正确看待,这事其实很清白。

一个周六下午,凯蒂去戈林百货店打零工。那是威廉斯堡的一家大型百货商店。她为周六的晚饭准备了咖啡和三明治,那是老板给女店员抵加班费的。约翰尼在工会总部等着活干。茜茜那天没有工作。得知孩子们会被单独关在房间里,她决定去陪陪他们。

她敲门喊着她是茜茜姨妈。弗兰西打开门缝确认是她后，才放下锁链让她进屋。两个孩子一拥而上，紧紧抱住茜茜。他们很爱茜茜姨妈。在他们眼里，茜茜姨妈是个漂亮女人，身上总是带着甜甜的香气。她穿的衣服很好看，还会给他们带很棒的礼物。

今天，她带来一个散发甜味的雪松木雪茄盒、几张红色和白色的棉纸，还有一罐糨糊。他们坐在厨房桌边，一起装饰雪茄盒。茜茜用一枚两毛五的硬币在纸上描出圆圈，弗兰西把它们剪下来。茜茜教她怎样把它们围在铅笔一头，做成小小的纸杯。做完许多小杯子后，茜茜在盒盖上画了一颗爱心。每个红色杯子底部都涂了点糨糊，粘在铅笔画的爱心上。爱心中间填满了红色的纸杯。盒盖的其余部分则用白色纸杯填充。盒盖装饰完后，看起来像是一丛紧密排列的白色康乃馨，中间有一颗红心。盒子四边也都用白色纸杯装点。盒子内部则衬着红色棉纸。现在它美极了，你绝对认不出那曾经是个雪茄盒。装饰盒子占了大半个下午的时间。

茜茜五点约了人吃炒杂碎[①]，她准备要走了。可是弗兰西黏着她，求她不要走。茜茜虽然不想走，但也不愿意错过约会。于是她在手提包里搜寻起来，想找点东西留给他们玩。他们站在她膝盖边上，帮着她一起找。弗兰西发现一个香烟盒，伸手拿了出来。盒子封面上是一个男人：他躺在沙发上，跷着二郎腿，抽着一根烟，头顶有一个大烟圈。烟圈里画着一个披头散发的女孩，裙子领口很低，露出了胸脯。盒子上的名称叫"美国梦"。这是茜茜工厂里的脱销产品。

孩子们嚷嚷着要玩这个盒子。茜茜不情不愿地给了他们。她解释说，盒子里面是香烟，这个盒子他们只能拿着看看，无论如何都不能打开。她说，他们绝对不能碰封条。

茜茜离开后，孩子们自娱自乐地盯着图片看了一会儿。他们摇晃着盒子。里面传来闷闷的窸窣声，听上去有些神秘。

"里面是蛇，不是香烟。"尼利断定。

"不对，"弗兰西纠正他，"里面是虫子，活的虫子。"

他们争论起来。弗兰西说这盒子太小了，装不下蛇。尼利坚称蛇蜷缩着身子，就像玻璃缸里的鲱鱼。两个人好奇得不得了，完全忘了茜茜姨妈

[①] 炒杂碎，也称李鸿章杂碎，一种流行的美式中国菜。——译者注

的叮嘱。封条贴得很松，很容易就能扯掉。弗兰西打开盒子。里面的东西被一张软塌塌的锡纸包着。弗兰西小心翼翼地剥开锡纸。尼利怕里面的蛇会动，准备爬到桌子下面躲一躲。但盒子里面，不是蛇、不是虫，也不是香烟。里面的东西没什么意思。在尝试了几个简单的游戏后，弗兰西和尼利就对它失去了兴趣。他们笨手笨脚地将盒子里的东西系在一根绳子上，挂到窗外，最后关上窗，用窗户把线固定住。然后，他们轮流在剥开的盒子上跳着，想要把它踩碎。两人玩得太投入了，完全忘记了窗外挂着的那根绳子。

因此，这把约翰尼结结实实地吓了一跳。当时他正散着步往家走，去拿晚上工作要穿的假胸襟和纸领子。他抬头一看，顿时脸颊发烫，羞愧难当。凯蒂回家时，他对她说了这事。

仔细问过弗兰西后，凯蒂弄清了一切。都怪茜茜不好。那天晚上，孩子们上床睡觉，约翰尼外出工作，凯蒂独自坐在漆黑的厨房里，脸上红一阵白一阵。约翰尼工作时也无精打采的，仿佛世界末日一般。

那天晚些时候，艾薇来了。她和凯蒂说起茜茜。

"不能再这样下去了，凯蒂。"艾薇说，"到此为止吧。茜茜喜欢做什么我们管不着，可是她不能惹出今天这种事。我有一个女儿要教养，你也一样。我们不能再让茜茜到我们家来了。她是个坏女人，这点无法推脱。"

"她还是有很多优点的。"凯蒂犹豫道。

"看看她今天对你做的事，你还说得出这种话？"

"好吧……我想你是对的。只是别告诉妈妈。她不知道茜茜平时的样子，茜茜可是她的掌上明珠。"

约翰尼回家后，凯蒂告诉他，以后再不许茜茜来家里了。约翰尼叹口气说，他想这是唯一的办法。约翰尼和凯蒂聊了一整晚，到早上，他们做出决定，打算这个月底就搬家。

在威廉斯堡的格兰德街上，凯蒂找到一个能做清洁工换房子住的地方。搬家时，她取出锡储蓄罐，里面有八块多。其中两块钱得付给搬家工人，其余的钱等罐子在新家钉好后就放回去。玛丽·罗姆利又来公寓里洒了圣水。他们再一次安顿下来，再一次去附近的商店办理赊账手续。

新公寓没有之前在洛里默街的那个家好，这让他们无奈又懊恼。他们这次住的是顶楼，不是底楼。楼下没有门廊，因为房子临街的位置被一家商店占了。新家没有浴室，只有在走廊里两户人家共用的厕所。

唯一的优点是：房子的屋顶归他们。根据不成文的规定，屋顶归顶楼人家所有，就像院子归底楼一样。住顶楼还有一个好处，那就是楼上没有人住，天花板上不会地动山摇一般，把气灯罩震得粉碎。

当凯蒂和搬家工人争论时，约翰尼带着弗兰西来到屋顶上。弗兰西见到了一个全新的世界。不远处是美丽的威廉斯堡大桥。东河对面，高耸的摩天大楼清晰可见，仿佛用银色硬纸板做出来的梦幻城市。更远处是布鲁克林大桥，和近一点的威廉斯堡大桥遥相呼应。

"真美啊，"弗兰西说，"和乡村照片一样美。"

"我上班路上，有时候会过那座桥。"约翰尼说。

弗兰西惊奇地看着他。他既然上过那座神奇的大桥，那为什么谈吐和模样一如既往？她没法理解这点，于是伸手碰了碰他的胳膊。这种奇妙的过桥经历肯定能让他有不一般的感觉。但他的手臂摸上去和往常一样，她觉得很失望。

感受到孩子的触碰，约翰尼伸出胳膊搂住她，低头冲她微笑："你几岁了，小歌后？"

"六岁，快七岁了。"

"啊，那你九月要去上学了。"

"不，妈妈说我得等明年，等尼利到年纪了一起去上。"

"为什么？"

"这样万一有大孩子要揍我们，如果对方只有一个人，我们两个可以联合起来对付他。"

"你妈妈想得很周到。"

弗兰西转过身，看着其他屋顶。附近的屋顶上有一个鸽笼，鸽子都安全地关在笼子里。鸽子的主人是一个十七岁的男孩，他站在屋顶边缘，手里拿着一根长竹竿。竹竿一端有块破布。男孩挥着竹竿打转。另外一群鸽子在绕圈飞行，其中一只脱离了队伍，跟在飞舞的破布后面。男孩抓住它，塞进笼子里。弗兰西很担心。

"那个男孩偷了一只鸽子。"

"明天会有人去偷他的。"约翰尼说。

"可是那鸽子好可怜，跟亲人失散了。它说不定还有孩子呢。"她的眼中充满泪水。

"换我就不会哭。"约翰尼说，"也许那只鸽子也想离开自己的亲人。如果它不喜欢新笼子，等它再次出笼的时候，就会飞回老家。"弗兰西松了一口气。

有好一阵子，他们没有说一句话，只是手拉手站在屋顶边缘，眺望着河对面的纽约。最终，约翰尼开了口，仿佛在自言自语："七年了。"

"什么，爸爸？"

"你妈妈和我已经结婚七年了。"

"你们结婚的时候，我在吗？"

"不在。"

"但尼利出生的时候我在。"

"没错。"约翰尼继续自说自话，"结婚才七年，我们就已经住了三个地方。这里会是我的最后一个家吧。"

弗兰西没有注意到，他说的是"我的"，而不是"我们的"。

A TREE GROWS IN BROOKLYN

第三卷

诺 兰
一家大事记

1900年夏，约翰尼·诺兰（约翰尼）与凯瑟琳·罗姆利（凯蒂）相识。

1901年元旦，约翰尼与凯蒂结婚。

1901年12月15日，弗朗西斯·诺兰（弗兰西）出生。

1902年12月23日，科尼利厄斯·诺兰（尼利）出生。

1904年，诺兰一家搬到了洛里默街。

1908年，诺兰一家搬到了格兰德街。

1909年8月，弗兰西与尼利去公共卫生中心接种疫苗。

1909年9月，弗兰西与尼利开始上学。

1909年10月，弗兰西转学。

1911年平安夜，弗兰西与尼利合力接住了一棵大圣诞树。

1913年夏，约翰尼带着弗兰西、尼利第一次出海。

1915年夏，弗兰西的作文《冬日》被刊登在校刊上。她第一次来了月经。

1915年12月25日，约翰尼去世，终年34岁。

1916年5月，弗兰西与尼利受坚信礼。

1916年5月28日，安妮·劳瑞·诺兰出生。

1916年6月，弗兰西与尼利小学毕业。

1916年，弗兰西进入工厂，成为一名花枝工。

1916年，弗兰西成为模范新闻剪报公司的一名阅读工。

1916年9月，尼利进入中学学习。

1917年6月，弗兰西成为一名操作电传打字机的学徒。

1917年夏，弗兰西开始在布鲁克林的一所大学开办的暑期班进修。与本·布莱克相识。

1918年春，弗兰西与李·赖诺相识。

1918年夏，弗兰西通过大学入学考试。

1918年9月，凯蒂与迈克尔·麦克沙恩结婚。

1918年9月，弗兰西即将前往密歇根大学学习。

第十五章

新公寓有四个房间,从一间通向另一间,所以被称为车厢屋。厨房又高又窄,面朝院子。院子四周围着石板路,中间是四四方方的、水泥似的酸土地,几乎不可能长出任何东西。

然而,这棵树就生长在那院子里。

弗兰西第一次见到它时,它只有二层楼那么高。她可以从自己的窗口俯视它。那棵树看起来就像是一群各式各样的人,在雨中打着伞,挤作一堆。

后院有一根细长的晾衣杆,上面挂了六条晒衣绳,通过滑轮连接起六家厨房的窗口。如果有绳子从滑轮上脱落,邻居家的男孩就会爬上杆子,重新安装。他们靠这个来挣零花钱。据说,男孩们会在深夜里爬到晾衣杆上,偷偷从滑轮上解开绳子,确保能赚到第二天的一毛钱。

在晴朗又风大的日子里,晾衣绳上挂满了衣服,看起来十分好看。四四方方的白床单乘风飘扬,宛若故事里描写的船帆。红色、绿色和黄色的衣服被木夹子夹着,在风中仿佛有了生命一般。

晾衣杆背靠着一堵没有窗户的砖墙,墙的另一边是社区学校。弗兰西仔细打量,发现她找不出两块一模一样的砖。砖块用薄薄的白灰泥垒在一起,看起来十分匀称,阳光照上去亮晶晶的。弗兰西把脸颊贴过去,感受着它温暖的气息和坑坑洼洼的表面。它们是最先淋到雨水的地方,散发出一股潮湿的黏土味,就像是生命本身的味道。冬天的第一场雪太过稀薄,没法长久地留在人行道上,却能紧紧地粘在砖墙的粗糙表面,仿佛仙女的蕾丝花边。

学校院子里有一块四英尺见方的地方,面朝着弗兰西家的院子,被一张铁丝网隔开。弗兰西偶尔去院子里玩过几次(那个院子被住在底楼的男孩抢先霸占了,只要他在,就不让其他人进去),她在院子里时恰好是课间休息时间。她看着一群孩子在院子里玩耍。课间休息其实就是把几百个孩子赶进这个铺着石块的小围场里,然后再把他们赶出去。院子里地方很小,玩不了游戏。孩子们气哄哄地挤来挤去,拔高嗓门,发出枯燥又令人厌烦的尖叫声。上课铃响起时,这尖叫声戛然而止,仿佛被一把锋利的刀给斩断了。铃响之后,瞬间万籁俱寂,孩子们僵在原地。然后,挤来挤去变成了推推搡搡。他们似乎和出教学楼时一样迫切,急于跑进楼里。孩子们往回走着,高声的尖叫变成了压抑的呜咽。

一天下午,弗兰西在自家院子里,看见一个小女孩跑出来,走进学校的院子里。她拍打着两个黑板擦,抖落上面的粉笔灰。这真了不起!弗兰西把脸贴着铁丝网,看小女孩拍灰,觉得这是有史以来最有趣的工作。妈妈告诉过她,这项任务只有老师的宠儿才能做。对弗兰西来说,宠儿是指宠物猫、宠物狗、宠物鸟。她发誓,等她到了上学的年纪,会尽最大努力去喵喵叫、汪汪叫或者啾啾叫,这样她就能当个宠儿,得到拍黑板擦的工作。

那天下午,她站在那儿看着,内心充满崇拜。拍黑板擦的女孩发现了弗兰西的崇拜,开始卖弄起来。她在砖墙上、石子路上拍打着黑板擦,还在后背拍了拍,作为收尾动作。她对弗兰西说:

"想靠近了看吗?"

弗兰西害羞地点点头。女孩拿着黑板擦走近铁丝网。弗兰西伸出一根手指,想碰碰那沾了一层薄薄粉笔灰的五彩毛毡。但在她快要摸到那柔软美丽的东西时,小女孩突然收走了黑板擦,朝弗兰西脸上狠狠啐了一口。弗兰西紧闭着眼睛,不让伤心的泪水往外流。那个女孩好奇地站在那里,想等她哭出来。见她不哭,女孩讥讽道:

"你这白痴,为什么不哭出来?还想让我再往你脸上吐一口吗?"

弗兰西转身跑进地窖,在黑暗中坐了许久,直到伤心劲缓过来为止。这事不过是个开头。今后,随着她的感知力越来越强,她会经历更多的幻灭时刻。从那以后,弗兰西再也不喜欢黑板擦了。

厨房集客厅、餐厅和烹饪的功能为一体。一面墙上有两扇狭长的窗户。另一面墙上嵌着铁煤炉。炉子上方的壁龛是用珊瑚色的砖块和乳白色的灰泥砌成的。它带有一个石制壁炉架和一块炉底石,弗兰西可以在上面用粉笔画画。壁炉边上是热水锅炉,生了火就能烧热。通常天冷时,弗兰西在挨了冻回来以后,会伸手抱住锅炉,将冻僵的脸颊贴在那暖烘烘的银色金属上,内心充满感激。

锅炉旁边是两个滑石洗衣盆,配有一个带铰链的木盖子。两个洗衣盆中间的隔板可以撤掉,合并成一个澡盆。但这个澡盆不太好用。有时候,弗兰西坐在里面,木盖子会砰地砸在她头上。澡盆底部是碎石。洗澡本该是件舒缓疲劳的事,但坐在那样潮湿粗糙的盆底,只会让弗兰西浑身酸疼。更何况她还有四个水龙头要应付。水龙头一成不变地固定在那里,无论弗兰西怎样努力去记它们的位置,都会在从肥皂水里起身的瞬间,后背猛地撞上龙头。所以弗兰西的后背上常年都有红肿的伤痕。

挨着厨房的是两间卧室,一间连着另一间。卧室一侧镶嵌着通风井,大小像口棺材。那里的窗户很小,灰蒙蒙的。或许,用凿子和榔头能打开通风井的窗户。但如果你这么做了,迎接你的将是一阵强劲而湿冷的风。通风井顶部是一扇斜顶的微型天窗,厚重、不透明的玻璃起着皱,外面罩着沉重的铁丝网,防止玻璃被砸碎。窗户周围是波纹铁板。这种设计下,光线和空气本该是能进入卧室的,但厚重的玻璃、牢固的铁丝网和积年累月的灰尘令阳光很难照进去。侧面的气孔被灰尘、煤烟和蛛网给堵住了。虽然没有空气能透进去,但是雨雪仍然能顽固地钻进去。暴风雨来临时,通风井底部的木头会潮湿冒烟,散发出一股腐朽的味道。

通风井是个糟糕的发明。哪怕窗户被牢牢封住,它也会像个音响一样,能让你听见所有人的动静。还有老鼠在底部跑来跑去。此外,通风井一向都有火灾隐患。要是喝醉酒的卡车司机心不在焉地往通风井里扔了一根火柴,却以为自己是扔到院子里或者大街上了,那么那幢房子一下子就会着火。通风井底部乱糟糟地堆着许多肮脏的东西。由于那个地方没人能下去(窗户太小,人的身体没法通过),所以那里便成了一个可怕的仓库,人们不要的东西都往里面丢。哪怕是生锈的剃须刀和沾血的布料,在那里也没什么大不了的。有一次,弗兰西低头看通风井时,想起了神父说的炼狱。她觉得,炼狱肯定就是通风井底部的样子,只不过规模更大一些。每当弗兰西要去客厅,从卧室经过的时候,她总是闭着眼睛,瑟瑟发抖。

客厅,或者说前屋就是家里的"正屋"。它有两扇又高又窄的窗户,面朝喧闹的大街。由于三楼太高，街头的吵闹声传上来时，已经弱到听起来很是舒心。这间屋子是个体面的地方，有自己的门通向走廊。客人可以直接从走廊进屋，不必穿过厨房和客厅。高大的墙上贴着色调暗沉的墙纸，深棕的底色上装饰着金条状的图案。窗户上安装了板条做成的内侧百叶窗，两边都能收拢起来，缩进狭小的空间里。弗兰西很喜欢玩百叶窗。她开心地拉下带铰链的百叶窗，用手一碰，然后看着它们又收回去，一玩就是很久。弗兰西觉得它神奇极了，百看不厌。百叶窗不但能放下来遮蔽整扇窗户，挡住风吹日晒，而且还能听话地收起来，把自己压缩在狭小的储藏空间里，从正面只看得到好看的镶板。

黑色大理石壁炉里嵌着低矮的客厅暖炉，只露出了炉子的前半部分。从外面看，圆圆的侧面就像半个大西瓜。炉子由许多云母薄片做的小窗组成，那些小窗镶嵌在极细的铁框架里。圣诞节时，凯蒂才舍得在客厅生火。火一生，所有的小窗都亮了起来。弗兰西坐在那里，觉得开心极了。她在炉边取暖，看着那些小窗随着天色渐暗，从玫瑰红变成黄褐色。这时，凯蒂会走进客厅，点亮煤气灯，驱散阴影。炉子窗户里的光一下子就显得暗淡了，这让她简直像犯下了一项大罪似的。

前屋里最棒的东西非钢琴莫属。这架钢琴是你祷告一辈子也换不来的奇迹。但它却出现在诺兰家的客厅里。他们没有许愿，也没有祷告，却遇见了真正的奇迹。钢琴是上一个租客留下的，那个人付不起搬运费。

在当时，搬运钢琴可是项大工程。走陡峭狭窄的楼梯是没法把钢琴搬下去的。钢琴得捆起来，系上绳子，通过屋顶的巨大滑轮从窗口吊出去。其间，搬运负责人会像指挥官一样大喊大叫、挥着胳膊。街道必须拉绳子围起来。警察得拦着人群，不让他们上前。每当有人搬钢琴，孩子们肯定会逃课来看。这向来是个轰动的场景——包裹好的庞然大物被甩出窗户，在空中转了一会儿，看得人头晕目眩，然后它终于转正了琴身。钢琴开始慢慢地、战战兢兢地往下降，孩子们则在一旁声嘶力竭地欢呼着。

搬运钢琴要花十五块钱，是搬运其他所有家具的三倍。所以琴的主人问凯蒂，她能不能把琴留下？凯蒂能不能替她照管？凯蒂高兴地答应了。那位女士依依不舍地请求她，别让钢琴受潮受冻，冬天要把卧室门开着，这样厨房里也能传出些暖气，免得钢琴变形。

"你会弹钢琴吗？"凯蒂问她。

"不会,"女人悲伤地说,"我们家没人会弹,但我希望我会。"

"你不会弹为什么买它?"

"这本来是有钱人家的东西,他们在低价出售。我非常想要。虽然我不会弹,但这钢琴美极了……它令整个房间蓬荜生辉!"

凯蒂答应好好照管钢琴,等那位女士有钱了再来搬。但后来,她再也没来过。这架漂亮的钢琴就一直留在了诺兰家。

小小的钢琴由黑色的抛光木材做成,看起来乌黑铮亮。前面的薄装饰板上雕刻着美丽的图案,图案背后衬着浅浅的玫红色丝绸。不同于其他立式钢琴,它的琴盖不是分段上翻,而是整个翻上去,靠在精心装饰的木板上,如同一个迷人又光泽的黑壳。钢琴两边各有一个烛台。你可以插上白蜡烛,在烛光下弹奏。烛光在象牙白的琴键上投下影子,营造出如梦似幻的氛围。在黑色的琴盖上,你也可以看到琴键的影子。

在诺兰家租下房子、第一次参观时,刚走进前屋,弗兰西的眼里就只有这架钢琴。她试着伸手去拥抱它,可是钢琴太大,她抱不住,只好退而求其次,抱一抱暗粉色的缎面琴凳。

凯蒂看着钢琴,眼神闪烁。她注意到楼下一间公寓的窗户上,有张白色的卡片写着"钢琴课"。凯蒂有了一个主意。

琴凳非常神奇,能根据你的身材转动、升高或者降低。约翰尼坐在上面演奏起来。当然,他并不会弹琴。他完全不识谱,但知道几个和弦。他可以一边唱歌,一边时不时地弹几个和弦,听起来就像他真的在和着音乐唱歌一样。他弹了一个小三和弦,看着大女儿的眼睛,露出一个坏笑。弗兰西也对他微笑起来,内心期待不已。他又弹了一个小三和弦,不断重复它。和着轻柔的回音,约翰尼口齿清晰地唱道:

> 在麦克维顿的山坡上,
> 清晨的露珠闪闪发亮。
> (和弦——和弦。)
> 良辰美景我与佳人共度,
> 安妮·劳瑞将她芳心吐露。
> (和弦——和弦——和弦——和弦。)

弗兰西转过脸，不想让爸爸看见她的眼泪。她怕他问自己为什么哭，她没法告诉他原因。她爱爸爸，也爱钢琴。她找不出自己轻易流泪的理由。

凯蒂开口说话。她声音里带着些许往日的温柔，这种温柔约翰尼已经快一年没有听到了。"这首是爱尔兰歌吗，约翰尼？"

"是苏格兰歌。"

"我之前从没听你唱过。"

"是的，我想我没唱过。我只是知道这首歌而已。从来不唱是因为，在我工作的酒吧，人们不想听这种歌。他们情愿听《雨天午后来找我》。除非他们喝醉了，那就只能唱《甜美的艾德琳》了。"

他们很快在新家安顿下来。熟悉的家具此刻看起来有点陌生。弗兰西坐在椅子里，惊讶地发现：这椅子坐上去居然和在洛里默街时一样。她的感受已经变了，但为何椅子没有变化？

经过爸爸妈妈的收拾，前屋看上去十分漂亮。屋子里有一条鲜绿色的地毯，上面带有美丽的粉色玫瑰图案。窗口挂上了浆得笔挺的淡黄色蕾丝窗帘。屋子中央摆着一张大理石桌子，还有三件套的绿色绒布沙发。角落里竖着一个竹架子，上面搁着一本绒面相册，里面有罗姆利姐妹婴儿时期的照片：她们趴在毛皮地毯上，姑婆婆们慈祥地站着，前排椅子上坐的是她们的丈夫，个个都留着浓密的八字须。小架子上还有些小小的纪念杯。杯子有的是粉色的，有的是蓝色的，有的有带镀金的蓝色勿忘我，有的有红色美国蔷薇图案，还写有"别忘了我"和"真心的友谊"之类的金色文字。这些小杯子和小碟子是凯蒂从前的闺蜜们送的纪念品，她从来不让弗兰西用它们玩过家家。

底层架子上放着一枚螺旋状的骨白色海螺壳，内部是浅浅的粉红色。孩子们很喜欢它，给它取了个昵称：小嘟嘟。弗兰西将海螺壳举到耳边时，能听到大海的歌唱声。有时候，约翰尼为了逗孩子开心，会听一听贝壳里的声音，然后夸张地张开手臂，柔情似水地看着它，唱道：

我在海滩上，捡到了贝壳。
举起放耳边，听它唱首歌。

大海唱的歌,甜美又清澈,
带给我满心欢乐。

后来,约翰尼带他们去卡纳西的时候,弗兰西第一次见到了大海。她觉得大海唯一的亮点,就是它的声音。那海浪声听起来,就如同海螺小嘟嘟那轻柔悦耳的呼啸声。

第十六章

在城市孩子的生活中,社区商店是重要的一环。这些商店是把孩子和生活必需品连接起来的纽带,店里有孩子们渴望得到的宝贝,也有他们只能在梦里奢求的东西。

弗兰西最喜欢的大概是当铺——不是因为那些被扔到铁条窗里的财宝,也不是因为裹着披肩从侧门溜进店里偷偷交易的女人,而是因为高高挂在店铺上方的三个大金球。它们在阳光下闪闪发光,风吹过时,还会懒洋洋地晃一晃,像是沉甸甸的金苹果。

当铺边上有一家面包店,店里卖俄式奶油布丁。掼奶油上嵌着鲜红的樱桃蜜饯,十分漂亮。这种甜点是卖给有钱人的。

当铺另一边是格伦德涂料店。店铺前头有个架子,架子上挂着一个被夸张修补过的盘子。盘子底部打了个洞,穿上一根链条,系着一块沉重的石头。这是为了证明梅杰牌胶水黏性十足。有人说,盘子是铁做的,只不过涂了层漆,被做成了开裂瓷器的样子。但弗兰西宁愿相信:那真是个打碎的盘子,又用神奇的胶水给粘好了。

最有趣的商店在一间小棚屋里。这间屋子历史悠久,可以追溯到印第安人在威廉斯堡出没的时候。棚屋的外观很特别,它有着小小的窗户,窗格也很小,还有护墙板,以及陡峭的斜屋顶,在廉租公寓中独树一帜。

这家店有一扇小窗格组成的大凸窗,窗后坐着一个仪表堂堂的男人,在桌边做雪茄——是那种细长的深棕色雪茄,四根卖五分钱。他手里拿着一把烟草,精心挑选外层的烟叶,并熟练地往里面装满棕色烟草末,把它漂漂亮亮地卷起来,卷得又紧又细,两端还折出了方角。他是传统的手艺人,对新鲜事物不屑一顾。他拒绝在店里点煤气灯。有时候天黑得早,还有许多雪茄没做完,他就会点上蜡烛继续干活。他的店外竖着一个木头做的印第安人,站在木块上,摆出吓人的姿势。那木头人一手拿战斧,一手拿烟草，脚穿罗马凉鞋，鞋带一直系到膝盖，下半身穿一条羽毛短裙，头上戴着印第安战士的羽毛头饰。这些服饰全都被漆成了鲜艳的红色、蓝色和黄色。做雪茄的人每年给木头人上四次新漆，下雨天会把它搬到屋内。这一片的孩子们管这个印第安木头人叫"麦咪阿姨①"。

弗兰西还有一家很喜欢的店，只卖茶叶、咖啡和香料。店里有一排排上了漆的柜子，弥漫着陌生又浪漫的香气，充满异域情调，令人激动不已。还有十几个深红色的咖啡柜子，正面用中国墨汁龙飞凤舞地写着几个字：巴西！阿根廷！土耳其！爪哇！混合味！茶叶放在小一点的漂亮柜子里，柜盖是斜顶的，上面写着：乌龙茶！台湾茶②！橙黄白毫③！中国红茶！杏花茶！茉莉花茶！爱尔兰茶！柜台后的迷你柜里放的是香料。它们的名字在架子上排成一排：肉桂、丁香、生姜、多香果、肉豆蔻、咖喱、干胡椒、鼠尾草、百里香、墨角兰。凡是出售的胡椒，都是用一台小小的胡椒磨现磨出来的。

店里有一台大型的手摇式咖啡研磨机。磨咖啡时，要将咖啡豆放进一个亮晶晶的铜漏斗里，用两只手转动机器。磨好的咖啡粉香气扑鼻，啪嗒啪嗒落进后面一个深红色的勺子状器皿中。

（诺兰一家自己在家里磨咖啡。弗兰西喜欢看妈妈高高兴兴地坐在厨房里，用双膝夹着咖啡豆研磨机，一边左手手腕猛地发力转动机器，将咖啡磨成粉，一边抬头兴致勃勃地和爸爸说话。房间里充满现磨咖啡的浓郁香气，令人心满意足。）

卖茶人有一把很好的秤：秤上有两个亮闪闪的铜盘。这二十五年多来，铜盘每天都有人擦拭，如今它们轻薄易碎，看起来像发光的金子。弗兰西每次买一磅咖啡或者一盎司④胡椒时，会看着店主把一块带重量标记的银秤砣放在一个托盘里，然后用银勺子小心地舀一勺咖啡或者胡椒粉，放到另一个托盘里。弗兰西屏息凝神，看着对方小心翼翼地往里面多加一

---

① 早期民众普遍不识字，所以店主往往用标志或者人物来宣传他们的商品。由于烟草是美洲印第安人发现的，所以雪茄店门口放了印第安人的木雕。孩子们叫它阿姨，可能是因为它的羽毛短裙。——译者注

② 原文为Formosa，为葡萄牙殖民主义者对我国台湾地区的称呼。——译者注

③ 一种上等红茶。——译者注

④ 1盎司约为28.349克。——译者注

点，或者取出一点。最终两个金色的托盘都一动不动，实现了完美的平衡。那一刻真是美好又平和，让人觉得世界公平无比，似乎不会出任何差错。

在弗兰西眼中，最神秘的一家店是中国人开的，店面只有一扇对外的窗户。中国人脑袋上绕着一条辫子。妈妈说，他留着辫子是为了能够在想回国的时候回去。一旦他剪掉辫子，他们就再也不让他回去了。他脚踩一双黑色的毛毡拖鞋，沉默地拖着步子走来走去，耐心听顾客说要怎么洗衬衫。他穿了一件南京棉布做的衬衫外套，弗兰西和他说话时，他把手笼在宽大的袖子里，眼睛一直盯着地面。弗兰西觉得这人很聪明，会思考，在用心听自己说话。但其实他并不认识多少英文，她说了什么，他完全不懂。这个中国人只知道票子和裇子①。

弗兰西把爸爸的脏衬衫拿到这里，他迅速将衣服放到柜台下面，拿出一张带有神秘纹路的方纸，用细毛笔蘸上黑墨水，在纸上画了几笔。他将这份神秘文件递给弗兰西，用来交换那件普通的脏衬衫。这似乎是桩神奇的交易。

店铺里有一种干净温暖的气息，淡淡的，仿佛在炎热的屋子里开着一朵无味的鲜花。他洗衣服的地点在某个神秘的暗处，时间肯定是夜深人静的时候。因为整整一天，从早上七点到晚上十点，他都站在店里，在干净的熨衣板上来回推动沉重的黑色熨斗。熨斗里一定有汽油装置，让它保持发热。但弗兰西不知道这回事。她以为这是中国人的神秘法术，从来不把熨斗放在炉子上加热，依然能用它去熨衣服。她隐约有种想法，那人在衬衫和领子里放了别的东西替代浆粉，所以产生了热量。

弗兰西拿着一张票据和一毛钱回到店里，把它们从柜台上推过去。中国人将包好的衬衫和两颗荔枝递给她。弗兰西很喜欢吃荔枝。这种果子外壳脆脆的，一剥就开，里面的果肉又软又甜。果肉内部有枚果核，坚硬无比，没有一个孩子能打开。据说果核里有一个更小的果核，那个更小的果核里，还有更加小的……它们就这样一个套着一个。据说到后面，那果核小到只有用放大镜才能看见。那核里还有比它更小的，小到你借助任何工

---

① 原文为tickee and shirtee，意为顾客送来衣服清洗时领取的凭证"票子"与清洗的衣服"裇子"。——译者注

具都看不到。虽然肉眼看不到，但它们依然存在着，不断变小，永无止境。这是弗兰西第一次了解"无限"的含义。

中国人找零钱的时候最有意思。他拿出一个小小的木框架，里面用细细的铜杆串着蓝色、红色、黄色和绿色的珠子。他顺着铜杆拨动珠子，迅速思考着，然后咔嗒一声让珠子全都归位，报数"三毛九分"。小珠子告诉他该收多少钱，该找多少钱。

哦，我真想做个中国人！弗兰西心想。这样就能用漂亮的玩具来计数，哦，也能想吃多少荔枝就吃多少，能了解熨斗的奥秘，弄懂它为什么不用炉子加热也可以保持温度！哦，还能用细细的毛笔和灵活的手腕画出那些符号！那黑色的记号十分清晰，如蝶翼般纤巧美丽。以上这些，就是布鲁克林的神秘东方。

第十七章

  钢琴课！多么神奇的词！诺兰家一安顿好，凯蒂就去拜访了钢琴课广告卡片上的那位女士。老师是两位廷莫尔小姐。莉齐·廷莫尔小姐教钢琴，玛姬·廷莫尔小姐教声乐。学费是每节课两毛五。凯蒂提议，她每周给廷莫尔小姐做一小时清洁工，作为交换，对方每周来自己家上一次钢琴课。莉齐小姐表示反对，声称自己的时间比凯蒂值钱多了。凯蒂争辩道：时间就是时间，没有贵贱。最终，她说服莉齐小姐接受她的观点，同意了这种安排。

  到了上第一堂课的重大日子，凯蒂叮嘱弗兰西和尼利坐在前屋，上课的时候要认真看、用心听。她给老师放了一把椅子，孩子们则并排坐在钢琴的另一边。凯蒂紧张地调整了几下椅子，三个人坐着等待老师。

  五点时，廷莫尔小姐准时来了。虽然她只是上个楼而已，但仍然穿得很正式，脸上还罩着一块面纱，面纱绷得很紧，还有些脏。她的帽子是一只红鸟做的，两枚帽针残忍贯穿鸟的胸脯和翅膀。弗兰西盯着那顶残忍的帽子。妈妈把她拉到卧室，低声说那不是真的鸟，只是把一些羽毛用胶水粘在一起而已，她不能老盯着那鸟看。弗兰西相信妈妈，但眼睛仍然不时看向那备受折磨的标本。

  除了钢琴，别的东西廷莫尔小姐都带来了。她有一只镍制闹钟和一个破旧的节拍器。钟上显示现在五点，她定了六点的闹钟，将钟放在钢琴上。廷莫尔小姐借机磨蹭着，占用了一部分宝贵的时间。她脱下珠灰色的贴身羊皮手套，把每根手指都吹了吹，抚摸并交叠着，放到钢琴上。她解开面纱，往后一掀，盖在帽子上。随后她活动着手指做热身，继而瞥了一眼闹钟，满意地看到自己消磨了足够多的时间。于是她启动节拍器，坐下开始上课。

  弗兰西被节拍器吸引了，几乎听不进廷莫尔小姐的话，也没心思看她是怎样将妈妈的手摆在琴键上的。在节拍器舒缓而又单调的咔嗒声中，弗兰西编织起了美梦。至于尼利，他那一双圆圆的蓝眼睛追随着节拍器的摆锤来回移动，最后把自己给催眠了。他张着嘴，长着金发的脑袋垂在肩膀上方一点一点，打着哈欠，嘴里吐出小泡泡来。凯蒂不敢叫醒他，怕被廷莫尔小姐发现她只收了一份钱，却要教三个人。

节拍器继续催眠般地咔嗒作响，闹钟则嘀嗒嘀嗒的，似乎在发牢骚。廷莫尔小姐好像不相信节拍器，亲自数着：一、二、三，一、二、三。凯蒂用因为劳作而显得红肿的手指努力弹着她学的第一个音阶。时间一点一滴过去，屋子里逐渐暗淡下来。突然间，闹铃声震耳欲聋地响起。弗兰西吓了一大跳，尼利则从椅子上摔了下去。第一堂课上完了。凯蒂反复说着道谢的话。

"有了你今天教我的内容，哪怕我再也不上别的课，也能继续学下去。你真是一个好老师。"

廷莫尔小姐虽然很高兴听到恭维话，但还是直白地告诉凯蒂："我不会对孩子额外收钱，可我得让你知道，你骗不了我。"凯蒂脸一红，孩子们低头看着地板，为被戳穿了而羞愧。"我允许孩子们留在屋子里。"

凯蒂向她道谢。廷莫尔小姐站起身等着。凯蒂和她确认了去廷莫尔家做家务的时间。但她仍然没有走。凯蒂觉得对方在期待她做些什么。最终凯蒂问道：

"还有事吗？"

廷莫尔小姐脸颊绯红，但还是高傲地说："那些女士……我教课的那些女士……是这样……她们课后会请我喝杯茶。"她用手捂着心口，含糊地解释，"瞧瞧这些楼梯。"

"喝咖啡可以吗？"凯蒂问，"我们家没茶。"

"当然可以！"廷莫尔小姐如释重负地坐了下来。

凯蒂跑到厨房去热咖啡，他们家的咖啡一直都放在炉子上。热咖啡的时候，她在一个锡制圆托盘上放了一块甜面包和一把勺子。

与此同时，尼利已经在沙发上睡着了。廷莫尔小姐和弗兰西坐着大眼瞪小眼。最终，廷莫尔小姐问：

"你在想什么，小姑娘？"

"就随便想想。"弗兰西说。

"有时候，我看到你坐在排水沟边的马路牙子上，一坐就是几个小时。那时你在想什么呢？"

"没什么，我只是在给自己讲故事。"

廷莫尔小姐严肃地指着她："小姑娘，你长大以后，要当作家写故事。"这话与其说是句陈述，不如说是个命令。

"好的，女士。"出于礼貌，弗兰西表示赞同。

凯蒂端着托盘进来。"这点心可能没有你过去吃的那么精致，"她抱歉地说，"但我们家只有这些。"

"这些就很好。"廷莫尔小姐优雅地说。她努力忍着，不让自己显得狼吞虎咽。

说实话，两位廷莫尔小姐是靠学生家的"茶点"维持生计的。一天上几堂课，每次收两毛五，这样挣不了多少钱。付完房租后，她们就剩不下几个钱买吃的了。大多数女学生会给她们泡杯淡茶，拿几块苏打饼干。那些女士知道这是礼貌，她们愿意泡茶，但也没人想在付了两毛五之后再管一顿饭。于是，廷莫尔小姐开始期待去诺兰家上课了。他们家的咖啡很提神，而且总是会配上甜面包或者腊肠三明治，让她能填饱肚子。

每次上完课，凯蒂都会把自己学到的内容教给孩子们。她让他们每天练习半小时。最后，三个人都学会了弹钢琴。

约翰尼听说玛姬·廷莫尔会教声乐，觉得自己不能做得还不如凯蒂。于是他提出给廷莫尔小姐修理窗户上断了的吊窗绳，给弗兰西换两节声乐课。即便约翰尼这辈子从没见过吊窗绳，他依然拿着榔头和螺丝刀上门去，将整个窗框拆了下来。他看着断裂的绳子，没有任何进展。虽然他努力尝试了几次，但是都无济于事。他空有一腔热情，手艺却跟不上。他一边试着把窗框装回去，不让冬天冰冷的雨水淋到屋里，一边想办法修理吊窗绳。但在这个过程中，他打碎了一块窗玻璃。两人的交易以失败告终。廷莫尔小姐只好找正式的修窗工人来修理窗户。凯蒂还得给廷莫尔小姐免费多做两次清洁，弥补她们的损失。这么一来，弗兰西的声乐课就彻底泡汤了。

第十八章

　　弗兰西迫不及待地想去上学。她想要拥有开学后的一切美好。她很孤单，渴望有别的孩子一起做伴。她想在学校院子里的饮水处喝水。那些水龙头是倒着装的，她觉得龙头里流出来的不是淡水，而是苏打水。她听爸爸妈妈说起过学校的教室。她想看看那张可以像百叶帘一样拉下来的地图。她最想要的是"文具"：一本笔记本和便签本，一个铅笔盒，盒盖可以滑动，里面是几支新铅笔、一块橡皮、一个大炮形状的锡制小卷笔刀、一块抹笔布，还有一把六英寸的黄色软木尺子，把铅笔盒装得满满当当。

　　法律规定：上学前，学生必须要接种疫苗。这引起了大众的恐慌。卫生局试图向穷人和不识字的人解释，接种疫苗是注射一种无害的天花病毒，借此激发对致命天花病毒的免疫力。但家长们并不相信。他们只从这个解释里听出，要往健康孩子的身体里注射病菌。有些在外国出生的家长拒绝让孩子接种疫苗。所以这些孩子就没法去上学。然后，家长们又因为没让孩子去上学而被法律问责。"一个自由的国家？"他们质问，"我才不信呢！"他们认为，法律强迫人让孩子去上学，但去上学又危害到他们的性命，这算哪门子自由？哭哭啼啼的母亲带着号啕大哭的孩子去卫生中心打疫苗，就好像是把无辜的人带去屠宰场一般。孩子们一看到针头，就歇斯底里地尖叫起来。他们的母亲等在接待室，裹着头巾，恸哭不已，仿佛在号丧似的。

　　当时弗兰西七岁，尼利六岁。凯蒂让弗兰西晚一年上学，希望两个孩子一起进学校，好相互照应，不被大孩子欺负。八月那个可怕的周六，凯蒂在上班前去卧室找孩子们说话。她叫醒孩子们，叮嘱道：

　　"你们起床后，好好清洗一下。等到了十一点，就出门拐弯去公共卫生中心，让他们给你俩打疫苗，因为你们九月份要去上学了。"

　　弗兰西开始颤抖。尼利哭了起来。

"你和我们一起去行吗,妈妈?"弗兰西恳求道。

"我得去工作。要是我不去,我的活谁来干?"凯蒂问,她用愤愤不平的态度来掩饰自己的愧疚。

弗兰西没再多说什么。凯蒂知道,她让他们失望了。但她没有办法,只能这样。没错,她应该和孩子们一起去,在现场给他们安慰和依靠,但她知道自己受不了这种煎熬。况且,他们必须要打疫苗。无论她是和他们在一起,还是在其他地方,都没法改变这个事实。所以,为什么不放过他们三人中的一个呢?另外,她自我宽慰道:这是一个残酷又艰苦的世界,但他们得在这世上生活,所以要早点让他们坚强起来,照顾好自己。

"那爸爸和我们一起去吧。"弗兰西抱着希望说。

"爸爸在工会总部等着工作呢。他一整天都不在家。你们长大了,可以自己去,而且打针又不疼。"

尼利的哭声更加响亮。凯蒂快受不了了。她非常疼爱儿子。之所以不想陪他们去,有一部分原因就是她受不了看着自己的儿子受苦……哪怕只是被针扎一下也不行。她差点就心软陪他们去了。但是不行。如果她耽误了半天工作,就得在周日早晨补上。而且她去了之后会病倒的。就算没有她,他们俩也会有办法自己应付。于是她急匆匆去上班了。

弗兰西试图安慰被吓坏的尼利。几个年长些的男孩子告诉过他,卫生中心的人会抓住他们,砍掉胳膊。为了让他忘记这件事,弗兰西带着他下楼去院子里,把泥巴捏成团玩。他们完全忘了妈妈要他们清洗自己。

捏泥巴开心极了,他们差点玩得忘记时间。两个人手上、胳膊上全是脏兮兮的泥巴。十点五十分时,加迪斯太太从窗户里探出头,朝下面大喊说,他们妈妈让她提醒他们,快要十一点了,别忘了去打针。尼利捏完最后一团泥巴,泥巴上全是他的眼泪。弗兰西牵起尼利的手,两个孩子慢慢拖着脚步走向街角。

他们在一张长凳上坐下,边上是一位犹太母亲,怀里紧紧抱着个六岁的男孩。那个母亲哭泣着,时不时激动地亲吻男孩的额头。坐在那里的其他母亲也皱着眉头,表情沮丧而又痛苦。在毛玻璃门后,可怕的疫苗接种正在进行。号啕的哭声不断传来,中间还夹杂着刺耳的尖叫。尖叫过后又是号啕,然后里面走出来一个脸色苍白的孩子,左胳膊上缠着一条纯白的纱布。他的母亲冲过去,抓住他,骂了一句外国话,朝毛玻璃门挥了一下拳头,匆忙将孩子带离这间酷刑室。

弗兰西颤抖着走进门里。这是她在短暂人生中第一次见到医生和护士。那些白大褂、摆在托盘纸巾上的闪亮又残酷的器具、防腐剂的气味,尤其是印有血红色十字架的雾气腾腾的消毒器,这一切都吓得弗兰西恐惧得说不出话来。

护士将起弗兰西的袖子,用棉签在她左胳膊上擦拭出一块干净的地方。弗兰西看到穿白大褂的医生朝她走来,手里拿着那可怕的注射针。他赫然耸立的身影越来越大,最后似乎化身为一个巨大的针头。弗兰西闭上眼睛等死。无事发生,她什么都没感觉到。她慢慢张开眼睛,几乎不敢相信已经打完针了。随后她痛苦地发现,医生还站在那里,针头也拿在手里。他厌恶地盯着她的胳膊。弗兰西也看了看自己的胳膊,只见脏兮兮的深棕色皮肤上露出了一小块白色区域。她听见医生对护士说:

"脏,脏,脏,从早到晚都这么脏。我知道他们穷,但他们可以洗澡。水是免费的,肥皂也很便宜。护士,你看看这胳膊啊。"

护士看了一眼,震惊地咂了咂嘴。弗兰西站在那里,羞愧得脸颊发烫。这位医生是从哈佛大学来社区医院实习的,每周必须到一家免费诊所工作几个小时。实习期结束后,他将去波士顿当体面的执业医师。他给波士顿的名流未婚妻写信时,对这片社区的措辞是这样的:在布鲁克林实习宛若经历了一次炼狱。

护士是个威廉斯堡女孩。这点你能从她的口音听出来。她虽是贫穷的波兰移民后代,但一直很有雄心壮志,白天在血汗工厂上班,晚上在夜校里学习,想办法接受了一些医护培训。她希望自己有朝一日能嫁给一名医生。她不想让任何人知道自己来自贫民窟。

弗兰西站在那儿,听着医生一通发泄,低下了自己的头。她是个脏女孩。那医生就是这个意思。现在他说话声轻多了。他问护士,这种人是怎么活下来的?要是他们全都绝育,不再生孩子,世界就会更加美好。医生是想让她去死吗?他会不会因为她的手和胳膊玩泥巴弄脏了,就采取某些行动弄死她?

弗兰西看着那位护士。在她眼里,所有女人都是妈妈,就像她自己的妈妈、茜茜姨妈和艾薇姨妈一样。她觉得护士或许会说:

"也许这个小女孩的妈妈上班去了,今天早上没时间给她好好洗。"或者:"你知道的,医生,孩子们都会玩泥巴。"但实际上,那个护士说的是:"我懂你,这真是太糟糕了!我很同情你,医生,这些人这么脏兮兮地活着,实在说不过去。"

那些自力更生走出底层环境的人有两种选择:一种是在脱离底层之后,忘记从前的生活。另一种是脱离底层,但将从前铭记于心,对那些在向上拼搏的残酷过程中落后的人,保持同情和理解。护士选择了忘记。但是,站在那里时,她知道愧疚会在自己心头萦绕多年。她难以忘怀这个消瘦女孩脸上的哀戚,她多么希望当时自己能说些安慰的话,能做些什么去行善积德,拯救自己不朽的灵魂。她知道自己人微言轻,可是她缺乏改变的勇气。

针扎下来时,弗兰西完全没有感觉。医生的话激起阵阵伤痛,折磨着她的身体,驱赶了其他所有情感。护士熟练地在她胳膊上系好纱布,医生将他的器具放进消毒器里,拿出新的注射针。这时,弗兰西开口道:

"下一个是我弟弟。他的胳膊和我的一样脏,所以请别惊讶。你们没必要再告诉他这点。你们已经告诉过我了。"他们瞪着这个小不点,惊讶于她口齿竟如此清晰。弗兰西语带哭腔:"你们没必要告诉他。就算说了也没任何好处。他是个男孩子,不在乎自己脏不脏。"她转身走出房间,脚步有些踉跄。门关上时,她听见医生吃惊地说:

"真想不到她居然能听懂我在说什么。"她还听见护士叹了口气说:"啊,算了。"

孩子们回到家时,凯蒂已经在家里吃午饭了。她看着他们绑着绷带的胳膊,眼中满是悲痛。弗兰西激动地开口:

"为什么,妈妈,为什么?为什么他们要……要……说那些话,然后把针扎进你胳膊里?"

"打疫苗,"妈妈见现在事情都过去了,坚定地说道,"这是好事。这能让你分清楚左右手。你去学校后,必须用右手写字。那痛的地方会告诉你,哎呀,不是这只手。你得用另一只手。"

这个解释让弗兰西很满意,因为她从来分不清自己的左右手。她用左手吃饭、画画。凯蒂总是纠正她,让她把粉笔或者针从左手换到右手。在听完妈妈对打疫苗的解释后,弗兰西开始觉得,这或许是件不错的事。如果能把那种大问题变得简单起来,让你搞清楚哪个是左手,哪个是右手,那么付出些小代价也没什么。打完疫苗以后,弗兰西开始用右手代替左手,再也没有搞错过。

那天晚上,弗兰西发烧了,打针的地方又痛又痒。她告诉妈妈,妈妈极为担心,紧张地叮嘱她:

"不管有多痒,你都不能挠。"

"为什么不能挠?"

"因为如果你挠了,整个胳膊都会变肿、发黑,立马断掉,所以不能挠它。"

凯蒂不是故意要吓唬孩子。她自己也吓坏了。她相信要是去碰那条胳膊,弗兰西就会感染败血症。她想把孩子吓住,不让她去挠那里。

弗兰西只好忍住,不去挠那块又痒又痛的地方。第二天,手臂上传来一阵疼痛。准备睡觉前,她朝纱布下瞥了一眼,害怕地发现:针头扎过的地方肿了起来,乌黑发青,流着黄脓。但是弗兰西没有挠过它!她知道自己没有挠过!但是等一下!也许是她前一晚睡着的时候挠的?没错,肯定是那个时候。她不敢告诉妈妈。妈妈会说:"我跟你说了多少遍,你就是不听。现在你自己看吧。"

那是个周日晚上,爸爸外出工作去了。弗兰西睡不着。她从小床上爬起来,走进前屋,坐在窗边,把脑袋枕在胳膊上等死。

凌晨三点,她听见格雷厄姆大道上,有一辆电车在街角嘎吱一声停了下来。那意味着有人下车了。她从窗口探出身。没错,是爸爸。他沿街漫步,跳起轻盈的舞步,还一边用口哨吹着《我的甜心在月亮上》。爸爸身穿无尾礼服,头戴圆顶硬礼帽,胳膊下夹着叠得整整齐齐的服务生围裙,弗兰西觉得他整个人看起来生机勃勃的。他走到门口时,弗兰西叫了爸爸。他抬起头,脱帽行了个漂亮的礼。弗兰西替他打开厨房的门。

"你怎么这么晚还没睡,小歌后?"他问,"今天不是周六晚上,你知道的。"

"我坐在窗边,"她低声说,"在等我的胳膊断掉。"

爸爸强忍着没笑出声。弗兰西向他解释了胳膊的状况。他关上门,走进卧室,点亮煤气灯。他移开纱布,看到肿胀流脓的胳膊,胃里一阵翻腾。但他绝对不能让她知道。他绝对不能让她知道。

"哎呀，宝贝，这没什么大不了的。完全不算事。你真该看看我打疫苗时，胳膊是什么样子。比你这个要肿上两倍，而且颜色也不是黄黄绿绿的，而是红的、白的和蓝的。现在你瞧，我这胳膊多壮实。"他谎话连篇，因为他从来没打过疫苗。

他倒了一盆热水，往里面加了几滴石碳酸，替她反复清洗那丑陋的伤口。弗兰西痛得直缩手，但约翰尼说，痛就代表伤口在愈合。他一边替她清洗，一边唱起一首蠢兮兮的情歌：

　　他从不喜欢离开炉火边。
　　他从不喜欢漫步或流浪……

他环顾四周，想找块干净的布当绷带用，但是没找到。于是他脱下外套和衬衫的假胸襟，将汗衫拉到头顶，用力从衣服上撕下一块布条。

"别弄坏你的好汗衫！"弗兰西反对。

"啊，反正这上面也全是洞了。"

他替女孩包好胳膊。那布条上带着约翰尼的气息，是温暖的雪茄味。这对孩子来说是种安慰。它散发着呵护与关爱的味道。

"好啦！都处理好了，小歌后。你是怎么会想到胳膊要断掉的呢？"

"妈妈说，要是我去挠它，就会断掉。我不想挠的，但我猜我睡着的时候挠了。"

"有可能。"他亲了一下她瘦瘦的脸颊，"现在回床上睡觉去吧。"弗兰西上了床，后半夜她睡得很安稳。到了早上，胳膊已经不再抽痛。过了几天，胳膊又恢复了正常。

弗兰西上床后，约翰尼又抽了一根雪茄。然后他慢慢脱掉衣服，上了凯蒂的床。凯蒂在睡梦中察觉到他回来了，流露出罕见的温柔，将胳膊搭在他的胸膛。他轻轻将她的手移开，尽可能挪远了些。约翰尼靠近墙壁躺着，两手交叠枕在头下，盯着茫茫的黑暗，凝视了一整晚。

第十九章

弗兰西对学校抱有很大期望。打完疫苗后,她立马就分清了左和右。所以她觉得,学校还会给她带来更多伟大的奇迹。她以为她第一天从学校回家,就能拥有读书和写字的本事。但事实上,她回家时只拥有了一只血淋淋的鼻子。那是被大孩子揍的。当时弗兰西正试图从水龙头里喝水,她发现龙头里喷出来的根本不是苏打水。一个大孩子按住她的头,重重地往水槽的石头边缘上撞。

此外,弗兰西还不得不和别的女孩共用一把椅子和一张课桌(这本该是一个人用的)。她感到很失望。她想有一张自己的课桌。早上,弗兰西骄傲地从班长手里接过铅笔,但下午三点,另一位班长来收笔,她只能不情愿地上交了。

弗兰西在学校待了半天,就知道自己肯定没法成为老师的宠儿。那是少数女孩才有的特权……那些女孩头发是刚卷好的,身穿干净挺括的背带裙,头戴崭新的丝带发饰。她们是社区里有钱的店主们的孩子。弗兰西注意到,老师布里格斯小姐对那些孩子笑容满面,让她们坐在前排最好的位置上。这些甜心宝贝不用和别人挤一张椅子,她们是幸运的少数,布里格斯小姐对她们轻声细语。但对大多数没洗过澡的脏孩子,布里格斯小姐会不耐烦地大吼大叫。

弗兰西和其他出身差不多的孩子挤在一起,她在上学第一天学到的东西,远比自己以为的要多。她发现,在这个伟大的民主国家,居然也存在着阶级制度。老师的态度令她感到困惑和伤心。显然,老师讨厌弗兰西和其他像她一样的孩子,没有什么别的原因,只是因为他们都是穷人。虽然老师态度差劲,认为他们无权来学校上学,但也只能被迫接受他们。所以,她对这些学生没什么好脸色。哪怕只是甩给他们一些零碎的知识,也让她心里很不痛快。和卫生中心的医生一样,她也表现得他们仿佛不该活在世上似的。

这些被嫌弃的孩子本该团结起来，一致对外。但事实并非如此。正如老师讨厌他们一样，他们也讨厌彼此。在相互说话时，他们会学着老师的样子，大吼大叫。

孩子们中总会有那么一个不走运的，被老师揪出来当替罪羊。这孩子真可怜，脾气古怪的老小姐数落他、折磨他，在他身上发泄着满腔怒火。一旦有孩子遭到老师的质疑，其他孩子也会针对他，模仿着老师的行为，欺负那个孩子。他们往往会讨好老师宠爱的学生，也许他们觉得，这样就能离特权更近些。

这所丑陋又粗暴的学校设施有限，只能容纳一千个孩子，却挤了三千个进来。孩子们中间流传着许多下流的故事。其中一个和菲弗尔小姐有关。她有一头浅金色的头发，笑起来声音很尖。他们说，每次她让班长管一下班级，解释说自己得"去下办公室"，其实就是去地下室和助理清洁工乱搞了。还有一个故事在受害的男孩中间流传，主角是女校长。这个中年妇女是个硬茬，体型肥胖、心狠手辣。她喜欢穿用金属亮片装饰的衣服，身上常年散发着生杜松子酒的气味。她会把不听话的男孩带到自己办公室，叫他们脱掉裤子，好让她用藤条狠狠抽打他们的光屁股。（她打小女孩就隔着衣服打。）

当然啦，学校里禁止体罚。但外面的人怎么会知道呢？谁会说出去呢？挨打的孩子肯定不会说。社区有项传统，要是一个孩子说他在学校里被打了，那他回家会被再打一顿，因为他在学校表现不好。所以，被罚的孩子都一声不吭，以免惹来更多麻烦。

这些故事最丑陋的一点，就是它们全都是真的。

大约在1908到1909年间，当地公立学校只能用一个词来形容，那就是粗暴。那时候，在威廉斯堡，儿童心理学是个闻所未闻的概念。当时对老师的要求很简单：中学毕业后上两年师范学校就行。很少有老师真的适合这项工作。她们来教书，只是因为这是少数几个她们能找到的工作之一。教书的工资比在工厂上班多，而且还有漫长的暑假，退休以后还能领退休金。她们做老师还有一个原因，那就是没有人想和她们结婚。在当时，已婚女性是不许教书的。所以大部分老师都是神经兮兮的女人，因为缺爱而敏感焦虑。这些不婚不育的女人用一种扭曲的、独断专横的方式，将自己的怒火宣泄在其他女人的孩子身上。

最残酷的老师出身于和穷孩子们相似的家庭。仿佛虐待这些不幸的孩子，能在某种意义上驱散自己从前的阴影。

当然，并非所有老师都很坏。有时候也会有温柔的老师，对学生抱有同情，试图帮助他们。但这些女老师都做不久。有些人很快结婚辞职，有些人则被同事们给排挤走了。

有件美其名曰"出教室"的事，是学校里的一大难题。孩子们被要求在早上出家门之前上好厕所，接下来再想去，就得等到午餐时间了。课间休息时照理也能去，但很少有学生能享受那种便利。厕所周围通常挤满了人，孩子们根本过不去。哪怕有人幸运地挤了过去（五百个孩子只有十个厕位），也会发现：那里已经被学校里最凶狠的十个孩子给霸占了。他们站在门口拦着，不让任何人进去。一群愁眉苦脸的孩子在他们面前可怜巴巴地哀求着，但他们充耳不闻。有几个小恶霸要求上交一分钱才放人，但很少有孩子付得起。这些霸王始终紧紧地抓着摇摇晃晃的厕所门，直到上课铃响起为止。没人知道他们在这可怕的游戏里能获得怎样的乐趣。他们从来没被惩罚过，因为老师们不去学生的厕所。也从来没有孩子揭发过他们。无论是年纪多小的孩子，都知道自己不能告密。如果他把这事说了出去，那肯定会被他告发的对象给折磨得半死。所以，这个恶毒的游戏始终没有停。

严格来说，一个孩子如果提出请求，是可以中途离开教室的。这有一套隐晦的暗语：凭空竖起一根手指，代表这孩子想小便，时间不会很久。竖起两根手指则代表他想大便，得在外面多待一会儿。可是，冷漠无情的老师们觉得这样很烦，她们确信这只是孩子们想出去多玩一会儿的借口。她们认为孩子们在课间和午休时有足够的机会去上厕所，于是就私下决定无视举手的孩子了。

当然，弗兰西注意到，那些受老师喜爱的孩子，那些坐在前排、干干净净、衣着讲究的老师的宠儿，随时都能离开教室。不过，他们的情况或许不太一样。

至于其他孩子，其中一半学会了根据老师的要求调整身体作息，另一半人则长期尿裤子。

弗兰西"出教室"的问题，是茜茜姨妈帮她解决的。自从凯蒂和约翰尼不让她再上门后，茜茜已经很久没见到孩子们了，心里十分想念。知道孩子们开学，她认为自己必须来了解一下他们在学校过得如何。

当时是十一月。茜茜工作不忙，她下了班在学校所在的街上晃悠。恰逢放学时分，她觉得，就算孩子们回家提起遇见了茜茜姨妈，听起来也像是个巧合。人群之中，她先看到了尼利。一个大男孩抢过他的帽子，踩上几脚后跑了。尼利则转向一个更小的男孩，对他的帽子做出同样的举动。茜茜抓住尼利的胳膊，但是对方尖叫一声，挣开她，沿着街道跑了。茜茜意识到尼利长大了，感到一阵辛酸。

弗兰西看见茜茜，张开双臂，当街拥抱并亲吻她。茜茜带她进了一家小卖部，请她喝一分钱的巧克力冰激凌苏打。她让弗兰西在门廊上坐下，把学校的一切都告诉她。弗兰西给她看了识字课本和带有大写印刷体的作业本。茜茜钦佩不已。她盯着弗兰西消瘦的小脸看了很久，注意到她在颤抖。她发现在寒冷的十一月，这女孩不合时宜地穿着破旧的棉裙和小毛衣，棉袜也很单薄。茜茜伸出胳膊，紧紧搂住弗兰西，用自己的体温给她取暖。

"弗兰西，宝贝，你怎么颤抖得像片树叶似的。"

弗兰西从来没听过这种比喻，不禁思考起来。她看着从房子边的水泥地里长出的那棵小树。树上还挂着几片干枯的树叶。其中一片叶子在风中抖动着，沙沙作响。"像树叶一般颤抖。"她在心里记下了这个说法。颤抖……

"怎么了？"茜茜问，"你身上好冰。"

起初弗兰西不愿意说。但在茜茜的哄劝之下，她把羞愧发烫的脸埋到茜茜脖颈处，低声将事情告诉了她。

"哦，天哪，"茜茜说，"怪不得你这么冷。你为什么不去……"

"我们举手的时候，老师从来不看我们。"

"哦，好吧，别担心。谁都会碰上这事。英国女王小时候也尿裤子。"

但女王也会这样羞愧、这样敏感吗？弗兰西难过地轻声哭了起来，心里既惭愧又害怕。她不敢回家，生怕妈妈会轻蔑地讥讽她。

"你妈妈不会怪你的……这种事在任何小女孩身上都会发生。别说是我讲的啊,不过你妈妈小时候也尿裤子,你外婆小时候也一样。太阳底下无新鲜事,你不是头一个碰上这种事的人。"

"可我都这么大了。只有小宝宝才尿裤子。妈妈会当着尼利的面讥笑我的。"

"那你就在她发现之前主动坦白,保证以后不再犯。那样她就不会讥笑你了。"

"我没法保证,因为这可能还会发生,老师不许我们去上厕所。"

"从现在起,不管你什么时候想上厕所,你的老师都会同意。你相信茜茜姨妈,对不对?"

"我……相信。但你怎么知道老师会同意呢?"

"我会在教堂点根蜡烛保佑你。"

这个承诺安抚了弗兰西。她回家时,凯蒂的确照例责备了她一顿,但听过茜茜那番"尿裤子这事谁都会轮到"的理论后,弗兰西内心已经不再那么脆弱。

第二天早上,在离上课还有十分钟的时候,茜茜来到教室找老师谈话。

"你教室里有个小女孩叫弗兰西·诺兰是吧?"她开口道。

"是弗朗西斯·诺兰。"布里格斯小姐纠正她。

"她聪明吗?"

"聪明……吧。"

"她乖吗?"

"她最好乖一点。"

茜茜把脸凑近布里格斯小姐,压低声音,语调比之前更加轻柔,但不知为何,布里格斯小姐却后退了一些。"我刚刚问你,她是个乖女孩吗?"

"是的,是的。"老师连忙说。

"我就是她妈妈。"茜茜撒谎道。

"不会吧!"

"没错!"

"孩子的功课你有什么想了解的吗,诺兰太太……"

"你知不知道,"茜茜撒谎道,"弗兰西有肾病?"

"肾怎么了？"

"医生说，如果她想上厕所，但不让她上的话，就会给肾造成过重的负担。她可能会立马倒地丧命。"

"你说得也太夸张了吧。"

"你想让她在这间教室里倒地身亡吗？"

"我当然不想，但是……"

"你想坐囚车去警局吗，你想站在医生和法官面前，说你不让弗兰西上厕所吗？"

茜茜会不会在撒谎？布里格斯小姐分辨不出。这事实在匪夷所思，这个女人说着如此耸人听闻的话，但用的却是她从未听过的最平静、最轻柔的声音。这时候，茜茜恰好看到窗外有个人高马大的警察经过。她指着那个人。

"看见那警察了吗？"布里格斯小姐点点头，茜茜说，"那是我的丈夫。"

"弗朗西斯的父亲？"

"不然呢？"茜茜打开窗户大喊，"喂，约翰尼！"

警察惊讶地抬头。她夸张地朝他做了个飞吻的动作。一时间，警察以为是某个缺爱的老小姐在发疯。但随即，男性骄傲自负的本性显露出来，让他认定那是某个暗恋他很久的年轻女老师，终于鼓足勇气来了一个激情告白。于是他做出回应，挥着大拳头，回了她一个飞吻，风度翩翩地脱帽行礼，然后继续漫步向前，口中吹着口哨，是《在魔鬼舞会》的曲调。"我可真受女士们欢迎。"他心想，"不愧是我，哪怕家里有六个孩子，但我还是这么迷人。"

布里格斯小姐惊讶地瞪大了眼睛。那警察英俊又强壮。就在这时，一个受宠的小女孩走了进来，手里拿着缎带包装的礼盒，里面是送给老师的糖果。布里格斯小姐很高兴，咯咯笑起来，亲了亲孩子粉嫩光滑的脸颊。茜茜的脑子像刚磨过的剃刀一样犀利，她一瞬间就领悟了学校的风向。看得出来，这股风气对弗兰西这样的孩子很不利。

"对了，"她说，"我想，你大概觉得我们不是有钱人。"

"我确定我从来没有……"

"我们不是那种爱摆阔的人。不过，现在圣诞节快到了。"她话里带着要送礼的暗示。

"或许,"布里格斯小姐退让了一步,"有时候弗朗西斯举了手,但我没看到。"

"她坐在哪里?很偏所以你看不太到?"老师指了指后排阴暗处,"或许,得让她往前坐一点,这样你能把她看得更清楚。"

"座位都是固定的。"

"圣诞节快要到了。"茜茜羞涩地提醒她。

"我想想办法吧。"

"好好想一想。要确保她坐在你能看清楚的地方。"茜茜走到门口,然后转身说,"不但圣诞节快来了,要是你不好好对弗兰西,我的警察丈夫也会来的。到时候他会狠狠揍你一顿。"

这场会面后,弗兰西上厕所再也没遇到麻烦。无论她举手的动作有多胆怯,布里格斯小姐总能看到。她甚至安排弗兰西在第一排第一个位置上坐了一阵。然而圣诞节时,布里格斯小姐没有收到贵重的礼物。于是弗兰西又被放逐到教室后排的阴暗角落里。

无论是弗兰西还是凯蒂,都不知道茜茜去过学校。但弗兰西再也没有因为尿裤子而丢脸。就算布里格斯小姐对她不够友善,但至少不会老找她碴。当然,布里格斯小姐知道那女人满嘴胡话。但是万一呢?她的确不喜欢孩子,但她也不是魔鬼。她可不想看到一个孩子在自己眼皮底下倒地而亡。

几星期后,茜茜让厂里的一个女孩替她给凯蒂写了一张明信片,请求凯蒂既往不咎,允许她上门做客,至少偶尔让她见见孩子们。凯蒂无视了那张卡片。

玛丽·罗姆利前来替茜茜说情。"你和你姐姐之间到底有什么矛盾?"她问凯蒂。

"我不能告诉你。"凯蒂回答。

"宽恕是一份贵重的礼物,"玛丽·罗姆利说,"但它不花你一分钱。"

"我有我自己的想法。"凯蒂说。

"唉。"她妈妈深深叹了口气,没再多说什么。

虽然凯蒂不愿承认,但是她很想念茜茜。她想念她无所顾忌的决断力，也想念她直截了当处理麻烦的方式。艾薇来看望凯蒂时，从来不会提起茜茜。玛丽·罗姆利在那次失败的调解之后，也再没提过茜茜的名字。

后来凯蒂是从保险代理人那里听说茜茜的情况的。那位保险代理人是罗姆利家的特派家庭记者。罗姆利家所有人的保险都买在同一家公司，每周来向罗姆利姐妹们收钱的是同一位代理人。他在罗姆利家充当着信使，给彼此传递消息和八卦。一天，保险代理人带来了茜茜的消息，说她又生孩子了，但自己没来得及给婴儿上保险，因为那婴儿只活了短短两个小时。凯蒂终于愧疚起来，后悔对可怜的茜茜这么苛刻。

"下次你见到我姐姐，"她对保险代理人说，"就告诉她，别太客气，想来就来。"保险代理人传达了凯蒂的谅解，茜茜又开始在诺兰家走动。

第二十章

孩子们上学后,凯蒂打响了防治害虫和疾病的战役。这场战斗打得很激烈,没多久就取得了成功。

脏兮兮的孩子们挤在一起时,身上难免会生虱子,还会相互传染。这不是他们的过错,却让他们遭受了一个孩子所能经历的最屈辱的过程。

学校的护士每周来一次,背对窗户站着。小女孩们排成一排,走到护士跟前,转过身,撩起厚重的辫子,弯下腰。护士用一根细长的棍子检查她们的头发,如果里面真的有虱子或者虱子卵,就会让那个小孩站到一边。检查结束后,这些"弃儿"站在全班面前,护士告诉大家,这些小女孩脏极了,一定要避免跟她们接触。"不可接触的"孩子们当天就被赶回了家,还被要求去奈普药房买"蓝色药膏",让妈妈给她们涂抹脑袋。等她们重新回到学校,还会受到同伴的捉弄。每个"罪魁祸首"身后都有一群孩子,一路跟着她回家,边走边唱:

"邋遢鬼,邋遢鬼!老师叫你邋遢鬼!滚回家,滚回家,滚回家吧邋遢鬼!"

或许,之前染上虱子的孩子在下一次检查中已经完全康复了。那时,她会报复回去,去嘲笑那些"小罪犯",完全忘了自己当初受到的伤害。她们没有从自己的痛苦中学到任何怜悯。这样看来,她们之前的苦都白吃了。

生活中凯蒂要操心的麻烦事已经够多的了,她不想让孩子们生虫染病,再添烦恼。一天,弗兰西从学校回家后,说坐她边上那女孩的头发里,有虫子在爬来爬去。凯蒂一听,当天就行动起来。她找出一块粗糙的具有强力清洁效果的黄肥皂,搓洗弗兰西的脑袋,直到头皮被搓得生疼。第二天早上,凯蒂把梳子浸在一碗煤油里,用力去梳弗兰西的头发,然后把头发紧紧编成辫子,紧得弗兰西太阳穴旁的青筋都凸起来了。她叮嘱完弗兰西，要远离点燃的煤气灯，才让她去上学。

弗兰西身上的气味充斥着整间教室。她的同桌尽可能离她远远的。老师让弗兰西带信回家，叫凯蒂别往弗兰西脑袋上抹煤油。凯蒂说，这是个自由的国家，无视了那张字条。她每周用黄肥皂给弗兰西洗一次头，每天都给她的头上抹煤油。

学校爆发流行性腮腺炎后，凯蒂也积极行动，与传染病做斗争。她做了两个法兰绒袋子，里面各缝入一瓣大蒜，系上一根干净的胸衣绳子，让孩子们挂在脖子上，塞到衬衫下面。

弗兰西浑身散发着大蒜味和煤油味去上学了。每个人都躲着她。在拥挤的院子里，她周围总有一块空地。在拥挤的电车上，人们也都挤作一堆，躲开诺兰家的孩子们。

这样做还真有效！可能是大蒜里有女巫的法术；可能是刺鼻的气味杀死了细菌；可能是染病的孩子都离弗兰西远远的，所以她没有接触到任何病源；也可能是她和尼利生来体魄强健。究竟是为什么，那就不得而知了。但事实上，凯蒂的孩子在上学的这些年里，从来没生过一次病，连感冒也没得过。他们身上也从没生过虱子。

当然，由于弗兰西身上太臭，大家都回避她，把她排挤在外。不过她已经习惯了独处。她习惯独自走路，习惯了当他人眼中的"异类"。她并没有觉得太难过。

第二十一章

  虽然在学校里会遇到各种刻薄、粗暴和难过的事情,但弗兰西依然很喜欢学校。在那里,许多孩子一起遵循严格的程序,同一时间做同样的事情,这让弗兰西有一种安全感。这样她会觉得自己有个确定的归属,是某个团体中的一分子,在一位领导者的领导下,朝同一个目标努力。诺兰家的人都是个人主义者。除了生存所必须的条件,他们不为任何事情妥协。他们有一套自己的处事原则,不隶属于任何固定的社会团体。成为个人主义者没什么不好,但有时候会让小孩子觉得茫然无措。所以,弗兰西在学校感受到了一定程度的安全和稳定。虽然学校的日常生活残酷又可怕,但它是向着目标稳步前进的。

  学校里也并非都是一成不变的冷酷氛围。每周,莫顿先生都会到弗兰西的班里上半小时音乐课,带来一段美妙的黄金时间。莫顿先生是一位专业的音乐老师,为这个地区所有学校上课。他的到来如同节日来临。他身穿一件燕尾服,打着饱满的领带,整个人充满活力、充满喜悦、充满对生活的热爱,宛若从云端下凡的天神。莫顿先生相貌平平,但体贴又热情。他理解孩子、喜爱孩子。孩子们崇拜他,老师们也喜欢他。莫顿先生来上课的那天,教室里有一种狂欢节的气氛。女老师穿上了自己最好的衣服,态度也没有平时那么刻薄。有时候她们还会卷一下头发,喷一些香水。这就是莫顿先生对女士们的魅力。

  莫顿先生来得如龙卷风般迅猛。教室的门猛然打开。他跑进屋子,任由燕尾服飘扬在身后,一跃而起跳上讲台,环顾四周,微笑着说:"很好,很好。"声音充满愉悦。孩子们坐在那里,尽情地开怀大笑。女老师也始终面带微笑。

  他在黑板上画音符,还给它们加上了小腿,仿佛它们要跑出音阶似的。他把降音符画得像矮胖子①,升音符画得像带细长须须的甜菜头。他口中唱个不停,宛若小鸟一般自然动听。有时候,光是唱歌不足以表达他澎湃的快乐,于是他加上了雀跃的舞蹈,传达满心的欢喜。

莫顿先生在潜移默化中将好音乐教给孩子们。他给伟大的古典乐配上自己的歌词,并取上一些简单的名字,比如:《摇篮曲》《小夜曲》《街头曲》和《晴天曲》。孩子们用童声高唱着亨德尔的《广板》,不过他们只知道自己在唱《圣歌》。小男孩们在玩弹珠的时候,嘴里哼着德沃夏克《新世界交响曲》的段落。如果有人问起这首歌的名字,他们会回答:"哦,是《回家》。"他们玩"跳房子"的时候,哼唱的是歌剧《浮士德》中的《士兵合唱》,他们管这叫《光荣曲》。

伯恩斯通小姐虽然没有莫顿先生那么受欢迎,但是大家也很爱戴她。这位与众不同的老师也是每周来上一次课。啊,她仿佛来自另一个世界,那个世界有暗绿色和石榴色的美丽裙子。她长着一张甜美又温柔的脸。和莫顿先生一样,比起那些受宠爱的孩子,伯恩斯通小姐更喜爱这一大群脏兮兮、没人要的孩子。但女老师们不喜欢她。没错,在和她说话的时候,她们的确奉承着她,但当她转过身,她们就换上了一脸怒容。她们嫉妒她的魅力、她的甜美,以及她对男人的吸引力。她友好、热情,充满女人味。她们知道,她和她们不同,不必在夜晚品尝孤枕难眠的滋味。

伯恩斯通小姐说话温柔,口齿清晰,犹如婉转莺啼。她握着一小截粉笔或者炭笔时,双手美丽又灵巧。只见她拿着一支蜡笔转动手腕,仿佛在施魔法。她的手腕转一下,就画出一个苹果来,再多转两下,纸上就出现了孩子可爱的手,手里拿着苹果。下雨天时,伯恩斯通小姐就不上课了,她会拿出一沓纸和一支炭笔,给教室里最贫穷、最卑劣的孩子画素描。作品完成后,你从那画里看不出肮脏和粗鄙,只看得出天真无邪的光辉,以及一个孩子成长过快的辛酸。噢,伯恩斯通小姐真是个大好人。

在学校,女老师要求她的学生们挺直身板坐好,双手放在身后,一坐就是半天,她自己却偷偷看一本藏在膝盖上的小说。这种枯燥乏味的时光一点一滴汇聚成一条泥泞的大河,而那两位客座老师则是太阳照在河面时

---

① 矮胖子(humpty-dumpty)是《鹅妈妈童谣》中的经典形象。——译者注

有时候，光是唱歌不足以表达他澎湃的快乐，
于是他加上了雀跃的舞蹈，传达满心的欢喜。

折射出的金光银光。如果所有老师都像伯恩斯通小姐和莫顿先生一样,那么弗兰西就能清楚地了解何谓天堂。但现在这样也无妨。总得有阴暗、泥泞的河流去衬托太阳的闪耀光芒。

第二十二章

噢,对孩子来说,第一次知道自己会读书的那一刻,真是太神奇了!

很长一段时间里,弗兰西一直在拼字母、读字母,然后把发音连在一起,组成一个单词。但在某一天,她看着一页纸,纸上的单词"mouse"(老鼠)瞬间有了含义。她看着那个单词时,一只灰老鼠在她脑海中一溜烟跑过。她继续看下去,看到"horse"(马)这个词时,她仿佛听到马蹄刨地的嗒嗒声,仿佛见到阳光照在马匹光洁的皮毛上。她突然想起"running"(奔跑)这个词来,然后开始大喘气,似乎自己真的跑了很多路。每个字母单独的发音与完整的字义之间隔着一层屏障,现在弗兰西打破了这层屏障,她只要迅速瞥一眼印刷字,就能知道它是什么意思。她飞快地读了几页书,简直激动坏了。她想要大喊:她会读书了!她会读书了!

从那以后,阅读令她坐拥全世界。她再也不会孤单,再也不会缺少亲密的伙伴。书成了她的朋友,无论她心情如何,都能找到书籍做伴。想要安静片刻,那就去读诗歌。若是厌倦了沉默,那就去读冒险小说。当她进入青春期,可以去读爱情故事。当她想要亲近某个人时,可以去读传记。在第一次知道自己会读书的那天,弗兰西许下一个誓言:只要她还活着,她就每天读一本书。

弗兰西喜欢数字和算术。她发明了一个游戏,游戏里每个数字都是一位家庭成员,每个"答案"都是一种家庭组合,组合的背后还有一个故事。数字0是被抱着的小宝宝,乖巧极了。他出现时,你只需要"抱着"他。数字1是个漂亮的小女孩,刚学会走路,很好应付。数字2是个小男孩,能走几步路,也会说一点话。他融入数字大家庭时(指加到总数里,等等),也没有多大麻烦。数字3是个大一些的男孩,上幼儿园了,需要稍微照看一下。然后是数字4,一个跟弗兰西同龄的女孩。她差不多跟数字2一样好应付。妈妈是数字5,温柔又善良。在数字比较大的算术里,她会像一位母亲该做的那样,前来化解难题。爸爸是数字6,比其他人严厉,但非常公正。不过数字7就挺刻薄,他是个脾气暴躁的老祖父,全然放纵自己的行为。数字8是祖母,她也很严厉,但比数字7好懂一些。最难办的是数字9,他是一位客人,要让他宾至如归,实在是太困难了!

弗兰西做加法时,会给算出的结果编个小故事。如果答案是924,那就代表家里其他人都外出了,客人替他们照顾小男孩和大一点的女孩。如果答案是1024这样的数字,那就代表所有小孩全在院子里一起玩耍。数字62代表爸爸带着小男孩散步。50代表妈妈用婴儿车把宝宝推出去兜风。78代表冬天夜里,祖父祖母坐在家中的炉火边。每个数字组合都构成一个新的家庭,她从没编过两个完全相同的故事。

弗兰西学代数时,还在玩这种游戏。X轴是男孩亲爱的心上人,进入他的家庭生活,把事态变得错综复杂。而Y轴则是那个惹是生非的男朋友。所以,在弗兰西看来,算术很温暖、很有人情味。它陪伴她度过了许多寂寞的时光。

第二十三章

上学的日子一天天过去。有些日子由刻薄、粗暴和伤心组成,其他日子因为有伯恩斯通小姐和莫顿先生的存在,显得明亮而又美好。但在所有日子里,学习都是件神奇的事情。

在十月的一个周六,弗兰西外出散步,偶然发现一个陌生的社区。那里没有廉租公寓,也没有又吵又破的商店。那里的房子年代悠久,可以追溯到华盛顿率军穿越长岛的时候。那些房子古老而陈旧,但四周都围着尖桩篱栅。弗兰西很想推开篱栅上的大门一探究竟。前院里开着鲜艳的秋花,马路牙子上种的是枫树,叶子红黄相间。在周六的阳光下,这个社区看起来古老、静谧又安宁。它有一种沉郁的特质,有一种悄无声息、悠远深邃、亘古不变、破旧衰败的和谐。弗兰西很高兴,她就像穿过魔镜的爱丽丝,来到了一个梦幻之地。

她继续往前走,走到一所很老很小的学校跟前。古老的墙砖在夕阳下闪着深红色的光芒。学校院子周围没有篱笆,操场是草地,不是水泥地。学校对面有一片开阔的原野,草地上种着麒麟草、野生紫菀和三叶草。

弗兰西心潮澎湃。就是它!这就是自己想要去的学校。但她要怎么才能去那里上学呢?法律很严格,规定你得在自己住的区域上学。要是她想去上那所学校,她父母就得把家搬到那个社区里。弗兰西知道,妈妈不会只因为她想上别的学校就搬家。她慢慢往家走,边走边想这件事。

当天晚上,她熬夜等着爸爸下班回家。约翰尼哼着《莫莉·马龙》一路跑上台阶,一家人一起吃了他带回来的龙虾、鱼子酱和德国猪肝肠。吃完后,妈妈和尼利去睡觉了。弗兰西陪着爸爸抽了他最后一根雪茄。然后她凑到爸爸耳朵边,低声和他说起学校的事情。爸爸看着她,点点头说:"明天我们去看看。"

"你是说,我们可以搬到那所学校附近去?"

"不，但肯定有别的办法。我明天会和你一起过去，到时候我们想想能做些什么。"

那天晚上，弗兰西兴奋得一夜没睡。她早上七点就起床了，但约翰尼还在呼呼大睡。她急得直冒汗。每次约翰尼在梦中叹息时，弗兰西都会跑过去看看他醒了没有。

中午左右约翰尼才睡醒。诺兰一家坐下吃午餐。弗兰西吃不下，一直在看爸爸，但他没有任何表示。他是忘了吗？他是忘了吗？并没有，因为在凯蒂倒咖啡的时候，他随意说了一句：

"我想，过一会儿我要和小歌后一起去散散步。"

弗兰西心中一跳。他没有忘。他没有忘。她等待着。妈妈总得给个答复。她或许会反对，或许会问原因，或许会说：她也想一起去。但妈妈只说了一句："去吧。"

弗兰西洗了碗，然后她得下楼去小卖部买周日的报纸，再去雪茄店给爸爸买根五分钱的皇冠牌雪茄。约翰尼一定要读报纸，一定要把每个栏目都读一遍，连他不可能感兴趣的社会栏目也不放过。更糟糕的是，他每读一条，就要对妈妈谈一谈自己的看法。每次看到他把报纸放在一边，转头对妈妈说"现在报纸上的事可真滑稽，看看这个"时，弗兰西都快哭出来了。

四点了。爸爸的雪茄早已抽完，报纸散落在地板上，凯蒂听腻了约翰尼的新闻解读，带着尼利出门去拜访玛丽·罗姆利。

弗兰西和爸爸手牵手出发了。他穿着自己唯一的西装——那件无尾礼服，戴上圆顶硬礼帽，看起来非常气派。这是一个晴朗的十月天，温暖的阳光下，清新的风里挟着浓烈的海洋气息，吹遍了每一个角落。他们走过几个街区，拐了个弯，就来到这另外的社区。只有在像布鲁克林这样大而无序的地方，才会有如此鲜明的地区差异。这个社区里的人是第五、第六代美国移民，而在诺兰家所在的社区，如果你能证明你出生在美国，那地位就相当于最初坐着"五月花"号来美国的那批人。

事实上，弗兰西是班上唯一一个父母都出生在美国的学生。学期一开始，老师在点名时，问了每个孩子的家族世系。答案都很典型。

"我是波兰裔美国人。我爸爸出生在华沙。"

"爱尔兰裔美国人。俺爹娘出生在科克郡。"

问到诺兰家时，弗兰西骄傲地回答："我是美国人。"

"我知道你是美国人。"那个动不动就发脾气的老师说，"但你的祖籍是哪里？"

"美国！"弗兰西坚称，她的语气甚至更加自豪了。

"你能不能告诉我你父母是哪里人？不说我只好送你去见校长了。"

"我父母都是美国人。他们出生在布鲁克林。"

所有孩子都转过头看着弗兰西，这小女孩的父母居然不是从那些移民的故国来的。老师说："布鲁克林？嗯，我想，那的确能说明你是美国人，没错。"听到老师这么说，弗兰西既自豪又高兴。她心想：布鲁克林真是太棒了，你只不过是出生在那里，就自动成了美国人！

爸爸给她讲了讲这个陌生的社区：这里的家族早在一百多年前就已经来到美国，他们大多拥有苏格兰、英格兰和威尔士血统。男人们干的是细木工的活，会做家具，整天对着金、银、铜之类的金属敲敲打打。

他答应以后如果有机会，就带弗兰西去布鲁克林的西班牙社区看看。那里的人是做雪茄的。他们会每人捐几枚零钱，雇一个读书人，让他在他们工作时念优秀的文学作品来听。

星期天的街道很安静，他们一路向前。弗兰西看见一片叶子从树上飘落，她往前一跳，伸手去抓。那是一片鲜红色的叶子，边缘金灿灿的。她盯着叶子看，心想：她还能再见到如此美丽的东西吗？街角走来一个女人，浓妆艳抹，披着一条羽毛披肩。她朝约翰尼微微一笑，说：

"我陪陪你，先生？"

约翰尼看了她一会儿，然后温和地说：

"不用，妹子。"

"真不用？"她娇俏地问。

"真不用。"他轻声回答。

女人走了。弗兰西一下子跳回来，拉住爸爸的手。

"那是个坏女人吗，爸爸？"她急切地问。

"不是。"

"可她看上去很坏。"

"真正的坏人很少，许多人只是运气不好。"

"可她这脂粉涂得……"

"她这样的人,见识过更好的日子。"爸爸很喜欢这个表达,"没错,她或许见过更好的日子①。"他陷入了沉思。弗兰西继续蹦跳着向前,收集叶子。

他们来到学校,弗兰西骄傲地把它指给爸爸看。傍晚的夕阳暖洋洋地晒在色调柔和的墙砖上,那小小的窗格仿佛在阳光下起舞。约翰尼盯着它看了许久,然后说:

"是的,就是这所学校,就是它了。"

他触景生情,内心激动。每当这时候,他一定会用歌声表达心绪。他将破旧的礼帽拿在胸前,笔直地站着,抬头看向校舍,唱道:

学生时代,学生时代,
旧时光里学品行,
读书写字做算术……

约翰尼站在那里,一身浅绿色无尾礼服配上干净的亚麻布衬衣。他手里牵着一个衣衫褴褛的瘦小孩子,当街唱着庸俗的歌,毫不怯场。对路过的陌生人来说,他这样子或许看上去傻乎乎的,但在弗兰西眼里,却恰到好处,无比美丽。

他们穿过街道,在人们称为"空地"的草地上漫步。弗兰西摘了一些麒麟草和野生紫菀带回家。约翰尼说,那个地方曾经是印第安人的坟场,他小时候经常来这里找箭头。弗兰西提议他们再找一些。两人在草地上搜寻了半个小时,却一个箭头都没找到。约翰尼想起来,他小时候也没找到过。弗兰西觉得这很滑稽,哈哈大笑。爸爸坦白说:也许那里根本没有什么印第安人的坟场,也许是有人编出来的。他这话说得对极了,因为编故事的就是他本人。

很快他们就该回家了,弗兰西眼中泪意盈盈,因为爸爸完全没提过让她去新学校的事情。看到弗兰西的眼泪,约翰尼立刻想出一个办法。

"宝贝,我来告诉你,我们要怎么办。我们就四处转转,挑一栋漂亮

---

① 《她或许见过更好的日子》,第九章中提到的约翰尼唱过的一首歌名。——译者注

房子，记下门牌号码。我会给你们校长写封信，就说你即将搬到那房子里，想要转到这所学校。"

他们找了一幢房子——一幢一层楼高的白色房子，有一个斜屋顶，院子里种着晚菊。他仔细地抄下了地址。

"你知道我们这是在犯错误吗？"

"是吗，爸爸？"

"但这错误是为了变得更好。"

"就像善意的谎言？"

"就像一个对人有帮助的谎言。所以为了弥补过失，你必须表现得加倍好才行。你千万不要干坏事，也不能逃课或者迟到。你绝对不能让他们寄信到家里来。"

"爸爸，只要能去那所学校，我一定好好表现。"

"很好。现在我带你从小公园抄条近路，你可以走这条路上学。我知道那条路在哪儿，没错，我非常了解。"

他带她去了公园，教她怎么从对角线穿过公园去学校。

"我想，你应该很乐意这么走。来回路上你还能欣赏四季的变化呢。你觉得怎么样？"

弗兰西想起妈妈曾给她念过一句《圣经》里的话，于是她回答："我觉得福杯满溢。"她是真心这么觉得。

凯蒂听说这个计划后表示："随便你们。但这完全不关我事。要是警察因为假地址来抓你，我会实话实说，这跟我没有任何关系。一个学校是好是坏又能怎样？我不知道她为什么想要转学。不管上哪所学校，都得写家庭作业。"

"那就这么定了。"约翰尼说，"弗兰西，这是一分钱。你下楼去小卖部买一张信纸和一个信封。"

弗兰西跑下楼又跑上楼。约翰尼在纸条上写：弗兰西将去和亲戚一起住，地址是某某路某某号，她想要转学。他补充道：尼利会继续留在家里，不需要转学。约翰尼签上名，权威性地在名字下面画了一条线。

第二天早上，弗兰西颤抖着双手将信递给校长。那位女士读了信，咕咕哝哝地替她办了转学手续。她把成绩单交给弗兰西，告诉她可以走了，反正这学校已经够挤的了。

弗兰西带着材料去见新学校的校长。校长和她握手，说他希望弗兰西在新学校能过得开心。一位班长带她去了教室。老师停止讲课，将弗兰西介绍给全班同学。弗兰西看着下面的一排排小女孩，她们虽然衣衫破旧，但大多干净整洁。她被安排到一个单独的座位，高高兴兴地开始了新学校的日常生活。

这里的老师和孩子不像原来学校那么粗暴。没错，有些孩子很刻薄，但这似乎是天性使然，而不是故意搞霸凌。老师们虽然时常不耐烦、发脾气，但从来不会骂个没完。这里也没有体罚。家长们深受美国文化影响，对宪法赋予他们的人权烂熟于心，不会逆来顺受，忍受不公。他们不像初代移民和二代美国人那样好欺负、好剥削。

弗兰西发现，这个学校之所以让人觉得不同，大部分原因来自它的看门人。他面色红润，白发苍苍，连校长都称他为詹森先生。他子孙成群，对每个孩子都很疼爱。他像父亲一般关怀着所有孩子。下雨天，要是孩子们在上学路上淋湿了，詹森先生会坚持要他们去炉子间把衣服烘干。他让他们脱下湿鞋，把湿袜子挂在绳子上晾。一双双破旧的小鞋子在火炉前排成一排。

炉子间里温暖宜人。粉刷过的白墙和涂成红色的大火炉让人觉得很舒适。墙上的窗户开在很高的位置。弗兰西喜欢坐在那里，享受着火炉边的温暖，看着橙色和蓝色的火苗在一层小小的黑煤块上方跳舞。（孩子们来烤火烘干的时候，他会把炉门开着。）下雨天，弗兰西会提早出门，用更慢的速度走路去学校，让雨水淋湿自己，这样她就能获得去炉子间烘干的福利。

詹森先生让孩子们在上课的时间去烘干衣服，这种行为并不合规。但大家都太喜欢、太尊敬他了，所以没人出来反对。弗兰西在学校里听说过有关詹森先生的故事。她听说他上过大学，懂的比校长还多。他们说，他结婚生子后，认定在学校当技工比当老师收入高。无论如何，他都受人喜爱和尊敬。有一次，弗兰西见到詹森先生在校长办公室里。他穿着干净的条纹工装裤，坐在那里，跷着二郎腿，谈论政治话题。弗兰西听说校长经常下来到炉子间找詹森先生，他会抽上一斗烟，坐下聊一会儿。

每当有男孩犯了错，他不会被送去校长办公室惩罚，而是送到詹森先生的房里谈话。詹森先生从来不会训斥坏孩子。他会和对方聊自己在布鲁克林棒球队当投球手的小儿子。他会谈论什么叫民主、什么是好市民，他表示每个人都要尽其所能，为了大家的共同利益，共创一个美好世界。男孩和詹森先生谈完后，你就能对他放心，他不会再惹麻烦了。

毕业时，孩子们出于对校长身份的尊重，会请他在他们签名册的第一页签字。但他们更重视詹森先生的签名，往往会找他在第二页签字。校长大手一挥，迅速签下名字。但詹森先生不会这样。他很有仪式感。他把签名册拿到自己那张翻盖式大书桌上，点亮灯，坐下来仔细地擦擦眼镜，挑好钢笔。接着他拿钢笔蘸上墨水，眯起眼睛看了看，又擦掉墨水，重新蘸上。然后他用精美的钢板雕刻字体写下他的名字，并小心翼翼地吸干墨水。他的签名总是册子里最漂亮的那一个。要是你大着胆子请求他，他会把签名册带回家，让他在道奇队①的儿子也签一个名。这事对男孩们来说很棒，不过女孩们并不在意。

詹森先生的字写得极为漂亮，他应邀誊写了所有的毕业证书。

莫顿先生和伯恩斯通小姐也会来这所学校。他们上课时，詹森先生常常会走进教室，挤在后排的椅子上，高高兴兴地一起听课。天冷的时候，他会邀请莫顿先生或者伯恩斯通小姐去他的炉子间喝杯热咖啡，喝完再去下一所学校上课。他的小桌子上放着煤气炉和煮咖啡的设备。他给他们端上热气腾腾的黑咖啡，厚实的杯子里浓香四溢。那些客座老师都很感激他的好意。

弗兰西在这所学校过得很开心。她谨言慎行地当着好学生。每天经过那幢自己谎称居住的房子时，弗兰西都会怀揣感激之心，深情凝视着它。起风的日子里，要是有纸张被吹到了这房子跟前，她就会跑过去捡起来，丢进房子前面的排水沟里。早上垃圾工人清空麻布袋里的垃圾后，会随意把空袋子扔在路上，而不是放在院子里。弗兰西会把它捡起来，挂到围篱上。在住那栋房子的人看来，这个安静的女孩有一种古怪的洁癖。

---

① 道奇队（the Dodgers），当时布鲁克林棒球队的昵称，和上文中的布鲁克林棒球队是同一支队伍。——译者注

弗兰西很爱那所学校。虽然她每天必须走过四十八个街区，但是她也爱走路。早上她得比尼利更早出门，放学回家的时间也晚多了。对此，弗兰西并不介意。不过，这样午饭就有点小困难。她要走十二个街区回家，再走十二个街区去学校——可午休只有一小时，这样就没多少时间吃饭了。妈妈不让弗兰西带饭，她的理由是：

"她照这么成长下去，很快就会脱离家庭，远走高飞。但她现在还是个孩子，那就要像个孩子的样子，和别人一样回家吃饭。她上学路太远是我的错吗？这难道不是她自己选的吗？"

"但是凯蒂，"爸爸争辩道，"那是所非常好的学校。"

"那么这好学校的缺点她也得一起忍受。"

午饭的问题就这么定下了。弗兰西吃饭的时间只有五分钟——只够回家吃个三明治。她通常拿在路上，一边吃，一边往学校走。弗兰西从来不觉得自己做出了多大牺牲，在新学校里她开心极了，她很愿意为这种快乐付出一些代价。

她转到这所学校是件好事。这让她发现，在自己出生的那个世界之外，还别有一番天地，而那里也并非遥不可及。

第二十四章

弗兰西计算一年的时间不是按照天或者月来数的,而是按照节日算的。她的一年从7月4日的"独立纪念日"开始,因为那是学校放假后的第一个节日。在节日开始前一周,弗兰西就已经开始攒鞭炮了。她把每一分能用的钱都花在了一包包的小鞭炮上。这些鞭炮被她藏到一个盒子里,放在床底下。她每天至少把盒子拿进拿出十次,重新摆放鞭炮,盯着那浅红色的包装纸和白色的引线,好奇它们是怎么做出来的。她嗅着引火用的火绒,这厚厚的小块木料是买鞭炮时免费送的,点燃后可以烧几个小时,能用来放鞭炮。

节日那天,弗兰西不情不愿地点燃了鞭炮。毕竟,拥有的感觉比用掉好。有一年日子过得格外艰难,他们没有任何钱去买鞭炮。于是弗兰西和尼利囤了许多纸袋子。在节日那天,他们在纸袋子里装满水,拧紧袋口,从屋顶往下面的大街上扔。水袋子发出响亮的扑通声,听起来几乎和鞭炮声一样。差点被砸到的路人很恼火,气冲冲地抬头怒视,但也无可奈何,只能接受这是穷孩子们庆祝"独立纪念日"的习俗。

下一个节日是万圣节。尼利用煤灰把脸涂黑,帽子反戴、大衣里外反穿。他在妈妈的一只黑色长袜里装满灰,就和他的小团伙上街晃悠去了,一边走一边挥舞他自制的"棍棒",时不时粗声地大喊起来。

弗兰西则和其他小女孩一起,拿着白粉笔在街上闲逛。每当有穿外套的人路过,就在他们背上迅速画一个大大的十字。孩子们不明就里地执行着这种仪式。人们只记得这十字符号,却忘了背后的缘由。它或许是从中世纪流传下来的东西。那时人们会在房子甚至人的身上做这种标记,表明对方得了瘟疫。或许,当时的恶棍就是这么对无辜的人开恶毒的玩笑,在他们身上做这样的记号。这种行为经过几个世纪的演变,到如今就成了意义不明的万圣节恶作剧。

对弗兰西来说，最重大的节日是选举日。和其他任何节日不同，这是整个社区都会参与的活动。弗兰西心想：或许全国其他地方的人也投票，但那场面肯定不能跟布鲁克林相比。

约翰尼把弗兰西带到斯科尔斯街上的一家牡蛎餐馆。这家店所在的建筑已经在那里矗立了一百多年，可以追溯到坦慕尼大酋长本人和他的印第安武士们在附近出没的时候。餐馆里的炸牡蛎在整个纽约州都享有盛名。但这家餐馆更出名的不是炸牡蛎——这里是市政厅各大政要们的秘密集会地。党派领袖们在这里召开秘密会议，他们坐在隐蔽的包房里，一边品尝着美味多汁的牡蛎，一边决定让谁当选，把谁除掉。

弗兰西经常路过这家店，光是打量着它就会感到激动。它的店门上没有名字，窗户上也空荡荡的，只有一盆蕨类盆栽和挂在窗后黄铜杆上的半匹棕色亚麻布窗帘。有一次，弗兰西看见店门打开，让某个人进屋。她朝里面瞥了一眼，只见低矮的房间里亮着昏暗的红色灯光，一片烟雾缭绕的景象。

弗兰西和社区里的其他孩子一起，参与了一些选举的仪式，但完全不知道这其中的含义和缘由。在选举日的晚上，她排在队列里，双手搭上前面那个孩子的肩膀，一边跳着蛇舞，一边在大街上唱歌：

> 坦慕尼，坦慕尼，
> 大酋长坐帐篷里，
> 庆祝武士的胜利，
> 坦慕——尼，坦慕——尼！

弗兰西很喜欢听爸爸妈妈争论党派的利弊。爸爸衷心拥护民主党派，但妈妈却满不在乎。妈妈对民主党提出批评，说约翰尼在浪费选票。

"别这么说，凯蒂。"他抗议道，"总的来讲，民主党为人民做了不少好事。"

"这些只是空想罢了。"妈妈嗤之以鼻。

"他们不过是要家里的男人投个票而已，你瞧瞧他们为此付出了多少。"

"你倒是说说，他们付出了什么？"

"呃,比如,你需要法律方面的建议,不必去找律师,直接问你的议员就行。"

"这岂不是盲人给瞎子领路?"

"你别不信,他们或许在很多方面很笨,但对纽约市的法规了如指掌。"

"那你去告一告纽约市,看看坦慕尼协会①能帮你到什么地步。"

"又比如公务员的事情,"约翰尼换了一个角度,"他们知道选拔警察、消防员或者邮递员的考试什么时候开始。要是选民感兴趣,他们肯定会提醒你参加。"

"莱维太太的丈夫三年前参加了邮递员考试,可他到现在还在卡车上工作。"

"啊!那是因为他是个共和党。如果他是民主党,他们会记下他的名字,放在名单最上面。我听说有个老师想调去另一所学校,这事就是坦慕尼协会解决的。"

"凭什么?凭她长得美?"

"这不是重点。这一步走得很高明,因为老师们教育的是未来的选民。比如这位老师,只要有机会,她就会在学生们面前替坦慕尼协会说好话。每个男孩长大了都要投票,你知道的。"

"为什么?"

"因为这是个特权。"

"特权!哼!"凯蒂嘲讽道。

"好啦,再举个例子,假如你有条贵宾犬,它死了,你会怎么办?"

"首先,我不可能养什么贵宾犬。"

"为了让我们把天聊下去,你就不能假装一下你有条贵宾犬死了吗?"

"好吧,我的贵宾犬死了,然后呢?"

"然后你就到民主党总部去,那里的男孩会把狗的尸体收走。再假设一下,弗兰西想要工作证件,但是她年纪太小了,怎么办?"

"我想,他们会给办的吧。"

---

① 坦慕尼协会,1789年5月12日建立,以一位著名的印第安酋长的名字命名,最初是美国一个全国性的爱国慈善团体,专门用于维护民主机构。——译者注

"当然会。"

"给那么小的孩子办证,让他们去工厂上班,你觉得这合适吗?"

"哦,假设你有个不听话的男孩,逃课不去上学,在街头游手好闲,可法律又不允许他工作。要是能给他弄份假的工作证件,让他上班去,那岂不是更好?"

"那种情况的话,确实不错。"凯蒂不情愿地承认。

"瞧瞧他们给选民找的各种工作。"

"你知道他们是怎么弄到这些岗位的吧?他们去工厂视察,却对工厂的违规行为视而不见。那些老板自然不会白拿好处,需要招人的时候就会通知他们。这么一来,帮人找工作的功劳就都归坦慕尼协会了。"

"我还有一个例子。有人的亲戚在移民的故国,但移民手续太过烦琐,他没法让亲人都来这里。不过,这事坦慕尼协会能解决。"

"那当然,他们让外国人来这里,给他们公民身份,然后告诉他们必须给民主党投票,否则就从哪儿来回哪儿去吧。"

"无论你怎么说,坦慕尼协会对穷人还不错。如果有人病了,付不起房租,你觉得组织会让房东赶走他吗?不会的,只要他是民主党,那就不会。"

"那么,房东大概都是共和党了。"凯蒂说。

"不,这种制度对双方都有利。假设房东遇到了无赖租客,没有要到房租,反而鼻子上挨了一拳,接下来会怎样呢?接下来组织会替房东赶走无赖。"

"坦慕尼协会给人民的东西,到时候是需要他们双倍奉还的。你就等着我们女人能投票的那一天吧。"约翰尼大笑着让她别说了。"你不相信我们能投票?总有那么一天的。记住我的话。到时候,我们会把这些狡诈的政客都送到他们该去的地方——让他们在牢里待着吧。"

"要是真有那么一天,女人真的能投票了,你就和我一起去投票点——我们手挽着手,我投谁你就投谁。"他伸出胳膊,迅速抱了抱她。

凯蒂抬起头,冲他一笑。妈妈的笑容太显眼,弗兰西想不注意都难。学校礼堂画像上的那位女士就是这么笑的,他们管她叫"蒙娜丽莎"。

坦慕尼协会之所以权势浩大,是因为他们懂得从娃娃抓起,会用自己党派的方式去培养孩子们。那些为政客首脑拉选票的小喽啰哪怕再蠢笨,都明白一个道理：无论如何，时间都不会停滞不前，今日的学生就是明日的选民。他们把男孩们拉拢过去，同时也不放过女孩们。虽然当时女人不能投票，但政客们知道，布鲁克林的女人对家里男人的影响力很大。如果从小就用民主党的方式教育小女孩，那么等她长大嫁人后，就会让自己的男人给民主党投清一色选票①。为了拉拢孩子，每年夏天，马蒂·马奥尼协会都为孩子和家长们安排短途旅行。虽然凯蒂对这个组织不屑一顾，但她觉得自己没理由不参加，他们应该好好把握这种享乐的机会。弗兰西听说要出去玩，兴奋得不得了。任何一个从没坐过船的十岁孩子听到这事，都会同样激动不已。

约翰尼不想去，他不明白为什么凯蒂愿意去。

她的理由很奇怪："我要去是因为我热爱生活。"

"那种闹腾也叫生活？就算有优惠券我也不去。"他说。

不过最后他还是去了。他认为乘船旅行或许对孩子有教育意义，他希望自己能在现场亲自教育他们。那天酷暑难耐，甲板上挤满了孩子，欣喜若狂地跑来跑去，还试图往哈得孙河里扑。弗兰西盯着流动的河水看啊看，平生第一次觉得头痛起来。约翰尼告诉孩子们，许多年前，亨德里克·哈得孙也曾坐船在同一条河里溯流而上。弗兰西想知道，这位哈得孙先生是否也像她一样，胃里难受得想吐。妈妈戴着翠绿的草帽，穿了一条艾薇姨妈借给她的瑞士波点黄裙，看起来很漂亮。她坐在甲板上，大家围在她周围，一片欢声笑语。妈妈活泼健谈，人们很爱听她说话。

午后刚过，船停靠在纽约州北部一处植被茂密的峡谷。民主党党员们下船，在现场忙活起来。孩子们跑来跑去，兑换票券。一周前，每个孩子都拿到一条券，十张小票上分别标着"热狗""苏打水""旋转木马"等字样。弗兰西和尼利各拿到一条券，但弗兰西被一些狡诈的男孩哄着用券做赌注，去玩弹珠游戏了。他们告诉她，她很有可能赢上五十条券，痛痛快快玩一整天。可是弗兰西弹珠打得很差，没多久就全输光了。尼利则恰恰相反，他手气很好，赢了两条券。弗兰西问妈妈，能不能让尼利分条券给她。妈妈抓住机会，给她上了一堂关于赌博的课。

"你本来是有券的，但你自以为是，想去拿不该属于你的东西。人们

---

① 清一色选票，美国选举中支持同一政党全部候选人的选票。——译者注

赌博的时候，一心只想着赢，从来没想过会输。你记住：赌博总要有人输的。你输的可能性和别人一样大。要是你只花了一条券就能长这个教训，那你这学费还算便宜。"

妈妈是对的。弗兰西知道她是对的。但这完全没法让她高兴。她想和其他孩子一样去玩旋转木马。她还想喝苏打水。弗兰西在热狗摊旁闷闷不乐地站着，看其他孩子把吃的大口往嘴里塞。这时，一个男人停下来对她说话。他穿着警察制服，但制服上的金色比别人多。

"小姑娘，你没券吗？"他问。

"我忘带了。"弗兰西撒谎道。

"当然，我小时候也不擅长打弹珠。"他从口袋里掏出三条券，"我们每年都会多准备点券，想让输掉的人挽回些损失。但很少有女孩输，哪怕券再少，她们也会紧紧看住。"弗兰西接过券，向他表示感谢。离开时，他问："坐在那边那位戴绿色帽子的女士，是你妈妈吗？"

"是的。"弗兰西等了一会儿，但男人什么也没说。最后，她忍不住问："怎么了？"

"你每天晚上会跟'基督的小花'①祈祷吗？祈祷你长大以后有你妈妈一半漂亮。你现在就这么祈祷吧。"

"我妈妈边上的是我爸爸。"弗兰西期待听到他说爸爸也很英俊，可他盯着约翰尼，什么也没说。弗兰西跑开了。

那天，弗兰西被要求每玩半小时，就回妈妈身边报到一次。弗兰西再回来时，约翰尼正在免费的啤酒桶边。妈妈取笑她：

"你就和你茜茜姨妈一样——老爱找穿制服的男人说话。"

"他另外给了我一些券。"

"我看到了。"接下来，凯蒂似乎很随意地问了一句，"他对你说了什么？"

"他问你是不是我妈妈。"弗兰西没有说，那个男人夸妈妈很漂亮。

"是的，我猜他会这么问。"凯蒂打量着自己的双手，它们被清洗液泡得粗糙红肿，还带有一道道小裂口。她从手提包里取出一副补过的棉手套。尽管天很热，她还是戴上了手套。凯蒂叹口气说："我干那么重的活，

---

① 天主教的小德兰圣女，被尊称为"基督的小花"。——译者注

有时候都忘了自己是个女人。"

弗兰西大吃一惊。她从没从妈妈口中听到过这种类似抱怨的话。她不知道妈妈为什么突然间为自己的手感到羞愧。她蹦蹦跳跳跑开时，听见妈妈在问她边上那位女士：

"那边那个男人是谁？那个穿制服往这里看的人？"

"是迈克尔·麦克沙恩警长。你居然不认识他？你们那片就归他管啊。"

欢乐的一天还在继续。每张长桌尽头都放着一个啤酒桶，免费供应给所有民主党人。弗兰西激动不已，和其他孩子一样到处乱窜，尖叫着、打闹着。流淌的啤酒就像暴风雨后布鲁克林流淌的水沟。一支铜管乐队孜孜不倦地演奏着，演奏曲目有《凯里郡舞者》《爱尔兰的眼睛在微笑》《哈里根，就是我！》，此外还有《香农河》以及纽约自己的民歌《纽约人行道》。

乐队指挥每次都会报幕："接下来马蒂·马奥尼乐队将表演……"每首歌结束时，乐队成员都异口同声大喊："马蒂·马奥尼万岁！"每倒一杯啤酒，服务生也会说："马蒂·马奥尼请您喝酒。"每个活动都以马蒂·马奥尼冠名——"马蒂·马奥尼竞走比赛""马奥尼花生比赛①"等等。一天下来，弗兰西已经确信：马蒂·马奥尼的的确确是个非常伟大的人。

下午晚些时候，弗兰西产生了一个念头。她觉得自己应该去找到马奥尼先生，亲自向他表示感谢，谢谢他让自己度过了这么开心的一天。她找了又找，问了又问，但奇怪的是，没有一个人认识马蒂·马奥尼，甚至从来都没有人见过他。他肯定不在野餐的人群之中。他的形象似乎无所不在，但真人却又无影无踪。有人告诉弗兰西，或许根本没有马蒂·马奥尼这个人，这只是组织领导者的代名词而已。

"我投清一色选票已经投了四十年了。"他说，"好像候选人永远都是同一个人，就是这位马蒂·马奥尼。要么是不同的人，但都叫这个名字。我不知道他是谁，小姑娘。我只知道我给民主党投清一色选票。"

回家时，他们坐船沿着月光下的哈得孙河前行。除了男人之间的数场

---

① 花生比赛（Peanut Race）是一种喝酒时玩的游戏，参与者把花生放入啤酒里，看谁的花生先浮起来。——译者注

斗殴，返程之旅中没什么大不了的事情。大多数孩子都晕船，被晒伤了，很不舒服。尼利枕着妈妈的膝盖进入梦乡。弗兰西坐在甲板上，听爸爸妈妈聊天。

"你认识麦克沙恩警长吗？"凯蒂问。

"我知道这个人。他们管他叫'正直警察'。党内对他也很关注。如果他选上了议员，我一点都不惊讶。"

坐在附近的一个男人探过身，拍拍约翰尼的胳膊："是选上警察局长才对，伙计。"

"他的生平经历呢？"凯蒂问。

"和小说家阿尔杰①写的那些故事差不多。二十五年前他从爱尔兰来，什么也没带，只背了一个很小的行李箱。他白天在码头上做短工，夜里刻苦学习，后来进了警队。他不断学习、考试，最后当上了警长。"约翰尼说。

"我想，他应该是娶了一个有教养的女人当贤内助吧？"

"事实上，并没有。他刚来时，一户爱尔兰人家收留了他，直到他自己站稳脚跟才独立出去。那户人家的女儿嫁给一个无赖，蜜月后就被抛弃。那无赖后来在和人打架时丢了性命。可那姑娘怀了身孕，邻居们都不相信她结过婚。这户人家看来要名誉扫地了，麦克沙恩警长却娶了她，还让孩子跟自己姓，也算是报答当初的收留之恩吧。这说不上是因为爱情而产生的婚姻，但我听说，他一直对妻子非常好。"

"他们俩有孩子吗？"

"我听说有十四个。"

"十四个！"

"但他只养活了四个，后来好像也都夭折了。他们天生就有痨病，他们的妈妈被一个女孩传染上这种病，又传给了自己的孩子。"

"他真是吃足了苦头。"约翰尼若有所思，"他是个好人。"

"我想，他妻子还活着吧。"

"对，但病得很重，据说活不长了。"

---

① 小霍雷肖·阿尔杰（Horatio Alger Jr., 1832—1899），美国儿童小说作家。作品有130部左右，大都是讲穷孩子如何通过勤奋和诚实获得财富和社会成功。——译者注

"呵，祸害遗千年。"

"凯蒂！"约翰尼被妻子的话吓了一跳。

"我没什么好顾忌的！我不怪她嫁给无赖，给无赖生孩子。这是她的权利。但我怪她不按时吃药。她为什么要把自己的麻烦转嫁给一个好人？"

"你不能这么说。"

"我巴不得她死，赶紧死。"

"别说了，凯蒂。"

"没错，我就要说。她死了他就能再娶别人——娶一个快乐、健康的女人，给他生能养活的孩子。这是每个好男人的权利。"

约翰尼什么也没说。弗兰西听到妈妈说这些话，内心生出一股无名的恐惧。她站起身，走到爸爸身边，牢牢抓住他的手。月光下，约翰尼吃惊地睁大了眼睛。他把孩子拉过来，紧紧抱住她，却只说了一句：

"看看月亮是怎么在水上走路的吧。"

短途旅行后没多久，民主党就开始为选举日做准备了。他们给社区里的孩子分发亮晶晶的白色小徽章，徽章上是马蒂的脸。弗兰西拿到一些，她盯着那张脸看了许久。马蒂在她眼里变得无比神秘，甚至取代了圣灵的地位——人们能感受到他的存在，却从来不曾见过本人。画像上的男人表情沉稳，头发梳成鬃状，留着八字胡。那张脸看起来和其他小政客没有什么不同。弗兰西希望自己能见见他——只要亲眼见上一回就行。

这些小徽章让孩子们很兴奋。他们用徽章做交易、玩游戏，把它当作法定货币。尼利把他的陀螺卖给一个男孩，收了十枚徽章。小卖部老板吉姆培用一分钱的糖果从弗兰西那儿兑换了十五枚徽章。（他和民主党组织达成协议，可以用徽章换钱。）弗兰西到处寻找马蒂，结果到处都能看见他。她发现男孩们在用他的脸玩投球游戏。她发现他被放在电车轨道上压扁，做成跳房子用的小铁块。她发现他和其他零碎物件一起，被尼利放在口袋里。低下头时，她发现他的脸正面朝上，漂浮在下水道里。她发现他在栅栏底部的酸土地里。教堂里，她发现她边上的彭奇·帕金斯没有把他妈妈给的两分钱放进盘子里，而是扔了两枚徽章。她看见他在弥撒结束后去小卖部用那两分钱买了四支甜卡波拉尔牌香烟。她到处都能见到马蒂的脸，但她从没见过马蒂本人。

选举前的那一周，弗兰西和尼利还有其他男孩一起，四处收集一种他们称之为"选举柴"的木材，给选举夜生篝火用。她帮忙把选举柴存放到地窖里。

选举日那天，弗兰西起得很早，看见有人来敲门。约翰尼去应门，那男人问：

"是诺兰吗？"

"是的。"约翰尼确认道。

"十一点去投票点。"他在名单上勾掉了约翰尼的名字，递给他一根雪茄，"马蒂·马奥尼请你抽雪茄。"他继续去下一位民主党人家。

"就算他们不来通知，你也是要去的吧？"弗兰西问。

"没错，但他们给了我们具体时间，这样投票的人能错开来……你懂吧，不会所有人一窝蜂地去。"

"为什么呢？"弗兰西打破砂锅问到底。

"总有道理。"约翰尼回避了她的问题。

"我来告诉你原因。"妈妈插话，"他们想监视谁投了票、投给了谁。他们知道每个人去投票点的时间，要是那时候他没有出现给马蒂投票，那就自求多福吧。"

"女人懂什么政治啊。"约翰尼说着点燃了马蒂送的雪茄。

选举夜里，弗兰西帮着尼利把他们的木材拖到外面，为这片街区最大的篝火堆做出了贡献。弗兰西和其他孩子一起排成排，围在篝火边跳起印第安舞蹈，边跳边唱"坦慕尼"。柴火烧成灰后，男孩们打劫了犹太商人的手推车，偷来土豆放在灰烬里烤。这样烤出来的土豆被称为"爱尔兰土豆"①。土豆不够分，弗兰西一个都没吃到。

她站在街上看选举结果。在街角一幢房子的两扇窗户之间，有人拉起一张床单。对面大街上，有一盏神奇的灯将数字打在床单上。每次新的结果出来，弗兰西都会和别的孩子一起大叫：

---

① 有一种刻板印象认为爱尔兰人爱吃土豆。1845—1852年间，爱尔兰大饥荒，土豆歉收，大量爱尔兰人移民到美国。——译者注

"又一个地区出结果了！"

马蒂的照片时不时出现在大屏幕上，人群声嘶力竭地欢呼着。那一年，一位民主党人当选了美国总统，纽约州州长也由民主党人再次当选。不过弗兰西只知道，马蒂·马奥尼又赢了。

选举过后，政客们将他们的承诺抛诸脑后，心安理得地放松享受去了。直到新年时，他们才开始准备下一届选举。1月2日是民主党总部的女士节。只有在那一天，女士们才被这个严格由男性管辖的地方接纳，享用雪利酒和香籽小蛋糕。这一天，来访的女士络绎不绝，马蒂的亲信殷勤地接待着她们。马蒂本人从没出现过。女士们准备了装饰精美的小卡片，卡片上写着她们的名字。离开前，她们会将卡片留在大厅桌子上的雕花玻璃盘里。

凯蒂虽然瞧不起那些政客，但这并不妨碍她每年去民主党总部拜访。她会拿出那件饰有穗带的灰色套装，洗刷干净、熨烫平整后穿上，戴上翠绿色的天鹅绒帽子，把帽子斜扣在右眼上方。她甚至取出一毛钱，付给在总部外面临时开店的代笔工，让他替自己做张名片。那人在纸上写下约翰尼·诺兰太太，还在大写字母上画了花朵和天使。这一毛钱本该放进储蓄罐里的，但凯蒂想，一年奢侈一回也无妨。

全家人都在等待凯蒂归来，想听她讲讲去总部的情况。

"今年怎么样？"约翰尼问。

"老样子，还是人挤人。许多女士穿了新衣服，我打赌她们是特地买的。当然，妓女穿得是最好的。"凯蒂直率地说，"而且她们的人数也和往常一样，是体面人的两倍。"

第二十五章

约翰尼常常想一出是一出。有时候他想着想着,认为生活负担太重,就开始灌酒买醉,试图忘却烦恼。弗兰西知道他喝多了酒是什么样的。他会径直走回家,走路时小心翼翼,身体略有些歪。他喝醉酒时很安静,不打架、不唱歌,也不闹情绪,却会一脸沉思。不了解他的人会把他清醒的时候当成他喝醉了,因为在清醒的时候,他会不停唱歌,激动兴奋。可当他喝醉时,陌生人只会以为他是个安静又爱思考的人,不喜欢多管闲事。

弗兰西很害怕爸爸喝醉酒——倒不是出于道德考虑,而是因为他仿佛变了个人。他不跟她讲话,也不跟任何人讲话,只会用冷漠的眼神看着她。妈妈和他说话时,他也会扭开头。

酒醒之后,约翰尼想了想,觉得自己应该做个更好的父亲。他认为他得教孩子们一些事情。他会戒一阵子酒,想要努力工作,把业余时间都用来陪弗兰西和尼利。他的教育观念和凯蒂的母亲玛丽·罗姆利一样。他想把自己知道的所有事情都教给孩子,这样他们在十四五岁的时候,懂的就能和他三十岁时一样多。他想,他们可以在此基础上继续学习新知识,据他估计,等他们到了三十岁,会比他自己在三十岁时聪明一倍。

他觉得孩子们需要上的课——这也是他突然想到的——是地理、公民学和社会学。于是他带他们去了布什威克大道。

布什威克大道是老布鲁克林的一条高档的林荫大道,道路宽敞、绿树成荫。这里的房子用巨大的花岗石块建成,还带有长长的石造门廊,看起来富丽堂皇,气派十足。房子里住的是政界名流、开酿酒厂的富裕人家,以及那些坐头等舱而不是统舱来这里的有钱移民。他们带着自己的财产、雕塑和暗沉的油画,来到美国,定居布鲁克林。

虽然那时已经有人开始开汽车,但这些人家大多坚持用骏马驾驶华丽的马车。爸爸边指着边对弗兰西描述马车上的种种设备。弗兰西敬畏地看着马车从身边驶过。

有些马车涂着油漆，小巧精致，车内衬有白色的褶裥缎面，顶上撑着一把优雅女士们用的流苏大伞。还有一种可爱的柳条马车，被设得兰矮种马拉着。马车两边各有一条长凳，那上面坐的都是幸运儿。弗兰西盯着那些陪在孩子身边的、干练的家庭女教师——这些女人来自另一个世界，披着披肩，戴着浆洗过的系带女帽，侧身坐在座位上，驱赶着小矮马。

弗兰西看到一辆实用的黑色双座马车，车被一匹高头大马拉着。驾车的是一个打扮得像花花公子的年轻人，手上戴了一副羊皮手套，手套边缘往后翻，看起来就像袖口被翻出来似的。

她还看到一辆老式的家庭马车，被几匹看上去很可靠的马拉着。弗兰西对这种四轮马车兴致不大，因为威廉斯堡的每个殡葬师都有这样的马车长队。

弗兰西最喜欢的是汉索姆马车。它们太神奇了，只有两个轮子！而且当乘客坐进椅子里的时候，那扇有趣的门会自动关上！（弗兰西天真地以为：那车门是为了替乘客挡开飞溅的马粪。）弗兰西心想：如果我是一个男人，我想做这样的工作。我想驾驶一辆汉索姆马车。哦，就这么高高地坐在后面，手边插着一根威风的马鞭！哦，穿上那么好的外套——看那大大的纽扣和天鹅绒领子，戴上扁扁的高顶帽，帽子缎带上还装饰着帽花结！哦，还能把看起来很昂贵的毯子叠在膝盖上！弗兰西小声模仿着马夫的吆喝，用一种矫揉造作的上流社会口音问：

"要坐马车吗，先生？要坐马车吗？"

约翰尼被自己的民主美梦冲昏了头脑，他说："任何人都能乘坐这些汉索姆马车。"随即他补充道，"只要他们有钱就行。所以你能看得出来吧，我们这个国家非常自由。"

据说，纽约市的下一任市长来自布鲁克林，就住在布什威克大道。这让约翰尼很激动。"你在这片街区找找看，弗兰西，然后告诉我，我们未来的市长住在哪儿。"

弗兰西四处看了看，无奈地垂下头说："我不知道，爸爸。"

"在那里！"约翰尼宣布，他仿佛吹响了胜利的号角。"有朝一日，那栋房子的门廊底部会竖起两根灯柱。在这座伟大的城市，无论你闲逛到哪里，"他说话如同在演讲，"只要你在一栋房子前面看到两根灯柱，你就会知道，那里住着全世界最伟大的市长。"

弗兰西很好奇："他为什么要两根灯柱？"

"因为这里是美国，在美国就是这样的。"约翰尼这番话很含糊，却说得无比爱国，"你知道这里的政府是民治、民享、民有的吧。我们移民前的故国会改朝换代，但这里的政府永远不会从地球上毁灭。"他开始轻声唱起歌来。没多久，他就情难自已，越唱越响。弗兰西也加入了他。约翰尼唱的是：

> 你是一面伟大而古老的旗帜，
> 你是一面高高飘扬的旗帜，
> 愿你永远飘扬、永享和平……

人们好奇地盯着约翰尼，有一位善良的女士还扔给他一分钱。

对于布什威克大道，弗兰西还有另一段回忆。它与玫瑰花的香味紧密相连。当时在布什威克大道上，到处都是玫瑰……玫瑰……大街上空空荡荡，人群都挤在人行道上，警察拦着他们，不让上前。玫瑰花香无处不在。然后骑兵队来了，骑警后面跟着一辆大敞篷车。车里坐着一位和蔼可亲的男人，脖子上戴着玫瑰花环。有人一见到他，就高兴地哭了起来。弗兰西紧紧抓住爸爸的手，她听见周围的人说：

"想想看！他从前也是布鲁克林人！"

"从前？笨蛋，他现在还住在布鲁克林。"

"真的吗？"

"真的，他就住在布什威克大道。"

"看看他！看看他！"一个女人大叫，"他做成了那么大件事，却还像个普通人，就像我丈夫那样的普通人。不过他比我丈夫好看多了。"

"那极地上面肯定很冷吧。"一个男人说。"不知道他有没有把那玩意儿冻掉。"一个猥琐的男孩说。

有位脸色苍白的男人拍了拍约翰尼的肩膀。"伙计，"他问，"你真的相信,在世界最高的地方竖着一根杆子①吗?"

"当然,"约翰尼回答,"他不是上去转了圈,把美国国旗挂上去了吗?"

就在这时,一个小男孩大声喊:"他来了!"

"哇哦——哇哦——哇哦——哦!"

汽车经过人群站立的地方,引发阵阵轰动。此起彼伏的赞叹声感染了弗兰西,她也兴奋起来,大声尖叫道:

"库克医生②万岁!布鲁克林万岁!"

---

① 汽车里坐的是一位去过北极的探险家,极地的英文为pole,这个单词还有杆子的意思,此处是路人误解了单词的意思。——译者注

② 弗雷德里克·库克(Frederick Cook,1865—1940),美国医生、探险家,曾在布鲁克林工作生活。他自称于1908年4月21日抵达北极,但这"北极第一人"的称号一直存在争议。——译者注

第二十六章

一战前,大多数在布鲁克林长大的孩子都对感恩节有着独特的温馨记忆。那一天,孩子们会穿上奇装异服,戴上一分钱的面具,四处"乞讨"或者"砸门"。

弗兰西精心挑选了自己的面具。她买的是一个黄色的中国面具,上面有两撇劣质的小胡子。尼利买了一个粉白的骷髅头面具,面具咧嘴笑着,露出黑漆漆的牙齿。最后关头,爸爸拿着一分钱的锡制号角赶来,给两个孩子一人一个。红的给弗兰西,绿的给尼利。

弗兰西可喜欢看尼利变装了!他穿上一条妈妈不要的裙子。裙子前片剪到脚踝上方,好方便他走路。未经裁剪的裙后摆则脏兮兮地在地上拖了一长段。他把揉成团的报纸塞在胸前,做成高耸的胸脯。裙子前面露出一双破烂的铜头鞋。在这身装扮外面,尼利套上一件破毛衣,以免自己挨冻。他用这一身服装搭配自己的骷髅头面具,还戴上了一顶爸爸不要的圆顶硬礼帽。只是这帽子太大,竖不起来,只好搁在他耳朵上。

弗兰西穿着妈妈的黄色紧身胸衣和鲜艳的蓝裙子,还佩戴着红色饰带。她用红头巾把中国面具固定在脑袋上,在下巴下面打了个结。天气很冷,所以妈妈让她在头饰上再戴顶"绒绒帽"(这是凯蒂自创的词,指的是羊毛绒线帽)。弗兰西拿起去年复活节用的篮子,为了抛砖引玉,她在篮子里放了两个胡桃。就这样,孩子们出发去"乞讨"了。

街道上挤满了戴着面具、奇装异服的孩子们,他们把锡制号角吹得震耳欲聋。有些孩子穷得连一分钱的面具也买不起,便用烧焦的软木塞把脸涂黑。家里比较有钱的孩子穿的是店里买来的套装,比如:破破烂烂的印第安服、牛仔服,以及荷兰女佣的薄棉裙。还有一些孩子不太在意穿着,就简单地披上一条脏床单,管这叫化装服。

弗兰西被一群孩子挤在中间,和他们一起四处走动。一些店主锁了门，不让孩子们进去，但大部分店主都给他们准备了食物。小卖部老板好几周前就开始积攒碎糖果，装进一个个小袋子里，现在他正把这些糖袋子分给所有前来讨食的孩子们。他必须得这么做，因为他的生意全靠这些孩子，不想被他们联合抵制。面包店烤了几批松软的饼干，发给上门的孩子，因为店里的人都知道：店铺名声得靠这些孩子在社区里口口相传，而孩子们只会光顾那些善待他们的店铺。蔬果店送的是熟透了的香蕉和半腐烂的苹果。有些商店完全不做孩子的生意，他们没把孩子拒之门外，但也没给他们任何东西，而是狠狠训斥了一通，列举出乞讨的种种坏处。于是孩子们以牙还牙，反复拍着前门，砸出可怕的噪音。这就是"砸门"一词的由来。

到了中午，一切都结束了。弗兰西厌倦了笨重的化装服，面具也变得皱巴巴的。（这面具是用廉价纱布做的，上了层厚厚的浆，放在模具里塑形、晒干。）一个男孩抢走了她的锡制号角，在膝盖上拗成两半。她还遇到了鼻子血淋淋的尼利。一个男孩想抢他的篮子，他和对方打了一架。尼利没有说谁打赢了，但除了自己的篮子，他手里还拿着另一个男孩的篮子。他们回家去吃感恩节大餐：炖肉和自制面条，下午就听爸爸追忆往昔，讲述他小时候是怎样过感恩节的。

在感恩节时，弗兰西撒了平生第一个精心编造的谎。但谎言被识破了。这促使她立志要当一名作家。

感恩节前一天，弗兰西的教室里在排练节目。四个被选中的女孩每人朗诵了一首感恩节的诗歌，手里各拿着一样感恩节的象征物。一个女孩拿着一穗干枯的玉米，另一个拿着火鸡脚，用它代表整只火鸡。第三个女孩拿着一篮苹果。第四个女孩拿着一块五分钱的小碟子那么大的南瓜馅饼。

排练过后，火鸡脚和干玉米被扔进了垃圾桶。老师把苹果放到一边，准备带回家。至于那块小南瓜馅饼，老师问大家有没有人想要。三十个孩子都馋得流口水，三十只手都蠢蠢欲动，却没有一只举起来。有些孩子很穷，大多数孩子很饿，但所有人都太要面子，不愿接受施舍的食物。老师见没有一个孩子回应，便叫人把馅饼扔了。

弗兰西没法接受这点：这么漂亮的馅饼居然要扔掉！她还从没吃过南瓜馅饼呢。在她眼里，这种馅饼是坐大篷马车的人或者印第安武士才能吃的。她很想尝一尝。弗兰西灵机一动,编了一个谎话,举起手来。

"我很高兴有人想要这馅饼。"老师说。

"我不是为自己要的。"弗兰西自豪地撒着谎,"我知道有一户人家很穷,我想把馅饼送给他们。"

"很好。"老师说,"这就是感恩节的真谛。"

那天下午,弗兰西一边往家走,一边吃馅饼。不知道是因为良心不安,还是吃不惯这味道,她并不喜欢这馅饼,觉得它味同嚼蜡。接下来的那个周一,上课之前,老师在走廊上见到弗兰西,问她那户贫穷的人家喜不喜欢那馅饼。

"他们非常喜欢。"弗兰西告诉她,她看出老师很感兴趣,便添油加醋道,"这家人家有两个小女孩,金色的鬈发、大大的蓝眼睛。"

"还有呢?"老师鼓励她往下说。

"还有……还有……她们是双胞胎。"

"真有意思。"

弗兰西受到鼓舞,接着说道:"其中一个叫帕梅拉,另一个叫卡米拉。"(这是弗兰西从前给自己不存在的洋娃娃取的名字。)

"而且她们非常、非常贫穷。"老师暗示道。

"哦,穷极了。她们已经三天没吃东西了。医生说,要是我没给她们带那个馅饼,她们就没命了。"

"这么小一块馅饼,"老师轻声评价道,"居然能救两条人命。"

弗兰西这才意识到,自己扯得太远了。她痛恨自己鬼迷心窍,撒下这样的弥天大谎。老师弯下腰,抱住弗兰西。弗兰西看到她双眼含泪,一下子崩溃了,悔恨如潮水般涌上心头。

"我全在胡说八道。"她坦白,"馅饼是我自己吃了。"

"我知道是你吃了。"

"请不要给我家里写信。"弗兰西恳求,她想到那个不属于她的假地址,"我可以每天放学留下来……"

"我不会因为你有想象力而惩罚你。"

老师温声细语地向她解释了谎言和故事的区别。谎言是你因为卑鄙或者怯懦而说出的话。故事则是你用可能会发生的事情编出来的。只不过你没有按照事实来讲故事,而是按照你想象中应该会发生的情形来讲。

听了老师的话，弗兰西如释重负。近来，她很喜欢夸大其词。她不会照实说一件事，而是要大肆渲染一番，赋予它激动人心的情节和意想不到的转折。凯蒂对此十分恼火，不断警告弗兰西，要她实事求是，别胡编乱造。但弗兰西受不了平淡无趣的真相，非得添油加醋地讲出来。

虽然凯蒂自己也有同样绘声绘色的口才，约翰尼更是生活在半梦半醒之间，但他们却试图遏制自己孩子的这种苗头。或许他们很有道理。或许他们知道，自己用想象力把他们贫穷、残酷的生活渲染得太过美好，这样便能继续忍受下去。或许凯蒂认为，要是他们没有这种想象力，头脑会更加清醒，能看透事情的真相。这样才能痛定思痛，找到办法改善生活。

弗兰西永远记得这位善良的老师对她说的话："你知道，弗兰西，很多人会认为，你一直在编造的故事都是糟糕的谎言，因为它们跟大家看到的事实不符。以后，你要是遇到了什么事情，在说的时候，你要如实去说，但在写的时候，你可以用自己的方式，写成你认为应该发生的样子。说真话，写故事。这样你就不会把它们搞混了。"

这是弗兰西收到的最好的建议。每个孤独的小孩都爱幻想。真相和幻想在弗兰西脑海中混为一体，她无法将两者区分开来。但老师向她解释清楚了两者的差别。从那时起，她开始把自己看见的、感受到的和做过的事情，都写成一个个小故事。随着时间的推移，她变得能够实话实说，只是略带一些本能的渲染。

第一次尝试用写作去宣泄内心的时候，弗兰西只有十岁。她写了什么无关紧要。重要的是，尝试写故事能让她在虚与实之间，画出明确的分界线。

如果她没有找到写作这种宣泄方式，她或许会长成一个满口谎言的骗子。

第二十七章

在布鲁克林,圣诞节是一段美妙的时光。节日的气氛早早便弥漫开了。第一个迹象是莫顿先生在各个学校里教学生唱圣诞颂歌,但第一个明确的标志是商店的橱窗。

只有孩子才能明白,一个摆满洋娃娃、雪橇和其他玩具的商店橱窗,简直像个奇迹一样!而且这种奇迹对弗兰西来说,不需要花一分钱。通过玻璃窗看着那些玩具,那感觉几乎和真的拥有了它们一样开心。

哦,当弗兰西拐过街角,看到另一家商店也换上了圣诞装饰,她内心真是激动无比!啊,干净又闪亮的橱窗里铺着一层白花花的棉絮,上面撒有亮晶晶的粉末!橱窗里还有淡黄色头发的洋娃娃,但弗兰西更喜欢另一款发色的娃娃。它的发色像加了许多奶油的上好咖啡。娃娃脸部的上色完美无缺,身上穿着弗兰西从未见过的衣服。洋娃娃笔挺地站在不太结实的纸板箱里。一些胶带绕上娃娃的脖子和脚踝,穿过纸箱后面的洞孔,将它支撑起来。哦,在浓密的睫毛下,娃娃那深邃的蓝眼睛直接凝望进小女孩的心里,它伸出完美的小手,恳求道:"拜托了,请你做我的妈妈好吗?"除了一个花五分钱买的两英尺小洋娃娃,弗兰西再没有过其他娃娃。

还有雪橇!(威廉斯堡的孩子们对雪橇有自己的叫法。)这可让孩子们乐上了天!一架全新的雪橇,上面画着梦中的花朵——那是长着鲜绿叶子的深蓝色花朵!雪橇上还有乌黑的滑板和硬木做的光滑转向杆,全都涂着亮闪闪的清漆!上面还写着名字!"玫瑰花蕾!""木兰!""雪王!""飞行者!"弗兰西心想:"要是我能有这样一架雪橇,这辈子就再也不向上帝祈求别的东西了。"

还有闪耀的镍制旱冰鞋,系着上好的棕色皮带,安装了银色的轮子。这轮子看起来十分紧张,它随时做好滚动的准备,只需要你吹一口气,就能开始转动。旱冰鞋一只叠着一只,底下是一层云朵般的棉花,四周装点着晶莹如雪的云母粉。

橱窗里奇妙的东西实在太多，看得弗兰西目不暇接。她盯着橱窗里的各种玩具，给它们编了各种故事，一时间感到头晕目眩。

圣诞节的前一周，云杉树陆续出现在社区里。云杉树的枝条被绳子捆住，不似树枝伸展时那般美丽耀眼，这样可能是为了更方便运输。小贩们租下商店前面的马路牙子，在杆子中间拉起绳子，把树木靠在上面，将街道一侧打造成一条清香四溢的云杉大道。小贩们整天在这云杉大道上走来走去，不时朝手上哈口气，暖一暖那因为没戴手套而冻得僵硬的手指，怀揣着一线希望，看向那些停下脚步的路人。有几个人预订了圣诞节要用的树，也有别的人停下来询问价格，挑来挑去，反复考虑。但大多数人只是来摸摸树枝，偷偷捏一把云杉针叶，掐出好闻的香气来。天气很冷，街道上安安静静，弥漫着松木和橘子的清香。这种橘子只有在圣诞节的时候才能在商店里买到。也只有在圣诞节，这条脏乱的街道才短暂拥有了片刻美好。

这个社区有一项残酷的传统，与到了平安夜午夜仍未卖掉的圣诞树有关。有人说如果你能等到那时候，就不必再掏钱买树了，因为"他们会扔给你"。真的，就是字面意思的"扔"。

圣诞前夜的午夜时分，孩子们聚集在没有卖掉的树周围。小贩从最大的那棵树开始，依次把树往外扔。孩子们自告奋勇地站出来"被扔"。如果一个男孩承受住了这股力道，没有摔倒，那么这棵树就归他所有。如果他摔倒了，那他就丧失了赢取免费圣诞树的机会。只有最皮实的男孩和一些年轻的小伙子才会选择接高大的树。其他人则精明地等在一边，直到遇到大小合适的树才去接。小孩子们等着那些一英尺左右的小树，如果胜利拿到，会发出惊喜的尖叫。

在弗兰西十岁、尼利九岁的那个平安夜，妈妈允许他们下楼，第一次去试着接棵树。弗兰西在白天就选好了自己的树。下午和晚上，她一直站在那棵树边上，祈祷着不要有人买走它。午夜时分，那棵树依然还在，弗兰西非常高兴。它是社区里最大的一棵树，价格很贵，所以没有人买得起。这棵树有十英尺高，树枝用崭新的白绳子捆着，树顶干净又整齐。

卖树的小贩第一个拿出来的就是这棵树。弗兰西还没来得及开口，社区里的小霸王——一个名叫彭奇·帕金斯的十八岁男孩就站了出来，要求对方把树扔给他。小贩很讨厌彭奇那志在必得的样子，他环顾四周，问：

"还有谁想试试吗？"

弗兰西上前一步："我，先生。"

卖树的男人发出一阵嘲讽的笑声。孩子们也窃笑不已。几个成年人围过来看乐子，哈哈大笑。

"得了，快滚，你太小了。"卖树的男人反对道。

"我和我弟弟——我们两个加一起不小了。"

她拉着尼利上前，男人看着他们——一个瘦弱的十岁女孩，面黄肌瘦，但下巴上还有点婴儿肥。还有那个小男孩，尼利·诺兰——一头金发，圆圆的蓝眼睛，一派天真单纯的样子。

"两个人不公平。"彭奇大喊。

"闭上你的臭嘴！"卖树的男人警告彭奇，此时此刻，一切都是他说了算，"这两个孩子很有胆量。你们其他人都往后退。看看这两个孩子的表现。"

其他人让出一条参差不齐的小道。弗兰西和尼利站在一头，大个子男人举着那棵大树站在另一头。人群围成了漏斗状，弗兰西和尼利站在漏嘴处。男人伸了伸粗壮的胳膊，准备扔那棵大树。他注意到，这两个孩子在小道尽头看起来是那么弱小。那一瞬，卖树人仿佛经历了耶稣在客西马尼园①中的那种艰难挣扎。

"哦，耶稣基督，"他的灵魂痛苦不已，"我为什么不直接把树送给他们，说声圣诞快乐，让他们离开呢？这树对我有什么用？我今年不可能再把它卖出去，也没法把它留到明年。"他站在那里陷入沉思，孩子们神情肃穆地看着他。"但是，"他自圆其说，"如果我这么做了，其他人都会想让我免费送树的。明年就不会有任何人来买我的树了。他们都会等着我把树白送。我可没那么大方，就这样把树送掉，什么都不要。不，我才没那

---

① 客西马尼园（Gethsemane）是耶稣的受苦地，耶稣在那里经历了一番艰难的痛苦挣扎。——译者注

么大方呢。我不会大方到做这种事情。我得为我自己和我的孩子们想一想。"他终于下定决心:"哦,管他呢!这两个孩子要在世上讨生活,就得习惯这种事。他们得学会付出,得吃点苦头。老天在上,要我说,这也不是什么付出,而是忍受,在这该死的世道,一个人总是要不断地忍忍忍。"他用尽全力把树扔了出去,内心在哀号:"这真是个该死的、倒霉的混账世道!"

弗兰西看见树离开了他的手。那一刻,时间和空间都失去了意义。整个世界都静止了,某样漆黑的庞然大物破空飞来。看着那棵朝她砸来的树,弗兰西的大脑一片空白。她什么都不记得,一切都荡然无存,只剩下那尖锐的黑影。某样东西向她冲来,越变越大。树砸中他们的时候,弗兰西跟跄了一下。尼利跪倒在地,但在他完全摔下去之前,弗兰西猛地将他拉了起来。大树落地,发出嗖的巨响。一切都是暗淡的、绿色的、戳人的。随后,她感到树干击中脑侧,传来一阵剧痛。她察觉到尼利在瑟瑟发抖。

几个大一些的男孩将树挪开后,发现弗兰西姐弟手拉着手,笔直地站立着。尼利脸上被刮伤了,鲜血直流。他的模样比平时更加稚嫩,睁着一双不知所措的蓝眼睛,皮肤被鲜血衬托得越发白皙。但姐弟俩都在微笑,毕竟他们赢得了社区里最大的那棵树。一些男孩大声欢呼:"太棒了!"几个成年人拍着手。卖树的男人也在夸赞,只不过他夸人的方式是叫骂:

"带上树赶紧滚,小混蛋们!"

从能听得懂话起,弗兰西就一直在听人讲脏话。在这些人口中,脏话粗话并不表示骂人。他们词汇量小,不善言辞,只能用粗话脏话来表达自己的情绪,相当于一种方言。这些词可以表达许多意思,需要根据说话的方式和语调来判断。所以此刻,在弗兰西听到卖树人叫他们小混蛋时,她朝这好心的男人露出一个怯生生的微笑。她知道他其实是在说:"再见——愿上帝保佑你们。"

要把那么大棵树拖回家可不容易。他们只好一点一点地拖着。一个男孩在边上捣乱,边跑边叫:"免费坐车啦!全都上车啦!"他跳到树上,让弗兰西和尼利拖着他走。不过最后他玩腻了这个游戏,自己跑了。

在某种程度上,花那么久的时间把树拖回家,也是有好处的。这能让

在某种程度上，花那么久的时间把树拖回家，
也是有好处的。这能让他们在胜利的喜悦里沉浸得更久。

他们在胜利的喜悦里沉浸得更久。弗兰西高兴地听见一位女士说:"我从来没见过这么大棵圣诞树!"一个男人在他们身后喊道:"买这么大棵树,你们这两个孩子肯定是去抢银行了吧!"警察在街角拦住他们,仔细看了看树,一本正经地提出,要用一毛钱买下它——要是他们能送到他家里,他就出一毛五。尽管弗兰西知道他在开玩笑,但还是险些没克制住内心的骄傲。她说,就算给一块钱,她也不卖。警察摇摇头说她傻,不懂得把握机会。他把价格抬到两毛五,但弗兰西还是微笑着摇头说:"不卖。"

这就像在表演圣诞剧,场景设置在一个街角,时间发生在一个寒冷的平安夜,角色是一个善良的警察、弗兰西的弟弟和她自己。弗兰西知道所有的对白。警察说对了台词,弗兰西高高兴兴地接着提示往下演,而舞台指示就是要他们在说话的间隙微笑。

他们得叫爸爸来帮忙,把这棵大树搬上狭窄的楼梯。爸爸跑下楼。看到他还能跑直线,没有歪歪斜斜,弗兰西松了一口气,这证明爸爸没有喝醉。

见他们居然搞回来这么大一棵树,爸爸十分震惊,这种反应让弗兰西很满足。爸爸装作不相信这是他们的树。弗兰西在努力劝说他。虽然她知道爸爸纯粹是在和自己闹着玩,但她玩得很开心。爸爸在前面拉着树,弗兰西和尼利在后面推。他们开始奋力搬树,要将这棵大树通过狭窄的楼梯搬上三楼。约翰尼激动得唱起了歌,全然不顾此刻已是深夜。他唱的是《圣善夜》。清甜的歌声回荡在逼仄的墙壁之间。墙壁吸收了约翰尼的歌声,稍作停顿,酝酿出双倍甜美的回声。邻居将门嘎吱打开,一家家聚集到楼梯平台,惊讶又喜悦地看着此刻意外闯入他们生活的大树。

弗兰西看到两位廷莫尔小姐一起站在门口,灰白的头发上缠着卷发器,宽松的晨衣下露出浆洗过的褶边睡袍。她们跟着约翰尼一起唱歌,声音尖细又酸楚。弗洛茜·加迪斯还有她的母亲和兄弟亨尼也站在门口。亨尼在哭。约翰尼看见他后,便压低了嗓音。他想,或许是这歌声惹亨尼伤心了。

弗洛茜穿着化装礼服,等待男伴带她去午夜后即将开始的化装舞会。她站在门口,穿了件克朗代克舞女式样的礼服,配上轻薄的黑丝袜和线轴跟的轻便舞鞋,一根红色袜带系在膝下,手里晃着一个黑色面具。她盯着约翰尼的眼睛微笑,一手置于臀部,自以为很妩媚地倚在门框上。约翰尼一心想哄亨尼开心，他说：

"弗洛茜，我们这圣诞树顶上缺个天使，你帮忙扮演一下吧？"

弗洛茜原本准备粗俗地回复他说，要是她去那么高的地方，风会把她的内裤给吹掉的。但她改变了主意。那棵原本高高在上、现在却如此卑微的被人拖着的大树，那些笑容满面的孩子、露出罕见善意的邻居，以及走廊里逐渐暗淡的灯光——这一切都令她自惭形秽，没法将那粗俗的回答说出口。最后，她只说了一句：

"哎呀，你可真会开玩笑，约翰尼·诺兰。"

凯蒂独自站在最后一段台阶顶部，双手交握在胸前。她听着歌声，低头看他们缓慢地走上楼梯，脑中在认真地思索。

"他们觉得这样很好。"她心想，"他们觉得这样很好——他们得到了免费的树，爸爸也在配合他们，在唱歌。邻居们都很高兴。他们觉得自己非常幸运：他们还活着，还能再过圣诞节。他们看不出自己生活在肮脏的街道上、肮脏的房子里，看不出周围的邻居都没什么出息。约翰尼和孩子们看不出，邻居们只能在这肮脏的环境里苦中作乐，这是多么可悲的事情。我的孩子一定要摆脱这里。他们一定要比我和约翰尼更好，比我们周围的所有人更好。但这要怎样才能实现呢？每天从这些书里读一页，一分一分地往锡储蓄罐里存钱，只做到这些是不够的。钱！钱会改善他们的生活吗？没错，钱会让事情更好办。但是，光有钱是不够的。麦克加里蒂是街角那家酒吧的老板，他很有钱。他的妻子还戴着钻石耳环。但他们的孩子没有我家的乖巧聪明。仗着自己有资本，他们就对人刻薄、贪得无厌，喜欢羞辱穷人家的孩子。我曾经看到麦克加里蒂家的女孩在街上吃一袋糖果，一群饥饿的孩子在边上看她。我看到那些孩子眼巴巴地盯着她，内心在哭泣。等到她再也吃不下的时候，她情愿把剩下的糖都扔进下水道里，也不肯给那些孩子吃。啊，不，光有钱是不行的。麦克加里蒂家的女孩每天换一种蝴蝶结戴，每个蝴蝶结五毛钱，这钱都够我们一家四口吃一天了。但她那头红发非常稀疏，色泽暗淡。我的尼利虽然戴的是拉伸变形、破了大洞的绒绒帽，但他有一头浓密的金黄鬈发。我的弗兰西虽然没有蝴蝶结戴，但她的头发又长又有光泽。钱能买到这些吗？不能。所以，肯定有比钱更重要的东西。杰克逊小姐在街坊文教馆任教，她没有钱。她给慈善机构工作，住在顶楼的小房间里。虽然她只有一条裙子，但她始终让这条裙子保持干净和平整。你和她说话的时候，她会正视你的眼睛。听她说话就像服下一剂良药，听过她的话，陈年旧病似乎都能好转起来。她懂的事情很多——这位杰克逊小姐，她还善解人意。她虽然住在这片肮脏的社区，却能让自己像剧里的女演员那么干净体面。她实在太美好，你只能远看，却无法触及。她和麦克加里蒂太太完全不同。尽管麦克加里蒂太太有钱极了，人却胖得像猪，还和替她丈夫送啤酒的卡车司机勾三搭四。那么，她和没钱的杰克逊小姐之间，区别在哪里呢？"

凯蒂想到一个答案。她醍醐灌顶，惊讶于答案居然如此简单。教育！就是教育！是教育让她们两个如此不同！教育能让孩子们摆脱污浊。证据？证据就是杰克逊小姐受过教育，而麦克加里蒂太太没有。啊！这就是这些年里，她的母亲玛丽·罗姆利一直在对她说的事情，只不过她的母亲没有明明白白地说出这个词语：教育！

她看着孩子们费力地将树往楼梯上拖，听着他们尚且稚嫩的童音，对教育有了一些想法。

"弗兰西很聪明。"她想，"她一定要上中学，或许还能上大学。她擅长学习，总有一天会有出息。但是等她受了教育，她就会疏远我。哎，她现在就已经离我越来越远了。她不像儿子那样爱我。我能感觉到她对我的疏离。她不理解我。她唯一理解的，就是我不理解她。或许等她受了教育，她就会觉得我丢人——觉得我说话上不了台面。但她品性很好，不会表露出来，反而会尝试来改变我。她会来看我，试图让我过上更好的生活，但我会对她很刻薄，因为我知道她比我强。等她长大后，会把事情看得太透。而看得越透，也就越不快活。她会发现我对她的爱没有对儿子的多。可我也没办法让自己不偏心。她不会理解我。有时候，我觉得她现在就已经看出来了。她已经在疏远我，很快她就会挣脱这里，远走高飞。转到那所遥远的学校，就是她远离我的第一步。但是尼利永远不会离开我，所以我才最喜欢他。他会依赖我、理解我。我想让他当医生。他一定要当个医生。或许他还能拉小提琴。他继承了他父亲的音乐细胞。他钢琴就弹得比我和弗兰西好。没错，他父亲也有音乐天赋，但这对他毫无好处。这天赋毁了他。要是他不会唱歌，那些男人就不会让他陪在边上，请他喝酒。如果不能让他或让我们变得更好，他会唱歌又有什么用呢？但要是我儿子，情况就不同了。他会接受教育。我必须想想办法。我们不会长时间和约翰尼待在一起。亲爱的上帝，我曾经非常爱他——现在我有时候依然爱他。可他是个没用的人……他很没用。我居然发现了这一点，愿上帝原谅我。"

在他们爬楼梯的时候，凯蒂想通了一切。人们抬头看着她——看着她那张光洁美丽、生机勃勃的脸庞——无从得知她下定了怎样痛苦而又坚定的决心。

他们把树放在前屋，树下铺了一层床单，免得松针掉在粉色玫瑰图案的地毯上。圣诞树竖立在一个大锡桶里，用碎砖块支撑着。绳子切断后，树枝伸展开来，充满整个房间，笼罩在钢琴上方，垂悬在几把椅子周围。他们没有钱给树买装饰品或者装饰灯。但光是那么大棵树立在那里，就足以让人感到满足。房间里很冷。那一年他们很穷——穷得买不起多余的炭在前屋炉子里烧。这屋子散发着冷冽、清新和芬芳的气味。在圣诞树摆放在前屋的那一周，弗兰西每天都会穿上毛衣、戴上绒绒帽，走进前屋，坐到树下。她就这么坐在那儿，享受着圣诞树的气息，享受着那一片深绿。

哦，这神秘的大树，被困在廉租公寓的前屋，成了锡桶里的囚徒！

那一年他们虽然很穷，但度过了一个很愉快的圣诞节，孩子们也不缺礼物。妈妈给他们各送了一条长羊毛的活裆式长衬裤，还有一件里面有点扎人的长袖羊毛衬衣。艾薇姨妈给他们俩送了一件共同的礼物：一盒多米诺骨牌。爸爸教他们怎么玩。尼利不喜欢这个游戏。于是爸爸和弗兰西一起玩，输了还假装很气恼。

玛丽·罗姆利外婆带来了她亲手做的好东西，她给每人送了一件肩衣。为了制作肩衣，她从鲜红色的羊毛织物上剪下两片小小的椭圆形，在一片上用鲜亮的蓝纱线绣了十字架，另一片上绣的则是一个金色的心脏，心脏顶上还带有棕色荆棘。一把黑色匕首刺穿心脏，刀尖淌着两滴深红的血珠。十字架和心脏的图案都很小，是用极细的针脚绣出来的。这两块椭圆形的料子被缝到一起，钉在一根紧身胸衣的绳子上。玛丽·罗姆利在把肩衣送来之前，已经拿去让神父祝福过了。她一边把肩衣从弗兰西头上往下套，一边用德语说："神圣的圣诞节。"随后补充了一句英语，"愿天使永远陪伴你。"

茜茜姨妈给了弗兰西一个小包裹。她打开包裹，发现里面是一个小小的火柴盒，模样非常精致，盖了一层皱纹纸，纸上面画着一株小小的紫藤。弗兰西打开火柴盒，里面有十枚小圆片，用粉色纸巾单独包裹。这些小圆片居然是金灿灿的一分钱。茜茜解释说，她买了一点金漆粉，和几滴香蕉油混在一起，给每枚硬币镀了一层金。弗兰西最喜欢茜茜的礼物。在收到礼物后的一小时里，她把盒子慢慢地打开了十几次，光是拿起盒子看着它，瞧着那钴蓝色的纸张和火柴盒内侧的干净薄木片，她就能从中获得极大的欢喜。带有梦幻色彩的纸巾包裹着金色的硬币，宛若一个百看不厌的奇迹。大家都认为：这些硬币太漂亮了，不能够花掉。当天，弗兰西不小心弄丢两枚硬币。妈妈提议说，把它们放在锡储蓄罐里是最保险的。她答应弗兰西，等到开储蓄罐的时候，会把钱还给她。弗兰西当然明白：妈妈说得对，钱放在储蓄罐里最安全，但要把那些金灿灿的硬币扔进黑暗里，她还是觉得很难过。

爸爸送了弗兰西一件特别的礼物，是一张画着教堂的明信片。教堂的屋顶粘着云母粉，比真正的雪花还要晶莹。窗玻璃是用闪亮的橙色小方纸做的。这张卡片的神奇之处在于：当弗兰西把它举起来时，光线会透过纸窗户涌进来，在亮晶晶的雪花上投下金色的影子，美丽无比。妈妈说，既然卡片上没有写字，弗兰西可以把它留到明年，寄给别人。

"哦，不行！"弗兰西说。她双手将卡片护在胸前。

妈妈哈哈大笑："你得开得起玩笑，弗兰西，否则日子会很难过的。"

"圣诞节可不是说教的日子。"爸爸说。

"不能说教，倒能喝醉？"妈妈突然生气了。

"我只喝了两杯而已，凯蒂。"约翰尼为自己辩解，"是别人请客过节。"

弗兰西走进卧室，关上房门。她不忍心听到妈妈责骂爸爸。

晚饭前，弗兰西送出了她给家人的礼物。她送了妈妈一个帽针架，是她用花了一分钱从奈普药房买来的试管做的。试管被蓝色缎带包裹，两侧带有褶边，顶上缝了一根婴儿用的细丝带。这样它就能挂在梳妆台一侧，用来放帽针。

她给爸爸送了一根表链。这表链是她用两根鞋带在一个线轴上做出来的。线轴上钉了四根钉子,她将鞋带绕在钉子上来回编,从线轴底部渐渐编出一根粗粗的表链。虽然约翰尼并没有表,但是他拿来一块铁垫圈,将表链系到上面,在自己背心口袋里放了一整天,假装那是一块怀表。弗兰西送给尼利一件非常棒的礼物:一个五分钱的大弹珠。它看上去不像弹珠,更像一颗硕大的猫眼石。尼利有一盒用黏土做的小弹珠①,珠子上带有棕色和蓝色斑点,一分钱能买二十颗。但他没有好的大弹珠,没法参加任何重要的比赛。弗兰西看着他弯起食指,钩住弹珠,拇指在弹珠后面托着,动作优美自然。她很高兴自己给他买了弹珠,没有选一开始想买的五分钱的玩具气枪。

尼利把弹珠塞进口袋,声称自己也有礼物要送。他跑进卧室,爬到小床下面,拿出一个黏糊糊的袋子。他把袋子塞给妈妈,说:"你来分吧。"他站到角落里。妈妈打开袋子,里面是给每个人的条纹拐杖糖。妈妈欣喜若狂,说这是她收到的最漂亮的礼物。她吻了尼利三下。弗兰西努力克制着自己的嫉妒,妈妈收到她的礼物时,可没有如此"小题大做"。

就在那一周,弗兰西又撒了一个大谎。艾薇姨妈带来两张票子,凭票能参加某个新教徒组织为信各种宗教的穷人举办的庆典。届时舞台上会有一棵装饰好的圣诞树,还会表演圣诞剧、唱圣诞歌,每个孩子都能收到礼物。凯蒂不理解,为什么要让信天主教的孩子去新教徒的派对?艾薇劝她宽容些。最后妈妈妥协了,让弗兰西和尼利去参加派对。

活动在一个大礼堂里举行。男孩们坐在一边,女孩们坐在另一边。庆典很不错,只是那圣诞剧是宗教节目,枯燥乏味。圣诞剧演完后,教会的女士沿着过道走来,给每个孩子分发礼物。女孩们收到的都是跳棋棋盘,

---

① 英文里不同作用的弹珠有具体名字,大弹珠(shooter)是用来击打其他弹珠的珠子,个头往往比较大。那些被击打的小弹珠有很多名字,书里用的是miggies,它还有一种常见叫法是鸭子(ducks)。肯定会被打中的小弹珠叫"死鸭子",这也是一个英文俚语,指注定失败的人或事。——译者注

男孩们收到的则是乐透游戏①。舞台上又唱了几首歌,然后一位女士走上台,宣布要给大家一个特殊的惊喜。

这惊喜是一个小女孩,衣着精美,十分可爱。她从舞台侧面走来,手里拿着一个漂亮的洋娃娃。这娃娃一英尺高,有一头真正的黄头发、一双能睁能闭的蓝眼睛,以及真正的眼睫毛。女士领着孩子上前,发表了一番演说。

"这个小女孩叫玛丽。"小玛丽微微一笑,鞠了个躬。观众席上的女孩们都在看着她微笑,一些快到青春期的大男孩则尖声吹起了口哨。"玛丽的妈妈买了这个洋娃娃,还给她做了一身衣服,就和小玛丽现在穿的一样。"

小玛丽上前一步,将洋娃娃高高举起。然后她让女士替她拿着娃娃,自己拉开裙摆,行了个屈膝礼。弗兰西看到,那位女士没有说错——洋娃娃穿着蓝色的花边丝绸裙,头戴粉色蝴蝶结,脚上是一双黑色的漆皮便鞋以及白色短丝袜——这些都和漂亮的小玛丽身上一模一样。

"现在,"那位女士说,"善良的小玛丽想把这个用她名字命名的洋娃娃送出去。"小女孩再次露出礼貌的微笑。"这个洋娃娃,小玛丽想送给观众席里也叫玛丽的穷女孩。"观众席上的小女孩都开始交头接耳,那场面就像有风吹过青青的玉米地,激起了阵阵的涟漪。"观众席里,有没有穷女孩名叫玛丽?"

场下鸦雀无声。那片观众席里,至少有一百个玛丽。但是"穷"这个形容词让她们闭上了嘴巴。没有一个玛丽会站起身,哪怕她很想要那个洋娃娃,也不愿意成为观众席上所有穷女孩的代表。她们开始轻声对彼此说,自己并非穷人,她们家里有更好的洋娃娃,也有比台上那女孩更好的衣服,只不过是不想穿而已。弗兰西呆呆地坐在那里,无比渴望能拥有那个娃娃。

"什么?"女士说,"没有叫玛丽的吗?"她等了一会儿,又问了一遍。没有人回答。于是她遗憾地说:"太可惜了,这里没有叫玛丽的。那么,小玛丽只好再把洋娃娃带回家了。"小女孩面带微笑鞠了一躬,拿着娃娃转身要离开舞台。

---

① 乐透是一种桌面游戏,宾果游戏的前身。——译者注

弗兰西忍不住了。她没法忍受这种事。此情此景，很像老师要把南瓜馅饼扔进垃圾桶的那一刻。她站了起来，高高举起手。女士看到她后，拦下了那个要离开舞台的女孩。

"啊！我们确实有个玛丽，虽然非常害羞，但还是个玛丽。快上台来，玛丽。"

弗兰西尴尬又紧张，走过长长的过道，来到舞台上。她在台阶上绊了一跤，所有女孩都在窃笑，男孩们更是放声大笑。

"你叫什么名字？"女士问。

"玛丽·弗朗西斯·诺兰。"弗兰西低声说。

"大声点。看着观众说。"

弗兰西痛苦地面向观众，大声说道："玛丽·弗朗西斯·诺兰。"下面所有的脸，看起来都像是粗绳子系住的膨胀气球。她觉得要是自己一直盯着看，那些脸就会飘到天花板上去。

那个美丽的小女孩走上前，将洋娃娃放到弗兰西怀里。弗兰西自然而然地抱住了娃娃，仿佛她的胳膊生来就是为了等待那个娃娃。美丽的玛丽伸出手，等着弗兰西去握。尽管弗兰西觉得难堪又迷惑，但她还是注意到：女孩白皙纤细的手上，能看到浅蓝色的血管。她椭圆的指甲如同精致的粉色贝壳，充满光泽。

弗兰西尴尬地走回自己的座位，与此同时，那位女士继续说道："你们都看到了吧，刚才的例子体现了真正的圣诞精神。小玛丽很富有，圣诞节收到了许多好看的洋娃娃。可是她并不自私。她想把快乐带给某个没有自己那么幸运的贫穷小玛丽。所以她把洋娃娃送给了那个也叫玛丽的穷女孩。"

弗兰西的眼中涌上热泪，她痛苦地想："他们为什么就不能直接送出娃娃呢？为什么要说我很穷、她很富呢？他们为什么就不能什么都别说，直接送礼物呢？"

弗兰西遭受的羞辱还不止这些。她沿着过道往回走的时候，女孩们纷纷探过身，压着嗓子轻蔑地说："穷鬼、穷鬼、穷鬼。"

她被骂了一路的"穷鬼、穷鬼、穷鬼"。那些女孩觉得自己比弗兰西富有。其实她们跟她一样穷，但她们拥有一样她缺少的东西——那就是自尊。弗兰西知道这点。她不后悔撒谎冒领洋娃娃，因为她为这个谎言付出了代价，为这个娃娃放弃了自尊。

她想起老师曾经告诉过她，谎言可以写，但不能说。也许，她不应该为了娃娃上台撒谎，而是应该写一个关于它的故事。但是不行！不行！真正拥有洋娃娃的感觉，比只能在故事里拥有它好多了。活动结束时，他们站起来合唱《星条旗之歌》①。弗兰西低下头，把脸贴着洋娃娃的脸。上了漆的瓷器有着清爽好闻的味道，洋娃娃的头发也散发着美妙难忘的味道。她全新的薄纱衣服摸起来手感棒极了。当洋娃娃的真睫毛触碰到弗兰西的脸颊，弗兰西欣喜若狂地颤抖起来。孩子们唱道：

在这自由国度，
勇士的家乡。

弗兰西紧紧地抓着洋娃娃的一只小手。她自己大拇指的神经抽动了一下，却误以为是娃娃的手在动。她几乎相信那洋娃娃是活的了。

她告诉妈妈，这娃娃是她得到的奖品。她不敢说出真相。妈妈讨厌一切带有慈善意味的东西，要是她知道了真相，就会把娃娃扔掉。尼利没有出卖她。所以现在，弗兰西有洋娃娃了。但是她灵魂上又多了一个谎言的污点。那天下午，她写了一个故事，主角是一个非常想要拥有洋娃娃的女孩。为此，她甚至愿意交出自己不朽的灵魂，让其永远留在炼狱之中。虽然这个故事很好，但弗兰西读完后，心想："这对故事里的女孩来说没啥大不了的，但我心里还是不好受。"

她想到了下周六要做的忏悔，下定决心，无论神父要求她怎样赎罪，她都自愿加量三倍。可是她依然觉得很难过。

随后，她灵机一动！也许，她可以把谎言变成现实！她知道，天主教的孩子在进行坚信礼②的时候，可以用某个圣徒的名字当自己的中间名。多简单的办法啊！她受坚信礼的时候，选玛丽这名字不就行了。

---

① 《星条旗之歌》是美国国歌。——译者注
② 坚信礼（Confirmation），一种基督教仪式。根据基督教教义，孩子在一个月时受洗礼，十三岁左右受坚信礼。孩子只有被施坚信礼后，才能成为教会正式教徒。——译者注

那天晚上，在读完一页《圣经》和一页莎士比亚作品之后，弗兰西便找妈妈商量这事。

"妈妈，我受坚信礼的时候，可以用玛丽这个名字当中间名吗？"

"不行。"

弗兰西心里一沉："为什么？"

"因为你在受洗的时候，已经用了安迪未婚妻的名字：弗兰西。"

"我知道。"

"但你也随我母亲叫玛丽。你的全名其实叫玛丽·弗朗西斯·诺兰。"

弗兰西抱着洋娃娃上了床。她一动不动地躺着，生怕打扰娃娃。半夜里，她醒了好几次，每次都会低唤一声"玛丽"，用手指轻轻触摸洋娃娃那双小巧的便鞋，感受那薄薄的、光滑又柔软的皮革，激动到浑身颤抖。

这是她第一个娃娃，也是最后一个娃娃。

第二十八章

对凯蒂来说,未来近在眼前。用她的说法就是:"不知不觉,圣诞节就要来了。"在假期一开始,她也会说:"不知不觉,学校就会开学了。"春天时,弗兰西高高兴兴地把长羊毛裤扔到一边,妈妈却让她捡起来,还说:"你很快就会再用上的。不知不觉,冬天就会来了。"妈妈在说什么?春天才刚刚开始,冬天绝不会再来。

小孩子几乎没有未来的概念。对小孩子来说,下周就和未来一样遥远,而夹在两个圣诞之间的那一整年,漫长得仿佛永远没有终点。十一岁之前,弗兰西也是这样看待时间的。

可是在十一到十二岁之间,事情发生了改变。未来来得更快了,日子似乎变短了,每周的天数好像也变少了。亨尼·加迪斯死了,这或许也是时间变快的一个因素。弗兰西一直听说亨尼快要死了,听的次数太多,她终于相信他会死。但那应该是很久、很久以后的事情。现在,那遥不可及的一天却骤然来临。它本该是未来,却成了现在,也终将是过去。弗兰西不知道,是不是必须要某个人去世,才能让孩子明白时间的含义。但也不能这么说。罗姆利外公去世时她九岁,葬礼前一周她刚领了第一次圣餐。她记得,当时自己还觉得圣诞节很遥远呢。

现在事情变化太快,令弗兰西茫然无措。尼利比她小一岁,却突然间蹿了个子,高出她一个头。莫迪·多纳文搬走了。三个月后,她故地重游时碰到了弗兰西。弗兰西发现莫迪和以前不一样了。三个月不见,她变得有女人味了。

弗兰西从前一直认为妈妈永远正确,现在她发现妈妈也会有犯错的时候。她发现,爸爸身上某些她深爱的特质,在别人眼里却显得十分滑稽。她发现,茶叶店里的秤不再像以往那么闪耀,柜子也缺口掉漆,破破烂烂的。

周六晚上，她不再看陶莫尼先生从纽约找完乐子回家。她突然间觉得这样的往返很愚蠢：去完纽约再回家，回家后又渴望着纽约。他是个有钱人，既然他如此喜欢纽约，为什么不干脆搬去那里住呢？

一切都在改变。弗兰西惊慌失措。她的世界正在从她身边溜走，取而代之的会是什么呢？不过，究竟是哪里不同了呢？她依然和往常一样，每天读一页《圣经》、一页莎士比亚作品，每天练习一小时钢琴。她会往锡储蓄罐里存放硬币。废品回收站还在老地方，各种商店也都一如既往。什么都没改变。改变的是她自己。

她将这种感受告诉爸爸。爸爸让她伸出舌头，还替她把了脉。然后他悲伤地摇摇头说：

"你的情况很严重，严重极了。"

"我怎么了？"

"你长大了。"

长大破坏了许多东西。它破坏了游戏的乐趣——在家里没有东西吃的时候，他们会玩一个游戏。每当钱用光了、食物不够的时候，凯蒂和孩子们就会假装他们是探险家，在北极探险时被暴风雪困在了山洞里，只有一丁点食物。但他们必须坚持下去，等待救援。妈妈把橱柜里的食物分成几份，管这叫口粮配给。吃完饭后，孩子们依然很饿，这时妈妈会说："勇敢点，伙计们，救援很快就会来的。"等妈妈挣了些钱，她会买很多吃的，还会买一个小蛋糕来庆祝。她会在蛋糕上插上一美分的小旗帜，说："我们成功了，伙计们。我们到达了北极。"

一天，在一场这样的"救援"之后，弗兰西问妈妈：

"探险家们挨饿受苦是有原因的，他们干了一番大事，他们发现了北极。但我们这样挨饿，能干什么大事？"

凯蒂突然一脸疲惫。她说了句弗兰西当时还理解不了的话。她说："你发现了其中的猫腻。"

长大破坏了弗兰西对剧院的喜爱——确切地说，不是剧院，而是剧院里演的戏。她发现她越来越不满意那些关键时刻恰好发生的情节。

弗兰西从前非常喜欢剧院。她原先想当一名风琴手，后来想当学校老师。领了第一次圣餐后，她又想成为修女。十一岁时，她的理想是做演员。

威廉斯堡的孩子们别的不懂,但对当地的剧院了如指掌。那时候,社区里有几个优秀的专业剧团,在剧院轮演保留剧目,比如:布莱尼剧院、科斯·佩顿剧院,还有菲利普兰心剧院。菲利普兰心剧院就在街角。当地人一开始管它叫"菲利",叫着叫着变成了"飞蚁"①。除了夏天关门时,只要能凑出一毛钱,弗兰西每个周六下午都会去那里。她买的是顶层楼座,为了抢到第一排的座位,常常会在开演前一小时就去排队。

她爱上了男主演哈罗德·克拉伦斯。周六日场演出结束后,她会等在剧院后门,跟着他走到那栋破旧的褐砂石房子前面。那里是他的住所,他像个普通人一样,住在装修简单的房间里。即便是在大街上,他走起路来依旧像老派演员那样双腿笔直,脸颊也依旧是浅粉色,仿佛还没卸掉显年轻的化妆油。他身姿挺拔,步态悠闲,走路时目不斜视,抽着一根上等雪茄。但他进屋前就把烟给扔了,因为女房东不让这个大人物在她的房子里抽烟。弗兰西站在马路牙子上,崇拜地看着被男主演扔掉的香烟屁股。她取下上面的纸环,在自己手指上戴了一个星期,假装那是对方送给自己的订婚戒指。

一个星期六,哈罗德和他的剧团演了《牧师的爱人》,剧中英俊的乡村牧师爱上了女主演吉瑞·摩尔赫斯。不知为何,女主角必须要在一家食杂店找工作。剧里有一个女反派,也爱着年轻英俊的牧师,便去女主角那儿找碴。她的打扮一点也不像村妇,一身裘皮、戴着钻石,就这样大摇大摆地走进对方工作的店里,颐指气使地要了一磅咖啡豆。接下来是可怕的一幕,她说出了那句致命的台词:"磨碎它!"观众们一片哀号。剧情设定,女主角美丽又脆弱,力气不够,转不动那磨咖啡的巨大轮子。剧情还设定,她能不能保住自己的工作,取决于她能不能磨碎咖啡豆。女主角拼尽全力也没让轮子转动一圈。她向女反派求情,说自己非常需要这份工作。但女反派只重复了一句:"磨碎它!"女主角似乎陷入了绝境,就在这时,英俊的哈罗德穿着一身牧师装,容光焕发,闪亮登场。看清眼前的状况后,他用引人注目却不太得体的动作,将宽大的牧师帽径直扔过舞台,

---

① 原文是兰心剧院(Lyceum)叫着叫着变成了 Lyce,又变成了 Louse(虱子),此处为了中文发音改动了些原意。——译者注

迈着僵硬的步子走到机器跟前,磨好咖啡豆,拯救女主角。现磨咖啡的香气在剧院里弥漫开来,观众们震惊得说不出话来。随即场面一片闹腾。是真的咖啡!剧院居然假戏真做!磨咖啡的场景不稀奇,每个人都见过上千次,但在舞台上磨咖啡,还真是一项创举。女反派咬牙切齿地说:"又失败了!"哈罗德将吉瑞拥入怀中,让她的脸远离观众视线,转向舞台后部。幕布落下。

中场休息时,其他孩子有一项临时的消遣活动,那就是朝楼下那些花三毛钱买最贵池座的富豪吐口水。弗兰西没有加入他们,而是在思考落幕时的场景。一切都很好,关键时刻,英雄及时救美,替她磨了咖啡。可要是他没有突然出现,事情会如何呢?那样女主角就会被开除。好吧,那又怎样?等她饿得受不了了,就会出去再找份工作。她可以像妈妈一样擦洗地板,或者像弗洛茜·加迪斯那样靠男人吃饭。杂食店的工作之所以重要,只因为剧本就是这么写的。

接下来那个周六上演的戏,她也不太满意。好吧,消失许久的爱人突然回家,正好赶上付房屋贷款。要是他路上耽搁了,没有及时赶到呢?那么房东就会要求他们三十天内搬出去——至少在布鲁克林是这样。三十天内,事情或许会有转机。要是到时候依然付不出钱,他们就只能搬走。哎,他们肯定会尽力凑钱。漂亮的女主角可能会去工厂做计件工,她敏感的弟弟或许会出去卖报纸。他们的母亲可能得在白天做清洁工。但他们会活下来。不用说,他们肯定会活下来。弗兰西坚定地这么认为。要死可不是件简单的事。

弗兰西不明白,为什么女主角不嫁给反派?这样就能解决房租问题。而且,这个男人那么爱她,哪怕她不接受他,也愿意为她解决各种各样的麻烦,这样的男人是不该忽视的。至少,男主角在外瞎忙活的时候,反派始终陪在女主角身边。

她为那部戏写了第三幕——根据自己的假设去写后续。她用对话将它写出来,觉得这是种相当简单的写作方式。如果是写故事,那你得解释人们的行为,但是写对话就不用,因为理由已经包含在了他们说的话里。弗兰西很容易就能相信那些对话。她再一次改变了自己想要从事的职业。她决定不做演员了。她要成为一名剧作家。

第二十九章

同一年夏天,约翰尼突然想到:孩子们长这么大,却不知道大海是什么样的,没见过海水冲刷布鲁克林海岸的样子。约翰尼觉得他们应该坐船去大海上见识一下。于是他决定带他们去卡纳西划船,顺便去深海钓钓鱼。他之前从没钓过鱼,也从没划过船,但他就是想这么做。

约翰尼还想带小蒂莉一起出海。为什么会产生这古怪的念头,原因只有他自己知道。小蒂莉是邻居家的四岁孩子,但他没有接触过。其实,他根本没见过小蒂莉,可因为她哥哥古希的缘故,约翰尼总觉得该做些什么来补偿她。而去卡纳西的想法,将这一切都串联在了一起。

六岁男孩古希是这片社区的传奇人物,但他的事迹不太光彩。他是个顽皮的小恶魔,有着过度发育的下嘴唇。他和其他孩子一样出生,一样被妈妈丰满的胸脯喂养,但除此以外,他跟其他任何孩子——无论是活的还是死的——都毫无相似之处。九个月时,妈妈试图给古希断奶,可古希没法接受。不给他哺乳,他就不吃不喝,拒绝奶瓶、食物和水。他躺在婴儿床里哭哭啼啼。妈妈怕他饿死,只好继续喂奶。他满足地吮吸着,别的食物一概不吃,靠妈妈的奶水养到将近两岁。然后奶水断了,因为妈妈又怀孕了。在之后那漫长的九个月中,古希闷闷不乐地等待着时机。他拒绝任何形式、任何包装的牛奶,喝起了黑咖啡。

小蒂莉出生后,妈妈再次有了充足的奶水。第一次看见宝宝喝奶时,古希便开始歇斯底里。他躺在地板上,尖叫着、撞着脑袋。他绝食了四天,也不上厕所,那憔悴的模样吓坏了妈妈。她心想,只是给他喂次奶,应该不会有什么害处。但她大错特错。古希就像是个很久没碰毒品的瘾君子,一旦吸上,就再戒不掉。

从那以后,古希霸占了妈妈的全部奶水,病恹恹的小蒂莉只好去喝奶瓶。

那时古希三岁，个头比同龄孩子高大。和其他男孩一样，他穿着及膝短裤和笨重的铜头鞋。只要一看到妈妈解开衣服，他就会跑过去。他站着喝奶，胳膊肘撑在妈妈的膝盖上，得意扬扬地交叉着双腿，眼珠子转来转去，打量着房间。站着喝奶没什么了不起的，因为他母亲解开衣服时，那硕大的乳房几乎都垂到膝盖上了。古希喝奶的样子真是吓人，他看起来就像个在酒吧抽烟喝酒的男人：一脚踩着栏杆，嘴里还叼着粗大的白色雪茄。

邻居们发现了古希的异样，低声议论着他的病态。古希的父亲甚至都没法和妻子同床共枕，他说她养了一个怪物。可怜的女人绞尽脑汁，要想办法给古希断奶。她下定决心，这么大的孩子不该再喝奶了。古希快四岁了。她怕换牙时他牙齿会长歪。

一天，她拿出一罐刷炉子用的黑颜料和一把刷子，将自己关在卧室里，把左边的胸脯涂成浓浓的黑色。然后，她用一支口红在乳头附近画了一张带有可怕獠牙的丑陋大嘴。她扣好衣服，走进厨房，在窗边喂奶的摇椅上坐下。古希看到她，便将正在玩的骰子扔到洗衣盆下面，跑过来要喝奶。他交叉着腿，胳膊肘撑在妈妈膝盖上，嗷嗷待哺。

"古希想喝奶吗？"妈妈哄着他问。

"想！"

"好吧，那古希要好好喝奶。"

她突然扯开衣服，将那可怕的胸脯凑到他脸前。古希吓得僵在原地，过了片刻，尖叫着跑开。他躲到床底下，一待就是二十四小时，最后才瑟瑟发抖地从床底出来。他又喝起了黑咖啡，每次看到妈妈的胸脯，都会浑身战栗。就这样，古希断奶了。

妈妈将她的成功经验分享给整个社区。社区兴起了一股断奶的新风尚，叫"古希断奶法"。

约翰尼听了这个故事，轻蔑地将古希抛在脑后。他关心的是小蒂莉。他想，这孩子被骗走了某样非常重要的东西，或许会在挫折的阴影中长大。他认为，带她去卡纳西海岸坐船，或许能消除一些她那反常的哥哥造成的负面影响。他派弗兰西到邻居家询问，是否能让小蒂莉和他们一起出游。那位疲惫不堪的母亲欣然应允。

接下来的那个星期天，约翰尼带着三个孩子出发去卡纳西。当时弗兰西十一岁，尼利十岁，小蒂莉刚满三岁。约翰尼穿了一件无尾礼服，戴上圆顶硬礼帽，以及全新的纸领子和假胸襟。弗兰西和尼利依然穿着平常的衣服。为了庆祝这次特别的出游，小蒂莉的母亲给她穿了一条便宜但花哨的花边裙子，裙子上装饰着深粉色的缎带。

他们乘坐电车出发，上车后坐在前排的位置。约翰尼和电车司机交上了朋友，两人聊起了政治。他们在终点站卡纳西下车，来到一个小码头，码头上有一座简陋的小棚屋。几艘积水的小船被磨损的绳子系在码头上，随着水波一起一伏。棚屋上有块牌子，写着：

"出租渔具和船只。"

下面有一块更大的牌子，写着：

"此处有鲜鱼出售，可带回家。"

约翰尼跟船夫商议价格，聊着聊着就和他交上了朋友。船夫邀请他进小屋喝一杯提提神，还说这玩意他一般只在晚上喝，喝完就睡。

约翰尼进屋后，尼利和弗兰西怎么都想不通：喝完就睡的东西要怎么才能提神呢？小蒂莉穿着花边裙子站在那里，什么话也没说。

约翰尼从棚屋出来时，手里拿着一根钓鱼竿和一个生锈的锡罐，罐子里装满了带泥的蚯蚓。友好的船夫挑了条最好的小船解开绳子，将绳子交到约翰尼手里，祝他好运，说完便回了自己的小屋。

约翰尼把渔具放到船底，帮助孩子们上船。然后他蹲在码头上，手里抓着一截绳子，讲解坐船的事项。

"上船的方式总是有对有错，"约翰尼说（但除了那次短途旅行，他再也没坐过船），"正确的方法是先推船，然后在它漂出海之前跳进去，就像这样。"

他挺直身子，把船推开，一跃而起。结果……掉进了水里。孩子们目瞪口呆地看着他。上一秒，爸爸还站在他们上方的码头上，现在却落入了他们下方的海水中。海水淹到他的颈部，漫过打过蜡的小胡子，圆顶硬礼帽倒是还露在外面，端端正正戴在他的头上。约翰尼和孩子们一样惊讶，他瞪了他们一会儿，然后说：

"你们这些小混蛋，谁都不许笑！"

他爬上船时，差点把船弄翻。孩子们不敢笑出声，弗兰西憋笑憋得很辛苦，肋骨都憋疼了。尼利不敢看他姐姐。他知道只要他们一对视，自己就会爆发出一阵大笑。小蒂莉什么话都没说。约翰尼的纸领子和假胸襟全湿透了，成了一团废纸。他将它们扯下来，扔出船外。他划船出海，虽然划得摇摇晃晃，但显得沉默又庄严。划到某个他认为合适的地方，他便宣布要"抛锚"了。孩子们以为这是个很浪漫的词，但眼前的景象令他们大失所望，原来抛锚不过是将系在绳子上的铁块扔下船而已。

他们惊恐地看着爸爸一脸嫌弃地将沾着泥巴的蚯蚓穿到鱼钩上。钓鱼开始了：先给鱼钩穿鱼饵，然后动作夸张地抛出钓鱼线，等上片刻再拉上来。要是拉上来没有鱼饵也没有鱼，那就把整个过程再重复一遍。

太阳越来越刺眼，天气也越来越热。约翰尼的无尾礼服被晒干了，变成一件硬邦邦、皱巴巴的绿外套。孩子们都快晒伤了。似乎过了好几个小时，爸爸终于宣布该吃饭了。孩子们如释重负，十分高兴。约翰尼缠好钓鱼线，放在一边，拉起锚，朝码头划去。小船似乎在绕圈子，离码头越来越远。又划了几百码后，他们终于靠了岸。约翰尼系好船，让孩子们在船里等着，自己上了岸。他说要请他们好好吃上一顿。

过了一会儿，他拿着热狗、越橘馅饼和草莓汽水，踉踉跄跄地走了回来。他们坐在摇摇晃晃的小船里，小船系在破破烂烂的码头上，下方是那散发着死鱼臭味的、黏腻的绿色海水。他们就在这样的环境里吃着午饭。约翰尼在岸上喝了几杯酒，心里顿时有些愧疚，觉得自己刚才不该对孩子们大吼。他告诉他们，对于他落水的事情，他们想笑可以尽管笑。但不知为何，他们反而笑不出来了。这个笑点已经过了。弗兰西心想，爸爸可真开心。

"这才是生活。"他说，"远离尘嚣。啊，没有什么事比乘船出海更棒了。我们能远离所有的纷纷扰扰。"最后那半句，他说得语焉不详。

吃过丰盛的午餐，约翰尼又带他们出海了。他的圆顶硬礼帽下汗流如注，小胡子胡尖上的蜡也融化了。原本精心打理的胡须变成了上嘴唇的一团乱毛。但约翰尼感觉很好。他一边划船一边高唱：

航行，航行，穿越波涛汹涌的海洋。

他划啊、划啊，却不断地在绕圈子，根本没有驶入大海。最后他手上磨出水泡，不想再划船了。于是他夸张地宣布，他准备要靠岸了。他划啊、划啊，终于圈子越绕越小，逐渐往码头靠拢。他压根没注意到，三个孩子没被太阳晒得通红的地方，全都变成了豆绿色。热狗、越橘馅饼、草莓汽水和鱼钩上蠕动的蚯蚓，对孩子们并没有多大好处。约翰尼要是知道这点就好了。

到达码头后，他一跃而上，孩子们也有样学样。弗兰西和尼利成功跳了上去，只有小蒂莉掉进了水里。约翰尼趴在码头上，伸手将她捞了上来。小蒂莉站在那里，浑身湿透，花边裙子全毁了，可她什么话也没有说。尽管酷暑难耐，但约翰尼还是脱下自己的无尾礼服，跪下身，用礼服外套裹住小女孩，衣袖都拖到了沙地上。然后约翰尼把她抱起来，大步在码头上走来走去，拍着她的后背安抚，唱起了摇篮曲。这天发生的事情，小蒂莉一件也不明白。她不懂自己为什么坐到船上，也不懂自己为什么掉进水里，更不懂这个男人为什么对她如此大惊小怪。但她什么话都没有说。

等约翰尼认为他已经哄好了小蒂莉，便将她放下，自己走进了小棚屋——就是早上他不知道是去提神还是催眠的地方。他在那儿跟渔夫花两毛五买了三条比目鱼，把湿淋淋的鱼包在报纸里，拿出了小棚屋。他告诉孩子们，他答应妈妈，要带些新鲜的鱼回家。

"重点是，"爸爸说，"我把从卡纳西钓到的鱼带回了家。鱼是谁钓上来的，又有什么关系呢？重要的是，我们去钓鱼了，而且也带了鱼回家。"

孩子们知道，他是想误导妈妈，让她觉得鱼是他亲自钓上来的。爸爸并没有让他们撒谎。他只是要求他们别对真相太过苛求。孩子们明白的。

他们乘上一辆电车，电车里有两排面对面的长椅。他们并列坐成一排，模样十分滑稽。约翰尼坐在第一个，身上的绿裤子泡过海水后显得皱巴巴、硬邦邦的，汗衫上全是大洞。他戴着圆顶硬礼帽，小胡子乱糟糟的。接下来是小蒂莉，她整个身子都裹进了约翰尼的礼服外套里。海水从外套上滴落，在地板上汇聚成一摊咸水池。再接着是弗兰西和尼利。他们的脸被晒成了砖红色，直挺挺地坐着，努力不让自己犯晕。

陆续有人上车，坐在他们对面，好奇地盯着他们。约翰尼坐得笔挺，把鱼放在膝盖上，尽量忽视自己露在外面的带洞汗衫。他的视线越过乘客们的头顶,假装在研究清肠巧克力的广告。

上车的人越来越多,电车里拥挤起来,但没有人愿意坐在他们边上。到最后,一条鱼挣脱湿透的报纸,掉到了地板上,黏糊糊地躺在灰尘里。小蒂莉再也受不了了。她的目光对上那呆滞的鱼眼,一言不发,默默呕吐起来,吐遍了约翰尼的礼服外套。弗兰西和尼利仿佛就在等这个信号,也纷纷开始呕吐。约翰尼坐在那里,两条鱼暴露在他膝盖上,一条鱼躺在他的脚边,但他始终盯着广告,不知道还能怎么办。

这可怕的旅行终于结束了。约翰尼把小蒂莉送回家,觉得自己有义务解释一番。但女孩的妈妈完全没给他解释的机会。一见到孩子那脏兮兮、湿淋淋的样子,她就尖叫起来。她一把扯下孩子身上的外套,朝约翰尼脸上扔去,骂他是开膛手杰克①。约翰尼不断试图解释,但她充耳不闻。小蒂莉还是什么话也没有说。最后,约翰尼总算插上了嘴:

"女士,我觉得你家小女孩好像不会讲话。"

一听到这话,那位母亲更加歇斯底里了。"都怪你,都怪你!"她冲约翰尼尖叫。

"你能让她说几句吗?"

那位母亲抓住小女孩,不断摇晃她。"说话!"她叫道,"说几句啊!"终于,小蒂莉张开嘴,开心地笑了。她说:

"谢谢。"

凯蒂将约翰尼臭骂一顿,说他简直不配有孩子。至于他们提到的孩子,此刻正因为严重的晒伤,身上忽冷忽热。凯蒂看到约翰尼唯一一件礼服被毁成这样,几乎要哭出来了。把衣服洗好、烫平,得花一块钱。而且她知道,这绝不可能恢复如初。还有那些鱼,由于已经严重腐烂,只好扔进垃圾桶里。

孩子们上床睡觉了。虽然身上冷热交加,还一阵阵犯恶心,但回想起爸爸站在水里的样子,他们还是把头埋在被子里闷笑不已,笑得连床都在

---

① 开膛手杰克是1888年8月7日到11月9日期间,在英国伦敦东区白教堂一带以残忍手法连续杀害五名妓女的凶手所冠的化名。犯案期间,凶手多次寄信到警察单位挑衅,却始终未落入法网。其大胆的犯案手法,经媒体一再渲染,引起当时英国社会恐慌。至今他依然是欧美文化中最恶名昭彰的杀手之一。——译者注

颤抖。

　　约翰尼在厨房窗边一直坐到深夜，试图弄明白，他怎么会把所有事情都搞得那么糟呢？他唱过许多和船有关的歌，也曾在歌里喊着"嗨哟、嗨哟"的号子朝大海进发。他想不通，为什么现实不像歌里唱的那样呢？孩子们本该带着对大海深沉又持久的热爱，兴高采烈地回来。他自己也该带着一大堆鲜美的鱼满载而归。为什么，哦，为什么现实不像歌里唱的那样呢？为什么他只能带回起了泡的手和被糟蹋的衣服，还有晒伤、烂鱼和反胃的感觉？为什么小蒂莉的母亲不懂他的一片好心，只看事情的结果？他想不通——他真的想不通。

　　那些有关大海的歌曲背叛了他。

第三十章

"今天,我是个女人了。"弗兰西十三岁那年夏天,她在日记本上这么写道。她看着这句话,心不在焉地挠着光腿上的蚊子包。她低头看向自己又长又细,但尚未完全发育的腿,把那句话画掉,重新写道:"很快,我就是个女人了。"她低头看了看自己那平得像搓衣板的胸部,从本子上撕掉那页,在新的一页上开始重写。

"狭隘,"她用铅笔重重写道,"会引发各种战争、种族迫害、苦难,以及私刑,会让人残害小孩、残害彼此。这世上大多数邪恶、暴力、恐怖和心碎,都是狭隘造成的。"

她大声念出这些话。它们听起来很乏味,就像是被煮得失去新鲜口感的罐头食品。她合上日记本,收了起来。

那年夏天的那个周六,是应该被记录在她日记本中的重大日子,是她一生中最快乐的时光之一。这是她第一次看见自己的名字被印成铅字。每学年结束时,学校会出一本校刊,刊登各年级最好的作文。弗兰西的作文名叫《冬日》,被选为七年级的最佳作品。校刊定价一毛钱,弗兰西必须得等到周六才能去买。但学校在周五就放暑假关门了,弗兰西担心自己买不到校刊。不过詹森先生说,他周六还上班。只要弗兰西带一毛钱去,他就给她一本。

那天下午,她早早就站在门口,把校刊翻到有她文章的那一页,希望能有人过来,好让她展示自己的作品。

她午饭时把校刊拿给妈妈,但妈妈得回去工作,没有时间去读。午饭时,弗兰西至少提了五次,她的文章发表了。最后,妈妈说:

"好啦,好啦,我知道了。我早就料到啦。以后你还会发表更多的故事,到时候就习惯了。现在可别被它冲昏了头脑,还有碗要洗呢。"

爸爸去工会总部了。他要到周日才能看到这篇文章，但弗兰西知道他肯定会很高兴。就这样，她站在大街上，将那本象征自己荣誉的刊物夹在胳膊下面，一刻都舍不得离手。她时不时地瞥一眼那被印成铅字的名字，心情始终处于亢奋状态。

她看见一个叫乔安娜的姑娘走出了家门，她家和弗兰西家只隔了几个门牌号码。乔安娜推着婴儿车，带孩子出来透透气。几个出来逛街购物的家庭主妇停在人行道上闲聊，见到乔安娜，都倒抽一口气。你瞧，乔安娜没有结婚，这下她可麻烦了。她的孩子是私生子——社区里管私生子叫"杂种"——这些良家妇女觉得，乔安娜没有权利表现得那么自豪，没有权利光天化日带个私生子出门。她们觉得，她应该躲在某个黑暗的角落才对。

弗兰西对乔安娜和那个孩子很好奇。她听爸爸妈妈说起过他们。婴儿车从她身边经过时，她盯着那个孩子看：漂漂亮亮的小家伙正高高兴兴地坐在小车里。或许，乔安娜是个坏女人，但她在照顾孩子方面肯定比那些良家妇女强，她的孩子看起来更甜美、更得体。孩子戴了一顶漂亮的褶边帽子，穿着干净的白裙子，还围了围兜。婴儿车的车罩一尘不染，带有手工刺绣，透出一股浓浓的母爱。

乔安娜在一家工厂上班，她上班时就由她母亲照顾孩子。她母亲很羞愧，没脸把孩子带出门。所以这孩子只能等到周末乔安娜休息时，才能外出透透气。

没错，弗兰西确定，这孩子很漂亮，长得很像乔安娜。弗兰西记得，在爸爸妈妈谈论乔安娜时，爸爸是这么形容她的：

"她的肌肤就像木兰花的花瓣。"（约翰尼从来没见过木兰花。）"她的头发黑得像渡鸦的翅膀。"（他从来没见过渡鸦这种鸟。）"她的眼睛深邃、幽黑，像森林里的水池。"（他从来没去过森林，他知道的唯一一种"池"是赌池，每人往里面扔一毛钱，猜道奇队的比分，谁猜对钱就都归谁。）不过，他对乔安娜的描述很精准，她的确是个漂亮姑娘。

"或许吧，"凯蒂回答，"但长得漂亮又有什么好处呢？对那姑娘来说，美貌是一种诅咒。我听说，她母亲也一样，从没结过婚，却有两个孩子。

现在，她母亲的儿子在新新监狱①里，女儿又生了个私生子。肯定是整个家族的传承有问题，上梁不正下梁歪。你没必要为她难过。当然，"她用一种事不关己的语气补充道（她有时候会表现出惊人的冷漠），"这跟我毫无干系。随便怎样，我都不需要做任何事。既不需要因为她做错事而跑出去啐她一口，也不需要因为她做错事而把她带回家收养。无论她结没结婚，生孩子时所承受的痛苦都是一样的。如果她本性不坏，就会从那痛苦和羞愧中吸取教训，不再犯同样的错误。如果她天性恶劣，不管人们怎么对她，她都不会受到影响。所以，如果我是你，约翰尼，我才不会为她那么难过。"她突然转向弗兰西说："你要吸取乔安娜的教训。"

这个周六下午，弗兰西看着乔安娜在街上来回走动，心想：自己要从她身上吸取什么教训呢？乔安娜看起来很为自己的孩子骄傲。教训是指这个吗？乔安娜只有十七岁，她为人友善，也希望能被所有人友善对待。她朝那些表情严肃的良家妇女微笑，但她们的回应却是朝她皱起眉头，让她没法再维持笑容。她朝在街上玩的小孩子们微笑，有些孩子也会回她一个微笑。她朝弗兰西微笑。弗兰西很想回应，但最后没有理睬。教训是不是说，她不能对像乔安娜这样的姑娘表达友善？

那些良家妇女怀里抱满了一袋袋蔬菜和牛皮纸包着的肉。那天下午，她们似乎无所事事。她们三三两两地聚在一起，对彼此窃窃私语。乔安娜经过时，她们便安静下来。等她走开后，她们又开始议论纷纷。

乔安娜每路过一回，脸颊就更红润，头也昂得更高。裙摆在她身后扬起，显得更加趾高气扬。她似乎走着走着，变得更加美丽、更加骄傲起来。她时不时地停下来，替孩子掖掖被子，其实她根本不必做得如此频繁。她轻轻抚摸宝宝的脸颊，温柔地对着孩子微笑。这一幕把女人们气疯了。她怎么敢啊！她们心想：她怎么敢如此理所当然，她哪有这么做的权利？

许多良家妇女也有孩子，那些孩子是在打骂之中长大的。她们中许多人都痛恨每晚躺在自己身边的丈夫。男欢女爱对她们来说已经不再愉悦，

---

① 新新监狱，美国纽约州的一座监狱，"新新"这一名称来源于当地的一个美洲原住民部落的名称"Sinck Sinck"，意即"在石头上的石头"。——译者注

她们僵着身体,一边忍受,一边祈祷别再怀上孩子。这种苦涩的顺从令男人变得丑陋又粗暴。对她们大多数人而言,这事已经成为一种对彼此的折磨,越早结束,越快解脱。她们怨恨这个姑娘,是因为她们觉得,她和那孩子的父亲之间,并不是这么一回事。

乔安娜意识到了她们的怨恨,但她毫不退缩。她不会因此妥协,不会把孩子带回屋去。双方僵持不下,总有人要退让。那些女人首先绷不住了,她们已经忍无可忍,必须采取行动。乔安娜再次路过时,一个骨瘦如柴的女人大喊:

"你就不觉得害臊吗?"

"害什么臊?"乔安娜问。

这话激怒了那个女人。"她居然问,害什么臊?"她对其他女人说,"我来告诉你害什么臊。你不要脸,你无耻!你没有权利在大街上,在那些清清白白的孩子面前,去炫耀你那个小杂种!"

"我想,这是个自由的国家。"乔安娜说。

"自由不是给你这种人的。滚出这条街,滚出这条街!"

"赶走我试试啊!"

"滚出这条街,你这个婊子!"那个瘦女人命令道。

姑娘的声音在颤抖,她回答:"你说话注意点。"

"没必要,对站街的妓女说话,有什么好讲究的?"另一个女人插嘴。

有个男人路过,停下来看了一会儿。他碰碰乔安娜的胳膊,说:"嘿,妹子,你为什么不回家去,让那些母老虎冷静冷静呢?你斗不过她们的。"

乔安娜甩开他的手:"别多管闲事!"

"我只是好心,对不住,妹子。"他继续往前走。

"你怎么不跟他走呀?"瘦女人嘲讽道,"他也许愿意赏你两毛五呢。"其他人哈哈大笑。

"你们都是嫉妒。"乔安娜镇定地说。

"她说我们嫉妒。"对方说,"嫉妒什么,嫉妒你?"(她管那姑娘叫"你",仿佛"你"就是她的名字似的。)

"嫉妒男人喜欢我。就是这样。幸好你已经结婚了。"她告诉那个瘦女人,"否则你永远找不到男人。我打赌,完事后,你丈夫肯定会啐你一口。我打赌他就是那么做的。"

"婊子！你这个臭婊子！"瘦女人歇斯底里地尖叫起来。然后，按照自古以来的强烈本能，她从排水沟里捡起一块石头，朝乔安娜扔去。

这对其他女人是个信号，她们也纷纷扔起了石头。有个女人比其他人更滑稽，她扔了一团马粪。几块石头砸中了乔安娜，但有一块尖锐的石头没有砸到她，却击中了孩子的额头。一条细细的血流瞬间从孩子脸上淌下，在干净的围兜上留下斑斑血迹。孩子呜呜哭着，伸手要妈妈抱。

几个女人本来准备继续扔石头，见状默默将石头放回了排水沟里。这场争吵戛然而止，女人们突然间觉得有些羞愧。她们没想要伤害孩子，只是想把乔安娜从大街上赶走。她们默默散开，各回各家。一些站着看热闹的孩子也继续玩耍去了。

此刻，乔安娜在哭泣。她从婴儿车里抱起孩子。孩子还在呜呜地小声哭着，仿佛没有大声哭出来的权利。乔安娜将自己的脸颊贴上孩子的脸，她的眼泪和那些血水混合在一起。那些女人赢了。乔安娜带着自己的孩子进了屋，没有去管那辆婴儿车。婴儿车就这么停在人行道的中央。

弗兰西见证了这一切，她全都看在眼里，也听到了每一句话。她记得乔安娜是怎样对自己微笑，而自己又是怎样别过头，没有回应她。她当时为什么不笑着回应她？她当时为什么不笑着回应她？现在她良心不安——余生之中，每次想起自己当时没有微笑着回应乔安娜，她都会良心不安。

一些小男孩开始绕着空婴儿车玩捉人游戏，在追逐过程中，他们紧紧抓着婴儿车边沿，将车拖出很远。弗兰西赶走他们，将车推回乔安娜家门口，把车刹住。这里有条不成文的规定：放在物主家门口的东西是不能碰的。

她仍然拿着那本印有她作文的校刊。她站在刹住了的婴儿车边上，再次看向自己的名字："《冬日》，作者：弗朗西斯·诺兰。"她想做些什么去弥补自己的过失，去补偿没有得到她微笑回应的乔安娜。她想到了她的作文，她对那篇文章非常自豪，迫切想展示给爸爸、艾薇姨妈和茜茜姨妈看。她想永远保存这本校刊，时不时看一眼，享受那种温暖又美好的感觉。要是把它送出去，她绝不可能再买到另外一本。但她还是将校刊翻到印着她作文的那一页，塞到孩子的枕头下面。

看着雪白枕头上那几滴小小的血迹，她仿佛又见到了当时的场景：孩子脸上淌着细细的血流，伸出小手等妈妈来抱。弗兰西觉得一阵痛苦席卷全身，痛苦过后，她感到虚弱无力。接着又一阵痛苦袭来、蔓延、消退。她走到自家的地下室，躲进最黑暗的角落，坐到一堆粗麻袋上，在一阵阵痛苦的侵袭中等待着。每当旧的痛苦消退，新的痛苦汇聚，她都会瑟瑟发抖。她紧张地坐在那里，等待痛苦停止。如果不停止，她会死的——她肯定会死的。

过了一会儿，痛苦逐渐减弱，间隔的时间也越来越长。弗兰西开始思考。现在，她的确从乔安娜那里学到了教训，但并不是妈妈想让她学的那种教训。

弗兰西记得乔安娜。她晚上从图书馆回家时，经常会路过乔安娜家，见过她和那个小伙子亲密无间地站在狭窄的门厅。她见过那小伙子温柔地抚摸乔安娜的秀发，见过乔安娜伸手触碰对方的脸颊。街灯之下，乔安娜的脸显得宁静又美好。然而，那样一个开端，带来的竟然是羞耻和私生子。为什么？为什么？那个开端柔情似水，两人看起来无比登对，后来为什么会变成这样？

她认识其中一个扔石头的女人，那女人结婚才三个月就生了孩子。当时弗兰西和其他孩子一起，站在马路牙子上，看着一大群人出发去教堂。新娘踏上租来的马车时，弗兰西看到：那洁白无瑕的婚纱下面，是高高隆起的孕肚。她看到新娘的父亲紧紧抓着新郎的胳膊。新郎眼圈乌青，神情哀戚。

乔安娜没有父亲，也没有男性亲属。没有人能替她拽紧那小伙子的胳膊，拖他去祭坛成婚。这就是乔安娜的罪过，弗兰西心想。她其实并不坏，只是不够聪明，没能把小伙子带进教堂。

弗兰西并不知道完整的故事。其实，那小伙子很爱乔安娜，也愿意在给她惹了所谓的"麻烦"之后娶她。但这小伙子的家人——母亲和三个姐妹——都表示反对。他告诉她们，他想跟乔安娜结婚，但她们说服他打消了这个念头。

别犯傻，她们告诉他，她有什么好的？她全家都一无是处。而且，你怎么知道孩子是你的？她能和你在一起，就能和其他人在一起。哦，女人很狡猾，这个我们懂，我们也是女人。你这个人善良、心肠软，信了她的话，以为你就是孩子的父亲。她在撒谎。别被骗了，我的儿子！别被骗了，我们的兄弟！如果你一定要娶，就娶一个好姑娘，娶一个不会在神父说出证词前就和你上床的女人。如果你和那姑娘结婚，我就不认你这个儿子了。我们也不认你这个兄弟了。你永远都不知道那孩子到底是不是你的，工作时也没法安下心来。你会想：在你早上出门后，到底是谁溜上了你的床，躺在她身边？哦，没错，儿子啊，兄弟啊，这就是女人干的事。我们懂，我们是女人，我们懂女人干的事。

小伙子被说服了。他家的女人们给了他一些钱，他去新泽西租了房、找了新的工作。她们不会告诉乔安娜他去了哪里。他再也没见过她。就这样，乔安娜没有结婚，却生下了孩子。

在那阵阵痛苦几乎快过去的时候，弗兰西才惊恐地意识到，自己不太对劲。她按着胸口，试图感受皮肉之下是否有尖锐的锯齿。她听爸爸唱过太多有关"心"的歌曲：心在破碎、心在疼痛、心在跳动、心背负着重担、心欢呼雀跃、心沉浸在悲伤中、心辗转反侧、心停滞不动。她真的相信，心确实能做到这些事情。她惊恐地想，自己体内的那颗心，已经因为乔安娜的孩子而破碎了吧。现在鲜血正从心里往外流，流出她的身体。

她上楼去公寓照镜子。她眼睛下面有黑眼圈，头也疼得厉害。她躺在厨房里一张冷冰冰的旧皮革沙发上，等待妈妈回家。

她把地下室里发生的事告诉了妈妈，对乔安娜只字未提。凯蒂叹了口气说："这么快？你才十三岁。我以为还要再过一年呢。我当时是十五岁来的。"

"那么……那么……这不要紧吧？"

"这是很正常的事情，所有女人都会遇到。"

"我还不是女人。"

"这说明你正在从女孩变成女人。"

"你觉得它会走吗？"

"过几天就走了。但它下个月还会再来。"

"多久以后才会停？"

"很久以后，一直到你四十岁，甚至五十岁。"她沉默了一会儿，"我母亲生我的时候，已经五十岁了。"

"噢，这和生孩子有关。"

"没错，记住，你要一直做个好女孩，因为你现在可以生孩子了。"乔安娜和她的孩子浮现在弗兰西脑中。"你不可以让男孩子吻你。"妈妈说。

"吻了就会有孩子吗?"

"不会,但能让你生孩子的事情,通常从一个亲吻开始。"她补充道,"记住乔安娜的教训。"

此刻,凯蒂并不知道大街上发生的事情。她只是突然想到了乔安娜。但弗兰西以为妈妈洞察力过人,看向她的眼神里新添了一种崇敬。

记住乔安娜,记住乔安娜。弗兰西绝对不会忘记她。从那时起,想到那些扔石头的女人,弗兰西就厌恶女人。她害怕她们阴险的手段,也不信任她们的本性。她开始厌恶她们对彼此的背叛和残酷。在所有扔石头的人里,没有一个敢站出来替那姑娘说句话,因为她们害怕被认作乔安娜的同党。那个路过的男人,是唯一一个话里带着善意的人。

大多数女人都有一个共同点:她们生孩子时都承受过巨大的痛苦。这本该成为联系她们的纽带,让她们互相关爱、互相保护,共同对抗这个男人主宰的世界。但事实并非如此。看样子,生孩子的剧痛令她们变得心胸狭隘,灵魂渺小。她们聚在一起只为一件事,那就是践踏别的女人……无论是朝她扔石头,还是刻薄地议论她……她们似乎只效忠于恶毒。

但男人不一样。男人或许憎恨彼此,可他们会团结起来对抗世界,对抗任何一个坑害过他们的女人。

弗兰西打开那本被她当作日记本用的记事簿,在那段有关狭隘的话之下空了一行,写道:

"有生之年,我绝不会和女人交朋友,绝不会再相信任何女人。或许除了妈妈,有时候,也可以除了艾薇姨妈和茜茜姨妈。"

第三十一章

在弗兰西十三岁那年,发生了两件非常重要的事情:战争在欧洲爆发,一匹马爱上了艾薇姨妈。

艾薇的丈夫和他那匹名叫"鼓手"的马做了八年死敌。他对马很坏,拳打脚踢,恶语相向,拉马嚼子的力道也太狠。马对威利·弗里特曼姨夫也很坏。这马认识路,到了送货点会自己停下。按照以往的习惯,马会等弗里特曼上了马车再开始走。但最近,弗里特曼一下车送奶,马就开始小跑,弗里特曼常常要跑上半个街区才能追上它。

中午,弗里特曼送完货,就会回家吃午饭,然后把马和马车带回马厩。他本该在那里清洗马匹和马车。但鼓手有个阴招,经常在弗里特曼替它洗肚子下面的时候,往他身上撒尿。马厩的其他人会站在边上等待这一幕,尽情取笑一番。弗里特曼受不了这事,所以他养成习惯,不在马厩洗马,而是到自家门口洗马。这在夏天没什么关系,但在冬天,对马来说,就有些难熬了。通常,在极其寒冷的天气里,艾薇会跑下楼对威利说,这么冷的天用冷水给鼓手洗澡,实在是太刻薄了。马似乎知道艾薇是帮着它的。在她同丈夫争吵时,鼓手会可怜巴巴地嘶鸣着,把脑袋靠到她肩膀上。

在一个寒冷的日子,鼓手决定亲自动手解决问题——或者用艾薇姨妈的话说,是亲自动"脚"。艾薇姨妈给诺兰家讲故事时,弗兰西听得很入迷。没有人会把故事讲得像艾薇姨妈那样动听。她边讲边演,每个角色都演了一遍,甚至连马也包括在内,十分好玩。她还会推测每个人当时内心在偷偷想些什么,并把这些心理活动也加进表演当中。根据艾薇的描述,事情是这样的:

楼下大街上,威利用冷水和硬邦邦的黄肥皂给瑟瑟发抖的马洗澡。艾薇在窗边看着。他弯腰去洗马肚子的时候,马绷紧了身子。弗里特曼以为鼓手又要往他身上撒尿了，这个没出息的小人不堪骚扰，已经忍无可忍。他往后一退，朝马肚子揍了一拳。马抬起一条腿，果断地踢中了他的脑袋。弗里特曼滚到马的身下，晕了过去。

艾薇跑下楼。那匹马看到她，发出了高兴的嘶鸣，但她没有理会。马回过头，看到艾薇将弗里特曼从它身下拖出去，便走了几步。或许，它是想帮助艾薇，把马车从昏迷的人身边拉开。又或许，它是想干脆坏事做到底，拉着马车从弗里特曼身上碾过去。艾薇大喊："吁，停下，小子！"鼓手及时停下了脚步。

一个小男孩跑去找警察，警察叫来了救护车。救护车上的医生无法确定弗里特曼是骨折还是脑震荡，便将他送去了绿点医院。

现在得有人把那匹马，还有装满空牛奶瓶的马车带回马厩里去。虽然艾薇之前从没驾过马车，但这不代表她不可以。她穿上丈夫的旧外套，用披巾裹住头，爬到座位上，拿起缰绳喊道："回家了，鼓手！"马转过头，深情地看了她一眼，欢快地小跑起来。

幸好马认识路，因为艾薇完全不知道马厩在哪里。这匹马很聪明，会在每个十字路口停下来。等艾薇环顾四周，确认没有人后，她会说："驾，驾，走吧，小子。"如果有别的车过来，她会说："等一下，小子。"就这样，他们安全抵达了马厩，马骄傲地跑回自己平时的位置。其他马夫正在清洗马车，看到来了一位女车夫，都很吃惊。艾薇的到来引发了一阵骚动。马厩老板听到动静后跑了出来。艾薇把发生的事情告诉他。

"我早料到会出这种事。"老板说，"弗里特曼一直都不喜欢那匹马，那匹马也不喜欢他。哎，看来我们得再找个人了。"

艾薇害怕丈夫丢掉工作，便问老板，丈夫住院期间，能不能让她代替丈夫去跑送牛奶的路线。她争辩道，反正送的时候天还没亮，没人知道换了马夫。老板看着她大笑。她告诉他，他们非常需要每周二十二块五的工资。她苦苦哀求，那模样娇小美丽，又勇敢坚定，老板最终还是答应了。他将客户名单给她，说小伙子们会替她把货装上车。他还说，马认识路，所以这活不会太难。其中一位马车夫建议，让她带上马厩的狗一起，免得小偷来偷牛奶。老板同意了这个请求。他让她凌晨两点来马厩报到。就这样，艾薇成了那条路线上的第一个女送奶工。

她干得很不错。马厩的同事们都很喜欢她，说她比弗里特曼能干。尽管艾薇很现实,但她温柔又有女人味,男人们都喜欢听她低声地喋喋不休。马也很高兴,尽其所能地配合着艾薇。它会在每幢需要送牛奶的房子面前主动停下,而且会等她安稳地坐好后,才开始奔跑。

和弗里特曼一样,吃午饭时她会把马带回家。由于天气太冷,她从自己床上拿了一条旧被子,盖在马身上,以免它在等候的时间里冻感冒了。她会将马吃的燕麦拿上楼,用烤箱加热几分钟,然后再喂给它吃。她觉得冷冰冰的燕麦恐怕不好吃。马很喜欢加热过的燕麦。在它吃完后,艾薇还会请它吃半个苹果,或者一块糖。

艾薇觉得天太冷了,不能在大街上给马洗澡,于是便将马带回马厩清洗。她觉得那黄肥皂太粗糙了,所以带了一块甜心牌肥皂,还拿了一块大大的旧浴巾替马擦干身子。马厩的男人想替艾薇洗刷马匹和马车,但她坚持亲自给马洗澡。两个男人抢着给她洗马车,为此还打了一架。艾薇说他们可以一人洗一天,轮流来。就这样解决了这个问题。

她用老板办公室里的煤气炉给鼓手加热洗澡水,完全没想过用冷水给它洗澡。她用温热的水和香甜的肥皂清洗着马,最后再拿浴巾一点一点替它仔细擦干。她替马洗澡的时候,马从来没做出过无礼的行为。洗澡时,马会快乐地打着响鼻,开心地发出嘶鸣。艾薇替它擦身体时,它高兴得浑身发抖。等艾薇擦到马的胸口,马会把自己大大的脑袋枕在她小小的肩膀上。毫无疑问,这匹马已经疯狂爱上了艾薇。

弗里特曼康复后,重新回到工作岗位,但马拒绝跟着他驾驶的马车离开马厩。他们只好给弗里特曼换了一条路线、换了一匹马。可是,鼓手也不愿接受其他任何马夫。老板在差点要把它卖掉的时候,突然想起马夫里有个说话口齿不清的娘娘腔,便把他安排给了弗里特曼的马车。鼓手看起来很满意,跟着这位颇具女性气质的马夫出去了。

于是,鼓手又开始做日常工作。但每到中午,它都会来到艾薇住的那条街,站在她家门口。它会一直等到艾薇下楼,给它吃点苹果或者糖块,摸摸它的鼻子,叫它"好小子",这样它才肯回到马厩去。

"这马真有意思。"听完整个故事,弗兰西说。

"它或许很有意思,"艾薇姨妈说,"但它肯定知道自己想要什么。"

第三十二章

弗兰西从十三岁生日那天开始写日记,第一篇内容如下:

12月15日。今天,我进入了青春期。接下来的一年会发生什么呢?我很好奇。

纵览日记,接下来的一年平平无奇,越到后面,记录就越少。弗兰西之所以开始写日记,是因为小说中的女主角都会写日记,而且字里行间充满伤春悲秋的感慨。弗兰西以为她的日记也会这样,但除了一些有关演员哈罗德·克拉伦斯的浪漫情思,其他日记都很乏味。到了年底,她迅速翻了几页,随意读了几篇:

1月8日。玛丽·罗姆利外婆有个漂亮的雕花盒子,是一百多年前她的曾祖父在奥地利做的。盒子里有一条黑裙子、一条白衬裙,还有鞋子和长袜。这些都是她的寿衣,因为她不想缠着裹尸布下葬。威利·弗里特曼姨夫说,他希望自己死后火化,骨灰从自由女神像上撒下去。他认为自己下辈子会是一只鸟,所以他想创造一个良好的开端。艾薇姨妈说,他已经是只鸟了,呆鸟。我哈哈大笑,被妈妈责备了。火葬比土葬好吗?我不确定。

1月10日。今天爸爸病了。

3月21日。尼利从麦卡伦公园偷了银柳送给格雷琴·哈恩。妈妈说,他不该这么小就开始想女孩子。她说,以后有的是时间。

4月2日。爸爸三个星期没工作了。他的手不太对劲,抖得很厉害,什么都拿不住。

4月20日。茜茜姨妈说她要生孩子了。我不相信,因为她肚子很平。我听到她对妈妈说，孩子在靠近后背的位置。我不确定。

5月8日。今天爸爸病了。

5月9日。今晚爸爸出去工作，但不久就回来了。他说大家不需要他。

5月10日。爸爸病了。他白天做了噩梦，大喊大叫。我只好去找茜茜姨妈。

5月12日。爸爸已经一个多月没工作了。尼利想办工作证件，想辍学。妈妈不同意。

5月15日。今晚爸爸去工作了。他说从现在开始，他要负起责任。因为尼利想办工作证件的事，爸爸责骂了他一通。

5月17日。爸爸病着回家。一些孩子在街上跟着他，取笑他。我讨厌小孩子。

5月20日。尼利现在有份送报纸的工作。他不让我帮忙卖报纸。

5月28日。卡尼今天没有捏我的脸颊。他捏了其他地方。我想我已经太大，不适合再卖废品了。

5月30日。佳恩达小姐说，他们打算在校刊上发表我的作文《冬日》。

6月2日。今天爸爸病着回家。尼利和我得帮妈妈一起将他扶上楼。爸爸哭了。

6月4日。今天我作文得了A。我们要写"我的理想"。我只错了一个地方。我写的是"剧本作家"，但佳恩达小姐说，正确的词应该是"剧作家"。

6月7日。今天有两个男人把爸爸送回家，他病了。妈妈不在家。我扶爸爸上床休息，并给他喝了黑咖啡。妈妈回家后，说我做得对。

6月12日。今天廷莫尔小姐教了我舒伯特的《小夜曲》。妈妈比我学得快，她已经弹到了歌剧《唐怀瑟》里的曲子：《夜之星》。尼利说他比我们两个学得都快，他不看谱子就能弹奏《亚历山大的拉格泰姆乐队》。

6月20日。去看演出了。看的是《黄金西部女郎》①。这是我看

---

① 《黄金西部女郎》(*The Girl of the Golden West*)，作者大卫·贝拉斯库（David Belasco，1853—1931），美国著名剧作家和制作人，是现实主义戏剧发展的革新人物，主张在舞台上营造逼真的幻觉。——译者注

过的最棒的演出！哦，那血从天花板上滴下来的样子！

6月21日。爸爸两个晚上没回家，我们不知道他去了哪里。他回来时病了。

6月22日。今天妈妈翻开我的床垫，发现了我的日记本，把它读了一遍。我写的每一个"醉"字，她都让我画掉，改成"病"字。幸好我没写什么妈妈的坏话。要是我有孩子，我肯定不会读他们的日记，因为我相信，哪怕是孩子，也有一定的隐私权。如果妈妈再次找出这个本子来读，我希望她能明白我的暗示。

6月23日。尼利说他交了一个女朋友。妈妈说他还太小。我不确定。

6月25日。今晚，威利姨夫、艾薇姨妈、茜茜姨妈和她的约翰上我家来。威利姨夫喝了许多啤酒，哭了。他说他新分到的马"贝西"更坏，做的事比朝他身上撒尿更糟糕。我哈哈大笑，被妈妈骂了一通。

6月27日。今天我们读完了《圣经》。现在我们得从头开始读。我们已经读了四遍莎士比亚了。

7月1日。狭隘……

弗兰西把手盖在这一篇上，遮住那些文字。一时间，她以为那一波波的疼痛会再度袭来。但那种感觉转瞬即逝。她翻过这页，去读其他日记。

7月4日。今天是麦克沙恩警长把爸爸送回家的。我们一开始以为爸爸被捕了，但其实他是病了。麦克沙恩先生给了我和尼利各两毛五。妈妈让我们还回去。

7月5日。爸爸依然病着。他还会再去工作吗？我不确定。

7月6日。今天我们开始玩北极救援的游戏。

7月7日。在北极。

7月8日。在北极。

7月9日。在北极。期待中的救援并没有来。

7月10日。今天我们打开了锡储蓄罐。里面有八块两毛钱。我的金色硬币变成了黑色。

7月20日。锡储蓄罐里的所有钱都没了。妈妈给麦克加里蒂太太洗了些衣服，我帮忙熨烫，但把麦克加里蒂太太的衬裤烫出一个洞。妈妈再也不让我熨衣服了。

7月23日。我在亨德勒餐厅找了份暑期工，在午餐和晚餐的生意高峰时帮他们洗碗。我从一个桶里拿黏黏的软肥皂块洗碗。周一，一个男人来收集了三桶油渣；周三，他带回一桶软肥皂——可见这世界上所有东西都是有用的。我一周的工钱是两块钱，包饭。工作并不辛苦，但我不喜欢那种软肥皂。

7月24日。妈妈说，不知不觉，我就会成为一个女人了。我不确定。

7月28日。弗洛茜·加迪斯和弗兰克打算等他一加薪就结婚。弗兰克说，威尔逊总统①要是继续这么执政，我们很快就会陷入战争。他说他结婚是因为想要妻子和孩子，这样战争开始后，他就不必参军入伍。弗洛茜说不是这样，他们结婚是因为真心相爱。我不确定。我记得，几年前弗兰克洗马时，弗洛茜常常追着他献殷勤。

7月29日。今天爸爸没有病。他打算去找工作。他说妈妈不能再给麦克加里蒂太太洗衣服了，我也必须停止打工。他说我们会有很多钱，到时候全家一起去乡下住。我不确定。

8月10日。茜茜姨妈说她很快就要生孩子了。我不确定。她肚子平得就像一张煎饼。

8月17日。现在爸爸已经持续工作了三周。最近我们的晚餐很丰盛。

8月18日。爸爸病了。

8月19日。爸爸病了，因为他丢了工作。亨德勒先生不想让我重新回餐厅打工。他说我不可靠。

9月1日。晚上艾薇姨妈和威利姨夫过来了。威利姨夫唱了《弗兰基与约翰尼》，还加了几句脏话进去。艾薇姨妈站在椅子上，一拳揍上他的鼻子。我大笑起来，被妈妈骂了。

9月10日。我开始了最后一个学年。佳恩达小姐说，如果我的作

---

① 第28任美国总统伍德罗·威尔逊（Woodrow Wilson，1856—1924），具有博士学位，曾在大学任教。——译者注

文能一直得A，她或许会让我为毕业演出写剧本。我构想的场景非常美丽：一个女孩穿着洁白的裙子，长发披散在背后，她将饰演"命运"。其他女孩将走上舞台，诉说她们想要从生活中获取什么。而"命运"将告诉她们，她们会得到什么。最后，一个穿蓝裙子的女孩会张开双臂问："那么，活着值得吗？"大家异口同声回答："值得！"只不过，台词全得押韵。我把这个设想告诉爸爸，但他病得太厉害，听不懂我的话。可怜的爸爸。

9月18日。我问妈妈，我能不能把头发剪得像舞蹈演员卡斯特①那样短？她说不行，头发是女人最美丽的东西。妈妈是觉得我很快就会长大变成女人，所以才不让我剪头发吗？我也希望快点长大，因为我希望能自己做主，想剪头发就剪头发。

9月24日。今天晚上我洗澡的时候，发现自己在变成女人。差不多是时候了。

10月25日。等这本日记本写满的时候，我肯定很高兴。因为我已经写腻了。根本没什么大事发生。

弗兰西翻到最后一篇。只剩下一张空白页了。好吧，她越快把这页写满，就越早结束记日记这件事，她就再也不必为它费心思了。她沾湿笔尖。

11月2日。性是每个人生活中不可避免的事情。人们写文章反对它。牧师宣讲时批判它。大家甚至还制定了法律禁止它。但这事仍在不断发生。学校里的所有女孩，聊天时都只有一个话题：性和男孩。她们对性非常好奇。我对性也好奇吗？

她仔细打量最后一句话，右边眉毛内侧的皱纹越来越深。她画掉这句话，重新写道："我对性很好奇。"

---

① 20世纪初著名舞蹈演员艾琳·卡斯特（Irene Castle，1893—1969）。20世纪初，女性将头发剪短是一件很有争议的事情，传统观念认为长发是女性美的象征，剪短发是伤风败俗的丑闻。1915年，艾琳·卡斯特首次以短发公开亮相，女士们争相模仿，引领了"卡斯特"式波波头的时尚风潮，也成为妇女解放的一个象征。——译者注

第三十三章

没错,威廉斯堡这些青春期的孩子对性非常好奇,经常谈论这个话题。在年纪比较小的孩子中间,有些人直接裸露(你给我看,我给你看),有些人遮遮掩掩,假装玩"过家家"或者"看医生"的游戏。还有些人肆无忌惮,会干一些"下流把戏"。

在这个社区里,性是一大禁忌。孩子们问起时,父母不知道该如何回答,因为他们找不到合适的用词。每对已婚夫妇都有自己的私房话,那是夜深人静之时,两个人在床榻间的低声耳语。但很少有母亲敢把这些话拿出来,放到光天化日之下,讲给孩子们听。这些孩子长大后,也会发明自己的私房话,而且同样没法讲给自己的孩子听。

凯蒂·诺兰无论是从精神上还是身体上,都是个强大的女人。她能够娴熟地应对一切问题。她虽然不会主动谈及性的话题,但每当弗兰西提问时,她总会尽其所能地去解答。弗兰西和尼利小时候,曾经商量好要问妈妈一些问题。有一天,他们站到了妈妈跟前,由弗兰西做代表,问道:

"妈妈,我们是从哪里来的?"

"从上帝那儿,是他把你们赐给我的。"

这是天主教孩子们愿意接受的答案,但接下来的问题就比较棘手了。"上帝是怎么把我们赐给你的?"

"这我没法解释,因为得用到许多很难的词,你们听不懂。"

"说说看嘛,把那些难词说出来,看看我们是不是能听懂。"

"要是你们能听懂,我就不必告诉你们了。"

"就用某些字说一说嘛,跟我们讲讲小宝宝是怎么来的。"

"不行,你们还太小。要是我告诉了你们,你们就会到处讲,把你们知道的都讲给其他孩子听。到时候他们的妈妈就会上我们家来,骂我下流,我们会吵起来。"

"好吧,那跟我们说说女孩和男孩有什么区别吧。"

妈妈思考了一会儿:"主要区别在于,上厕所的时候,小女孩是蹲着的,小男孩是站着的。"

"但是妈妈,"弗兰西说,"要是我在黑漆漆的厕所里很害怕,我就会站着。"

"我也是,"小尼利坦白道,"我也会蹲下来,在……"

妈妈打断他:"行了,每个女人身上都带点男性特质,每个男人身上也都带点女性特质。"

谈话就此终结,因为对于孩子来说,这个问题太令人费解,所以他们决定不再深究。

就像弗兰西在日记里写的那样,她开始从女孩变成女人。这时候,她又跑到妈妈身边,好奇地问起了性的问题。凯蒂简单直白地把自己知道的一切都告诉了她。解释的时候,凯蒂不得不用上一些脏话,但她大胆无畏地用了那些词,因为她也不知道别的说法。她告诉女儿的这些话,没有人告诉过她。在当时,像凯蒂这样的人接触不到书籍,没法正确地学习性知识。但除了用词直白、措辞质朴,凯蒂的解释完全不会令人反感。

弗兰西比社区里的大多数孩子都要幸运。在该懂的时候,她都及时弄懂了。她从来不必溜进黑乎乎的走廊,和其他女孩交换羞耻的秘密;也从来不必用扭曲的方式去学习这些事情。

社区中,正常的性行为是秘而不宣的,但性犯罪则昭然若揭。在所有经济贫困、人口密集的城市地区,暗中潜伏的性犯罪者都是家长们挥之不去的噩梦。似乎每个社区都有这样的恶魔。弗兰西十四岁那年,威廉斯堡就出了这么一个。很长时间里,他一直在猥亵小女孩。虽然警察一直在寻找他,但从来没抓住过。其中一个原因,是小女孩被侵害后,家长们瞒着不说,怕被人知道以后,自己的孩子会遭到歧视。他们不希望别人戴有色眼镜看她,让她没法和玩伴一起过正常的童年生活。

有一天,弗兰西所在的街区里,有一个小女孩被人杀害,这事总算曝光了。小女孩只有七岁,安静、乖巧、听话。那天放学她没有回家,妈妈也不担心,以为孩子是去哪里玩了。晚饭后他们去找孩子,问了她的玩伴们,但放学后就再也没有人见过这个孩子。

恐惧席卷了整个社区。街上的孩子都被叫了回去,锁好门关在家里。麦克沙恩警长带着六个警察过来,开始搜查屋顶和地下室。

最后孩子终于找到了,找到她的是孩子的哥哥,一个十七岁的笨拙少年。附近一座房子的地下室里,女孩小小的身体横躺在一辆破旧的婴儿车上。她的裙子和内衣都被撕破了,跟她的鞋子和小小的红袜子一起扔在灰堆上。哥哥被叫去问话,他回答的时候既激动又结巴,警察把他当作嫌疑犯逮捕了。但麦克沙恩警长可不傻,这场逮捕不过是个幌子,目的是想让杀人犯放松警惕。麦克沙恩知道,要是杀人犯觉得自己安全了,便会再次行凶。到时候,警察就会等着抓他。

家长们纷纷行动起来。他们把这个恶魔的可怕罪行告诉孩子(这时候谁还管什么用词是否恰当),叮嘱小女孩,不要拿陌生人的糖果、不要和陌生男人说话。放学时,母亲们会在门口等孩子回来。街道上空空荡荡,仿佛所有孩子都被花衣魔笛手①拐到山上某座城堡去了。恐慌笼罩着整个社区。约翰尼非常担心弗兰西,他甚至弄来了一把枪。

约翰尼有个朋友叫伯特,是街角银行的夜间保安。伯特四十岁,但娶的妻子年龄只有自己一半,经常为她打翻醋坛子。他怀疑她晚上趁自己在银行值夜班的时候去私会情人。他思来想去,琢磨了很久,最后认定:要是他能确认妻子出轨,反倒是种解脱。他宁可面对令人心碎的事实,也不愿长期疑神疑鬼,让灵魂饱受折磨。因此,他有时会在夜里溜回家,让他的朋友约翰尼·诺兰帮忙看守银行。两人约定了信号。夜里,如果可怜的伯特疑心病发作,痛苦不堪,必须要回家看一看,就会请巡逻的警察去诺兰家按三下门铃。要是这个信号出现时,约翰尼在家,他就会像个消防员一样跳下床,匆忙穿好衣服,以逃命般的速度冲到银行。

伯特溜出去后,约翰尼躺在他那张狭窄的折叠床上,隔着薄薄的枕头感受那硬邦邦的左轮手枪。他希望能有人来抢银行,这样他就能守护财

---

① 德国民间故事,穿花衣的魔笛手替村民捉了老鼠,但没得到应有的酬劳,为了报复,他吹起魔笛,拐走了全村的孩子。——译者注

产，成为英雄。但他守夜的那几个小时里，什么事都没发生。甚至连伯特那边也没有什么刺激的事情。这个保安没能把妻子捉奸在床，每次他溜回家时，那姑娘都独自沉睡着。

约翰尼在听说那桩奸杀案后，去银行找了他的朋友伯特，问他是否还有第二把枪。

"当然有，怎么了？"

"我想借用一下，伯特。"

"为什么，约翰尼？"

"我们街区有个小女孩被杀了，但凶手还在四处流窜。"

"我真希望他们能抓住凶手，约翰尼，我当然希望他们能抓住那个狗杂种。"

"我自己也有个女儿。"

"是的，是的，我知道，约翰尼。"

"所以我希望你能借我把枪。"

"可这违犯了《沙利文法案》①。"

"你晚上溜出银行，把我留在这里，肯定也违犯了某些别的法规。你怎么能保证我不是劫匪呢？"

"啊，你才不会呢，约翰尼。"

"我觉得，既然我们已经违犯了一项法规，再违犯一项或许也没什么。"

"好吧，好吧，我借给你。"他打开桌子抽屉，拿出一把左轮手枪。"现在我给你示范一下。当你想杀人的时候，你就像这样瞄准他们。"他把枪对准了约翰尼，"然后扣动这个扳机。"

"我明白了。让我试试。"约翰尼拿枪瞄准伯特。

"当然，"伯特说，"这该死的玩意我自己也没用过。"

"这是我第一次拿枪。"约翰尼解释说。

"那你当心点，"伯特轻声说，"这枪是有子弹的！"

---

① 《沙利文法案》，美国纽约州的一项法案，颁布于1911年，旨在限制持有和携带武器。该法案规定，除非持有人获得了特别许可证，否则任何人都不能在公共场所携带武器。——译者注

约翰尼吓得一哆嗦，小心翼翼地放下枪："噢，伯特，我不知道。我们刚才差点儿杀了对方。"

"天哪，你说得对。"伯特也后怕起来。

"手指一扣就是一条人命。"约翰尼沉思着说。

"约翰尼，你不会是想要自杀吧？"

"不，那我情愿喝酒喝死。"约翰尼大笑起来，但又突然停住。他带枪离开时，伯特说："要是你抓住了那混蛋，记得告诉我一声。"

"我会的。"约翰尼答应道。

"好的，再见。"

"再见，伯特。"

约翰尼把家人都叫到自己身边，和他们解释了枪的事情。他警告弗兰西和尼利不要碰它。"这个小小的旋转弹膛里，装了五条人命呢！"他夸张地解释道。

弗兰西觉得，左轮手枪看起来像是一根怪异的手指。手指在召唤，召来的是死亡——奔驰而来的死亡。爸爸把枪藏到了自己枕头下面，弗兰西很高兴不用再看见它。

这把枪在约翰尼枕头底下放了一个月，没人去动它。社区里没再出过犯罪案件。那个恶魔似乎已经离开了。母亲们开始放松警惕。但仍有几个母亲和凯蒂一样，知道孩子放学了，依然会守候在门口或者走廊。杀人犯的习惯是潜伏在黑暗的走廊里，等待受害者。凯蒂觉得小心一些总没错。

就在大部分人放松警惕，以为安全了的时候，那个性变态再次伸出了魔爪。

一天下午，凯蒂正在她家旁边第二幢房子的走廊里打扫卫生。她听见大街上有孩子的说话声，看来学校已经放学了。凶杀案发生后，她一直都会等弗兰西放学。但现在凯蒂不知道是不是还需要回家，在走廊里等她。弗兰西快十四岁了，足以照顾自己。而且杀人犯的袭击对象通常是六七岁的小女孩。或许他已经在其他社区被捕，此刻正乖乖待在牢里。但是……她犹豫了一下，还是决定回家。反正她的肥皂也快用完了，过不了一小时就得换块新的，现在回去拿，还能一举两得。

她在街上四处张望，没有在孩子们中间找到弗兰西。她有些不安，随即想到弗兰西上学路远，回家会晚一些。到了公寓里，凯蒂决定把咖啡热一热，然后喝上一杯。到时候，弗兰西应该到家了，她也就安心了。她走进卧室，看了看枪是否还在枕头底下。枪当然还在，凯蒂觉得自己挺傻的，居然特地来看。她喝掉咖啡，拿起一块黄肥皂，准备回去工作。

弗兰西和平时一样的时间回到家。她打开门，四处打量了一下狭长的走廊，没发现什么异常。她关上身后结实的木门，现在走廊里暗了下来。从走廊到楼梯的那段路很短，很快就能走完，但当她把脚踏上第一级台阶时，她看见了那个人。

楼梯下方有一个凹进去的小空间，与地下室相通。那人从那隐蔽的角落里走出来，步子很轻，但速度很快。他身材瘦小，穿着破破烂烂的深色西装，衬衫没有领子，也没有打领带。浓密的头发垂在额头上，几乎遮住了眉毛。他有一个鹰钩鼻，嘴巴抿成了一根扭曲的细线。即便是在晦暗的光线里，弗兰西也注意到了他那双湿漉漉的眼睛。她又走上一级台阶，然后等她把对方看得更清楚后，双腿便仿佛灌了铅一般，再也迈不动下一个步子！她双手抓着楼梯上的两根栏杆，紧紧握住。弗兰西之所以被吓得动弹不了，是因为那男人朝她走来时，裤子是敞开的。她惊恐地盯着男人裸露的下体，整个人都吓瘫了。那块地方是蠕虫一般的白色，和他脸上、手上那丑陋又暗沉的灰黄色形成了鲜明对比。弗兰西曾经见过一具老鼠的死尸，上面爬满了密密麻麻的白胖蛆虫，当时那种恶心的感觉就和此刻一模一样。她试图尖叫一声"妈妈"，但喉咙似乎被什么堵住了，只喘得出气，却喊不出声。她仿佛陷入一场噩梦，想要大声尖叫，却发不出任何声音。她动不了！她动不了！她将栏杆抓得太紧，把手都抓痛了。弗兰西冒出一个不合时宜的念头：她抓得那么用力，可这栏杆为什么没有断？现在那男人正在朝她逼近，但她跑不了！她跑不了！拜托了，上帝，她祈求道，让哪个房客出来帮帮我吧。

这时凯蒂正在朝楼下走，她步子很轻，手里还拿着一块黄肥皂。走到最后一段楼梯顶部，她低头看去，发现一个男人正朝弗兰西靠近。她看到弗兰西抓着扶手栏杆，已经被吓呆了。凯蒂没有发出任何动静。没有人看见她。她悄悄转身，跑了两段楼梯，回到自家门口。她很稳地从门垫下取出钥匙，打开房门。此刻时间宝贵，但她还是下意识地把那块黄肥皂放到了洗衣盆的盖子上。她从枕头底下拿出枪，做了个瞄准的姿势，让枪保持瞄准的状态，藏到自己的围裙下面。现在，她拿枪的手开始发抖了。她把另一只手放到围裙下，两只手一起握稳枪。她就这么拿着枪，跑下楼梯。

那个杀人犯来到楼梯底部，绕了过去，跳上两级台阶。他动作快得像一只猫，一只胳膊搂住弗兰西的脖子，手掌捂住她的嘴，不让她喊叫，另一只胳膊抱住她的腰，开始把她往外拖。他脚下一滑，裸露的部位碰到了弗兰西的光腿。那腿仿佛被烈火烫到，猛然一缩。她双腿恢复知觉，开始踢打、挣扎。于是那个变态欺身而上，紧贴着她，将她压在扶手上。他开始掰她攥紧的手指，一根一根掰开。他将弗兰西的一只手从栏杆上扯下来，扭到她身后，狠狠地压住，同时开始去掰她的另一只手。

突然传来一阵声响。弗兰西抬起头，看见妈妈正沿着最后一段楼梯往下跑。凯蒂跑步的样子很笨拙，她两只手都在围裙下面抓着枪，所以跑起来不太平衡。男人看到了凯蒂，但没看到她有枪。他很不情愿地松开弗兰西，往后退了两级台阶，湿漉漉的眼睛始终盯着凯蒂。弗兰西站在那里，一只手仍然抓着扶手的栏杆。她没法松开手。男人跑下台阶，将后背贴着墙走，开始往地下室那扇门逃。凯蒂停下脚步，跪在一级台阶上，把鼓起的围裙推到两根栏杆中间，盯着男人裸露在外的玩意，扣下了扳机。

一声巨响。布料烧焦的气味弥漫开来，凯蒂围裙上的洞还在冒烟。变态狂痛得嘴唇上噘，露出一口脏兮兮的烂牙。他双手捂住肚子，倒地不起。人摔在地上的时候，手松了开来。那个之前白得像蛆虫的玩意此刻鲜血淋漓。狭窄的走廊上充满烟雾。

女人们尖叫着。一扇扇门砰地打开。走廊里到处是奔跑的脚步声。街上的人也开始往走廊里拥。门道里瞬间挤满了人，大家都挤得进退不得。

凯蒂抓起弗兰西的手，想拉着她上楼，但这孩子的手僵在了栏杆上。她没法松开手指。情急之下，凯蒂用枪托敲了一下弗兰西的手腕，她麻木的手指终于放松了下来。凯蒂拉着她往台阶上走，穿过走廊，一路上不断碰到从各自房里出来的女人。

"怎么了？怎么了？"她们尖叫着问。

"现在没事了。现在没事了。"凯蒂告诉她们。

弗兰西走得磕磕绊绊，不断跌倒在地。凯蒂只好拖着，任她用膝盖走完走廊里最后那段路。她将弗兰西带回公寓，安顿在厨房的沙发上。然后她给门闩上链条，小心翼翼地将枪放到那块黄肥皂边上。她的手无意间碰到了枪口，惊恐地发现它是热的。凯蒂对枪一无所知，之前也从没开过枪。现在她很担心,怕这枪口的热量会让枪自动发射。她打开洗衣盆的盖子,将枪扔到泡着脏衣服的水里。由于那块黄肥皂和整件事情搅在一起,凯蒂扔完枪也把肥皂扔了进去。她走向弗兰西。

"他弄伤你了吗,弗兰西?"

"没有,妈妈。"她呻吟着,"但他……他的……我是说……那东西碰了我的腿。"

"哪里?"

弗兰西指着她蓝袜子上方的一块地方。只见那里皮肤洁白,毫无伤痕。弗兰西很惊讶。她还以为那里的皮肤会被侵蚀。

"这里没什么问题。"妈妈说。

"但是那东西碰过的地方,我还是有感觉。"她呻吟着,失控地大喊,"我想把我的腿砍掉。"

有人把门敲得砰砰响,想知道出了什么事。凯蒂没有搭理,始终把门闩着。她让弗兰西喝下一杯滚烫的热咖啡,自己则在房间里走来走去。现在她浑身发抖,不知道接下来该怎么办。

枪声响起时,尼利正在街上闲逛。看到人群拥进走廊,他也想办法挤了进来。他跑上楼梯,透过扶手看下去。那个变态蜷缩在他倒下的地方。一群女人从他身上扯下裤子,离他近的人正用自己的高跟鞋踩他,其他人也纷纷用脚踢他、朝他吐口水。所有人都在尖声叫骂。尼利听到了他姐姐的名字。

"弗兰西·诺兰?"

"是的,弗兰西·诺兰。"

"你确定吗?弗兰西·诺兰?"

"我跟你说,我亲眼看到的。"

"她妈妈去……"

"弗兰西·诺兰!"

尼利听见了救护车的鸣笛声。他以为弗兰西被杀了。他哭着冲上楼,砰砰地砸着门,尖叫道:"让我进去,妈妈!让我进去!"

凯蒂让尼利进屋。当他看到弗兰西躺在沙发上,哭得更大声了。现在,弗兰西也开始放声痛哭。"别哭了!别哭了!"凯蒂尖叫道。她摇着尼利,直到他完全停止哭泣。

"快去找你爸爸,到处找,一直到找到他为止。"

尼利在麦克加里蒂的酒吧里找到了爸爸。约翰尼刚打算坐下来,慢慢品酒,享受悠长的午后时光。听完尼利的话,他放下酒杯,和尼利一起跑出酒吧。人太多,他们没法回到那栋房子里。救护车停在门口,四个警察正在拥挤的人群里开路,试图让救护车上的医生进去。

约翰尼和尼利穿过隔壁的地下室进入院子,相互帮忙翻过木栅栏,跳进自家院子里,沿着太平梯往上爬。凯蒂在窗外隐约看见约翰尼的礼帽,吓得尖叫起来,发疯似的到处找枪。幸好她忘了自己把枪扔在哪儿,约翰尼运气好,逃过一劫。

约翰尼跑到弗兰西身边,虽然弗兰西已经长大了,但他还是把她当成婴儿一般抱起来,摇晃着哄她入睡。弗兰西一直在坚持要把腿砍掉。

"他伤到她了吗?"约翰尼问。

"没有,但我打中了他。"凯蒂严肃地说。

"你用那把手枪打的?"

"不然还能用什么?"她给他看围裙上的洞。

"你打准了吗?"

"我尽量打准了。但她一直在说她的腿。那人……"她瞥了尼利一眼,"……哦,你知道的,那玩意碰到了她的腿。"她指了指那地方。约翰尼看了过去,但什么也没发现。"弗兰西碰上这种事情真是太糟糕了。"凯蒂说,"她记性那么好,要是她老想着这事,可能一辈子都没法结婚。"

"我们会解决那条腿的问题。"爸爸保证道。

他把弗兰西放回沙发上,拿出石碳酸,用这浓烈的消毒药水擦拭那块地方。弗兰西很喜欢石碳酸带来的灼烧般的刺痛,她觉得这能把那男人留下的罪恶烙印一起烧掉。

有人敲门。他们保持沉默,没去应门。这种时候,他们不想让外人到家里来。门口有人在大声喊话,语调带着爱尔兰腔:

"开门,警察执法办案,快开门。"

凯蒂打开门。一名警察走进屋,身后跟着一位救护车上的实习医生,手里拿着一个包。警察指着弗兰西。

"他要害的就是这个孩子?"

"是的。"

"医生,过来,得做个检查。"

"不可以。"凯蒂抗议。

"这是在执法办案。"他轻声回答。

于是凯蒂和实习医生将弗兰西带进卧室,受到惊吓的孩子被迫接受了这种屈辱的检查。自信满满的实习医生迅速又仔细地检查了一番,然后直起身,开始把仪器收进包里。他说:

"她没事,那男人根本没碰到她。"他拿起她肿胀的手腕问,"这是怎么回事?"

"为了让她从扶栏上松手,我只好用枪砸她的手腕。"凯蒂解释说。他又注意到她膝盖上有淤青。

"这个呢?"

"她站不起来,我只好拖着她在走廊里走。"然后他看到了脚踝上方那红肿的烫伤。"我的天,这又是什么?"

"那男人碰到了这块地方,所以她爸爸用石碳酸给她洗了腿。"

"我的天!"实习医生勃然大怒,"你们是想让她三级烫伤?"他又打开包,给烫伤处抹上冷却药膏,用绷带仔细包好。"我的天!"他再次感叹,"你们俩干的事,比罪犯造成的伤害还要大。"他抚平弗兰西的裙子,拍了拍她的脸颊说:"你会没事的,小姑娘。我给你点东西让你睡一觉。等你睡醒了,就当自己做了个噩梦。就这么回事,一场噩梦而已。听见了吗?"

"听见了,先生。"弗兰西感激地回答。医生将针头准备好。再次见到针头,弗兰西记起了一段久远的往事。她有些担心,自己的胳膊干净吗?他会不会说……

"真是个勇敢的女孩。"他说着将针扎了下去。

"啊,他是站在我这边的。"弗兰西迷迷糊糊地想。打完针,她很快就睡着了。

凯蒂和医生走出卧室,进入厨房。约翰尼和警察正坐在桌边。警察的大手紧握着一小截铅笔,在一本小记事本上费力地写着密密麻麻的字。

"孩子没事吧?"警察问。

"没事。"实习医生告诉他,"就是受了些惊吓,还被'父母焦虑症'折腾得不轻。"他朝警察挤挤眼睛。"等她睡醒了,"他对凯蒂说,"记得告诉她，她只是做了个噩梦而已。其他什么都别提。"

"我该给你多少钱，医生？"约翰尼问。

"一分钱也不要，伙计。这钱市政府会出。"

"谢谢。"约翰尼轻声说。

实习医生发现约翰尼的手在颤抖，便从裤子后袋里掏出一品脱容量的小酒瓶，塞给约翰尼。"给你！"约翰尼抬头看他。"喝吧，伙计。"实习医生坚持道。约翰尼感激地接过来，喝了一大口。实习医生将酒瓶递给凯蒂："你也喝点，女士。看起来你也需要它。"凯蒂接过来，也喝了一大口。这时警察开口道：

"喝酒不带我，你把我当没人要的孤儿吗？"

等实习医生从警察手里拿回酒瓶，里面只剩下一丁点酒了。他叹了口气，把酒一饮而尽。警察也叹了口气，转向约翰尼。

"好了，你把枪放在哪里？"

"我枕头下面。"

"去拿来。我要把它带回警局。"

凯蒂忘了自己的扔枪过程，跑进卧室掀起枕头，回来的时候一脸焦虑：

"啊，枪不在那里！"

警察大笑："当然不在。你把它拿出去打那混蛋了啊。"

凯蒂想了好久才想起来，她把枪扔在洗衣盆里了。她从盆里掏出枪。警察擦干枪，取出子弹。他问了约翰尼一个问题：

"伙计，你有持枪许可证吗？"

"没有。"

"那可难办了。"

"这不是我的枪。"

"谁给你的？"

"没——没人给我。"约翰尼不想给保安朋友惹麻烦。

"那你是怎么拿到的？"

"我捡的，没错，我在排水沟里捡到的。"

"捡来的枪还都擦了油、装了子弹？"

"真的。"

"这就是你的口供吗?"

"这就是我的口供。"

"我没问题,伙计。记得不要随意改口供。"

救护车司机在走廊里喊话,说他要带犯人回医院了,问医生准备走吗。

"医院?"凯蒂问,"这么说,我没有杀死他。"

"还没死。"实习医生说,"我们会让他站起来,亲自走上死刑的电椅。"

"很抱歉,"凯蒂说,"我本来想杀了他的。"

"他昏迷前给我招供了。"警察说,"街区里那小女孩是他杀的。他还干了另外两桩案子。我拿到了他的招供,签了字,还有人证。"他拍拍自己的口袋:"要是局长听说这事,说不定会给我升职呢。"

"但愿吧。"凯蒂淡淡地说,"但愿有人能从这事里得到好处。"

第二天早上,弗兰西醒来时,爸爸在她边上,告诉她那一切都是梦而已。随着时间的流逝,这事对弗兰西来说,的确就像一场梦。她没有留下任何丑陋的记忆。身体上的恐惧减弱了她情绪上的感知。楼梯上的惊魂时刻其实很短暂,不过就三分钟,但这份恐惧起到了麻醉剂的作用。由于催眠针效果非凡,之后发生的事情在她脑中十分模糊。即便听证会上,弗兰西必须要讲述自己的经历,她也觉得像是在演一部不真实的戏剧,况且她的台词只有短短几句。

确实有场听证会,但凯蒂事先就被告知,这只是走个程序。弗兰西对此印象不深,只记得她和凯蒂分别讲了各自的经历,几句话就够了。

"当时我放学回家,"弗兰西作证说,"走进走廊时,这个男人突然出现,抓住了我,我都来不及尖叫。他试图把我拖下楼梯,这时候我妈妈下楼了。"

凯蒂说:"我沿着楼梯往下走,看到他在那里拉扯我的女儿,就跑上楼去拿了枪(这个过程没花多少时间)。然后我跑下来,在他想悄悄往地下室溜的时候,开枪打中了他。"

弗兰西心想:妈妈会不会因为开枪打人被逮捕? 好在并没有,最后法官还跟妈妈和她都握了握手。

这事上了报纸,但幸运的是,没有出现她们的名字。一个记者每晚例行公事,打电话给警局,询问当天的警情通报,听说了这件事。但他当时醉醺醺的,把诺兰的名字和办案警察的名字弄混了。布鲁克林的一份报纸上用了半个栏目的篇幅报道这件事,说威廉斯堡的欧里瑞太太在自家楼道里开枪打中一个图谋不轨的变态。第二天,纽约的两份报纸用了两英寸长的篇幅说,威廉斯堡的欧里瑞太太在自家楼道里被图谋不轨的变态打了一枪。

最终,整件事情慢慢淡出人们的视线。凯蒂一度是社区里的英雄人物,但随着时间的流逝,邻居们忘了那个变态杀人犯,只记得凯蒂·诺兰开枪打了一个男人。一提起她,大家就说这个女人不好惹,哎呀,她看人不顺眼就会开枪!

石碳酸在弗兰西腿上留下一块伤疤,虽然它始终没有消退,但已经缩小到一枚硬币的大小。随着时间的推移,弗兰西逐渐习惯了这个疤痕,等她长大一些后,就很少再注意它。

至于约翰尼,他因为无证持枪,违犯了《沙利文法案》,被罚了五块钱。哦,对了!保安伯特的小妻子最终和一个年龄相仿的意大利人私奔了。

几天后,麦克沙恩警长来找凯蒂。他看见她正费力地把一桶煤灰往马路牙子上拖,不由心生怜惜。他替她搭了把手,一起搬那桶煤灰。凯蒂谢过他,抬头看着他。她在那回"马蒂·马奥尼"冠名的短途旅行中见过他一次。那天他问弗兰西,她是否是她妈妈。还有一次是他送约翰尼回家,当时约翰尼没法自己回家。凯蒂听说麦克沙恩太太得了治不好的肺结核,现在正在疗养院里。她活不长了。"之后——他会不会再婚呢?"凯蒂心想。然后她自己回答:"他当然会。他英俊、正直,还有一份好工作。在一些女人中肯定很抢手。"他摘下帽子,对她说话。

"诺兰太太,我和警察局那帮小子都很感谢你,感谢你帮我们抓到那个杀人犯。"

"不必客气。"凯蒂客套地说。

"那帮小子为了表达他们的谢意,为你进行了一次募捐!"他递来一个信封。

"钱?"她问。

"是的。"

"你留着吧!"

"你肯定需要钱。你丈夫工作不稳定,孩子们也需要买这买那。"

"那也不用你管,麦克沙恩警长。你也瞧见了,我工作很努力,我们不需要任何人的施舍。"

"那就尊重你的意愿。"

他把信封放回自己的口袋,目光始终牢牢地落在她身上。"这个女人,"他心想,"身材苗条、皮肤白皙,头发又黑又卷。她非常勇敢,自尊心极强,这方面一个人抵得上六个女人。我是个四十五岁的中年男人。"他继续想着:"但她只是个年轻姑娘。"(虽然凯蒂三十一岁了,但她看起来比实际年龄小得多。)"我们两个的婚姻都很不幸,确实不幸。"麦克沙恩了解有关约翰尼的一切,知道他这样下去持续不了多久。他对约翰尼只有同情,对自己的妻子莫莉也只有同情。他不会伤害他们任何人。他从未想过要在行为上对自己体弱多病的妻子不忠。"但要是我内心有个愿望,这会不会伤害他们俩呢?"他扪心自问,"当然,我会等待。要等多少年呢?两年?五年?啊,好吧,之前没有幸福的希望,我也已经等了那么久。现在我当然能等得更久一些。"

他再次感谢她,正式道了别。他在握她手的时候,内心是这么想的:"总有一天,她会成为我的妻子,如果上帝和她都愿意的话。"

凯蒂并不知道他当时在想什么。(她有可能知道吗?)或许吧。出于某个不知名的原因,她追着他喊道:

"我希望有一天,你会得到你该有的幸福,麦克沙恩警长。"

第三十四章

弗兰西听见茜茜姨妈告诉妈妈:她要有孩子了。她心想:为什么茜茜姨妈不像其他女人那样,说要生孩子呢?后来她发现,茜茜之所以说有孩子而不是生孩子,是有原因的。

茜茜有过三任丈夫。在柏树山的圣约翰公墓里有一小块地,安置着十块小小的墓碑,全都属于茜茜的孩子。每块墓碑上,出生日期和死亡日期都是同一天。茜茜现在三十五岁了,迫切想要拥有一个孩子。凯蒂和约翰尼经常谈起这事。凯蒂担心有一天茜茜会去绑个孩子回家。

茜茜想要领养一个孩子,但她的约翰不同意。

"我不会养其他男人的小杂种,你明白吗?"他这样说。

"你难道不喜欢孩子吗,亲爱的?"她甜言蜜语地哄着他。

"我当然喜欢孩子。但那必须是我自己的孩子,不能是其他废物的。"他回答道,无意中把自己也一起骂了。

平时,约翰就像茜茜手里的软面团,对于大多数事情,他都唯她是从。但在这件事上,他拒绝按照她的意思来。他始终坚持,如果要有孩子,那必须是他自己的孩子,不能是其他男人的。茜茜知道他是认真的,她甚至对他的这种态度有些敬意。但她必须要有一个能活下来的孩子。

茜茜偶然间得知,在麦斯佩斯①,有个十六岁的漂亮姑娘遇上了麻烦事,她怀了一个有妇之夫的孩子。她父母是最近刚搬来的西西里人,他们把这姑娘关在一间黑漆漆的房间里,不让邻居看到她那逐渐变大的可耻肚子。姑娘的父亲只让她吃面包和水。他认为这样能令她身体虚弱,到生产时就会一尸两命。父亲每天早上出门工作时,会带走家里所有的钱,因为

---

① 麦斯佩斯(Maspeth),纽约市皇后区的一个住宅和商业社区,由荷兰和英国殖民者于17世纪初创立。——译者注

他怕妻子心肠软，会趁他不在的时候给女儿露西亚买吃的。他每天晚上带回一袋食物，并亲眼看着大家吃，确保没人给女儿偷藏食物。等到一家人都吃完后，他才拿出女儿的每日配给口粮：半块面包和一罐水。

听说了这个要把人饿死的残忍故事，茜茜非常震惊。她想出一个计划。她站在他们的角度想了想，认为孩子出生后，这家人或许很高兴能把他送走。她决定去看看这家人。如果他们看起来健康、正常，她会提出收养孩子。

起初茜茜去拜访时，那姑娘的母亲不让她进屋。第二天，茜茜又去了，这一回她在外套上别了一枚徽章。她敲了敲门。门被打开一条缝后，茜茜指着自己的徽章，坚决要求进屋。那位母亲很害怕，以为茜茜是移民局的人，便让她进去了。那位母亲不识字，否则她就会知道，徽章上写的其实是"家禽检查员"。

茜茜掌控了局面。那位准妈妈既害怕又倔强，被饿得瘦成了竹竿。茜茜威胁姑娘的母亲，说要是她不对自己女儿好一点，就把她抓起来。那位母亲声泪俱下，用糟糕的英语口语讲了女儿的丑事，还说丈夫打算把女儿和未出世的孩子都饿死。茜茜跟那位母亲和露西亚谈了一整天，大部分时间都在比画手势。最终，茜茜成功让她们明白：她愿意在孩子一出生就立即接手，将孩子带走。那位母亲听懂后，感激地将茜茜的手吻了又吻。从那天起，茜茜成了这家人喜爱又信任的朋友。

早上约翰出门上班后，茜茜将屋子打扫干净，替露西亚煮了一锅吃的，带去那户意大利人家里。她给露西亚吃爱尔兰和德国的食物。她认为，要是孩子在出生前就吃这种食物，那身上便不会有太多意大利人的特征。

茜茜把露西亚照顾得很好。天气晴朗的时候，她会带她去公园，让她坐着晒太阳。在她们的这段特殊关系期间，茜茜成了那姑娘忠诚的朋友，是能为她带来快乐的伙伴。露西亚很喜欢茜茜，因为她是这个新世界里唯一善待她的人。全家人（除了姑娘的父亲，他不知道茜茜的存在）都很喜欢茜茜。姑娘的母亲和兄弟姐妹欣然达成一致，决定向她父亲隐瞒这件事。听到父亲上楼的脚步声，他们会重新将露西亚关进漆黑的房间里。

这家人不太会说英语，而茜茜完全不懂意大利语。不过几个月后，他们从茜茜那儿学了一点英语，茜茜也从他们那儿学了几句意大利语。他们能够在一起交流了。茜茜从没透露过自己的名字，于是他们管她叫"自由女神"，因为他们来到美国后，第一眼见到的就是那位举着火炬的女士。

茜茜接管了露西亚、她未出生的孩子和这一家人。一切都安排妥当、达成一致后，茜茜向她的朋友和家人宣布，她打算再要个孩子。这话无人在意，因为茜茜总是在要孩子。

茜茜找了个不知名的产婆，提前支付了接生的费用。她交给产婆一张纸，纸上有事先请凯蒂写好的三个名字：茜茜的名字、茜茜家约翰的名字，还有茜茜婚前的姓氏。她让产婆一接生完，就马上把这张纸交到卫生局登记。那个女人没文化，不会说意大利语（茜茜雇佣她的时候已经确认过这点），以为交给她的名字就是孩子父母的名字。茜茜想把孩子的出生证明都安排妥当。

茜茜装怀孕装得很逼真，开始的几个星期，她甚至还在早上模仿了孕吐。露西亚说她感觉到了胎动时，茜茜也告诉丈夫，自己感觉到了胎动。

露西亚开始阵痛的那个下午，茜茜也回家躺到床上。约翰下班回家时，她对他说，孩子快要出生了。他看着她。她就像芭蕾舞演员一样苗条。他争辩了几句，但茜茜坚持说要生孩子了，于是他去请她母亲过来。玛丽·罗姆利看着茜茜，说她这模样不可能要生孩子。作为回应，茜茜发出一声令人毛骨悚然的尖叫，说她快要痛死了。玛丽若有所思地看着她。她不知道茜茜在想什么，但她知道跟她争辩是没有用的。如果茜茜说她要生孩子了，那么她就是要生孩子了，事情就是这样。可约翰反对说：

"但你看看，她这么瘦，肚子里不可能有孩子，不是吗？"

"也许孩子会从她脑袋里出来。你瞧，她脑袋够大的。"玛丽·罗姆利说。

"啊，得了，别说这种话。"约翰说。

"你凭什么这么说？"茜茜质问，"圣母玛利亚没有男人，不也自己有了孩子？要是连她都可以，那这事对我肯定更容易，因为我结婚了，我有男人。"

"这种事谁知道呢？"玛丽问，她转向茜茜那位疲惫不堪的丈夫，温柔地说，"这世上有很多事情，男人们都不明白。"她劝那个一头雾水的男人忘掉整件事情，她会替他做一顿美味的晚餐，等吃完饭就上床好好睡一觉吧。

困惑不已的男人在妻子身边躺了一整晚，完全没睡好。他时不时地醒过来，支起胳膊肘凝视着她；时不时地伸手去摸她平坦的腹部。而茜茜一整夜都睡得很香。

第二天早上，他出门上班时，茜茜宣布他今晚回家前就要当爸爸了。

"我认输！"饱受折磨的男人大叫着，出门去纸浆杂志社上班了。

茜茜跑到露西亚家。她父亲离开后一小时，那姑娘就把孩子生下来了。是一个健康漂亮的小女婴，茜茜高兴坏了。她说露西亚得给孩子喂上十天奶，开个好头，然后她就会把孩子带回家。她出门买了一只烤鸡和一块面包房做的馅饼。姑娘的母亲把烤鸡做成了意大利风味。茜茜还在街区中的意大利食杂店赊了一瓶基安蒂红酒①。大家一起享受美餐，屋子里热闹得像在过节。所有人都很高兴。露西亚的肚子几乎又恢复了平坦。她身上再也没有任何象征耻辱的"纪念碑"。现在一切都像从前一样……或者说，等茜茜把孩子带走后，一切都会回到从前的模样。

茜茜每小时都给孩子洗次澡，一天给孩子换了三回衣服和头带。而且不管是否需要，都每隔五分钟换一次尿布。她给露西亚洗了澡，把她洗得干干净净，浑身散发甜美的气息，还替她梳头发，一直梳到头发像丝缎般光滑。对于露西亚和那个孩子，茜茜替她们做多少事都不嫌多。到露西亚的父亲快回来时，她才依依不舍地离开。

那姑娘的父亲回到家，走进漆黑的房间，把露西亚当天的那一丁点口粮拿给她。他把灯调亮，发现露西亚容光焕发，身边还有一个胖乎乎的健康婴儿，正心满意足地睡着。他极为震惊。就靠这么点面包和水？随即他心生惧意。这是一个奇迹！肯定是圣母玛利亚插手干预，帮助了这年轻的母亲。在意大利，她就曾创造过这样的奇迹。他对待自己的骨肉如此残忍，或许会因此受到惩罚。他悔过自新，给女儿端来满满一盘意大利面。露西亚拒绝了，说她已经习惯了面包和水。母亲站在露西亚那边，解释说正是面包和水孕育了那个完美的宝宝。父亲越来越相信这是一个奇迹。他拼命对露西亚示好，但这家人在惩罚他，不允许他对女儿表达任何善意。

---

① 基安蒂红酒（Chianti）是意大利的一种红葡萄酒，出产自托斯卡纳大区的基安蒂地区。——译者注

那天晚上，约翰回家时，茜茜正平静地躺在床上。他开玩笑地问：
"你今天把那孩子生下来了吗？"
"生了。"她虚弱地回答。
"啊，继续编！"
"今天早上，你出门后一小时里生的。"
"不可能！"
"我发誓！"
他在房间里到处看了看："那么，孩子在哪里呢？"
"在科尼岛的保育箱里。"
"在哪里？"
"孩子七个月就早产了，你知道吧，只有三磅重。所以我才不显怀。"
"你在撒谎，对不对？"
"等我恢复体力，就带你去科尼岛，直接到宝宝的玻璃箱前看看。"
"你想做什么？逼疯我吗？"
"我会在十天内带她回家，等她一长出指甲就带回来。"她即兴补充道。
"你到底怎么了，茜茜？你明明知道，今天早上你没有生孩子。"
"我生了。她三磅重，他们把她送去保育箱里，这样才能养活。我十天内就把她带回家。"
"我认输！我认输！"他大喊着，出门买醉去了。

十天后，茜茜将婴儿带回家。这孩子个头很大，快接近十一磅了。约翰最后一次坚持自己的看法：
"这十天的孩子看起来个头也太大了。"
"你自己也是个大块头，亲爱的。"茜茜低声说。她看见男人脸上露出了喜悦的表情。她伸手抱住他，在他耳边说："我现在没事了，如果你想睡觉……"
"你看，"完事后，约翰说，"她看起来的确有点像我。"
"尤其是耳朵附近。"茜茜昏昏欲睡地说。

几个月后，那家意大利人返回了意大利。他们很高兴能回去，因为这个新世界带给他们的只有悲痛、贫穷和耻辱。茜茜再也没听到他们的消息。

所有人都知道，这不是茜茜的孩子——这不可能是她的孩子。但她一口咬定说是，而且也没有别的解释，所以大家只好接受这件事。毕竟，大千世界无奇不有。她给孩子起名叫莎拉，但没过多久，人人都管她叫小茜茜。

茜茜只把孩子的身世告诉了凯蒂一人。她在请凯蒂给她写出生证明的名字时，就跟她坦白了真相。啊，不过弗兰西也知道了。她经常会在夜里被说话声吵醒，所以听到了妈妈和茜茜姨妈在厨房里谈论婴儿的事情。弗兰西发誓会永远替茜茜保守这个秘密。

除了那家意大利人外，约翰尼是唯一知道这件事的外人。凯蒂把这件事告诉了约翰尼。弗兰西听到两人在谈论它，当时他们以为弗兰西睡得很熟。爸爸站在茜茜丈夫的立场说：

"这种把戏对男人来说很卑鄙，对任何男人都很卑鄙。得有人告诉他真相。我要去告诉他真相。"

"不行！"妈妈尖声说，"他很幸福，就让他这么幸福下去吧。"

"幸福？幸福就是拿别的男人的孩子去骗他？我看不出他哪里幸福了。"

"他爱茜茜爱得发疯，总是害怕她会离开自己。如果茜茜离开他，那他就活不下去了。但你知道茜茜这个人。她从一个男人身边去另一个男人身边，换了一个又一个丈夫——她一直想要个孩子。要是没有这个孩子，她马上就快离开这个男人了。但从现在开始，茜茜就跟以前不一样了。记住我的话。她最终会安定下来，做个好妻子，好到她丈夫配不上她。毕竟，这个约翰又算得了什么？"她顿了顿，"她会做一个好母亲。孩子会成为她的全世界，她不需要再去追着男人了。所以，你别乱来，约翰尼。"

"对我们男人来说，你们罗姆利家的女人实在是太难懂了。"约翰尼下了结论。他突然想到："啊！你没这么骗过我吧？没有吧？"

作为回答，凯蒂把孩子们从床上叫了起来，让他们穿着长长的白色睡衣，站在约翰尼的面前。"你看看他们。"她要求道。约翰尼看着自己的儿子，仿佛透过一面哈哈镜看到了小一号的自己。他又看向弗兰西。她的脸跟凯蒂是一个模子刻出来的,只不过更加严肃,但她那双眼睛属于约翰尼。弗兰西心血来潮,拿起一个盘子举在胸口,就像约翰尼唱歌时举帽子那样。她唱起他唱过的一首歌来:

> 他们管她叫轻浮的莎尔,
> 那是一个特别的姑娘……

她的表情和手势跟约翰尼一模一样。
"我知道,我知道。"爸爸低声说。他亲吻了孩子们,拍拍他们的屁股,让他们回去睡觉。孩子们离开后,凯蒂拉着约翰尼让他低头,轻声对他说了什么。
"不会吧!"他惊讶道。
"是的,约翰尼。"她低声说。他戴上帽子。"你要去哪里,约翰尼?"
"出去一下。"
"约翰尼,你回家时可别……"她看向卧室的门。
"我不会的,凯蒂。"他保证。他温柔地吻了她,然后便出了门。
弗兰西半夜醒来,心想:自己为什么突然睡不着了?啊!因为爸爸还没回家。就是因为这个。爸爸没回来,她就没法安心睡觉。醒来后她开始思考。她想到了茜茜那个孩子。她想到了出生,也想到了出生后的必然结果:死亡。她不愿去想死亡,为何每个人都会从出生走向死亡。她正努力放下对死亡的思考,与此同时,爸爸走上楼梯,轻声唱着歌。他在唱《莫莉·马龙》的最后一小节,听得弗兰西浑身发抖。他之前从来没唱过那一段。从来没有!为什么?

> 她死于高烧不退,
> 无人能将她救回,
> 我就这样失去
> 甜美的莫莉·马龙……

弗兰西没有起身。按规矩,如果爸爸回家很晚,妈妈会去替他开门。她不想让孩子们睡不好觉。但这首歌都接近尾声了,妈妈还是没有听到——她没有起来。弗兰西跳下床,她开门之前,爸爸已经把歌唱完了。她打开门时,爸爸正一言不发地站着,手里拿着他的帽子。他的目光越过弗兰西的头顶,直勾勾地看向前方。

"你赢了,爸爸。"她说。

"是吗?"他问。他径直走进房间,没有去看弗兰西。

"你唱完了歌。"

"是的,我唱完了歌,我想是的。"他在窗边的椅子上坐下。

"爸爸……"

"把灯关了,回去睡觉吧。"(房间里一直亮着一盏昏暗的灯等他回家。)她关了灯。

"爸爸,你……你病了吗?"

"不,我没喝醉。"黑暗中,他清晰地回答。弗兰西知道他说的是真话。

她爬上床,将脸埋进枕头里,不知为何,泪流满面。

第三十五章

又到了圣诞节的前一周。弗兰西刚过完十四岁生日。而尼利,用他自己的话说,他随时等着变成十三岁。看样子,今年的圣诞节不会很好过。约翰尼不太对劲。他不喝酒了。当然,之前约翰尼也有过戒酒的时候,但当时他有工作。现在他滴酒不沾,也不上班。约翰尼不对劲的地方在于,虽然他没喝酒,但表现得就像喝醉了一样。

他已经有两周多没跟自己家人说过话了。弗兰西记得,爸爸最后一次对自己说话,就是那天晚上他清醒着回家的时候。当时他唱了《莫莉·马龙》的最后一小节。回想起来,那晚之后,他也没再唱过歌。他进出家门时一言不发,总是在外面待到很晚,回家时是清醒的,但没人知道他那段时间都去了哪里。他双手抖得很厉害,吃东西的时候几乎握不住叉子。他似乎突然间就衰老了。

昨天,他在他们吃晚饭时回了家。他看着他们,似乎想说些什么。但他没有说出口,只是闭了闭眼,然后走进卧室。他的作息全乱了,不分白天黑夜,随时想来就来,想走就走。在家的时候,他总是闭着眼睛,和衣躺在床上。

凯蒂脸色苍白,沉默地做着自己的事。她身上有一种不祥的预兆,仿佛体内承载着一出悲剧。她的脸很消瘦,脸颊都凹了下去,但身体却越发丰满。

圣诞节前的这一周,她又多打了一份工。她起得更早,打扫公寓的速度也更快。她下午早早就收了工,然后赶到格兰德街的波兰区那头,去戈林百货店工作,从四点干到七点。圣诞季是百货店的销售旺季,女销售员们工作太忙,没有时间外出吃饭。所以凯蒂就给她们送咖啡和三明治来挣钱。凯蒂家很需要她每天挣的这七毛五。

快七点了,尼利已经送完报纸回家,弗兰西也从图书馆回来了。公寓里没有生火。他们得等到妈妈拿钱回家,才能去买一捆木柴。房间里非常冷,两个孩子都穿着大衣,戴着绒绒帽。弗兰西看到妈妈在晾衣绳上晾了衣服,于是她去收衣服。但衣服已经冻成奇形怪状,卡在窗口拉不进来。

"来,让我试试。"尼利指着那套冻住的内衣说。衬裤很长,裤腿大张,冻得硬邦邦的,不管尼利怎么用力都无济于事。

"该死的玩意,我要打断它的腿!"弗兰西说。她狠狠敲了一下,裤腿啪嗒一声耷拉下去。弗兰西猛地把它扯进屋里。那一刻,她看起来很像凯蒂。

"弗兰西?"

"嗯?"

"你……你说脏话了。"

"我知道。"

"上帝会听见的。"

"哦,真讨厌!"

"是的,他听得见。他什么都能看到,也什么都能听到。"

"尼利,你真的相信他会来看我们这又小又破的房间?"

"他当然会。"

"得了吧,尼利。他那么忙,忙着照看小麻雀,怕它们掉下来;忙着操心小花蕾,怕它们不开花,他哪里有空来管我们。"

"别这么说,弗兰西。"

"我偏要说。如果他像你说的那样,会到处看各家的窗户,那他就会看到我们这里的情况。他会看到房间里很冷,而且也没有食物。他会看到妈妈没那么强壮,却要干那么重的活。他会看到爸爸现在这副模样,然后为爸爸做些什么。没错,他会的!"

"弗兰西……"男孩慌张地环顾四周,弗兰西看得出他很不安。

"我都这么大了,不该再逗弄弟弟。"她心想。于是她大声说:"好吧,尼利。"他们聊起了别的话题,一直聊到凯蒂回家。

凯蒂匆匆进屋,拿着一捆两分钱买的木柴、一罐炼乳和装在袋子里的三根香蕉。她把纸张和木柴塞进炉灶里,很快便生起一堆火。

"哦,孩子们,我想,我们今晚只能吃燕麦粥了。"

"又是燕麦粥?"弗兰西抱怨道。

"也没那么糟。"妈妈说,"我们有炼乳,我还买了香蕉,可以切片放粥上。"

"妈妈,"尼利要求说,"别把我的炼乳和麦片粥搅在一起。就让炼乳浮在上面。"

"把香蕉切了跟燕麦粥一起煮吧。"弗兰西建议。

"可我想吃整根的香蕉。"尼利抗议。

妈妈说:"我给你们一人一根香蕉,你们想怎么吃就怎么吃。"于是两人不再争了。

燕麦粥煮好后,凯蒂盛了满满两汤盘,放在桌子上。她在炼乳罐子上打了两个洞,给每个盘子边上各放一根香蕉。

"你不吃吗,妈妈?"尼利问。

"我过会吃。我现在还不饿。"凯蒂叹了口气。

弗兰西说:"妈妈,如果你不想吃,要不去弹钢琴吧。这样我们就像在餐厅里吃饭一样。"

"前屋太冷了。"

"点煤油炉吧。"孩子们异口同声地说。

"好吧。"凯蒂从橱柜里拿出一个便携式煤油炉,"但你们知道,我弹得不太好。"

"你弹得很棒,妈妈。"弗兰西真心地说。

凯蒂很高兴。她跪下去点煤油炉。"你们想听我弹什么?"

"《来吧,小叶子》!"弗兰西喊道。

"《欢迎好春光》!"尼利也喊道。

"那我就先弹《来吧,小叶子》,"妈妈决定,"因为我还没给弗兰西送生日礼物。"她走进冰冷的前屋。

"我想把香蕉切成片,放到我的燕麦粥上。我会切得很薄很薄,这样就有许多香蕉。"弗兰西说。

"我要整根一起吃,"尼利决定,"慢慢吃,这样就能吃上很久。"

现在,妈妈开始弹奏弗兰西点的歌。莫顿先生教过孩子们这首歌。弗兰西和着音乐唱起来:

有一天,风儿说:来吧,小叶子。

"雪的味道。记得吗,我们小时候经常抬头看着天空大喊:'羽毛男孩,羽毛男孩,快从天上抖点羽毛下来。'"

> 来草地，和我一起玩游戏。
> 穿上你们的红衣裳，黄衣裳……

"哎呀，这是小孩子的歌。"尼利打断道。弗兰西停了下来。等凯蒂弹完弗兰西的歌，她开始弹奏鲁宾斯坦的《F大调旋律》。莫顿先生也教过他们这首歌，他称之为《欢迎好春光》。尼利开始唱歌：

> 欢迎好春光，为你来献歌。

"歌"这个字是高音，但唱到它时，尼利的嗓音突然从男高音变成了男低音。弗兰西咯咯直笑，尼利也立马跟着咯咯笑，笑得再也唱不下去了。

"如果现在妈妈坐在这儿，你知道她会说什么吗？"弗兰西问。

"说什么？"

"她会说，'不知不觉，春天就会来了'。"他们大笑起来。

"马上就到圣诞节了。"尼利说。

"还记得我们小时候吗？"弗兰西说，其实她自己也才刚满十四岁，"我们靠鼻子就能闻出圣诞来了没。"

"让我们试试现在还能不能闻出来。"尼利心血来潮，把窗户打开一条小缝，将鼻子凑过去，"能闻到。"

"闻起来是什么味道？"

"雪的味道。记得吗，我们小时候经常抬头看着天空大喊：'羽毛男孩，羽毛男孩，快从天上抖点羽毛下来。'"

"下雪的时候，我们以为天上有个羽毛男孩。让我来闻闻。"她突然要求道，将鼻子凑近缝隙，"没错，我能闻到。就像是橘子皮和圣诞树混在一起的气味。"他们关上窗户。

"那一回你冒领洋娃娃，撒谎说自己叫玛丽，我一直没揭穿你。"

"是的，"弗兰西感激地说，"我也没揭穿你呀。那一回你把咖啡渣卷成烟来抽，结果纸烧了起来，落在你衬衫上，烫出一个大洞。我还帮你把衣服藏起来了。"

"你知道吗，"尼利沉思道，"妈妈发现了那件衣服，在洞上缝了一个补丁。但她从没问过我是怎么弄的。"

"妈妈很有意思。"弗兰西说。他们回想了一下，觉得妈妈的很多行为都难以捉摸。此刻炉火逐渐熄灭，但厨房里仍然很暖和。尼利坐在炉子边缘，那个位置不会太烫。妈妈警告他说，坐在热炉子上会得痔疮。但尼利不在乎。他喜欢屁股暖烘烘的感觉。

此刻孩子们几乎算得上幸福了。厨房里很温暖，他们吃饱喝足，听着妈妈的演奏，感到安心又舒适。他们回忆着从前的圣诞节，或者，按弗兰西的话来说，他们是在怀旧。

聊着聊着，他们听见有人在敲门。"是爸爸。"弗兰西说。

"不，爸爸上楼梯的时候总是唱着歌，这样我们就知道是他回来了。"

"尼利，那天晚上以后，爸爸回家时就再也没唱过歌……"

"让我进去！"约翰尼喊道，他猛地敲着门，仿佛要把门撞破一样。妈妈跑出前屋，苍白的脸将她的眼睛衬得格外黑。她打开门。约翰尼冲了进来。他们全都盯着他，从来没见过爸爸这副模样。他一向衣着整洁，但现在那身无尾礼服脏兮兮的，仿佛在排水沟里躺过，圆顶硬礼帽也砸扁了。他没有穿外套，也没有戴手套，一双冻红的手颤抖不已。他冲向桌子。

"没有，我没有喝醉。"他说。

"没人说你……"凯蒂开口。

"我终于戒了酒。我讨厌酒，我讨厌酒，我讨厌酒！"他捶着桌子，他们知道他说的是真话，"那晚之后，我再也没沾过一滴酒……"他突然崩溃了："可是根本没有人相信我。没有人……"

"好了，约翰尼。"妈妈安慰道。

"怎么了，爸爸?"弗兰西问。

"嘘！别烦你爸爸。"妈妈说。她对约翰尼说："今天早上还剩了些咖啡，约翰尼。咖啡很不错，热乎乎的，我们晚上还有牛奶。我一直在等你回家，这样我们可以一起吃饭。"她给他倒了咖啡。

"我们已经吃过了。"尼利说。

"嘘！"妈妈对他说。她把牛奶倒进咖啡里，在约翰尼对面坐下："喝吧，约翰尼，趁热喝。"

约翰尼盯着杯子，突然一把推开。杯子当啷一声摔在地上，凯蒂狠狠倒抽一口气。约翰尼把头埋进胳膊，哭得浑身发抖。凯蒂走到他身边。

"怎么了,约翰尼,怎么了?"她温柔地问。终于,他抽泣着说:"今天他们把我赶出了服务生工会,他们说我是废物,是酒鬼。他们说一辈子都不会再给我派新的工作。"他忍了一会儿没哭,用惊恐的声音说:"一辈子啊!"他痛哭流涕:"他们要我把工会徽章还回去。"他伸手抚摸翻领上那一枚绿白相间的小徽章。弗兰西喉头一紧,想起爸爸经常说,他是把这枚徽章当装饰品、当玫瑰花一样佩戴的。他非常为自己的工会会员身份自豪。"但我不会把它还回去的。"他哭着说。

"这没什么,约翰尼。你只是需要好好休息一下,等你重新振作,他们会很高兴再接纳你的。你是个好服务生,也是他们最棒的歌手。"

"我再也不会好了。我再也唱不了歌了。凯蒂,现在我一唱歌他们就笑我。我最后的几份工作,就是他们雇我去逗别人发笑。现在我都沦落到这地步了。我完了。"他号啕大哭,仿佛永远都停不下来。

弗兰西想要跑进卧室,把头藏进枕头底下。她慢慢朝门口挪动,被妈妈发现了。

"待着别动!"她严厉地说。然后她再次转向爸爸,说:"来吧,约翰尼。休息一会儿,你会感觉好一些。煤油炉还点着,我这就把它拿到卧室去,这样卧室就暖和又舒服。我会坐你边上陪你,直到你睡着为止。"她伸手抱住他。他轻轻推开她的胳膊,独自走进卧室,仍在不断低声抽泣。凯蒂对孩子们说:"我要去陪爸爸一会儿。你们继续聊天,或者继续做你们刚才的事情吧。"孩子们呆呆地看着她。"你们这样看着我做什么?"她的声音哽咽了,"没什么大事。"他们移开目光。她走进前屋,去拿煤油炉。

弗兰西和尼利很长一段时间都没有去看对方。最后,尼利问:"你还想聊聊过去吗?"

"不想。"弗兰西说。

第三十六章

三天后,约翰尼去世了。

那天晚上,他上床后,凯蒂在他身边坐着,一直到他睡着。为了不打扰他,后来她去和弗兰西一起睡了。夜里不知道什么时候,他爬起来,悄悄穿好衣服出了门。第二天晚上他没有回来。第三天,他们开始寻找他,四处都找遍了,但约翰尼不在他平时常去的任何地方。那里的人说,他已经一个星期没来了。

第三天晚上,麦克沙恩警长上门,把凯蒂带去了附近的天主教医院。路上他尽可能用柔和的口气说了约翰尼的情况。那天一大早,有人发现约翰尼在一个门道里蜷成一团。警察找到他时,他已经昏迷不醒。他的无尾礼服扣着每一个扣子,遮住了底下的内衣。警察看见他脖子上戴着圣安东尼①像章,便叫了天主教医院的救护车。他身上没有任何能证明身份的东西。后来警察向警局报告这件事,对昏迷的男子做了一番描述。麦克沙恩警长在例行检查报告时看到了这个描述,他凭借第六感认为,这或许是他认识的人。他去了医院,发现这人就是约翰尼·诺兰。

凯蒂到医院时,约翰尼还活着。医生告诉她,约翰尼得了肺炎,救不了了。他已经陷入死前的昏迷,没几个小时好活了。他们把凯蒂带到约翰尼身边。他的病床在一间狭长的走廊状病房里,旁边还有其他五十张床。凯蒂谢过麦克沙恩警长,并向他道别。麦克沙恩没有留下,他知道凯蒂想单独和约翰尼在一起。

约翰尼的床周围围着一道屏风,这代表床上的人快不行了。他们给凯蒂送来一把椅子,凯蒂在椅子上坐了一整天,看着约翰尼。他大口喘着粗气,脸上带有泪痕。凯蒂守在那里,一直守到他过世。他始终没睁开过眼

---

① 天主教最著名的圣人之一。——译者注

睛,一句话也没有给妻子留下。

凯蒂回家时已经是晚上。她决定明天早上再把事情告诉孩子们。"让他们再多睡一晚好觉吧。"她心想,"没有悲痛地睡上一晚。"她只告诉他们,爸爸在医院里病得很重。她没再多说什么。孩子们看着她的表情,不敢继续追问。

天刚亮弗兰西就醒了。她从窄小的卧室望过去,看到妈妈正坐在尼利的床边,低头凝视着他的脸。她眼圈发黑,看起来似乎在那儿坐了一整夜。她见弗兰西醒了,便叫她马上起床,穿好衣服。她轻轻摇醒尼利,也叫他起床穿衣服,自己则走进了厨房。

卧室又暗又冷,弗兰西穿衣服的时候直打哆嗦。她等着尼利穿衣服,不想独自出去找妈妈。凯蒂坐在窗边,他们走到她面前,站着等她发话。

"你们的父亲死了。"她告诉他们。

弗兰西麻木地站着,既不惊讶,也不悲伤。她什么都感觉不到。妈妈刚才的话没有任何意义。

"你们别为他哭。"妈妈要求道,她接下来的话也没有意义,"他现在解脱了,或许他比我们幸运。"

医院的一个护工被殡葬师收买了,只要医院一死人,他就去通风报信。殡葬师的这个举动很精明,这么一来,他就比其他竞争对手更具优势。他主动出击争取业务,而不像其他人,被动等待生意上门。一大早,这位事业心很强的殡葬师就来拜访凯蒂了。

"诺兰太太,"他偷偷看了一眼护工写给他的字条,上面有凯蒂的名字和地址,"我很同情您,遇上了如此悲痛之事。但我想,您的遭遇,每个人迟早都会经历。"

"你想做什么?"凯蒂开门见山。

"想和您交个朋友。"他匆忙解释,怕她误会,"有些琐碎的事情,关于……呃……遗体,我是说……"他又迅速瞥了一眼字条:"我是说诺兰先生。我请您把我当成您的朋友,一个能在这种时刻提供安慰的朋友……我可以……哦,我希望您能把一切都交给我打理。"

凯蒂明白了:"办一场简单的葬礼,你要收多少钱?"

"钱的事您不必担心。"他闪烁其词,"我会给他办一场体面的葬礼。

我对诺兰先生无比崇敬。(其实他根本不认识诺兰先生。)我会把这当成自己的事来办,确保诺兰先生有场最好的葬礼。您别担心钱的问题。"

"我不担心,反正我也没钱。"

他舔舔嘴唇:"但有保险金。这肯定有吧。"这其实是个问句,而不是陈述句。

"有保险金,但很少。"

"啊!"他高兴地搓了搓手,"那正是我能为您效劳的地方。保险金的领取手续非常烦琐,需要等很久才能拿到钱。要是您让我来办理(您知道,这服务我不收钱),您只需要在这里签个名。"他从口袋里嗖地掏出一张纸:"然后把保单交给我。这笔钱我先预支给您,保险金让我去领就行。"

所有的殡葬师都提供这项"服务"。这是他们玩的一个花招,目的是弄清保险金有多少。知道具体数额后,他们就按那笔钱的百分之八十收丧葬费。他们得留下一点钱让家属买丧服,这样对方才会感到满意。

凯蒂拿出保单,放在桌上。这时,经验老到的殡葬师一眼就瞥见了金额:两百块。他假装没有看保单。凯蒂签完文件后,他说了一些别的事情,最后,似乎下定决心般开口道:

"诺兰太太,跟您说说我的打算吧。我会给逝者办一场风光的葬礼,安排四辆马车,用带镍把手的棺材,只收您一百七十五块。这些服务我平时要收两百五十块呢,这次我不挣您一分钱。"

"那你这么做图什么?"凯蒂问。

他听了这话毫不气恼:"我这么做是因为我喜欢诺兰先生。他那么出色,又那么勤劳。"他注意到凯蒂露出了惊讶的表情。

"我不确定。"她犹豫道,"一百七十五块……"

"那还包括了弥撒的钱。"他急忙补充。

"好吧。"凯蒂木然地说,她已经厌倦了谈论此事。

殡葬师拿起保单,假装现在才看到金额。"哎呀!这里有两百块呢!"他夸张地惊叹,"也就是说,付完葬礼的费用,您还能拿到二十五块。"他把腿伸直,在口袋里掏了掏:"哎,我总是说,手头有点现金早晚会派上用场,就像这种时候……要我说,其实任何时候,有点现金都是好的。"他善解人意地笑了笑:"所以,这差额我先自掏腰包,垫付给您。"他将崭新的二十五块钱放在桌上。

凯蒂谢了他。她知道他在玩什么把戏，但她没有表示异议。她明白这种事就是这么办的。那人只是在做自己的工作而已。他让凯蒂去找主治医生开死亡证明。

"请告诉他们，我会来领尸……我是说死……哦，我会来接诺兰先生的。"

凯蒂再次来到医院，被带到医生办公室里。教区的神父也在，他正努力提供相关信息，以便开具死亡证明。他见到凯蒂后，画了个十字祝福她，然后握了握她的手。

"诺兰太太比我更了解情况。"牧师说。

医生问了一些必要的问题：全名、出生地、生日等等。最后，凯蒂问了他一个问题：

"你要在那儿写什么？我是说，死亡原因那一栏。"

"急性酒精中毒和肺炎。"

"他们说他死于肺炎。"

"肺炎是直接的死因。但急性酒精中毒也是一个明确的因素。如果你想听实话，这可能才是他死亡的主要原因。"

"我希望你别写这条。"凯蒂缓慢而坚定地说，"别写他是因为喝酒太多死的。就只写他死于肺炎吧。"

"夫人，我必须把所有事实都写清楚。"

"他人都死了，因为什么死的有这么重要吗？"

"法律规定……"

"你瞧，"凯蒂说，"我有两个很好的孩子。他们长大后肯定会有出息。他们的父亲……你说他死于那种原因。但这不是孩子的错。我希望能告诉他们，他们的父亲只是死于肺炎，这对我很重要。"

神父插话了。"你可以照她的话做，医生。"他说。"这种事对你没坏处，又对别人有好处。逝者已矣，你就别再纠结这可怜小伙子的死因了。写肺炎也不算撒谎，而且，今后很长一段时间，这位女士都会在祈祷时记得你。再说了，"他现实地补充了一句，"这对你来说毫无影响。"

医生突然想到两件事：第一，这位神父是医院董事会的成员；第二，他想当那家医院的主任医师。

"好吧。"他妥协道,"我会这么写的。但你们别说出去。这是看在你的面子上,神父。"他在"死亡原因"后的空白处写下"肺炎"。

于是,约翰尼·诺兰酗酒身亡的事情没有留下任何记录。

凯蒂用这二十五块去买丧服。她给尼利买了崭新的黑色外套,还配上了长裤。这是他第一次拥有一整套西装,尼利的情绪起伏不定,既感到骄傲快乐,又觉得悲伤难过。凯蒂给她自己买了一顶新的黑帽子,又根据布鲁克林的习俗扯了三英尺长的寡妇面纱。弗兰西有了一双新鞋子,反正她早就该买鞋了。凯蒂决定还是不给弗兰西买黑外套了,因为她长得很快,到第二年冬天那衣服就穿不下了。凯蒂让她穿那件旧的绿外套,胳膊上缠一圈黑纱就行。弗兰西很高兴,因为她讨厌黑色,正担心妈妈要她穿一身黑丧服呢。买完东西还剩下一点点钱,被放进了锡储蓄罐里。

殡葬师又来了,他说约翰尼在殡仪馆里,仪容都整理妥当,今晚就能回家。凯蒂尖声要求他,别告诉他们这些细节。

他接下来的话仿佛晴天霹雳。

"诺兰太太,您得把地契给我。"

"什么地契?"

"墓地的啊。我需要地契才能开墓。"

"我以为这都包含在那一百七十五块里了。"

"不,不,不!我已经给您优惠了。光是棺材就花了我……"

"我不喜欢你。"凯蒂直言不讳,"我不喜欢你们这个行业。"随后她异常超脱地补充道:"但是,总得有人去埋葬死者。买地要多少钱?"

"二十块。"

"天哪,我上哪儿去弄……"她突然停下来,"弗兰西,去拿螺丝刀。"她们撬开那个锡储蓄罐,里面有十八块六毛两分。

"这钱不够。"殡葬师说,"但剩下的我来出吧。"他伸手要来拿钱。

"我会把钱凑齐的,"凯蒂告诉他,"不过在拿到地契之前,我不会交钱。"

那人争辩着,发了一通牢骚,但最后还是走了。他说他会把地契拿来。妈妈派弗兰西去茜茜家借了两块钱。殡葬师带着地契回来时,凯蒂想起了十四年前自己母亲说过的话。她将地契慢慢看了一遍，读得很仔细，还让弗兰西和尼利也看了一下。殡葬师把身体重心从一只脚换到另一只脚，不耐烦地等着。等三个人都确认地契无误，凯蒂才将钱递给他。

"我为什么要骗您呢，诺兰太太？"他一边小心翼翼地把钱收好，一边哀怨地问道。

"是啊，为什么有人要骗别人？"她反问，"但他们就是骗了。"

锡储蓄罐放在桌子中间，十四年后，锡条已经破旧不堪。
"你想让我把它钉回去吗，妈妈？"弗兰西问道。
"不用了，"妈妈慢慢地说，"我们不再需要它了。你看，我们现在有块地了。"她把折好的地契放在那简陋的星形储蓄罐上。

棺材在前屋放着时，弗兰西和尼利一直待在厨房里，甚至连睡觉也在厨房。他们不想看到父亲躺在棺材里。凯蒂似乎理解他们的心情，没有坚持要他们去看父亲。

屋子里摆满了鲜花。不到一周前，服务生工会刚将约翰尼赶走，此刻却送来了白色康乃馨。鲜花扎成巨大的枕头造型，对角线上斜拉着一条紫色丝带，丝带上用金字写道：我们的兄弟。辖区的警察们送来一个红玫瑰扎成的十字架，以此铭记诺兰家抓到凶手的功劳。麦克沙恩警长送来一束百合花。约翰尼的母亲、罗姆利家的人，还有一些邻居也纷纷送来鲜花。有许多鲜花是约翰尼的朋友们送来的，这些人凯蒂从没听说过。酒吧老板麦克加里蒂送来一个人造月桂叶花圈。

"我要把它扔垃圾桶里。"艾薇看了花圈上的卡片后，气愤地说。
"别这样，"凯蒂轻声说，"我不能怪麦克加里蒂。他又没逼着约翰尼去他那里。"

（约翰尼去世时，至少还欠麦克加里蒂三十八块钱。但不知道为什么，酒吧老板对凯蒂只字未提。他默默将债务一笔勾销。）

公寓里弥漫着玫瑰、百合和康乃馨的味道，浓烈的花香混合在一起，闻得让人不适。从那以后，弗兰西就一直很讨厌那些花。但凯蒂很高兴看到人们如此怀念约翰尼。

不久之后，约翰尼的棺材就要盖上了。凯蒂走进厨房，来到孩子们身边。她把手放在弗兰西的肩膀上，低声说：

"我听到一些邻居在交头接耳，他们说，因为他不是一个好父亲，所以你们不愿意去见他最后一面。"

"他是个好父亲！"弗兰西气愤地说。

"没错，他是。"凯蒂赞同道。她等待着，让孩子们自己做决定。

"走吧，尼利。"弗兰西说。两个孩子手牵手，一起去见父亲。尼利迅速看了一眼，他怕自己会哭出来，看完便跑出了房间。弗兰西站在那里，眼睛盯着地面，不敢去看。最后，她鼓起勇气抬头。她完全没法相信爸爸已经去世！他穿着自己那件无尾礼服，衣服已经洗干净、烫平整。他还换上了崭新的假胸襟和纸领子，系着一个精心打好的领结。他衣服翻领上别着一朵康乃馨，康乃馨上方是他的工会徽章。他的金发闪闪发光，和从前一样卷。有一缕头发散落下来，垂在额头上。他闭着眼睛，似乎正在小憩。他看起来年轻、英俊、养尊处优。弗兰西第一次注意到，爸爸的眉形好看极了。他的小胡子修剪得整整齐齐，看起来十分潇洒。在他脸上，所有的痛苦、悲伤和担忧都不复存在。那张脸很光洁，像是一个少年。约翰尼去世时三十四岁，但此刻他的模样年轻多了，仿佛才二十出头。弗兰西看着他的手，它们随意地交叉在一起，握住银色的十字架。他无名指上有一圈皮肤比周围更白皙，那里曾经戴着结婚时凯蒂送给他的图章戒指。（凯蒂将戒指摘了下来，打算等尼利长大后给他。）看见爸爸的手如此平静，弗兰西觉得很反常，因为她印象里那双手一直在颤抖。弗兰西发现，在修长手指的衬托下，那双手显得纤细又灵敏。她牢牢盯着他的手，觉得自己似乎看到它们动了。恐慌在她心中翻腾，她想要逃走。可屋子里全是人，都在看着她。他们会说，她跑开是因为……但他是个好父亲。他是的！他是的！她将手放到爸爸头发上，把那缕散乱的发丝梳理整齐。茜茜姨妈走过来，抱住她低声说："时间到了。"弗兰西后退一步，站在妈妈身边，看着他们合上棺盖。

做弥撒时，弗兰西和尼利跪在妈妈两边。弗兰西低头盯着地板，这样就不必去看祭坛前支架上的那一具花团锦簇的棺材。她偷偷瞥了妈妈一眼。凯蒂跪在那里，目光直视前方。寡妇面纱之下，她的脸苍白又安静。

神父走下来，绕着棺材走了一圈，在四个角落里洒了圣水。坐在对面过道上的一位女士正号啕大哭。凯蒂是个善妒的人，哪怕约翰尼已经去世，她的占有欲依然强烈。她一下子转过头，想看看是哪个女人这么大胆，敢为约翰尼哭得如此伤心。她仔细瞧了瞧那个女人，然后将头转回。她纷飞的思绪仿佛撕碎的纸屑，在风中凌乱飘舞。

"希尔蒂·欧戴尔看起来真显老。"她心想，"她那黄头发上像撒了粉似的。可她也没比我大多少啊……三十二、三十三岁吧。当时她十八岁，我十七岁。你走你的路，我走我的路吧。你的意思是，你走她的路。希尔蒂，希尔蒂……他是我男朋友，凯蒂·罗姆利……希尔蒂，希尔蒂……但她是我最好的朋友……我没有那么好，希尔蒂……我不该骗你……你走你的……希尔蒂，希尔蒂。让她哭吧，让她哭吧。"凯蒂心想。"爱约翰尼的人应该为他流泪。我没法哭，那就让她……"

凯蒂、约翰尼的母亲、弗兰西和尼利坐上灵车后的第一辆马车，朝墓地进发。孩子们背对马车夫坐着，弗兰西很庆幸，因为这样她就看不到前面带队的灵车了。她看见了后面跟着的那辆马车。马车里只坐了艾薇姨妈和茜茜姨妈两个。她们的丈夫因为工作不能来，玛丽·罗姆利外婆则留在家里照顾茜茜的小婴儿。弗兰西真希望自己能坐在第二辆马车里。露西·诺兰一路都在哭泣和叹息。凯蒂沉默地坐着，一动不动。马车闷不通风，湿草料的霉味和马粪的臭味混杂在一起，再加上拥挤逼仄的空间、倒着坐的不适，以及心理上的紧张，都让弗兰西感到一种陌生的恶心。

在墓地，一个朴素的木箱子立在深坑边上。他们把盖着布、带着闪亮把手的棺材放进朴素的箱子里。弗兰西转过头，没有去看他们是怎样将棺材放进坟墓的。

那是一个阴天，寒风呼啸，吹起一些冻结的尘土，在弗兰西的脚边打转。不远处有一座一周前刚造好的新坟，几个男人正在拆那些堆在坟墓上的鲜花摆饰，将凋零的花朵从铁丝框上摘掉。他们有条不紊地工作着，把枯萎的鲜花整齐地堆在一起，铁丝框也小心地叠放起来。他们干的是合法生意。他们向墓地管理方买了这个特许权，可以将铁丝框卖给花店，重复利用。对此没人有怨言，因为这些人做事很规矩，等到花完全凋谢了才会去拆。

有人朝弗兰西手里塞了一团冰冷潮湿的泥土。她看到妈妈和尼利站在坟墓边缘，将自己手里的那捧土撒进去。弗兰西缓缓走到边上，闭上眼，慢慢将手松开。过了一会儿，她听见一声轻响，那种恶心的感觉再度涌了上来。

葬礼过后，马车朝不同的方向离开，将每个来参加葬礼的人送回家。露西·诺兰和她的几个邻居一起走了，甚至都没来道个别。整个仪式期间，她都拒绝跟凯蒂和孩子们说话。茜茜姨妈和艾薇姨妈挤进凯蒂、弗兰西和尼利坐的那辆马车，车上坐不下五个人，所以弗兰西只好坐到艾薇腿上。回家的路上，他们都很安静。艾薇讲了几个威利姨夫和他那匹马的新故事，试图哄他们开心。但没有一个人笑，因为他们都没在听。

妈妈让马车在他们家附近的一家理发店停下。

"你去店里，"她对弗兰西说，"把你爸爸的杯子拿回来。"

弗兰西没明白她的意思。"什么杯子？"她问。

"你只管去要他的杯子就行。"

弗兰西走进店里。里面只有两个理发师，没有顾客。其中一个理发师坐在靠墙那一排的椅子上。他的左脚踝搭在右膝盖上，怀里抱着一把曼陀林。他正在弹奏《我的太阳》。弗兰西知道这首歌。莫顿先生教过他们，他管这首歌叫《阳光》。另一名理发师坐在一张理发椅上，照着一面长镜子。看见女孩走进来，他从椅子上站起身。

"什么事？"他问。

"我想要我父亲的杯子。"

"他叫什么？"

"约翰尼·诺兰。"

"啊，是的，太不幸了。"他叹了一口气，从架子上的一排杯子里拿出一个马克杯。那是一个白色的马克杯，杯壁很厚，上面用金色的花体字写着"约翰尼·诺兰"。杯底有一块用得差不多的白肥皂，还有一把破旧的刷子。他掏出肥皂，将它和刷子一起放进一个没写名字的大杯子里。他把约翰尼的杯子拿去清洗。

弗兰西一边等待，一边打量着周围。她之前从没进过理发店。理发店里散发着肥皂、干净的毛巾以及月桂发油的气味。一个煤气炉在嘶嘶作响，听起来温馨宜人。理发师已经弹完了那首歌，又从头来过。温暖的理发店里，曼陀林那轻柔的叮咚声显得有些忧伤。弗兰西在心里默唱莫顿先生教的歌词：

> 哦，多么辉煌，
> 那灿烂的阳光，
> 暴风雨过去后，
> 天空多晴朗。

每个人都有秘密，弗兰西若有所思。爸爸从来没说起过理发店，但他每周会来这里刮三次胡子。讲究的约翰尼学着那些富人买自己的专属杯，他不愿意用普通杯子里的泡沫刮胡子。这不是约翰尼的风格。只要他有钱，就会每周来这里三次——坐在其中一把椅子上，看着镜子和理发师聊天——或许会聊今年布鲁克林球队的表现好坏，或许会聊民主党是否会一如既往地当选。另一名理发师弹曼陀林的时候，他或许还会跟着一起唱。没错，弗兰西觉得他肯定会唱。唱歌对他来说，比呼吸还要简单。她心想：不知道爸爸在等位的时候，会不会去读长凳上放着的《警察公报》①？

理发师把洗好擦干的杯子交给她。"约翰尼·诺兰是个好人。"他说，"告诉你妈妈，这是他的理发师说的。"

"谢谢。"弗兰西感激地轻声道。在悲伤的曼陀林声中，她走出理发店，关上身后的门。

回到马车中，她将杯子递给凯蒂。"这是给你的。"妈妈说，"爸爸的图章戒指会给尼利。"

弗兰西看着爸爸那金色的名字，又轻声说了"谢谢"。短短五分钟里，她已经道了两次谢。

约翰尼在世上活了三十四年。不到一周前，他还在这些街道上行走。而现在，却只留下这杯子、戒指和家里那两条没有烫的服务生围裙，证明

---

① 《警察公报》，一份传奇性的美国杂志，创刊于1845年，多年来是理发店中的必备品，供顾客等位时翻阅。起初报道的是供大众消遣的犯罪新闻，之后内容逐渐丰富，为后来流行的八卦小报、花花公子杂志、体育周刊、吉尼斯纪录、男性生活杂志等开创了先河。——译者注

他在人间来过一遭。约翰尼没有留下其他遗物，因为他下葬时穿着自己的全部衣服，还戴着那些珍珠领扣和那枚14K的金领扣。

回到家时，他们发现邻居们来整理过房间。前屋里的家具都放回了原先的位置，枯萎的叶子和掉落的花瓣也被扫了出去。窗户开着，房间里很通风。邻居们还拿来煤块，在厨房炉灶中把火生得很旺，并给桌子铺上了崭新的白桌布。廷莫尔姐妹带了自己烤的蛋糕，切好放在一个盘子里。弗洛茜·加迪斯和她母亲买来许多博洛尼亚切片红肠，用两个盘子才装下。此外，桌上还有一篮新鲜的黑麦面包片，咖啡杯也都摆好了。炉子上有一壶温热的现煮咖啡，有人在桌子中间放了一罐地道的奶油。他们趁诺兰一家不在的时候做了这一切，做完便离开了，还替他们锁好门，并将钥匙放到门垫下面。

茜茜姨妈、艾薇姨妈、妈妈、弗兰西和尼利在桌边坐下。艾薇姨妈倒了咖啡。凯蒂坐在那里，盯着自己的杯子看了许久，回想起约翰尼最后一次坐在桌边的场景。她像当时的约翰尼那样，用胳膊推开杯子，低头靠在桌子上，哭得撕心裂肺。茜茜伸手搂住她，柔声安慰道：

"凯蒂，凯蒂，别这么哭。再这样哭下去，你那个快出生的孩子也会和你一样悲伤了。"

第三十七章

葬礼次日,凯蒂一直躺在床上。弗兰西和尼利不知所措地在公寓里走来走去。傍晚时分,凯蒂起床为他们做了些晚饭。吃完后,她敦促孩子们出去散会步,说他们需要呼吸新鲜空气。

弗兰西和尼利沿着格雷厄姆大道走向百老汇。那是一个寒冷又寂静的夜晚,不过没有下雪。大街上空无一人。圣诞节已经过去三天,孩子们都在家里玩自己的新玩具。街灯很亮,却显得很凄凉。海边吹来一股冷风,贴着地面席卷而来,沿着排水沟吹起一些脏纸屑。

弗兰西和尼利在过去的几天里一下子长大了。他们的父亲在圣诞节当天去世,于是这个圣诞节悄无声息地过去了。过去的几天里,也没有人顾得上尼利的十三岁生日。

他们来到一家大型歌舞杂耍①剧院,剧院外立面被灯光照得很明亮。弗兰西和尼利这两个孩子都识字,而且看到什么都读,于是他们不由自主地停下来,开始读那一周的节目单。在第六个节目下面,有一份大写的通知:

"下周来此演出的是——查恩西·奥斯本!歌声甜美的情歌王子,他的表演不容错过!"

情歌王子……情歌王子……

父亲死后,弗兰西没流过一滴泪,尼利也没有。现在,她觉得自己所有的眼泪都凝结在一起,形成了一个坚实的肿块,卡在喉咙里。而且这个肿块还在不断变大……变大。她觉得要是这个肿块不能马上消融,变回眼

---

① 歌舞杂耍(Vaudeville),19世纪后期至20世纪30年代流行于美国和加拿大剧场的一种综艺娱乐节目,主要表演魔术、杂技、喜剧、驯兽、耍把戏、歌舞等节目,被誉为"美国演艺界的心脏",是北美那几十年里最流行的娱乐形式之一。——译者注

泪，那么她也会死的。她看着尼利。眼泪正从他的眼睛里往外流，于是她自己也落下泪来。

他们转进一条黑暗的小巷，坐在人行道边缘，脚放在排水沟里。尼利虽然在哭，倒还记得在马路牙子上铺块手帕，以免弄脏他的新长裤。他们既寒冷又孤独，坐在一起挨得很近。两人在冷冰冰的街上坐着，默默哭了很久。最后，当他们再也哭不出来时，便开始说起话来。

"尼利，为什么爸爸要死呢？"

"我想是上帝想让他死。"

"为什么？"

"也许是为了惩罚他。"

"为了什么惩罚他？"

"我不知道。"尼利痛苦地说。

"你相信是上帝让爸爸来到这个世界的吗？"

"我信。"

"那就说明他想让他活着，不是吗？"

"我想是的。"

"那他为什么让他死得那样早呢？"

"也许是为了惩罚他。"尼利重复着，他不知道还能怎么回答。

"如果真是这样，那又有什么意义呢？爸爸人都死了，根本不知道自己被惩罚了。上帝把爸爸创造成那个样子，然后自言自语说：谅你也不敢如何。我打赌他就是这么说的。"

"也许你不该这么说上帝。"尼利担心地说。

"他们说上帝有多么多么伟大，"弗兰西嘲讽道，"什么都知道，什么都能做。如果他真那么伟大，为什么不帮帮爸爸，而要像你说的那样去惩罚他呢？"

"我只是说也许。"

"如果上帝掌管着整个世界，"弗兰西说，"掌管着太阳、月亮和星星，掌管着所有的鸟、树和花，以及所有的动物和人类——如果他地位那么重要，事情又那么多，你不觉得他根本没时间去惩罚某个人吗？某个像爸爸那样的人。"

"我觉得你不该这样议论上帝。"尼利不安地说，"他或许会让你立马送命的。"

"那就让他来吧,"弗兰西愤怒地喊道,"让他现在就把我弄死在这排水沟里!"

他们害怕地等待着,但什么事也没发生。弗兰西再次开口时,比之前平静了一些。

"我相信主耶稣基督和他的母亲圣母玛利亚。耶稣从前是一个活生生的婴儿,夏天时也像我们一样光着脚。我看过他小时候没穿鞋的画像。长大后,他也像爸爸一样去钓过鱼。他也会受到伤害,但伤害他的那些人却没法伤害上帝。耶稣不会到处惩罚人,他了解人类。所以我永远相信耶稣基督。"

他们画了一个十字,像天主教徒在提到耶稣的名字时常做的那样。然后她把手放在尼利的膝盖上,轻声说了一句话。

"尼利,这话我只告诉你。我不再相信上帝了。"

"我想回家。"尼利说。他在发抖。

凯蒂让孩子们进屋,她看出他们虽然脸色疲惫,神情却很平静。"嗯,他们已经哭出来了。"她心想。

弗兰西看了看她的母亲,然后迅速别开了视线。"看来我们出门的时候,"她想,"她一直在哭,哭到再也哭不出来。"谁也没有把哭的事情说出来。

"我想你们回家时肯定很冷,"妈妈说,"所以我给你们准备了一个温暖的惊喜。"

"什么惊喜?"尼利问。

"你们看了就知道了。"

惊喜就是"热巧克力":将可可粉和炼乳调成糊状,加入沸水搅拌而成。凯蒂把浓稠的巧克力倒进杯子里。"还有。"她补充道。她将手伸进围裙口袋里的一个纸袋,掏出三粒棉花软糖,分别放进每个杯子里。"妈妈!"孩子们异口同声地兴奋喊道。"热巧克力"是非常特别的东西,通常只有生日时才能享用。

"妈妈真是了不起。"弗兰西心想,她用勺子把棉花糖往下按,看着它在黑色的巧克力中溶化成一圈圈的白色涟漪,"她知道我们一直在哭,但她没有问起。妈妈从来不会……"突然间,弗兰西想到一个很恰当的词来形容妈妈,"妈妈从来不会拖泥带水。"

没错,凯蒂从来不会拖泥带水。她的那双手美丽又沧桑,行动起来总是干脆利落,可以精准地把残花插进玻璃水杯中,也可以麻利地拧干抹布——左右手同时拧,左手向里,右手向外。她说话时总是简洁明了,一针见血。她的想法也清晰又坚定。

妈妈说:"尼利是个大小伙了,不能再和姐姐睡一个房间。所以我整理了一下你们……"她几乎没怎么犹豫,接着说道:"……你们的父亲和我之前的那间房间。现在,那里是尼利的卧室了。"

尼利猛地抬起眼睛,看向妈妈。一个他自己的房间!他美梦成真,而且还是两个美梦:长裤和房间……随即他又黯然神伤,因为他想到了那些好东西是怎么来的。

"我要跟你合用你的房间了,弗兰西。"凯蒂本能地讲起漂亮话,没有说"你来住我的房间"。

"我希望能有自己的房间。"弗兰西有些嫉妒地想,"但这样安排并没有错,我想,让尼利住是对的。我们只有两间卧室,他又不能跟妈妈一起睡。"

凯蒂知道弗兰西的想法,她说:"等天暖和起来,弗兰西可以住到前屋。我们把她的小床放到前屋,白天用漂亮的床罩罩住,那样看起来就像个私人起居室了。好不好,弗兰西?"

"好吧,妈妈。"

过了一会儿,妈妈说:"前几天晚上我们都忘了读书,但现在我们得重新开始读了。"

"看来,一切都会照常进行。"弗兰西有些惊讶地想。她从壁炉架上取下《圣经》。

妈妈说:"因为我们今年没有过圣诞节,所以就跳过本该读的那部分吧,直接读耶稣诞生的故事。我们轮流读。你先来,弗兰西。"

弗兰西开始朗读:

"……他们在那里的时候,玛利亚的产期到了,就生了头胎的儿子,用布包起来，放在马槽里，因为客店里没有地方。"

凯蒂重重叹了口气。弗兰西停止朗读，疑惑地抬起头。"没什么，"妈妈说，"继续读吧。"

"对，这没什么。"凯蒂想，"是时候该感受到胎动了。"那未出生的孩子又在她体内微微动了动。"他是不是因为知道这个孩子要出生，"她默默想，"所以终于戒了酒？"她之前轻声告诉他，他们又要有孩子了。是不是他知道后，开始努力改变自己了？他是不是因为知道了这事，所以死前想努力变成更好的人？"约翰尼……约翰尼……"她又叹了口气。

他们轮流读着耶稣诞生的故事，读的时候，都想到了约翰尼的死亡。但每个人都对此闭口不言。

当孩子们准备上床睡觉时，凯蒂做了一件很不寻常的事情。之所以说这很不寻常，是因为她并非感情外露的女人。她紧紧抱住孩子们，送上了晚安吻。

"从现在开始，"她说，"我既是你们的母亲，也是你们的父亲。"

第三十八章

在圣诞假期结束之前,弗兰西告诉妈妈:她不打算回学校了。
"你不是很喜欢上学吗?"妈妈问。
"没错,我喜欢。但我现在十四岁了,很容易就能办工作证。"
"你为什么想工作?"
"为了给家里帮忙。"
"不,弗兰西。我希望你回去上学,从学校毕业。只有几个月了。不知不觉,六月就来了。你可以在今年夏天去办工作证。或许尼利也能办。但你们俩到秋天都要去上中学。所以别想工作证的事了,回去上学吧。"
"但是,妈妈,我们怎么才能熬到夏天?"
"我们会有办法的。"

凯蒂虽然说得很自信,其实心里并没有底。她许多时候都很想念约翰尼。约翰尼虽然没有稳定的工作,但有时候周末晚上他能找到活干,可以挣上个三块钱。况且,要是情况实在太糟糕,约翰尼也总能想办法振作起来,让他们渡过难关。但现在,约翰尼已经不在了。

凯蒂盘算了一下。只要她每周能把三栋公寓楼打扫干净,房租问题就能解决。尼利送报纸每周能挣一块五。这笔钱能维持他们的煤炭开销,如果他们只在晚上生火的话。不过等一下!每周还得付两毛钱的保险费呢。(凯蒂每周的保险费是一毛钱,孩子则每人五分钱。)好吧,那就少烧点煤,早点上床,这样应该就行了。衣服?衣服就别想了。幸好弗兰西买了新鞋,尼利也有一套西服。那么,最大的问题是食物。或许麦克加里蒂太太会再让她帮忙洗衣服,这样每周又能挣一块钱。然后她可以去外面接一些清洁工的活。没错,他们总能熬过去的。

就这样,他们一直撑到了三月底。那时候凯蒂身子已经很重了(孩子预产期在五月）。那些雇佣她的女士看到她挺着大肚子站在她们厨房的熨衣板前，或者笨拙地趴在地上擦洗地板时，都会皱起眉头，不忍直视。出于同情，她们只能去搭把手。很快她们便意识到：虽然雇佣了一名清洁工，但实际上大部分的活还是要自己来干。于是，她们一个接一个地告诉凯蒂，她们不再需要她干活了。

终于有一天，保险代理人上门来时，凯蒂交不出那两毛钱保险费了。保险代理人是罗姆利家的老朋友，他知道凯蒂的处境。

"我不想看到你的保单失效，诺兰太太。尤其是你已经坚持交了那么多年。"

"你不会因为我晚交个几天，就让我的保单失效吧？"

"我不会。但是保险公司会。你看！你为什么不把孩子的保单兑现呢？"

"我不知道可以这样做。"

"很少有人知道。他们停缴保险费，保险公司什么都不会说。久而久之，他们之前付的那些钱就都归保险公司了。要是他们知道我跟你说这些，我肯定会丢工作。但我是这么想的：我替你们全家做保险代理——你的父亲母亲、你们罗姆利家的姐妹们，还有她们的丈夫和孩子。我在你们中间传递了那么多生老病死的消息，不知怎么，我都觉得自己像是你们家的一员了。"

"我们不能没有你。"凯蒂说。

"你可以这么做，诺兰太太：把孩子们的保单兑现，但保留你自己那份。说句不吉利的，万一孩子出了什么事，你总有办法让他们安葬。再说句不吉利的，万一你自己出了什么事，要是没有保险费，孩子们没法葬你吧？对不对？"

"对，他们没法子。我必须继续付自己的保单。我可不想像个乞丐一样，葬在陶人之田①。那样的话，孩子们这辈子都抬不起头，不光是他们，他们的子孙后代都会觉得丢脸。所以我要继续交我的保单，孩子们的两份我听你的建议。告诉我该怎么做吧。"

---

① 陶人之田，圣经典故，大祭司买下一块土地叫"陶人之田"，用于埋葬无名氏、罪犯和穷人。——译者注

凯蒂将孩子们的两份保单兑换了二十五块钱，他们靠这笔钱一直撑到四月底。再过五周，孩子就要出生了。再过八周，弗兰西和尼利就要从小学毕业了。这八周得想办法熬过去。

罗姆利家三姐妹围坐在凯蒂厨房的桌子边开会。

"我能帮肯定会帮。"艾薇说，"但你们也知道，威利自从被那匹马踢过之后，就不太对劲了。他对老板很没礼貌，跟其他工人也处不好。现在没有一匹马愿意跟他一起外出，所以他们只让他在马厩里干活，打扫马粪和碎瓶子。他们把他的工资减到了每周十八块，这点钱养三个孩子远远不够。我自己也在找一些清洁工的零活。"

"要是我能想到什么办法……"茜茜开口道。

"不用了，"凯蒂果断地说，"你把母亲接过去一起住，就已经帮大忙了。"

"没错，"艾薇说，"凯蒂和我原先一直都很担心她，那时候她一个人住一间屋子，还要出去做清洁，就为了挣几分钱。"

"妈妈花不了多少钱，也没给我们添麻烦。"茜茜说，"我家约翰不介意她一起住。当然，他一周只能挣二十块，现在我们还有个孩子要养。我想回以前的工厂上班，可是妈妈年纪大了，没法照顾孩子，也没法管家。她今年八十三岁了。我要是出去工作，就得雇个人来照看母亲和孩子。如果我有工作，倒是能帮上你的忙，凯蒂。"

"可你不能去工作，茜茜。这也没办法。"凯蒂说。

"那现在唯一能做的就是，"艾薇说，"让弗兰西辍学，给她办工作证。"

"但我想让她毕业。我的孩子将成为诺兰家第一个获得文凭的人。"

"可文凭不能当饭吃。"艾薇说。

"你没有什么男性朋友可以帮忙吗？"茜茜问，"你知道你很漂亮。"

"等她恢复身材后再说吧。"艾薇插话道。

麦克沙恩警长在凯蒂脑海中一闪而过。"没有，"她说，"我没有男性朋友。我从来都只有约翰尼，没有别的人。"

"那我觉得，艾薇是对的，"茜茜断定，"我很不想说这话，但你必须让弗兰西去工作。"

"可要是没有小学毕业文凭,她就没法再念中学了。"凯蒂反对道。

"唉,"艾薇叹了口气,"实在不行,可以求助天主教慈善机构。"

"真到了那地步,"凯蒂轻声说道,"如果我们只能靠慈善机构施舍,那我就把门窗全堵上,等孩子们睡熟后,把房子所有的煤气阀都打开。"

"别说这种话,"艾薇尖声说道,"你想活下去的,不是吗?"

"没错,但我活着总得为点什么。我不想靠施舍的食物过活,难道要靠吃那些食物养足力气,再去乞讨更多施舍的食物吗?"

"那就又绕回了那个办法。"艾薇说,"得让弗兰西退学去工作。只能是弗兰西,因为尼利才十三岁,办不了工作证。"

茜茜把手放在凯蒂胳膊上:"这事没么糟糕。弗兰西是个聪明孩子,读了很多书。那姑娘总能想到办法,让自己继续接受教育。"

艾薇站起身:"好啦!我们得走了。"她在桌子上放了五毛钱。她料到凯蒂会拒绝,故意火药味十足地说:"别以为是送你的啊,我早晚要讨回来的。"

凯蒂微笑起来:"你没必要喊那么大声。我不介意拿自己姐姐的钱。"

茜茜更直接些,道别时,她俯身亲吻凯蒂的脸颊,将一元纸钞塞进她的围裙口袋里。"如果你需要我,"她说,"就派人来叫我。哪怕是半夜里,我也会过来。不过半夜你得派尼利来,那些黑漆漆的街道要经过煤场,女孩走夜路不安全。"

凯蒂独自坐在厨房桌边,一直坐到深夜。"我需要两个月的时间……只要两个月。"她心想,"亲爱的上帝,请给我两个月的时间。这只是一点点时间而已。等到那时候,我的孩子生好了,我的身体也会恢复了。等到那时候,孩子们就会从公立学校毕业了。当我能掌控自己的身心,就不再需要向您祈求任何东西。但现在我力不从心,只能向您求助。只要熬过两个月……两个月……"她等待着一束暖光的出现,因为那就说明她和上帝沟通成功了。但她没见到任何光。她又试了一次。

"圣母玛利亚,耶稣的母亲,您知道这是怎样的感受。您也有过孩子。圣母玛利亚……"她等待着,但什么也没有发生。

她将茜茜给的一块钱和艾薇给的五毛钱放到桌上。"这些钱能让我们再撑三天。"她想,"然后怎么办……"她下意识地低声说:"约翰尼,无论你在哪里,再振作一次,帮帮我们。再帮帮我们……"她又等了一会儿。这一次,光芒出现了。

恰好就是约翰尼帮了他们。

酒吧老板麦克加里蒂对约翰尼始终没法忘怀。倒不是因为他觉得良心不安,不,完全不是那样。他又没有强迫别人进他酒吧。除了给门铰链上好油,让人稍稍一推就能把门轻松打开,他没比其他酒吧老板多做任何招揽顾客的事情。他这里的免费便餐没比别家好多少,除了顾客们的自发表演,也没有什么吸引人的娱乐活动。不,不是因为他良心不安。

他只是很想念约翰尼,仅此而已。这也不是因为他想赚钱,约翰尼反而还欠着他钱。他喜欢和约翰尼在一起,是因为他给这个酒吧增添了品位。在一群卡车司机和挖沟工人中间,看到有个高挑的年轻小伙子温文尔雅地站在吧台,那种感觉真是不赖。"当然,"麦克加里蒂承认,"约翰尼·诺兰的确喝得太多,很伤身体。但他要是不来我这儿喝,也会去别的地方喝。不过他酒品不错,喝多了以后从来不会骂人或者打架。"麦克加里蒂认定:"没错,约翰尼的表现一直很好。"

麦克加里蒂真正想念的是和约翰尼一起聊天。"这家伙真是太能聊了。"他心想,"噢,他会跟我讲南方的那些棉花田、阿拉伯的海岸,或者阳光明媚的法国,就好像他真的去过那里一样。其实他都是从歌里听来的。我当然喜欢听他聊那些遥远的地方。"他沉思着,"但我最喜欢的,是听他聊他的家人们。"

麦克加里蒂曾经做过关于家的美梦。那个梦想中的家离酒吧很远,远到得坐电车才能到。他想象着他在清晨锁上酒吧的门,然后跳上电车回家。梦里有温柔的妻子在等着他,给他准备了热咖啡和美味的食物。吃完饭后,他们会一起聊天……聊酒吧之外的事情。他梦中的孩子们——干净、漂亮又聪明,他们为自己的父亲开酒吧而感到有些羞耻。而他为他们的羞耻感自豪,因为这代表他有能力生育出有教养的孩子。

哎,那一直是他梦想中的婚姻。可后来他娶了梅。梅是个身材丰满的性感女郎,有着一头深红色的头发和大大的嘴巴。但婚后没多久,她就变成了一个肥胖又邋遢的女人,布鲁克林人都知道她"爱混酒吧"。结婚的头两年，日子过得还不错。后来，麦克加里蒂某天早晨醒来，发现情况不妙。梅不会变成他梦想中的妻子。她喜欢酒吧，坚持要在酒吧楼上租房子。她不想要法拉盛①的房子，也不想做家务。她喜欢坐在酒吧后屋，日夜陪客人喝酒嬉笑。梅给他生的孩子们像小流氓似的在街上乱跑，跟人吹嘘他们的爸爸是酒吧老板。他的孩子居然以此为荣，麦克加里蒂大失所望。

他知道梅对他不忠。但他不在乎，只要别的男人不在背后嘲笑他就行。他早就不嫉妒了。多年前他对梅的身体丧失欲望以后，就再也不会为她争风吃醋。渐渐地，他对和她或者其他任何女人睡觉都失去了兴趣。不知为何，他在心里将良好的谈吐和良好的性关系紧密关联起来。他想要一个可以谈心的女人，能对她倾诉自己的一切想法。他想让她对他说话，说些温暖的、睿智的、亲密的话。他想，如果他能找到那样一个女人，那他就能重振雄风。他笨拙地追寻着，不光想要肉体上的结合，更想要思想与灵魂的交融。随着时间的推移，想和一个亲密的女人说心里话成了他的执念。

做生意的时候，他会观察人性并得出了一些结论。那些结论缺乏智慧，也没有创意，事实上它们相当乏味。但它们对麦克加里蒂很重要，因为那是他自己琢磨出来的。在刚结婚的那两年，他试图把这些结论告诉梅，但她只会说："我能想象到。"有时候，她会变换一下说辞，说："我完全能想象到。"渐渐地，由于无法与她分享自己的内心世界，麦克加里蒂在她面前丧失了丈夫的权威，而她也开始对他不忠。

麦克加里蒂内心有着很深的罪恶感。他恨自己的孩子。他的女儿艾琳和弗兰西同龄。艾琳有双粉红色的眼睛，发色也是那种极浅的红色，可以称得上是粉红。她又刻薄又糊涂，已经留级了好几回，十四岁时还在读六年级。他的儿子吉姆十岁，唯一出众的地方就是他的屁股实在太胖，裤子总是穿不下。

麦克加里蒂还有一个梦想，就是有朝一日梅会来向他坦白，说孩子不是他的。这个梦让他很快乐。他觉得要是他知道孩子是别人的，他倒能去爱他们。那样他就能客观看待他们的刻薄和糊涂，会可怜他们、帮助他

---

① 法拉盛，位于纽约皇后区内。——译者注

们。只要一想到那是自己的孩子，他就心生憎恨，因为他在他们身上看到了他和梅所有的恶劣品质。

在约翰尼光顾麦克加里蒂酒吧的八年间，他每天都在赞美凯蒂和孩子们。在那八年中，麦克加里蒂玩着一个秘密的游戏。他假装自己是约翰尼，约翰尼在谈论家人的时候，麦克加里蒂就当成是自己在讲述梅和孩子们的事情。

"给你看样东西，"有一回约翰尼自豪地说，他从口袋里掏出一张纸，"我女儿在学校写了这篇作文，得了 A。她才十岁啊。听听，我念给你听。"

约翰尼念作文的时候，麦克加里蒂就假装是自己的女儿写了这个故事。另一天，约翰尼带来了一对粗糙的木制书立，动作夸张地摆在吧台上。

"给你看样东西，"他骄傲地说，"这是我儿子尼利在学校做的。"

"这是我儿子吉姆在学校做的。"麦克加里蒂一边打量书立，一边在内心自豪地说。

还有一次，麦克加里蒂想要和约翰尼聊天，便开了个头问："你觉得我们会打仗吗，约翰尼？"

"真有意思，"约翰尼回答，"这个话题我和凯蒂聊了一个通宵。最后我终于说服她，威尔逊不会让我们参战的。"

麦克加里蒂心想，要是他和梅就那个话题聊一整夜，会是怎样的场景？要是梅说："你是对的，吉姆。"又是怎样的画面？但他无从得知，因为他知道这种事绝不可能发生。

所以约翰尼一死，麦克加里蒂的美梦也随之破灭。他试图自己玩那个游戏，但那并不管用。他需要某个像约翰尼那样的人来启发他。

差不多是同样的时候，那一边罗姆利三姐妹在凯蒂家厨房谈话，而这一头麦克加里蒂有了一个主意。他的钱多到想不出该怎么花，但除了钱他一无所有。或许他能从约翰尼的孩子们身上，重新买回自己的美梦。他怀疑凯蒂很缺钱。或许他可以给约翰尼的孩子们找份轻松的工作，让他们放学后来打零工。他可以帮助他们……上帝知道他有钱帮他们，说不定他还能得到一些回报。或许他们会和他说说话，就像他们和自己父亲聊天一样。

他告诉梅,他打算去看看凯蒂,给她的孩子们找些活干。梅幸灾乐祸地表示,他肯定会被轰出门。麦克加里蒂并不认为自己会被赶走。为了出门做客,他刮起胡子,同时回想着那天凯蒂上门感谢他送花圈的情形。

约翰尼的葬礼结束后,凯蒂四处拜访,感谢每一个送过花的人。她无视标有"女士入口"的侧门,径直从正门走进麦克加里蒂的酒吧,没去理吧台前那些盯着她看的男人,直接朝麦克加里蒂走去。麦克加里蒂见到她后,卷起围裙一角,塞进皮带里面,这表示他暂时不当班。他从吧台后面走出来见她。

"我来感谢你送的花圈。"凯蒂说。

"哦,那个啊。"他说着松了一口气。他还以为凯蒂是来骂他的。

"让你费心了。"

"我喜欢约翰尼。"

"我知道。"她伸出手。他愣了一会儿才反应过来,她是想和他握手。握住她的手时,他问道:"你不怪我吧?"

"为什么要怪你?"她回答,"约翰尼是自由身,他是白人,也超过二十一岁了。"说完她便转身走出了酒吧。

麦克加里蒂心想:不会的,只要他是带着好意拜访,凯蒂这样的女人是不会将他轰出门的。

他坐在厨房的椅子上跟凯蒂说话,心里惴惴不安。此刻孩子们本该在写作业,但弗兰西假装低头看书,其实是在偷听麦克加里蒂先生说话。

"我跟我太太商量过了,"麦克加里蒂开始畅想,"她同意我们雇佣你家女儿。你知道,我们不会安排重活,只需要铺铺床、洗洗碗。你家儿子可以在楼下帮忙打杂,剥鸡蛋、把奶酪切成块。他在后厨工作,完全不会接近吧台。放学后让他们来干一小时左右,周六再来个半天。每周我会给他们一人两块钱。"

凯蒂激动起来。"每周四块钱。"她心里盘算着,"再加上送报纸的一块五。这样一来,他们两个都能继续上学,钱也够买东西吃了。我们能渡过这一关了。"

"你觉得怎么样,诺兰太太?"他问。

"这得看孩子们的意思。"她回答。

"那么，"他转向孩子们的方向说，"你们觉得怎么样？"

弗兰西装出刚从书中回过神的样子："您说什么？"

"你愿意帮麦克加里蒂太太做做家务吗？"

"愿意，先生。"弗兰西说。

"你呢？"他看着尼利。

"愿意，先生。"尼利附和道。

"那就这么决定了。"他转向凯蒂，"当然，他们这只是临时干干。之后我们会找一名长期的女佣，来接手家务和厨房的活。"

"没关系，我也不想让他们长期干。"凯蒂说。

"你们或许手头有点紧。"他把手伸进口袋，"我先把第一周的工资付给你们。"

"不用，麦克加里蒂先生。既然是他们挣的钱，他们就有权每周末自己去领钱回家。"

"好吧。"但他没有把手从口袋里取出来，而是紧紧攥着那厚厚一卷钞票。他心想："我有那么多钱，却什么都买不来。而他们什么都没有。"他有了一个主意。

"诺兰太太，你知道我和约翰尼是怎样做交易的。我给他赊账，而他给我他挣的小费。其实，他去世时，还留了点钱在我这里。"他拿出那卷厚厚的钞票。看到那么多钱，弗兰西瞪大了眼睛。麦克加里蒂本来想说，约翰尼留下了十二块钱，然后把那笔钱交给凯蒂。他看着凯蒂，将捆着钱的橡皮筋取下来。见凯蒂眯起眼睛，麦克加里蒂改变了主意。他知道要是说十二块，她肯定不会相信。"当然，留的钱并不多。"他随口说着，"只有两块钱。但我想，这钱该给你。"他拿出两块钱，递给凯蒂。

凯蒂摇摇头："我知道你不欠我们钱。如果你实话实说，应该是约翰尼欠你钱。"说谎被识破，麦克加里蒂很不好意思。他把那卷钱塞回口袋里，大腿贴着钱的感觉不太舒服。"但是，麦克加里蒂先生，我很感谢你的好意。"凯蒂说。

她最后的几句话令麦克加里蒂打开了话匣子。他开始滔滔不绝。他说起自己在爱尔兰的童年，说起他的父亲母亲和兄弟姐妹，说起他梦想中的婚姻。他对她吐露心声，倾诉了自己这些年来的一切想法。他没有指责自己的妻子和孩子，只是对他们绝口不提。他谈到了约翰尼，以及约翰尼日常是如何说起自己的妻子和孩子的。

"比如那些窗帘,"麦克加里蒂说,他挥着粗壮的手指向那半扇窗帘,窗帘是用带红玫瑰图案的黄色印花棉布做的。"约翰尼跟我说,你把自己的一条旧裙子撕开,做成了厨房的窗帘。他说这让厨房看起来很漂亮,就像在吉卜赛人的马车里一样。"

弗兰西不再假装学习,她注意到麦克加里蒂最后那个形容。"吉卜赛人的马车,"她一边想,一边以全新的视角去打量窗帘,"原来爸爸说过这话啊。我还以为他当时没有注意到这新窗帘呢。至少他没发表过意见。但他确实注意到了。他还跟这个人炫耀了一番。"听到他这样说起约翰尼,弗兰西几乎都以为约翰尼还活着。"原来爸爸对这个男人说过那些事情。"她盯着麦克加里蒂,对他产生了新的兴趣。他是个矮胖的男人,手粗脖子短,脖子泛着红,头发日渐稀少。弗兰西心想:"光是看外表,谁能想得到他内心竟如此与众不同?"

麦克加里蒂滔滔不绝地说了两个小时。凯蒂专注地听着。她并不是在听麦克加里蒂的倾诉,而是在听麦克加里蒂讲约翰尼。在他停顿的间隙,她会给他些回应,鼓励他往下说,比如:"是吗?""然后呢?"或者"接着呢?"……当他找不到合适的词时,她会提个建议,他听了欣然接受。

他说话时,发生了一件奇妙的事情。他觉得自己丧失的男性雄风又在体内涌动起来。这并不是因为凯蒂和他同处一室。她现在身材臃肿变形,他看着她时都暗自皱眉。这并不是因为女人的身体,而是因为他和她谈话的缘故。

房间里逐渐暗了下来。麦克加里蒂止住话头。他嗓子沙哑,人也说累了。但这种疲惫是新奇而又安心的感受。他不情愿地想,他得回家了。酒吧现在应该生意正旺。男人们下班回家路过他酒吧时,会进来喝杯餐前酒。他不喜欢梅在吧台后面被一群男人环绕的样子。他慢慢站起身。

"诺兰太太,"他手忙脚乱地去拿他那顶棕色的圆顶硬礼帽,"我能偶尔过来聊聊天吗?"她缓缓地摇了摇头。"只是聊聊天行吗?"他再次祈求。

"不行,麦克加里蒂先生。"她尽可能温柔地说。

他叹了口气,离开了。

弗兰西很高兴能忙碌起来。这样她就没时间总想着爸爸了。她和尼利早上六点起床，上学前帮妈妈做两小时的清洁工作。现在妈妈不能干太辛苦的活。弗兰西将三个门厅里的黄铜门铃挂板擦得锃亮，用一块油布把每根扶手栏杆擦得干干净净。尼利则打扫地下室和铺着地毯的楼梯。他们每天都要把装满煤灰的桶搬到马路牙子上。这是个难题。因为桶太重了，就算他们两个人一起使劲，这桶也依然纹丝不动。弗兰西想到一个办法，她把桶倒过来，将煤灰倒在地下室的地板上，把空桶拿到路边。然后用煤桶①装上煤灰往空桶里倒，将桶重新装满。这个方法很好用，尽管要从地下室上上下下跑很多次。他们把这些干完后，妈妈就只需要擦洗铺着油毡的走廊了。有三位租客提出，在凯蒂生产前，他们的那段走廊由自己来擦洗，真是帮了大忙。

放学后，孩子们得去教堂接受"指导"，因为他们俩春天就要受坚信礼了。上完指导课，他们便去麦克加里蒂那儿打工。正如他承诺的那样，工作十分轻松。弗兰西整理了四张乱糟糟的床铺，洗了几个早餐用过的碗碟，还打扫了房间。这些不到一小时就能完成。

尼利的时间表和弗兰西一样，只是多了一项送报纸的任务。有时候他要一直工作到八点才回家吃晚饭。他在麦克加里蒂的酒吧后厨帮工，工作内容是剥四打煮熟的鸡蛋；把硬奶酪切成一英寸的小块，并在每一块上插一根牙签，以及将大泡菜切成长条。

麦克加里蒂等了几天，等孩子们习惯在他这里工作。然后他觉得时候差不多了，可以让他们像约翰尼那样跟他聊天了。他走进厨房，坐下来看着尼利工作。"他和他父亲简直一模一样。"麦克加里蒂心想。他等了很久，让男孩适应他的存在，然后他清了清嗓子。

"你最近做过什么木制书立吗？"他问道。

"没有……没有，先生。"尼利结结巴巴地说，他很惊讶被问到这个奇怪的问题。

麦克加里蒂等待着。为什么这男孩不开口说话？尼利剥鸡蛋剥得更快了。麦克加里蒂再次尝试道："你觉得威尔逊会让我们参战吗？"

---

① 煤桶，通常由金属制成，有一个手柄和一个大的开口。在过去，煤炭是一种主要的取暖和烹饪燃料，因此需要使用煤桶来存放和搬运煤炭。这里弗兰西用煤桶来装灰，分批搬运。——译者注

"我不知道。"尼利说。

麦克加里蒂又等了很久。尼利以为他是来检查自己工作的。他急于讨他欢心,手脚更加麻利,提前把活都干完了。他把最后一个剥了壳的鸡蛋放进玻璃碗里,抬起头来。"啊!现在他要和我说话了。"麦克加里蒂心想。

"您还需要我做什么吗?"尼利问。

"不用了,就这些。"麦克加里蒂还在等待。

"那我可以走了吧?"尼利试探着问。

"走吧,孩子。"麦克加里蒂叹了口气。他看着男孩走出后门。"要是他能转身说点什么就好了……随便说什么……说点私人的事。"麦克加里蒂心想。但是尼利没有转身。

第二天,麦克加里蒂试着去找弗兰西。他上楼来到公寓,一言不发地坐下。弗兰西有些害怕,开始边扫地边往门口走。"如果他要对我做什么,"她想,"我可以跑出去。"麦克加里蒂静静地坐了很久,觉得自己是在让她习惯他。他不知道他让她害怕了。

"最近有没有写什么得 A、得第一的好作文呀?"他问。

"没有,先生。"

他等了一会儿说:"你觉得我们会参战吗?"

"我……我不知道。"她慢慢往门边挪。

麦克加里蒂想:"我吓到她了。她以为我跟那个走廊里的罪犯一样。"他大声说:"别害怕,我这就走。如果你想的话,我走后你可以锁上门。"

"好的,先生。"她说。他走后,弗兰西心想:"我猜他只是想来聊聊天。但我并没有什么话要对他说。"

梅·麦克加里蒂上来过一回。当时弗兰西正跪在地上,试图从水槽下的水管后面清理一些污垢。梅让她起来,别管那个了。

"主爱你,孩子,"她说,"干活别太拼命。你和我都会死,但这间公寓会存在很久。"

她从冰箱里拿出一大块玫瑰色的 Jell-O 牌[①]果冻,切成两半,把其中一份放在另一个盘子里。她在果冻上挤了很多掼奶油,朝桌上丢了两把勺

[①] 美国家喻户晓的果冻品牌。——译者注

子，自己先坐下，然后叫弗兰西也坐下。

"我不饿。"弗兰西撒谎说。

"多少吃点，这是社交礼貌。"梅说。

这是弗兰西第一次吃Jell-O牌果冻和搅奶油。那味道棒极了，她强迫自己注重礼仪，才没有吃得狼吞虎咽。她一边吃一边想："哎，麦克加里蒂太太人很好，麦克加里蒂先生也很好。只是我想，他们在一起，对彼此可能不太好。"

梅·麦克加里蒂和吉姆·麦克加里蒂两人坐在酒吧后面的小圆桌上，草草地吃着他们的晚餐，气氛一如既往地沉默。但突然间，梅将手放到他胳膊上。这出乎意料的触碰令他颤抖。他又小又亮的眼睛看向她那双红褐色的大眼睛，看到她眼中带着同情。

"这不管用的，吉姆。"她轻声说。他内心激动起来。"她知道！"他心想，"哎呀……哎呀……她懂我。"

"有句老话说，"梅继续道，"钱买不到一切。"

"我明白。"他说，"那我就让他们走吧。"

"再过几个星期，等她孩子出生吧。做戏做全套。"她站起身，朝吧台走去。

麦克加里蒂坐在那里，久久无法平静。"我们谈话了。"他惊奇地想，"一个名字都没提，也没说什么具体的事。但她知道我在想什么，我也知道她在想什么。"他匆忙去追自己的妻子，想保留这份灵犀相通的感觉。他看见梅站在吧台尽头，一个粗壮的卡车司机正搂着她的腰，凑在她耳边低语。而她则捂住嘴，忍着笑。麦克加里蒂进来时，卡车司机窘迫地收回手，走下吧台，站到一群男人中间。麦克加里蒂走到吧台后面，看向妻子的眼睛。那是一双空洞的眼睛，从中看不出任何默契。麦克加里蒂又恢复了从前的表情，痛苦而又失落。他开始干晚上的活。

玛丽·罗姆利日渐衰老，再也不能独自在布鲁克林走动。她想在凯蒂生孩子前见见凯蒂，便托保险代理人带个口信。

"女人生孩子时，"她告诉他，"死神会握住她的手。有时候只握一小会儿，但有时候就不撒手了。告诉我的小女儿，她生孩子前，我想见她一面。"

保险代理人把话传到。接下来的那个星期天，凯蒂带着弗兰西去看望她的母亲。尼利请了假，说坦恩·艾克街的棒球队想在空地上举办一场球赛，他已经答应他们要去做投球手。

茜茜家的厨房宽敞又温暖，光线明亮，一尘不染。玛丽·罗姆利外婆正坐在炉子边的一把矮摇椅里。这是她从奥地利带来的唯一一件家具，曾经在她家小屋的壁炉边放了一百多年。

茜茜的丈夫坐在窗边，抱着孩子喂奶。在问候了玛丽和茜茜之后，弗兰西和凯蒂也向他问好。

"你好，约翰。"凯蒂说。

"你好，凯蒂。"他回答。

"你好，约翰姨夫。"

"你好，弗兰西。"

她们做客期间，他再也没说过话。弗兰西盯着他，对他很好奇。罗姆利家对他的态度和对茜茜的前几任丈夫和情人一样，都只把他当成一个过客。弗兰西不知道他自己是否也觉得他是过客。他真名叫史蒂夫，但茜茜总管他叫"我的约翰"。家里人提到他时，也叫他"那个约翰"或者"茜茜的约翰"。弗兰西不知道他在杂志社的同事是不是也管他叫"约翰"。他反对过吗？他有没有说过："听着，茜茜，我的名字是史蒂夫，不叫约翰。告诉你的妹妹们，让她们也叫我史蒂夫。"

"茜茜，你变胖了。"妈妈说。

"女人生完孩子后，自然会增加一些体重。"茜茜一本正经地说，她对弗兰西微笑道，"你想来抱抱孩子吗，弗兰西？"

"哦，好的！"

茜茜那高个子的丈夫站起身，一言不发地将孩子和奶瓶交给弗兰西，然后走出了房间。对于他的离开，没人有任何反应。

弗兰西坐在他空出来的那张椅子上。她之前从来没有抱过孩子。她用手指轻轻触碰宝宝那柔软的、圆鼓鼓的脸颊，就像她曾经看到乔安娜做的那样。指尖仿佛触了电一般，那激动人心的震颤沿着手臂传遍她的全身。"等我长大了，"她决定，"我屋子里要一直都有这么一个婴儿。"

她抱着宝宝，一边听妈妈和外婆说话，一边看茜茜姨妈做面条。她要做足够吃一个月的量。茜茜拿起一个黄色的硬面团，用擀面杖把它擀平，然后像蛋糕卷一样卷起来。她用一把锋利的刀将卷好的面团切成纸一样薄的条状，然后抖开来，挂在厨房炉子前一根细木棍做的架子上，将面条晾干。

弗兰西觉得茜茜有些不一样了。她不再是原来的那个茜茜姨妈。这并不是因为她不像从前那样苗条了。她的变化与外貌无关。弗兰西百思不得其解。

玛丽·罗姆利想了解凯蒂的一切近况，凯蒂一五一十地告诉了她。她从最近的事情开始讲起，然后往前补充事情的起因。她先讲了孩子们在替麦克加里蒂干活，以及他们挣的钱是怎样维持日常生活的。然后她说起麦克加里蒂来家里的那天，他坐在她家厨房聊着约翰尼的事情。最后她说：

"我跟你说，妈妈，要是那时候麦克加里蒂没有出现，我真不知道会发生什么。我当时情绪很差，就在那天之前的几个晚上，我还祈求约翰尼来帮帮我呢。这很蠢，我知道。"

"这不蠢，"玛丽说，"他听到了你的祈求。他来帮你了。"

"鬼魂帮不了任何人，妈妈。"茜茜说。

"鬼魂不光是那些能穿过紧闭房门的家伙。"玛丽·罗姆利说，"凯蒂刚才讲了她丈夫过去是怎样和那个酒吧老板聊天的。通过那些年的谈话，约尼①在那个男人身上留下了自己的点点滴滴。在凯蒂向自己男人祈求帮助的时候，那点点滴滴便在酒吧老板身上汇聚起来。是酒吧老板灵魂中的约尼听到了凯蒂的祈求，是约尼来帮凯蒂了。"

弗兰西在心里仔细琢磨着这段话。"如果是这样，"她心想，"那么麦克加里蒂先生在那次长谈中，把爸爸的一点一滴全还给了我们。现在他身上已经没有任何爸爸的痕迹了。或许就是因为这样，我们才没有办法按照他的想法跟他聊天。"

到了告别的时候，茜茜用鞋盒装满面条交给凯蒂，让她带回去。弗兰西和外婆吻别时，玛丽·罗姆利紧紧抱住她，用自己的语言低声说：

"接下来的那个月，你要更加听妈妈的话，对她更尊重。这种时候，她需要特别多的关爱和理解。"

---

① 指约翰尼。

外婆说了什么，弗兰西一个字都没听懂。但她还是回答："好的，外婆。"

她们坐着电车回家。弗兰西将鞋盒放在自己的膝盖上，因为现在妈妈没有膝盖能放东西。弗兰西在电车上思考着深刻的问题："如果玛丽·罗姆利外婆说的是真的，那其实没有人会真正死去。爸爸虽然死了，但他仍然以许多方式活在世上。尼利长得和他很像，所以他活在尼利身上。妈妈认识他那么久，所以他活在妈妈身上。生他的母亲仍然健在，所以他还活在他母亲身上。或许有朝一日，我会生个男孩，长得像爸爸，继承了爸爸所有的优点，而且不喝酒。那个男孩将来会有他的儿子。而他儿子以后也会有自己的儿子。或许，根本没有真正的死亡。"她想到麦克加里蒂先生："没人会相信他身上居然有爸爸的影子。"她想到麦克加里蒂太太，想到她让自己放轻松，坐下来吃果冻。弗兰西突然灵光一现！她知道茜茜姨妈哪里不一样了。她对妈妈说：

"茜茜姨妈不再用那种浓烈的甜香水了，对吧，妈妈？"

"是的。她不必用了，再也不需要了。"

"为什么？"

"因为她现在有孩子了，还有一个照顾她和孩子的男人。"

弗兰西想多问几个问题，但妈妈已经闭上眼睛，将头靠在后面的椅背上。她脸色苍白，神情疲惫，弗兰西决定不再打扰她休息。她得自己把问题想明白。

"用这种浓烈的香水，"她心想，"肯定是因为，女人想要个孩子，想要找一个男人和她生孩子，并照顾自己和孩子。"她不断扩大的知识库里，又多了一条宝贵的知识。

弗兰西开始觉得头疼。她不知道是什么引起的：是抱宝宝的兴奋、电车的颠簸、对爸爸的那番思考，还是茜茜姨妈香水的秘密？或许是因为她现在早上起太早，又忙碌了一整天。或许是因为到了每个月的那几天，她总是会头疼。

"好吧，"弗兰西做出决定，"我想让我头疼的东西，不是别的——就是生活本身。"

"别傻了，"妈妈轻声说，她仍然靠在椅子上闭着眼睛，"是茜茜姨妈家的厨房太热了。我自己也头疼呢。"

　　弗兰西吓了一跳。难道妈妈闭着眼睛都能看穿她的心思吗？她想起来，自己刚才不小心把最后那句生活让她头疼的话说了出来。她哈哈大笑，这是自从爸爸去世以后她第一次笑。妈妈睁开眼睛，也微笑起来。

第三十九章

弗兰西和尼利在五月受了坚信礼。那时弗兰西快十四岁半了,而尼利只比她小一岁。擅长裁剪的茜茜用平纹细布为弗兰西做了一条朴素的白裙子。凯蒂想办法给她买了一双白色山羊皮便鞋和一双白色长筒丝袜。这是弗兰西的第一双丝袜。尼利穿的是那套为参加爸爸葬礼买的黑西服。

社区里有个传说:在坚信礼那天许三个愿,有朝一日都会实现。第一个愿望要许几乎不可能成真的那种,第二个愿望是你可以靠自己来实现的,第三个愿望得和长大后的事情有关。弗兰西"几乎不可能成真的"愿望是:让她的棕色直发变成尼利那样的金色鬈发。她的第二个愿望是拥有像妈妈、艾薇姨妈和茜茜姨妈那样的好嗓音。她的第三个愿望是:等她长大后,她要去环游世界。尼利的愿望是:第一,他要变得很有钱;第二,他的成绩单上要有更好的成绩;第三,长大后他不会像爸爸那样整天喝酒。

布鲁克林有条铁律:孩子们在受坚信礼时,一定要找一个专业摄影师照相。凯蒂没钱给他们拍照,只好让弗洛茜·加迪斯用她的盒式照相机拍张快照。弗洛茜让他们站在人行道边缘,摆好姿势。按下快门时,她没注意到后面有一辆电车缓缓开过。她把照片放大裱起来,作为坚信礼的礼物送给弗兰西。

照片送到时,茜茜也在场。凯蒂拿着照片,大家都围在她身边一起欣赏。弗兰西之前从没照过相。这是她第一次以旁观者的角度打量自己。只见她僵硬地站在马路边缘,身体挺得笔直。她背对着排水沟,裙摆被风吹向一侧。尼利紧挨着她站着,比她高一个头,穿着新熨的黑西装,显得阔气又英俊。阳光从屋顶斜射下来。尼利站在阳光中,明亮的光线将他的脸照得清清楚楚。而弗兰西则站在阴影里,整个人显得很黑,表情有些愤怒。在他们身后,那辆恰好经过的电车留下了模糊的影子。

茜茜说:"我敢打赌这是全世界唯一一张有电车的坚信礼照片。"

"照片拍得不错。"凯蒂说,"他们站在大街上拍更加自然,比去摄影师那里,站在硬纸板做的教堂窗户前强。"她将照片挂在壁炉架上方。

"你用了什么名字,尼利?"茜茜问。

"爸爸的名字。现在我叫科尼利厄斯·约翰尼·诺兰。"

"这名字适合当外科医生。"凯蒂评价说。

"我用了妈妈的名字。"弗兰西郑重地说,"现在我的全名是玛丽·弗朗西斯·凯瑟琳·诺兰。"弗兰西等待着,但妈妈没有说这个名字适合当作家。

"凯蒂,你有约翰尼的照片吗?"茜茜问。

"没有。只有结婚那天我们两个人的合照。怎么了?"

"没什么。只是时间过得太快了,不是吗?"

"是啊,"凯蒂叹了口气,"这是少数几件我们能说得准的事情。"

坚信礼结束后,弗兰西不必再去教堂接受指导。于是她把这每天多出的一小时专门用来写小说。她想借这部小说向新来的语文老师佳恩达小姐证明:她的确懂得什么是美。

父亲去世后,弗兰西就不再写鸟写树,也不再写《我的印象》。她实在太想念爸爸,所以就开始写关于他的小故事。她试图证明,尽管爸爸有许多缺点,但他是一个好父亲,也是个善良的人。她写了三篇这样的故事,但没有像往常一样得A,都只得了C。第四篇作文发回来后,上面写了一行字,要她放学后留下来。

所有孩子都回家了,教室里只剩下佳恩达小姐和弗兰西,还有那本大字典。弗兰西的最后四篇作文放在佳恩达小姐的桌子上。

"弗朗西斯,你的作文怎么了?"佳恩达小姐问。

"我不知道。"

"你是我最好的学生之一。你作文写得很优美。我喜欢读你的文章。但最近的这几篇……"她轻蔑地翻了一下。

"拼写我都查过了,字也努力写得工整,还有……"

"我指的是你的题材。"

"您说我们可以自己选择题材。"

"但贫困、饥饿和酗酒这类丑陋的题材,你不该去选。我们都承认这些事情是存在的。但作者不会去写它们。"

"那作者会去写什么?"弗兰西下意识地学着老师的措辞。

"作者可以尽情想象,找到美的题材。作家和艺术家一样,必须始终保持对美的追求。"

"美是什么?"弗兰西问道。

"我想,济慈已经给出了最好的定义:'美即是真,真即是美'。①"

弗兰西鼓起勇气说:"但那些故事都是真的。"

"胡说!"佳恩达小姐发火了。但她随即缓和了语气,继续说:"所谓的真,就是指星星永远在那里,太阳始终会升起;就是指人类真正高贵的品格,以及母爱和爱国情怀。"她虎头蛇尾地结束了举例。

"我明白了。"弗兰西说。

佳恩达小姐继续往下说,弗兰西则在内心激烈反驳。

"酗酒既不是真,也不是美。它是一种罪。酒鬼应该关进监狱里,而不是写进故事里。还有贫穷,贫穷是说不出任何借口的。凡是想找活干的人,都能找到工作。人穷只是因为懒得干活。而懒惰和美毫无干系。"

(妈妈她哪里懒惰了!)

"饥饿也不美,而且也没必要。我们有组织有序的慈善机构,没人需要忍饥挨饿。"

弗兰西咬牙切齿。她母亲最痛恨的就是"慈善"这个词,在她的教育下,她的孩子也很讨厌这个词。

"我并不是势利眼。"佳恩达小姐声明,"我也不是有钱人出身。我父亲是名牧师,薪水微薄。"

(但好歹也是薪水,佳恩达小姐。)

"能给我母亲帮忙的人,只是一些没受过训练的女佣,大部分都是乡下女孩。"

(我明白了,佳恩达小姐,您真穷,穷得都有钱请女佣呢。)

"很多时候,我们身边没有女佣,我母亲只好亲自做所有的家务。"

(佳恩达小姐,我的母亲除了亲自做所有的家务,还要做比那多十几

---

① 这句话出自英国浪漫主义诗人约翰·济慈(John Keats,1795—1821)的诗歌《希腊古瓮颂》(*Ode on a Grecian Urn*)。——译者注

倍的清洁工作。)

"我想去州立大学,但我们付不起学费。我父亲只能送我去一所小教派的学院。"

(但是您得承认,您上大学是没有问题的。)

"相信我,这种大学只有穷人才会去念。我也明白挨饿的感觉。我父亲的薪水一再被拖欠,导致我们没钱买食物。有一次,我们吃了整整三天的茶和吐司。"

(这就是您说的挨饿?)

"但要是我只写贫穷和饥饿,我就会变得很乏味,不是吗?"弗兰西没有回答。"不是吗?"佳恩达小姐加强语气重复道。

"是的,老师。"

"现在,我们来说说你给毕业大戏写的剧本。"她从书桌抽屉里拿出一份薄薄的手稿。"有些地方写得非常好,但有些地方你写偏了。比如说,"她翻开一页,"这里命运说:'年轻人,你的理想是什么?'男孩回答:'我想成为一名治疗师。我想修补人类破碎的身体。'这个想法很美,弗朗西斯。但你在这里就写坏了。命运说:'那是你想成为的人。但是你看!那是你将成为的人。'光照在一个老人身上,他正在焊接煤灰桶的底部。老人说:'啊,曾经我想修补人类的身体,但现在我却在修补……'"佳恩达小姐突然抬起头:"你不会是故意要写得很滑稽吧,弗朗西斯?"

"哦,不是的,老师。"

"我们刚才聊了那几句后,你应该能明白,为什么我们不能用你这个剧本排毕业大戏了吧。"

"我明白了。"弗兰西的心几乎要碎了。

"比阿特丽斯·威廉姆斯有一个好主意:让一个仙女挥舞着魔杖,然后男孩女孩们穿着不同的节日服装出场,每个人代表一年中的一个节日,各自念一首和自己代表的节日有关的小诗。这是一个很好的想法,只可惜比阿特丽斯不会写诗。你要不就根据她这个主意来写诗?比阿特丽斯不会介意的。我们可以在节目单上注明创意来自比阿特丽斯。这样很公平,不是吗?"

"是的,老师。但我不想用她的主意。我想用我自己的。"

"当然,你这么坚持自己的想法,也是值得表扬的。好吧,我不强求。"她站起来,"我花了这么多时间找你谈话,是因为我真心相信你很有前途。既然我们已经谈过话,我想,你不会再写那些龌龊的小故事了。"

龌龊。弗兰西反复琢磨这个词。这不在她的词汇表里。"龌龊是什么意思?"

"还记得我说的吗?遇到不懂的词,你就——"佳恩达小姐抑扬顿挫地说,语调有些滑稽。

"哦!我忘了。"弗兰西跑到大字典跟前查阅起来。龌龊:肮脏。肮脏?她想起爸爸一生中每天都穿着崭新的假胸襟和纸领子,皮鞋虽然旧了,但擦得锃亮,一天要擦两回。不洁。爸爸在理发店有专用马克杯。卑鄙。弗兰西跳过了这条释义,她不明白这个词的确切意思。不雅。怎么可能!爸爸是个舞者。他身材苗条、动作灵敏,体态可优雅了!还有刻薄和下流。她记得爸爸种种温柔又体贴的举动,她记得每个人都是那么爱他。弗兰西脸颊发烫,气得双眼通红,再看不进接下来的文字。她转头看向佳恩达小姐,一张脸因为愤怒而显得扭曲。

"你怎么敢用那种词来形容我们!"

"我们?"佳恩达小姐茫然地问,"我们在谈论你的作文啊。怎么了,弗朗西斯!"她的声音十分震惊。"我很惊讶!你一直是个表现不错的姑娘。要是你妈妈知道你对你的老师无礼,她会怎么说?"

弗兰西害怕起来。在布鲁克林,对老师无礼几乎是能进少管所的罪行。"请原谅,请原谅。"她低声下气地反复道歉,"我不是故意的。"

"我理解。"佳恩达小姐温柔地说,她伸手搂住弗兰西,领着她走到门口,"看来,我们这场谈话对你影响很大。龌龊是个丑陋的词,我很高兴你因为我用了这个词而生气。这表示你听懂了。或许你不会再喜欢我,但是请你相信,我说这些都是为了你好。有一天你会想起我说的话,到时候你会感谢我的。"

弗兰西真希望成年人别再说这种话了。未来那些沉甸甸的感谢,已经压得她喘不过气来。她觉得她或许得把自己最美好的青春年华浪费在找人上了——找到那些人,承认他们是对的,并向他们表示感谢。

佳恩达小姐将那些"龌龊"的作文和剧本递给她,说:"你回家后,就把它们在炉子里烧掉吧。你要亲自点火,火苗燃起时,你就不断地说:'我在焚烧丑陋。我在焚烧丑陋。'"

从学校往家走时，弗兰西试图理清整件事情。她知道佳恩达小姐并非刻薄之人。她是为了自己好才这么说的。只是对弗兰西来说，这似乎并不好。她开始明白，在一些受过教育的人眼中，自己的生活或许糟糕透顶。她想，等她受了教育，会不会也以自己的背景为耻呢？她会为自己的家人感到羞耻吗？英俊的爸爸总是那么快乐、善良、善解人意。她会以爸爸为耻吗？勇敢又真诚的妈妈很为她自己的母亲骄傲，哪怕外婆不会读书也不会写字。她会以妈妈为耻吗？尼利是个诚实的好孩子。她会以弟弟为耻吗？不！不会的！如果受教育会让她为自己的出身感到羞耻，那她宁愿不要接受教育。"但我会证明给佳恩达小姐看的。"她发誓，"我会证明给她看我有想象力。我肯定会证明给她看。"

从那天起，她开始写她的小说。主人公是个名叫雪莉·诺拉的女孩，锦衣玉食，在极其奢华的环境中出生、长大。虽然这个故事叫《这就是我》，但它跟弗兰西的生活完全相反。

现在弗兰西已经写了二十页。目前为止，她还在事无巨细地描述雪莉家的豪华家具，对雪莉精致的衣服赞不绝口，一道菜、一道菜地记录女主角享用的美食。

等故事写完，弗兰西打算请茜茜姨妈家的约翰拿去他的杂志社出版。弗兰西有个美梦，她幻想着把自己写的书交给佳恩达小姐时的场景。她在脑海中构思了整个场景，还反复推敲着对话。

弗兰西：
（她将书递给佳恩达小姐。）
我相信，您在这本书里找不到任何龌龊的东西。请把它当作我的学期作业。我把它出版了，希望您不介意。
（佳恩达小姐惊讶地张大嘴。弗兰西毫不在意。）
印出来好读一些，不是吗？
（佳恩达小姐读书时，弗兰西漫不经心地盯着窗外。）
佳恩达小姐：
（读完后）

弗朗西斯！这太棒了！

弗兰西：

什么？

（突然想起来）

哦，小说啊。我平时抽空写的，很快就写完了。写你完全不了解的事情并不需要多久。写真实的事情才更花时间，因为你必须先去经历它们。

弗兰西画掉了这句话。她不想让佳恩达小姐怀疑她心灵受过伤害。她重新写道：

弗兰西：

什么？

（她想了起来）

哦！小说啊。我很高兴您喜欢它。

佳恩达小姐：

（羞怯地）

弗朗西斯，我能……能请你给我签个名吗？

弗兰西：

当然可以。

（佳恩达小姐打开钢笔的笔帽，将笔尖朝向自己递给弗兰西。弗兰西写道："M.弗朗西斯.K.诺兰敬赠。"）

佳恩达小姐：

（仔细打量签名）

多么独特的签名啊！

弗兰西：

这只是我的法定姓名而已。

佳恩达小姐：

（羞怯地）

弗朗西斯？

弗兰西：

请别拘束，您可以像以前一样跟我说话。

佳恩达小姐：

我能请你在签名上方写一句："致我的朋友缪丽尔·佳恩达"吗？

弗兰西：

（几不可察地顿了顿）

这有什么不可以？

（嘲讽地微微一笑）

我向来按照您的要求去写。

（写下题词）

佳恩达小姐：

（低声说）

谢谢。

弗兰西：

佳恩达小姐……虽然现在已经无所谓了……但是您能不能给这个作品打个分呢……看在过去的分上？

（佳恩达小姐拿起红铅笔，在书上写下大大的A+。）

这个梦美妙极了，弗兰西兴奋不已。她热情高涨地开始写下一章。她要不停地写啊写，尽快写完，好让美梦成真。她写道：

"帕克，"雪莉·诺拉问她的贴身女仆，"今晚厨师给我们准备了什么晚餐？"

"我想是玻璃罩罩着的野鸡胸肉①，配温室芦笋、进口蘑菇，还有菠萝慕斯，雪莉小姐。"

"听起来乏味极了。"雪莉说。

"是的，雪莉小姐。"女仆恭敬地说。

"你懂的，帕克，我想按照自己的意愿点菜。"

"我们都听您的。"

---

① 在过去，这是一种高级又奢侈的美食，通常被放在玻璃罩下端上餐桌，至今仍是西方国家的一种文化标志。——译者注

一棵巨大的白杨树,高耸入云,
宁静从容地屹立在蓝天下。

"我想要很多简单的甜点,从甜点里挑选我的晚餐。请给我来一打俄式奶油布丁、一些草莓奶油酥饼、一夸脱①冰激凌——做成巧克力味的,还要一打手指饼干和一盒法国巧克力。"

"好极了,雪莉小姐。"

一滴水落在纸页上。弗兰西抬头看去。不,屋顶没有漏水。是她在流口水。她很饿,非常饿。她走到炉子边,看了看锅里。一锅汤水里只有一根浅色的骨头。面包盒里还有些面包,虽然有点硬,但总比没有好。她切了一片面包,倒上一杯咖啡,把面包浸在咖啡里泡软。她一边吃一边读自己刚才写的东西,然后惊奇地发现了一件事情。

"你看这里,弗兰西·诺兰,"她自言自语,"你在这个故事里写的东西,和在佳恩达小姐不喜欢的那些故事里所写的,其实是同一回事。这里,你其实就是在写很饿,只不过你用了一种扭曲、迂回又愚蠢的方式。"

这小说令她气恼不已,她撕了本子,塞进炉子里。火苗开始舔舐纸张,她越想越气,跑到房里,从床下拿出她那一盒子手稿。她小心翼翼地把那四篇写父亲的文章放到一边,将剩下的全塞进了炉子里。她把所有得了 A 的漂亮文章全烧了。在纸张发黑、变成灰之前,有那么一瞬间,句子会显得更加清晰:一棵巨大的白杨树,高耸入云,宁静从容地屹立在蓝天下。还有一句是:头顶是一片温柔的蓝色天穹。这是个完美的十月天。另一句的结尾是:……蜀葵宛若落日的精华,鸢尾如同天堂的缩影。

"我从来没见过白杨树,天穹的说法也是在某个地方读到的。那些花我也只在种子目录册上见过。我得 A 只是因为我很会撒谎。"她捅了捅纸张,让它们烧得更快。当它们烧成灰时,她反复念叨:"我在焚烧丑陋。我在焚烧丑陋。"最后一簇炉火熄灭时,她戏剧性地对着热水锅炉宣布:"我的写作生涯就此终结。"

突然间,她感到害怕又孤独。她很想爸爸,很想爸爸。他不可能死了的,就是不可能。再过一会儿,他就会唱着《莫莉·马龙》跑上楼梯。她会去开门。他会说:"你好,小歌后。"她会说:"爸爸,我做了个噩梦,我梦见你死了。"然后她就把佳恩达小姐说的话告诉他,他会找到合适的

---

① 容量单位,主要在美国、英国及爱尔兰使用。

话来让她相信：一切都会好起来的。她等待着、聆听着。或许这只是一场梦。但这不是，没有梦能持续那么久。这是真的。爸爸永远都不在了。

她低头趴在桌上哭了。"妈妈不像她爱尼利那样爱我。"她哭泣着，"我努力想让她爱我。我紧挨着她坐，她去哪儿我就去哪儿，她让我做什么我就做什么。但我还是没法让她像爸爸那样爱我。"

然后她想起妈妈在电车上那苍白的脸色，想起她靠着椅背紧闭双眼的样子。她记得妈妈当时看起来是那么憔悴、那么疲惫。妈妈其实是爱她的。她当然爱她。只是她不会像爸爸那样表达出来。妈妈人很好。现在妈妈随时都可能要生孩子，但是她还在外面工作。要是妈妈在生孩子的时候死了怎么办？想到这个，弗兰西的血液都凝固了。要是没有妈妈，她和尼利该怎么办？他们能去哪里？艾薇姨妈和茜茜姨妈都太穷了，没法收养他们。他们无处可去。全世界他们只有妈妈一个人能依靠。

"亲爱的上帝，"弗兰西祈祷道，"不要让妈妈死。我知道我告诉过尼利我不相信你了。但其实我相信！我相信！我那次只是说说而已。不要惩罚我妈妈。她没有做错任何事。不要像你带走爸爸一样带走她。如果你让她活下来，我会把我的写作献给你。如果你让她活下来，从此我不会再写任何故事。圣母玛利亚，请让你的儿子耶稣请求上帝，别让我妈妈死。"

但她觉得自己的祈祷毫无用处。上帝记得她说过不相信他，他会惩罚她，就像他带走爸爸那样带走妈妈。她因为恐惧而变得歇斯底里，甚至认为妈妈已经死了。她冲出公寓去找她。凯蒂没有在他们那栋房子里打扫卫生。她走进第二栋房子，跑了三层楼梯，边跑边喊："妈妈！"但妈妈不在那栋房子里。弗兰西走进第三栋也是最后一栋房子。妈妈不在一楼。妈妈不在二楼。只剩下最后一楼了，要是妈妈还不在，那她肯定死了。弗兰西尖叫道：

"妈妈！妈妈！"

"我在上面。"凯蒂平静的声音从三楼传来，"你别瞎嚷嚷。"

弗兰西彻底放松下来，整个人都快瘫了。她不想让妈妈知道她哭过。她找了找手帕，没有找到，就用衬裙擦了擦眼睛，慢慢地走上最后一层楼梯。

"你好，妈妈。"

"是尼利出什么事了吗？"

"没有，妈妈。"（她总是先想着尼利。）

"那就好，你好。"凯蒂微笑着说。她猜测弗兰西在学校遇到了什么烦心事。好吧，如果她想告诉她的话……

"妈妈，你喜欢我吗？"

"我要是连自己孩子都不喜欢，那不就成了怪人吗？"

"你觉得我和尼利一样好看吗？"她焦急地等待着妈妈的答案，因为她知道妈妈从不撒谎。妈妈过了很久才回答：

"你有一双非常漂亮的手，头发也很好，又长又浓密。"

"但是你觉得我和尼利一样好看吗？"弗兰西坚持问道，她甚至希望妈妈撒个谎。

"听着，弗兰西，我知道你心里藏着事，在委婉地表达它。但我太累了，猜不出你的心思。你耐心点，等我生完孩子再说吧。我喜欢你和尼利，我觉得你们俩都是漂亮孩子。好啦，你别再烦我了。"

弗兰西顿时懊悔不已。她看着快要生孩子的妈妈笨拙地趴在地上，揪紧了一颗心。她在妈妈身边跪下。

"起来，妈妈，剩下的走廊我来帮你擦。我有时间。"她将手伸进水桶里。

"不！"凯蒂尖声喊道。她把弗兰西的手从水里拿出来，在她围裙上擦干。"别把你的手放到那水里。水里面有苏打粉和碱液。你看看它都把我的手弄成什么样了。"她伸出她那双形状优美，却在工作中伤痕累累的手，"我不想让你的手也变成这样。我希望你的手永远都那么漂亮。而且，我也快干完了。"

"要是我不能帮忙，那我能坐在楼梯上看看吗？"

"要是你没别的事可干，那你就看吧。"

弗兰西坐下来看着妈妈。知道妈妈还活着，而且就在身边，这种感觉实在太好了。此刻，甚至连擦洗地板的声音都让人觉得安心又愉悦。刷子"唰唰唰"地挥动着，抹布"喷喷喷"地擦拭着。"咚！""砰！"那是妈妈把刷子和抹布扔进水桶的声音。"哗啦哗啦"，那是妈妈把水桶推到下一块区域时的动静。

"你没有什么女性朋友能聊聊天吗，弗兰西？"

"没有，我讨厌女人。"

"这可不正常。跟同龄的女孩聊聊天,这对你有好处。"

"你有女性朋友吗,妈妈?"

"没有,我讨厌女人。"凯蒂说。

"你瞧,你和我一样。"

"但我从前有一个闺密,我就是通过她认识你爸爸的。所以你看,有时候有个女性朋友还挺管用的。"她虽然是在开玩笑,但手里的刷子却仿佛挥舞出了"你走你的路,我走我的路"的架势。她忍住泪水。"没错,"她继续说,"你需要朋友。除了我和尼利,你从不跟任何人讲话,只知道看书、写故事。"

"我已经放弃写作了。"

凯蒂明白了,不管弗兰西的心事是什么,肯定跟她的作文有关系。"你今天作文分数不好?"

"没有。"弗兰西撒谎道。妈妈还是猜得那么准,她惊讶地想。她站了起来:"我想现在时间差不多了,我该去麦克加里蒂那里了。"

"等一下!"凯蒂把刷子和抹布放进桶里。"我今天的活干完了。"她伸出手,"拉我起来。"

弗兰西握住母亲的手。凯蒂用力拉住她,笨拙地站起身:"陪我走回家吧,弗兰西。"

弗兰西提着水桶。凯蒂一只手扶着栏杆,另一只手揽住弗兰西的肩膀。她慢慢走下楼梯,重重靠在弗兰西身上。凯蒂走得并不稳当,弗兰西努力配合着她的脚步。

"弗兰西,现在我随时都可能要生了,如果你能一直在我附近,我的感觉会好很多。在我工作的时候,希望你经常来看看我,确认下我是不是还好。我可全指望你了。我不能依靠尼利,因为在这种时候,男孩毫无用处。现在我特别需要你,知道你在附近,我会更加安心。所以,你就在我身边陪我一阵子吧。"

弗兰西心中对妈妈涌现出无限深情。"我永远不会离开你的,妈妈。"她说。

"真是我的好女儿。"凯蒂按了按她的肩膀。

弗兰西心想:"或许,她不像爱尼利那样爱我。但比起尼利,她更需要我。我想,被需要的感觉几乎跟被爱一样好。或许还要更好些。"

第四十章

这两天,弗兰西在午饭时回家,下午就不去学校上课了。妈妈躺在床上。在让尼利回学校后,弗兰西想叫茜茜或者艾薇过来,但妈妈说现在还没到时候。

一个人负责照顾家里让弗兰西感到自己很重要。她将公寓打扫干净,查看了一下家里的食物,还安排好了晚餐。她每隔十分钟,就去把妈妈的枕头拍松,并问她想不想喝水。

三点刚过,尼利气喘吁吁地冲进屋,将书扔在角落,问现在是否要去找人。看到他如此着急,凯蒂微笑起来。她说艾薇和茜茜都有自己的事情要忙,不到必要的时候,别去打扰她们。尼利去上班了。他遵照家人的嘱咐,询问麦克加里蒂先生能否让他把弗兰西的活一起干了,因为弗兰西得留在家里照顾妈妈。麦克加里蒂先生不光同意了,而且还帮着尼利一起准备免费的便餐,所以那天,尼利不到四点半就把活全干完了。他们早早吃了晚餐,然后尼利就去送报纸了。他开始得越早,就收工得越早。妈妈说她晚饭什么都不想吃,只需要一杯热茶。

可是等弗兰西煮完茶,妈妈连茶都不想喝了。弗兰西很担心,因为妈妈不吃任何东西。尼利出门送报纸后,弗兰西端来一碗炖肉,试图让妈妈吃。但凯蒂把她痛骂了一顿,叫她别来烦自己,说如果想吃东西,她会开口要的。弗兰西把炖肉倒回锅里,努力忍着伤心的泪水。她只是想帮忙而已。后来妈妈又叫她过去,看起来已经不生气了。

"几点了?"凯蒂问。

"五点五十五分。"

"你确定钟没有慢吗?"

"没有,妈妈。"

"那可能是钟快了。"她似乎非常担心,于是弗兰西从前窗朝外面望去，看向沃罗诺夫珠宝店的大街钟。

"我们的钟是对的。"弗兰西告知。

"外面天黑了吗？"凯蒂看不出天色，因为即便在正午，通风井的窗户中也只能照进一道暗淡的灰光。

"不，外面天还亮着。"

"屋子里很暗。"凯蒂焦虑地说。

"那我点一支晚上用的蜡烛。"

墙上有个小支架，上面放着一尊圣母玛利亚的石膏像：玛利亚身穿蓝袍，伸出双手做出恳求的姿势。石膏像脚边有一个红色的厚玻璃杯，杯子装满黄蜡，里头还有一根蜡烛芯。玻璃杯边上是一个插有红色纸玫瑰的花瓶。弗兰西擦了根火柴点燃蜡烛芯。透过厚厚的玻璃，蜡烛发出深红色的幽光。

"现在几点了？"过了一会儿，凯蒂问。

"六点十分。"

"你确定钟不快也不慢？"

"非常确定。"

凯蒂似乎满意了。但是过了五分钟，她又问起时间，仿佛有个重要的约会，担心要迟到似的。弗兰西又和她报了时，并补充说，尼利会在一小时内回家。"他一回来，就让他去找艾薇姨妈。叫他别浪费时间走路，给他五分钱坐车。让他去艾薇家，因为艾薇家比茜茜家近。"

"妈妈，如果宝宝突然出生，我该怎么办？"

"我不可能那么幸运，一下就能把孩子给生出来。现在几点了？"

"六点三十五分。"

"确定吗？"

"确定。妈妈，就算尼利是个男孩，让他留在你身边也比我陪着更好吧。"

"为什么？"

"因为他总是能带给你很大安慰。"她说这话时，没有恶意也没有嫉妒，只是在简单地陈述事实，"而我……我就不知道该说什么，才能让你感觉好受些。"

"几点了？"

"比六点三十五分刚过了一分钟。"

凯蒂沉默了很久。她再次开口时，声音很轻，几乎像在自言自语："不，这种时候，男人不该在场。可是女人们往往会让男人站在自己身边，想让他们听到自己的每一声呻吟和哀号，看到每一滴鲜血，听见每一次肉体撕裂的声音。让男人跟着她们一起受苦，她们能得到一种扭曲的快感，但这有什么意义？她们似乎是在报复，因为上帝让她们成了女人。现在几点了？"没等弗兰西回答，她继续说："在结婚之前，她们宁死也不肯让男人看到自己戴着卷发器或者没穿紧身胸衣的样子。可等她们生孩子的时候，却想让他见识到自己最丑陋的一面。我不知道这是为什么。我不知道这是为什么。男人一想到和妻子结合会让她遭受那么多的痛苦，就再也感受不到在一起的美好。所以许多男人在有了孩子以后，便开始不忠……"凯蒂几乎没有意识到自己在说什么。她实在太想念约翰尼，所以才为他的缺席找了一堆理由。"而且，如果你真的爱某个人，那你宁愿独自承受痛苦，也不愿去让对方受苦。所以，等你生孩子的时候，要把你的男人赶出房子。"

"好的，妈妈。现在是七点零五分。"

"去看看尼利回来了没有。"

弗兰西看了看，然后只能告诉她，还没有看到尼利。凯蒂回想起弗兰西刚才说，尼利能带给她安慰。

"不，弗兰西，现在你才是我的安慰。"她叹了口气，"要是我生了个男孩，我们就叫他约翰尼。"

"那很好，妈妈，孩子出生后，我们一家四口又齐了。"

"是的，那很好。"说完后，凯蒂沉默了许久。等她再次问起时间时，弗兰西告诉她已经七点一刻了，尼利很快就会到家。凯蒂让她把尼利的睡衣、牙刷、一条干净的毛巾和一点肥皂用报纸包好，因为尼利今晚要去艾薇家过夜。

弗兰西夹着包裹，又往街上跑了两趟，才看见尼利回来。他从街上跑过来，她也跑着迎上前，把那个包裹和车费交给他，又转达了妈妈的叮嘱，让他快点去。

"妈妈怎么样？"他问。

"挺好的。"

"真的吗?"

"当然。我听到电车来了,你最好快点。"尼利跑了。

弗兰西回家时,看到母亲脸上全是汗,下嘴唇上还有血迹,好像是咬破了。

"哦,妈妈,妈妈!"她握住母亲的手,贴到自己脸颊上。

"拿块毛巾在冷水里拧一拧,替我擦擦脸。"妈妈低声说。弗兰西做完后,凯蒂继续说刚才没说完的话:"你对我来说,当然是个安慰。"她突然想到一件看似毫无关系,其实非常重要的事情:"我一直想读读你那些得A的作文,但我完全没空看。现在我有时间了,你能念一篇给我听听吗?"

"念不了,我全烧了。"

"你用心构思,写出来、交上去,得了分数。然后你又想了想,把它们都给烧了。在这过程中,我却从来没读过一篇。"

"没关系,妈妈。它们写得不怎么好。"

"但我心里过意不去。"

"真写得不好,妈妈,我理解你一直很忙。"

凯蒂想:"但尼利不管做什么,我都有时间关注。我会为他去挤时间。"接着她把心里的想法大声说了出来:"不过,尼利需要更多鼓励。你像我,依靠自己的内心就能走下去,但尼利非常需要外界的支持。"

"没关系的,妈妈。"弗兰西重复道。

"我没法做得更好,"凯蒂说,"但我一直觉得过意不去。现在几点了?"

"快七点半了。"

"再拿毛巾来擦擦,弗兰西。"凯蒂脑中似乎想抓住些什么,"你一篇能读的都没有吗?"

弗兰西想起那四篇写父亲的作文,以及佳恩达小姐对文章的评价。她回答:"没有。"

"那就从莎士比亚的书里读些什么吧。"弗兰西拿来书,凯蒂说,"读那段'正是在这样一个夜里',我想在孩子出生前,让脑海里有些美好的画面。"

书上字太小,弗兰西得点亮煤气灯才能读。灯光亮起时,她好好看了一眼母亲的脸。那是一张灰白而扭曲的脸。此刻,妈妈看起来不像妈妈,而是像在忍受痛苦的玛丽·罗姆利外婆。凯蒂在光线中畏缩了一下，弗兰西迅速关了灯。

"妈妈，我们把这些戏剧读了那么多遍，我几乎都能背了。我不需要灯，也不需要书，妈妈。你听！"她背诵起来：

  好皎洁的月色！微风轻轻地吻着树枝，不发出一点声响；我想正是在这样一个夜里，特洛伊罗斯……

"几点了？"
"七点四十。"

  ……登上了特洛亚的城墙，遥望着克瑞西达所寄身的希腊人的营幕，发出他的深心中的悲叹。①

"你弄清楚特洛伊罗斯是谁了吗，弗兰西？还有克瑞西达？"
"弄清楚了，妈妈。"
"等我有时间听了，你一定得跟我讲讲。"
"我会的，妈妈。"

凯蒂呻吟起来。弗兰西再次替她擦掉汗水。凯蒂伸出双手，就像那天在走廊里一样。弗兰西握住她的手，脚用力撑着地。凯蒂的拉扯让弗兰西觉得自己胳膊都快脱臼了。随后妈妈放松下来，松开了她的手。

接下来的一个小时就这样度过了。弗兰西不停背诵她熟记的段落——鲍西亚的演讲、马克·安东尼的悼词、"明日复明日"——那些都是莎士比亚作品中耳熟能详的名篇。有时候，凯蒂会问个问题。有时候，她会捂住脸呻吟。她不知道自己在做什么，也听不进弗兰西的回答。她一直在询问时间。弗兰西不时地擦拭着她的脸，一小时里，凯蒂要伸手去拉弗兰西三到四次。

八点半，艾薇来了。弗兰西大松一口气。"茜茜姨妈半小时后到。"艾薇边说边往卧室冲。看过凯蒂后，艾薇从弗兰西的小床上扯下床单。她将

---

① 出自《威尼斯商人》第五幕第一场，句子选用朱生豪的译本。——译者注

床单一端在凯蒂的床柱上打好结,另一端塞进凯蒂手里。"你试着换这个拉。"她建议道。

"几点了?"凯蒂用力拽了一下床单,低声问道。这么一拽,她脸上又冒汗了。

"你管它几点,"艾薇欢快地回答,"你又不去哪儿。"凯蒂刚露出笑容,就化作了痛苦的抽搐。"我们可以让房间亮堂些。"艾薇决定。

"但煤气灯对她太刺眼了。"弗兰西反对。

艾薇从客厅的灯具上取下玻璃罩,在外面涂上一层肥皂,将罩子安装到卧室的灯具上。然后她点亮煤气灯,这时灯光就不再刺眼,变成了一种柔和的漫射光。虽然那是一个温暖的五月夜晚,但艾薇还是在炉子里生了一堆火。她对弗兰西发号施令。弗兰西按照她的指示忙进忙出,把水壶装满水放在火上,又把搪瓷洗脸盆擦洗干净,往里面倒了一瓶橄榄油,然后放到炉子后面。她还将洗衣篮里的脏衣服倒了出来,给里面衬上一条破旧但干净的毯子,搁在炉子旁边的两把椅子上。艾薇把所有餐盘都放进烤箱里加热,并指示弗兰西将热盘子放进篮子里,等它们冷却后再换成其他热盘子。

"你妈妈有婴儿衣服吗?"她问道。

"你以为我们是干什么的?"弗兰西不满地说。她向艾薇展示了一套简朴的婴儿用品,包括:四件手工做的法兰绒小睡袍、四条肚围、一打手工缝制的尿布,还有四件她和尼利婴儿时先后穿过的旧衬衫。"除了衬衫,别的都是我做的。"弗兰西自豪地说。

"嗯,看来你妈妈想生个男孩,"艾薇审视着和服上那蓝色的羽状针脚,"好吧,我们等着瞧吧。"

茜茜来了以后,两姐妹进了卧室,让弗兰西在外面等。弗兰西听着她们的谈话。

"是时候去请产婆了。"茜茜说,"弗兰西知道她住哪儿吗?"

"我没安排产婆。"凯蒂说,"家里拿不出五块钱请产婆。"

"哦,或许茜茜和我可以凑五块钱,"艾薇开口,"要是……"

"你瞧,"茜茜说,"我生了十个——不,十一个孩子。你生了三个。凯蒂生了两个。我们加起来总共生了十六个孩子。我们应该很清楚该怎么接生。"

"好吧。我们来接生孩子。"艾薇做出决定。

然后她们关上了卧室的门。现在弗兰西可以听见她们的声音,但听不见具体在说什么。她很不满姨妈们就这样把她关在外面,要知道在她们来之前,这里可都是她做主。她从篮子里取出冷掉的盘子,放进烤箱里,换上两个加热好的。此刻她觉得很孤独。要是尼利在家里就好了,这样他们还能说说话,聊聊小时候的事情。

弗兰西睁开眼,吓了一跳。她想,她不可能在打瞌睡吧,怎么可能!她摸了摸篮子里的盘子,它们已经冷了。她迅速换上热盘子。这篮子是给宝宝用的,必须始终保持温暖。她听着卧室里的动静。自她打瞌睡以后,卧室里的声音就变了。再没有悠闲的走动声,也没有平静的交谈声。她的姨妈们似乎在急匆匆地来回奔跑,说的话也很简短。她看了看钟。九点半了。艾薇走出卧室,关上身后的门。

"这里有五毛钱,弗兰西。出去买一份四分之一磅甜黄油、一盒苏打饼干和两个脐橙。告诉对方你要买脐橙,就说是给一位生病的女士买的。"

"但是所有商店都关门了。"

"去犹太城,他们一直开着门。"

"我明天早上去。"

"让你去你就去。"艾薇尖声说。

弗兰西不情愿地去了。走下最后一段楼梯时,她听到一声沙哑的尖叫。她停下来,不确定是往回跑还是继续走。她想起艾薇严厉的命令,决定还是继续下楼。当她到达门口时,又传来一声更加痛苦的尖叫。她庆幸自己已经来到了大街上。

在其中一间公寓里,那个长得像猿猴的卡车司机正在命令他不情不愿的妻子上床,听到凯蒂的第一声尖叫时,他喊道:"天哪!"第二声尖叫传来时,他说:"我希望她不会让我整晚都睡不着觉。"他那个孩子气的妻子边哭边脱衣服。

弗洛茜·加迪斯和她母亲坐在自家厨房里。弗洛茜又在缝制礼服。礼服是白缎子做的,她打算在她和弗兰克那推迟了的婚礼上穿。加迪斯太太正在给亨尼织一只灰袜子。当然,亨尼人已经去世了,但他母亲这辈子一直在给他织袜子，现在已经积习难改。第一声尖叫响起时，加迪斯太太漏织了一针。

弗洛茜说："男人只知道享乐，而受苦的都是女人。"她母亲什么都没有说。凯蒂的下一声尖叫传来时，她颤抖起来。"给一件礼服缝两个袖子，"弗洛茜说，"这看起来真滑稽。"

"是啊。"

她们默默干了会活。然后弗洛茜再次开口："为他们这样值得吗？我是指为孩子。"

加迪斯太太想起她已故的儿子和女儿那萎缩的手臂，什么话也没有说，埋头编织起来。她已经织到刚才漏了一针的位置，专注地补着那个漏洞。

廷莫尔家的两个老姐妹躺在硬邦邦的床上，摸索着握住了对方的手。"你听见了吗，姐姐？"玛姬小姐问。

"她要生了。"莉齐小姐回答。

"这就是很久以前哈维向我求婚，我拒绝他的原因。我害怕这种事。怕极了。"

"我不知道。"莉齐小姐说，"有时候我觉得，忍受不幸，去斗争、去尖叫，甚至去承受那种可怕的痛苦，也比……也比我们这样毫无波澜的日子要好。"她等到下一声尖叫消失。"至少她知道自己还活着。"

玛姬小姐没有回答。

诺兰家走廊对面的公寓是空着的。这栋楼里剩下的那间公寓住的是一个波兰码头工和他的妻子，还有四个孩子。听到凯蒂的叫声时，他正拿着啤酒罐往桌上的玻璃杯里倒酒。

"女人！"他轻蔑地咕哝着。

"你闭嘴！"他的妻子咆哮道。

每次凯蒂尖叫时，房子里所有的女人都会紧张起来，与她一起痛苦。这是女人之间唯一的共鸣——那就是对生育之痛的认同。

弗兰西沿着曼哈顿大道走了很久，才找到一家开门的犹太乳品店。接着她又去另一家商店买了苏打饼干，然后找到一个卖脐橙的水果摊。回家的路上，她瞥了一眼奈普药房里的大钟，发现已经快十点半了。她并不在乎现在几点，只是觉得时间对妈妈来说似乎非常重要。

她走进厨房时，感到气氛变了。房间里是一种全新的平静，还有一种难以形容的气味，是从前没有的淡淡香味。茜茜背对篮子站着。

"你觉得怎么样？"她说，"你有个小妹妹啦。"

"妈妈呢？"

"你妈妈没事。"

"这就是你们派我去店里买东西的原因吗？"

"我们觉得你太早熟了，才十四岁就懂了太多事情。"艾薇说着从卧室里走出来。

"我只想知道一件事。"弗兰西生气地说，"是妈妈把我打发走的吗？"

"没错，弗兰西，是她。"茜茜温柔地说，"她说了不想让她爱的人跟着受苦之类的话。"

"那好吧。"弗兰西平静下来。

"你不想看看宝宝吗？"

茜茜让到一边，弗兰西掀开宝宝头上的毯子。这是个漂亮的小婴儿，皮肤白皙，毛茸茸的乌黑卷发垂在额头上，就跟妈妈一样。婴儿的眼睛短暂睁开了一会儿，弗兰西注意到它们是乳蓝色的。茜茜解释说，所有的新生儿都是蓝眼睛，等她长大些，它们或许会变成咖啡豆一样的深色。

"她长得像妈妈。"弗兰西认定。

"我们也这么觉得。"茜茜说。

"她好吗？"

"好极了。"艾薇告诉她。

"没有什么畸形吧？"

"当然没有。你怎么会这么想？"

弗兰西没有告诉艾薇，她之前很担心宝宝生出来会畸形，因为妈妈直到生产前都趴在地上干活。

"我可以进去看看妈妈吗？"她低声下气地问，在自己家像个陌生人似的。

"你可以把盘子带进去给她。"盘子上放着两块涂了黄油的饼干，弗兰西接过来，端进去给妈妈。

"你好，妈妈。"

"你好，弗兰西。"

妈妈看起来又像妈妈了，只不过非常疲倦。她连头都抬不起来，所以弗兰西就拿着饼干喂给她吃。饼干吃完后，弗兰西端着空盘子站在那里。妈妈什么话也没说。弗兰西觉得自己和妈妈又变成了陌生人。过去几天里的亲密已经荡然无存。

"你选了一个男孩的名字，妈妈。"

"是的，但我不介意是个女孩，真的。"

"她很漂亮。"

"她会有一头黑色的鬈发。尼利是金色的鬈发。但可怜的弗兰西是棕色的直发。"

"我就喜欢棕色的直发。"弗兰西回嘴说。她很想知道宝宝的名字，但妈妈现在像个陌生人，她不愿直接问。"我要把信息写下来，交给卫生局吗？"

"不用。等她受洗的时候，神父会把信息交过去的。"

"哦！"

凯蒂听出了弗兰西语气中的失望。"不过，你把墨水和书拿来，替我写一下她的名字。"

弗兰西从壁炉架上取下那本基甸版《圣经》，那是大约十五年前，茜茜从酒店顺手牵羊来的。她看着扉页上的四条记录。前三条是约翰尼的漂亮字迹，一笔一画写得很仔细：

> 1901年1月1日，凯瑟琳·罗姆利和约翰尼·诺兰结婚。
> 1901年12月15日，弗朗西斯·诺兰出生。
> 1902年12月23日，科尼利厄斯·诺兰出生。

第四条是凯蒂的左倾斜体字，笔迹刚劲有力。

> 1915年12月25日，约翰尼·诺兰去世。终年三十四岁。

茜茜和艾薇跟着弗兰西走进卧室。她们也很好奇凯蒂会给婴儿起什么名字。莎拉？伊娃？露丝？伊丽莎白？

"你这么写，"凯蒂口述道，"1916年5月28日。"弗兰西在墨水瓶里蘸了蘸笔，"安妮·劳瑞·诺兰出生。"

"安妮！这么普通的名字。"茜茜抱怨道。

"为什么，凯蒂？为什么？"艾薇耐心地问。

"那是约翰尼曾经唱过的一首歌。"凯蒂解释道。

弗兰西写下这个名字时，仿佛听到了和弦；她听到父亲在唱："安妮·劳瑞将她芳心吐露。"……爸爸……爸爸……

"他说，这首歌属于一个更美好的世界。"凯蒂继续道，"这孩子用他唱的一首歌取名，我想他会喜欢的。"

"劳瑞是个漂亮名字。"弗兰西说。

于是，劳瑞就成了这孩子的名字。

第四十一章

 劳瑞是个好孩子。她大部分时间都在心满意足地睡觉。醒着的时候,她安静地躺在那里,努力用那双浆果一般的棕色眼睛,盯着自己小小的拳头。

 凯蒂给孩子喂母乳,不光是因为这是母性的本能,也是因为他们没有钱买鲜牛奶。由于孩子不能单独留在家里,凯蒂早上五点就开始工作。她先做另外两栋楼的清洁,等工作到快九点时,弗兰西和尼利要去上学了,她便回来打扫自己住的那栋楼。她把自家公寓的门半掩着,这样万一劳瑞哭了她能听见。每天晚饭后,凯蒂就立刻上床睡觉,所以弗兰西很少能见到妈妈,感觉就像妈妈已经离开了一样。

 麦克加里蒂并没有按照原计划在孩子出生后解雇他们。1916年春天,他的生意突然红火起来。现在他真的需要帮手。他的酒吧里始终挤满了人。这个国家正在发生巨大变革。他的顾客们和各地的美国人民一样,必须聚在一起讨论时局。这家街角的酒吧是他们唯一的聚会场所,是穷人的俱乐部。

 弗兰西在酒吧楼上的公寓里干活,透过薄薄的地板,能听到客人们的高谈阔论。她经常会停下手头的活,认真听他们说。没错,世界正在迅速变化。这一次她知道,改变的是世界本身,而不是她自己。她在那些交谈声中,听到了世界的变化。

  真的,他们要停止酿酒,几年后这个国家就会禁酒。
  辛苦干活的人有权喝啤酒!
  这话你对总统说去,看他会理你不。
  这是人民的国家。如果我们不想禁酒,那就不会禁酒。

这当然是人民的国家,但他们会强制禁酒,谁管你乐不乐意。

我的天,那我自己酿酒吧。我老爹在从前的国家就会酿酒,你拿一蒲式耳的葡萄……

别开玩笑了!他们绝不可能让女人投票。

这个说不准。

如果女人有了选举权,我就让我老婆和我投一样的票,否则我扭断她脖子。

我老婆才不会去投票站跟一群流浪汉和酒鬼混在一起。

……一位女性总统。有可能吧。

他们永远不会让女人去领导政府。

现在就有一个女人在领导。

扯淡!

威尔逊甚至连上个厕所都得先征求他太太同意。

威尔逊自己就像个老娘们似的。

他一直不让我们参战。

一个大学教授而已!

白宫需要的是一个有经验的政治家,而不是一个教书匠。

……汽车。马很快就会被淘汰了。那个底特律①的家伙造出来的车非常便宜,很快每个工人都能拥有一辆。

一个工人开着自己的车!别异想天开了!

飞机!那只是一时的潮流,不会持续太久。

电影这玩意看来已经被大家接受了。布鲁克林的剧院在一家一家关门。就拿我来说吧,我宁愿整天看查理·卓别林,也不愿看我老婆

---

① 底特律,美国历史上的"汽车之城"。此处"那个底特律的家伙"应该是指亨利·福特(Henry Ford,1863—1947),福特汽车公司创始人,在底特律开办工厂,大规模造廉价汽车。——译者注

喜欢的那什么"咳死"·佩顿①。

……无线电。有史以来最伟大的发明。人说的话可以在空中传播，而且连电线都不用。你需要一种机器接收它，并戴上耳机去听……

他们管这叫"半麻醉"。用了这个，女人在生孩子时就感觉不到任何痛苦。朋友告诉我老婆时，她说早就该发明这种东西了。

你在说什么呢！煤气灯已经过时了。哪怕是最便宜的廉租公寓，现在也通电了。

不知道现在的年轻人怎么回事，全都在发疯似的跳舞。跳舞……跳舞……跳舞……

所以我把名字从舒尔茨改成了斯科特。法官问我为什么要做这种蠢事？舒尔茨是个好名字。他自己也是德国人，你懂吧？我对他说：听着，伙计……我就是这么对他说的，管他法官不法官的。我说：我和从前的国家没什么关系了。我说：在他们对比利时的婴儿②做了那种事情后，我不想再和德国有任何牵连。我现在是个美国人，我说，我想要一个美国名字。

我们快要打仗了，伙计，我看得出来。

我们只要今年秋天再选威尔逊上去就行了，他不会让我们打仗的。

别太相信竞选时的承诺。选了民主党的总统，就等于选了一个主张战争的总统。

林肯是共和党。

不过南方有个民主党总统③，他们挑起了内战。

---

① 这个男演员叫科斯·佩顿，前文中提到的科斯·佩顿剧院就是他开的，此处说话人故意把他的名字 Corse 说成相近的词 Corset（紧身胸衣），有嘲讽的意味。中文译本对谐音略作调整。——译者注

② 指一战期间德军对比利时平民的暴行，1914 年德军入侵比利时，进行了残酷的屠杀。——译者注

③ 指第 15 任美国总统詹姆斯·布坎南（James Buchanan，1791—1868），他是一位民主党人，在任期内最受批评的是他无法调和南北之间的冲突，身后亦因此臭名昭著。他的继任者是带领北方赢得南北战争，废除奴隶制的林肯总统。——译者注

我问你们，我们还要忍多久？那些混蛋又击沉了我们一艘船①。还要等他们弄沉多少船，我们才有足够的勇气把他们赶出去？

我们必须保持中立。我们国家发展得很好。让他们自己打自己的去，别把我们拖下水。

我们不想打仗。

一旦宣战，我第二天就报名参军。

你嘴上说得好听，你都五十多了，他们不会收你的。

我宁愿坐牢也不上战场。

一个人得捍卫他心中的正义，我愿意参战。

我没什么可担心的。我有双疝气。

打就打吧。打起来他们就需要我们这些工人给他们造船做枪了，也需要农民来种粮食。然后就该他们围着我们讨好了。那些该死的资本家，总有一天我们这些劳动者会扼住他们的咽喉。到时候就轮不到他们发话了，一切都是我们说了算。老天啊，我们会给他们点厉害瞧瞧的。战争快来吧，我都等不及了。

像我跟你说的一样。一切都是机器。前几天我听到一个笑话。一个男人和他的妻子从机器里拿到了吃的、穿的，什么都有。然后他们来到一个婴儿机前，男人把钱放进去，婴儿就出来了。于是这个男人转过身来说，把从前的好日子还给我。

从前的好日子！唉，我想是一去不复返了。

给我再把酒杯满上，吉姆。

弗兰西停下扫地的手，侧耳倾听，试图把一切信息串在一起，去理解这个风云变幻的混沌世道。她觉得，从劳瑞出生后到她毕业前的这段时间里，整个世界都变了。

---

① 此处可能是指1915年德国潜艇击沉美国商船"卢西塔尼亚"号。——译者注

第四十二章

弗兰西几乎还没时间适应劳瑞,毕业晚会就来临了。凯蒂不能同时参加两个孩子的毕业典礼,所以她决定去尼利的那个。这样决定没错。她不该因为弗兰西当初想换学校,就错过尼利的毕业典礼。弗兰西虽然理解这点,但还是感到有些伤心。如果爸爸还活着,肯定会参加她的毕业典礼。他们安排茜茜和弗兰西去。艾薇则留在家里照顾劳瑞。

在1916年6月的最后一晚,弗兰西最后一次走向她深爱的学校。自从有了孩子后,茜茜就变得很安静。她端庄地走在弗兰西身旁,两名消防员从边上走过时,她甚至都没注意到他们。可是在从前,茜茜最爱穿制服的男人了。弗兰西真希望茜茜还能像从前一样。她的变化令她觉得很孤单。她悄悄将手伸向茜茜,茜茜握住她的手。弗兰西感到一阵宽慰。骨子里,茜茜还是从前那个茜茜。

毕业生坐在礼堂的前排,来宾们坐在后面。校长对孩子们发表了一番真挚的演讲,谈到他们即将走进一个动荡不安的世界。他说美国肯定会卷入战争,而战后建设新世界的重任就交给他们了。他敦促他们继续进修,接受高等教育,以便更好地建设新世界。弗兰西深受触动,暗暗发誓要像他说的那样,为新世界添砖加瓦。

接着是毕业演出。没流出的泪水灼烧着弗兰西的眼睛。听着那冗长乏味的对白,她心想:"我的剧本比这个好。我本可以把煤灰桶那段删了的。要是老师能让我来写剧本,我可以都按照她说的做。"

表演结束后,他们排队领取毕业证书,正式成为毕业生。最后他们在国旗下宣誓效忠,并高唱《星条旗之歌》。

现在,轮到弗兰西去经历耶稣在客西马尼园中的痛苦了。

学校有项传统,女生在毕业时都会收到鲜花。鲜花不能带进礼堂,所以便送到了教室,老师会将鲜花放在受赠者的桌上。弗兰西必须回教室取

For Francie on
graduation Day.
Love from
Papa.

When you are
married, And your
husband gets cross,
Sock him with the
poker, And get a
divorce.

但卡片上写的是她的名字!她的名字!
卡片上写着:送给弗兰西,毕业快乐。爱你的爸爸。

成绩单,还要从课桌里把她的铅笔盒和纪念册带走。她站在门外,鼓起勇气去面对即将到来的煎熬时刻:自己的课桌肯定是教室里唯一一张没有鲜花的桌子。她很确定。因为她没告诉妈妈这项传统,她知道家里没钱买花。

她决定速战速决,踏进门,径直朝讲台走去,不敢看她自己的课桌。空气里是浓郁的花香。她听见女孩们兴高采烈的聊天声、收到鲜花时的欢呼,以及对彼此的热情赞美。

她拿到了她的成绩单:四个 A,一个 C-。最后那个是她的语文成绩。她曾经是学校里作文最好的学生,但最终语文却只是勉强及格。突然间,她讨厌起这所学校、讨厌起所有的老师,尤其是佳恩达小姐。她并不在乎没有收到鲜花。她不在乎。反正这只是一个愚蠢的传统。"我要去课桌拿我的东西。"她下定决心,"如果有人跟我说话,我就让她们闭嘴。然后我会永远离开这所学校,不跟任何人说再见。"她抬起头:"没有花的那张桌子就是我的。"但是,教室里没有空桌子!每张桌子上都有鲜花!

弗兰西走到自己的课桌旁,她猜测是哪个女孩暂时把自己多出的一束花在她那儿放一会儿。弗兰西打算拿起花,递给主人,并冷冷地说一句:"你不介意吧?我得从我的课桌里拿点东西。"

她拿起鲜花——那是由两打深红色的玫瑰和一捆蕨叶组成的花束。她像其他女孩一样将它们抱在怀里,假装那是属于自己的。她在卡片上寻找鲜花主人的名字。但卡片上写的是她的名字!她的名字!卡片上写着:送给弗兰西,毕业快乐。爱你的爸爸。

爸爸!

那是爸爸工整漂亮的字迹,用的黑墨水是家中橱柜里的那一瓶。然后弗兰西觉得一切都是做梦,一个冗长又混沌的梦。劳瑞的出生是梦,给麦克加里蒂打工是梦,毕业演出是梦,语文拿低分也是梦。现在梦醒了,一切都会好的。爸爸就在外面的走廊里等她。

但是走廊里只有茜茜姨妈。

"所以爸爸真的去世了。"她说。

"是的,"茜茜说,"已经六个月了。"

"但这不可能,茜茜姨妈,他给我送了花。"

"弗兰西,大约一年前,他给了我这张写好的卡片,还有两块钱。他说：'等弗兰西毕业时，替我给她送束花——我怕我忘了。'"

弗兰西开始哭泣。不仅仅是因为现在她确信一切都不是梦，还因为她经历了高强度的工作和对妈妈的担心，神经十分紧张；因为她没能给毕业大戏写剧本；因为她的语文得了低分；因为她之前过度操心只有自己收不到鲜花。

茜茜带她去了女厕所，将她推到小隔间里。"哭出来，大声哭。"她要求道，"快点哭完。不然你妈妈会问我们为啥那么慢。"

弗兰西站在隔间里，紧抱着玫瑰花，痛哭流涕。每次厕所门打开，有女孩聊着天进来时，她就会冲一下马桶，掩饰哭声。很快，她的情绪就稳定下来。她走出厕所时，茜茜拿着一块用冷水打湿的手帕，递到她手里。弗兰西擦干眼泪，茜茜问她感觉好些了吗？弗兰西点点头，请求她等一会儿，让她跟大家道个别。

她走进校长办公室，与他握手。"别忘了母校，弗朗西斯。有空回来看看我们。"他说。

"我会的。"弗兰西保证道。她回去跟班主任道别。

"我们会想念你的，弗朗西斯。"老师说。

弗兰西去课桌里拿她的铅笔盒和纪念册，开始跟女孩们告别。女孩们围在她身边，其中一个搂着她的腰，另外两个亲吻了她的脸颊。她们大声说着告别的话。

"有空来我家找我玩，弗朗西斯。"

"给我写信吧，弗朗西斯，让我知道你过得好不好。"

"弗朗西斯，我们现在有电话了。有时间给我打个电话。明天就打吧！"

"在我的纪念册上写点什么，好吗，弗朗西斯？等你出名了，我就能用它卖钱！"

"我要去夏令营了。我把地址写给你。给我写信，听见没，弗朗西斯？"

"我九月份要去女子中学。你也来女子中学吧，弗朗西斯。"

"不，跟我一起去东区中学吧。"

"女子中学！"

"东区中学！"

"厄拉斯谟·霍尔中学最好。你跟我去那里吧,我们中学继续做朋友。如果你来的话,我就不再和别人交朋友了,有你一个就够了。"

"弗朗西斯,你还没让我在你的纪念册上写字。"

"我也没写。"

"给我,给我。"

她们在弗朗西斯的空白纪念册上留了言。"她们很好,"弗兰西心想,"这些年我本来可以跟她们交朋友的。我还以为她们不想跟我做朋友呢。产生这种误会肯定是我的错。"

她们在纪念册上写的字,有些很小很紧凑,有些则松散又随意。但所有的字迹都是孩子的笔迹。弗兰西读着她们写的话:

祝你好运,祝你快乐,
祝你先生一个男孩,
等他头发开始卷曲,
就祝你再生一个女孩。
——弗洛伦斯·菲茨杰拉德

要是你结了婚,
丈夫对你发火,
你就用拨火棍打他,
然后跟他离婚。
——珍妮·利

当夜幕降临,
被星星固定,
请记住,我仍是你的朋友,
哪怕你已远在天边。
——诺琳·奥利瑞

比阿特丽斯·威廉姆斯翻到册子的最后一页,写下:

> 一路翻到这里，这被遗忘之地，
> 我签下我的名字，只为宣泄而已。

她的署名是：你的作家同行，比阿特丽斯·威廉姆斯。"她居然说是作家同行。"弗兰西心想，她仍然在嫉妒毕业大戏的事情。

最后，弗兰西终于脱身了。来到走廊里，她对茜茜说："我还有一个人要去道别。"

"就数你毕业花的时间最长。"茜茜好脾气地抱怨。

明亮的房间里，佳恩达小姐独自坐在书桌前。她并不受欢迎，到目前为止还没有人来跟她道别。弗兰西走进来时，她迫切地抬起头。

"你是来跟你的语文老师道别的吧。"她高兴地说。

"是的，老师。"

佳恩达小姐好为人师，没有放过这个说教的机会。"关于你的成绩，是这样的：你这学期没有交作业。我本该让你挂科的。但在最后关头，我还是决定给你及格，让你和同班同学一起毕业。"她等待着，但弗兰西没说一句话。"怎么？你不打算感谢我吗？"

"谢谢你，佳恩达小姐。"

"你还记得我们那次谈话吗？"

"记得，老师。"

"那你为什么变得那么固执，不再交作业了呢？"

弗兰西无话可说。她无法向佳恩达小姐解释这种事。她伸出手说："再见，佳恩达小姐。"

佳恩达小姐很惊讶。"好吧——那就再见了。"她说。她们握了手。"将来你会发现我是对的，弗朗西斯。"弗兰西没有说话。"是不是？"佳恩达小姐尖声问。

"是的，老师。"

弗兰西走出房间。她不再恨佳恩达小姐了。她并不喜欢她，但她同情她。在这个世界上，除了自以为是的自信，佳恩达小姐一无所有。

詹森先生站在学校门口的台阶上。他双手握住每个孩子的手说："再见，上帝保佑你们。"他还对弗兰西多说了一句私人的叮嘱："做个好孩子，努力学习，为我们学校争光。"弗兰西保证说她会的。

在回家的路上，茜茜说："听着，我们别告诉你妈妈是谁送的花。这会勾起她的伤心事。她生完劳瑞，才刚刚恢复过来。"她们决定说，花是茜茜买的。弗兰西把卡片拿出来，放到铅笔盒里。

当她们把那个鲜花的谎言讲给妈妈听时，她说："茜茜，你不该这么破费。"但弗兰西可以看出，妈妈很高兴。

两张毕业证书备受称赞，大家都觉得弗兰西的证书更漂亮，因为詹森先生写的一手好字。

"诺兰家的第一批毕业证书。"凯蒂说。

"但我希望这不是最后一批。"茜茜说。

"我打算让我每个孩子都拿三张毕业证书，"艾薇说，"小学、中学和大学的。"

"二十五年后，"茜茜说，"我们家的毕业证书堆起来会有这么高。"她踮起脚尖，从地上开始比画出六英尺的高度。

妈妈最后一回查看孩子们的成绩单，尼利在品行和体育方面得了B，其他科目都是C。妈妈说："很好啊，孩子。"她看了看弗兰西的成绩单，没去管那些A，只盯着那个C-。

"弗兰西！我很惊讶，怎么会这样？"

"妈妈，我不想谈这个。"

"这可是语文，是你最擅长的科目。"

弗兰西拔高声音重复道："妈妈，我不想谈这个。"

"她在学校里，作文成绩一直都是最好的。"凯蒂对她的姐姐们解释道。

"妈妈！"弗兰西几乎尖叫起来。

"凯蒂！别再说了！"茜茜尖声命令。

"好吧。"凯蒂妥协了，她突然意识到自己啰里啰唆的，感到有些羞愧。

艾薇插嘴换了话题。"我们要去参加派对吗？去不去？"她问。

"我去把帽子戴上。"凯蒂说。

茜茜留在家里照顾劳瑞，艾薇和凯蒂带着两个毕业生去参加舍弗莱冰激凌店的派对。店里挤满了参加毕业派对的人。孩子们拿着毕业证书，女孩们手捧鲜花。桌边往往会有一位母亲或者父亲，有些桌子上两个家长都在场。诺兰一家在屋子后面找了一张空桌子。

这地方到处都是大喊大叫的孩子、笑容满面的父母和行色匆匆的服务生。有些孩子只有十三岁，少数几个十五岁，但大多数都和弗兰西一样是十四岁。大部分男孩都是尼利的同学，他在店里大声跟他们打招呼，开心极了。弗兰西几乎不认识那些女孩子，但她还是高高兴兴地叫着她们，挥手致意，仿佛她们是多年的密友。

弗兰西很为妈妈自豪。其他人的母亲头发已经开始灰白，大部分人身材肥胖，一把椅子都不够她们坐的。而妈妈十分苗条，看起来完全不像即将三十三岁的人。她皮肤光洁，乌黑的鬈发和从前一样美丽。"要是让她穿上白裙子，"弗兰西心想，"手里再抱一束玫瑰花，完全可以冒充十四岁的毕业生——除了她眉头的皱纹，爸爸去世后，她眉头的皱纹更深了。"

他们点了冷饮。弗兰西心里有张菜单，罗列着所有口味的冰激凌苏打。她打算按照单子一个个喝过来，这样她就能说，她尝过世界上所有的冰激凌苏打了。单子上接下来该喝菠萝味的，于是她便点了那个。尼利点了他常点的巧克力冰激凌苏打，凯蒂和艾薇则选择了普通的香草冰激凌。

艾薇拿周围的人编了一些小故事，逗得弗兰西和尼利哈哈大笑。弗兰西时不时地观察着她的妈妈。妈妈并没有被艾薇的笑话逗乐。她慢慢吃着冰激凌，眉头皱得更深了。弗兰西知道她在想心事。

"我的孩子们，"凯蒂心想，"在十三四岁时受到的教育，就已经比我三十二岁时更多了。但这还不够。想想我在他们这个年龄时，是多么无知啊。没错，哪怕结了婚生了孩子，我依然很无知。想想看，我之前居然还相信巫婆的符咒呢，我居然相信产婆跟我说的那个女人的事情——卖鱼的集市里那个女人。我的孩子比我有更高的起点。他们永远不会那么无知。

"我让他们读完了小学。我没法再为他们多做什么。我所有的计划……尼利当医生，弗兰西上大学……现在都无法实现了，因为那个宝宝……他们俩有足够的能力独自闯荡吗？我不知道。莎士比亚……《圣经》……他们会弹钢琴，但现在已经不练习了。我教他们要干净、诚实，不接受施舍。但这些够吗？

"很快，他们就要去取悦老板，和新的人相处。他们会适应新的生活方式。是好？是坏？如果他们整天工作，晚上就不会陪我待在家里。尼利会出去找他的朋友们。而弗兰西呢？读书……去图书馆……看演出……听免费的讲座或者看乐队演唱会。当然，我还有这个宝宝。宝宝。她会有更好的起点。等她毕业时，其他两个孩子也许能帮助她读完中学。我必须为劳瑞创造比她哥哥姐姐更好的条件。他们从来没有吃饱过肚子，也从来没有穿过好的衣服。我已经拼尽全力了，但我做得依然不够。他们还是小孩子，现在却必须去工作。哦，如果我能让他们在今年秋天上中学就好了！拜托了上帝！我愿意献出我生命中的二十年，我会日夜工作。但我不能这么做，当然不能，这样就没有人照顾宝宝了。"

她的思绪被一阵响彻全屋的歌声打断。有人唱起一首流行的反战歌曲，其他人也跟着唱了起来。

> 我养大儿子不是为了让他去当兵，
> 我盼望他成为我的骄傲和欢欣。

凯蒂继续思考："没有人来帮助我们。没有人。"麦克沙恩警长在她脑中一闪而过。劳瑞出生时，他送了一大篮水果。她知道九月份他要从警队退休了。下一次选举时，他准备在他的家乡皇后区竞选议员。人人都说，他肯定会选上。她听说他的妻子病得很重，可能没法活着看到丈夫当选。

"他会再婚的。"凯蒂想。"当然。娶一个懂社交的女人……帮助他……做一个政治家的妻子该做的事。"她盯着自己那双操劳的手看了许久，然后把它们放在桌子下面，似乎在为它们感到羞耻。

弗兰西注意到了妈妈的动作。"她在想麦克沙恩警长。"她猜测。她想起很久以前的那次短途旅行，当时麦克沙恩看着妈妈，然后妈妈戴上了棉手套。"他喜欢妈妈，"弗兰西心想，"妈妈知道吗？她肯定知道。她似乎什么都知道。如果她想的话，我打赌她可以嫁给他。但他别想让我叫他爸爸。我的爸爸已经死了，无论妈妈嫁给谁，他对我来说都只是某某先生。"

他们唱完了那首歌。

> 如果所有母亲都说，
> 我养大儿子不是为了让他去当兵，
> 那么今天就不会有战争。

"……尼利,"凯蒂想,"他十三岁。如果这里真的打仗了,那打完的时候,他还没到参军的年纪。感谢上帝。"

现在艾薇姨妈正在轻声地给他们唱歌,她恶搞了那首歌的歌词。

谁敢在他肩头贴胡子。①

"艾薇姨妈,你太过分了。"弗兰西说,她和尼利放声大笑。凯蒂从自己的思绪中回过神,抬头看了看,也微笑起来。服务生放下账单时,他们全都安静下来,看着凯蒂。

"我希望她不要傻到给小费。"艾薇想。

"妈妈知道应该留下五分钱的小费吗?"尼利想,"但愿她知道。"

"无论妈妈做什么,"弗兰西想,"她都没错。"

冰激凌店一般不用给小费,但在特殊活动时,应该留下一枚五分硬币。凯蒂看到账单上是三毛钱。她的旧钱包里有一枚五毛钱的硬币,她把这钱放在账单上。服务生拿走那枚硬币,找回来四枚五分硬币,排成一排。他逗留在附近,等着凯蒂拿走其中三枚。她看着那四枚硬币。"四块面包。"她心想。四双眼睛注视着凯蒂的手。她将手按上硬币的那一刻,就果断做出了决定。她毫不犹豫地将四枚硬币推给服务生。

"不用找了。"她大方地说。

弗兰西极力忍住站起来喝彩的冲动。"妈妈真了不起。"她不断自言自语。服务生高兴地抓起硬币,匆匆离去。

"两杯冰激凌苏打没了。"尼利嘟囔道。

"凯蒂,凯蒂,你太傻了。"艾薇表示反对,"我打赌这是你最后一笔钱了。"

"没错。但这可能也是我们最后一次庆祝毕业。"

"明天麦克加里蒂会给我们四块钱。"弗兰西为妈妈辩护。

"但他明天也会解雇我们。"尼利补充道。

---

① 原句是谁敢在他肩头放步枪(musket),艾薇姨妈把这个词改成了胡子(mustache)。——译者注

"那在他们找到新工作之前，你们就只剩这四块钱了。"艾薇总结道。

"我不在乎。"凯蒂说，"我想让大家体验一次当百万富翁的感觉。要是两毛钱就能买到富有的滋味，那这价格还挺便宜的。"

艾薇回想起凯蒂允许弗兰西把咖啡倒进水槽里的事情，没再多说什么。对妹妹的很多举动，她都不太理解。

派对快结束时，一个高个子男孩走到他们桌旁，那是食杂店阔老板的儿子阿尔比·西德莫。

"弗兰西明天跟我去看电影吧？"他一口气问道。"我请客。"他急忙补充了一句。

（一家电影院给毕业生提供了优惠，只要带上毕业证书，就能用五分钱买两张周六日场的电影票。）

弗兰西看了看妈妈。妈妈点头表示同意。

"好的，阿尔比。"弗兰西接受了邀请。

"到时候见。两点。明天。"他轻快地跑开了。

"你的第一次约会啊，"艾薇说，"许个愿吧。"她伸出小指，弯成钩状。弗兰西和艾薇姨妈勾了勾小指。

"我希望我能一直穿白裙子，拿红玫瑰。我希望我们能一直像今晚这样挥金如土。"弗兰西许下心愿。

第四卷

诺 兰
一家大事记

1900年夏，约翰尼·诺兰（约翰尼）与凯瑟琳·罗姆利（凯蒂）相识。

1901年元旦，约翰尼与凯蒂结婚。

1901年12月15日，弗朗西斯·诺兰（弗兰西）出生。

1902年12月23日，科尼利厄斯·诺兰（尼利）出生。

1904年，诺兰一家搬到了洛里默街。

1908年，诺兰一家搬到了格兰德街。

1909年8月，弗兰西与尼利去公共卫生中心接种疫苗。

1909年9月，弗兰西与尼利开始上学。

1909年10月，弗兰西转学。

1911年平安夜，弗兰西与尼利合力接住了一棵大圣诞树。

1913年夏，约翰尼带着弗兰西、尼利第一次出海。

1915年夏，弗兰西的作文《冬日》被刊登在校刊上。她第一次来了月经。

1915年12月25日，约翰尼去世，终年34岁。

1916年5月，弗兰西与尼利受坚信礼。

1916年5月28日，安妮·劳瑞·诺兰出生。

1916年6月，弗兰西与尼利小学毕业。

1916年，弗兰西进入工厂，成为一名花枝工。

1916年，弗兰西成为模范新闻剪报公司的一名阅读工。

1916年9月，尼利进入中学学习。

1917年6月，弗兰西成为一名操作电传打字机的学徒。

1917年夏，弗兰西开始在布鲁克林的一所大学开办的暑期班进修。与本·布莱克相识。

1918年春，弗兰西与李·赖诺相识。

1918年夏，弗兰西通过大学入学考试。

1918年9月，凯蒂与迈克尔·麦克沙恩结婚。

1918年9月，弗兰西即将前往密歇根大学学习。

第四十三章

"你现在弄懂了吧,"女工头对弗兰西说,"你以后会成为一个优秀的花枝工。"她离开了,留下弗兰西独自一人。她第一份工作的第一天、第一个小时,就这样开始了。

她按照女工头的指示,用左手拿起一段一英尺长的闪亮铁丝。同时,她右手拿起一条狭长的深绿色薄纸,将薄纸一端蘸一下湿海绵,然后用双手的拇指、食指、中指一起揉搓,把薄纸裹到铁丝上。她把裹好的铁丝放到一边,一根花枝就完成了。

每隔一段时间,满脸粉刺的杂务工马克就会把这些花枝分给"花瓣工",她们会将纸制的玫瑰花瓣接到花枝上。另一个姑娘会在花朵下方穿上花萼,交给"花叶工"。花叶工从一堆叶子中挑出三片连一起的闪亮的深色叶子,连到花枝上,交给"收尾工"。收尾工用一条更有质感的绿纸绕在花萼上,沿着花枝一路往下缠。如此一来,花枝、花萼、玫瑰和叶子就变得浑然一体,仿佛天生就长成这样。

弗兰西觉得后背很疼,肩膀也一阵刺痛。她想,自己裹的花枝总有上千根了吧,现在肯定到午饭时间了。她转身看了看钟,结果发现自己只工作了一小时!

"看钟等下班哪?"一个姑娘嘲笑她。弗兰西惊讶地抬起头,但什么也没有说。

她掌握了工作节奏,活似乎开始变得容易起来。她数一:把裹好的铁丝放在一旁。一点五:拿起一根新铁丝和一条纸条。二:把纸条弄湿。三、四、五、六、七、八、九、十:将纸条裹上铁丝。很快,这种节奏就变成了本能,她不必再去计数,也不必保持专注。她的后背放松下来,肩膀不再疼痛,头脑也有空去琢磨事情了。

"可能一辈子就这样过了。"她心想,"你每天裹铁丝,裹上八小时,靠这个赚钱买食物、付房租，这样就能继续活下去，回来裹更多的铁丝。有些人生来注定要过这种生活。当然，那些姑娘会结婚，嫁给过同样日子的男人。她们会得到什么呢？得到一个能说说话的人，在下班后到睡觉前的几个小时里聊会儿天。"但她知道这种聊天不会长久。她见过太多同为工人的夫妻，随着孩子的出生和账单的堆积，除了激烈的争吵，他们几乎再无交流。"这些人被困住了。"她心想，"为什么呢？因为……"（她想起外婆不断强调的话）"……他们没有受到足够的教育。"弗兰西越想越怕。也许她永远也上不了中学，也许她再也没法接受更多的教育。也许她这辈子就得不断裹铁丝、裹铁丝、裹铁丝了……——一点五……二……三、四、五、六、七、八、九、十。她感到一阵莫名的恐惧，那感受就如同十一岁那年，她在罗什面包房看见老人恶心的双脚。她在恐惧中加快了自己的节奏，这样她就只能专心工作，没空去胡思乱想。

"爱表现的新人。"一个收尾工讥讽道。

"想讨老板欢心。"一个花瓣工说。

没过多久，哪怕是加快速度，她也能不带脑子干活了。弗兰西又开始东想西想。她偷偷观察着长桌子上的姑娘们。总共有十几个人，其中有波兰人和意大利人。最年轻的看起来十六岁，最年长的三十岁，个个皮肤都很黑。不知道为什么，她们全穿着黑色的衣服，显然没人意识到，黑皮肤穿黑衣服有多难看。只有弗兰西穿着耐洗的格子裙，她觉得自己就像个傻乎乎的小孩。眼尖的女工们注意到了她的目光，便用自己独有的霸凌方式来报复她。桌首的姑娘率先发难。

"这桌子上有个人脸很脏。"她宣布。"不是我。"其他人一个接一个说。轮到弗兰西时，她们全都停下工作，等着看她表现。弗兰西不知道该怎么回答，于是一言未发。"新来的不说话啊。"带头的那个总结道，"那么就是她脸脏咯。"弗兰西顿时脸颊发烫，但她加快了手上的速度，希望她们能放过她。

"有个人脖子很脏。"她们又开始了。"不是我。"姑娘们依次回答。轮到弗兰西时，她也说："不是我。"可这非但没有息事宁人，反而给了她们更多把柄。

"新来的说她脖子不脏。"

"她这么说的啊！"

"她怎么知道？她能看到自己脖子吗？"

"如果她脖子脏，她会承认吗？"

"她们想让我做些什么，"弗兰西很困惑，"但到底是什么呢？是想让我生气并咒骂她们？是想让我放弃这份工作？还是想看我哭？很久以前，那个清理黑板擦的小女孩欺负我，想让我哭给她看，她们也是这种想法吗？无论她们想要我做什么，我都不会听她们的！"她低头看着铁丝，手指动得更快了。

这个烦人的游戏持续了整个上午。只有杂务工马克进来时，她们才消停了一会儿。她们暂时放过弗兰西，掉转枪头攻击马克。

"新来的，你要小心马克。"她们警告她，"他被抓过三次，两次是因为强奸，还有一次是拐卖妇女。"

这些指控粗俗又荒谬，因为马克看起来柔弱得跟女人似的。这可怜的小伙子每次被她们嘲笑，脸都红得像块砖头。弗兰西为他感到难过。

上午过得很漫长，就在她觉得时间仿佛永远不会结束时，午饭铃声响了。姑娘们放下手头的活，掏出装着午饭的纸袋子。她们撕开纸袋当桌布，摆上用洋葱做配菜的三明治，开始吃午饭。弗兰西的手又热又黏，她想先洗手再吃饭，于是她问旁边的姑娘盥洗室在哪里。

"讲伐（不）来英语。"那姑娘用夸张的外来口音回答。

"不知道①。"另一个一上午都在用地道英语嘲笑她的姑娘说。

"关（盥）系（洗）室是什么？"一个胖姑娘问。

"搞关系的地方吧。"一个人抖机灵说。

马克过来收盒子。他站在门口，怀里塞满了盒子，喉结上下动了两回。这是弗兰西第一次听到他说话。

"耶稣基督就是为了你们这样的人，才死在十字架上的！"他激动地说，"可你们现在，连告诉新来的女孩厕所在哪儿都不肯！"

弗兰西惊讶地盯着他，然后不由自主地笑出声来——他这话听起来太滑稽了。马克咕哝了几句，转身消失在走廊里。接下来，一切都改变了。桌子上传来一阵窃窃私语。

"她笑了！"

---

① 原文为德语。——译者注

"嘿！新来的女孩笑了！"

"笑了！"

一个年轻的意大利姑娘挽起弗兰西的手臂说："来吧，新来的。我带你去厕所。"

在盥洗室里，她为弗兰西打开水龙头，把玻璃碗中的液体肥皂按出来。弗兰西洗手时，她热切地站在她身边。盥洗室的滚筒上套着一条雪白干净的毛巾，明显没人用过。当弗兰西想用它擦手时，那位向导立刻拉开了她。

"新来的，别用那条毛巾。"

"为什么？它看起来很干净。"

"这很危险。这里有一些女工得了淋病，如果你用那条毛巾擦手，会传染给你的。"

"那我该怎么办？"弗兰西摇了摇湿漉漉的手。

"像我们一样，用你的衬裙擦手。"

弗兰西惊恐地盯着那条致命的毛巾，用自己的衬裙把手擦干。

回到车间，她发现女工们已经把她的纸袋压扁铺好，并把妈妈给她准备的两个博洛尼亚大红肠三明治摆在上面。她看到有人在她的纸上放了一个漂亮的红番茄。姑娘们微笑着欢迎她回来。那位一上午都在带头嘲笑她的姑娘拿起一瓶威士忌喝了一大口，然后将瓶子递给弗兰西。

"喝点吧，新来的。"她要求道，"光吃三明治太干了。"弗兰西往后一缩，急忙拒绝。"喝吧，只是凉茶而已。"弗兰西想起洗手间的毛巾，摇摇头，坚定地拒绝了。"哎呀！"那姑娘叫道，"我知道你为什么不肯喝我的瓶子了。阿娜斯塔西娅在厕所里吓唬了你吧。别信她，新来的。淋病的传言最早是老板自己说的，目的就是不让我们用毛巾。这样他每周能省下好几块钱的洗衣费呢。"

"是吗？"阿娜斯塔西娅说，"可我也没见你们哪个人去用那毛巾啊。"

"该死的，我们只有半小时吃午饭。谁有时间洗手啊？喝吧，新来的。"

弗兰西喝了一大口。"凉茶"又浓又提神。她谢过那姑娘，又想谢谢送她番茄的人。但是姑娘们立马一个个矢口否认。

"你在说什么？"

"什么番茄?"

"我没看到番茄。"

"新来的自己午饭带了番茄,但她居然不记得了。"

她们就这么取笑起她。但现在,这种取笑包含着温暖和友善。弗兰西享受着午餐时间,很高兴自己终于明白了她们想要什么。她们只是想要她笑一笑——这么简单的事情,却那么难搞清楚。

那天剩下的时间都过得很愉快。姑娘们告诉她,干活别太拼命——这是季节性的工作,等到秋季订单完成后,她们全都会被解雇。订单完成得越快,她们就越早被解雇。弗兰西很高兴能被这些更年长、更有经验的女工信任,配合地放慢了速度。整个下午她们都在讲笑话。不管它们是真的好笑,还是下流龌龊,弗兰西都跟着一起笑。她只在和其他女工去戏弄马克时,良心才稍有不安。长期被欺负的马克并不知道,只要他笑一下,他在这个车间就不会再有麻烦。

周六中午,午时刚过没几分钟,弗兰西就已经站在百老汇高架铁路下方等尼利了。他们约在法拉盛大道那一站见面。她手里拿着一个信封,里面装着五块钱——那是她第一周的工资。尼利也带回五块钱。他们约好一起回家,搞个小仪式,把钱交给妈妈。

尼利在一家位于纽约市中心的证券交易所跑腿打杂。茜茜家的约翰通过在那里工作的朋友帮他找到了这份差事。弗兰西很羡慕尼利。因为他每天都能穿过壮观的威廉斯堡大桥,进入那座陌生的大城市,而弗兰西只能步行前往布鲁克林的北边上班。而且,尼利在餐厅里吃饭。上班第一天,他也像弗兰西一样,带了自己的午餐。但同事们嘲笑他,叫他布鲁克林的乡巴佬。后来,妈妈就每天给他一毛五,让他买饭吃。他告诉弗兰西,他吃饭的地方叫"自助快餐店"。你只需要往投币口放入一枚五分硬币,咖啡和奶油就会一起流出来——不多不少,刚好一杯。弗兰西希望自己也能像尼利一样,乘车穿过大桥去上班,中午到自助快餐店吃饭,而不是吃家里带的三明治。

尼利沿着高架铁路的台阶跑下来,胳膊下夹着一个扁扁的袋子。弗兰西注意到他落脚时的角度:他不光是脚跟着地,而是整个脚掌都踩在台阶上,这样就站得很稳当。爸爸以前一直都是这么下楼梯的。尼利不肯告诉弗兰西袋子里是什么，说要给她们一个惊喜。两人去了一家即将关门的社区银行，找柜员把旧钞换成新的。

"你们要新钞干什么？"柜员问。

"这是我们的第一份工资，所以我们想带新钞回家。"弗兰西解释道。

"第一份工资啊？"柜员说，"这倒勾起我的回忆了，真是勾起我的回忆了。我还记得我拿第一份工资回家的情形，那时我还是个男孩……在长岛曼哈赛特的一座农场工作。唉，我跟您说……"他开始讲述自己的生平经历，排在队伍里的人不耐烦地拖着脚步。最后他说："当我把第一份工资交给母亲时，我看到眼泪站在她眼眶里。是的，先生，我看到眼泪站在她眼眶里。"

他撕开一捆新钞票的包装纸，兑换了他们的旧钞。然后他说："送你们一份礼物。"他从现金抽屉里拿出两枚刚铸造好的金色分币，一人送了一枚。"1916年新发行的硬币，"他解释说，"是社区里的第一批。现在别花，存起来吧。"他从口袋里掏出两个旧铜板，补进抽屉里。弗兰西谢过他。他们离开时，她看到排在他们后面的男人胳膊肘撑在柜台上说：

"我也记得，我拿第一份工资回家给老妈的时候……"

他们走出银行时，弗兰西心想：排队的人是不是都会说起自己的第一份工资呢？"每个上过班的人，"弗兰西说，"都有这样一个共同点：他们都记得拿第一份工资回家的场景。"

"没错。"尼利赞同道。

他们走过拐角时，弗兰西沉思道："'眼泪站在她眼眶里。'"她以前从未听过这个表达，觉得十分新奇。

"那怎么可能呢？"尼利很好奇，"眼泪没有腿，它们没法站起来。"

"他不是那个意思。他说的'站'，就像是人们说'我在派对站到半夜'那样。"

"但'站'字这么用不对吧。"

"是这样的。"弗兰西反驳道，"在布鲁克林，'站'和'待'是一个意思。"

"可能是吧。"尼利附和道，"我们走曼哈顿大道吧，不走格雷厄姆大道了。"

"尼利，我有一个主意。我们在你的壁橱里钉一个锡储蓄罐，别告诉妈妈。我们就从这两枚新硬币开始存。如果妈妈给我们零花钱，那我们就每个人一周放一毛钱进去。到了圣诞节，我们把储蓄罐打开，给妈妈和劳瑞买礼物。"

"也给我们自己买。"尼利要求道。

"好啊，我给你买，你给我买。到时候，我会告诉你我想要什么的。"

两人达成一致。

他们轻快地走着，将一群孩子甩在身后。那些孩子刚从废品回收站出来，正悠闲地往回逛。弗兰西和尼利在经过斯科尔斯街时，朝卡尼废品站的方向看去，发现查理廉价店外聚了一群人。

"小屁孩。"尼利不屑地说，把自己口袋里的硬币晃得叮当响。

"还记得吗，尼利？我们以前经常去卖废品。"

"那是很久以前的事啦。"

"是啊，"弗兰西赞同道。但其实，他们上一次拖着废品去卡尼废品站，不过是两周前的事。

尼利将扁扁的纸袋子递给妈妈。"这是送给你和弗兰西的。"他说。妈妈打开来，里面是一盒一磅重的洛夫特①花生脆糖。"而且这不是用我的工资买的。"尼利神神秘秘地解释。他们让妈妈进卧室待一会儿，把十张新钞在桌子上排成一排，然后叫妈妈出来。

"给你的，妈妈。"弗兰西激动地挥了挥手。

"哦，老天！"妈妈说，"我简直不敢相信。"

"不止这些。"尼利说着从口袋里掏出八毛零钱，放到桌子上。"这是我跑腿勤快赚的小费。"他解释道，"我攒了一周呢。本来还有更多，但我买花生脆糖用掉了。"

妈妈把零钱推到尼利面前。"你赚的小费都留着自己花吧。"她说。

（就像爸爸一样，弗兰西想。）

"哇！那我从里面拿两毛五给弗兰西。"

"不用。"妈妈从豁口杯里取出一枚五毛钱的硬币，递给弗兰西，"这是弗兰西的零花钱。每周五毛钱。"弗兰西很高兴，她没想到自己会有这

---

① 洛夫特（Loft），美国糖果品牌，1920年代最大规模的糖果商之一。——译者注

么多零花钱。孩子们对妈妈谢了又谢。

凯蒂看着糖果和崭新的钞票,然后看了看她的孩子们。她咬了咬嘴唇,突然转身走进卧室,关上了门。

"她这是生气了吗?"尼利低声问。

"不是,"弗兰西说,"她没有生气。她只是不想让我们看到她哭。"

"你怎么知道她要哭?"

"因为,当她看着钱的时候,我看到眼泪站在她眼眶里。"

第四十四章

弗兰西才工作了两周,就下岗了。老板解释说只是停工几天时,姑娘们相互使了使眼色。

"几天就等于六个月。"阿娜斯塔西娅对弗兰西解释道。

姑娘们打算去绿点区的一家工厂,那里有冬季订单,需要人手去制作圣诞花和人造冬青花环。等到那里也裁员了,她们就继续去下一家工厂。一家一家地换下去。她们是布鲁克林的流动工人,从一个区到另一个区,打季节性的短工。

女工们劝弗兰西跟她们一起去,但弗兰西想尝试下新工作。她想,既然她必须得上班,那就抓住每次换工作的机会,丰富自己的实践经历。就像她要点遍所有口味的冰激凌苏打一样,日后她也可以说,自己尝试了所有的工作。

凯蒂在《世界报》①上看到一则广告,说要招聘一名档案管理员,可以考虑新手,需年满十六岁并说明宗教信仰。弗兰西花了一分钱买了一张信纸和一个信封,认认真真写了封求职信,寄给广告中写的邮箱地址。虽然她只有十四岁,但她和妈妈都认为,她装成十六岁是轻而易举的事情。于是,她在信里说自己十六岁。

两天后,弗兰西收到了回信,信纸的抬头看着就令人激动,那图案是一把剪刀放在一张折叠的报纸上,旁边还有一罐糨糊。寄件方是纽约运河街上的模范新闻剪报公司②,信中要求诺兰小姐去参加面试。

---

① 全称《纽约世界报》,创刊于1860年,停刊于1931年,是当时美国最重要的报纸之一。——译者注

② 剪报公司是根据客户要求为客户提供独享的商情服务的企业,以便他们可以追踪和分析他们的品牌或公司在媒体上的曝光度和公众反应。——译者注

茜茜陪弗兰西去购物，帮她选了一件成年人穿的衣服，还有她人生中第一双高跟鞋。弗兰西穿上新行头后，妈妈和茜茜姨妈都发誓说，她看起来绝对有十六岁，只是发型还像个孩子。她的辫子让她显得很幼稚。

"妈妈，让我剪短发吧。"弗兰西恳求道。

"你用了十四年才把头发留这么长，"妈妈说，"我不会让你剪掉的。"

"哎呀，妈妈，你真是太落伍了。"

"你为什么想要像男孩一样剪短头发？"

"短发更容易打理。"

"打理头发是女人的乐趣。"

"不过，凯蒂，"茜茜反驳说，"现在所有姑娘都在剪短发。"

"那她们都是傻瓜。头发让女人有神秘感。白天，头发是用发夹盘起来的，但到了晚上，当她和自己男人独处时，取下发夹后，头发就像闪闪发光的披肩一样垂下来。这时候，男人会觉得她神秘又迷人。"

"到了晚上，所有猫都是灰的。"茜茜坏坏地说。

"你闭嘴。"凯蒂严厉地说。

"如果我剪短发，看起来就能像艾琳·卡斯特一样了。"弗兰西坚持道。

"犹太女人结婚时剪掉头发，是为了不让其他男人再看她们。修女们剪掉头发，是为了证明她们已经和男人一刀两断。但年轻姑娘没事为啥要剪头发？"弗兰西正要回答，就听妈妈说："我们别再争了。"

"好吧，"弗兰西说，"但等我到十八岁，就能自己做主了。到时你们等着瞧吧。"

"等你到十八岁，就是剃光头我也不管你。但在此之前……"她把弗兰西那两条粗粗的辫子绾在她头上，从自己头发中取出骨簪固定住。"好啦！"她退后一步，打量着女儿，"这看起来就像一顶闪耀的皇冠。"她夸张地宣布。

"确实，这么一来，她看起来至少十八岁。"茜茜妥协道。

弗兰西照了照镜子。看到头发被妈妈一打理，自己显得那么成熟，她心里很高兴，但嘴上却不肯认输。

"顶着这头头发，我这辈子都会头痛。"她抱怨道。

"如果这是这辈子唯一让你头痛的事情，那你可真走运。"妈妈说。

第二天早上，尼利陪姐姐去纽约。列车离开马西大道站，开到威廉斯堡大桥上时，弗兰西注意到许多乘客不约而同地站起身，随后又坐了下去。

"他们这是干什么，尼利？"

"刚上桥的时候，能看到一家挂着大钟的银行。所以他们站起来看看时间，了解下自己上班是会早到还是会迟到。我敢打赌，每天有一百万人看那个钟。"尼利猜测。

弗兰西本来很期待第一次乘车过桥的场景，但这并没有她想象中的刺激，甚至还不如她第一次穿大人衣服时一半激动。

面试很短暂，弗兰西通过了，进入试用期。工作时间是早上九点到下午五点半，午饭时间半小时，起薪每周七块钱。老板先带她参观了一下新闻剪报公司。

十名阅读工坐在狭长的斜面桌前，被分派了全国各州的报纸。一天中，每个小时都会有许多报纸从美国的各州、各市蜂拥而至。女工们在报纸中找到所需条目，标记出来，并将其装箱。她们会记下条目的总数，和自己的工号一起写在报纸头版的上方。

标记过的报纸被收集起来，送到印刷工那里。印刷工面前放着一台可以调整日期的手动印刷机，还有一排排铅字块。她在印刷机上调整好日期，插入包含报纸名称、城市和州的铅字块，并根据标记的条目总数来打印小纸片。

然后，小纸片和报纸被送到裁剪工那里，她站在一张斜面的大桌子前，用锋利的弯刀切割出标记好的条目。（尽管信纸抬头上有剪刀的图案，但在现场一把剪刀也没有。）裁剪工裁好条目，将废报纸扔到地板上。每过十五分钟，报纸便堆积得与腰齐高。有人会来收走这些废报纸，拿去打包。

裁剪好的条目和小纸片会交到粘贴工手里，让她把条目贴在小纸片上。然后，它们就被归档、收集，并装进信封，邮寄出去。

这个归档系统弗兰西很快就上手了。两周内，她就记住了档案盒上的大约两千个名字，或者说标目。然后她接受了阅读工的培训。接下来的两周里，她唯一的任务就是研究客户卡片，卡片上的信息比文件盒上的标目更加详细。经过一次非正式的考核，证明她已经记住客户的要求以后，公司便将俄克拉荷马州的报纸分给她读。在她标记的报纸送到裁剪工那里之前，老板会检查一番，并指出错误。当她熟练到不再需要检查时，宾夕法尼亚州的报纸也分到了她手里。不久之后，她又分到了纽约州的报纸，现在她有三个州的报纸要读。到了八月底，她读过的报纸和标记过的条目比公司里的其他阅读工都要多。她刚参加工作，急于讨人欢心。她的视力很好（是唯一不戴眼镜的阅读工），还训练出了一双照相机般的眼睛，能够迅速捕捉信息。她只需瞥一眼就能看到条目，马上判断出是否需要做标记。她每天能读一百八十到两百份报纸，而排名第二的阅读工，每天只能读一百到一百一十份。

没错，弗兰西的读报速度是公司里最快的——但工资却是最低的。虽然她因为读报速度快，工资涨到了十块钱一周，但排名第二的阅读工每周拿二十五块钱，其他阅读工每周也有二十块。由于弗兰西和女工们关系没那么亲近，所以她并不知道自己的工资被压得那么低。

虽然弗兰西很喜欢读报纸，也为每周能赚到十块钱而自豪，但她并不开心。此前，能去纽约工作，一直让她非常兴奋。她觉得：既然连微不足道的小事（比如图书馆里那个棕色罐子中的小花）都能令她激动不已，那么纽约这样的大都市，肯定会让她的激动程度翻上百倍。但事实并非如此。

第一个让她失望的是布鲁克林大桥。从自家屋顶看过去，她以为过桥时，自己能体验到翅膀轻盈的仙女在空中飞翔的感觉。但其实，乘车经过大桥和乘车经过布鲁克林的街道别无二致。大桥上人行道和车行道的铺设与百老汇的街道一模一样，铁轨也是同样的铁轨。过桥没有带给她任何不同的感受。纽约也很令她失望。虽然建筑更高大，人群更拥挤，但它与布鲁克林几乎没有什么差别。她想，是不是从此以后，所有新事物都会令她失望？

她经常研究美国地图，随着自己的想象穿越那些平原、山脉、沙漠和河流。想象中，那似乎很美妙。但现在，她不知道等真的见到了，是否也会同样失望。她想，假设要徒步穿越这个伟大的国家，她会在早上七点出发，向西走。她会一步一步走完全程。西行途中，她太专注于自己的脚步，又想着她是从布鲁克林一步步走来的，或许便无暇顾及遇到的山川、河流、平原和沙漠。她只会注意到有些东西很奇怪，因为那会让她想起布鲁克林，而其他东西也很奇怪，因为它们与布鲁克林截然不同。"我想，这世界上没有什么新鲜事了。"弗兰西闷闷不乐地下了断论，"如果真有什么新鲜或者特别的事情，那肯定也与布鲁克林有某种关联。而我已经对布鲁克林习以为常，就算遇到了，也发现不了。"弗兰西觉得很忧伤，她就像亚历山大大帝一样，确信已经没有新的世界可以征服。

她适应了纽约人上下班时那争分夺秒的节奏。去办公室是一场令人紧张的考验。如果她比九点早到一分钟，那就是个自由人。如果她比九点晚到一分钟，那就会忧心忡忡，因为要是老板那天心情不好，自己便成了理所当然的替罪羊。所以，她学会了节省时间的方法。列车到站前，她会早早挤到车门口，这样车门一打开，她就是第一批被推下车的人。下车后，她像小鹿似的撒腿飞奔，绕着人群跑，带头冲向通往大街的楼梯。步行去办公室时，她紧贴着建筑物，便于急转弯。她走对角线过街，省得还要从马路牙子踏上踏下。到了大楼，哪怕电梯操作员大吼："满了！"她还是会挤进去。所有这些举动，都是为了抢在九点前一分钟抵达办公室，而不是迟到一分钟！

有一次，她提前十分钟出门，好让时间更宽裕。尽管没有着急的必要，她仍然一路挤出列车，飞奔着跑向台阶，在大街上按最短的路线匆匆走着，然后挤进满载的电梯里。这次她提前了十五分钟到达。大大的办公室里空空荡荡，令她感到孤独又迷茫。当其他工人在九点之前掐着点赶到时，弗兰西觉得自己像个叛徒。第二天早上，她多睡了十分钟，恢复了原来的上班时间。

她是公司里唯一一个布鲁克林姑娘。其他人来自曼哈顿、霍博肯、布朗克斯，还有一个是从新泽西州的贝永过来的。公司里最年长的两位阅读工是一对姐妹，来自俄亥俄州。弗兰西第一天来上班时，其中一人就对她说："你有布鲁克林口音。"这话听着像是谴责，弗兰西很惊讶，开始注意起自己的发音，说话变得异常小心，唯恐把"女孩"说成"吕孩"，或者"职位"说成"资位"。

公司里只有两个人能让她放松交谈。一个是老板。他是哈佛毕业生，虽然说话时喜欢随意地拖长 a 音，但讲话简单易懂。不像其他阅读工，尽管大多数人只是中学毕业，但在多年的阅读过程中积攒了大量词汇，讲起话来很爱堆砌辞藻。另一个是阿姆斯特朗小姐,她是除了老板以外的唯一一名大学毕业生。

阿姆斯特朗小姐专读城市报纸。她的办公桌单独放在房间里最好的角落,那儿有一扇北窗和一扇东窗,阅读光线极佳。她只读芝加哥、波士顿、费城和纽约市的报纸。纽约市的各种报纸一印好,就会有专人送到她那里。她读完自己的报纸后,无须像其他阅读工那样,去帮助读得慢的女工。在等待下一份报纸的间隙,她可以拿钩针编上两针,或者修修指甲。她是工资最高的阅读工,每周拿三十块钱。阿姆斯特朗小姐是个善良的人,她有心想帮助弗兰西,会试着找她聊天,不让她感到孤独。

有一次在盥洗室,弗兰西无意中听到有人说,阿姆斯特朗小姐是老板的情人。"情人"这个词弗兰西听说过,但从未亲眼见过这种传说中的人物。她立刻从"情人"的角度,仔细观察起阿姆斯特朗小姐。她发现阿姆斯特朗小姐并不漂亮,一张脸跟猿猴似的,嘴巴宽大,鼻孔扁平、厚实,身材也只是勉强过得去。弗兰西的目光落到她的腿上。那双腿修长、苗条,曲线玲珑。她穿着极薄的完美丝袜,昂贵的高跟鞋勾勒出她优美的脚形。弗兰西得出结论:"美腿是成为情人的秘诀。"她看着自己竹竿似的腿。"我想,我永远当不了情人。"她叹了口气,认命地接受了清白的人生。

公司里拉帮结派,裁剪工、印刷工、粘贴工、打包工和送报工——这些不太识字却头脑机灵的工人出于某种原因,自称是一个"俱乐部"。他们认为,那些受过高等教育的阅读工瞧不起他们。为了报复,他们就尽可能地在阅读工中挑拨离间,给对方制造麻烦。

弗兰西的立场很矛盾。按照出身背景和教育程度,她属于"俱乐部"那一派,但按照能力和才智,她又属于阅读工那一派。"俱乐部"那伙人精明地察觉了弗兰西的特殊性,并试图将她当成中间人来利用。他们把办公室里挑拨离间的谣言说给她听,指望她去给阅读工传话,在她们中间挑起纷争。但弗兰西和阅读工们的关系并没有好到可以闲聊,于是谣言传到她这儿就断了。

有一天,裁剪工告诉弗兰西:阿姆斯特朗小姐将在九月离职,而她,弗兰西,将得到提拔,去接替她做那份读城市报纸的工作。鉴于他们过去的行径,弗兰西认为这也是他们编造的谣言,是想让其他阅读工都嫉妒她,因为要是阿姆斯特朗小姐辞职了,人人都想顶替她的位置。弗兰西觉得这话很荒谬,她才十四岁,只有小学学历,怎么可能去接手阿姆斯特朗小姐那种三十岁大学毕业生干的活呢?

快到八月底了,弗兰西有些担心,因为妈妈完全没提过让她上中学的事情。她很想回学校。这些年来,她一直听妈妈、外婆和姨妈们说起高等教育。这不仅让她渴望接受更多的教育,还让她为自己目前的低学历感到自卑。

她深情地想念那些在她毕业纪念册上写下祝福的女孩。她想再次成为她们中的一员。大家出身都差不多,她们没比她好多少。照理说,她应该和她们一起去上学,而不是跟年长的女性去竞争工作。

她不喜欢在纽约工作。汹涌的人潮令她颤抖。她觉得自己被推入了一种还没准备好去应对的生活。在纽约工作,最让她害怕的事情是挤高架列车。

有一次在车上,她抓着吊环,被人群紧紧挤在中间,没法放下手臂。就在这时,她感觉到有男人的手在摸她。无论她怎样扭动身子,都无法摆脱那只手。车辆转弯时,她随着人群一起摇晃,那只手却更加用力。她没法转头去看那是谁的手。她绝望又无措地站在那里,无助地忍受着这种侮辱。她本可以大喊并抗议,但又羞于让大家都注意到她的窘境。似乎过了一个世纪,人群终于不再那么拥挤,她这才在车厢里换了一个位置。从那以后,站在拥挤的列车上,就成了一种可怕的折磨。

一个周日,弗兰西和妈妈带劳瑞去看外婆。弗兰西和茜茜讲了列车上被男人骚扰的事情,希望茜茜能安慰她。但茜茜姨妈却把这当作一个大笑话。

"所以,有个男人在高架列车上捏了你。"她说,"如果是我,才不会为这个烦心。这代表你身材不错,有些男人见到身材好的女人,自然无法抗拒。哎!我一定是变老了!好多年没人在车上捏过我了。曾经有段时间,我每次挤了车,回家后身上总是青一块紫一块的。"她自豪地说。

"这有什么好吹嘘的?"凯蒂问。

茜茜无视她的话。"总有一天,弗兰西,"她说,"等你到了四十五岁,身体松弛、肚子下垂,仿佛中间打了结的马饲料袋子。你会回想往事,怀念从前那些男人想要捏你的日子。"

"她如果真的怀念,"凯蒂说,"那也是因为你给她灌输了这种思想,而不是因为那真是什么值得怀念的好事。"她转向弗兰西:"至于你,你学着不拉吊环也能在车上站稳脚。双手放在下面,口袋里揣一根尖锐的长针。要是你觉得有男人摸你,就狠狠用针扎他。"

弗兰西按照妈妈的话做了。她学会了不拉吊环也能站立。她的手放在外套口袋里,紧紧捏住一根锋利的长针,希望有人会再来捏她,这样她就可以用针刺他。她想:"茜茜姨妈说的身材和男人的话,其实也有道理,但我不喜欢被人在背后捏。等我到了四十五岁,肯定希望能有更好的回忆,而不是渴望被陌生人捏。茜茜姨妈应该感到羞耻⋯⋯"

"我到底怎么了?我居然在批评茜茜姨妈——她一直对我那么好。我不满意自己的工作,可是能找到这么有趣的工作,我应该觉得幸运才对。想想看,我那么喜欢阅读,现在还有人付钱让我阅读。我甚至不喜欢纽约——这可是所有人眼中,全世界最棒的城市。看来这世界上没有比我更不知足的人了。哦,我真希望能再回到小时候,回到一切看起来都无比美好的时候!"

就在劳动节①前,老板把弗兰西叫到他的私人办公室,通知她阿姆斯特朗小姐要辞职去嫁人了。他清了清嗓子,又补充说:其实阿姆斯特朗小姐要嫁的人就是他。

这打破了弗兰西对情人的老观念。她一直认为,男人从来不会跟情人结婚——他们把情人当成破手套,用完就扔。可阿姆斯特朗小姐不是破手套,她即将成为他的妻子。哇哦!

"所以,我们需要一位新的城市报阅读工。"老板说,"阿姆斯特朗小姐本人建议,让我们⋯⋯啊⋯⋯找你来试试,诺兰小姐。"

弗兰西心跳加速。她,城市报阅读工!公司里最令人觊觎的工作!这么说,"俱乐部"的谣言是真的。这打破了她另一个先入为主的观念。她一直认为所有谣言都是假的。

---

① 美国的劳动节在每年九月的第一个星期一,是联邦的法定节假日,用以庆祝工人对经济和社会的贡献。——译者注

老板打算每周给她十五块钱，他心想：他用未婚妻一半的工资就能请到跟她一样出色的阅读工。而且这女孩应该高兴死了吧——年纪那么小……却能每周挣十五块钱。她说她已经超过十六岁了，可她看起来只有十三岁。当然，她的年龄与他无关，只要她能胜任工作就行。虽然他雇佣未成年人，但法律没法找他算账。到时候他只需要说，是她隐瞒了真实年龄。

"这个职位会有一点加薪，"他和蔼地说道。弗兰西高兴地笑了，而他却担心起来。"我会不会说错话了？"他想，"也许她没指望着加薪。"他迅速掩饰自己的失误："……等我们看看你的表现，再给你一点加薪。"

"我不知道……"弗兰西犹豫地开口。

"看来她真的超过十六岁了。"老板断定，"她打算敲我一笔竹杠，让我加更多薪水。"他先发制人地说："我们会给你涨到每周十五块钱，从……"他犹豫了一下，觉得太和善没好处，"……从十月一日开始。"他靠在椅子上，感觉自己非常慷慨，就像上帝一样。

"我是说，我可能不会在这儿工作太久。"

"她在跟我讲价，想要更多的钱。"他想。他大声问："为什么？"

"我想在劳动节后回去上学。一旦确定了，我立刻告诉您。"

"上大学？"

"上中学。"

"那就只能让平斯基读城市报纸了。"他心想，"她现在的工资是二十五块，她会期待拿三十块的工资。那我付的钱又跟原来一样了。在工作上，这个诺兰也比平斯基更好。该死的艾尔玛！她怎么会有这种想法，认为女人结婚后就不应该工作？她可以继续工作……这样她的工资就能留在家里……用来买房子。"

"哦！真是遗憾。我不是不支持高等教育。但我认为，读报纸也是一种非常好的教育。它是一种优质的、与时俱进、不断进步的现代教育。而在学校里……只有书本。死板的书本。"他不屑地说。

"我……我得和妈妈商量一下。"

"当然可以。告诉她你老板对教育的看法。再告诉她，"他闭上眼睛，决定冒险赌一把，"我们会付你每周二十块钱。从十一月一日开始。"他延迟了一个月时间。

"那真是一大笔钱。"她老老实实地说。

"我们相信能用高薪留住人才。对了……啊……诺兰小姐,请不要对外透露你未来的薪水。你比别人拿的都多。"他撒了个谎,"要是被她们知道……"他无奈地摊开手:"你明白吗?不要在盥洗室里说闲话。"

弗兰西心怀感激,她让老板放心,自己绝不会在盥洗室里出卖他。老板开始给信件签字,这表明谈话结束了。

"就这样吧,诺兰小姐。劳动节后的那天,你得给我们一个答复。"

"好的,先生。"

每周二十块钱!弗兰西十分震惊。两个月前,每周赚五块钱她就觉得很高兴了。威利姨夫四十岁了,每周才挣十八块钱。茜茜的约翰很聪明,每周也只挣二十二块五。她所在的社区里,很少有男人每周能挣到二十块,而且他们都有家庭。

"有了这笔钱,我们的烦心事都能解决。"弗兰西心想,"我们可以在某个地方租一套三居室的公寓,妈妈就不用出去工作了,劳瑞也不会经常一个人留在家里。我想,要是我能做到这些,肯定会得到重视。

"但是我想回去上学!"

她回想起家人对教育话题的絮絮叨叨。

外婆说:"教育能让你在这世上出人头地。"

艾薇说:"我的三个孩子每人都要拿三张文凭。"

茜茜说:"等母亲不在世了——但愿上帝别让她太早离开——等孩子大到能上幼儿园了,我会重新出去工作。我要把钱存起来,等小茜茜长大,就送她去最好的大学。"

妈妈说:"我不希望孩子们像我一样过苦日子,教育可以让他们活得轻松一些。"

"但这确实是份好工作。"弗兰西心想,"至少目前挺好的。可是,这份工作会损害我的视力。所有年纪大点的阅读工都得戴眼镜。阿姆斯特朗小姐说,一个阅读工要做好工作,得眼睛熬得住才行。其他阅读工一开始读得也很快,就像我一样。但现在她们的眼睛……我必须保护好我的眼睛,下班后不能再看书。

"如果妈妈知道我每周能挣到二十块钱,或许就不会让我回去上学了。这也不能怪她。我们穷日子过得太久了。妈妈在所有事情上都很公正,但这些钱可能会改变她的看法。这不是她的错。在她决定是否让我回学校之前,我不会告诉她我加薪的事情。"

弗兰西和妈妈提起上学的事。妈妈说,没错,他们是得谈一谈了,等晚饭后就聊。

那天晚上喝完咖啡,凯蒂说,学校下周就要开学了(其实这话说得毫无必要,因为这事大家都知道)。"我很想让你们俩都上中学,但目前,只有一个人能在今年秋天上学。我会尽量把你们的工资都省下来,这样明年你们俩都能回到学校。"说完她等着。等了很久,孩子们都没有回答。"怎么?你们不想上中学吗?"

弗兰西说话时觉得嘴唇发僵。这事很大程度上取决于妈妈,她希望自己说的话能给妈妈留下好印象。"我想上学,妈妈。我想回学校,这是我这辈子最大的愿望。"

"我不想回去。"尼利说,"别让我回去上学,妈妈。我喜欢工作。而且明年年初,我还能涨两块钱工资。"

"你不想当医生吗?"

"不,我想当经纪人,想像我老板一样赚大钱。我以后也要去炒股,说不定某天能赚个一百万呢。"

"我的儿子会成为一名伟大的医生。"

"你怎么知道呢?我可能会像毛耶街上的胡勒医生那样,在地下室开间小诊所,整天穿件脏兮兮的衬衫。总之,我已经读够书了,我不需要再回学校。"

"尼利不想回去上学,"凯蒂说,她的语气几乎是在恳求弗兰西,"你知道这意味着什么,弗兰西。"弗兰西咬了咬嘴唇。哭是没有用的。她必须保持冷静。她必须保持清醒的头脑。"这意味着,"妈妈说,"尼利必须回去上学。"

"我不要!"尼利喊道,"无论你说什么,我都不会回去!我已经在工作赚钱了,我想继续工作。现在大家都很瞧得起我。但要是我回去上学,就又变成了一个没用的小屁孩。而且,你也需要我赚钱呀,妈妈。我们不想再过穷日子了。"

"你要回去上学。"凯蒂平静地宣布,"弗兰西赚的钱够用了。"

"为什么他不想回学校，你非要他回。"弗兰西喊道，"而我真的很想去上学，你却不让去？"

"是啊。"尼利附和道。

"因为如果我不逼他，他永远也不会回去。"妈妈说，"而你，弗兰西，你会拼命努力，想方设法回去念书。"

"你为什么总是这么肯定？"弗兰西反驳，"再过一年，我就老得没法回去上学了。而尼利才十三岁，到明年也足够年轻。"

"胡说八道。明年秋天你才十五岁。"

"十七岁。"弗兰西纠正道，"快十八了，太老了，不可能再从头开始。"

"你说的是什么蠢话？"

"不是蠢话。做上这份工作，我就是十六岁。我必须让外表和举止都变得像十六岁，而不是十四岁。虽然明年我只有十五岁，但我生活的方式已经比实际年龄大了两岁，老得无法再变回一个中学生。"

"尼利下周就回学校。"凯蒂固执地说，"弗兰西明年回去。"

"我讨厌你们两个！"尼利喊道，"如果你们逼我回去，我就离家出走。没错，我会离家出走的！"他跑了，砰的一声甩上门。

凯蒂脸上露出痛苦的表情，弗兰西为她感到难过。"别担心，妈妈。他不会真的跑掉。他只是说说而已。"凯蒂瞬间松了一口气，但这种神情激怒了弗兰西。"我才是会离家出走的那一个，而且走之前不会发表演说。等你们不再需要我挣钱时，我就会离开这里。"

"我的孩子们从前一直很乖，是什么把他们变成这样的？"凯蒂伤心地问。

"是年龄把我们变成这样的。"看凯蒂一脸困惑，弗兰西解释说，"我们从没办过工作证件。"

"可是工作证件很难办理。这得找牧师拿洗礼证，他每张要收一块钱。而且我还得和你们一起去市政厅。但当时我每隔两小时就要喂一次劳瑞，根本没办法去。我们都觉得，不如让你们俩说自己已经十六岁了，这样就能省掉所有麻烦。"

"这倒没问题。但既然说我们已经十六岁了，那我们就得真的像十六岁，可你还是把我们当成十三岁的小孩。"

"真希望你爸爸在这里。他能明白你们的心事,而我却理解不了。"弗兰西心中一阵刺痛。缓过神后,她告诉妈妈,她的工资将在十一月一日翻个倍。

"二十块钱!"凯蒂惊讶地张大了嘴巴。"哦,老天!"这是她的口头禅,每当她惊讶时,都会说这句话。"你什么时候知道的?"

"周六。"

"但你现在才告诉我。"

"是的。"

"你以为,要是我知道了这件事,肯定会让你继续上班。"

"是的。"

"但刚才我说尼利该回去上学的时候,并不知道这件事。你能明白的吧?我只是做了自己认为对的事情,这与钱无关。你能明白的吧?"她语带恳求地问。

"不,我不明白。我只看得到你偏心向着尼利。你为他解决一切问题,却对我说我可以自己想办法。妈妈,总有一天我也会欺骗你,去做我自认为对的事情,但那未必合你心意。"

"这我并不担心,因为我知道,我可以相信自己的女儿。"凯蒂说得如此郑重,倒让弗兰西有些羞愧,"我也相信我的儿子。他现在很生气,因为被逼着做不想做的事情。但他会想通的。他会在学校里好好表现。尼利是个好孩子。"

"没错,尼利是个好孩子。"弗兰西承认,"但就算他不好,你也察觉不到。但要是我的话……"她哽咽着,声音变得嘶哑。

凯蒂叹了口气,但什么话也没有说。她站起来开始收拾桌子。她伸手去拿一个杯子,弗兰西第一次发现,妈妈的手有些笨拙。它颤抖着,几乎拿不稳杯子。弗兰西把杯子放到妈妈手中,注意到杯子上有一条大大的裂缝。

"我们这个家,从前就像一个结实的杯子。"弗兰西心想,"完完整整,能把东西装得好好的。但是爸爸去世后,就出现了第一条裂缝。今晚的争吵又给它增添了一条裂缝。很快裂缝就会越来越多,杯子会破碎,而我们都会变成碎片,不再是一个整体。我不希望这样,但我却故意制造了一条很深的裂缝。"她猛地叹了口气,那样子像极了凯蒂。

妈妈走向洗衣篮，宝宝正在里面安静地睡觉，没有被周围的激烈争吵吵醒。弗兰西看到妈妈笨拙地伸出手，把宝宝从篮子里抱起来。凯蒂坐在窗边的摇椅上，紧紧抱着孩子，摇晃起来。

弗兰西几乎一下子就心软了。"我不应该对她这么刻薄，"她想，"除了辛苦的工作和各种麻烦事，她还有什么呢？到头来，她只能找小宝宝去寻求安慰。也许她在想：此刻被她那么疼爱，又对她如此依赖的劳瑞，长大后也会像我现在这样，跟她对着干。"

她笨拙地将手放在妈妈的脸颊上。"没事的，妈妈。我不是那个意思。你说得没错，我会按照你的话去做。尼利必须去上学，我们一起说服他。"

凯蒂把手放在弗兰西的手上。"这才是我的好女儿。"她说。

"别因为我顶撞你就生我的气，妈妈。正是你教会了我，如果觉得自己是对的，就要努力去争取。我……我觉得我是对的。"

"我知道。我很高兴你有能力，也有意识去争取自己应得的东西。而且，无论如何，你最终总能走出困境。这点你很像我。"

"这就是问题所在。"弗兰西心想，"我们太像了，所以无法理解对方，因为我们甚至无法理解自己。爸爸和我是两个截然不同的人，所以我们能互相理解。妈妈可以理解尼利，因为你们不像。真希望我能和尼利一样，别跟妈妈那么像。"

"那么，现在我们和好了？"凯蒂微笑着问。

"当然。"弗兰西也微笑着，并亲吻了妈妈的脸颊。

但内心深处，两个人都知道：这并不是真的和好了，她们之间，再也不会和好如初。

第四十五章

又到了圣诞节。但今年他们有钱买礼物了,冰箱里放着很多食物,房间里也始终很温暖。当弗兰西从冷寒的街上走进屋时,她觉得这份温暖就像爱人的手臂,将她揽入怀中。可爱人的怀抱究竟是什么感觉?她顺便想了想。

弗兰西没有回学校,但她挣的钱让一家人过上了更好的日子。想到这点,她感到一阵安慰。妈妈很公平,在弗兰西的周薪涨到二十块时,妈妈就一周给她五块钱,让她坐车、吃饭、买衣服。此外,凯蒂在威廉斯堡储蓄银行用弗兰西的名字开了个账户,每周往里面存五块钱——她解释说,这笔钱是给她上大学用的。凯蒂用剩下的十块钱和尼利贡献的一块钱把家里打理得井井有条。这些钱并不多,但1916年的物价很低,所以诺兰一家日子过得不错。

尼利发现自己从前的许多好哥们都进了东区中学,于是他高高兴兴地接受了上学的事情。放学后,他重新回到麦克加里蒂的酒吧打工。妈妈从他挣的两块钱里拿出一块钱,给他当零花钱。尼利在学校里很有地位。他的零花钱比大多数男孩都多,还能把莎士比亚的《尤利乌斯·恺撒》倒背如流。

他们打开锡储蓄罐,里面差不多有四块钱。尼利又加了一块钱,弗兰西加了五块钱。这样他们总共有十块钱去买圣诞礼物。圣诞节前的下午,一家三口带上劳瑞出门购物了。

他们先去给妈妈买新帽子。在帽子店里,妈妈抱着宝宝坐到椅子上,他们则站在妈妈坐的椅子后面,看着她试戴。弗兰西想给妈妈买一顶翠绿色的丝绒帽,但在威廉斯堡找不到那种颜色的帽子。妈妈认为,她应该买一顶黑色的帽子。

"买单的是我们,不是你。"弗兰西告诉她,"我们的意见是,别再买丧服帽啦。"

"妈妈，试试这顶红色的。"尼利建议。

"不，我要试试橱窗里那顶深绿色的。"

"这是新款，"女店主说着把帽子从橱窗里取出来，"我们管它叫苔藓绿。"她将帽子端端正正地戴到凯蒂头上。凯蒂不耐烦地挥挥手，把帽子斜扣下来。

"就要这顶！"尼利宣称。

"妈妈，你看起来真漂亮。"弗兰西评价道。

"我喜欢这顶，"妈妈做出决定，"多少钱？"她问女店主。女店主深吸了一口气，诺兰一家做好了讨价还价的准备。

"是这样的……"女店主开口。

"多少钱？"凯蒂不依不饶地重复道。

"在纽约，买这么一顶帽子，你要花十块钱。不过……"

"我要是愿意出十块，我干吗不去纽约买？"

"话可不是这么说的，沃纳梅克百货公司里，同样的帽子卖七块五。"她故意顿了顿，"一模一样的帽子，我五块钱卖给你。"

"我只有两块钱买帽子。"

"那就滚出我的店！"女店主夸张地喊。

"那好吧。"凯蒂抱着婴儿站起身。

"不必这么急吧？"女人把她按回椅子里，将帽子塞进一个纸袋，"只要四块五，我就让你带回家。相信我，就算是我自己的婆婆，也不可能用这个价格买到！"

"我相信你。"凯蒂心想，"要是你婆婆跟我婆婆一个样，那这话我就更信了。"凯蒂说："这顶帽子很好看，但我只付得起两块钱。帽子店有很多，我应该能用两块钱买到一顶。或许不如你这顶好，但挡风是足够的。"

"你听我讲，"女人把话说得感情充沛，异常真诚，"人人都说，犹太人把钱看成一切，但我不这样。当我看到漂亮的帽子被漂亮的顾客戴上，我这儿就会产生某种反应。"她把手按在胸口："我心里会非常……哎，有没有利润无所谓，我不赚你一分钱。"她把纸袋塞到凯蒂手里。"你四块钱拿走吧。这是我的批发价。"她叹息着说，"相信我，我真不该当一个商人。我应该去做画家。"

她们继续讨价还价。最终,价格降到了两块五。这时候,凯蒂知道那女人不会再降价了。她假装要走,试探了一下。但这一次,那女人没再阻拦她。弗兰西冲尼利点了点头。他给了那女人两块五。

"你们可别告诉任何人,你们这么便宜就买到了它。"那女人警告道。

"我们不会说的,"弗兰西保证,"把帽子装在盒子里吧。"

"盒子要另外加一毛钱——这也是批发价。"

"纸袋就够了。"凯蒂反对说。

"这是你的圣诞礼物,"弗兰西说,"礼物得用盒子装。"

尼利又拿出一毛钱。帽子用纸巾包起来,放到一个盒子里。"我这么便宜就卖给你了,下次要买帽子,你得再来我店里啊。不过下一次,可别指望有这么低的价格。"凯蒂大笑。他们离开时,那女人说:"祝你健健康康地戴着它。"

"谢谢你。"

门关上后,那女人咬牙切齿地低声骂道:"外邦狗!"然后朝他们的背影啐了一口。

到了街上,尼利说:"难怪妈妈五年才买一顶新帽子,原来买帽子这么麻烦。"

"麻烦?"弗兰西说,"不会啊,这多有意思!"

接下来,他们要去塞格勒的店里买一套毛衣,给劳瑞当圣诞礼物。塞格勒一见到弗兰西,就开始骂骂咧咧。

"哟!终于来我的店了!怎么,其他布制品店没有你要的东西,只能来我这儿了吗?也许其他店价格便宜一点,但东西都是坏的,是不是?"他转向凯蒂解释说:"从前这女孩一直来我店里,给她爸爸买假胸襟和纸领子。但现在整整一年了,她没来过一次。"

"她爸爸一年前去世了。"凯蒂解释道。

塞格勒用手掌猛拍了一下自己的脑门:"哎呀!瞧我这大嘴,总是说错话。"他道歉。

"没关系。"凯蒂安抚他。

"我这儿消息真不灵通,什么事都没人告诉我,我到现在才知道。"

"这也很正常。"凯蒂说。

"好啦,"他切入正题,干脆地问,"你们想买点什么?"

"给七个月大的宝宝买一套毛衣。"

"我这里'将将好'有那个尺码。"

他从一个盒子里拿出一套蓝色的毛衣。可他们把衣服对着劳瑞比了比,却发现毛衣只到她的肚脐,裤脚也刚过她的膝盖。他们又试了试其他尺码,最后找到一件两岁儿童的衣服,大小刚好合适。塞格勒先生欣喜若狂。

"我干这行有二十年啦——在格兰德街上十五年,在格雷厄姆大道上五年。还是头一回见七个月的婴儿有这么大块头咧。"诺兰一家听了都很得意。

塞格勒的店是一口价商店,所以他们没有讨价还价。尼利数了三块钱,他们当场给宝宝穿上了那件衣服。她戴着一顶绒绒帽,帽子被拉到耳朵上,看起来非常可爱。新衣服那鲜亮的蓝色,将她皮肤衬得粉嘟嘟的。她仿佛也知道自己得了礼物——因为她看起来高兴极了,露着两颗牙,见谁都笑呵呵的。

"哦,小宝贝。"塞格勒用德语轻声哼道,他双手合十祷告着,"愿她能健健康康地穿着它。"这一回,祝福没有被之后的唾骂抵消。

妈妈带着宝宝和她的新帽子先回家了,尼利和弗兰西则继续他们的圣诞采购。他们给弗里特曼家的表亲们买了小礼物,还给茜茜的孩子买了些东西。之后,就轮到他们给自己买礼物了。

"我告诉你我想要什么,你给我买吧。"尼利说。

"好的,你要什么?"弗兰西问道。

"鞋罩。"

"鞋罩?"弗兰西拔高了声音。

"珍珠灰的。"他坚定地说。

"你真想要那个……"她怀疑地开口。

"中号。"

"你怎么知道尺码?"

"我昨天去试过。"

他给了弗兰西一块五。她去买了鞋罩,让店员包好放进礼盒里。在街上,她把礼物递给尼利,两人皱着眉头,郑重地看着对方。

"这是我送给你的。圣诞快乐。"弗兰西说。

"谢谢你。"他郑重地道谢,"现在,你想要什么?"

"联合大道附近有家店,我要橱窗里那套黑色的蕾丝舞裙套装。"

"那是女性用品吗?"尼利不安地问。

"嗯,是的。腰围二十四,胸围三十二。两块钱。"

"你自己买吧。我不想开口买那种东西。"

她买下了垂涎已久的舞裙套装——那是一套黑色蕾丝碎布做的内衣,短裤和胸罩用细细的黑缎带系在一起。尼利不赞成她买这个,听到她道谢,他嘟囔着敷衍了一声"不客气"。

他们经过路边卖圣诞树的集市。"还记得那次吗?"尼利说,"我们让那个人向我们扔最大的圣诞树。"

"当然记得!每次我头疼,都是当时被树撞的地方在疼。"

"爸爸还一边唱歌,一边帮着我们把树拖上楼梯。"尼利回忆道。

那一天,他们提到许多次爸爸的名字,以及有关他的回忆。每次提起,弗兰西心头都会涌上一股温情,而不再像之前那般刺痛。"我是在忘记他吗?"她心想,"以后,我会不会很难再回忆起关于他的事情?我想,这就是玛丽·罗姆利外婆说的'时间带走一切'。第一年很难熬,因为我们可以说去年选举时他去投票了;去年感恩节他跟我们一起吃饭了。但第二年,事情就变成了他两年前如何如何……随着时间的流逝,记住他、追忆他,都会变得越来越困难。"

"你看!"尼利抓住她的胳膊,指着木盆里一棵两英尺高的冷杉。

"它还在长呢!"她大声喊道。

"你以为呢?所有的树一开始都会长啊。"

"我知道。但是你一直看到它们被砍,就会觉得它们长大就是为了被砍。我们把它买下吧,尼利。"

"它太小了吧。"

"但它有根啊。"

他们把小树带回家,凯蒂仔细看了看树,深深皱起眉头,似乎在思考什么。"嗯,"她说,"过了圣诞,我们就把它放到太平梯上,确保它晒足阳光浇够水,每个月施一次马粪。"

"不,妈妈。"弗兰西抗议,"你别把捡马粪的活交给我们。"

小时候,捡马粪是他们最讨厌的差事。玛丽·罗姆利外婆在她窗台上种了一排鲜红的天竺葵。那些花被滋养得明艳照人,因为每个月,弗兰西或者尼利都得拿着雪茄盒去大街上捡花肥,在盒子里装上满满两排整齐的马粪球。把马粪交给外婆时,外婆会付两分钱。弗兰西觉得捡马粪很丢人。有一次,她向外婆抗议,外婆说:

"唉,祖先的血统传到第三代就稀薄了啊。从前在奥地利,我的好兄弟们用大车装满马粪,他们是强壮又高尚的人。"

"那肯定啊,"弗兰西想,"如果他们不是这样的人,怎么会去捡那种东西?"

凯蒂说:"既然我们有了一棵树,就必须好好照顾它,让它长大。如果你们觉得不好意思,可以等晚上天黑了再去捡马粪。"

"现在马太少了——大多数都是汽车。很难捡到马粪。"尼利争辩。

"去不开汽车的鹅卵石路上捡。如果那里没有马粪,那就等马来了,跟在它后面,直到有马粪为止。"

"天哪!"尼利抗议道,"早知道就不买这破树了。"

"我们发什么愁?"弗兰西说,"现在不是从前啦。现在我们有钱了。我们只要在街区里找个大一点的孩子,给他五分钱,让他帮我们去捡。"

"是啊。"尼利赞同道,他松了一口气。

"我认为,"妈妈说,"你们应该亲自照料那棵树。"

"富人和穷人之间的区别在于,"弗兰西说,"穷人什么事都亲手去做,而富人会雇帮手去做。我们不再是穷人了,我们可以雇人做一些事。"

"那我宁愿一直穷下去,"凯蒂说,"因为我喜欢亲手做事情。"

像往常一样,每当妈妈和姐姐开始围绕一个话题争辩,尼利就心生厌烦。为了转换话题,他说:"我打赌劳瑞和那棵树一样高。"他们把婴儿从篮子里抱出来,和树比较高矮。

"'将将好'一样高。"弗兰西模仿塞格勒先生的口吻说。

"不知道谁长得更快?"尼利问。

"尼利,我们从来没有养过小狗小猫。让我们把这棵树当宠物养吧。"

"哎呀,树怎么能当宠物?"

"为什么不能?它是活的,也会呼吸,不是吗?我们给它起个名字。安妮!这棵树叫安妮,宝宝叫劳瑞,放一起就是那首歌的名字。"

"你知道我想说什么吗?"尼利问。

"不知道,说什么?"

"我要说,你疯了。"

"我知道,但疯一次不也挺好吗?今天我不想当诺兰小姐,也不想假扮十七岁,做模范新闻剪报公司的首席阅读工。我觉得好像回到了从前,回到了卖完废品把钱让你保管的时候,我觉得自己就像是个孩子。"

"你本来就是孩子,"凯蒂说,"一个刚满十五岁的孩子。"

"是吗?等你看到尼利给我买的圣诞礼物,你就不会这么认为了。"

"不是我要给你买,是你让我给你买。"尼利纠正。

"机灵鬼,那你让我给你买的圣诞礼物呢?拿出来给妈妈看看。快给她看看。"弗兰西催促道。

当他把东西拿给妈妈看时,妈妈像弗兰西当时一样,高声说:"鞋罩?"

"只是为了给我的脚踝保暖。"尼利解释说。

弗兰西展示了她的舞裙套装,妈妈惊讶地喊了一句:"哦,老天!"

"你觉得那是放浪的女人穿的衣服吗?"弗兰西满怀希望地问。

"如果是的话,我想她们肯定都会得肺炎。好了,让我们看看晚饭吃什么?"

"你不反对我穿吗?"妈妈这见怪不怪的样子让弗兰西很失望。

"不反对。每个女人都会经历想穿黑色蕾丝套装的时候。你只是比大多数人经历得早,也会更早地对它失去兴趣。我想,我们要把汤热一下,然后就吃汤里的肉和土豆……"

"妈妈总以为她什么都知道。"弗兰西不满地想。

圣诞节早上,他们一起去做弥撒。凯蒂给约翰尼做了祷告,愿他的灵魂安息。

她戴着新帽子,看起来非常漂亮。宝宝穿着新衣服也很可爱。尼利套着新鞋罩,男子气概十足,坚持让他抱着宝宝。他们经过斯塔格街时,一些在小卖部前晃荡的男孩大声嘲笑尼利。他涨红了脸。弗兰西知道他们是在嘲笑他的鞋罩,为了照顾他的感受,她假装他们是在嘲笑他抱孩子,提出让她来抱劳瑞。尼利拒绝了这个提议。他和她一样清楚,他们是在嘲笑自己的鞋罩。威廉斯堡的人真狭隘,他愤慨地想。他决定回家后把鞋罩放进盒子里，等到他们搬到更体面的社区再穿。

弗兰西穿着蕾丝舞裙，整个人快冻僵了。每当寒风掀开她的外套，穿透那薄薄的裙子时，她都觉得自己仿佛根本没穿内衣。"真希望——噢——真希望我现在穿的是法兰绒灯笼裤。"她哀叹道，"妈妈是对的。穿这衣服会得肺炎。但我才不会让她知道我这么想。我想，我得把这蕾丝套装收起来，等到夏天再穿。"

在教堂里，他们坐到前排，把劳瑞平放在椅子上，一家人占了整整一排。几个晚到的人以为那里有空位，但在屈膝弯腰打算往里走时，却发现是个婴儿躺在那里，占了两个位置。他们恶狠狠地瞪着凯蒂，凯蒂笔直地坐在那里，加倍凶狠地瞪了回去。

弗兰西觉得，这是布鲁克林最美丽的教堂。它由古老的灰色石头建成，一对尖塔直指云霄，比最高的廉租公寓楼还要高。教堂内部是高耸的拱形天花板，狭窄的彩色玻璃窗深深嵌在墙中，还有雕刻精美的祭坛——虽然规模不大，但大教堂该有的元素它都具备。弗兰西很为那个中央祭坛自豪，因为祭坛左侧是她的外公在半个多世纪前雕刻的。当时罗姆利外公还是个年轻的小伙子，刚从奥地利来到这里。为了履行宗教义务，他不情不愿地给教堂打工，用劳动来代替捐款。

这个节约的男人把凿剩下的碎木料收集起来，带回家中。他执着地将碎片拼在一起、黏合起来，用这些被赐福的木料雕出了三个小十字架。玛丽在每个女儿的婚礼当天送出一个十字架，并叮嘱她们，要把这十字架传给自己的长女。

凯蒂的那个十字架高高挂在家中的壁炉架上方。等弗兰西结婚时，那就是她的了。想到十字架的木料来自那个精美的祭坛，弗兰西感到无比自豪。

今天的祭坛很漂亮，铺满鲜红的圣诞花和冷杉枝，装点着细长的白蜡烛，树叶之间透出金灿灿的烛光。祭坛的围栏内搭建了盖有草顶的马棚，模拟着耶稣诞生的场景。弗兰西知道：这些手工雕刻的小雕像，正如一百年前刚从故国带来时那样摆放着——圣母玛利亚、约瑟夫、东方三博士和牧羊人围在马槽中的圣婴身边。

牧师进来了，身后跟着几个辅祭侍童。牧师在其他祭服外套了一件白色缎面的十字裙,前后各绣着一个金色十字架。弗兰西知道那十字裙象征着无缝袍,据说是圣母玛利亚编织的。在那些人把耶稣钉上十字架之前,他们把这件袍子从他身上剥了下来。据说在髑髅地,耶稣临死时,士兵们不舍得撕碎这袍子,便掷骰子来决定其归属。

弗兰西沉浸在自己的思绪中,错过了弥撒的开场。现在她跟上牧师的话,聆听那译自拉丁文的熟悉经文。

> 上帝啊,我的上帝,我要弹琴赞美你。我的心啊!你为何沮丧?为何烦躁?

牧师用他那深沉浑厚的嗓音吟唱道。

> 要仰望上帝,因为我还要赞美他。

辅祭侍童回应。

> 愿荣耀归于圣父,圣子和圣灵。
> 从今起直到永远,永世无疆,阿门。

辅祭侍童回应。

> 我就走到上帝的祭坛。

牧师吟诵。

> 到我最喜乐的上帝那里。

辅祭侍童回应。

> 我们的帮助在于耶和华的名,
> 他是造天地的主。

牧师鞠了一躬，开始背诵《悔罪经》。

弗兰西坚信，祭坛就是髑髅地，耶稣将再次被献祭。她听着牧师为耶稣的圣体和宝血念祝圣祷告词。她相信牧师的话宛若一把利剑，以神秘的力量将耶稣的血与肉相分离。她不知该如何解释，但她知道，耶稣的一切都在这里：他的圣体、宝血、灵魂和神性，全都在这金杯中的酒和金盘上的面包里。

"这真是一个美丽的宗教。"她沉思着，"真希望我能更好地理解它。不，我不想完全理解它。它之所以美丽，是因为它始终是个谜，就像上帝本身就是一个谜。有时我会说，我不相信上帝了。但那只是我的气话……我生气是因为我相信！我相信！我相信上帝、耶稣和圣母玛利亚。我是个糟糕的天主教徒。我偶尔会缺席弥撒。忏悔时，如果我因为一些身不由己的事遭到重罚，我会心生抱怨。但无论我的表现是好是坏，我都是天主教徒，永远也不会成为别的教徒。

"当然，我没有要求自己生来就是天主教徒，就像我没有要求自己生来就是美国人一样。但我很高兴我同时拥有这两个身份。"

牧师踏着弧形的台阶登上讲坛。"请大家为约翰尼·诺兰的灵魂祈祷，"他用洪亮的声音庄严宣布，"愿他的灵魂安息。"

"诺兰……诺兰……"叹息声回荡在拱形天花板上。

虽然这其中认识约翰尼的不过十几个人，但近千人都跪了下来，为一个男人的灵魂短暂祈祷了片刻。祷告声宛若痛苦的低语。弗兰西开始念起那为炼狱中的灵魂所写的祷告词。

> 慈爱的耶稣啊，您总是一片仁慈之心，对他人的悲痛感同身受。请您垂怜我们亲人在炼狱中的灵魂。哦，深爱着自己子民的上帝，请听取我恳求怜悯的呼唤……

第四十六章

"再过十分钟,"弗兰西宣布,"就是1917年了。"

弗兰西和弟弟肩并肩坐着,将穿着袜子的脚伸进厨房灶炉里。妈妈在床上休息,她睡前嘱咐他们,一定要在零点前五分钟叫她起来。

"我有一种感觉,"弗兰西继续说,"1917年将比我们过去的任何一年都要重要。"

"你每年都这么说。"尼利反驳道,"你先说1915年会是最重要的一年,然后说1916年,现在又说1917年。"

"今年真的很重要。首先,1917年,我就真的十六岁了,而不仅仅是在办公室里冒充十六岁。还有其他几件大事,有些已经开始了。房东正在安装电线,几周后,我们就会用电而不是用煤气了。"

"正合我意。"

"然后他会拆掉这些炉子,安装蒸汽暖气设备。"

"哎呀,我会想念这个旧炉子的。还记得以前(两年前!)我老坐在这炉子上吗?"

"我当时总是担心你会着火。"

"我现在就想坐在炉子上。"

"那就坐呗。"他坐到离炉膛最远的地方,那里暖洋洋的,但是不烫。"还记得吗?"弗兰西继续说,"以前我们在这块炉石上做算术题。当时爸爸给我们买了一块真正的黑板擦,然后这块石头就变得像学校里的黑板一样,只不过是平躺着的。"

"记得,那是很久以前的事了。不过,你不能因为我们将用上电和蒸汽暖气,就说1917年会很重要。其他公寓已经用了好几年了。这算不上什么重要的事。"

"今年有很重要的事,我们要参战了。"

"什么时候?"

"很快。下周……下个月。"

"你怎么知道的?"

"我每天都读报纸啊,弟弟——要读两百份呢。"

"哦,天啊!我希望能打久一点,打到我够年龄参加海军的时候。"

"谁要参加海军?"他们惊慌地四处看了看,发现妈妈站在卧室门口。

"我们只是随便聊聊,妈妈。"弗兰西解释道。

"你们忘了叫我。"妈妈责备道,"我觉得好像听到了汽笛声,现在肯定是新年了。"

弗兰西打开窗户。这是一个寒冷的夜晚,没有一丝风,也没有一丝动静。院子对面,那些房屋的背面黑暗又阴森。他们站在窗前,听到了欢快的教堂钟声。随后其他钟声接连响起。汽笛高声长鸣,警笛也加入进来。黑漆漆的窗户砰地打开,有人在一片喧嚣声中吹响了锡制号角,有人发射了一枚空包弹。人们呐喊着或是报以嘘声。

1917年!

一切声音逐渐消失,空气中似乎充满了某种期待。有人唱起歌来:

怎能忘记旧日朋友,
心中能不怀想?

诺兰一家跟着唱起来。邻居们一个一个加入进来。每个人都在唱歌。但唱着唱着,他们的歌声中混进了一些令人不安的声音。一群德国人唱起一首轮唱曲。《友谊地久天长》中夹杂着不和谐的德语:

对,这是一座花园小屋,
花园小屋,
花园小屋。
啊,你真美丽,
啊,你真美丽。
啊,你是一座美丽的花园小屋。

有人大叫:"闭嘴,你们这些可恶的德国佬!"作为回应,德国人的歌唱得更卖力了,声势浩大,淹没了《友谊地久天长》的旋律。

出于报复,爱尔兰人大声唱起这首歌的恶搞版。歌声飘过漆黑的后院:

> 对,这是一首该死的歌,
> 该死的歌,
> 该死的歌。
> 哦,你真可恶,
> 哦,你真可恶,
> 哦,你是一首可恶的德国佬之歌。

歌声中夹杂着关窗的声音,犹太人和意大利人撤退了,把战场留给德国人和爱尔兰人。德国人唱得更加带劲,更多的声音加入进来,最终他们击败了这首恶搞曲,就像他们击败了《友谊地久天长》一样。德国人赢了。他们在胜利的欢呼声中唱完了这首没完没了的轮唱曲。

弗兰西瑟缩了一下。"我不喜欢德国人,"她说,"他们太……太执着了。想要某样东西,就一定要得到它。永远那么争强好胜。"

夜晚再次安静下来。弗兰西拉着妈妈和尼利。"就现在,一起喊!"她发出指令。他们三个将头探出窗外,大声喊道:

"大家新年快乐!"

片刻的静默后,黑暗中传来一个浓重的爱尔兰口音:"新年快乐,诺兰一家子!"

"这是谁啊?"凯蒂很困惑。

"新年快乐,你这个脏兮兮的爱尔兰佬!"尼利高声回应。

妈妈捂住他的嘴,把他从窗口拉开,弗兰西砰地拉下窗户。三个人都歇斯底里地大笑起来。

"瞧你干的好事!"弗兰西笑得喘不过气,眼泪都笑出来了。

"他知道我们是谁,会来这里找……找……找碴的。"凯蒂咯咯笑着,笑得整个人都没力气了,抓着桌子才能站稳,"这是……是……谁啊?"

"奥布赖恩老头。上周他把我骂出了他家院子,那个脏兮兮的爱尔兰……"

"嘘！"妈妈说，"你知道吧，新年开始时不管你在做什么，都会持续一整年。"

"你也不想像坏掉的唱片那样，反复说'脏兮兮的爱尔兰佬'，对吧？"弗兰西说，"而且，你自己也是个爱尔兰人。"

"你不也是。"尼利顶嘴道。

"除了妈妈，我们都是爱尔兰人。"

"我结婚后也是爱尔兰人了。"妈妈说。

"那么，我们爱尔兰人要不要在这个跨年夜，干杯庆祝一下？"弗兰西问。

"当然要，"妈妈说，"我去给我们调酒。"

麦克加里蒂给诺兰一家送了一瓶上等的陈年白兰地，当作圣诞礼物。此刻，凯蒂往三个高脚杯中倒入少量白兰地，然后加入鸡蛋液和牛奶，加一点糖搅拌均匀，最后在上面撒了一些磨碎的肉豆蔻粉。

她调酒的时候手很稳当，不过，她在心里把今晚喝酒的事看得至关重要。她一直担心孩子们会继承诺兰家酗酒的嗜好。她试图让家里对喝酒这件事有一个正确的态度。她心想，这两个孩子都是我行我素的，行为难以预料。要是自己严令禁止，他们或许会觉得禁忌的事更迷人。反过来说，要是她不以为意，他们或许会认为，醉酒是很正常的事情。她决定，既不要全然不理，也不要过分关注，就把喝酒当成节庆时的适度享受。新年就是适合喝酒的时候。她给每个孩子递了一杯酒，留心着他们的反应。他们的反应意义重大。

"我们为了什么干杯？"弗兰西问。

"为了一个希望，"凯蒂说，"希望我们一家人能一直像今晚这样在一起。"

"等等！"弗兰西说，"把劳瑞也抱来，她也要和我们一起。"

凯蒂把熟睡的宝宝从摇篮里抱起来，带着她走进温暖的厨房。劳瑞睁开眼睛，抬起头，露出两颗牙齿，迷迷糊糊地微笑起来。然后她的头又落在凯蒂的肩膀上，睡了过去。

"现在！"弗兰西举起她的杯子，"为了永远在一起，干杯！"他们碰了杯，喝了酒。

我想紧紧拥抱这一切，
直到它们大声喊："放开我！放开我！"

尼利尝了一口,皱皱眉头,说他宁愿喝普通的牛奶。他把酒倒进水槽里,又倒了一杯冷牛奶。弗兰西将酒一饮而尽,凯蒂担心地看着她。

"味道不错,"弗兰西说,"挺不错的。但是香草冰激凌苏打比它好喝一倍。"

"我有什么好担心的?"凯蒂内心在欢歌,"毕竟,他们有多像诺兰家的人,就有多像罗姆利家的人。而我们罗姆利家的人不酗酒。"

"尼利,我们到屋顶上去吧!"弗兰西心血来潮地说,"去看看一年刚开始时,整个世界是什么样子的。"

"好啊。"他同意了。

"先把鞋穿上,"妈妈要求道,"还有外套。"

他们爬上摇晃的木梯,尼利推开入口,他们来到屋顶。

这个夜晚美得令人陶醉,也冷得让人颤抖。四周没有风,空气中带着寒意,一片寂静。璀璨的星星低垂夜空,数量多得数不胜数。漫天星光给夜空染上了深邃的钴蓝色。虽然没有月亮,但星光比月光更棒。

弗兰西踮起脚尖,张开双臂。"哦,我想拥抱一切!"她大喊,"我想拥抱夜晚——拥抱这个无风的寒夜。还有这些星星,我想拥抱这些近在咫尺的闪耀繁星。我想紧紧拥抱这一切,直到它们大声喊:'放开我!放开我!'"

"别站得这么靠近边缘,"尼利不安地说,"你可能会从屋顶上掉下去。"

"我需要某个人,"弗兰西绝望地想,"我需要某个人。我需要紧紧拥抱某个人。我需要的不只是拥抱。我需要有人理解我此刻的感受。这种理解必须是拥抱的一部分。

"我爱妈妈,爱尼利,也爱劳瑞。但我需要某个人,让我用不同的方式去爱,这种爱跟我对家人的爱不一样。

"要是我对妈妈讲这些,她会说:'是吗?哦,如果你有了这种心思,那就不要和男孩子在幽暗的走廊里逗留了。'她也会担心,怕我变得和茜茜姨妈从前一样。但我和茜茜姨妈的情况不同。因为比起拥抱,我更想要的是理解。如果我把这事告诉茜茜姨妈或者艾薇姨妈,她们会跟妈妈说同样的话,尽管茜茜姨妈结婚的时候只有十四岁,而艾薇姨妈也才十六岁。但她们都忘了自己的少女时期……她们会说,我还太小,不该有这种念头。或许我还小,也才十五岁。但在某些事情上,我比实际年龄更大。然而,没有人拥抱我,也没有人理解我。或许有一天……有一天……"

"尼利,如果人必须要死,那现在死,不是很好吗?死时你相信一切都是完美的,正如今晚这完美的夜色。"

"你知道我要说什么吗?"尼利问。

"不知道,说什么?"

"我要说,你喝醉了,那杯奶酒把你灌醉了。"

她握紧拳头,向他走去:"不许这么说!你永远都不许这么说!"

他往后退,被她凶巴巴的样子吓到了。"没……没……没关系的,"他结结巴巴地说,"我之前也喝醉过。"

她的愤怒变成了好奇:"是吗,尼利?真的吗?"

"是啊。有个哥们有几瓶啤酒,我们就拿到地下室去喝了。我喝了两瓶,喝醉了。"

"那是什么样的感觉?"

"这个嘛,一开始,整个世界都颠倒了。然后,一切就像——你知道那些用一分钱买的万花筒吧,你从小的这一头看,转动大的那一头,就会有彩色纸片不断落下。它们每次落下的方式都不一样。不过,最主要的感觉还是头晕。之后我还吐了。"

"要这么说,我也醉过。"弗兰西承认。

"喝啤酒喝的?"

"不是。去年春天,在麦卡伦公园,我这辈子头一回见到郁金香。"

"如果你从没见过,怎么知道那是郁金香?"

"我见过图片呀。嗯,我看着它,看它是怎么长的,看那些叶子,看花瓣那纯正的红色,看里面黄色的花蕊……看着看着,我觉得世界颠倒了,一切都在旋转,像万花筒里的缭乱色彩——就和你说的一样。我觉得头晕目眩,只好在公园的长椅上坐下来。"

"你也吐了吗?"

"没有,"她回答,"今晚我在这屋顶上也有同样的感觉,我知道这不是因为那杯奶酒。"

"哎呀!"

她想起了什么:"妈妈把奶酒给我们的时候,是在考验我们。我看得出来。"

"可怜的妈妈,"尼利说,"但她不用担心我。我绝不会再喝醉酒,因为我不喜欢呕吐的感觉。"

"她也不用担心我。我不需要喝酒就能醉。能让我醉的东西有不少,比如郁金香——还有今晚这样的夜色。"

"我想,这是一个美好的夜晚。"尼利赞同道。

"它是如此寂静、明亮……几乎有点……神圣的感觉。"

她等待着。如果此刻爸爸和她在一起……

尼利唱起歌来:

平安夜,圣善夜!
万暗中,光华射。

"他就和爸爸一样。"弗兰西高兴地想。

她俯瞰着布鲁克林。星光之下,布鲁克林半隐半现。她眺望着那些高低交错的平坦屋顶,偶尔会有老式的斜屋顶打破这平整的景象。屋顶上有烟囱管帽……一些屋顶还有隐约可见的鸽笼……有时候,依稀能听见鸽子在睡梦中发出轻微的咕咕声……教堂的那对尖塔高高矗立,忧虑地俯视着漆黑的廉租公寓……在他们那条街的尽头,跨越东河的大桥宛若一声叹息,消失……消失在对岸。大桥下方流淌着幽暗的东河,远处能看到纽约那灰蒙蒙的轮廓,仿佛一座用硬纸板剪出来的城市。

"这里是独一无二的地方。"弗兰西说。

"哪里?"

"布鲁克林。这是一座魔幻的城市,毫无真实感。"

"这里跟别的地方没啥区别啊。"

"不是的!我每天去纽约,纽约和这里不一样。我去过一次贝永,看望生病在家的同事。贝永和这里也不一样。布鲁克林很神秘,就像——没错——就像一个梦境。这里的房子和大街看起来都不像是真的,这里的人也不像。"

"他们够真实啦——瞧瞧他们相互打架、叫骂的样子，瞧瞧他们又穷又脏的样子。"

"但这贫穷和争吵也像是梦。他们并没有真的感受到这些东西。一切都好像发生在梦里。"

"布鲁克林和别的地方没有区别。"尼利坚定地说，"让它变得不同的不过是你的想象。但这没有关系。"他宽宏大量地补充了一句，"只要你觉得开心就好。"

尼利！他那么像妈妈，又那么像爸爸，他身上有他们俩的优点。她爱她的弟弟。她想拥抱他、亲吻他。但他和妈妈一样，讨厌情感外露。如果她试图亲吻他，肯定会被他生气地推开。于是，她没有那么做，而是伸出了她的手。

"新年快乐，尼利。"

"你也新年快乐。"

他们郑重地握了握手。

第四十七章

短暂的圣诞假期里,诺兰家几乎恢复了从前的日子。但新年过后,他们又回到了约翰尼去世后新形成的生活轨道上。

首先是他们不再上钢琴课了。弗兰西已经好几个月没练琴了。尼利晚上在社区的舍弗莱冰激凌店里弹钢琴。他很擅长演奏拉格泰姆风的曲子,但现在更拿手的是爵士乐。大家都说,他能让钢琴开口说话。尼利很受欢迎。他用演奏换取免费的冰激凌苏打。有时候,舍弗莱会在星期六晚上给他一块钱,让他弹一整晚。弗兰西不喜欢这样,她对妈妈说了这事。

"我不会让他这样下去的,妈妈。"她说。

"但这样有什么坏处呢?"

"你不想让他养成用演奏换免费饮料的习惯吧,就像……"她停顿了一下。凯蒂接过话茬:

"就像你父亲一样?不,他永远不会像他那样。你父亲从不唱自己喜欢的歌,比如《安妮·劳瑞》或《夏日最后一朵玫瑰》。他唱的是别人想听的歌,比如《甜美的艾德琳》和《老磨坊溪畔》。但尼利不一样,他永远只弹他喜欢的曲子,不在乎别人喜不喜欢。"

"所以,你的意思是,爸爸只是个表演者,但尼利是个艺术家。"

"嗯……是的。"凯蒂理直气壮地承认。

"我认为你太溺爱他了。"

见凯蒂皱起眉头,弗兰西便不再谈论这个话题。

自从尼利上中学后,他们就不再读《圣经》和莎士比亚。他说他们正在学习莎士比亚的《尤利乌斯·恺撒》,而且每次集会,校长都会读《圣经》,这对尼利来说已经足够了。弗兰西读了一整天报纸,眼睛很累,也要求晚上不再看书。凯蒂没有坚持,她认为孩子们都已经大了,可以自己决定读不读书。

夜晚,弗兰西很孤独。诺兰一家只有在晚饭时才会聚在一起,那时就连劳瑞也会坐进高脚椅,上桌吃饭。晚饭后尼利就出门了,不是去找他的哥们,就是去冰激凌店演奏。妈妈会看会儿报纸,然后她和劳瑞八点就上床睡觉了。(凯蒂早上仍然五点起床,以便趁弗兰西和尼利在家陪宝宝的时候,完成大部分的清洁工作。)

弗兰西很少去看电影,因为画面跳来跳去,会伤眼睛。现在也没有什么演出可看。大多数剧团都解散了。而且,自从她在百老汇看了演员巴里莫尔①在剧作家高尔斯华绥②的《正义》一剧中的表演,口味就变得挑剔起来,瞧不上小剧团的演出了。去年秋天,她看了一部喜欢的电影:纳济莫娃③主演的《战争新娘》。她很想再看一遍,却在报纸上读到:由于战争在即,该片被禁止上映。关于演出,她有一段美好的回忆:她曾前往布鲁克林的一片陌生区域,看萨拉·贝恩哈特④在基思歌舞杂耍剧院表演独幕剧。这位伟大的女演员已经七十多岁了,但在舞台上显得只有三四十岁。弗兰西虽然听不懂法语,但能猜得出这部剧是围绕女演员截肢的腿展开的。贝恩哈特在剧中反串一位在战争中失去了腿的法国士兵。弗兰西时不时能听到"德国兵"这个词。

弗兰西永远忘不了贝恩哈特那火焰般的红发和金子般的嗓音。她将节目单珍藏在自己的剪贴簿中。

但月复一月,在那么多个夜晚里,如此精彩的也才三个而已。

那年的春天来得很早,温暖而甜蜜的夜晚让她感到不安。她走过街

---

① 约翰·巴里莫尔(John Barrymore,1882—1942),20世纪初的美国演员,巴里莫尔是美国著名的演员世家。——译者注

② 约翰·高尔斯华绥(John Galsworthy,1867—1933),英国小说家、剧作家,1932年诺贝尔文学奖得主。——译者注

③ 阿拉·纳济莫娃(Alla Nazimova,1879—1945),俄裔美国女演员,1920年代好莱坞超级巨星之一。——译者注

④ 萨拉·贝恩哈特(Sarah Bernhardt,1844—1923),19—20世纪著名法国女演员,有"戏剧女王"之称,被认为是圣女贞德之后最有名的法国女人。——译者注

道，穿过公园。无论她去哪里，都能看到成双成对的男女；他们手挽着手散步，坐在公园长椅上拥抱，或者站在门厅里，默默地靠在一起。全世界每个人都有恋人或者朋友，除了弗兰西。她似乎是布鲁克林唯一一个孤家寡人。

1917年3月。整个社区都认为战争不可避免，谈论的也都是这个话题。公寓里有个寡妇，只有一个儿子。她很害怕他会被征召入伍，死在战场上。于是她给儿子买了一把短号，让他学着吹，心想：这样他就会被编入军乐队，只要在游行和检阅时演奏一下，就可以远离前线。她儿子开始不停地练习短号，那栋房子里的人快被这声音给折磨死了。一个不堪骚扰的男人在绝望中灵机一动，他告诉那位母亲，他有内部消息：军乐队要率领士兵冲锋陷阵，通常是死得最早的。惊恐的母亲立即把短号给典当了，并销毁了当票。从此，再也没有那可怕的练习声了。

每天晚上吃晚饭时，凯蒂都会问弗兰西："开始打仗了吗？"

"还没有。但随时会开始打。"

"唉，那我希望它快点开始。"

"你想要打仗？"

"不，我不想。但如果必须打，那就越早越好。越早开始，越快结束。"

但后来，茜茜那儿闹出了大事，让他们暂时把战争抛在脑后。

茜茜早已痛改前非，本该安定下来，迎接知足常乐的中年生活，可她却疯狂地爱上了和她结婚五年多的约翰，搅得全家鸡犬不宁。不仅如此，在短短的十天内，她还经历了丧偶、离婚、再婚和怀孕。

一天下午，威廉斯堡最受欢迎的报纸《标准联合报》像往常一样，在快下班时送到了弗兰西的桌子上。而她也像往常一样，把报纸带回家，让凯蒂晚饭后看。第二天早上，弗兰西会把它带回办公室阅读和标记。弗兰西从不在下班后读报纸，所以她不知道那期报纸的内容。

晚饭后，凯蒂坐在窗边，浏览当天的报纸。翻到第三版，她突然惊呼："哦，老天！"弗兰西和尼利跑到她身后，越过她的肩膀去看报纸。凯蒂指着一个标题：

英雄消防员
在沃拉巴特市场大火中牺牲

标题下有一行小字写的子标题:"原计划下个月退休领养老金"。

读完这篇报道,弗兰西发现:这位英雄消防员是茜茜的第一任丈夫。报纸上有一张茜茜二十年前的照片——她顶着一头高耸的蓬巴杜式卷发,穿着一件大大的羊腿袖服装——当时年仅十六岁。在茜茜照片下面有一行说明:"英雄消防员遗孀"。

"哦,老天!"凯蒂再次惊呼,"这么说,他没有再结婚。他肯定一直保存着茜茜的照片,他去世后,肯定有人翻看了他的遗物,然后发现了——茜茜!"

"我得马上过去。"凯蒂脱下围裙,去拿帽子。她解释道:"茜茜的约翰会看报纸。她之前跟他说,她已经离了婚。现在他得知真相,会杀了茜茜的。至少会把她赶出门。"她补充说:"她带着小宝宝和老母亲,能去哪里呢?"

"约翰人看起来还不错。"弗兰西说,"我觉得他不会这么做。"

"我们不知道他究竟会怎么做。我们对他一无所知。他一直都是家里的陌生人。上帝保佑,但愿我去得不算太晚。"

弗兰西坚持要一起去,尼利同意留在家里陪宝宝,条件是她们之后要把发生的一切都告诉他。

她们来到茜茜家时,发现她激动得满脸通红。玛丽·罗姆利外婆带着孩子去了前屋,她坐在黑暗中祈祷着,希望一切都能顺利解决。

茜茜的约翰用自己的话向她们讲述了事情经过。

"我出门上班去了,知道吗?这些人跑到家里对茜茜说:'你丈夫死了,知道吗?'茜茜以为他们说的是我。"他突然转向茜茜,"你当时哭了吗?"

"哭得隔壁街区都能听见。"她向他保证。他似乎很满意。

"他们问茜茜该怎么处理遗体。茜茜问有没有保险,知道吗?结果发现有五百块的保险,保费十年前就缴清了,受益人还是茜茜的名字。那茜茜接下来干了什么呢?她让他们把遗体送去施佩希特殡仪馆,知道吗?她安排了一场五百块的葬礼。"

"我不安排不行啊,"茜茜道歉道,"我是他唯一还活着的亲属。"

"这还没完,"他继续说,"现在他们还要给茜茜发遗孀抚恤金。这事我可受不了!"他突然咆哮起来。"我和她结婚时,"他冷静下来继续说,"她告诉我她离婚了。现在我却发现她并没有。"

"但天主教不能离婚。"茜茜强调。

"你们又没有在天主教的教堂结婚。"

"我知道。所以我从不觉得我结过婚,自然也没想过要离婚。"

他举起双手哀叹道:"我认输!"之前茜茜坚持说她生了那孩子的时候,他也发出过同样绝望的哀叹。"我是真心娶她,知道吗?可她是怎么做的?"他反问道,"她一眨眼就让我们成了通奸犯。"

"别这么说!"茜茜尖声说,"我们不是通奸,我们只是重婚。"

"这种情况必须马上停止,知道吗?你已经成了第一任丈夫的寡妇,现在你要和第二任丈夫离婚,然后重新嫁给我,知道吗?"

"好的,约翰。"她温顺地说。

"我不叫约翰!"他咆哮起来,"我叫史蒂夫!史蒂夫!史蒂夫!"他每重复一遍名字,就用力敲打一下桌子。桌上有个蓝色玻璃糖碗,碗的边沿挂着一把勺子,被震得上下晃动,叮当作响。他伸出一根手指,指着弗兰西的脸。

"还有你!从现在起,我是史蒂夫姨夫,知道吗?"

弗兰西目瞪口呆地看着这个性情大变的男人。

"嗯?你怎么说?"他大吼道。

"你……你……你好,史蒂夫姨夫。"

"这才像话。"他心情平复下来,从门后的钉子上取下帽子,戴在头上。

"你要去哪里,约翰……我是说,史蒂夫?"凯蒂担心地问。

"听着!在我小时候,要是家里来了客人,我老爸就会出去买冰激凌。你瞧,这是我的房子,知道吗?我家来了客人。所以,我要出去买一夸脱草莓冰激凌,知道吗?"他走了。

"他可真好,不是吗?"茜茜叹息道,"他这样的人,女人怎么会不爱呢。"

"看来罗姆利家终于要有男人了。"凯蒂淡淡说了句。

弗兰西走进黑漆漆的前屋。透过街灯,她看到外婆坐在窗前,怀里抱着茜茜熟睡的孩子,琥珀色的念珠在她颤抖的手指上晃动着。

"现在您可以停止祈祷了,外婆。"她说,"一切都解决了,知道吗,他出去买冰激凌了。"

"愿荣耀归于圣父、圣子和圣灵。"玛丽·罗姆利赞美道。

史蒂夫以茜茜的名义给她第二任丈夫写了封信,寄到他们知道的最后一个地址,并在信封上注明"请转交"。在信里,茜茜请他同意离婚,好让她再嫁。一周后,威斯康星州寄来一封厚厚的信。茜茜的第二任丈夫告诉她,他很好,七年前他拿到了威斯康星州的离婚证明,并且很快就再婚了。他已经在威斯康星州安定下来,有一份好工作,是三个孩子的父亲。他很幸福,他写道,并表示会一直这样幸福下去,还在那句话下面挑衅似的加了下划线。他随信附上一则旧的新闻剪报,证明离婚声明已经登报合法告知。他还附上了法院判决书的复印件(离婚原因是遗弃),以及一张快照,照片上是三个活泼健康的孩子。

茜茜很高兴这婚离得如此迅速,她给他寄了一个镀银的泡菜碟,作为迟到的结婚礼物。她觉得自己还要写封贺信,史蒂夫拒绝帮她写,于是她便请弗兰西代笔。

"就写我希望他非常幸福。"茜茜口述。

"但是茜茜姨妈,他已经结婚七年了,现在不管他幸不幸福,都已成定局了。"

"你第一次听说某个人结婚,总要祝他们幸福的,这是礼貌。你就这么写。"

"好吧。"她写下来,"还要写什么?"

"再写点夸夸他孩子们的话……他们多可爱……之类的……"这话语卡在了她的喉咙里。她知道,他寄那张照片是为了证明:茜茜之前的那些夭折的孩子不是他的错。这让茜茜很受伤。"写上我也当了母亲,我生了一个美丽健康的女婴,在'健康'下面画条线。"

"但是史蒂夫的信里说,你们才刚打算结婚。你那么快就有孩子,可能会让这个人觉得很可笑。"

"照我说的写，"茜茜命令道，"再写一句，我下周还会再生一个孩子。"

"茜茜姨妈！你不会是真的要生吧！"

"当然不是。但不管是不是，你都这么写。"

弗兰西如她所愿："还有其他的吗？"

"谢谢他的离婚文件。然后说，我比他早一年就离了婚。只是我忘了。"她的结束语毫无说服力。

"但这是谎话。"

"我确实在他之前就离了婚。我在自己心里离的。"

"好吧。好吧。"弗兰西妥协。

"写上我很幸福，并会一直这样幸福下去，像他那样在这些话下面画一条线。"

"天哪，茜茜姨妈。你非要这么不服输吗？"

"没错，就像你妈妈一样，艾薇姨妈和你自己不也是这性子。"

弗兰西不再反对。

史蒂夫拿到结婚证，重新跟茜茜结了次婚。这一次，一位卫理公会的牧师主持了婚礼。这是茜茜第一次在教堂里结婚，她终于相信自己真的结婚了，而这场婚姻将至死不渝。史蒂夫非常开心。他爱茜茜，一直很害怕失去她。她那么轻易就离开了前几任丈夫，没有丝毫悔意。他很怕她也会离开自己，还要带走他宠爱的孩子。他知道茜茜相信教会……任何教会，无论是天主教还是新教；只要她在教堂结了婚，就绝对不会背弃这段婚姻。这是他第一次在他们的关系中体验到了幸福感和安全感，觉得事情在他的掌控之中。而茜茜发现，她疯狂地爱上了史蒂夫。

一天晚上，凯蒂上床后，茜茜过来了。她叫凯蒂别起床，自己就在卧室里和她说说话。弗兰西坐在厨房的桌子前，把诗歌粘到旧笔记本上。她在办公室放了一把刀片，用来把喜欢的诗歌和故事裁下来，做成剪贴簿。她有好几本剪贴簿，都贴了标签，其中有《诺兰经典诗歌集》《诺兰当代诗歌集》，还有《安妮·劳瑞之书》，弗兰西收集了许多儿歌和动物故事，打算等劳瑞长大些，在她能听懂的时候读给她听。

说话声从漆黑的卧室中传来，有一种令人舒心的节奏。弗兰西一边贴剪报，一边听她们聊天。茜茜说：

"……史蒂夫，他人那么好，那么体面。意识到这点后，我真是痛恨自己当初找了那些男人——我是说，除了我那几任丈夫以外的男人。"

"你没有告诉他还有其他人吧？"凯蒂担忧地问。

"我看起来有那么傻吗？但我真心希望，他是我第一个，也是唯一一个男人。"

"女人说这样的话，"凯蒂说，"意味着她正在进入更年期。"

"这话怎么讲？"

"如果一个女人从没有过情人，当更年期来临时，她就会埋怨自己。她会想，那些她本可以拥有，却没有拥有的欢愉，而现在她再也拥有不了了。如果一个女人有过很多情人，更年期来临时，她就会说服自己，从前那样是不对的，她现在为那种行为感到抱歉。因为她知道，身上所有的女人味很快都会消失……完全消失。如果她能让自己相信，和男人在一起从来就没有任何好处，那她就不会为了更年期太过焦虑。"

"我才不会进入什么更年期。"茜茜愤愤地说，"第一，我还那么年轻；第二，我没法接受这种事情。"

"我们迟早都会到更年期。"凯蒂叹息着说。

茜茜的声音中充满恐惧："不能再生孩子……不再是完整的女人……变胖……下巴长毛。这样我宁愿自杀！"她激动地喊道。"不过，"她得意地补充，"我离更年期还远着呢，因为我又怀孕了。"

黑暗的卧室里传来一阵窸窸窣窣。弗兰西能想象出她妈妈坐起身的样子。

"不，茜茜！不行！你不能再去经历那种事。它已经发生了十次——十个夭折的孩子。而这一次会更艰难，因为你快要三十七岁了。"

"这个年纪生孩子，并不算太老。"

"没错，但这个年纪要再经历一回失望，那就很难熬了。"

"你不用担心，凯蒂。这孩子会活下来的。"

"你每次都这么说。"

"这一次我确定，因为我感觉上帝是站在我这一边的。"她自信地说。过了一会儿，她说："我跟史蒂夫讲了小茜茜的来历。"

"他怎么说？"

"他一直知道我没有生过这个孩子，但是我坚持说是我生的，把他弄糊涂了。他说，只要她不是我跟别的男人生的就行。而且，我们几乎从她一出生就开始照顾她了，他真觉得那就是他自己的孩子。这孩子长得很像他，真有意思。她有和他一样的黑眼睛和圆下巴，还有一对贴着脑袋的小耳朵。"

"她的黑眼睛来自露西亚。这个世界上，长着圆下巴和小耳朵的人有千千万万。但如果史蒂夫会因为孩子长得像他而开心，那也挺好的。"

凯蒂沉默了很久才再次开口："茜茜，那家意大利人有没有跟你说过，孩子的父亲是谁？"

"没有。"茜茜也过了很久才继续说，"你知道是谁告诉我这件事的吗？说有个姑娘遇到了麻烦，还说了她家住哪儿等等的情况。"

"是谁？"

"是史蒂夫。"

"哦，老天！"

两个人又沉默了许久。然后凯蒂说："当然，那只是巧合。"

"当然，"茜茜赞同道，"他说，是他社里一个同事告诉他的。那个人跟露西亚住在一个街区。"

"当然，"凯蒂重复道，"你知道，在布鲁克林会发生一些莫名其妙的怪事。比如，有时候我走在街上，突然想到一个可能五年都没见过的人。然后我拐了个弯，就看到那个人朝我走过来。"

"我懂的，"茜茜回答，"有时候，我正在做一件从来没做过的事情，突然间觉得我以前做过同样的事情——也许是在另一个时空里做的吧……"她的声音低了下去。过了一会儿，她说："史蒂夫一直说，他绝对不会替别的男人养孩子。"

"所有男人都这么说。生活真可笑。"凯蒂继续道，"一些碰巧发生的事情放在一起，人们就能解读出很多含义。你认识那个女孩只是碰巧。他同事肯定在社里对十几个人说过同样的话。而史蒂夫碰巧对你说起它。你能插手那家人的事情也是碰巧。孩子是圆下巴而不是方下巴，那更是碰巧了。那甚至都没到碰巧的程度。那只是……"凯蒂停下来，寻找着合适的词。

弗兰西在厨房里听得入了迷,都忘了自己不该偷听大人讲话。她知道妈妈想不出合适的词,便不假思索地说了出来。

"你是说偶然吧,妈妈?"她大声说。

卧室里一阵沉默。沉默中透着震惊。然后谈话继续——但这一次,她们变成了耳语。

第四十八章

一份报纸躺在弗兰西桌上。这是一份直接从印厂送来的"号外"。标题的油墨还是湿的。这份报纸已经在那里放了五分钟,但弗兰西依然没有拿起铅笔做标记。她盯着那个日期。

1917年4月6日。

标题只有一个词,却高达六英寸。文字的边缘沾着点污迹,整个字似乎都在颤抖——战争。

弗兰西预见到:五十年后,她会和自己的孙辈们讲,这一天她是如何来到办公室,在自己的阅读桌前坐下,在例行办公时读到了宣战的消息。作为外婆的听众,她知道老年人的时光是由无数有关青春岁月的回忆组成的。

但她不想要回忆。她想要经历——或者妥协地说,她想重新体验过去的感觉,而不仅仅是怀旧而已。

她决定把她生命中的这一时刻定格,完完整整地保留下来。或许这样,她就能牢牢抓住它,把它当作一样活生生的事物,而不是让它变成所谓的"回忆"。

她凑近桌面,仔细观察木头的纹理。她抚摸着放铅笔的凹槽,牢记这凹槽的手感。她用刀片在其中一支铅笔上划下一个点,将包在铅芯外的卷纸剥下来。她把拆开的纸团托在掌心,用食指轻轻摩挲,留意着它呈螺旋状。她将那团纸扔进金属的废纸篓里,数着它落下去需要几秒。她听得无比专注,不想错过那极其轻微的触底声。她用指尖按上那墨迹未干的标题,仔细打量那沾了油墨的指尖,然后在一张白纸上按下几枚指印。

她没去管可能会出现在头两版上的客户名称,裁下了报纸的第一页,小心翼翼地折成长方形,看着道道折痕在她的拇指下形成。她将它装进一个结实的马尼拉信封中。这是公司用来邮寄剪报的信封。

弗兰西打开抽屉去拿钱包,头一回注意到书桌抽屉拉开时的声音。她还注意到了钱包的搭扣,以及它的咔嗒声。她感受着皮革的触感,记住它的气味,还研究了那黑色水纹缎衬里上的漩涡图案。她看了看零钱袋里硬币上的日期,发现有一枚崭新的1917年硬币,便将它装进了信封里。她拧开口红,用它在刚才按的指印下画了条线。口红那清晰的红色、质地和香气,都令她感到愉悦。接着,她依次查看了粉盒里的粉末、指甲锉的凹槽、不能弯曲的梳子以及手帕上的细线。钱包里还有一张陈旧的剪报,是她从一份俄克拉荷马州报纸上撕下来的一首诗。诗歌的作者曾经在布鲁克林生活过,就读过布鲁克林的公立学校,年轻时曾担任《布鲁克林鹰报》的编辑。她已经是第二十次读这首诗了,用心感受着每一个词语。

> 我既衰老又年少,既愚蠢又聪慧;
> 既无视他人,又关怀他人。
> 既有母性又有父性,既是孩童又是成人,
> 我骨子里装的东西,既粗糙又文雅。①

她把那破旧的诗歌剪报装进信封。透过粉盒的镜子,她端详起自己的头发,看发辫是如何盘绕在头上的。她发现自己直直的黑睫毛长短不一。然后她检查了下鞋子,伸手顺着长筒袜往下摸,第一次注意到这丝袜并不是光滑的,摸上去有些粗糙。裙子的布料由许多细线编织而成。她翻起裙摆,发现衬裙上的蕾丝窄边带有菱形图案。

"如果我能把所有细节都牢记在心,就能永远留住这个时刻。"她心想。

她用刀片割下一缕头发,包在那张印有指纹和口红的纸片中,叠起来放进信封,并封好口。信封上面写着:弗朗西斯·诺兰,现年十五岁零四个月,1917年4月6日。

她想:"如果五十年后打开这个信封,我会重新变成现在这个样子,一点都不会变老。但五十年是段很长、很长的时间……它有无数个小时。不过,我坐在这里以后,就已经过去了一个小时……我又少了一个小时可

---

① 出自惠特曼《草叶集》中的《自己之歌》。——译者注

活……我的余生,又少了一个小时。"

"亲爱的上帝,"她祈祷道,"请让我充实地度过我生命中的每一分钟。让我喜,也让我悲;让我冷,也让我暖;让我饿……也让我撑。让我衣衫褴褛,也让我一袭华衣。让我真心——也让我虚伪。让我诚实,也让我撒谎。让我得到尊荣,也让我背负罪恶。只求您让我充实地度过这被赐福的每一分钟。当我入睡后,请赐我一整夜的梦,这样我的一生就不会有片刻虚度。"

送报工来了,将另一份城市报啪地扔在她桌上。这一次的标题是:宣战!

地板似乎晃动起来,各种颜色从她眼前闪过。她埋头扑到墨迹未干的报纸上,轻声哭了起来。一位年长的阅读工从盥洗室回来时,在弗兰西桌边停下脚步。她注意到了报纸头条和哭泣的女孩,自以为明白她为何而哭。

"啊,战争!"她叹了口气。"冒昧一问,你是否有个心上人或者兄弟?"她用阅读工那种文绉绉的生硬说话方式问道。

"是的,我有一个弟弟。"弗兰西坦率地回答。

"深表同情,诺兰小姐。"阅读工回到了自己的桌子前。

"我又醉了,"弗兰西想,"这一次是因为报纸头条。而且我这次醉得很厉害——都醉得失控大哭了。"

战争给模范新闻剪报公司带来了沉重的打击,公司业务日益萎缩。首先,公司的大客户——那个一年付几千块钱收集巴拿马运河等信息的人——在宣战后的第二天登门拜访,说他因为地址暂时不固定,这一阵会每天亲自来拿剪报。

几天后,两个走路缓慢、脚步沉重的人来找老板。其中一人把手掌摊在老板眼前,老板看到他掌心的东西后,顿时脸色苍白。他找到那位头号客户的文件盒,从中拿出一摞剪报给这两个人看。他们看完后还给了老板,老板把它们装进信封,放到他的办公桌里。这两个人进了老板的盥洗室,半掩着门,在里面待了一整天。中午,他们派跑腿的去买了一袋三明治和一盒咖啡,在盥洗室里吃了午餐。

四点半,巴拿马运河的客户来了。老板慢悠悠地递给他一个厚厚的信封。就在客户把信封放进内衣口袋之时,那两个壮汉从盥洗室走了出来。

其中一个人在客户的肩膀上轻轻拍了一下。他叹了口气,从口袋里掏出信封交出去。另一个壮汉也在客户的肩膀上轻轻拍了一下。客户啪的一下合拢脚跟,立正后僵硬地鞠了一躬,被那两人夹在中间带走了。而老板则因为急性消化不良,提前回了家。

那天晚上,弗兰西告诉妈妈和尼利:他们办公室里,抓到了一名德国间谍。

第二天,一个精明能干的男人拿着公文包来到公司。老板迫不得已,回答了很多问题。那个精明能干的男人将答案一一填入一张打印好的表格里。接着,悲惨的时刻来了。老板不得不开出一张将近四百元的支票——这是那些被动注销的顾客账户上需要退还的余额。那个精明能干的男人离开后,老板赶紧出去借钱来兑现支票。

从那以后,一切都陷入了混乱。老板不敢再接新的客户,哪怕他们看起来清清白白。戏剧演出季快结束了,他们流失了演员客户。以往,春季会大量出版新书,给他们带来数百个付五块钱的短期作者客户和数十个付上百元的出版商客户。但今年新书的出版量很少,不再像潮水般涌现,只剩下几股涓涓细流。出版商们都推迟了重要出版物的发布时间,想等时局稳定一些再说。许多研究人员预计自己会被征召入伍,于是也取消了订阅账户。而且,即便生意正常,公司也无法处理,因为工人们纷纷开始辞职。

政府料到会出现人手短缺,因此在三十四街的大型邮局举办了公务员考试来招募女工。许多阅读工参加并通过了考试,立马就到那儿工作了。而干体力活的"俱乐部"成员几乎全去了战时工厂上班。他们不仅收入翻了三倍,还因为无私的爱国主义精神备受赞扬。老板的妻子回来重操旧业,老板解雇了除弗兰西以外所有剩下的阅读工。

他们三个人努力维持业务,偌大的办公室里空荡荡的。弗兰西和老板妻子读报、归档,处理办公室事务。老板则有气无力地裁着报纸、打印模模糊糊的纸片,把条目贴得歪歪扭扭。

六月中旬,老板放弃挣扎。他变卖了办公设备,解除了办公室的租约,还以非常简单粗暴的方式解决了客户退款的问题——他说:"让他们去告我吧。"

弗兰西给她唯一知道的一家剪报公司打电话,问他们是否需要阅读工。对方表示，他们从不雇佣新的阅读工。说话的是一个颇好争辩的人："我们公司对阅读工很优待，从来不需要换人。"弗兰西觉得他们这样很好，她表达了自己的意思，然后挂了电话。

在公司的最后一个上午，她标记着招聘广告。她跳过了办公室的工作，因为她知道那意味着又得从档案员做起。除非你是速记员或者打字员，否则你在办公室里根本无法得到好一点的岗位。其实她更喜欢工厂的工作。她更喜欢工厂里的人，也喜欢手上忙碌、大脑放松的感觉。但妈妈肯定不会再让她去工厂上班。

她发现一则招聘广告，工作内容是在办公室里操作机器，这似乎将工厂和办公室愉快地结合在了一起。广告是一家通信公司发的，他们要招聘操作电传打字机的女学徒，培训期间每周支付十二块五的工资。工作时间是下午五点到凌晨一点。要是她能得到这份工作，至少晚上就有事可做了。

弗兰西向老板告别时，老板告诉她，最后一周的工资得先欠着了。他说他有弗兰西家的地址，等一有钱就会寄给她。就这样，弗兰西向老板、老板的妻子，以及自己最后一周的工资说了再见。

那家通信公司的办公室在一座摩天大楼里，俯瞰着纽约市中心的东河。弗兰西递交了前任老板那封热情洋溢的推荐信，然后和其他十几个姑娘一起填了份申请表。她参加了一场能力测试，回答了一些看着很蠢的问题，比如：一磅铅和一磅羽毛哪个重？她显然通过了测试，因为她拿到了一个号码、一把储物柜的钥匙（为此她付了两毛五的押金），还被告知第二天五点来报到。

弗兰西到家时还不到四点。凯蒂正在他们那栋楼里打扫卫生。见到弗兰西上楼，她神情很忐忑。

"别那么担心，妈妈。我没有生病什么的。"

"哦，"凯蒂松了口气，"刚才我还以为你丢工作了。"

"是丢了。"

"哦，老天！"

"而且还拿不到上周的工资。不过，我又找了份工作……明天就去上班……每周十二块五。我想，到时候会加薪的。"凯蒂开始提问。弗兰西说："妈妈，我累了。妈妈，我现在不想说话。我们明天早上说吧。我晚饭也不想吃了，我只想上床睡觉。"她上楼去了。

凯蒂坐在台阶上，开始担心起来。开战后，食物和其他各种东西都价格飞涨。上个月，凯蒂没能往弗兰西的银行账户里存钱。一周十块钱已经不够用了。劳瑞每天都要喝一夸脱鲜牛奶，调制乳很贵。橙汁也必不可少。现在每周只有十二块五……扣除弗兰西的开销，剩下的钱就更少了。好在很快就要放假了，尼利可以去做暑期工。但到了秋天该怎么办？尼利要回去上中学。今年秋天，弗兰西也得回去上中学了。怎么办？怎么办？她坐在那里，焦虑不已。

弗兰西瞥了一眼熟睡的宝宝，脱下衣服，上床睡觉。她交叠双手，枕在脑后，凝视着通风井上那扇灰色的窗户。

她想："我今年十五岁，四处漂泊。工作不到一年，已经换了三份工作。我曾经以为从一份工作换到另一份工作会很有趣，但现在我害怕了。我已经被解雇了两次，尽管那都不是我的错。每一份工作，我都尽力做到最好。我做了一切能做的事情，但现在又得换个地方从头开始。只是现在我很害怕。这回不管新老板要求我做什么，我都会双倍完成，他让我'跳一次'，我就跳两次。因为我害怕丢工作。我害怕是因为，家里得靠我挣钱来养。在我开始工作之前，我们是怎么过日子的？哎，当时还没有劳瑞。尼利和我都还小，开销没那么大。当然，那时候爸爸也能帮忙挣钱。"

"好吧……再见，大学。再见，关于大学的一切。"她转过脸，背对那灰暗的光线，闭上了眼睛。

弗兰西坐在一个大房间里，面前是一台电传打字机。她的机器上面固定着一个金属盖子，遮住了键盘。房间前面钉着一张大大的键盘示意图。弗兰西对照图表，感受着盖子下的键盘字母。第一天就这样过去了。第二天，弗兰西被分配了一堆旧电报，要照着打出来。她的手指摸索着键盘字母，目光在键盘示意图和自己打出来的内容上来回穿梭。第二天结束时，她已经记住了机器上字母的位置，不需要再查看图表。一周后，他们拿掉了金属盖子。现在有没有盖子已经毫无区别。弗兰西学会了盲打。

一位讲师来解释了电传打字机的工作原理。弗兰西练习了一整天收发虚拟电报。然后她被安排在纽约到克利夫兰的电报线上。

她认为这是一个妙不可言的奇迹——她坐在那台机器前打下的字，会传到数百英里外俄亥俄州的克利夫兰，出现在那里一台机器的卷筒纸上！同样神奇的是，在克利夫兰打字的姑娘，也能让弗兰西的机器敲打出她的文字。

这份工作很简单。弗兰西会发一小时电报，然后收一小时电报。每个工作班次中间，有两个十五分钟的休息时间，九点有半小时的"午饭"时间。被安排到电报线路上后，她的工资涨到了每周十五块。总的来说，这份工作还不赖。

一家人适应了弗兰西的新作息时间。她下午四点多出家门，凌晨快两点时回家。她在进入走廊前会按三次门铃，这样妈妈就能有所警惕，确保她不会被潜伏在走廊里的坏人袭击。

弗兰西早上睡到十一点。因为有弗兰西在公寓里和劳瑞一起，所以妈妈早上不必再起得那么早。她先从自己住的那栋楼开始清洁。等到她准备去打扫另外两栋房子时，弗兰西已经起床照看劳瑞了。弗兰西周日晚上得上班，但周三晚上可以休息。

弗兰西喜欢这种新安排。这样一来，不仅能让她打发孤独的夜晚，还能让妈妈不再那么辛苦。而且，弗兰西每天能有几个小时的时间，陪劳瑞坐在公园。温暖的阳光对她们两个都大有好处。

凯蒂想到一个计划，她找弗兰西谈了谈。

"他们会不会一直让你上夜班？"她问。

"当然会！他们巴不得呢。没有姑娘想上夜班，所以他们才把这活推给新来的人。"

"我在想，也许到了秋天，你可以晚上去上夜班，白天去上中学。我知道这很困难，但总有办法克服的。"

"妈妈，不管你怎么说，我都不会去上中学了。"

"可是你去年还拼命争取上学呢。"

"去年是去年。当时时机正好。现在已经太晚了。"

"不晚，你别犯倔。"

"可我现在去上中学，还有什么好学的呢？哦，不是我骄傲自大什么的，可我毕竟读了快一年的报纸，每天读八个小时，学到了不少东西。我对历史、政治、地理、写作和诗歌都有了自己的看法。我也读了太多有关人的故事——看他们做什么、如何生活。我读过罪犯的恶行，也读过英雄的事迹。妈妈，我什么都读过了。现在我没办法再老老实实坐在教室里，和一群小孩子一起，听一个老姑娘信口开河。我随时都会跳起来纠正她。要么我就装乖卖巧，把一切咽到肚子里。然后痛恨自己……噢……痛恨自己好的不吃吃坏的。所以，我不会去上中学了。但是有一天，我会去读大学。"

"可是你得读完中学，他们才会让你上大学。"

"中学要四年……不，五年时间。因为中间或许会有事情耽误我上学。然后是四年大学。到我毕业的时候，我就是个二十五岁的干瘪老姑娘。"

"不管你喜不喜欢，也不管你做些什么，你总有一天会二十五岁的。那你不如在二十五岁之前去上上学。"

"妈妈，我最后再说一次，我不会去上中学的。"

"我们到时候再看。"凯蒂咬着牙，绷紧了下巴。

弗兰西没再多说什么。但她脸上的表情，跟她妈妈一模一样。

不过，这次谈话倒是给了弗兰西一个启发。要是妈妈认为，她可以晚上工作，白天去上中学，那她为什么不能这样去上大学呢？她仔细看了看报纸上的广告，发现布鲁克林一所最古老、最有名的大学在招暑期班的学生。招生对象是想要进修高级课程，或者补修一些课程的大学生，以及想要提前获得大学学分的中学生。弗兰西觉得，她或许能算后者。虽然她并不是真正的中学生，但她的资历不亚于中学生。她索要了一份课程目录。

她从目录上选了三门下午上的课。这样她可以像往常一样睡到十一点，起床去上课，上完课直接从大学去公司。她选了法语入门、基础化学，以及一门叫"复辟时期的戏剧"的课程。她算了下学费，加上实验费用，一共六十出头。她的储蓄账户里有一百零五元。她去找了凯蒂。

"妈妈，我能从你存着给我上大学的那笔钱里拿六十五块吗？"

"要钱做什么？"

"当然是上大学。"为了制造戏剧效果，她故意把话说得漫不经心。果然，妈妈拔高了嗓音，重复着弗兰西的话：

"大学？"

"大学的暑期班。"

"可……可……可是——"凯蒂结结巴巴地说。

"我知道,我没上过中学。但要是我告诉他们,我不想要证书或者成绩,我只是想要上课——或许他们会让我入学的。"凯蒂从壁橱架子上取下她的绿帽子。"你要去哪儿,妈妈?"

"去银行取钱。"

见妈妈如此迫切,弗兰西大笑起来。"现在下班啦,银行都关门了。而且这事也不着急。离注册还有一周呢。"

大学位于布鲁克林高地。对弗兰西来说,在伟大的布鲁克林,这又是一片有待探索的陌生区域。她填注册登记表时,手中的钢笔在"教育程度"那里停顿了许久。这一栏后面有三个选项:小学、中学和大学。她想了一会儿,将那些字画掉,在上面写下:"私人教育。"

"仔细想想,这也不算撒谎。"她自我安慰。

她的报名没有受到任何阻拦,这让她在大松一口气的同时,又觉得有些惊讶。出纳收了她的钱,将学费收据给她。她拿到一个注册号码、一张图书馆的通行证、一张课程表和一份所需的教材清单。

她跟着人群走到街区里的大学书店。她查看了下自己的清单,和店员说要买一本《法语入门》和一本《基础化学》。

"新书还是二手书?"店员问。

"哦,我不知道。我应该买哪个?"

"新书。"店员说。

有人在她肩膀上轻轻拍了一下。她转过身,看到一个穿着得体的英俊男孩。他说:"买二手书。和新书一样用,而且价格便宜一半。"

"谢谢。"她转向店员,"要二手书。"她开始选购戏剧课的两本书。男孩又拍了拍她的肩膀。

"不用买,"男孩劝阻道,"你可以在课前课后,或者空闲的时候去图书馆里看。"

"再次感谢。"她说。

"不用客气。"他说着信步离开。

她目送着他走出书店。"天哪,他又高又帅。"她心想,"大学真是个好地方。"

她坐在高架列车里，前往办公室，手中紧紧抓着那两本书。电车行驶在轨道上，那声音很有节奏，听起来就像是在说：大学——大学——大学。弗兰西开始犯晕，晕得厉害极了，只能在下一站下车，哪怕她知道这样会上班迟到。她靠在一台投币体重机上，心想她这是怎么了。她不可能是吃错了东西，因为她都忘了吃午饭。然后她如雷轰顶般地闪过一个念头。

"我的爷爷奶奶、外公外婆都不识字。他们的祖先也不识字。我妈妈的姐姐同样不会读书写字。我的父母甚至连小学都没毕业。我从来没上过中学。但我，M.弗朗西斯.K.诺兰，现在上大学了。你听到了吗，弗兰西？你上大学了！

"哦，天哪，我觉得好晕。"

第四十九章

上完第一堂化学课,弗兰西心情激动地走了出来。在过去的一小时中,她发现一切事物都由不断运动的原子组成。她顿悟:没有任何东西会消失或者毁灭。哪怕某些东西被烧毁或者腐烂,它也不会从地球上消失;它会变成其他东西——气体、液体和粉末。第一堂课后,弗兰西认定:在化学中,一切都充满活力,根本不存在死亡。她不明白,为什么有学问的人不把化学当作一种宗教信仰。

弗兰西有在家自学莎士比亚的基础,所以"复辟时期的戏剧"对她来说很容易,只是需要花大量时间阅读。对这门课和化学课,弗兰西毫不担心。但法语入门却让她一头雾水。那并不是真正的入门课。老师认定他的学生要么是以前上过法语课,但考试没通过,要么是中学里学过法语的,于是他跳过了基础知识,直接开始讲翻译。弗兰西连英语的语法、拼写和标点都掌握得不够扎实,更别提法语了。她肯定过不了这门课。她能做的只有每天背单词,努力跟上进度。

乘坐高架列车上下学时,她在学习。休息时,她在学习。吃饭时,她把书架在桌子上看。她在通信公司培训室里的一台机器上打作业。她从不迟到或旷课,只求至少能通过两门课。

那个书店里认识的男孩成了她的守护天使。他的名字叫本·布莱克,是个非常了不起的家伙。他是马斯佩斯中学毕业班的学生,在校担任校刊编辑、班长和橄榄球队的半后卫①,还是一名荣誉学生。过去三年,他一直在暑假进修大学课程。这样一来,他中学毕业时,就已经完成了一年多的大学学业。

---

① 20世纪初的术语,当时是球队中非常重要的位置,后来随着规则的变化,这个词如今已经很少用了。——译者注

除了学习，他下午还在一家律师事务所工作，负责起草文书、送达传票、查阅契约和卷宗，查找判例。他熟悉本州法律，完全有能力出庭诉讼。除了在学校的优异表现，他每周还能挣二十五块钱。他所在的律所希望他中学毕业后就全职上班，在所里律师的指导下学习法律，最终参加律师资格考试。但本瞧不起没上过大学的律师。他已经选定一所非常优秀的中西部大学，计划先拿到文学学士学位，然后进入法学院深造。

才十九岁，本就规划出了一条笔直又坚定的人生大道。

通过律师资格考试后，他准备接管一家乡村律师事务所。他相信，小镇的律所会给年轻律师带来更多的从政机会。他甚至已经选好了要接手的律师事务所，这家律所在当地有一定的名望，属于他的一个远房亲戚——一位年迈的乡村律师。作为他的继任者，本与他保持着密切的联络，每周都能收到他的长篇指导信。

本计划接管这家律师事务所，并等待轮到自己担任县检察官。（根据约定，这个小县的律师们会轮流担任县检察官。）那将是他从政之路的起点。他会努力工作，让民众熟悉他、信赖他，最终选他为该州的众议院议员。他会忠诚履职，获得连任，然后从众议院回来，努力提升自己的地位，争取当选州长。这就是他的计划。

令人惊奇的是，认识本·布莱克的人都相信：一切会按照他的计划顺利进行。

与此同时，在1917年的夏天，他雄心勃勃的那个目标——一个辽阔的中西部州，正躺在草原烈日之下做梦呢。它躺在大片的麦田和无尽的果园中做梦，果园里满是温莎苹果、鲍德温苹果和"北方间谍"苹果①——它躺在那儿做梦，浑然不知此时此刻，一个布鲁克林的少年正打算入主它的州府，成为它最年轻的州长。

这就是本·布莱克。他衣着考究、性格开朗、相貌英俊、才华横溢、充满自信。他在男孩中很受欢迎，更是被所有女孩疯狂迷恋——而弗兰西·诺兰则战战兢兢地爱上了他。

她每天都能见到他。他用钢笔帮她批改法语作业，替她检查化学作业，并为她讲解复辟戏剧中的晦涩难懂之处。他不仅帮助她规划了明年暑

---

① 这三种苹果都是美国传统的苹果品种，在美国果园中非常常见。——译者注

假的课程，还非常乐于帮她规划以后的人生。

夏天即将结束，有两件事让弗兰西感到悲伤：一是她很快就见不到本了，二是她无法通过法语课的考试。她悄悄把第二件事告诉本。

"别傻了，"他语气轻快地对她说，"你交了学费，整个夏天都坐在教室里，人也不蠢。你肯定会通过的。Q.E.D.①。"

"不，"她笑了，"我会挂科的。P.D.Q.②。"

"那我们得给你突击一下期末考试了。我们需要一整天的时间。可以去哪里呢？"

"去我家？"弗兰西怯生生地建议。

"不行。周围有人。"他想了一会儿说，"我知道一个好地方。周日上午九点，我们在盖茨街和百老汇街的拐角处见面。"

她下电车时，本正在等她。她不知道，他究竟要带她去这个街区的哪个地方。他把她带到一家剧院的后台入口。这家剧院是百老汇戏剧巡演的第一站。敞开的门边，有个白发苍苍的老人斜靠在椅子上晒太阳。本只是说了一句"早上好，老爹"，就进了那扇神奇的门。弗兰西这才知道，这个优秀的小伙子周六晚上在这家剧院当引座员。

她之前从来没有去过后台，激动得面红耳赤。舞台看起来很大，剧院的屋顶非常高——几乎都远得看不到了。走过舞台时，她改变了步伐，回忆着演员哈罗德·克拉伦斯走路时的样子，挺直双腿，走得很慢。本说话时，她缓慢地转过身，用浓烈的戏剧腔低沉道："你（她顿了顿，然后意味深长地说）在说话？"

"想不想看样东西？"他问道。

本拉开帷幕，弗兰西看到那石棉帘子像巨人的窗帘一样卷了起来。他打开脚灯，弗兰西走到台口，俯瞰着上千个黑乎乎的斜坡式座位。座位空空荡荡，似乎在等待观众的到来。她仰着头，冲顶层楼座的最后一排喊道：

"喂，你们好！"在一片虚席以待的空旷黑暗中，她的声音似乎放大了一百倍。

---

① 拉丁语"quod erat demonstrandum"的缩写，意思是论证完毕。——译者注
② 英语"pretty damn quick"的缩写，意思是很快。——译者注

"嘿,"他好脾气地问道,"你是对剧院更感兴趣,还是对法语更感兴趣?"

"哎呀,当然是剧院啊。"

真的。此时此刻,她放弃了其他所有抱负,回归最初的热爱——舞台。

本笑着关了脚灯,又放下帷幕。他面对面摆好两把椅子。不知用了什么办法,他搞到了近五年的试卷。他从中选出最常见和最少见的题目,整合成一份主要试卷。那天里的大部分时间,他都在训练弗兰西回答这些问题。

然后,他从莫里哀的《伪君子》中选了一页,让弗兰西把法语原文和英语译文都背下来。他解释道:

"明天的考试中,会有一道对你来说完全是天书的问题。不要试图回答。你就坦白说这题你答不上来,但你可以写一段莫里哀的文章,并进行翻译。然后把你背过的内容写下来,这样你就能通过考试了。"

"但要是他们在常规问题中已经考过那段话了呢?"

"不会的。我选择的这段很少有人知道。"

果然,她成功通过了法语考试。虽然分数最低,但她安慰自己,通过就是通过。而在化学和戏剧考试中,她表现得非常出色。

她听从本的意思,一周后回来取成绩单,并如约与他见面。他带她去哈勒甜品店①喝巧克力冰激凌苏打。

"你多大了,弗兰西?"在喝冰激凌苏打时,他问道。

她迅速计算起来。在家里她十五岁,上班时她十七岁。而本十九岁。如果他知道她只有十五岁,就再也不会和她说话了吧。他看出她的犹豫,故意调侃:

"你所说的一切都将成为呈堂证供。②"

---

① Huyler's,纽约市大都会区的一家糖果和餐馆连锁店,经营时间为1874年至1964年,曾一度是美国最大、最著名的巧克力制造商。——译者注

② 出自《米兰达警告》,是美国警察逮捕犯罪嫌疑人时念的权利告知书,警匪片中经常出现这句话。——译者注

她鼓起勇气，颤声说："我……十五岁。"说完羞愧地低下了头。

"嗯，我喜欢你，弗兰西。"

"我爱你。"她心想。

"我对你的喜欢不亚于我认识的任何女孩。但是，当然，我没有时间陪女孩子。"

"在周日抽一个小时都不行吗？"她大着胆子问。

"我仅有的空闲时间都属于我的母亲。我是她的一切。"

弗兰西之前从未听说过布莱克太太，但是她讨厌她，因为她占据了本的空闲时间，而这其中，本该有一部分是属于弗兰西的幸福时光。

"但我会想你的，"他继续说，"如果我有时间，就会写信给你。"（他住在距离她家半小时路程的地方。）"但如果你需要我——当然不能是为了鸡毛蒜皮的事情——就给我写信，我会想办法去见你的。"他给了她一张律所的名片，名片一角印着他的全名：本杰明·富兰克林·布莱克。

他们在哈勒甜品店外热情地握手告别。"明年夏天见！"离开时，他回头喊道。

弗兰西站在那里，一直目送着他拐过街角。明年夏天！现在才九月，明年夏天好像还有一百万年那么遥远。

弗兰西很喜欢暑期班，想在秋天注册进入这所大学，但她没有办法筹到三百多元的学费。一天早上，她在四十二街的纽约图书馆查看目录时，发现了一所纽约居民可以免费就读的女子大学。

她带着成绩单去注册，却被告知她没有中学学历，不能注册入学。她解释了自己是怎样上大学暑期班的。啊！那不一样。大学暑期班只提供学分，不提供学位。她问，那她现在不要学位，只来上课行不行？不行。要是过了二十五岁，她或许能以特殊学生的身份入学，只修课程，不拿学位。弗兰西遗憾地承认，她还没有满二十五岁。不过，还有一个办法。要是她能通过入学考试或者纽约州中学会考，她就能注册入学，不需要中学学历。

弗兰西参加了考试，除了化学，其他科目都不及格。

"哦，好吧！我早该知道是这结果。"她告诉妈妈，"如果进入大学那么容易，就没人会去上中学了。但是别担心，妈妈。我现在知道入学考试考什么了,我会去买书、学习,明年再参加考试。明年我会通过的。我能考得过,我会做到的。你等着瞧吧。"

即使她能够上大学,现在也行不通了,因为她最终还是被调到了白班。她已经是一名熟练的操作员,打字速度很快,公司需要她在白天业务最繁忙的时候工作。他们向她保证,如果愿意,她可以在夏天做回夜班。她又得到了一次加薪,现在每周赚十七块五。

又是孤独的夜晚。在美丽的秋夜里,弗兰西漫步在布鲁克林的街头,心里思念着本。
("如果你需要我……就给我写信,我会想办法去见你的。")
是的,她需要他。但要是她给他写"我很孤独,请你来和我散散步、聊聊天",她确信他绝不会来。在他那充实的人生里,不存在"孤独"二字。

社区看起来一如往昔,但其实已经有所不同。一些廉租公寓的窗户上出现了金色的星星①。夜晚,男孩们仍然会聚集在街角或一分钱小卖部前。但现在,通常会有一个穿着卡其色军装的男孩。
男孩们围在一起合唱。他们唱了《贫民窟的小破屋》《当你戴着郁金香》《亲爱的老姑娘》《对不起,让你哭泣》等歌曲。
有时候,会有年轻的士兵带领他们唱战争歌曲:《在那边》《凯蒂》和《无人区的玫瑰》。
但无论他们唱什么,最后总会以一首布鲁克林自己的民歌结尾:《亲爱的母亲》《当爱尔兰人的眼睛在微笑》《让我叫你甜心》或《乐队继续演奏》。
晚上,弗兰西从他们身边经过时,总会在心里想:为什么所有歌听起来都那么悲伤?

---

① 象征在战斗中牺牲的美国军人,是一个哀悼的标志。——译者注

第五十章

　　茜茜的预产期在十一月末。凯蒂和艾薇想方设法绕开这个话题，不与茜茜谈论生孩子的事。她们确信，这将是另一个死胎。她们认为谈得越少，茜茜之后的痛苦回忆就越少。但茜茜做了一个惊天动地的创举，她们想不谈都不行。茜茜宣布，她生孩子的时候要找医生，而且还要去医院。

　　她的母亲和妹妹们都惊呆了。罗姆利家的女人生孩子时从未请过医生。这似乎不合常理。通常，女人会请产婆、女邻居或者自己的母亲来，在紧闭的门后悄悄地生孩子，不让男人在场。因为生孩子是女人的事情。至于医院，人人都知道，那是要死的时候才去的地方。

　　茜茜说，她们已经落伍了，找产婆那都是老一套啦。此外，她骄傲地告诉他们，这件事上她做不了主。是史蒂夫坚持要上医院找医生的。而且，这还不算完——

　　茜茜要找的，居然是个犹太医生！

　　"为什么，茜茜？为什么啊？"两个妹妹震惊地问。

　　"因为在那种时候，犹太医生比基督教的医生更有同情心。"

　　"我对犹太人没什么意见，"凯蒂开口，"但是……"

　　"嘿！不能就因为亚伦斯坦医生祷告时看星星，而我们看十字架，就说他不是个好医生吧。"

　　"但我还以为，你会想要一个跟自己信仰相同的医生，在这种生……（凯蒂本来想说生死关头，但及时克制住了自己）……生孩子的时候。"

　　"得了吧，亲爱的！"茜茜不屑地说。

　　"物以类聚，你没见过哪个犹太人去找基督教的医生的吧？"艾薇自认为说得很有道理。

　　"他们为什么要找？"茜茜反驳，"人人都知道，犹太医生更聪明。"

茜茜的生产过程和往常一样。得益于医生的技术，这次她生得更加顺利。宝宝出生时，她紧紧闭着眼睛。她不敢去看宝宝。她之前一直都很确定，这一次孩子会活下来。但真到了这时候，她又打心里觉得他活不成。最终，她睁开眼睛。孩子躺在附近的桌子上，一动不动，皮肤发青。她转过头。

"又来了。"她想，"一次又一次，一次又一次。十一次。哦，上帝，你为什么不能让我有个孩子？十一个里，哪怕就活下来一个也好。再过几年，我就生不了孩子了。对一个女人来说，临死之前……从未生过一个活的孩子……哦，上帝，你为什么要诅咒我？"

然后她听到了一个词。她听到了一个之前从未听说过的词。她听到的那个词是"氧气"。

"快！氧气！"她听到医生说。

她看到医生在孩子身边忙活。她看到了一个奇迹，比她母亲跟她讲过的那些圣徒的奇迹更加神奇。她看到那死气沉沉的青色变成了生机勃勃的白色。她看到一个显然没了呼吸的孩子吸了一口气。然后她头一次听到自己生的孩子在哭。

"他……他……他是活的吗？"她不敢相信地问。

"不然呢？"医生夸张地耸了耸肩，"我从没见过像你儿子这么健康的男孩。"

"你确定他会活下来？"

"不然呢？"医生又耸了耸肩，"除非你把他从三楼窗户扔下去。"

茜茜抓过他的手，吻遍他的手背。非犹太教的医生会被茜茜的热情吓到，但亚伦·亚伦斯坦医生完全没有觉得尴尬。

她给孩子起名叫史蒂芬·亚伦。

"我从没见过不成功的例子，"凯蒂说，"让一个没孩子的女人收养一个孩子，然后突然间，奇迹就出现了。一两年后，她肯定会有自己的孩子，仿佛上帝总算认可了她的好心。茜茜这样养两个孩子挺好的，因为孤零零地养一个孩子可没啥好处。"

"小茜茜和史蒂维①只差两岁，"弗兰西说，"差不多跟尼利和我

---

① 史蒂芬的昵称。——译者注

一样。"

"是啊,他们可以相互陪伴。"

茜茜产下儿子这件事,是一家人津津乐道的奇迹。直到威利·弗里特曼姨夫给他们带来了新话题。威利想入伍参军,但遭到了拒绝。于是他辞去牛奶公司的工作回家,宣称自己是个废物,然后就躺到了床上。第二天和第三天,他都不肯起床。他说他要一辈子躺在床上,再也不起来了。他说他一辈子都很失败,那就这样失败地去死吧,早死早好。

艾薇派人去叫来了她的姐妹们。

艾薇、茜茜、凯蒂和弗兰西站到那张黄铜大床周围,床上躺着失败者威利。威利看了一眼这一圈意志坚定的罗姆利家的女人,号啕大哭起来:"我是个废物。"他把毯子拉到头上。

艾薇把丈夫交给茜茜,弗兰西在一边看茜茜怎么对付他。她把这个无助又弱小的家伙搂在胸前。茜茜劝说他,并非所有勇士都在战壕里——还有许多英雄每天在军火工厂为国家卖命。她不停地说啊说,听得威利兴奋不已,立马就想为赢得战争出一份力。他一下子从床上跳下来,让艾薇姨妈四处忙活,替他拿裤子和鞋子。

史蒂夫现在是摩根大道一家军火工厂的工头,他在那里为威利找了一份薪水不错的工作,加班时一天能拿1.5倍工资。

罗姆利家有个传统,男人们挣到的小费或加班费都让他们自己留着。威利第一次拿到加班工资时,给自己买了一面黄铜鼓和一对钹。凡是不加班的晚上,他都在前屋练习打鼓敲钹。圣诞节时,弗兰西送了他一把一块钱的口琴。他将口琴绑在一根棍子上,把棍子系在腰带上,这样他不用手拿也能吹口琴,就像放开手骑自行车一样。他试图同时演奏吉他、口琴、鼓和钹,练习组成一个单人乐队。

于是,他晚上就这样坐在前屋,吹口琴、弹吉他、打鼓敲钹,并为自己如此失败而感到悲伤。

第五十一章

到了天太冷,没法再散步的时候,弗兰西便去街坊文教馆报名参加了夜校,上缝纫课和舞蹈课。

她学会了看图纸和用缝纫机,希望今后能够给自己做衣服。

她学会了宴会上跳的交谊舞,尽管她和舞伴们从没指望过能涉足那种正式宴会。有时她的舞伴是社区里的花花公子,抹了一头亮晶晶的发油,舞跳得很娴熟,总让她小心步子。有时她的舞伴是一个十四岁的小男孩,穿着齐膝短裤,那就变成她让对方小心步子。她很喜欢跳舞,自然而然地学会了它。

那一年逐渐接近尾声。

"弗兰西,你在看什么书?"

"尼利的几何书。"

"几何是什么?"

"是考大学必须要通过的一门课,妈妈。"

"好吧,别熬夜到太晚。"

"我母亲和姐妹们那里有什么消息吗?"凯蒂问保险代理人。

"嗯,我刚为你姐姐的孩子们,莎拉和史蒂芬,投了保险。"

"但她不是一出生就给他们买了保险吗?每周五分钱的保单。"

"是另一种不同的保险。理财险。"

"那是什么意思?"

"就是不必等到死了才能领的保险金。他们到十八岁的时候,每个人可以拿一千块钱。这是保障他们上大学的保险。"

"哦,老天!先是生孩子上医院找医生,现在又是上大学的保险。接下来还有什么?"

"有信吗,妈妈?"弗兰西每天下班回家都要问一声。
"没有,只有一张艾薇寄来的卡片。"
"她说了什么?"
"没什么。只是因为威利敲鼓的事情,他们又得搬家了。"
"他们现在要搬到哪里?"
"艾薇在柏树山找到一幢独栋住宅。我都不知道那里还算不算布鲁克林。"
"快出东纽约了——在布鲁克林和皇后区交界的地方。就是新月街附近,百老汇高架列车的终点站。我是说以前的终点站,现在那条线路延伸到了牙买加区。"

玛丽·罗姆利躺在自己狭窄的白床上。她头顶上方那光秃秃的墙上,挂着一个十字架。她的三个女儿和长外孙女弗兰西站在她床边。
"唉,我今年八十五了,这次生病恐怕好不了了。我用生活给的勇气去等待死亡。我不会虚伪地对你们说:'我走了不要为我悲伤。'我爱我的孩子们,也尽力做了一个好母亲,所以,孩子们是该为我悲伤。但你们要克制一些,别太伤心,也别难过太久。慢慢接受这个事实。你们要知道,去了那边我会很快乐。我将亲眼见到那些我爱了一辈子的伟大圣徒。"

活动室里,弗兰西在给一群姑娘看照片。
"这是我的小妹妹安妮·劳瑞。她只有十八个月大,但已经会到处跑了。你们真该听听她说话的腔调!"
"她真可爱。"
"这是我弟弟科尼利厄斯,他会成为一名医生。"
"他真可爱。"
"这是我妈妈。"
"她真可爱,看起来真年轻。"
"这是我站在屋顶上。"
"屋顶真可爱。"

"是我真可爱。"弗兰西佯装生气地说。

"我们都可爱。"姑娘们哈哈大笑,"我们那老破车一样的主管也可爱——真希望她吃饭噎死。"

姑娘们笑个不停。

"我们在笑什么?"弗兰西问。

"没什么。"她们笑得更大声了。

"叫弗兰西去。我上次去他店里买德国酸菜①,他把我赶了出来。"尼利抱怨道。

"笨蛋,现在你得说'自由卷心菜'。"弗兰西说。

"别骂人。"凯蒂漫不经心地责备道。

"你们知道他们把汉堡大道改名叫威尔逊大道了吗?"弗兰西问。

"战争让人犯蠢。"凯蒂叹息道。

"你会告诉妈妈吗?"尼利担心地问。

"不会。但你还太小,不应该和那种姑娘出去约会。他们说她很放荡。"弗兰西说。

"太听话的姑娘有什么意思?"

"你喜欢谁我不在乎,只是你在——呃——你在性方面什么都不懂。"

"反正懂得比你多。"他把手放在臀部,用尖细的假声叫道,"噢,妈妈!要是我被一个男人亲了,会不会有孩子呀?会不会呀,妈妈?会不会?"

"尼利!你那天居然偷听!"

"当然!我就在外面的走廊,我每个字都听到了。"

"你这么做太卑鄙了……"

"你也偷听啊。我抓到你好几回了。妈妈在跟茜茜姨妈或者艾薇姨妈讲话的时候,你本该在床上睡觉的,可是你在偷听。"

"那不一样。我必须了解情况。"

---

① 第一次世界大战期间,美国人对德国人和德国产品有很强的敌意,所以德国酸菜被改名为自由卷心菜。——译者注

"行吧!"

"弗兰西!弗兰西!七点了,快起床!"
"起床干吗?"
"你八点半要上班啊。"
"说点新鲜事吧,妈妈。"
"你今天满十六岁啦。"
"说点新鲜事。我已经连续两年十六岁了。"
"那你得再过一次十六岁。"
"说不定我这辈子永远十六岁。"
"真这样我也不奇怪。"

"我不是要偷看你的东西,"凯蒂气呼呼地说,"我缺五分钱付煤气费,我以为你不会介意的。你不是也经常翻我钱包找零钱吗?"

"那不一样。"弗兰西说。

凯蒂拿着一个紫色的小盒子,盒子里是香味浓郁的、烟嘴镀金的香烟。整盒里面却缺了一根。

"哎,现在最糟糕的事情被你发现了。"弗兰西说,"我抽了一根米洛牌香烟。"

"但闻起来还挺香的。"凯蒂说。

"来吧,妈妈,快批评我一顿,然后就让这事过去吧。"

"有这么多士兵牺牲在法国,还有其他各种大事,你只是偶尔抽根烟而已,世界并不会因此崩溃。"

"天哪,妈妈,你总是那么扫兴——就像你去年不反对我穿黑色蕾丝套装。好吧,把香烟扔了吧。"

"我可不会扔!我要把它们撒在我抽屉里,这样我的睡衣就会闻起来很香。"

"我在想,"凯蒂说,"我们今年圣诞就不要互相买礼物了。我们把钱凑一起,买一只烤鸡,去面包房买个大蛋糕,再买一磅上好的咖啡,还有……"

"我们买食物的钱足够了,"弗兰西抗议,"不必动用圣诞礼物的钱。"

"我是想把那些吃的送给两位廷莫尔小姐做圣诞礼物。现在没人请她们上课了——大家说她们落伍了。她们连饭都吃不饱。哎,莉齐小姐一直都对我们很好。"

"哦,那好吧。"弗兰西同意了,但兴致并不高。

"哎呀!"尼利狠狠踢了一下桌腿。

"别担心,尼利。"弗兰西笑着说,"你会有礼物的。今年我给你买浅黄褐色的鞋罩。"

"啊,闭嘴!"

"别对彼此说'闭嘴'。"凯蒂漫不经心地责备道。

"妈妈,我想问问你的建议。我在暑期班里认识了一个男孩。他说他可能会写信来,但他从来没有写过。我想问,如果我给他寄一张圣诞卡片,会不会看起来太主动了?"

"主动?胡说八道!卡片你想寄就寄。我讨厌女人玩各种暧昧的把戏。人生这么短,如果你找到一个你爱的人,不要浪费时间低头傻笑。直接走到他面前,对他说:'我爱你,我们结婚怎么样?'当然,"她担心地瞥了一眼女儿,匆忙补充,"你得足够成熟,知道自己在想什么。"

"我会寄卡片的。"弗兰西做出决定。

"妈妈,我们决定了,尼利和我不要奶酒,我们要喝咖啡。"

"好吧。"凯蒂把白兰地放回橱柜里。

"咖啡要浓浓的、热腾腾的,杯子里一半倒咖啡,一半倒热牛奶。我们用 café au lait① 来庆祝 1918 年。"

"S'il vous plaît②。"尼利插话道。

"Wee-wee-wee③。"妈妈说,"我也会一点法语。"

凯蒂一只手拿着咖啡壶,另一只手拿着装了热牛奶的锅,将两者同时倒进杯子里。"我记得,"她说,"以前家里没有牛奶的时候,你们爸爸会

---

① 法语,意为"牛奶咖啡"。——译者注
② 法语,意为"请,拜托"。——译者注
③ Wee 接近 Oui 的发音,表示"是的,好"。妈妈说法语发音不标准。——译者注

在他咖啡里放一块黄油——如果我们有的话。他说黄油本来就是奶油，放在咖啡里味道也一样好。"

爸爸……

第五十二章

那是一个阳光明媚的春天。下午五点，十六岁的弗兰西走出办公室，看见和她同排操作打字机的女工安妮塔和两个士兵站在通信大楼门口。其中一个矮矮胖胖，笑容满面，牢牢挽着安妮塔的手臂。另一个高高瘦瘦，尴尬地站在那里。安妮塔挣脱了那个士兵，拉着弗兰西来到一旁。

"弗兰西，你得帮帮我。乔伊的部队要去国外了，这是他出发前最后一次休假。我们已经订婚了。"

"你都已经订婚了，那不是做得很好嘛，还需要别人帮什么忙呀。"弗兰西开玩笑道。

"我是说帮忙应付那家伙。乔伊非得带着他，真讨厌！他们好像是好哥们，形影不离。那家伙是宾夕法尼亚州的乡下来的，在纽约一个人也不认识。我知道他肯定会黏着我们，让我没法跟乔伊独处。你得帮帮我，弗兰西。已经有三个姑娘拒绝我了。"

弗兰西审视着那个站在十英尺外的宾夕法尼亚人。他看起来毫不起眼，难怪另外三个姑娘拒绝帮忙。那人与弗兰西对视了一眼，缓缓露出一个羞涩的微笑。不知为何，他虽然长得不帅，但给人的感觉比帅哥更好。那个羞涩的微笑让弗兰西做出了决定。

"这样吧，"她对安妮塔说，"要是我能在弟弟上班的地方找到他，就让他给妈妈带个口信。要是他已经走了，那我就只能回家了。不然，妈妈在晚饭时见不到我，她会担心的。"

"那你快点吧，给他打电话。"安妮塔催促道。"给你！"她从钱包里掏出硬币，"我给你五分钱去打电话。"

弗兰西在街角的雪茄店打了电话。尼利刚好还在麦克加里蒂的店里。她让他带了话。等她回去时，安妮塔和乔伊都不见了，只剩下那个笑容羞涩的士兵独自站在那里。

"安妮塔呢？"她问。

"我想，她抛下你跟乔伊跑了。"

弗兰西很吃惊，她还以为这是四人约会。现在，她究竟要拿这陌生的高个子怎么办？

"我不怪他们，"他说，"我理解他们想要独处。我自己也订了婚。我知道这是怎么回事。最后一次休假，只想和自己的心上人在一起。"

"订婚了，嗯？"弗兰西想，"那他至少不会试图跟我谈情说爱。"

"但我不能因为这个就拖累你。"他继续说，"我对这座城市很陌生。不知道你能不能告诉我，怎么坐地铁到三十四街，我要回酒店的房间。一个人没别的事可做，写写信息是可以的。"他露出了孤独又羞涩的微笑。

"我已经跟家里人打过电话，说我今晚不回家吃饭了。所以如果你愿意……"

"愿意？当然！天啊！今天真是我的幸运日。哎呀，谢谢你……小姐怎么称呼？"

"诺兰。弗朗西斯·诺兰。"

"我的名字叫李·赖诺。实际上是'里奥'，但每个人都叫我'李'。很高兴认识你，诺兰小姐。"他伸出手来。

"我也很高兴认识你，赖诺下士。"他们握了手。

"哦，你注意到我的军衔了。"他高兴地笑起来，"我想你工作了一整天，肯定饿了。有什么特别的地方推荐吗？你想去哪里吃饭……呃，用餐？"

"说'吃饭'就行。没有，我没什么特别的地方想去。你呢？"

"我听说这里的炒杂碎不错，我想去试试。"

"在四十二街附近有家好馆子，店里还演奏音乐呢。"

"那走吧！"

在去地铁站的路上，他说："诺兰小姐，你介意我叫你弗朗西斯吗？"

"我不介意。不过大家都叫我弗兰西。"

"弗兰西！"他重复了一遍她的名字，"弗兰西，我还有个请求：你介意我把你当成女朋友吗？就这一个晚上？"

"唔，"弗兰西想，"这个人可真猴急。"

他说出了她的心声："我猜，你觉得我太心急了。但事情是这样的：

我已经快一年没和女孩子出去过了，再过几天我就要坐船去法国，之后我也不知道会发生什么。所以，在这几个小时里——如果你不介意——那真是帮我大忙了。"

"我不介意。"

"谢谢你。"他伸出胳膊，"挽住我，女朋友。"他们快走进地铁站时，他停了下来。"叫我'李'。"他要求她。

"李。"她说。

"说：'你好，李。很高兴再见到你，亲爱的。'"

"你好，李。很高兴再见到你……"她害羞地说。李挽紧了胳膊。

露比餐馆的服务生端上两碗炒杂碎，并在他们中间放了一大壶茶。

"你帮我倒茶吧，这样感觉更像在家里。"李说。

"放多少糖？"

"我不放糖。"

"我也不放。"

"瞧！我们的口味完全一样，不是吗？"他说。

他们俩都很饿，于是不再交谈，专心吃起那滑腻的食物。每次弗兰西抬头看他，他都会露出微笑。而每次李低头看弗兰西，她也会开心地咧嘴一笑。吃完炒杂碎、米饭和茶之后，他靠在椅子上，拿出一包香烟。

"抽烟吗？"

她摇了摇头："我试过一次，但不太喜欢。"

"很好。我不喜欢抽烟的姑娘。"

然后他开始滔滔不绝地讲述自己，把一切能记得的事情都告诉了弗兰西。他讲了他在一个宾夕法尼亚小镇度过的童年时光（她记得那个小镇，她在剪报公司读过那个小镇的周报）。他讲了他的父母和兄弟姐妹。他讲了他在学校的日子，他去过的派对，做过的工作。他讲自己已经二十二岁了，并讲了怎样在二十一岁时参军入伍。他讲了他在军营里的生活，讲了他是如何成为一名下士的。他把有关自己的一切都告诉了她。但他完全没提起家乡那个跟他订婚的姑娘。

弗兰西也对他说了自己的生活。她只说了一些开心的事情——她的爸爸有多帅气，妈妈有多聪慧，弟弟尼利有多出色，小妹妹有多可爱。她对他讲了图书馆桌子上那个棕色陶罐，讲了她和尼利新年晚上在屋顶上聊天。她没有提到本·布莱克，因为她完全没想起他。她讲完后，李说：

"我这一生一直都很孤独。在拥挤的派对上我很孤独，在亲吻姑娘时我很孤独，即便在营地里，周围有上百个人，我依然很孤独。但现在，我不再感到孤独。"他缓缓露出他特有的羞涩微笑。

"我也是这种感觉。"弗兰西坦言，"只不过，我从来没亲吻过男孩。现在，我也第一次觉得不再孤独。"

服务生再次加满了他们几乎还满着的水杯。弗兰西知道，这是在暗示他们坐得太久了。还有人在等着用餐。她问李几点了。快十点了！他们已经聊了将近四个小时！

"我得回家了。"她遗憾地说。

"我送你回家。你住在布鲁克林大桥附近吗？"

"不，我住威廉斯堡。"

"我本来还希望你住布鲁克林大桥呢。我之前想着，如果能来纽约，我就要到布鲁克林大桥上走一遍。"

"现在就能走啊。"弗兰西建议道，"我可以到大桥的布鲁克林那头乘坐格雷厄姆大道的电车。那辆车直接到我家的街角。"

他们搭乘I.R.T.地铁①前往布鲁克林大桥，下了地铁，开始往桥上走。走到一半，两人停下来看着东河。他们站得很近，他握着她的手，抬头看着曼哈顿沿岸的天际线。

"纽约！我一直想看一看纽约，现在终于看到了。他们说的没错——纽约是世界上最美妙的城市。"

"布鲁克林更好。"

"可它没有纽约这样的摩天大楼，对吧？"

"没有。但布鲁克林有一种特别的感觉——哦，这我没法跟你解释。你必须住在布鲁克林才能理解。"

"将来某一天，我们会住在布鲁克林的。"他轻声说道。弗兰西的心漏跳了一拍。

---

① I.R.T.是地铁公司名字的缩写，全称是Interborough Rapid Transit Company（跨区捷运公司）。——译者注

她看到一个在桥上巡逻的警察朝他们走来。

"我们最好还是走吧。"她不安地说,"布鲁克林海军造船厂就在那边。停在那里的迷彩船是一艘运输船。警察们一直在提防间谍。"

警察走近他们时,李说:"我们不会炸毁任何东西。我们只是来看看东河而已。"

"当然,当然,"警察说,"我明白的。一个美好的五月夜晚啊。我自己也年轻过,不是吗?我并没有你们想象的那么老。"

警察冲他们微笑,李对他回以微笑。弗兰西看着他们,咧嘴一笑。警察瞥了一眼李袖子上的军衔。

"好了,再见,将军。"警察说,"到了那里,好好教训那些家伙。"

"我会的。"李保证道。

警察走了。

"是个好人。"李评价道。

"这里每个人都很好。"弗兰西高兴地说。

当他们来到布鲁克林这一端时,弗兰西说,剩下的路他不必送了。她解释道,上夜班时,她晚上经常一个人回家。她说,如果他试图从她住的社区回到纽约,那肯定会迷路的。布鲁克林的路很难认。只有住在那里的人才找得到路。

其实,她是不想让他看到自己住在哪里。她爱她的社区,并不会以它为耻。但是她觉得,对于一个不像她那样了解情况的陌生人来说,这个社区可能看起来又脏又破。

她先指给他看,回纽约的高架列车在哪儿乘坐,然后他们朝弗兰西要坐的电车站走去。他们经过一家只有一扇窗户的文身店。店里坐着一个卷起袖子的年轻水手。文身师坐在他面前的凳子上,旁边放着一盆墨水。他正往水手的手臂上刺图案,刺的是一个被箭射穿的心形。弗兰西和李停下脚步,从窗口望进去。水手用另一只手朝他们挥了挥。他们也对他挥手致意。文身师抬起头,比着手势邀请他们进店。弗兰西皱起眉头,摇摇头说:"不用了。"

他们从文身店走开,李惊讶地说:"那家伙居然真的在文身!天哪!"

"你可千万别让我抓到你文身。"她故作严肃地说。

"不会的,妈妈。"他谦卑地回答。两人大笑起来。

他们站在街角等电车，气氛尴尬地沉默下来。他们分开站着，李不停地在点烟，还没抽完半支就扔了。终于，一辆电车出现在视野中。

"我的车来了。"弗兰西说着伸出右手，"再见，李。"

他扔掉刚点燃的香烟。

"弗兰西?"他张开双臂。

她走到他身边，他吻了她。

第二天早上，弗兰西穿上崭新的海军蓝色菲尔绸套装，内搭白色乔其纱衬衫，脚上是一双星期天才穿的漆皮高跟鞋。她和李没有约会——他们没有约定再次见面。但她知道，李会在下午五点等她。尼利起床时，她正要出门。她让他告诉妈妈，她不回家吃晚饭。

"弗兰西终于有男朋友了！弗兰西终于有男朋友了！"尼利唱道。

他走到劳瑞身边。劳瑞坐在窗边的高椅子里。椅子的托盘上放着一碗燕麦粥。小宝宝正忙着一勺一勺把碗里的燕麦粥往地上舀。尼利拍拍她的下巴。

"嘿！小笨蛋！弗兰西终于有男朋友了。"

两岁的小宝宝试图理解这话的意思，右边眉毛内侧皱出一条淡淡的纹路（凯蒂称之为罗姆利纹）。

"弗兰——妮?"她困惑地说。

"听着，尼利，我把她从床上弄起来，给了她燕麦粥。现在轮到你喂她了。还有，别叫她小笨蛋。"

她穿过走廊，走到街上，听见有人在叫她的名字。她抬起头，看见尼利穿着睡衣从窗户里探出头。他扯着嗓子唱道：

> 她出门约会，
> 迈着很轻快的脚步。
> 她精心打扮，
> 穿着礼拜天的衣服……

"尼利，你太讨厌了！实在太讨厌了！"她对着窗户喊。他假装没听明白。

"你说他很讨厌吗？你说他留着大胡子，还是个秃头？"

"你最好去喂孩子。"她吼了回去。

"你刚才说你要生孩子了，弗兰西？你是不是说你要生孩子了？"

一个从街上路过的男人朝弗兰西眨了眨眼睛。两个手挽着手经过的女孩咯咯笑个不停。

"你这个该死的臭小子！"弗兰西气急败坏地叫着，却又拿他没办法。

"你骂人了！我要告诉妈妈，我要告诉妈妈，我要告诉妈妈你骂人了！"尼利拖着声音嚷嚷。

弗兰西听见电车来了，只能跑去赶车。

下班时，李果然在等她，脸上依然是那个标志性的微笑。

"你好，我的女朋友。"他挽住她的胳膊。

"你好，李。很高兴又见到你。"

"……要说亲爱的。"他提醒道。

"亲爱的。"她补充说。

他们在自助快餐店吃了饭——这也是他一直想去的地方。由于店里不允许抽烟，而李不抽烟就坐不久，于是他们喝完咖啡、吃完甜点，就没再过多逗留。他们决定去跳舞。两人在百老汇附近找到一家舞厅，那儿跳一支舞一毛钱，军人可以享受半价优惠。李花一块钱买了一条券，上面有二十张舞票。然后他们开始跳舞。

只跳了一半，弗兰西就发现，他那瘦瘦高高的笨拙外表极具欺骗性。他跳起舞来动作流畅，很有技巧。他们紧紧搂在一起跳舞，一切尽在不言中。

管弦乐队正在演奏一首弗兰西最喜欢的歌曲《某个星期天早上》。

  某个星期天早上，
  天气多么晴朗。

她跟着主唱哼起副歌。

穿上方格布裙，
我将是多么美丽的新娘。

她感觉到李的手臂紧紧搂着她。

我知道我的女友们，
定会将我嫉妒。

弗兰西开心极了。跳完一圈舞后，主唱再次唱出副歌，这一次歌词稍作改变，致敬在场的士兵们。

穿上卡其军装，
你将是多么英俊的新郎。

她的手臂紧紧搂着李的肩膀，脸颊靠在他的制服上。她此刻的想法，与十七年前跟约翰尼跳舞的凯蒂一模一样——如果她能永远和这个男人在一起，她愿意承受一切牺牲，也愿意面对一切艰难。和凯蒂一样，弗兰西没有考虑到，自己的孩子可能要被迫一起接受这些艰难和牺牲。

一群士兵要离开舞厅了。按照惯例，乐队停止了他们正在演奏的歌曲，开始演奏《后会有期》。所有人都停下舞步，给士兵们唱起告别曲。弗兰西和李手牵手一起唱着，但两个人都不太确定歌词是什么。

……当云朵飘过时，
我会回到你身边，
那时的天，会更加蓝……

人们纷纷喊道："再见，士兵们！""好运，士兵们！""后会有期，士兵们！"然后，即将离开的士兵们站在一起，唱起这首歌。李拉着弗兰西走向门口。

"我们现在就走吧，"他说，"这样，这一刻就会成为完美的回忆。"

他们慢慢走下楼梯,歌声飘扬在他们身后。他们来到大街上,等到歌声完全消失。

　　……每晚为我祈祷,
　　我们后会有期。

"把这当成我们的歌吧,"他低声说,"每次听到它,你都要想起我。"

他们走着走着,天开始下雨。他们只能跑起来,在一家空商店的门口躲雨。他们站在防雨又幽暗的门道上,握着彼此的手,看着雨滴落下。

"人们总以为,幸福远在天边。"弗兰西心想,"总把幸福想得很复杂,认为它很难得到。但其实,一点小事就可以让你幸福。比如一个躲雨的地方,比如心情低落时喝到一杯香浓的热咖啡。对男人来说,抽一支烟就能感到满足。独处的时候,有一本书读也很幸福。还有——还有和你爱的人在一起。这些事情都能带来幸福。"

"我明天一早就要走了。"

"不会是去法国吧?"她突然从幸福中惊醒。

"不,是回家。我母亲希望我在出发前的一两天……"

"哦!"

"我爱你,弗兰西。"

"可你已经订婚了。这是你对我说的第一件事。"

"订婚,"他痛苦地说,"人人都订婚。小镇上的人,不是订婚了就是结婚了,要不就麻烦缠身。在小镇上没别的事情可做。

"你去上学。你开始和一个女孩同行回家——也许没有别的原因,只是因为你们刚好顺路。你长大了。她邀请你去她家参加派对。你去别人家的派对时,人们会要你带上她一起。你需要把她送回家。很快就不再有人邀请她出去了。每个人都认为她是你女朋友,然后……哎,要是你不把她带在身边,就会觉得自己是个罪人。再然后,因为没有别的事情可做,你就会结婚。如果她是一个正派姑娘(大多数时候她是),而你也多少能算个正派小伙,那么婚姻就能顺利维持。你们之间没有激情,只有一种亲昵的满足感。然后孩子们出生了,你把你们之间缺失的那种浓烈的爱,都给了孩子们。长远来看,受益的是孩子们。

"是的，我订婚了。但我和她之间的感觉，跟我和你之间的感觉不一样。"

"但是你会娶她？"

他等了很长时间才回答。

"不会。"

弗兰西又高兴起来。

"说出来吧，弗兰西，"他低语道，"说出来。"

她说："我爱你，李。"

"弗兰西……"他的声音很迫切，"我去了那里可能就回不来了，我害怕……害怕。怕我可能会死……会死。我什么都没拥有过……从来没有……弗兰西，我们能不能在一起，就一小会儿？"

"我们已经在一起了啊。"弗兰西天真地说。

"我是说在一个房间里……单独在一起……一直到早上我离开前？"

"我……不行。"

"你不想吗？"

"我想。"她坦诚地回答。

"那为什么……"

"我只有十六岁，"她勇敢地坦白，"我从来没有……和任何人在一起过。我不知道该怎么做。"

"那没关系。"

"而且我从来没有在外面过夜过。我妈妈会担心的。"

"你可以告诉她，你是和一个女性朋友过夜的。"

"她知道我没有女性朋友。"

"你可以……明天再想个借口。"

"我不需要想借口。我会告诉她实话。"

"真的吗？"他惊讶地问。

"我爱你。如果我和你一起过夜……我不会在事后感到羞耻。我会感到自豪和快乐，我不想撒谎。"

"我没想到，我没想到。"他低声自言自语。

"你不会想让它变成……偷偷摸摸的事情，对吧？"

"弗兰西，原谅我。我不应该问的。我真是没想到。"

"没想到什么?"弗兰西困惑地问。

他搂住她,紧紧地拥抱她。她看到他在哭。

"弗兰西,我很害怕……害怕极了。我怕要是我走了,就会失去你……再也见不到你了。叫我别回家,我会留下来。我们会有明天和后天。我们会一起吃饭、散步,坐在公园里,或者坐在巴士顶层,就这样聊聊天,就这样待在一起。叫我别走。"

"我想你必须走。我想你应该在离开之前,回去见见你的母亲……我不知道。但我想这样做是对的。"

"弗兰西,战争结束后,你愿意嫁给我吗——如果我能回来的话?"

"等你回来时,我就嫁给你。"

"真的吗,弗兰西?……拜托了,你真的愿意吗?"

"我愿意。"

"再说一遍。"

"等你回来时,我就嫁给你,李。"

"弗兰西,我们会住在布鲁克林。"

"我们会住在你想住的任何地方。"

"那我们就住在布鲁克林。"

"只要你想住在那里,李。"

"你会每天给我写信吗?每天?"

"我每天都会写信给你。"她答应说。

"那你今晚回家后就给我写信吧?告诉我你有多爱我,这样当我回家时,就会有一封信等着我。"她答应了,"你会保证永远不让别人亲吻你吗?永远不和别人约会?无论多久……都会等我回来?要是我不回来,你也永远不会想要嫁给别人?"

她答应了。

他跟她私订终身,就像他请她约会一样简单。她对他交付终身,就像伸手打招呼或者说再见一样轻易。

过了一会儿,雨停了,星星出来了。

第五十三章

弗兰西信守承诺,当晚就写了一封长信,倾诉了她的一腔爱慕,并重申了自己的承诺。

第二天,她提早了一些时间出门,在上班前去三十四街的邮局把信寄了。邮局窗口的职员向她保证,信件会在当天下午送达目的地。那天是周三。

周四晚上,她期望能够收到信,但也没抱太大希望。因为时间太短——除非他们分别后,他也马上写了信。但是当然,他可能得收拾行李、早起赶火车。(她从来没想过,她自己也是挤时间写的信。)周四晚上,她没有收到信。

周五,公司因为流感人手短缺,她只能帮忙顶班,一连工作了十六个小时。回到家时,已经将近凌晨两点。她看到厨房桌上的糖碗旁搁着一封信,便迫不及待地撕开信封。

"亲爱的诺兰小姐。"

她的幸福感顿时消失。这信不可能是李写的,因为他会写"亲爱的弗兰西"。她翻了一页,看着署名。"伊丽莎白·赖诺(太太)",哦!是他的母亲或者嫂子。也许他生病了,没法写信。也许军队里有规矩,即将出国的士兵不能写信。所以他只能找别人代写。当然,肯定是这样的。她开始读信。

"李跟我说了你的事。他在纽约期间,感谢你对他的友善关照。他周三下午到家,但第二天晚上就要去军营,只在家待了一天半。我们举行了一个非常安静的婚礼,只请了家人和几个朋友……"

弗兰西放下信。"我连续工作了十六个小时。"她心想,"我太累了。我今天读了上千条电报,现在一个字也看不明白。剪报公司的工作让我养成了坏习惯—— 一目十行,只能看到某个字眼。我要先清醒一下,喝点咖啡，然后再来读信。这一次，我要看看明白。"

当咖啡在加热时，她往脸上泼了些冷水，心想，等她读到信中的"婚礼"一词时，她要继续读下去，接下来的话会是："李是伴郎。我跟他哥哥结婚了，你知道的。"

凯蒂躺在床上，听着弗兰西在厨房里的动静。她紧张地躺着……等待着。可她不知道自己在等什么。

弗兰西再次读起信来。

"……婚礼，只请了家人和几个朋友。李让我写信解释他为什么不给你回信。再次感谢你在纽约对他的盛情招待。真诚地祝福你，伊丽莎白·赖诺（太太）。"

信尾还有一行附言。

"我看到了你给李写的信。我告诉他，他假装自己爱上你，这是很卑鄙的行为。他让我对你说，他非常抱歉。E.R[①]。"

弗兰西剧烈地颤抖着，牙齿打战，磕碰出轻微声响。

"妈妈，"她呻吟道，"妈妈！"

凯蒂听完来龙去脉，心想："这一刻终于还是来了。我再也没法拦在孩子身前，替他们挡住痛苦。家里食物不够的时候，你可以假装自己并不饿，让他们多吃点。寒冷的冬夜里，你可以下床把自己的毯子盖在他们身上，以免他们挨冻。要是有谁想要伤害他们，你会跟对方拼命——就像当时我是铁了心想杀掉走廊里的那个男人。可是哪怕你愿意用自己的生命去保护他们，在某个阳光灿烂的日子，当他们天真烂漫地走出家门，依然无可避免地径直走进了悲痛之中。"

弗兰西把信递给她。她慢慢读了起来，边读边想，她知道这是怎么回事。这是一个二十二岁的男人，（用茜茜的话来说）显然经历丰富。而弗兰西只是一个十六岁的女孩，比他年轻六岁。尽管她涂了鲜红的口红，穿着大人的衣服，还在各种地方学到了许多知识，但她整个人依然天真无邪；她曾经直面过这个世界的丑恶，也经历过太多的艰难时刻，却意外地没有受到负面影响。是的，她能理解女儿对那个男人的吸引力。

[①] 伊丽莎白·赖诺的英文名字缩写。——译者注

唉，那她能说什么呢？说他不是什么好人，顶多是个软弱的男人，很容易受到身边人的影响？不，她不能说那么残忍的话。而且这孩子也不会信。

"说点什么吧。"弗兰西请求道，"你为什么不说话？"

"我能说什么呢？"

"说我还年轻，说我会挺过去的。说吧，哪怕是谎话。"

"我知道大家都这么说——你会挺过去的。我也会这么说。但我知道这不是真的。哦，不用担心，你会重新得到幸福。但你不会忘记他。每次你爱上一个人，都是因为这个人身上有某些特质，让你想起了他。"

"母亲……"

母亲！凯蒂想起一件事。她曾经一直管母亲叫"妈妈"，直到她告诉她，自己要和约翰尼结婚了。那一天她说："母亲，我要结婚了……"从那以后，她就再也没叫过"妈妈"。当她不再称呼母亲为"妈妈"时，她就长大了。而现在，轮到了弗兰西……

"母亲，他之前要我陪他过夜。当时我该去吗？"

凯蒂头脑飞速运转，寻找着合适的话。

"别撒谎，母亲，告诉我实话。"

凯蒂找不到恰当的话。

"我向你保证，我绝对不会和男人在没结婚的情况下过夜——如果我真要结婚的话。如果我觉得这事不结婚也非做不可——我会事先告诉你的。我郑重地向你保证。所以，你可以告诉我实话，不用担心我知道以后会犯错误。"

"实话有两个，"凯蒂终于开口，"作为母亲，我认为，一个女孩和一个陌生人——和一个只认识不到四十八小时的男人上床，那真是糟糕极了。你或许会遇到很可怕的事情，这或许会毁掉你整个人生。作为母亲，我要告诉你这个实话。"

"但作为女人……"她犹豫了一下，"作为一个女人，我要告诉你的实话是：那会是一件非常美好的事情。因为那样奋不顾身的爱情，一生也只有这一次。"

弗兰西心想："当时我应该跟他一起走的。我再也不会那样去爱一个人了。当时我想去，但我没有去。现在我不会再那么想拥有他，因为他已经属于别人。但当时我真的想去，可我没有去，现在后悔也来不及了。"她把头埋在桌上，哭了起来。

过了一会儿，凯蒂说："我也收到一封信。"

她的信几天前就到了，但她一直在等待合适的机会来说。她觉得现在就是个好时机。

"我收到了一封信。"她重复道。

"谁……谁写的？"弗兰西哭着问。

"麦克沙恩先生。"

弗兰西哭得更大声了。

"你不感兴趣吗？"

弗兰西努力止住哭声。"好吧，他说了什么？"她无精打采地问。

"没什么。只说他下周要来拜访我们。"她等待着，但弗兰西似乎对此兴致寥寥。"你想要麦克沙恩先生做你的父亲吗？"

弗兰西猛地抬起头："母亲！一个男人只是写信说他要来我们家而已，你就立刻开始想东想西。你为什么总是觉得自己无所不知？"

"我并不知道。我其实什么都不知道。我只是有种感觉。当这种感觉足够强烈的时候，我就会说我知道。但其实我并不知道。好了，你觉得让他当你父亲怎么样？"

"我自己的生活都搞得一团糟了，"弗兰西痛苦地说（凯蒂听了并没有笑），"你最不该问的就是我的建议。"

"我不是在问你的建议。我只是想知道，我的孩子们对他是什么感觉，这样我就会更清楚该怎么做。"

弗兰西怀疑，母亲提起麦克沙恩先生的事，只是一个转移她注意力的把戏。她很生气，因为这个把戏差点奏效。

"我不知道，母亲。我什么都不知道，也什么都不想再谈。请你走吧，走吧，让我一个人待会儿。"

凯蒂回到了床上。

但一个人不可能永远哭下去，之后他必须做点其他事情来打发时间。现在是清晨五点，弗兰西觉得这个点也没必要睡觉了，反正七点也得起来。她突然觉得很饿。昨天中午以后，除了在白班和夜班之间吃了个三明治,她没再吃过别的东西。弗兰西现煮了一壶咖啡,烤了几片吐司,还炒了两个鸡蛋。她惊讶地发现,这些东西居然那么好吃。但是当她吃饭的时候,目光落在那封信上,眼泪又流了下来。她把信放在水槽里,用一根火柴把它点燃,然后打开水龙头,看着黑色的灰烬被水冲走。她继续吃早饭。

吃完后,她从橱柜里拿出一盒信纸,坐下来写信。她写道:

"亲爱的本:你说过,如果我需要你,就给你写信。

"所以,我现在在给你写信……"

她把信纸撕成两半。

"不!我不希望我需要任何人。我希望有人需要我……我希望有人需要我。"

她又哭了,但这一次,她哭得没有那么厉害。

第五十四章

这是弗兰西第一次见到麦克沙恩没有穿制服的样子。他穿着一件高价定制的双排扣灰西装,看起来气派十足。当然,他没有爸爸那么英俊,但他更高大、更魁梧。弗兰西认为,尽管麦克沙恩先生头发已经灰白,但他有自己的魅力。可是老天,他比妈妈大太多了吧!其实,妈妈也不年轻了,可她还不到三十五岁,比起五十岁,还是小太多了。但无论如何,有麦克沙恩这样的男人做丈夫,任何女人都不会觉得丢脸。虽然他看起来像个精明的政客,但说话的声音非常温和。

他们一起喝咖啡、吃蛋糕。弗兰西痛苦地发现,麦克沙恩坐的正是她父亲的位置。凯蒂刚跟他说完约翰尼去世后发生的一切。麦克沙恩似乎对他们生活的改善感到很惊讶。他看着弗兰西。

"这小姑娘去年夏天自己上了大学!"

"她今年夏天还要去呢。"凯蒂自豪地宣布。

"这太棒了!"

"而且她还有工作,现在每周能挣二十块钱。"

"她做那么多事,身体还很健康?"他问话的样子似乎真的很惊讶。

"我儿子中学已经念了一半。"

"不会吧!"

"他下午和晚上会打一些零工,有时候除了上学以外,他每周还能挣个五块钱。"

"真是个好小伙,一个了不起的小伙子。瞧瞧他,多健康!"

弗兰西不知道他为什么总是这么关注健康,这不是很理所当然的事情吗?然后她想起了麦克沙恩自己的孩子,他们大多生来体弱,未成年就夭折了。难怪他对健康如此看重。

"小宝宝呢?"他问。

"把她抱过来,弗兰西。"凯蒂说。

宝宝在前屋的婴儿床里。那里本来应该是弗兰西的房间,但大家都赞成让宝宝睡在空气好的地方。弗兰西抱起睡着的宝宝。宝宝睁开眼睛,立马准备就绪,似乎去干什么都行。

"走啦,弗兰——妮?公园?公园?"她问。

"不,亲爱的。只是给你介绍一个人。"

"人?"劳瑞疑惑地说。

"是的,一个高高大大的人。"

"大大的人!"孩子高兴地重复道。

弗兰西把她带到厨房。这个宝宝非常漂亮。她穿着粉红色的法兰绒睡衣,皮肤红润有光泽。她有一头柔软的黑色鬈发,宽间距的黑色眼睛闪闪发亮,脸颊红扑扑的,是深深的玫瑰色。

"啊,宝宝,宝宝。"麦克沙恩温柔地说,"她就像一朵玫瑰,一朵野玫瑰。"

"如果爸爸在这里,"弗兰西心想,"他会开始唱《我的爱尔兰野玫瑰》。"她听到妈妈叹了口气,不知道她是否也想到了爸爸……

麦克沙恩抱起宝宝,宝宝坐在他的膝盖上,挺直了背,离他远远的,疑惑地盯着他。凯蒂希望她不要哭。

"劳瑞!"她说,"这是麦克沙恩先生。叫'麦克沙恩先生'。"

孩子低下了头,透过睫毛看着他,狡黠地笑着摇了摇头:"不。"

"不是麦——恩。"她说,"人!"她扬扬得意地喊道:"大大的人!"她冲麦克沙恩微笑起来,甜蜜蜜地说:"带劳瑞走啦?公园?公园?"然后她将脸靠在他的外套上,闭上了眼睛。

"宝贝,宝贝。"麦克沙恩轻声唱道。

孩子在他怀中睡着了。

"诺兰太太,你或许在想,我今晚为什么前来拜访。我就直说吧,我来是想问个私人问题。"弗兰西和尼利起身要走。"不,别走,孩子们。这个问题不光和你们母亲有关,也关系到你们。"他们又坐了下来。麦克沙恩清清嗓子:"诺兰太太,你丈夫去世已经有段时间了——愿上帝让他的灵魂安息……"

"是的，两年半了。愿上帝让他的灵魂安息。"

"愿上帝让他的灵魂安息。"弗兰西和尼利也跟着说。

"我的妻子——过世也一年了。愿上帝让她的灵魂安息。"

"愿上帝让她的灵魂安息。"诺兰一家跟着说。

"我等了许多年，现在是时候了。现在说这话，也不会对死者不敬。"

"凯瑟琳·诺兰，我想和你在一起。我希望能在秋天举行婚礼。"

凯蒂迅速看了一眼弗兰西，皱起眉头。母亲到底怎么了？弗兰西甚至没想到要笑。

"我有能力照顾你和三个孩子。我的退休金、工资，以及伍德黑文和里士满山的房地产收入，一年加起来超过一万元。此外我还有保险。我能供你儿子和女儿上大学，我保证未来会像从前一样，做一个忠诚的丈夫。"

"你考虑清楚了吗，麦克沙恩先生？"

"我不需要考虑。五年前，在那回'马奥尼'冠名的短途旅行中，我第一次见到你，就下定了决心。当时我还问过你女儿，你是不是她的母亲。"

"我只是一个没有受过教育的女清洁工。"她说这话并没有抱歉的意思，只是在陈述事实。

"教育！谁又教过我读书写字呢？没人教，我都是靠自学。"

"但是像你这样的——公众人物，需要一个懂得社交的妻子，帮你招待那些有影响力的商界朋友。而我不是这样的女人。"

"我会在办公室招待那些客人。家只是我生活的地方。我不是说你不能给我争光——你配得上比我更优秀的男人。但我的事业不需要靠女人帮忙，我自己可以应付，谢谢你的好意。我对你的爱还需要多说吗？"他犹豫了一下，叫了她的名字，"……凯瑟琳？你可以花时间考虑一下吗？"

"不，我不需要时间考虑。我愿意嫁给你，麦克沙恩先生。

"我嫁给你不是因为你的收入。不过我也没有忽视这点。一年一万元是一大笔钱。但对于我们这样的人家来说，就算一千块也是很多钱。我们没什么钱，也过惯了没钱的生活。我嫁给你不是为了让孩子上大学。有了你的帮助，这事会容易很多。但即便没有任何人帮忙，我知道我们总会想到办法。我嫁给你也不是因为你的职位高，尽管有一个能让我自豪的丈夫也很不错。

"我嫁给你是因为你是个好人,我想让你当我的丈夫。"

这是实话。凯蒂早已下定决心,如果他向她求婚,那她就嫁给他。原因很简单:要是没有一个爱她的男人,那她的生活便不完整。这与她对约翰尼的爱无关。她永远爱约翰尼。她对麦克沙恩的感情更平和。她敬佩他、尊重他,她知道自己会成为一个好妻子。

"谢谢你,凯瑟琳。能拥有这么年轻漂亮的妻子和三个健康的孩子,我的付出实在微不足道。"他真诚又谦虚地说。

他转向弗兰西问:"作为长女,你赞成吗?"

弗兰西看着母亲,她似乎在等她开口。她又看着弟弟,他点了点头。

"我想,我和我弟弟愿意让你成为我们的……"她想起她的父亲,眼泪涌上眼眶,她说不出那个词。

"好了,好了,"麦克沙恩安慰道,"我不会让你们为难的。"他转向凯蒂。

"我不会要求那两个大孩子叫我'父亲'。他们已经有了一个父亲,他是上帝创造的好小伙——他的歌喉一向很美妙。"

弗兰西感到喉咙发紧。

"我不会要求他们跟我姓,诺兰是个很好的名字。"

"但我抱着的这个小家伙——她从没见过自己的父亲。你愿意让她叫我父亲,让我合法收养她吗?你愿意让她跟我们两个姓吗?"

凯蒂看着弗兰西和尼利。他们能接受吗?让自己的妹妹姓麦克沙恩,不姓诺兰?弗兰西点头表示同意。尼利也点头表示同意。

"我们可以把这个孩子给你。"凯蒂说。

"我们不能叫你'父亲'。"尼利突然说,"但或许,我们会叫你'老爸'。"

"谢谢你们。"麦克沙恩简单地说。他放松下来,微笑地看着他们。"请问现在我能不能抽根烟?"

"当然啊,你随时可以抽烟,不必问我们。"凯蒂惊讶地说。

"我还没有得到这项特权呢,不能预先行使。"他解释道。

弗兰西从他手中接过睡着的宝宝,以便让他抽烟。

"尼利,帮我一起把她放到床上。"

"为什么?"尼利很满意现状,不想离开。

"我抱着她,腾不出手给她铺床啊。"尼利难道一点都不懂吗?他不知道麦克沙恩和母亲可能想要独处吗,哪怕就一小会儿?

在幽暗的前屋,弗兰西对弟弟说:"你觉得怎么样?"

"这对妈妈来说肯定是件好事。当然,他不是爸爸……"

"对。没有人能够……取代爸爸。但除此之外,他是个好人。"

"劳瑞肯定会过上好日子的。"

"安妮·劳瑞·麦克沙恩!她永远不会像我们那样吃苦,是吧?"

"是的。但她也永远不会像我们那样快活。"

"哎呀!我们当时可开心了,对吧,尼利?"

"是啊!"

"可怜的劳瑞。"弗兰西同情地说。

A TREE GROWS IN BROOKLYN

第五卷

诺 兰
一家大事记

1900年夏，约翰尼·诺兰（约翰尼）与凯瑟琳·罗姆利（凯蒂）相识。

1901年元旦，约翰尼与凯蒂结婚。

1901年12月15日，弗朗西斯·诺兰（弗兰西）出生。

1902年12月23日，科尼利厄斯·诺兰（尼利）出生。

1904年，诺兰一家搬到了洛里默街。

1908年，诺兰一家搬到了格兰德街。

1909年8月，弗兰西与尼利去公共卫生中心接种疫苗。

1909年9月，弗兰西与尼利开始上学。

1909年10月，弗兰西转学。

1911年平安夜，弗兰西与尼利合力接住了一棵大圣诞树。

1913年夏，约翰尼带着弗兰西、尼利第一次出海。

1915年夏，弗兰西的作文《冬日》被刊登在校刊上。她第一次来了月经。

1915年12月25日，约翰尼去世，终年34岁。

1916年5月，弗兰西与尼利受坚信礼。

1916年5月28日，安妮·劳瑞·诺兰出生。

1916年6月，弗兰西与尼利小学毕业。

1916年，弗兰西进入工厂，成为一名花枝工。

1916年，弗兰西成为模范新闻剪报公司的一名阅读工。

1916年9月，尼利进入中学学习。

1917年6月，弗兰西成为一名操作电传打字机的学徒。

1917年夏，弗兰西开始在布鲁克林的一所大学开办的暑期班进修。与本·布莱克相识。

1918年春，弗兰西与李·赖诺相识。

1918年夏，弗兰西通过大学入学考试。

1918年9月，凯蒂与迈克尔·麦克沙恩结婚。

1918年9月，弗兰西即将前往密歇根大学学习。

第五十五章

有人拍了拍弗兰西的肩膀,把她吓了一跳。然后她放松下来,微微一笑。怪不得!现在凌晨一点,她该下班了。接她班的"救兵"来接管机器了。

"让我再发一封。"弗兰西请求道。

"某些人可真热爱工作!""救兵"笑着说。

弗兰西怀着一腔热爱,慢慢打出她的最后一封电报。她很高兴这是一封出生的喜报,而不是死亡的噩耗。这封电报是她的告别信。她没有告诉任何人她要离开。她担心如果四处道别,自己会忍不住大哭起来。像她母亲一样,弗兰西害怕公开表露感情。

她没有直接去储物柜,而是在一间大活动室里稍作停留。房间里,姑娘们正在充分利用十五分钟的休息时间。她们围在一个弹钢琴的姑娘周围,唱着《你好,总机,请转接无人区》。

弗兰西走进来时,弹琴的姑娘看见她身上穿的崭新灰色秋装和灰色的绒面高跟鞋,受到启发,弹起了另一首歌。姑娘们唱起《贵格镇的贵格教徒》。一个姑娘挽住弗兰西的胳膊,将她拉入人群。弗兰西和她们一起唱道:

> 她内心深处,并没有那么迟钝……

"弗兰西,你是怎么想到穿一身灰的?"

"哦,我不知道——小时候看到一位女演员这么穿过。我不记得她的名字了,但我记得那部戏叫《牧师的爱人》。"

"好可爱!"

她用眼神示意"一会儿见"……
　　我那贵格镇的小小贵格教徒。

　　"在——镇——上。"女孩们用和声唱出最后一句，华丽收尾。
　　接下来，她们唱起了《你会在法国找到老迪克西兰爵士乐》。
　　弗兰西走到大窗户边上，从那里她可以从二十层楼俯瞰东河。这是她最后一次在这个窗口看这条河。任何"最后一次"，都带有死亡的痛楚。她想，我再也不会以这样的方式看到眼前的景象了。哦，最后一次，一切在你眼中都如此清晰，仿佛被一盏放大灯给照亮了。想到你在每天拥有它时，没有更好地去珍惜，你不由悲从中来。
　　玛丽·罗姆利外婆是怎么说的？"看待任何事情，都要把它当成你第一次见，或者最后一次见。这样你的生命就会充满荣耀。"
　　玛丽·罗姆利外婆！
　　那次生病之后，她缠绵病榻数月。后来某天天还没亮，史蒂夫来告知了她的死讯。
　　"我会想念她的，"他说，"她是一个伟大的女士。"
　　"你是说，一个伟大的女人。"凯蒂说。

　　弗兰西很困惑，她不知道为什么威利姨夫选择在这种时候离家出走。她看着一艘船从桥下飞驰而过，然后继续思考：是因为少了一个罗姆利家的女人要他负责，让他感觉更自由了吗？是外婆的死让他产生了逃避的念头吗？还是说（像艾薇姨妈所说），他卑鄙地利用外婆的葬礼浑水摸鱼，趁乱抛弃了家庭？无论是什么原因，威利都已经离开。
　　威利·弗里特曼！
　　他曾一度拼命练习，直到能够同时演奏所有的乐器。然后，在一家电影院举办的业余表演晚会上，他以单人乐队的形式与其他人竞争，赢得了一等奖，奖金有十元。
　　他没有带着奖金和他的乐器回家，从那以后，家里再没有人看到过他。
　　他们时不时听到他的消息。他似乎在布鲁克林的街头流浪，靠单人乐队卖艺所得的零钱为生。艾薇说，天开始下雪时，他就会回家，但弗兰西对此表示怀疑。

艾薇在威利以前上班的工厂找了一份工作，每周挣三十元，生活还算不错。只是到了晚上，她像所有的罗姆利家的女人一样，觉得没有男人陪伴的时光很是难熬。

弗兰西站在窗边俯瞰河水，回想起威利姨夫，总感觉有些梦幻。但话说回来，她觉得有太多事情都像是梦。那天走廊里的那个男人：那肯定是个梦！麦克沙恩等了妈妈那么多年——那也是个梦。爸爸死了。很长一段时间里，弗兰西都觉得那是梦，但现在，爸爸仿佛是某个从未存在过的人。爸爸去世五个月后出生的劳瑞，就像是从梦境里诞生的孩子。布鲁克林是个梦，那里发生的一切似乎都不可能发生。一切都是梦。还是说，一切都是真实存在的，只有她弗兰西在做梦？

唉，等她到了密歇根就会弄明白了。如果密歇根仍然给人梦一般的感觉，那弗兰西就会知道，她自己才是那个做梦的人。

安阿伯！

密歇根大学就在那里。再过两天，她即将乘火车前往安阿伯。暑期班已经结束。她通过了选修的四门课。在本的填鸭式教育下，她也通过了大学入学考试。这意味着年仅十六岁半的她，现在可以带着半年的大一学分，进入大学学习了！

她原本想去纽约的哥伦比亚大学，或者布鲁克林的阿德菲大学，但本说，适应新环境也是教育的一部分。她的母亲和麦克沙恩都同意这个观点。甚至连尼利都说，她去远方上大学是件好事——这样她或许能摆脱布鲁克林口音。但弗兰西并不想摆脱布鲁克林口音，就像她不想改变自己的名字。因为这意味着她是属于某个地方的。她是一个有着布鲁克林名字、说话带布鲁克林口音的布鲁克林姑娘。她不想东改一点、西改一点。

密歇根大学是本替她选的。他说那是一所自由的州立大学，英语系很不错，学费也不高。弗兰西想知道，如果这所大学真的那么好，那为什么他不去那里报名，而是在中西部的另一所大学报了名呢？他解释说，因为他最终要在那个州执业并从政，所以他最好和该州未来的杰出公民成为同学。

本今年二十岁，加入了大学的预备役军官训练队。他穿上军装非常英俊。

本！

她看着左手无名指上的戒指。那是本的中学戒指，上面刻着："M.H.S. 1918"。戒指内侧刻着"B.B. 赠 F.N."①。他告诉她，虽然他知道自己的想法，但弗兰西还太小，不明白她自己的心意。他送给她这个戒指，是想确定他们之间的这种"默契"关系。当然，他说他五年后才考虑结婚。等到那时，她就足够成熟，知道自己的想法了。那时如果他们之间的那份默契仍在，他会请她接受另一枚戒指。弗兰西有五年时间来做出决定，所以是否要嫁给本这件事，并没有让她有太大的心理负担。

了不起的本！

1918年1月，他中学毕业后立即进入大学，选修了大量课程，暑假还回到布鲁克林上了更多的课。他在暑期班快结束时向弗兰西坦言，他回布鲁克林是为了能再和她在一起。现在是1918年9月，他即将回到大学开始他的大三生活！

优秀可靠的本！

他正直、诚实、聪明。他知道自己想要什么。他绝不会在向一个姑娘求婚后，第二天就去娶另一个姑娘。他绝不会让她给他写情书，然后把信给别的人看。本不会这么做……本不会这么做。没错，本非常出色。弗兰西为有他这样的朋友而自豪。但她想到了李。

李！

李在哪里？

他已经乘坐一艘运输船去了法国。那船或许就像她现在看到的这艘一样——船身很长，带有迷彩伪装，上面载着一千名士兵，正从港口驶离。士兵脸色苍白，沉默无言。从她所站的位置看出去，他们就像是许多扎在又长又丑的针垫上的白色大头针。

（"弗兰西，我很害怕……害怕极了。我怕要是我走了，就会失去你……再也见不到你了……叫我别走……"）

（"我想你应该在离开之前，回去见见你的母亲……我不知道……"）

他被分在彩虹师——那个师目前正朝着阿尔贡森林挺进。他现在会不

---

① M.H.S.是马斯佩斯中学的缩写，B.B.和F.N.是本·布莱克和弗兰西·诺兰的名字缩写。——译者注

会已经牺牲在法国，在一个光秃秃的白色十字架下躺着？如果他死了，有谁会告诉她呢？那个宾夕法尼亚州的女人肯定不会。

［"伊丽莎白·赖诺（太太）"］

安妮塔几个月前就已经辞职，去别处工作了。她没有留下地址。弗兰西无人可问……也没有人会主动告诉她。

她突然很希望他死了，这样那个宾夕法尼亚州的女人就永远无法得到他。但下一刻，她祷告道："哦，上帝，别让他死！无论谁拥有他，我都不会抱怨。求求您……求求您！"

哦，时间啊……时间！时间赶快过去吧，让我把他忘记吧！

（"不用担心，你会重新得到幸福。但你不会忘记他。"）

母亲错了。她肯定错了。弗兰西想忘记这一切。从认识他到现在，已经过去了四个月，但是她依然无法忘记。（"重新得到幸福。但你不会忘记。"）如果她无法忘记，那她怎么可能重新得到幸福？

哦，时间啊，伟大的治愈者，快点过去吧，让我忘记吧。

（"每次你爱上一个人，都是因为这个人身上有某些特质，让你想起了他。"）

本也会慢慢露出相似的微笑。但是她认为自己去年就爱上了本——比她遇见李要早得多。所以这行不通。

李，李！

休息时间结束了，活动室里新来了一群姑娘。现在是她们的休息时间。她们聚集在钢琴旁，开始弹奏一系列"微笑"主题的歌曲。弗兰西知道接下来会发生什么。

快跑，快跑，你这个傻瓜！赶快逃开，趁那痛苦的浪潮尚未袭来。

但是她动弹不得。

她们唱起泰德·路易斯①的歌：《当我的宝贝朝我微笑》。接下来，她们肯定会唱《有些微笑让你快乐》。

---

① 泰德·路易斯（Ted Lewis，1890—1971），美国爵士乐手、歌手和演员。被认为是20世纪20年代爵士乐和流行音乐的重要人物之一，他的音乐风格影响了后来的许多艺人。——译者注

再然后,就到了"那首歌"。

  你微笑着
  与我伤感地吻别……

("……每次听到它,你都要想起我。")她跑出房间,从储物柜里抓起她灰色的帽子和新买的灰色钱包、灰色手套,奔向电梯。

她在峡谷般的大街上四处张望。街上很暗,空空荡荡。一个穿制服的高个男人站在隔壁大楼的阴暗门口。他踏出黑暗,朝她走来,脸上带着羞涩又孤独的微笑。

她闭上眼睛。外婆曾经说过,罗姆利家的女人有种能力,她们能看见所爱之人的鬼魂。弗兰西完全不相信这回事,因为她从来没见过爸爸的鬼魂。但现在……现在……

"你好,弗兰西。"

她睁开眼睛。不,他不是鬼。

"今晚是你最后一次来这里上班,我想你可能会有些难过,所以我来接你回家。惊喜吗?"

"不,我知道你会来。"她说。

"饿了吗?"

"饿坏了!"

"你想去哪里?去自助快餐店喝杯咖啡,还是去吃炒杂碎?"

"不!都不要!"

"那去查尔德餐厅?"

"好啊,我们去查尔德餐厅吃黄油蛋糕、喝咖啡。"

他拉起她的手,让她挽住自己的胳膊。

"弗兰西,你今晚看起来很奇怪。你没有生我的气吧?"

"没有。"

"我来了你高兴吗?"

"高兴,"她轻声说,"很高兴见到你,本。"

第五十六章

周六!这是他们在老房子的最后一个周六。第二天就是凯蒂的婚礼,他们将直接从教堂前往新家。搬家公司会在周一早上来取他们的物品。他们把大部分家具留给了新的女清洁工,只带走他们的个人物品和前厅的家具。弗兰西想要那张有大朵粉色玫瑰花图案的绿地毯、那幅淡黄色的蕾丝窗帘,还有那架可爱的小钢琴。这些东西都会放进新家那间为弗兰西留的房间里。

最后一个周六早上,凯蒂坚持像往常一样工作。当母亲拿起扫帚和水桶出门时,他们都笑了。麦克沙恩给她开了一个支票账户,送了她一千元作为结婚礼物。按照诺兰家的标准,凯蒂现在是个富人,不必再工作了。但她坚持工作到最后一天。弗兰西怀疑她是舍不得这些房子,想在离开前,最后再好好打扫一下。

弗兰西厚着脸皮在母亲的钱包里翻找支票簿。她打开那本神奇的小册子,仔细看了看里面那唯一一张支票存根。

编号:1
日期:1918年9月20日
收款人:艾薇·弗里特曼
付款原因:因为她是我的姐姐
总金额:1000元
本张支票金额:200元
余额:800元

弗兰西想知道,为什么是那个金额?为什么不是五十块或者五百块?为什么是两百块?然后她突然明白过来。两百块是威利姨夫的保险金额;

如果他死了，艾薇就可以领到这笔钱。毫无疑问，凯蒂已经当威利死了。

凯蒂没有用支票里的钱买结婚礼服。她解释说，结婚前，她不想动用这笔钱给自己买东西。她向弗兰西借钱，从她的储蓄账户里取钱去买礼服，并保证婚礼一结束就把支票给她。

最后一个周六早上，弗兰西把劳瑞放进双轮婴儿车里，绑好带子，将她推到大街上。她在街角站了很久，看孩子们拖着废品，沿曼哈顿大道往卡尼废品站走。然后她也沿着那条街，走进了查理廉价店。这时店里没什么生意。她在柜台上放了五毛钱，说要买下所有的抽奖券。

"噢，弗兰西！天啊，弗兰西！"他说。

"我不想费力气抽奖了。直接把板子上所有的东西都给我吧。"

"噢，听我说！"

"所以，那个盒子里一个中奖号码都没有，是不是，查理？"

"天哪，弗兰西，一个人总得混口饭吃，这生意来钱又那么慢——一次也就一分钱。"

"我一直都觉得那些奖品是假的。你应该感到羞愧——居然用这种方式糊弄小孩。"

"别那么说。他们在这里每花一分钱，我就给他们一分钱的糖果。抽奖只是为了增加乐趣。"

"但抽奖给了他们希望，所以他们才一直上你这儿来。"

"要是他们不上我这儿，就会去对面的吉姆培小卖部，你懂吗？那还不如上我这儿呢，毕竟我是个结了婚的男人。"他正气凛然地说，"我可不会把女孩带到后屋去，你知道吧？"

"哦，行吧，我想你说的也有点道理。对了，你这里有五毛钱的洋娃娃吗？"

他从柜台下面拿出一个丑陋的洋娃娃。

"我只有一个六毛九的洋娃娃，但我可以五毛钱卖给你。"

"如果你把它挂在板上当奖品，让某个孩子赢一次，那我就付钱。"

"可是，弗兰西，要是有一个孩子赢了奖品，那所有孩子都会想赢奖品，你懂吧？我不能开这种头。"

"哦，看在亲爱的耶稣的分上，"她语气虔诚，毫无亵渎，"就让某个孩子赢一次吧！"

"好吧！好吧！别激动。"

"我只是想让某个小孩免费得到一样东西。"

"我会把它挂起来，等你走后，我也不会从盒子里取出号码。满意了吗？"

"谢谢你，查理。"

"我和那个赢了奖品的孩子说，这个娃娃叫弗兰西，怎么样？"

"哦不，你可别这么说！这娃娃那么丑。"

"你知道吗，弗兰西？"

"什么？"

"你长成大姑娘了。你今年几岁？"

"再过几个月就十七了。"

"我记得你从前是个瘦瘦的长腿丫头。哦，我想你以后肯定是个好看的女人——不漂亮，但有些魅力。"

"瞧你扯得，我谢谢你啊。"她笑起来。

"你的小妹妹？"他朝劳瑞点点头。

"嗯。"

"你知道吧，她很快就会开始拖着废品去卖，然后拿着她的零钱进我店里。这一刻，他们还是婴儿车里的宝宝，但一晃眼他们就在我这儿抽奖了。这个社区的孩子们长得很快。"

"她永远不会去拖废品，也永远不会来你这里。"

"也是，我听说你们要搬走了。"

"没错，我们要搬走了。"

"那祝你好运，弗兰西。"

她带着劳瑞去了公园，把她从婴儿车里抱出来，让她在草地上跑着玩。一个男孩过来卖咸脆饼干，她花一分钱买了一块，掰碎了撒在草地上。一群黑乎乎的麻雀不知道从哪里冒出来，争着啄食碎屑。劳瑞跌跌撞撞地跑着，试图去抓麻雀。这些无聊的鸟儿故意让她靠近，然后才扇动翅膀飞走。每次飞走一只鸟儿，这孩子都会高兴地叫起来。

弗兰西推着婴儿车里的劳瑞，来到她曾经就读的小学门口，想最后再看一眼。这所学校离她每天去的公园只隔了几个街区，但出于某种原因，自从毕业那晚之后,弗兰西就再也没回来看过它。

现在她惊讶地发现,学校居然看起来那么小。她想,学校应该还是像以前一样大,只是她的眼睛已经看惯了更大的事物。

"这是弗兰西以前上学的地方。"她告诉劳瑞。

"弗兰——妮,上学。"劳瑞牙牙学语。

"有一天,爸爸跟我一起来了这里,他还唱了一首歌。"

"爸爸?"劳瑞困惑地问。

"我忘了,你从来没见过爸爸。"

"劳瑞见过爸爸。人。大大的人。"她以为弗兰西说的是麦克沙恩。

"没错。"弗兰西附和道。

在离开学校后的两年中,弗兰西已经从一个女孩变成一个女人。

回家时,她经过了那幢她借用过地址的房子。现在在她眼中,这幢房子也又小又破,但她依然爱它。

她路过了麦克加里蒂的酒吧,只是那里已经不再属于麦克加里蒂。他夏初就搬走了。私下里他曾对尼利说,他,麦克加里蒂,是个很敏锐的人,料到马上就要颁布禁酒令了。所以他做好了周全的准备。他在长岛的亨普斯特德收费公路①上买了一大块地方,正有条不紊地往地窖里存酒,以备不时之需。禁酒令一旦实行,他就会开一家所谓的"俱乐部"。他已经想好了名字,就叫:梅·玛丽俱乐部。他的妻子会穿上晚礼服,招待来宾。麦克加里蒂解释说,这正合她意。弗兰西相信,麦克加里蒂太太非常乐意当女招待。她希望麦克加里蒂有朝一日也能拥有自己的幸福。

午饭过后,她去图书馆最后一次还书。图书管理员在借书卡上盖了章,把卡递还给她,像往常一样,没抬头看她一眼。

"您能给一个女孩推荐一本好书吗?"

"多大的女孩?"

"她十一岁。"

图书管理员从桌子下面拿出一本书,弗兰西看到书名是《如果我是国王》。

---

① 是长岛上最繁华的道路之一,沿途有许多商业和住宅区。——译者注

"我其实并不想借书。"弗兰西说,"而且我也不是十一岁。"

图书管理员第一次抬起头,看着弗兰西。

"我从小就来这里借书。"弗兰西说,"你直到现在才正眼看我。"

"孩子那么多,"图书管理员烦躁地说,"我不可能每个都看。还有什么事吗?"

"我只是想问问,那个棕色陶罐……它对我很有意义……里面总是放着鲜花。"

图书管理员看了看那个棕色陶罐。里面插着一束粉色的野菊花。弗兰西有种感觉,这位图书管理员也是第一次去看这棕色陶罐。

"哦,那个啊!鲜花是清洁工放进去的吧。或者是其他什么人。还有事吗?"她不耐烦地问。

"我要销卡。"弗兰西将那张皱巴巴、翘着角,还印满日期戳的卡片推过桌子。图书管理员拿起来,正要撕成两半,又被弗兰西一把夺了回来。

"我想我还是留着吧。"她说。

她走出门,盯着这座破旧的小图书馆,凝视了许久。她知道自己永远不会再见到它了。见识过新事物后,眼光就会有所改变。如果几年后她回到这里,一切在她眼里或许就是另一番景象,跟她此刻看到的大相径庭。她想记住它此刻的样子。

不,她永远不会回到这个旧社区。

况且,再过几年,这片老社区也将不复存在。战后,城市里将拆除这些廉租公寓楼。那所女校长鞭打小男孩的丑陋学校也会一起拆掉。原址上将建造一片模范住宅区,这里的阳光和空气会通过采集、测算和衡量,均匀地分给每个居民。

凯蒂将扫帚和水桶扔回角落,发出最后一次"砰"的声响。这个声音代表她收工了。然后,她又拿起扫帚和水桶,轻轻地放回原处。

凯蒂穿好衣服出门——她要最后试穿一次自己选定的结婚礼服,那件翡翠绿的天鹅绒裙子——她担心九月底的天气太暖和。她觉得穿天鹅绒礼服可能太热了。今年秋天来得那么晚,令她十分恼火。弗兰西坚持秋天已经来了,她们还为此争了一番。

弗兰西知道秋天来了。尽管风依然暖洋洋的,白天依然热浪滚滚,但是秋天已经来到了布鲁克林。弗兰西之所以知道这一点，是因为每当夜幕降临，街灯亮起时，卖烤栗子的小贩就会在街角摆起他的小摊。炭火上方支起一个架子，架子上搁了一口带盖的平底锅，锅里烤着栗子。小贩手里拿着还没烤的栗子，用钝刀在栗子壳上划出小十字，然后再放到锅里去。

没错，不管天气有多反常，只要卖烤栗子的小贩出现了，那么秋天就一定来了。

弗兰西把劳瑞在婴儿床上安顿好，让她午睡。然后，她将最后几样东西装进一个木制的菲尔斯–纳普塔牌肥皂盒里。她从壁炉架上取下十字架和她跟尼利在坚信礼那天的合照，用她第一次领圣餐时戴的头纱将东西包起来，放进盒子里。她叠好爸爸的两条服务生围裙，也放了进去。她将印有"约翰尼·诺兰"那几个金色大字的剃须杯用一件白色的乔其纱衬衫包起来放好。那件衬衫胸口的蕾丝花边都洗坏了，本来已经被凯蒂放进了"捐赠篮"里。和李在门口躲雨的那个夜里，弗兰西就穿着那件衬衫。接下来，她把名叫玛丽的洋娃娃和那个曾经装过十枚镀金分币的漂亮小盒子也放了进去。还有为数不多的几本藏书：基甸版《圣经》《莎士比亚全集》，以及一卷破破烂烂的《草叶集》和三本剪贴簿——《诺兰当代诗歌集》《诺兰经典诗歌集》和《安妮·劳瑞之书》。

她走进卧室，掀开床垫，从下面拿出一个笔记本，里面是她从十三岁开始断断续续写的日记。她还拿出一个方形的马尼拉信封。她跪在盒子前，打开日记本，随意读了一篇，那篇的日期是三年前的9月24日。

今天晚上我洗澡的时候，发现自己在变成女人。差不多是时候了。

她咧嘴一笑，把日记本放进盒子里。她看着信封上的字。
内含：
一个密封的信封，要在1967年打开。
一张毕业证书。
四篇故事。
那四篇故事，就是佳恩达小姐让她烧掉的作文。唉，好吧，弗兰西记得她曾经向上帝保证，如果他让妈妈活着，她就放弃写作。她遵守了自己的承诺。但现在，她对上帝有了更多的了解。她相信，如果她重新开始写作，上帝根本不会在意。也许有一天，她会再尝试一下。她把借书卡放入信封中，在信封上标注好，然后把信封放进盒子里。就这样，她打包完了。除了衣服以外，她所有的东西都在这个盒子里。

尼利跑上楼梯，用口哨哼着《在黑人区炫舞》。他冲进厨房，脱了外套。

"我赶时间，弗兰西。我还有干净的衬衫吗？"

"有一件洗了还没熨。我这就替你熨。"

她一边加热熨斗，一边给衬衫洒上水，并把熨衣板架到两把椅子上。尼利从壁橱里拿出擦鞋的工具箱，将已经锃亮的皮鞋擦得更亮。

"你要出去吗？"她问。

"没错，正好有时间去看演出。他们请到了范和申克。天哪！申克唱得棒极了！他坐在钢琴前就像这样。"尼利坐到厨房桌边，示范了一下。"他侧身坐着，跷起二郎腿，看着观众。然后他把左手肘撑在曲谱架上，一边用右手弹奏曲子，一边唱歌。"尼利模仿自己的偶像唱起了《当你离家千里》，学得惟妙惟肖。

"嗯，他可真棒。他唱歌的方式和爸爸……有一点像。"

爸爸！

弗兰西在尼利的衬衫上找到工会标签，先熨了那一块。

（"那个标签就像一个装饰……好比你戴的玫瑰花。"）

诺兰一家在购买任何东西时，都会寻找工会标签。这是他们对约翰尼的纪念。

尼利照了照水槽上挂的镜子。

"你觉得我需要刮胡子吗？"他问。

"再过五年才需要。"

"啊，闭嘴！"

"别对彼此说闭嘴。"弗兰西模仿着妈妈说。

尼利笑起来，开始擦洗自己的脸、脖子、手臂和手。他一边洗一边唱：

> 你梦幻的眼睛里有埃及的影子，
> 你的一举一动带着开罗的气息……

弗兰西愉快地熨着衣服。

尼利终于穿戴完毕。他站在她面前，身上是一件深蓝色的双排扣西装，内搭干净的、下翻软领的白衬衫，打着圆点图案的领结。他刚洗漱完，散发着清爽的味道，金色的鬈发闪闪发光。

"我看起来怎么样，小歌后？"

他神气地扣上外套，弗兰西看到他戴着爸爸的图章戒指。

所以，外婆说的话是真的。罗姆利家的女人真的有一种天赋，她们能看到所爱之人的鬼魂。弗兰西看到了她的父亲。

"尼利，你还记得《莫莉·马龙》吗？"

他一只手插进口袋，转身背对她，唱了起来：

> 在都柏林的美丽城市，
> 姑娘们令人如此着迷……

爸爸……爸爸！

尼利有着和爸爸一样清澈而纯粹的嗓音。而且他英俊得不可思议！英俊到哪怕他没满十六岁，走在街上时，都会有女人回过头，看着他叹息。英俊到弗兰西站在他身边，觉得自己像一个黯淡的影子。

"尼利，你觉得我好看吗？"

"你瞧！你为什么不向圣特蕾莎做个九日祷告呢？说不定奇迹会让你变美。"

"别闹，我是认真的。"

"你为什么不把头发剪短烫卷，像其他女孩那样？干吗要把一堆头发盘在头上？"

"因为妈妈不让，我得等到十八岁才能剪。你觉得我好看吗？"

"等你长胖一点再问我吧。"

"拜托，你告诉我。"

"再见了,弗兰西。"
她轻声说。

他仔细打量了一下她，然后说："还可以吧。"她只好接受这个答案。

他刚才说他赶时间，但现在似乎又不想走了。

"弗兰西！麦克沙恩……我是说，老爸，今天晚上会过来吃晚饭。之后我要去上班。明天是婚礼，晚上在新房子有个派对。周一我得去上学。而我上学的时候，你就要乘坐'狼獾'号列车去密歇根了。我没有机会单独跟你道别。所以，我现在就跟你告别吧。"

"我会回家过圣诞节的，尼利。"

"但那不一样。"

"我知道。"

他等待着。弗兰西伸出右手。但他推开了她的手，而是抱住她，在她脸颊上亲了一下。弗兰西紧紧抱着他，开始哭泣。他把她推开。

"天啊，女孩真讨厌。"他说，"总是这么多愁善感。"但他的声音很沙哑，似乎自己也快哭了。

他转身跑出公寓。弗兰西追到走廊里，看着他跑下楼梯。他在楼梯底部那幽深的黑暗里停下脚步，回头看向她。虽然下面很黑，但是他站的地方是亮的。

弗兰西心想：他太像爸爸了……太像爸爸了。可他的脸上比爸爸更有力量。他朝她挥了挥手。然后他走了。

下午四点。

弗兰西决定先把衣服换好，然后再准备晚饭，这样当本来接她时，她就能准备就绪。他有票，他们要去看亨利·赫尔演的《归来者》。这是他们圣诞节前的最后一次约会，因为本明天就要去上大学了。她喜欢本。她非常喜欢他。她希望自己能够爱上他。如果他别总是那么自信就好了。如果他偶尔也能犯个错就好了——哪怕就一次。如果他能需要她就好了。啊，算了。她还有五年时间好好考虑。

她穿着白色的衬裙，站在镜子前。举起胳膊清洗身体时，她回想起小时候是怎样坐在太平梯上，看院子对面公寓里的姑娘们为约会做准备。现在会不会有人也像她当初那样，正看着她呢？

她望向窗户。是的，隔了两个院子，她看到一个小女孩坐在太平梯上，膝盖上放着一本书，手边放着一袋糖果。女孩透过栏杆望着弗兰西。

弗兰西认识这个女孩。她叫弗洛瑞·温迪，今年十岁，又瘦又小。

弗兰西梳着长发，编成辫子，盘在头上。她穿上崭新的长筒袜和白色高跟鞋。她在一块方形棉垫上撒了些紫罗兰香囊粉，塞进胸罩里，然后套上一件粉色的亚麻裙。

她觉得自己好像听见弗莱波的马车驶了进来，便从窗户探身看去。是的，是有车进来了。只不过这车不再是马车，而是一辆车身两侧带有烫金字母的深红色小货车。那个正准备洗车的人，也不再是面色红润的英俊小伙弗兰克，而是一个因为罗圈腿被免除兵役的小个子。

她望向院子对面，发现弗洛瑞仍然在透过太平梯的栏杆看着她。弗兰西挥手喊道：

"你好，弗兰西。"

"我不叫弗兰西，"那个小女孩喊道，"我叫弗洛瑞，你知道的。"

"我知道。"弗兰西说。

她向下方的院子看去。那里曾经有棵树，它伞一样的枝叶延伸到了太平梯的四周、下方和顶上。但后来，因为家庭主妇们抱怨晾在绳子上的衣服总是被树枝勾住，所以房东派来两个人，把树给砍了。

但是那棵树没有死……它没有死。

那树桩上长出了一棵新树。它的树干沿着地面生长，一直长到没有晾衣绳的地方。然后，它又开始向着天空生长。

那棵名叫安妮的冷杉树，虽然得到诺兰家的精心照料，又是浇水又是施肥，但早就病死了。可院子里的这棵树——这棵被人砍掉的树……这棵被他们在周围堆起篝火，试图将树桩烧掉的树——它还活着！

它活着！没有什么能摧毁它。

她又看了一眼在太平梯上读书的弗洛瑞·温迪。

"再见了，弗兰西。"她轻声说。

她关上了窗户。

后记：这棵树是怎样长成的

贝蒂·史密斯

每当人们问起我是怎么开始写《布鲁克林有棵树》的时候，我的回答都取决于当时在喝哪种饮料。如果是在一个拥挤的客厅里，到处都是戴着帽子和手套的女士们，而我一手拿着一杯淡茶，一手努力同时拿住迷你三明治、餐巾、花色小蛋糕和一支烟，我会这样回答：

"我读过很多小说，它们声称故事发生在布鲁克林，但全都令我大失所望，因为它们描述的是一座我认不出的城市——它们只会过于草率地写下一些刻板印象：当地人喜欢讲带口音的方言，比如'skoit'（裙子）、'goil'（女孩）和'erl boiner'（油炉）；男主人公是诚实可靠的街头英雄，每四句话都会以'Jeeze'（老天啊）开头，女主人公身穿短裙，嘴里嚼着口香糖。所有这些面目模糊的角色，大多都是由短暂借住在大桥对面的人创造的。我意识到，布鲁克林不是一座城市。它是一种信仰。想要当个布鲁克林人，你必须生来就是，没法后天变成。布鲁克林是一座充满神秘、激情和温柔的城镇。它有一些令人吃惊的生活习俗和仪式，隐藏在外人看不到的地方。噢，我是个布鲁克林人。我知道这些隐秘的事情。有一天，我出门买了一大包纸，开始写一本有关我的城市的小说。"这就是我在喝茶时会说的版本。

在被学生挤满的教堂山大学便利店的小隔间里，我端着一个大纸杯，边喝巧克力奶昔，边参与激烈争辩，讨论着北卡罗来纳州最著名的文学家校友——托马斯·沃尔夫的作品。这时，我的回答是这样的：

"我写这部小说是因为，我是托马斯·沃尔夫的反向对照。你们看，他出生在北卡罗来纳州，是卡罗来纳剧作者协会的成员，跟着乔治·P.贝克学习戏剧写作，最终搬到布鲁克林，写了一部关于北卡罗来纳州的小说。而我则出生在布鲁克林。我也跟着乔治·P.贝克学习戏剧写作，是卡罗来纳剧作者协会的成员，最终去了北卡罗来纳州，写了一部关于布鲁克林的小说。"这就是我在喝巧克力奶昔时会说的版本。

在一个冬天的周日晚上，教堂山作家小组的每周例会结束后，其他人都离开了。我的朋友、剧作家保罗·格林和短篇小说家诺尔·休斯顿又逗留了几分钟。我们坐在炉火渐息的壁炉前，喝着最后一瓶可乐，他们问我是怎么开始写这部小说的。

我告诉他们："六年前，我住在布鲁克林，在纽约市的一家联邦剧院工作。一天晚上，由于彩排，我下班晚了。在去地铁站的路上，我经过一家仍然开着的书店。虽然我知道自己消费不起，但还是买了一本书。我带着它上床，开始阅读。我在黎明时分读完了它。这本书让我备受启发。入睡前，我用铅笔在最后一页上写了简短的半页提纲，标题叫'笔记：将来某一天我会写的一部小说'。在接下来的六年多里，我又经历了许多事情。有一天，我妈妈从布鲁克林寄来一箱我的书。那本鼓舞人心的书也在其中。我完全忘记了自己曾经写过那份提纲。是的，六年后在写这部小说时，我忠实地遵循了当初的那份提纲。那本书是？托马斯·沃尔夫的《时间与河流》。"这就是我在喝可乐时会说的版本。

我记得这可以追溯到更早的时候，当时我和妈妈正坐在她布鲁克林家中凉爽的厨房里，在午夜分享一壶咖啡。

"那是从我八岁时开始的。一个阳光明媚的下午，我在布鲁克林的一条街上玩耍，看到一群正直的家庭主妇向一个未婚母亲扔石头。那时我没有告诉你这件事，妈妈。那时我并不理解，但我也永远忘不了那个场景。街道的样子、人们的神情以及说出的话语，始终都留存在我的记忆里。长大后，我一直记得那条街上的每一个细节。长大后，我一直想以某种方式对'狭隘'提出抗议。现在整整二十五年过去了，那条街对我来说，仍然和当时一样真实而鲜活。我的小说就是关于那条街和那个时代的。所以你看，妈妈，这部小说其实始于我还是个孩子的时候，当我开始注意到我周围的布鲁克林是一个怎样的世界的时候。"

这些就是我的故事。这些版本中，没有一个是完整的真相。而所有这些故事加在一起，也只是我写下《布鲁克林有棵树》的一小部分原因而已。

这部小说是由什么组成的？小说的一部分是我自己，一个十七岁的新娘，开车缓缓地穿过一千英亩①的密歇根果园。我看着上百万颗苹果，上千个装苹果的板条箱；看着铁路侧线上，装载着一箱箱温莎苹果、"北方间谍"苹果和鲍德温苹果的长货车。但这时候，我看见的并不是这些东西。我看见的是一辆在布鲁克林拥挤街道上的手推车。我看见的是纸袋上和木棍上贴着的标牌。我看见标牌上写着："苹果，两分钱一个。"我看见一个身材修长、眼神明亮的意大利人站在手推车旁，擦拭着鲍德温苹果。

我坐在康涅狄格州纽黑文的单间公寓里，认真地在羊皮纸上给一套东方戏服刷上金箔——这是我在耶鲁戏剧学院的舞台设计课作业。但我觉得那华丽的戏服有些索然无味，因为我脑海中浮现出了布鲁克林犹太区里的一家小时装店。我再次看到一个冒失又漂亮的布鲁克林姑娘，为了一条薄薄的连衣裙，在和一个温和的犹太人讨价还价。她说：

"要我花七块钱买这条裙子？你别做梦了！"

我听到他激动的争辩声："如果我这件衣服的批发价不是六块六毛五，那我就把头砍下来！但要是卖给你……"

在堪萨斯城的一家剧院里，我站在舞台昏暗的一侧，等待上场的信号。我眼里没有精心照明的舞台，也没有演员的动作或者停顿。我耳中没有仔细撰写的机智对话。什么都没有。我觉得自己正站在布鲁克林街头，站在一个昏暗的门口。我望向对面，看到一家空置商店楼上是灯火通明的"礼堂"，那里正在举办一场婚礼派对。我看见他们在跳舞，听到一片欢声笑语。我看见年轻的新娘和她的丈夫手挽着手站在一起，客人们在对他们唱：

> 如果我有妙招，
> 绝不让你变老。

我走在北卡罗来纳州的一条乡间小道上，在一间小屋附近的石井边停

---

① 1英亩等于4046.86平方米。

下。戴着斜纹遮阳帽的农妇放下了割棉花的活计,走过来和我打招呼。农夫也不再给烟草除虫,走过来慢吞吞地拉长语调说:

"晚上好,夫人。我猜您想喝点水。"

我倚在水井的石垛上,朝又深又黑的井里望去,盯着那看起来冷冰冰的井水。但我觉得我并不在北卡罗来纳州。我觉得自己仿佛置身于布鲁克林南部,在一个闷热的八月下午。一条街道被封锁了,我站在路障旁边。我看到水流从一个红色的消防栓里喷涌出来,五十多个快乐的孩子穿着短裤、内衣或破烂的棉裙在水中奔跑。他们上蹿下跳,快乐极了。一名警察和一名消防员站在一旁,咧嘴大笑,回想起他们在同样的街道上度过的童年。

在我离开布鲁克林的这些年里,我总是会陷入回忆。那些画面不断涌现——一个叠着一个,像卖力的杂技演员一样翻腾着。它们构成了一座摇摇欲坠的记忆金字塔,在岁月中越堆越高。如果我不把它们写下来,这座高塔就会倾倒,将我活埋。在写这本书的过程中,我最大的问题不是该写下什么,而是在这无数件事中该删去哪些。

这部小说就是这样写成的。